« PAVILLONS »

Collection dirigée par Maggie Doyle et Jean-Claude Zylberstein chez le même éditeur

La Vie avant l'homme, 1981
La Servante écarlate, 1987
Œil de chat, 1990
La Voleuse d'hommes, 1994
Mort en lisière, 1996
Captive, 1998

MARGARET ATWOOD

LE TUEUR AVEUGLE

roman

Traduit de l'anglais (Canada)
par Michèle Albaret-Maatsch

ROBERT LAFFONT

Titre original : THE BLIND ASSASSIN
© O.W. Toad Ltd, 2000
Traduction française : Éditions Robert Laffont, S.A., Paris, 2002

ISBN 2-221-09281-3
(édition originale : ISBN 0-385-47572-1 Nan A. Talese/Doubleday, New York)

Imagine le monarque Aga Muhammad Khan ordonnant que toute la population de la ville de Kerman soit assassinée ou énucléée – sans exception aucune. Ses prétoriens se mettent à l'ouvrage avec énergie. Ils font mettre les habitants en rang, tranchent les têtes des adultes, arrachent les yeux des enfants... Plus tard, des processions d'enfants aveugles quittent la cité. Certains errent dans le pays, s'égarent dans le désert et meurent de soif. D'autres groupes parviennent à des campements inhabités... en chantant des mélodies sur l'extermination de citoyens de Kerman...

Ryszard Kapuściński

J'ai nagé, l'océan n'en finissait pas, je ne voyais nul rivage. Tanit se montra impitoyable, mes prières furent exaucées. Ô toi qui sombres dans l'amour, pense à moi.

Inscription sur une urne funéraire de Carthage

Le monde est une flamme brûlant dans un verre sombre.

Sheila Watson

I

Le pont

Dix jours après la fin de la guerre, ma sœur Laura se jeta d'un pont au volant d'une voiture. Le pont était en réfection : elle continua tout droit, malgré le panneau Danger. La voiture décrivit une chute de trente mètres dans le ravin, s'écrasa sur la cime des arbres couverts de feuilles nouvelles et prit feu avant de poursuivre sa chute jusqu'au petit cours d'eau tout au fond. Des éléments du pont s'abattirent dessus. Hormis des débris calcinés, il ne resta pas grand-chose de ma sœur.

J'appris l'accident par un policier : la voiture m'appartenait et la plaque d'immatriculation leur avait permis de remonter jusqu'à moi. Il s'exprimait sur un ton respectueux : il avait certainement reconnu le nom de Richard. Il me dit que les pneus avaient peut-être buté contre un rail de tramway, que les freins avaient peut-être lâché, et qu'il se sentait également tenu de me signaler que deux témoins – un avocat à la retraite et un employé de banque, des gens fiables – affirmaient avoir suivi toute la scène. D'après eux, Laura avait braqué brusquement et délibérément plongé du pont sans faire plus de manières que si elle avait descendu un trottoir. Ils avaient remarqué ses mains sur le volant à cause des gants blancs qu'elle portait.

Ce n'étaient pas les freins, pensai-je. Elle avait ses raisons. Non que ce fussent jamais les mêmes que pour le commun des mortels. À cet égard, elle n'avait absolument pas d'états d'âme.

« Je suppose que vous voulez que quelqu'un l'identifie, dis-je. Je vais venir dès que possible. »

J'entendais le calme de ma voix, comme de loin. En réalité, c'est à peine si j'arrivais à formuler ces mots ; j'avais la bouche engourdie, toute la figure paralysée par la souffrance. On aurait cru que je sortais de chez le dentiste. J'étais furieuse contre Laura parce qu'elle avait

11

fait ça, mais aussi contre le policier parce qu'il avait sous-entendu qu'elle l'avait fait.

Un vent chaud soufflait autour de ma tête, soulevait des mèches de mes cheveux et les faisait tournoyer, comme de l'encre répandue dans de l'eau.

« Il y aura une enquête, madame Griffen, me dit-il, j'en ai peur.

– Naturellement. Mais c'était un accident. Ma sœur n'a jamais été bonne conductrice. »

Je songeai au doux ovale du visage de Laura, à son chignon impeccable, à la robe qu'elle devait avoir mise : une robe chemisier à col Claudine, de couleur discrète – bleu marine, gris acier ou vert couloir d'hôpital. Des couleurs carcérales – plus proches de quelque chose dans lequel elle aurait été enfermée que de quelque chose qu'elle aurait choisi de porter. Son demi-sourire grave ; l'arc de ses sourcils rehaussés sous l'effet de la surprise, comme si elle eût admiré la vue.

Les gants blancs : une proclamation à la Ponce Pilate. Elle se désintéressait de moi. De nous tous.

À quoi avait-elle pensé tandis que la voiture quittait le pont, puis demeurait en suspens dans la lumière de l'après-midi, scintillant comme une libellule durant cet instant sans pareil où l'on retient son souffle avant la dégringolade ? À Alex, à Richard, à la mauvaise foi, à notre père et à son échec ; à Dieu peut-être et à la fatale tractation triangulaire qu'elle avait conclue. Ou à la pile de cahiers bon marché qu'elle avait dû cacher le matin même dans le tiroir de la commode où je rangeais mes bas, sachant pertinemment que ce serait moi qui les trouverais ?

Une fois le policier parti, je montai me changer. Pour me rendre à la morgue, il me faudrait des gants et un chapeau à voilette. Quelque chose pour dissimuler mes yeux. Il y aurait peut-être des journalistes. Il allait falloir que j'appelle un taxi. Et puis que je prévienne Richard, à son bureau : il allait vouloir qu'on lui prépare une déclaration témoignant de son affliction. J'entrai dans mon dressing : il allait me falloir du noir et un mouchoir.

J'ouvris le tiroir, je vis les cahiers. Je défis l'enchevêtrement de ficelles de cuisine qui les attachait. Je m'aperçus que je claquais des dents et que j'étais glacée de la tête aux pieds. Je devais être en état de choc, me dis-je.

Ce à quoi je repensai alors, ce fut à Reenie, du temps où nous étions gamines. C'était Reenie qui se chargeait de panser égratignures, coupures et autres contusions : notre mère pouvait être ailleurs en train de se reposer ou de s'occuper de bonnes œuvres,

Reenie, elle, était toujours là. Elle nous soulevait de terre et nous asseyait sur la table de cuisine blanc laqué, à côté de la pâte à tarte qu'elle étalait, du poulet qu'elle découpait ou du poisson qu'elle vidait, et nous donnait un carré de sucre brun pour nous fermer le bec. *Dis-moi où ça fait mal*, nous demandait-elle. *Arrête de brailler. Calme-toi et montre-moi où c'est.*

Mais il y a des gens qui ne peuvent pas dire où ça fait mal. Ils ne peuvent pas se calmer. Ils ne peuvent jamais arrêter de brailler.

Le *Toronto Star*, 26 mai 1945

Une mort problématique
pour le conseil municipal

Exclusivité du *Star*

Une enquête judiciaire a conclu à la mort accidentelle dans le drame survenu la semaine dernière sur l'avenue Saint-Clair. Dans l'après-midi du 18 mai, Mlle Laura Chase, 25 ans, faisait route vers l'ouest quand, à la suite d'une embardée, sa voiture a traversé les barrières de protection des travaux de réfection du pont et s'est écrasée dans le ravin en contrebas où elle a pris feu. Mlle Chase est décédée sur le coup. Sa sœur, Mme Richard E. Griffen, épouse de l'industriel bien connu, a témoigné que Mlle Chase souffrait de violents maux de tête qui affectaient sa vision.

En réponse aux questions qui lui ont été posées, elle a exclu la possibilité d'une conduite en état d'ivresse, car Mlle Chase ne buvait pas d'alcool.

De l'avis de la police, l'accident pourrait être dû à un rail de tramway contre lequel les pneus auraient buté. Cette hypothèse a soulevé des questions quant aux mesures de sécurité prises par la municipalité, mais elles ont été écartées après expertise de l'ingénieur de la ville, M. Gordon Perkins.

Cet accident suscite un regain de protestations quant à l'état des rails de tramway sur ce tronçon de route. M. Herb T. Jollife, porte-parole des contribuables locaux, a confié aux journalistes du *Star* que ce n'était pas la première fois que des rails non entretenus provoquaient un incident. Le conseil municipal ferait bien d'en prendre note.

Le Tueur aveugle, de Laura Chase
Reingold, Jaynes & Moreau, New York, 1947

Prologue : Vivaces pour rocailles

Elle n'a qu'une seule photographie de lui. Elle l'a glissée dans une enveloppe en papier kraft sur laquelle elle a écrit Coupures de journaux et qu'elle a cachée entre les pages de *Vivaces pour rocailles* où personne, à part elle, n'ira jamais fourrer son nez.

Elle garde cette photo soigneusement, parce que c'est pratiquement tout ce qu'il lui reste de lui. Elle est en noir et blanc, prise avec un de ces gros appareils à flash d'avant-guerre, carrés, encombrants, avec leur soufflet en accordéon et leur étui en cuir de belle facture ressemblant à une muselière avec des lanières et des boucles compliquées. C'est une photo d'eux ensemble, elle et cet homme, en train de pique-niquer. Il est écrit *pique-nique* au dos, au crayon – ni son nom à lui ni le sien à elle, juste *pique-nique*. Elle connaît leurs noms, elle n'a pas besoin de les écrire.

Ils sont assis sous un arbre ; un pommier, peut-être ; à l'époque, elle n'y a pas prêté tellement attention. Elle porte un chemisier blanc aux manches retroussées à hauteur des coudes et une ample jupe en corolle autour de ses genoux. Il doit y avoir du vent, à en juger par la façon dont son chemisier remonte et lui fait comme une bosse sous le cou ; mais peut-être ne lui faisait-il pas de bosse sous le cou, peut-être lui collait-il au corps ; peut-être faisait-il chaud ? Il faisait chaud. La main au-dessus de la photo, elle sent encore la chaleur qui s'en dégage, pareille à celle qui, à minuit, se dégage d'une pierre chauffée par le soleil.

L'homme porte un chapeau de couleur claire qui, posé de biais sur le front, lui masque en partie le visage. Son visage semble plus basané que celui de sa compagne. À moitié tournée vers lui, elle sourit comme elle ne se souvient pas d'avoir jamais souri à quiconque depuis. Elle paraît très jeune sur cette photo, trop jeune, même si elle

15

ne se considérait pas trop jeune à l'époque. Il sourit lui aussi – la blancheur de ses dents se remarque autant qu'une allumette qui s'embrase –, mais il lève la main, comme pour la repousser par jeu, ou bien pour se protéger de l'appareil photo, de la personne qui devait être là en train de prendre ce cliché ; à moins que ce ne fût pour se protéger de ceux qui, à l'avenir, risquaient de l'observer, risquaient de l'observer attentivement à travers cette fenêtre rectangulaire, lumineuse, de papier brillant. Comme pour se protéger d'elle. Comme pour la protéger. Dans cette main protectrice, tendue, il y a un mégot de cigarette.

Quand elle est seule, elle s'empare de l'enveloppe en papier kraft et en sort la photo cachée au milieu des coupures de journaux. Elle la pose à plat sur la table et baisse les yeux pour la regarder attentivement à la façon dont elle scruterait un puits ou une mare – cherchant quelque chose au-delà de son propre reflet, quelque chose qu'elle a lâché ou perdu, qu'elle ne peut plus récupérer mais qui est toujours visible et miroite tel un bijou sur le sable. Elle examine les moindres détails. Ses doigts blanchis par le flash ou l'éclat du soleil ; les plis de leurs vêtements ; les feuilles de l'arbre et les petites formes rondes pendues là – étaient-ce des pommes en fin de compte ? L'herbe épaisse au premier plan, jaunie par la sécheresse.

Sur l'un des bords – on ne la remarquait pas au départ – , il y a une main, coupée par la bordure, sectionnée au poignet, en appui sur l'herbe, comme si on s'en était débarrassé. Qu'on l'eût laissée se débrouiller toute seule.

La trace d'un nuage sombre contre le ciel brillant, pareille à une crème glacée étalée sur du chrome. Ses doigts tachés par la fumée. Reflet de l'eau au loin. Tout cela est disparu à présent.

Disparu, mais lumineux.

II

Le Tueur aveugle : L'œuf dur

Ce sera quoi, alors ? demande-t-il. Smokings et amourette ou bien naufrages au bord d'une côte ingrate ? Tu peux choisir : jungles, îles tropicales, montagnes. Ou bien une autre dimension de l'espace – c'est là que je suis le meilleur.

Une autre dimension de l'espace ? Vraiment !

Ne ricane pas, c'est une adresse utile. Là-bas, il peut se passer tout ce dont tu rêves. Vaisseaux spatiaux, uniformes moulants, armes à rayons laser, Martiens au corps de calmar géant, ce genre de trucs.

Choisis, toi, répond-elle. C'est toi le pro. Et pourquoi pas un désert ? J'ai toujours eu envie d'aller en voir un. Avec une oasis, bien sûr. Ce serait peut-être chouette d'avoir quelques palmiers-dattiers. Elle retire la croûte de son sandwich. Elle n'aime pas les croûtes de pain.

C'est limité, les déserts. Il n'y a pas trop de détails, sauf si tu ajoutes quelques tombes. Là, tu pourrais avoir une bande de femmes nues, mortes depuis trois mille ans et dotées d'une silhouette souple et pulpeuse, de lèvres rubis, de cheveux azur avec une cascade de boucles mousseuses et des yeux pareils à des fosses remplies de serpents. Mais je ne pense pas que je pourrais te les refourguer. Les trucs clinquants, c'est pas trop ton style.

On ne sait jamais. Si ça se trouve, elles me plairaient.

J'en doute. Elles s'adressent aux masses. À la mode sur les couvertures pourtant – en train de se contorsionner sur un mec, il faut les repousser à coups de crosse.

Est-ce que je pourrais avoir une autre dimension de l'espace avec les tombes et les femmes mortes, s'il te plaît ?

Tu charries un peu, mais je vais voir ce que je peux faire. Je pourrais ajouter aussi quelques vierges sacrificielles, avec plastrons en métal, anneaux de cheville en argent et vêtements diaphanes. Et une meute de loups affamés par-dessus le marché.

Je vois que tu ne reculeras devant rien.

Tu veux les smokings à la place ? Les yachts, le lin blanc, les baisers sur le poignet et les mamours hypocrites ?

Non. D'accord. Fais ce qui te paraît le mieux.

Cigarette ?

Elle fait non de la tête. Il allume la sienne en grattant l'allumette sur l'ongle de son pouce.

Tu vas te brûler, affirme-t-elle.

Ça ne m'est encore jamais arrivé.

Elle regarde la manche retroussée de sa chemise, blanche ou bleu pâle, puis son poignet, la peau plus brune de sa main. Il rayonne, ce doit être le reflet du soleil. Comment se fait-il que tout le monde ne soit pas en train de le dévisager avec de grands yeux ? Franchement, il se remarque trop pour être là, dehors – dehors en plein air exposé au regard de tous. Il y a d'autres gens à côté, assis ou allongés sur l'herbe, en appui sur un coude – d'autres pique-niqueurs dans leur tenue d'été de couleur claire. Tout cela est très convenable. Pourtant, elle a l'impression qu'ils sont seuls tous les deux ; comme si le pommier sous lequel ils sont installés n'était pas un arbre, mais une tente ; comme s'il y avait un cercle tracé à la craie autour d'eux. Comme si, à l'intérieur de ce cercle, ils étaient invisibles.

Donc, c'est l'espace, reprend-il. Avec des tombes, des vierges et des loups – mais on va échelonner. D'accord ?

Échelonner ?

Tu sais, comme pour des meubles.

Elle éclate de rire.

Non, je suis sérieux. On ne peut pas faire ça à la va-vite, ça risque de prendre des jours et des jours. Il va falloir qu'on se revoie.

Elle hésite. D'accord, dit-elle. Si je peux. Si je peux arranger ça.

Très bien, fait-il. Maintenant, il faut que je réfléchisse. Il garde un ton désinvolte. Trop d'insistance risquerait peut-être de la dissuader.

Sur la planète de... voyons voir. Pas Saturne, c'est trop près. Sur la planète Zycron située dans une autre dimension de l'espace, il y a une plaine couverte de décombres. Au nord, il y a l'océan qui a une couleur violette.

À l'ouest, il y a une chaîne de montagnes qui serait, paraît-il, hantée la nuit par les voraces habitantes pas mortes des tombes en ruine qui se trouvent là. Tu vois, j'ai introduit les tombes d'entrée de jeu.

C'est très scrupuleux de ta part, dit-elle.

Je respecte mes engagements. Au sud, il y a un désert de sable brûlant et à l'est plusieurs vallées encaissées où coulaient peut-être des rivières autrefois.

J'imagine qu'il y a des canaux comme sur Mars ?

Oh, des canaux et toute sorte de choses. Des tas de vestiges d'une vieille civilisation jadis très développée, même si cette région n'est plus aujourd'hui peuplée que de hordes de nomades primitifs. Au milieu de la plaine se dresse un large monticule de pierres. Les terres autour sont arides, semées de quelques arbustes rabougris. Pas vraiment un désert, mais pas loin. Il reste un sandwich au fromage ?

Elle fourrage dans le sac en papier. Non, mais il y a un œuf dur. Elle n'a encore jamais été aussi heureuse. Tout est redevenu nouveau, tout est encore à jouer.

C'est exactement ce que le médecin a prescrit, déclare-t-il. Une bouteille de citronnade, un œuf dur et Toi. Il fait rouler l'œuf entre ses paumes, brise la coquille, puis l'écale. Elle observe sa bouche, la mâchoire, les dents.

À côté de moi en train de chanter dans le jardin public, dit-elle. Tiens, voilà le sel.

Merci. Tu as pensé à tout.

Personne ne revendique cette plaine aride, poursuit-il. Ou plutôt cinq tribus différentes, dont aucune n'est suffisamment puissante pour anéantir les autres. Toutes passent de temps à autre devant ce tas de pierres, en conduisant leurs thulks – des créatures bleues ressemblant à des moutons et dotées d'un tempérament méchant – ou en transportant des marchandises de peu de valeur sur leurs animaux de bât, sortes de chameaux à trois yeux.

Dans leurs multiples langues, cet amoncellement de cailloux s'appelle le Repaire des serpents volants, le Tas de décombres, la Demeure des mères hurleuses, la Porte de l'oubli et la Fosse aux os rongés. Chacune des tribus raconte une histoire analogue à son sujet. Sous les pierres, disent-elles, un roi est enseveli – un roi sans nom. Et non seulement ce roi, mais les restes de la grandiose cité sur laquelle il régnait autrefois.

Cette cité fut détruite au cours d'une bataille tandis que le roi était capturé et pendu à un dattier pour célébrer la victoire. Lorsque la lune se leva, il fut descendu et enterré, et les pierres entassées servirent à marquer le site. Quant aux autres habitants de la cité, ils furent tous exterminés. Massacrés – hommes, femmes, enfants, nouveau-nés, bêtes aussi. Passés au fil de l'épée, taillés en pièces. Pas un être vivant ne fut épargné.

C'est horrible.

Plante une pelle dans le sol où tu veux et il en surgira un truc horrible ou un autre. Bon pour le commerce, les ossements nous réussissent ; sans eux, il n'y aurait pas d'histoires. Il reste de la citronnade ?

Non, répond-elle. On a tout bu. Continue.

Les conquérants ont effacé des mémoires le véritable nom de la cité, et c'est pour cela – si l'on en croit les conteurs – que l'on ne connaît à présent le lieu que sous le nom de sa destruction. L'amoncellement de pierres marque donc un acte de réminiscence délibéré et un acte d'oubli délibéré.

On aime le paradoxe dans la région. Chacune des cinq tribus prétend avoir été l'attaquant victorieux. Chacune évoque le massacre avec délectation.

Chacune est persuadée que cette initiative lui a été ordonnée par son dieu à titre de juste vengeance, du fait des pratiques impies perpétrées dans la cité. Le mal doit se laver dans le sang, affirment-elles. Ce jour-là, le sang coula comme de l'eau, si bien qu'après elle devait être très propre.

Tous les bergers ou marchands qui passent là ajoutent une pierre au tas.

C'est une vieille coutume – on fait ça en souvenir des morts, de ses propres morts –, mais étant donné que personne ne sait qui sont vraiment les morts ensevelis dessous, chacun laisse son caillou au cas où. Chacun tourne la difficulté en décrétant que ce qui s'est passé là était sûrement la volonté de son dieu. Laisser un caillou là, c'est honorer cette volonté.

Il existe également une histoire qui prétend que la cité n'a pas vraiment été détruite ; que, du fait d'un sortilège connu du seul roi, ses habitants et elle ont été subitement enlevés et remplacés par leurs fantômes et que seuls ces fantômes ont été incendiés et massacrés ; que la véritable cité a été ramenée à des proportions minuscules et installée dans une grotte située sous le grand tas de pierres. Tout ce qui était là autrefois y serait toujours, y compris les palais et les jardins emplis d'arbres et de fleurs ; y compris les gens, pas plus gros que des fourmis, qui mèneraient leur vie comme auparavant – vêtus de tout petits habits, donnant de tout petits banquets, racontant de toutes petites histoires, chantant de toutes petites chansons.

Le roi sait ce qui s'est passé, ce qui lui vaut des cauchemars, mais les autres n'en savent rien. Ils ne savent pas qu'ils sont devenus si petits. Ils ne savent pas qu'ils sont censés être morts. Ils ne savent même pas qu'ils ont été sauvés. Pour eux, le dôme de cailloux s'apparente à un ciel : la lumière passe par un trou d'aiguille entre les pierres, et ils croient que c'est le soleil.

Les feuilles du pommier bruissent. Elle regarde le ciel, puis sa montre.

J'ai froid, dit-elle. Et en plus je suis en retard. Pourrais-tu jeter les restes ?

Elle ramasse les coquilles d'œuf, froisse le papier ciré.

Tu n'es quand même pas pressée ? Il ne fait pas froid ici.

Il y a un filet d'air qui monte de l'eau, explique-t-elle. Le vent doit avoir tourné. Elle se penche en avant, s'apprête à se lever.

Ne t'en va pas encore, dit-il trop vite.

Je suis obligée. Ils vont me chercher. Si je tarde trop, ils vont me demander où j'étais.

Elle défroisse sa jupe, serre les bras autour d'elle pour se réchauffer et tourne les talons, les petites pommes vertes l'observant comme autant de regards.

Le *Globe and Mail*, 4 juin 1947

GRIFFEN RETROUVÉ DANS UN VOILIER

Exclusivité du *Globe and Mail*

Après une mystérieuse absence de plusieurs jours, le corps de l'industriel Richard E. Griffen, 47 ans, que la rumeur disait avoir été désigné pour être le candidat du parti progressiste-conservateur dans la circonscription Saint David de Toronto, a été découvert près d'Avalon, sa résidence d'été à Port Ticonderoga où il était en villégiature. M. Griffen a été retrouvé dans son voilier, l'*Ondine*, qui était amarré à sa jetée privée sur la Jogues. Il semble avoir été victime d'une hémorragie cérébrale. La police affirme ne pas soupçonner d'acte criminel.

M. Griffen, qui a accompli une remarquable carrière à la tête d'un empire commercial embrassant de nombreux domaines, dont les textiles, l'habillement et la mécanique légère, a fait l'objet de vives louanges pour les efforts qu'il a déployés pendant la guerre en fournissant aux troupes alliées éléments d'uniformes et pièces d'armement. Il a fréquemment participé aux conférences de Pugwash et représentait une figure marquante de l'Empire Club comme du Granit Club. C'était un grand amateur de golf et un membre bien connu du Royal Canadian Yacht Club. Le Premier ministre, joint par téléphone dans sa propriété privée de Kingsmere, nous a déclaré : « M. Griffen était l'un des hommes les plus remarquables de notre pays. Sa disparition est pour nous une immense perte. »

M. Griffen était le beau-frère de feu Laura Chase qui a fait au printemps dernier ses débuts posthumes de romancière et il laisse derrière lui sa sœur, Mme Winifred (Griffen) Prior, personnage en vue du Tout-Toronto, sa femme, Mme Iris (Chase) Griffen, ainsi que sa fille de dix ans, Aimée. Les funérailles seront célébrées mercredi en l'église Saint-Simon-l'Apôtre à Toronto.

Le Tueur aveugle : Le banc dans le jardin

Pourquoi y avait-il des gens sur Zycron? Je veux dire des êtres humains comme nous. Si on est dans une autre dimension de l'espace, les habitants ne devraient-ils pas être des lézards doués de parole ou je ne sais quoi dans le genre?

Uniquement dans les revues d'anticipation à trois sous, dit-il. Tout est inventé. En réalité, voici ce qui s'est passé : la Terre a été colonisée par les Zycronites qui, plusieurs millénaires après l'époque dont nous parlons, ont développé la capacité à voyager d'une dimension de l'espace à une autre. Ils sont arrivés ici il y a huit mille ans. Ils ont apporté des tas de graines de plantes avec eux, et c'est pour ça que nous avons des pommes et des oranges, sans parler des bananes – il suffit d'un coup d'œil sur une banane pour voir que c'est un truc extraterrestre. Ils ont également amené des animaux – chevaux, chiens, chèvres et cetera. Ce sont eux qui ont bâti l'Atlantide. Puis, comme ils étaient trop intelligents, ils se sont foutus en l'air. Et nous, on descend des retardataires.

Oh, fait-elle. Ceci explique cela. C'est drôlement commode pour toi.

Faute de mieux. Quant aux autres particularités de Zycron, elle a sept mers, cinq lunes et trois soleils, d'intensité et de couleur variables.

Quelles couleurs? Chocolat, vanille et fraise?

Tu ne me prends pas au sérieux.

Je suis désolée. Elle penche la tête vers lui. Maintenant, je t'écoute. Tu vois?

Il dit : Avant sa destruction, la cité – appelons-la de son nom d'antan, Sakiel-Norn, qui se traduit à peu près par « la Perle du destin » – passait pour être la merveille du monde. Même ceux qui prétendent que leurs ancêtres sont à l'origine de sa destruction éprouvent un grand plaisir à décrire sa beauté. On avait canalisé des sources naturelles pour qu'elles alimentent les fontaines ciselées dans les cours carrelées et les jardins de ses nombreux palais. Les fleurs abondaient et l'air fourmillait d'oiseaux gazouillants. À proximité s'étendaient de riches plaines où paissaient des troupeaux de gnarrs dodus, ainsi que des vergers, des plantations et des forêts de grands arbres qui n'avaient pas encore été abattus par des marchands ou brûlés par des ennemis malveillants. Les ravins aujourd'hui asséchés abritaient des rivières ; des canaux, creusés à partir de ces cours d'eau, irriguaient les champs autour de la ville et la terre était si riche que les épis faisaient, paraît-il, plus de sept centimètres d'épaisseur.

Les aristocrates de Sakiel-Norn étaient les Snilfards. C'étaient d'habiles ferronniers et ils concevaient d'ingénieux appareils mécaniques dont ils gardaient soigneusement le secret. À l'époque dont nous parlons, ils avaient inventé l'horloge, l'arbalète et la pompe à bras, même s'ils n'étaient pas encore allés jusqu'au moteur à explosion et utilisaient toujours des animaux pour leurs déplacements.

Les hommes snilfards portaient des masques en platine tissé qui suivaient les moindres frémissements de la peau de leur visage, mais servaient à dissimuler leurs véritables émotions. Les femmes se voilaient la figure avec un tissu ressemblant à de la soie qui était fabriqué à partir du cocon du papillon chaz. Cacher son visage si l'on n'était pas snilfard était passible de la peine de mort, car l'inaccessibilité et le subterfuge étaient réservés à la noblesse. Les Snilfards, qui s'habillaient luxueusement, étaient des mélomanes et ils jouaient de divers instruments pour faire étalage de leur goût et de leur talent. Ils se livraient à des intrigues de palais, donnaient des fêtes somptueuses et tombaient consciencieusement amoureux de leurs épouses respectives. Ces amours engendraient des duels, bien qu'il fût plus acceptable qu'un mari fît semblant de ne rien savoir.

Les petits cultivateurs, les serfs et les esclaves étaient des Ygnirods. Ils portaient des tuniques grises élimées qui leur dénudaient une épaule, et un sein aussi pour les femmes, lesquelles constituaient – inutile de le préciser – des proies rêvées pour les hommes snilfards. Les Ygnirods supportaient mal leur sort, mais dissimulaient leurs sentiments en jouant les demeurés. De temps à autre, ils fomentaient une révolte qui se voyait brutalement réprimée. Les plus défavorisés d'entre eux étaient des esclaves qui pouvaient être achetés, échangés mais également tués à volonté. Si la loi leur interdisait la lecture, ils possédaient des codes secrets qu'ils gravaient dans la terre à l'aide de pierres. Les Snilfards les harnachaient à des charrues.

Quand un Snilfard faisait faillite, il pouvait être rétrogradé à un statut d'Ygnirod. Sinon il pouvait échapper à ce sort en vendant sa femme ou ses enfants pour rembourser sa dette. Il était beaucoup plus rare qu'un Ygnirod parvienne au rang de Snilfard, car il s'avère généralement plus difficile de monter que de descendre : même s'il réussissait à réunir les liquidités nécessaires pour faire l'acquisition d'une épouse snilfarde pour lui-même ou pour son fils, il fallait qu'il prévoie de consacrer une certaine somme d'argent en pots-de-vin et il s'écoulait souvent un bon moment avant qu'il ne soit accepté par la haute société snilfarde.

J'imagine que là, c'est ton bolchevisme qui s'exprime, remarque-t-elle. Je savais que tu en arriverais là, tôt ou tard.

— Au contraire. La civilisation que je te décris s'inspire de l'ancienne Mésopotamie. C'est dans le code d'Hammourabi, les lois des Hittites et ainsi de suite. Ou en partie. En tout cas le passage sur les voiles et la vente de l'épouse. Je te passerai le chapitre et le verset.

Je t'en prie, ne me donne ni chapitre ni verset aujourd'hui, s'écrie-t-elle. Je n'en ai pas la force, je suis trop molle. Je flanche.

On est en août, il fait beaucoup trop chaud. L'humidité glisse au-dessus d'eux en une brume invisible. Quatre heures de l'après-midi, la lumière ressemble à du beurre fondu. Ils sont assis sur un banc dans le jardin public, pas trop proches l'un de l'autre ; un érable au feuillage fatigué au-dessus de leurs têtes, la terre craquelée sous leurs pieds, une pelouse flétrie alentour. Une croûte de pain becquetée par des moineaux, des papiers froissés. Pas l'endroit idéal. Une fontaine d'eau potable en train de goutter ; à côté, en train de conspirer, trois gamins crasseux, une fillette en bain-de-soleil et deux garçons en short.

Elle porte une robe jaune primevère, les bras nus en dessous du coude semés d'un duvet blond et fin. Elle ôte ses gants en coton, les roule en boule, les mains fébriles. Sa nervosité ne le gêne pas : il lui plaît de penser qu'il lui en coûte déjà de venir le voir. Elle est coiffée d'un chapeau de paille, rond comme celui d'une écolière ; les cheveux tirés, une mèche humide, rebelle. Dans le temps, les gens coupaient des mèches de cheveux, les gardaient, les portaient sur eux dans des médaillons ; ou, pour les hommes, près du cœur. Il n'a jamais compris pourquoi, avant.

Où es-tu censée être ? demande-t-il.

En train de faire des courses. Regarde mon sac. J'ai acheté des bas ; ils sont très bien – la meilleure soie. On ne les sent absolument pas sur la peau.

Elle sourit un peu. Je n'ai qu'un quart d'heure.

Elle fait tomber un gant, à côté de son pied. Il le surveille du coin de l'œil. Si elle l'oublie en partant, il le récupérera. Humera son odeur en son absence.

Quand puis-je te voir ? dit-il.

Le vent chaud agite les feuilles, la lumière tombe au travers, elle est auréolée de pollen, nuage doré. Une vraie poudre.

Tu me vois maintenant, répond-elle.

Ne sois pas comme ça. Dis-moi quand.

Dans le V de sa robe, sa peau brille d'un film de sueur.

Je ne sais pas encore. Elle jette un coup d'œil par-dessus son épaule, scrute le jardin public.

Il n'y a personne dans le coin, affirme-t-il. Personne que tu connaisses.

On ne sait jamais quand il y a quelqu'un, rétorque-t-elle. On ne sait jamais qui on connaît.

Tu devrais prendre un chien.

Elle éclate de rire. Un chien ? Pourquoi ?

Comme ça, tu aurais un prétexte. Tu pourrais l'emmener se promener. Moi et le chien.

Le chien serait jaloux de toi. Et tu croirais que je le préfère.

Mais tu ne préférerais pas le chien, non ?

Elle écarquille les yeux. Pourquoi pas ?

Il dit : Les chiens ne parlent pas.

Le *Toronto Star*, 25 août 1975

Chute fatale pour la nièce de la romancière

Exclusivité du *Star*

Aimée Griffen, 38 ans, fille de feu le célèbre industriel Richard E. Griffen et nièce de la célèbre romancière Laura Chase, a été retrouvée morte dans son appartement en sous-sol de Church Street, mercredi, la nuque brisée à la suite d'une chute. Le décès paraîtrait remonter à vingt-quatre heures au moins. Ses voisins, Jos et Beatrice Kelley, ont été alertés par la fille de Mlle Griffen, Sabrina, 4 ans, qui allait souvent leur réclamer à manger quand elle ne trouvait pas sa mère.

Il semblerait que Mlle Griffen luttait depuis longtemps contre l'alcool et la drogue et qu'elle ait été hospitalisée à plusieurs reprises. Sa fille a été confiée à Mme Winifred Prior, sa grand-tante, pendant la durée de l'enquête. Mme Prior comme la mère d'Aimée Griffen, Mme Iris Griffen, de Port Ticonderoga, se sont refusées à toute déclaration.

Ce malheureux événement illustre une fois de plus le laxisme de nos services sociaux aujourd'hui et la nécessité de mieux protéger l'enfance menacée.

Le Tueur aveugle : Les tapis

La ligne bourdonne et grésille. Il y a du tonnerre, à moins que quelqu'un n'écoute ? Mais c'est une cabine publique, on ne peut pas remonter jusqu'à lui.

Où es-tu ? s'exclame-t-elle. Tu ne devrais pas appeler ici.

Il n'entend pas sa respiration, son souffle. Il a envie qu'elle pose le récepteur contre sa gorge, mais il ne va pas le lui demander, pas encore. Je suis tout près d'ici, dit-il. Deux rues plus loin. Je peux aller m'asseoir dans le jardin public, le petit, celui avec le cadran solaire.

Oh, je ne pense pas...

Sors un instant, un point c'est tout. Dis que tu as besoin de prendre l'air. Il attend.

Je vais essayer.

À l'entrée du jardin public se dressent deux montants de porte en pierre, carrés, qui, taillés en biseau sur leur partie supérieure, ont l'air égyptiens. Pas d'inscriptions triomphales pourtant, pas de bas-reliefs d'ennemis enchaînés et à genoux. Juste Pas de vagabondage et Tenez votre chien en laisse.

Viens par ici, dit-il. Loin du lampadaire.

Je ne peux pas rester longtemps.

Je sais. Viens par ici, derrière. Il lui prend le bras, la guide ; elle tremble comme une feuille.

Là, poursuit-il. Personne ne peut nous voir. Pas de mémés en train de promener leurs caniches.

Pas de policiers armés de matraques, renchérit-elle. Elle a un petit rire bref. La lumière des lampadaires se coule à travers le feuillage ; sous cet éclairage, le blanc de ses yeux brille. Je ne devrais pas être ici, s'écrie-t-elle. C'est trop risqué.

Il y a un banc de pierre bordé par un massif d'arbustes. Il pose sa veste sur les épaules de la jeune femme. Vieux tweed, vieux tabac, odeur de roussi. Note sous-jacente de sel. Sa peau à lui a été là, contre le tissu, et à présent c'est la sienne à elle.

Là, tu auras plus chaud. Et maintenant on va défier la loi. On va laisser vagabonder nos mains.

Et pour les chiens à tenir en laisse ?

On défiera ça aussi. Il ne passe pas le bras autour d'elle. Il sait qu'elle en a envie. Qu'elle attend ça ; elle anticipe sa caresse, comme les oiseaux l'ombre. Il a une cigarette allumée. Il lui en offre une ; cette fois-ci, elle l'accepte. Brève lueur de l'allumette dans la coupe de leurs mains. Bouts de doigt rouges.

Elle pense : Un peu plus de flamme et on verra les os. C'est comme des rayons X. On est juste une sorte de brume de chaleur, de l'eau colorée. L'eau fait ce qu'il lui plaît. Elle coule toujours vers le bas. La fumée lui emplit la gorge.

Il dit : À présent, je vais te parler des enfants.

Les enfants, quels enfants ?

On continue à échelonner. À propos de Zycron, à propos de Sakiel-Norn.

Oh. Oui.

Il y a des enfants sur Zycron.

On n'a rien dit sur des enfants.

Ce sont des esclaves. Il en faut. Je ne peux pas continuer sans eux.

Je ne crois pas avoir envie qu'il y ait des enfants là-dedans, décrète-t-elle.

Tu pourras toujours me demander d'arrêter. Personne ne te force. Tu es libre, comme dit la police si tu as de la veine. Il garde un ton égal. Elle ne s'en va pas.

Il dit : Sakiel-Norn n'est plus qu'un tas de pierres aujourd'hui, mais il fut un temps où c'était un centre de commerce et d'échanges prospère. La cité était située au croisement de trois routes terrestres – l'une venant de l'est, l'autre de l'ouest et la dernière du sud. Au nord, elle était reliée, par un large canal, à la mer où elle disposait d'un port bien fortifié. Il ne reste pas trace de ces réalisations ni de ces remparts : après la destruction de Sakiel-Norn, ces blocs de pierre taillée furent ensevelis sous des amas de sable apportés par les vagues et le vent ou emportés par des ennemis ou des inconnus qui les utilisèrent pour leurs enclos à bétail, leurs abreuvoirs et leurs fortifications grossières.

Des esclaves avaient construit le canal et le port, ce qui n'est pas surprenant : ce sont eux qui avaient assuré à Sakiel-Norn sa magnificence et sa puissance. Mais la cité était également célèbre pour son artisanat, ses tissages en particulier. Les secrets des teintures utilisées par ses artisans étaient jalousement gardés : ses tissus brillaient comme du miel liquide, comme le raisin noir pressé, comme une coupe de sang de taureau répandue au soleil. Ses voiles diaphanes avaient la légèreté des toiles d'araignée et ses tapis étaient si doux et si fins qu'on avait l'impression de marcher sur l'air, un air fait pour ressembler à des fleurs et à de l'eau courante.

C'est très poétique, remarque-t-elle. Je suis surprise.

Imagine la cité comme un grand magasin, rétorque-t-il. C'étaient des articles de luxe, si tu y réfléchis bien. Du coup, c'est moins poétique.

Les tapis étaient tissés par des esclaves qui étaient invariablement des enfants, car seuls des doigts d'enfant étaient suffisamment petits pour un travail aussi délicat. Mais ce travail minutieux et incessant qu'on exigeait de ces enfants les rendait aveugles à l'âge de huit ou neuf ans, et leur cécité constituait la référence par laquelle les marchands de tapis estimaient la valeur et la qualité de leurs marchandises : *Ce tapis a rendu aveugles dix enfants*, disaient-ils. *Celui-ci quinze, celui-ci vingt.* Comme le prix grimpait en conséquence, ils exagéraient toujours. La coutume voulait que l'acheteur ne tienne aucun compte de leurs affirmations. Pas à plus de sept, c'est sûr, pas à plus de douze, pas à plus de seize, ripostaient-ils en tâtant le tapis. *Il est grossier comme un torchon. Ce n'est qu'une couverture pour mendiant. C'est un gnarr qui l'a tissé.*

Une fois aveugles, les enfants, filles ou garçons, étaient vendus à des patrons de bordel. Les services des enfants ainsi devenus aveugles atteignaient des prix élevés ; leurs caresses étaient si douces et si expertes, disait-on, que, sous leurs doigts, on sentait les fleurs s'épanouir et l'eau sourdre sur son épiderme.

Ils avaient par ailleurs l'art de crocheter les serrures. Ceux d'entre eux qui avaient réussi à s'enfuir passaient coupeurs de gorge professionnels dans le noir et représentaient de ce fait des hommes de main extrêmement recherchés. Ils avaient une ouïe très développée, se déplaçaient sans bruit et se faufilaient à travers les passages les plus étroits ; leur odorat leur permettait de distinguer une personne profondément endormie d'un dormeur en proie à des rêves agités. Ils assassinaient avec la douceur d'un papillon effleurant votre cou. Ils avaient la réputation d'être impitoyables. Ils étaient très redoutés.

Les histoires que se chuchotaient les enfants – tandis qu'ils tissaient leurs interminables tapis, tandis qu'ils y voyaient encore – portaient sur cette vie future qu'ils mèneraient éventuellement. À ce qu'ils se disaient entre eux, seuls les aveugles étaient libres.

C'est trop triste, ça, murmure-t-elle. Pourquoi me racontes-tu une histoire aussi triste?

Ils sont dans une pénombre plus marquée à présent. Il la prend enfin dans ses bras. Vas-y doucement, songe-t-il. Pas de geste brusque. Il se concentre sur sa respiration.

Je te raconte les histoires où je suis bon, dit-il. Et celles que tu croiras. Tu ne goberais pas des fadaises, n'est-ce pas?

Non, je ne les goberais pas.

Et puis, ce n'est pas une histoire triste, pas totalement – certains s'en sont tirés.

Mais ils sont devenus des assassins.

Ils n'avaient pas tellement le choix, non? Ils ne pouvaient pas devenir marchands de tapis ni patrons de bordel. Ils n'avaient pas les capitaux. Il leur a donc fallu opter pour le sale boulot. Pas de bol pour eux.

Ne dis pas ça, fait-elle. Ce n'est pas de ma faute.

Ni de la mienne. Disons qu'on est prisonnier des péchés de nos pères.

Voilà qui est inutilement cruel, répond-elle froidement.

Quand la cruauté est-elle utile? demande-t-il. Et à quelle dose? Lis les journaux, je n'ai pas inventé le monde. De toute façon, je suis du côté des assassins. S'il te fallait tuer ou mourir de faim, qu'est-ce que tu ferais? Ou baiser pour survivre, il y a toujours ça.

Cette fois, il est allé trop loin. Il a exposé sa colère. Elle s'écarte de lui. Bon, s'écrie-t-elle. Il faut que je rentre. Les feuilles autour d'eux s'agitent par intermittence. Elle tend les mains, paumes offertes : quelques gouttes de pluie s'y écrasent. Le tonnerre est plus proche à présent. Elle retire la veste posée sur ses épaules. Il ne l'a pas embrassée; il ne le fera pas, pas ce soir. Elle prend ça comme un répit.

Mets-toi à ta fenêtre, lui dit-il. La fenêtre de ta chambre. Laisse la lumière allumée. Mets-toi juste là.

Il la fait sursauter. Pourquoi? Pourquoi donc?

J'en ai envie. J'ai envie d'être sûr que tu es bien rentrée, ajoute-t-il, alors que son retour à la maison n'a rien à voir là-dedans.

J'essaierai. Juste une minute. Tu seras où?

Sous l'arbre. Le marronnier. Tu ne me verras pas, mais j'y serai.

Elle songe : Il sait où est la fenêtre. Il sait de quel arbre il s'agit. Il a dû rôder. L'observer. Elle frissonne un peu.

Il pleut, enchaîne-t-elle. Il va pleuvoir à torrents. Tu vas te mouiller.

Il ne fait pas froid, réplique-t-il. J'attendrai.

Le *Globe and Mail*, 19 février 1998

Prior, Winifred Griffen. Décédée à l'âge de 92 ans, dans sa demeure de Rosedale, des suites d'une longue maladie. Avec Mme Prior, philanthrope notoire, la ville de Toronto perd une de ses bienfaitrices les plus fidèles et les plus anciennes. Sœur de feu l'industriel Richard Griffen et belle-sœur de l'éminente romancière Laura Chase, Mme Prior a siégé au conseil d'administration de l'Orchestre symphonique de Toronto au cours de ses années de formation et, plus récemment, au comité de bénévoles de la Art Gallery of Toronto et de la Société canadienne du cancer. Elle faisait également partie du Granit Club, du Club des Héliconies, de l'Association des Juniors et du Festival de théâtre du Dominion. Elle laisse une petite-nièce, Sabrina Griffen, actuellement en voyage en Inde.

Les funérailles auront lieu mardi matin en l'église Saint-Simon-l'Apôtre et l'enterrement se déroulera au cimetière Mount Pleasant. Ni fleurs ni couronnes. Envoyer les dons à l'hôpital Princess Margaret.

Le Tueur aveugle :
Le cœur dessiné au rouge à lèvres

Combien de temps on a? demande-t-il.

Longtemps, dit-elle. Deux ou trois heures. Ils sont partis quelque part.

Pour faire quoi? Je ne sais pas. De l'argent. Acheter des trucs. S'occuper de bonnes œuvres. Va savoir. Elle se coince une mèche de cheveux derrière l'oreille, se rassied plus droite. Elle a l'impression d'avoir été convoquée, sifflée.

Un sale sentiment. À qui appartient cette voiture? s'enquiert-elle.

À un ami. Je suis quelqu'un d'important. J'ai un ami qui a une voiture.

Tu te moques de moi. Il ne répond pas. Elle tire sur les doigts d'un gant. Et si quelqu'un nous voit?

Ils ne verront que la voiture. C'est une épave, c'est la bagnole d'un pauvre gars. Même s'ils te regardaient en face, ils ne te verraient pas, parce qu'une femme comme toi n'est pas censée se faire épingler dans une voiture comme celle-ci.

Parfois, tu ne m'aimes pas beaucoup, constate-t-elle.

Je n'arrive pas à penser à grand-chose d'autre ces derniers temps. Mais aimer, c'est différent. Aimer prend du temps. Je n'ai pas le temps de t'aimer. Je ne peux pas me concentrer sur la question.

Pas là, s'écrie-t-elle. Regarde le panneau.

Les panneaux, c'est pour les autres. Ici – par ici.

Le chemin n'est guère plus large qu'un sentier. Kleenex abandonnés, papiers de chewing-gum, vieilles capotes aux allures de vessies de poisson. Bouteilles et cailloux; boue desséchée, craquelée et creusée d'ornières. Ses chaussures, ses talons ne sont pas adaptés au terrain. Il lui prend le bras, l'aide à garder son équilibre. Elle s'écarte.

On est pratiquement à découvert. Quelqu'un va nous voir.

Qui, quelqu'un? On est en dessous du pont.

La police. Non. Pas encore.

La police ne fait pas de rondes en plein jour, dit-il. Uniquement la nuit avec des lampes torches pour coincer les pervers impies.

Les vagabonds alors. Les dingues.

Là, insiste-t-il. Là-dessous. À l'ombre.

Est-ce qu'il y a du sumac vénéneux?

Pas du tout, je te le promets. Pas de vagabonds ni de dingues non plus, à part moi.

Comment le sais-tu? Pour le sumac. Tu es déjà venu ici?

Arrête de te tracasser autant, dit-il. Allonge-toi.

Non. Tu vas la déchirer. Attends une minute.

Elle entend sa propre voix. Ce n'est pas sa voix, elle est trop haletante.

Il y a un cœur dessiné au rouge à lèvres sur le ciment, il enferme quatre initiales. Un A les relie : A comme aime. Seules les personnes concernées savent à quoi correspondent ces initiales – qu'elles sont venues ici, qu'elles ont fait ça. Qu'elles ont proclamé leur amour, caché les détails.

À l'extérieur du cœur, quatre autres lettres, pareilles aux quatre points cardinaux :

S	E
X	E

Le mot déchiré, écartelé : implacable topographie du sexe.

Goût de tabac dans sa bouche à lui, de sel dans la sienne à elle. Tout autour, odeur d'herbes écrasées et de chat, de recoins négligés. Humidité et jeunes pousses, terre sur les genoux, crasseux et verts ; pissenlits hauts sur tige se déployant vers la lumière.

En dessous de l'endroit où ils sont allongés, le clapotis d'un ruisseau. Au-dessus, branches feuillues, fines plantes grimpantes ponctuées de fleurs violettes ; les hautes piles du pont montant vers le ciel, les poutrelles métalliques, les roues qui passent au-dessus de leurs têtes ; le ciel bleu en éclats. Sol dur sous son dos à elle.

Il lui lisse le front, passe un doigt sur sa joue. Tu ne devrais pas me vénérer, dit-il. Il n'y a pas que moi qui ai une bitte sur terre. Un jour, tu t'en apercevras.

Ce n'est pas la question, répond-elle. De toute façon, je ne te vénère pas. Il est déjà en train de la repousser vers le futur.

Eh bien, quoi qu'il en soit, tu en auras d'autres, dès que je ne serai plus dans tes pattes.

Ça veut dire quoi au juste ? Tu n'es pas dans mes pattes.

Qu'il y a une vie après la vie, dit-il. Après notre vie.

Parlons d'autre chose.

D'accord. Rallonge-toi. Pose ta tête là. Il écarte sa chemise humide. Le bras autour d'elle, son autre main cherche ses cigarettes dans sa poche, puis il embrase son allumette avec l'ongle de son pouce. Son oreille contre le creux de son épaule.

Il dit : Bon, où est-ce que j'en étais ?

Les tisserands. Les enfants aveugles.

Oh oui. Je me souviens.

Il enchaîne : La richesse de Sakiel-Norn reposait sur les esclaves et en particulier sur les enfants esclaves qui tissaient ses fameux tapis. Mais cela portait malheur d'en parler. Les Snilfards prétendaient que leurs richesses n'avaient rien à voir avec les esclaves, mais venaient de leur propre vertu et de la droiture de leurs pensées – c'est-à-dire des sacrifices qu'ils offraient aux dieux.

Il y avait des tas de dieux. Les dieux sont toujours commodes, ils justifient pratiquement tout et les dieux de Sakiel-Norn ne faisaient pas exception.

Tous étaient carnivores ; ils aimaient les sacrifices d'animaux, mais c'était au sang humain qu'ils attachaient le plus de prix. Lors de la fondation de la ville, il y avait de cela si longtemps que c'était passé dans la légende, neuf pères dévots avaient, paraît-il, offert leurs enfants afin qu'ils soient enterrés comme gardiens sacrés sous chacune des neuf portes.

Chaque point cardinal comptait deux de ces portes, une pour sortir et une pour entrer : sortir par celle qu'on avait franchie en arrivant signifiait une mort prématurée. La neuvième porte était une dalle de marbre à l'horizontale placée au sommet d'une colline du centre de la ville ; elle s'ouvrait sans bouger et pivotait entre la vie et la mort, entre la chair et l'esprit.

C'était celle que les dieux empruntaient : ils n'avaient pas besoin de deux portes, parce que, contrairement aux mortels, ils pouvaient être des deux côtés d'une porte en même temps. Les prophètes de Sakiel-Norn avaient un dicton : *Quand est-ce que l'homme respire vraiment ? Quand il expire ou quand il inspire ?* La nature des dieux était pareille.

Cette neuvième porte représentait également l'autel sur lequel était versé le sang des sacrifices. Des enfants mâles étaient offerts au Dieu des Trois Soleils, qui incarnait le dieu du jour, des lumières vives, des palais, des fêtes, des fournaises, des guerres, des liqueurs, des entrées et des paroles ; les enfants femelles étaient offertes à la Déesse des Cinq Lunes, protectrice de la nuit, des brumes et des ombres, de la famine, des grottes, des accouchements, des sorties et des silences. Les enfants mâles étaient assommés au gourdin sur l'autel, puis jetés dans la bouche du Dieu, laquelle ouvrait sur une ardente fournaise. Les enfants femelles étaient égorgées et vidées de leur sang pour reconstituer les cinq lunes décroissantes afin qu'elles ne s'amenuisent pas au point de disparaître à tout jamais.

Neuf jeunes filles étaient immolées tous les ans en l'honneur des neuf jeunes filles enterrées aux portes de la cité. Les sacrifiées étaient connues comme les « jeunes filles de la Déesse » et on leur consacrait prières, fleurs et encens pour qu'elles intercèdent auprès de la Déesse en faveur des vivants. Les trois derniers mois de l'année s'appelaient les « mois anonymes » ; c'étaient les mois où aucune récolte ne poussait et où la Déesse était censée jeûner. Pendant cette période, c'était le Dieu-Soleil, d'humeur belliqueuse et dispensateur de chaleur torride qui régentait et, pour les protéger, les mères des enfants mâles les habillaient en filles.

D'après la loi, les plus nobles des familles snilfardes devaient sacrifier une de leurs filles au moins. C'était faire un affront à la Déesse que de lui offrir une jeune fille présentant une imperfection ou un défaut et, avec le temps, les Snilfards se mirent à mutiler leurs enfants pour les épargner : ils leur coupaient un doigt ou une oreille ou un autre petit bout de quelque chose. Bientôt, les mutilations ne furent plus que symboliques : un tatouage bleu oblong sur le V de la clavicule. Cela constituait un délit majeur, pour une femme, que d'arborer pareil signe distinctif si elle n'était pas snilfarde, mais les patrons de bordel, toujours avides de clientèle, les appliquaient à l'encre sur les plus jeunes de leurs prostituées qui étaient capables d'afficher de l'arrogance. Cela plaisait aux clients qui souhaitaient avoir l'impression de violer quelque princesse snilfarde au sang bleu.

À la même période, les Snilfards se mirent à adopter des enfants trouvés – rejetons d'esclaves et de leurs maîtres pour la plupart – et à s'en servir pour remplacer leurs filles légitimes. C'était une tricherie, mais ces familles nobles étaient influentes, de sorte que les autorités fermèrent les yeux sur cette situation, laquelle s'installa.

Puis ces familles se montrèrent plus paresseuses encore. Elles ne voulurent plus prendre la peine d'élever ces enfants sous leur propre toit et se bornèrent à les remettre au temple de la Déesse, en payant grassement pour leur entretien. Comme ces jeunes filles portaient le nom des familles concernées, celles-ci se voyaient attribuer l'honneur du sacrifice. C'était comme posséder un cheval de course. C'était une version corrompue de la noble pratique des premiers temps, mais, à l'époque, tout était à vendre à Sakiel-Norn.

Les jeunes filles consacrées à la Déesse étaient bouclées dans l'enceinte du temple, mangeaient ce qu'il y avait de meilleur pour rester fines et en bonne santé, et étaient élevées de manière rigoureuse afin d'être prêtes pour le grand jour – capables d'accomplir leurs devoirs comme il fallait, sans flancher. D'après la théorie, le sacrifice idéal devait s'apparenter à une danse : majestueuse et lyrique, harmonieuse et gracieuse. Ce n'étaient pas des animaux qu'on abattait grossièrement ; leur vie, elles devaient en faire don librement. Un grand nombre d'entre elles croyaient ce qu'on leur disait : que le bien-être du royaume tout entier dépendait de leur dévouement. Elles passaient de longues heures en prière pour se mettre dans la bonne disposition d'esprit ; on leur apprenait à marcher les yeux baissés, à sourire avec une douce mélancolie et à chanter les chants de la Déesse, lesquels parlaient d'absence et de silence, d'amour insatisfait, de regret inexprimé et de manque de mots – des chants sur l'impossibilité de chanter.

Davantage de temps passa. Désormais, seul un petit nombre de gens prenait encore les dieux au sérieux et tout individu exagérément pieux ou respectueux des rites passait pour un fou. Les citoyens continuaient à accomplir les rites anciens parce qu'ils l'avaient toujours fait, mais ces choses n'intéressaient plus vraiment la cité.

Malgré leur isolement, certaines jeunes filles finirent par se rendre compte qu'on les assassinait pour la forme au bénéfice d'un concept éculé. Certaines tentèrent de s'enfuir lorsqu'elles virent le couteau.

D'autres se mirent à hurler quand on les attrapa par les cheveux et qu'on les renversa sur l'autel, d'autres encore maudirent le roi lui-même, qui assumait le rôle de grand prêtre lors de ces occasions. L'une d'entre elles alla jusqu'à le mordre. Le peuple s'insurgea contre ces manifestations sporadiques de panique et de fureur, sous prétexte que la malchance la plus terrible allait s'ensuivre. Ou risquait de s'ensuivre, si la Déesse existait.

En tout cas, de tels éclats menaçaient de gâcher les festivités : tout le monde appréciait ces sacrifices, même les Ygnirods, même les esclaves, parce qu'ils avaient le droit de disposer de leur journée et de se soûler.

On prit donc l'habitude de couper les langues des jeunes filles trois mois avant la date prévue pour leur sacrifice. Ce n'était pas une mutilation, affirmèrent les prêtres, mais un mieux – que pouvait-il y avoir de plus adapté pour les servantes de la Déesse du silence ?

Chacune des jeunes filles, privée de langue et grosse des mots qu'elle ne pourrait plus jamais prononcer, était donc menée en procession au son d'une musique solennelle, enveloppée de voiles et ceinte de guirlandes de fleurs, pour monter l'escalier tournant qui conduisait à la neuvième porte de la ville. De nos jours, on dirait peut-être qu'elle ressemblait à une jeune mariée gâtée de la bonne société.

Elle se redresse. Ça, c'est vraiment déplacé, déclare-t-elle. Tu veux me viser. Ce qu'il y a, c'est que tu adores l'idée de faire mourir ces malheureuses dans leurs voiles nuptiaux. Je parie qu'elles étaient blondes.

Non, pas toi, dit-il. Pas en tant que telle. De toute façon, je n'invente rien, tout ça repose sur des fondements historiques solides. Les Hittites...

J'en suis sûre, mais n'empêche, pour toi, c'est du nanan. Tu as envie de te venger – non, tu es jaloux, Dieu sait pourquoi. Je me moque des Hittites et de l'histoire et de tout le bataclan – ce n'est qu'un prétexte.

Attends une minute. Tu étais d'accord pour les vierges sacrifiées, c'est toi qui les as collées au menu. Je ne fais que suivre les consignes. Qu'est-ce qui te dérange – les costumes ? Trop de tulle ?

Ne nous disputons pas. Elle a l'impression qu'elle va fondre en larmes, serre les poings pour s'en empêcher.

Je ne voulais pas te faire pleurer. Allez, calme-toi.

Elle repousse son bras. Tu voulais bel et bien me faire pleurer. Tu aimes savoir que tu en as le pouvoir.

Je croyais que ça t'amusait. M'écouter faire le clown. Jongler avec les adjectifs. Jouer les bouffons pour toi.

Elle tire sur sa jupe, rentre son chemisier dans sa ceinture. Des jeunes filles mortes dans leurs voiles nuptiaux, pourquoi ça m'amuserait ? Leurs langues coupées. Tu dois me prendre pour une sauvage.

Je vais revenir là-dessus. Je vais changer ça. Je vais récrire l'histoire pour toi. Qu'en dis-tu ?

Tu ne peux pas, s'écrie-t-elle. Les mots sont lâchés. Tu ne peux pas les reprendre, quand bien même ce ne serait que la moitié d'une ligne. Je m'en vais. Elle est à genoux à présent, prête à se lever.

Il nous reste beaucoup de temps. Allonge-toi. Il l'attrape par le poignet.

Non. Laisse-moi. Regarde le soleil. Ils vont rentrer. Je risquerais d'avoir des ennuis, encore que, pour moi, ce ne serait pas du tout des ennuis, ce genre de chose : ça ne compte pas. Tu t'en moques – tout ce que tu veux, c'est juste, c'est juste...

Allez, crache le morceau.

Tu sais ce que je veux dire, poursuit-elle d'une voix lasse.

Ce n'est pas vrai. Je suis désolé. C'est moi, le sauvage, je me suis laissé emporter. De toute façon, ce n'est qu'une histoire.

Elle appuie son front contre ses genoux. Au bout d'une minute, elle s'exclame : Qu'est-ce que je vais faire ? Après – quand tu ne seras plus là.

Tu surmonteras ça, réplique-t-il. Tu vivras. Tiens, je vais t'épousseter.

Ça ne part pas, pas rien qu'en époussetant.

Attends que je te reboutonne, dit-il. Ne sois pas triste.

Bulletin du pensionnat, de l'établissement scolaire et de l'Association des anciens élèves du collège du Colonel-Henry-Parkman, Port Ticonderoga, mai 1998

Prix Laura Chase

par Myra Sturgess, vice-présidente
de l'Association des anciens élèves

Suite à la généreuse donation de feu Mme Winifred Griffen Prior de Toronto – nous évoquerons à cette occasion le souvenir de son illustre frère Richard E. Griffen qui venait souvent passer ses vacances à Port Ticonderoga où il aimait faire de la voile sur notre rivière –, le collège du Colonel-Henry-Parkman se voit doté d'un nouveau prix de grande valeur.

Ce prix, d'un montant de deux cents dollars, est le prix Laura Chase en création littéraire et sera remis à l'étudiant de dernière année dont la nouvelle aura été jugée la meilleure par un jury composé de trois membres de l'Association des anciens élèves qui prendra en compte les qualités littéraires comme les qualités morales du texte. « Nous sommes reconnaissants à Mme Prior qui, outre ses nombreux bienfaits, ne nous a pas oubliés », déclare notre directeur, M. Eph Evans.

Ainsi nommé en l'honneur de Laura Chase, la célèbre romancière de notre ville, ce premier prix sera attribué en juin à l'occasion de la remise des diplômes. Sa sœur, Mme Iris Griffen, de la famille Chase qui a tellement aidé notre communauté autrefois, a eu la bonté d'accepter de remettre ce prix à l'heureux gagnant. Il reste encore quelques semaines d'ici là, profitez-en pour dire à vos enfants de remonter leurs manches et de se dépêcher d'éprouver leurs talents créatifs !

Tout de suite après la remise des diplômes, l'Association des anciens élèves parrainera un thé dans le gymnase. Vous pourrez retirer vos billets à la Gingerbread House de Myra Sturgess. Toutes les recettes seront consacrées à l'achat de nouvelles tenues de football dont le collège a assurément grand besoin ! Nous accepterons bien volontiers les pâtisseries maison, mais si elles contiennent des noix, indiquez-le clairement.

III

La présentation

Ce matin, je me suis réveillée en proie à une sensation de peur panique.

Au début, j'ai eu du mal à comprendre pourquoi, puis la mémoire m'est revenue. C'était aujourd'hui le jour de la cérémonie.

Le soleil était levé, il faisait déjà trop chaud dans la chambre. La lumière passait à travers les voilages, restait en suspens dans l'air, dépôts dans un bassin. J'avais l'impression d'avoir de la bouillie dans la tête. Encore en chemise de nuit, trempée de sueur à cause d'une peur que j'avais repoussée comme des branches feuillues, je me suis extirpée de mon lit en désordre, puis efforcée de m'acquitter des traditionnels rituels de l'aube – ces cérémonies que nous accomplissons pour nous donner une apparence saine et acceptable aux yeux d'autrui. Il faut aplatir les cheveux droit sur la tête après avoir vu telles ou telles apparitions pendant la nuit, effacer du regard une expression d'incrédulité ébahie. Se laver les dents, si l'on peut dire. Dieu sait quels os j'ai pu ronger durant mon sommeil.

Puis je suis allée sous la douche et me suis agrippée à la barre que Myra m'a obligée à installer en faisant très attention à ne pas lâcher le savon : j'ai peur de glisser. Il faut pourtant nettoyer le corps au jet pour éliminer de la peau les exhalaisons de la pénombre nocturne. Je me soupçonne de dégager une odeur que je ne peux plus détecter – une puanteur de chair défraîchie et de vieille pisse foncée.

Une fois séchée, lotionnée, poudrée et vaporisée comme le mildiou, je me suis sentie requinquée, en quelque sorte. Il ne me restait plus que cette sensation d'apesanteur, ou plutôt d'être tout près de dégringoler d'une falaise.

Chaque fois que je tends le pied, je le pose par terre provisoirement, comme si le sol risquait de céder sous moi. Seule la tension superficielle parvient à me maintenir en place.

M'habiller a amélioré les choses. Je ne suis pas au mieux de ma forme sans échafaudage. (N'empêche, où sont donc passés mes vrais vêtements ? Ces pastels informes et ces chaussures orthopédiques appartiennent sûrement à quelqu'un d'autre. Mais ils sont à moi ; pire, ils me vont à présent.)

Ensuite, ça a été l'escalier. J'ai une peur panique de tomber – de me rompre le cou, de me retrouver étalée par terre la culotte à l'air, puis de me répandre en une mare pestilentielle avant que quelqu'un ne songe à me rechercher. Quelle vilaine façon de mourir ce serait ! J'ai négocié une marche après l'autre en me cramponnant à la rampe ; puis j'ai avancé dans le couloir jusqu'à la cuisine, les doigts de ma main gauche effleurant le mur comme des moustaches de chat. (J'y vois encore, dans l'ensemble. Je marche encore. *Sachons apprécier le peu qui s'offre à nous*, disait Reenie. *Pourquoi il faudrait ?* demandait Laura. *Pourquoi le peu ?*)

Je n'avais pas envie de prendre de petit déjeuner. J'ai bu un verre d'eau et j'ai tué le temps en m'agitant. À neuf heures et demie, Walter est passé me chercher.

« Fait suffisamment chaud pour toi ? » m'a-t-il lancé.

C'est son entrée en matière classique. En hiver, c'est *suffisamment froid*. *Humide* et *sec* s'appliquent au printemps et à l'automne.

« Comment vas-tu aujourd'hui, Walter ? lui ai-je demandé, comme toujours.

– Je reste dans le droit chemin, m'a-t-il répondu, comme toujours.

– C'est ce qu'on peut espérer de mieux de la part de chacun d'entre nous », ai-je rétorqué.

Il m'a offert sa version d'un sourire – mince craquelure sur son visage, comme la boue quand elle sèche –, m'a ouvert la porte de la voiture et installée sur le siège du passager.

« Grand jour aujourd'hui, hein ? Boucle-la, sinon ils risqueraient de m'arrêter. »

Il a dit *Boucle-la* à la manière d'une blague ; il est suffisamment âgé pour se souvenir d'un passé plus insouciant. Jeune, il devait être du genre à conduire le coude à la portière, la main sur le genou de sa petite amie. Ahurissant de se dire que cette petite amie était en fait Myra.

Il a habilement dégagé la voiture du trottoir et nous avons démarré en silence. C'est un gros bonhomme, Walter – il a le côté rectangulaire d'une plinthe, un cou qui ressemble davantage à une troisième épaule qu'à un cou; il exsude une odeur pas désagréable de vieilles bottes en cuir et d'essence. À en juger par sa chemise à carreaux et sa casquette de base-ball, j'en ai conclu qu'il n'avait pas l'intention d'assister à la remise des diplômes. Il ne lit pas de livres, ce qui nous met tous les deux plus à l'aise : en ce qui le concerne, Laura est ma sœur et c'est dommage qu'elle soit morte, un point c'est tout.

J'aurais dû épouser quelqu'un comme Walter. Doué de ses mains.

Non : je n'aurais pas dû me marier. Cela m'aurait évité des tas de désagréments.

Walter a arrêté la voiture devant le collège. Le bâtiment a cinquante ans, mais il est toujours neuf à mes yeux, d'un modernisme d'après-guerre : je n'arrive pas à me faire à sa platitude, à sa fadeur. On dirait une caisse d'emballage. Vêtus de tenues déclinant toutes les couleurs de l'été, des jeunes et leurs parents ondoyaient sur le trottoir et la pelouse, dans l'encadrement des portes d'entrée. Myra, qui nous attendait, nous fit *hou hou* des marches. Elle était habillée d'une robe blanche couverte d'énormes roses rouges. Les femmes équipées d'un popotin aussi massif ne devraient pas porter d'imprimés à grosses fleurs. Ce n'est pas que je souhaite qu'on en revienne aux gaines, mais elles ont du bon. Elle était allée chez le coiffeur, exhibait des boucles grises serrées, comme pochées, rappelant les perruques des juges anglais.

« Tu es en retard, dit-elle à Walter.

– Pas du tout, rétorqua-t-il. Si c'est le cas, tous les autres sont en avance, point à la ligne. Aucune raison de l'obliger à faire le pied de grue. »

Ils ont l'habitude de parler de moi à la troisième personne, comme si j'étais une petite fille ou un animal de compagnie.

Walter a remis mon bras aux bons soins de Myra et nous avons monté l'escalier principal ensemble comme dans une course à trois pattes. Je sentais ce que la main de Myra devait sentir : un radius cassant vaguement recouvert de porridge et de ficelle. J'aurais dû prendre ma canne, mais je ne me voyais pas en train de la trimballer sur la scène avec moi. Quelqu'un aurait forcément trébuché dessus.

Myra m'a emmenée vers les coulisses et m'a demandé si je souhaitais aller aux toilettes – elle a l'art de se rappeler ce genre de détails –, puis m'a fait asseoir dans la loge.

« Tu restes tranquille maintenant et c'est tout », m'a-t-elle dit.

Là-dessus, elle est ressortie à toute vitesse, le derrière ballottant, pour s'assurer que tout était en ordre.

Les ampoules, autour du miroir de la loge, étaient petites et rondes, comme dans les théâtres ; ça fait une lumière flatteuse, mais pas dans mon cas : j'avais l'air malade, ma peau était exsangue, on aurait dit une viande mise à tremper dans de l'eau. Était-ce la peur ou une véritable maladie ?

Il est certain que je ne me sentais pas franchement en forme.

Je dénichai mon peigne, fis mine de le passer, pour la forme, sur le dessus de mon crâne. Myra ne cesse de me menacer de m'emmener chez sa « coiffeuse », dans son salon de coiffure, comme elle dit toujours – Centre de soins capillaires, c'est le nom officiel de la boutique à présent, avec Unisexe pour attirer davantage de chalands –, mais je traîne les pieds. Au moins puis-je encore dire que j'ai des cheveux, même s'ils me remontent droit sur la tête en frisant comme si j'avais été électrocutée. En dessous, on entrevoit des plaques de cuir chevelu, rose grisâtre couleur de pattes de souris. Si, un jour, je me retrouve prise au milieu d'une violente bourrasque, mes cheveux s'envoleront à la manière d'un duvet de pissenlit et il ne me restera plus qu'un minuscule trognon de crâne chauve criblé de petits trous.

Myra m'avait remis un de ses brownies spéciaux, préparés en quatrième vitesse pour le thé des anciens élèves – barre de mastic nappée de boue chocolatée –, et une Thermos en plastique remplie de son café qui avait un goût d'acide de batterie. J'étais incapable de boire comme de manger, mais Dieu n'a pas inventé les toilettes pour rien, n'est-ce pas ?

J'ai laissé traîner quelques miettes brunes pour faire plus vrai.

Puis Myra est revenue, l'air affairé, m'a récupérée et embarquée et le directeur m'a serré la main en me disant que c'était vraiment gentil d'être venue ; puis on m'a passée au directeur adjoint, au président de l'Association des anciens élèves, au directeur de la section d'anglais – une femme en tailleur-pantalon –, au représentant de la chambre de commerce Junior et finalement au parlementaire local – ceux-là, ils ont toujours peur de rater quelque chose. Je n'avais pas vu une telle exposition de sourires carnassiers depuis l'époque où Richard faisait de la politique.

Myra m'a accompagnée jusqu'à mon siège, puis a murmuré : « Je serai dans les coulisses. » L'orchestre du collège s'est mis à jouer avec force grincements et fausses notes et nous avons entonné *Ô Canada !* dont je ne retiens jamais les paroles parce qu'ils n'arrêtent pas de les changer. Aujourd'hui, on en donne un bout en français, ce qui aurait été impensable autrefois. Nous avons repris notre siège après avoir affirmé notre fierté collective en quelque chose que nous sommes infichus de prononcer.

Puis l'aumônier de l'établissement a débité une prière et adressé un petit discours à Dieu sur les défis nombreux et sans précédent que les jeunes d'aujourd'hui doivent affronter. Dieu a dû déjà entendre ce genre de fadaises et sans doute cela l'ennuie-t-il autant que nous. À leur tour, les autres se sont exprimés : fin du vingtième siècle, débarrassez-vous des vieilleries, accueillez le neuf en carillonnant, citoyens de l'avenir, vers vous avec des mains défaillantes et cetera. Je me suis autorisée à rêvasser ; je savais bien qu'on n'attendait qu'une chose de moi : que je me tienne correctement. C'était comme si j'étais de nouveau à deux pas de la scène ou à un interminable dîner, assise à côté de Richard, bouche cousue.

Si l'on me le demandait, ce qui arrivait rarement, je répondais que mon passe-temps favori était le jardinage. Une demi-vérité au mieux, mais suffisamment ennuyeuse pour être acceptée.

Vint ensuite le moment pour les élèves de recevoir leurs diplômes. Ils se rassemblèrent sur la scène, graves et radieux, de tailles diverses, tous beaux comme seuls les jeunes peuvent l'être. Même les laids étaient beaux, même les grincheux, même les gros, même les boutonneux l'étaient. Pas un seul d'entre eux ne comprend ça – combien ils sont beaux. Et pourtant, ils sont horripilants, les jeunes. En général, ils se tiennent abominablement mal et – si l'on en juge par leurs chansons – pleurnichent et s'apitoient sur leur sort, le « Souffre en silence » ayant connu le sort du fox-trot. Ils ne mesurent pas leur chance.

C'est à peine s'ils me jetèrent un coup d'œil. Ils devaient me trouver bizarre, mais je suppose que c'est le sort de tout le monde de se voir réduit à l'état de bizarrerie par plus jeune que soi. À moins qu'il n'y ait du sang par terre, bien entendu. La guerre, la destruction, le meurtre, n'importe quel type d'épreuve ou de violence, voilà ce qu'ils respectent. Le sang, c'est la preuve qu'on ne plaisante pas.

Puis on décerna les prix – informatique, physique, marmonnements, aptitudes commerciales, littérature anglaise, un truc que je n'entendis pas. Après quoi le bonhomme de l'Association des anciens élèves s'éclaircit la gorge et se laissa aller à un pieux baratin sur Winifred Griffen Prior, une véritable sainte. Les bobards que les gens racontent dès qu'il est question d'argent ! J'imagine que cette vieille garce avait visualisé tout ce tralala le jour où elle avait établi ce legs minable. Elle savait qu'on me demanderait d'y assister ; elle avait envie que je me tortille d'embarras sous le regard implacable de la ville tandis qu'on vanterait sa munificence. *Dépensez ceci en mémoire de moi.* J'étais vraiment navrée de lui offrir cette satisfaction, mais il m'était impossible de me dérober sans qu'on me croie effrayée ou coupable, voire indifférente. Pire : ingrate !

Ensuite, ce fut au tour de Laura. Le politicien se chargea lui-même de la présenter : là, il fallait du tact. Il dit quelques mots sur ses origines locales, son courage, « la façon dont elle s'était consacrée à l'objectif qu'elle s'était choisi », quoi que cela ait pu signifier. Rien sur la manière dont elle était morte, laquelle pour tout le monde en ville – malgré les conclusions de l'enquête – était aussi proche du suicide que merde l'est du juron. Et rien sur le livre, que la plupart d'entre eux, sans doute, estimaient préférable d'oublier. Bien que ce ne soit pas le cas, pas ici : même après cinquante ans, il garde son aura de soufre et de tabou. Difficile à comprendre, à mon avis : pour ce qui est de la sensualité, il est dépassé, pour les grossièretés, il n'y a rien qu'on ne puisse entendre tous les jours dans les rues, quant au sexe, il est aussi osé que la danse de l'éventail – saugrenu quasiment, comme les porte-jarretelles.

À l'époque, bien entendu, ça avait été une autre paire de manches. Ce que les gens se rappellent, ce n'est pas tant le livre que le scandale : les ministres du culte, et pas seulement ici, l'avaient dénoncé comme obscène ; la bibliothèque municipale avait été obligée de le retirer de ses étagères, l'unique librairie de la ville avait refusé de le vendre. Il fut question de le censurer. Certains se rendirent furtivement à Stratford, à London et même à Toronto pour se procurer un exemplaire sous le manteau, comme on faisait alors pour les capotes. De retour chez eux, ils tirèrent leurs rideaux et lurent avec désapprobation, avec délectation, avec avidité et jubilation – y compris ceux qui n'avaient encore jamais songé à ouvrir un roman. Rien de tel qu'une pelletée de cochoncetés pour doper l'alphabétisation.

(Il est indéniable que quelques bonnes opinions s'exprimèrent. *Je n'ai pas pu le finir – l'histoire était un peu légère pour mon goût. Mais la pauvre était tellement jeune. Elle aurait peut-être mieux réussi avec un autre livre, si elle n'était pas partie.* C'était là ce que les gens auraient pu dire de mieux sur la question.) Qu'en attendaient-ils ? Lubricité, grivoiseries, confirmation de leurs pires soupçons. Mais peut-être certains avaient-ils envie, malgré eux, d'être séduits ? Peut-être recherchaient-ils la passion charnelle ; peut-être fouillaient-ils ce livre comme un colis mystérieux – un paquet-cadeau au fond duquel, dissimulé sous des strates de papier de soie bruissant, se trouvait quelque chose dont ils avaient toujours rêvé sans jamais parvenir à mettre la main dessus ?

Par ailleurs, ils voulaient identifier les véritables protagonistes – à l'exception de Laura, dirons-nous : on tenait pour acquise la réalité de ce qu'elle racontait. Ils voulaient de vrais corps à plaquer sur les corps que les mots avaient fait apparaître à leurs yeux. Ils voulaient une vraie luxure. Surtout, ils voulaient savoir : *Qui était cet homme ?* Au lit avec la jeune femme, la charmante jeune femme décédée ; au lit avec Laura. Certains croyaient savoir, bien entendu. Il y avait eu des commérages. Pour ceux qui étaient capables d'additionner deux plus deux, tout tombait en place. *Se comportait comme une vraie oie blanche. On lui aurait donné le bon Dieu sans confession. C'est bien la preuve qu'il ne faut pas se fier à l'eau qui dort.*

Mais leurs remarques ne pouvaient plus atteindre Laura. J'étais la seule à laquelle ils pouvaient s'attaquer. Les lettres anonymes commencèrent à affluer. Pourquoi avais-je fait publier ce tas de saletés ? Et à New York en plus – la grande Sodome. Une telle ordure ! Je n'avais pas honte ? J'avais apporté le déshonneur sur ma famille – si respectée – et jusque sur la ville tout entière. Laura n'avait jamais eu toute sa tête, tout le monde s'en était toujours douté, et ce livre en était la preuve. J'aurais dû protéger sa mémoire. J'aurais dû brûler ce manuscrit. En contemplant la masse confuse des têtes dans l'assistance – les têtes des plus vieux –, j'imaginai les miasmes des vieilles rancunes, des vieilles envies, des vieilles condamnations s'élevant de là comme d'un marais rafraîchissant.

Quant au livre lui-même, il continuait à être une chose dont on ne parlait pas – repoussé, à l'abri des regards, comme un parent scandaleux, peu recommandable. Cet ouvrage si mince, si anodin ! Hôte non invité à cette fête bizarre, il virevoltait aux abords de la scène à la manière d'une mite inoffensive.

Alors que j'étais en train de rêvasser, on m'attrapa par le bras, on me remit sur mes pieds et on me glissa dans la main le chèque dans son enveloppe décorée d'un bandeau doré. On énonça l'identité de la lauréate. Je ne saisis pas son nom.

Elle avança vers moi et traversa l'estrade avec des claquements de talons. Elle était grande ; de nos jours, elles sont toutes très grandes, ces jeunes filles, ce doit être un truc dans la nourriture. Elle portait une robe noire, sévère au milieu des couleurs d'été, tissée de fils d'argent ou d'une garniture de perles – une sorte de scintillement. Elle avait de longs cheveux bruns. Un visage ovale, une bouche ourlée de rouge cerise ; une ride discrète, déterminée, attentive. Une peau avec des reflets bruns ou légèrement jaunes – se pouvait-il qu'elle soit indienne, arabe ou chinoise ?

Même à Port Ticonderoga, c'était possible : tout le monde est partout de nos jours.

Mon cœur fit un bond dans ma poitrine : une vive nostalgie me parcourut comme une crampe. Peut-être ma petite-fille – peut-être Sabrina lui ressemble-t-elle à présent ? me dis-je. Peut-être que oui, peut-être que non, comment le saurais-je ? Je ne la reconnaîtrais même pas, si ça se trouve. Il y a si longtemps qu'on l'a éloignée de moi ; qu'elle s'est éloignée. Que faire ?

« Madame Griffen », dit le politicien dans un sifflement.

Je chancelai, retrouvai mon équilibre. Voyons, qu'est-ce que j'avais eu l'intention de dire ?

« Ma sœur Laura serait tellement contente », déclarai-je en haletant au micro. Ma voix était ténue ; j'avais l'impression d'être à deux doigts de m'évanouir.

« Elle aimait aider autrui. »

C'était vrai, je m'étais promis de ne rien dire qui ne fût pas vrai.

« Elle adorait la lecture et les livres. »

C'était également vrai, jusqu'à une certaine limite.

« Elle vous aurait souhaité un bel avenir. »

Vrai aussi.

Je réussis à lui remettre l'enveloppe ; la jeune fille dut se pencher. Je lui murmurai à l'oreille ou tentai de lui murmurer : « Vous êtes un ange. Faites attention ! » Toute personne ayant l'intention de toucher aux mots a besoin de ce genre de viatique, de ce genre de mise en garde. Avais-je vraiment parlé ou avais-je simplement ouvert et refermé la bouche à la façon d'un poisson ?

Elle sourit et de minuscules paillettes scintillèrent et étincelèrent partout sur son visage et ses cheveux. C'était un tour que me jouaient mes yeux et les lumières de l'estrade, trop vives. J'aurais dû mettre mes lunettes aux verres teintés. Je restai plantée là à battre des paupières. C'est alors qu'elle eut un geste inattendu : elle s'inclina et m'embrassa sur la joue. À travers ses lèvres, je perçus la texture de ma peau : douce comme un cuir de chevreau, fripée, poudrée, très vieille.

À son tour, elle murmura quelque chose, mais je ne pus tout saisir. Était-ce un simple merci ou y avait-il un autre message dans – était-ce possible ? – une langue étrangère ?

Elle tourna les talons. La lumière qui émanait d'elle était si éblouissante qu'il me fallut fermer les yeux. Je n'avais pas entendu, je n'y voyais pas. Les ténèbres se rapprochèrent. Les applaudissements me meurtrirent les oreilles comme des ailes en mouvement. Je titubai et manquai m'étaler.

Un employé vigilant m'attrapa par le bras et me carra de nouveau dans mon siège. Dans l'obscurité. Dans l'ombre distendue que projetait Laura. En sûreté.

Mais la vieille blessure s'est rouverte, le sang invisible coule à flots. D'ici peu, je serai vidée.

Le coffret argent

Les tulipes orange sont en train de s'ouvrir, fripées et dépenaillées à l'image des traînards d'une armée en déroute. Je les accueille avec soulagement, comme si je les saluais d'une bâtisse anéantie par les bombes ; pourtant, c'est à elles de se faire une place au mieux, sans que je leur sois d'un grand secours. Il m'arrive de fourrager dans les détritus du jardin de derrière, d'éliminer tiges desséchées et feuilles tombées, mais c'est à peu près tout. Je ne suis plus trop capable de m'agenouiller, je ne peux plus enfoncer les mains dans la terre.

Hier, je suis allée chez le médecin, histoire de voir pour ces étourdissements. Il m'a dit que j'avais à présent ce que, dans le temps, on appelait des *soucis de cœur*, comme si les gens en bonne santé n'en avaient pas. Il semble finalement que je ne vais pas continuer à vivre éternellement en me bornant juste à devenir plus menue, plus grise et plus racornie, comme la Sibylle dans sa bouteille. Ayant murmuré il y a longtemps : *Je veux mourir*, je me rends compte désormais que ce vœu va bel et bien se réaliser et plutôt plus tôt que plus tard. Peu importe que j'aie changé d'avis entre-temps.

Je me suis enveloppée dans un châle pour m'asseoir dehors, à l'abri de l'auvent de la véranda de derrière, devant une table en bois couverte d'entailles que j'ai demandé à Walter de me sortir du garage, lequel abritait les trucs habituels oubliés par les précédents propriétaires : une collection de pots de peinture complètement secs, un tas de bardeaux recouverts de goudron, un pot à demi rempli de clous rouillés, une bobine de fil pour accrocher les tableaux. Des moineaux momifiés, des nids de souris en bourre à matelas. Walter a tout briqué à l'eau de Javel, mais ça sent encore la souris.

Il y a devant moi une tasse de thé, une pomme coupée en quartiers et un bloc de papier rayé bleu, comme les pyjamas pour hommes dans le temps. J'ai acheté un nouveau stylo aussi, bon marché, en plastique noir, à pointe bille. Je me rappelle mon premier stylo à plume, il me paraissait si lisse et si brillant et l'encre me faisait les doigts si bleus. Il était en Bakélite avec une agrafe argent. On était en 1929. J'avais treize ans. Laura m'emprunta ce stylo – sans me demander la permission, comme tout ce qu'elle empruntait –, puis le cassa, le plus facilement du monde. Je lui pardonnai, bien sûr. Je lui pardonnais toujours ; j'étais bien obligée, on n'était que toutes les deux. Toutes les deux sur notre île encerclée par les épines, qui attendions d'être sauvées ; et sur le continent, tous les autres.

Pour qui est-ce que j'écris ceci ? Pour moi ? Je ne pense pas. Je ne me vois pas en train de me relire par *la suite*, la suite étant devenue problématique.

Pour un ou une inconnue, à l'avenir, après ma mort ? Je n'ai pas une telle ambition, pas un tel espoir.

Peut-être que je n'écris pour personne ? Peut-être est-ce pour la personne à qui les enfants écrivent quand ils gribouillent leurs noms dans la neige ?

Je ne suis plus aussi vive qu'autrefois. J'ai les doigts raides et maladroits, mon stylo tremblote et fiche le camp à droite et à gauche, il me faut beaucoup de temps pour former mes mots. Et pourtant je m'obstine, penchée comme si je cousais au clair de lune.

Quand je regarde dans le miroir, je vois une vieille femme ; ou pas vieille, parce que plus personne n'a le droit d'être vieux aujourd'hui. Plus âgée, alors. Parfois, je vois une femme plus âgée qui pourrait ressembler à la grand-mère que je n'ai jamais connue ou à ma mère si elle avait pu atteindre cet âge. Mais parfois, à la place, je vois le visage de jeune fille que je passais jadis tant de temps à réarranger et à déplorer qui, noyé, flotte juste en dessous de mon visage actuel, lequel paraît – l'après-midi surtout quand la lumière tombe à l'oblique – si flasque et si transparent que je pourrais le retirer comme un bas.

Le docteur dit qu'il faut que je marche – tous les jours, affirme-t-il, pour mon cœur. Je préférerais ne pas. Ce n'est pas l'idée de marcher qui me contrarie, c'est le fait de sortir : je me sens trop exposée. Est-ce que j'imagine les regards curieux, les murmures ? Peut-être que oui, peut-être que non. Je fais partie du paysage après tout, à l'égal d'un terrain disponible semé de briques à l'endroit où se dressait auparavant un immeuble important.

La tentation, c'est de rester enfermée à l'intérieur ; de me ratatiner jusqu'à devenir une recluse que les enfants du voisinage regarderaient avec dérision et un peu de crainte révérencielle ; de laisser croître haies et mauvaises herbes, rouiller les portes sur leurs gonds, de rester couchée dans un vêtement informe et de laisser mes cheveux pousser et se répandre sur l'oreiller et mes ongles se transformer en griffes pendant que la cire de la bougie dégoulinerait sur le tapis. Mais il y a longtemps que j'ai choisi entre classicisme et romantisme. Je préfère être debout et muette – une tombe au grand jour.

Je n'aurais peut-être pas dû revenir vivre ici. Mais, à l'époque, je ne voyais pas d'autre possibilité. Comme disait Reenie : *Mieux vaut un danger qu'on connaît qu'un danger qu'on ne connaît pas.*

Aujourd'hui, j'ai fait l'effort. Je suis sortie, j'ai marché. J'ai marché jusqu'au cimetière : on a besoin d'un but pour ces excursions qui, sinon, paraissent absurdes. Je portais mon chapeau de paille à large bord pour me protéger de la lumière aveuglante et mes lunettes aux verres teintés et j'avais pris ma canne pour repérer les trottoirs. Ainsi qu'un sac à provisions en plastique.

J'ai descendu Erie Street, suis passée devant un teinturier, un photographe spécialisé dans le portrait et les quelques autres magasins de la rue principale qui ont réussi à survivre à l'hémorragie provoquée par les centres commerciaux à la périphérie de la ville. Puis devant Betty's Luncheonette, le snack-bar qui est encore une fois en train de changer de direction : tôt ou tard, les propriétaires se lassent, meurent ou vont s'installer en Floride. Betty's Luncheonette dispose à présent d'une terrasse où les touristes peuvent s'asseoir au soleil et se faire rôtir à point ; il est derrière ce petit carré de ciment fendillé où on rangeait autrefois les poubelles. Ils proposent des tortellini et du cappuccino, affichent ça hardiment en devanture comme si bien entendu tout le monde en ville savait ce que c'était. Eh bien, les gens sont au courant maintenant ; ils ont testé, ne serait-ce que pour s'offrir le droit de ricaner. *J'ai pas besoin d'un mouton sur mon café. On dirait de la mousse à raser. Une gorgée et t'as l'écume à la bouche.*

Les tourtes au poulet ont été la spécialité de la maison à un moment donné, mais il y a belle lurette que c'est fini. Aujourd'hui, on y trouve des hamburgers, mais Myra conseille de les éviter. D'après elle, ils proposent des petits pâtés congelés à base de déchets de viande. Elle dit que les déchets de viande, c'est ce qu'on ramasse par terre après qu'on a découpé les vaches congelées à la scie électrique. Elle lit beaucoup de revues, chez le coiffeur.

Le cimetière a un portail en fer forgé surmonté d'une arche à volute compliquée et dotée d'une inscription : *Même si je marche*

60

dans un ravin d'ombre et de mort, je ne crains aucun mal, car Tu es avec moi. Oui, on se sent plus en sécurité à deux ; mais ce *Tu* est un personnage fuyant. Chaque *Tu* que j'ai connu s'est volatilisé à sa façon. Ils disparaissent de la ville, se transforment en traîtres ou tombent comme des mouches, et, après, où es-tu ?

Là précisément.

Il est difficile de rater le monument de la famille Chase : il dépasse tous les autres. Il y a deux anges en marbre blanc, victoriens, sentimentaux mais assez bien faits dans le genre, posés sur un gros cube en pierre avec des angles ornés de volutes. Le premier est debout, la tête inclinée sur le côté en une attitude de deuil, une main tendrement posée sur l'épaule du second. Celui-ci est à genoux, en appui contre la cuisse du premier, et regarde droit devant lui en tenant délicatement une gerbe de lis dans ses bras. Leurs corps sont tout à fait décents, les plis d'un matériau impénétrable, doucement drapés, voilent leurs formes mais on voit bien que ce sont des femmes. Les pluies acides leur imposent un lourd tribut : leurs regards autrefois perçants sont désormais troubles, émoussés et poreux, comme s'ils avaient une cataracte. Mais c'est peut-être ma vue qui baisse.

Laura et moi allions souvent faire un tour par là. C'est Reenie qui nous avait amenées, elle estimait qu'il était plutôt bon que les enfants se recueillent sur les tombes de leur famille, et après on y retournait seules : c'était un prétexte pieux qui nous permettait donc de nous échapper. Quand elle était petite, Laura disait que ces anges nous représentaient toutes les deux. Je lui répondais que ce n'était pas possible, parce que c'était notre grand-mère qui les avait fait installer là avant notre naissance. Mais Laura n'attachait jamais beaucoup d'importance à ce genre de raisonnement. Elle s'intéressait davantage aux formes – à ce que les choses étaient intrinsèquement, pas à ce qu'elles n'étaient pas. Elle voulait l'essence.

Au fil du temps, j'ai pris l'habitude de venir ici au moins deux fois par an pour remettre de l'ordre, à défaut d'autre chose. Autrefois, je conduisais, mais c'est fini : ma vue est trop mauvaise pour cela. Je me penchais avec peine et ramassais les fleurs fanées qui, déposées par d'anonymes admirateurs de Laura, s'étaient accumulées et les fourrais dans mon sac à provisions en plastique. Ces hommages sont moins nombreux qu'ils ne l'étaient, même s'il en reste encore largement assez. Ceux d'aujourd'hui sont pour certains très récents. De temps à autre, je retrouve des bâtons d'encens et aussi des bougies, comme si on invoquait Laura.

Après m'être occupée des bouquets, j'ai contourné le monument et parcouru de bout en bout la liste des défunts Chase gravée sur les parois du cube. *Benjamin Chase et Adelia, son épouse bien-aimée. Norval Chase et Liliana, son épouse bien-aimée. Edgar et Percival, Ils ne vieilliront pas comme nous autres qui restons.*

Et Laura, pour autant qu'elle soit quelque part. Son essence.

Déchets de viande.

Il y avait dans le journal local de la semaine dernière une photo d'elle accompagnant un compte rendu du prix – la photo habituelle, celle de la jaquette du livre, la seule qui ait jamais été imprimée parce que c'est la seule que je leur ai donnée. C'est un portrait, le torse de trois quarts par rapport au photographe, alors que la tête est tournée vers l'objectif de façon à permettre au cou de dessiner une jolie courbe. *Un peu plus, levez la tête vers moi maintenant, c'est cela, maintenant voyons ce sourire.* Ses longs cheveux sont blonds, comme les miens à l'époque – pâles, presque blancs, comme si les reflets roux étaient partis au rinçage, le fer, le cuivre, tous les métaux durs. Un nez droit ; un visage en forme de cœur ; de grands yeux lumineux, candides ; les sourcils arqués remontant en un mouvement de perplexité sur les bords intérieurs. Un soupçon d'obstination dans la mâchoire, mais indécelable si on ne le savait pas. Pas de maquillage, pour ainsi dire, ce qui donne au visage une apparence curieusement nue : quand on regarde la bouche, on se rend compte que c'est la chair qu'on regarde.

Jolie ; belle même ; intacte de manière touchante. Une publicité pour savon, ingrédients cent pour cent naturels. Le visage paraît impassible : il a le détachement de façade, vide, de toutes les jeunes filles bien élevées de l'époque. Une table rase attendant qu'on vienne lui écrire dessus plutôt que d'écrire elle-même.

C'est uniquement à cause du livre qu'on se souvient d'elle aujourd'hui.

Laura revint dans un petit coffret argent, gros comme un paquet de cigarettes.

Je savais très bien ce que la ville avait pu raconter à ce propos, aussi bien que si j'avais écouté aux portes. *Bien sûr, c'est pas vraiment elle, juste les cendres. On n'aurait pas cru que les Chase feraient incinérer les leurs, ils ne l'ont jamais fait avant, ils ne se seraient pas abaissés à ça du temps de leur splendeur, mais à ce qui se raconte, ils avaient aussi vite fait de finir le boulot, vu qu'elle était déjà plus ou moins carbonisée. N'empêche, je suppose qu'ils se sont dit qu'il fallait qu'elle soit avec la famille. Ils vont vouloir la coller dans ce grand machin monumental avec les deux anges. Personne d'autre n'en a deux, mais ça, c'était du temps où ils nageaient en grande eau. Ils aimaient en ficher plein la vue à l'époque, faire sensation ; prendre la première place, on pourrait dire. Jouer les huiles. C'est sûr qu'autrefois, ils en ont lâché un paquet dans le coin.*

J'entends toujours ce genre de choses avec la voix de Reenie. C'était elle qui nous expliquait la ville, à Laura et à moi. Sur qui d'autre aurions-nous pu nous appuyer ?

De l'autre côté du monument, il y a un emplacement libre. J'y vois un siège réservé – perpétuellement réservé, comme Richard en réservait au Royal Alexandra Theatre. C'est ma place ; c'est là que je reposerai.

Cette pauvre Aimée est à Toronto, au cimetière Mount Pleasant, avec les Griffen – Richard, Winifred et leur mégalithe voyant en granit poli. Winifred y a veillé – elle a établi son droit sur Richard et Aimée en intervenant sur-le-champ et en commandant leur cercueil. C'est celui qui paie les pompes funèbres qui choisit la musique. Si elle avait pu, elle m'aurait interdit d'assister à leurs funérailles.

Mais Laura était la première du lot et Winifred n'avait pas encore rodé sa méthode à confisquer les cadavres. J'ai dit : « Elle va aller chez nous », et ce fut tout. J'ai dispersé les cendres sur le sol, mais j'ai conservé le coffret argenté. Heureusement que je ne l'ai pas enterré : à l'heure qu'il est, un admirateur l'aurait fauché. Ils barboteraient n'importe quoi, ces gens-là. Il y a un an, j'en ai surpris un avec un pot à confiture et un déplantoir, en train de piquer de la terre sur la tombe.

Pour Sabrina, je me demande – où elle se retrouvera. Il n'y a plus qu'elle. Je présume qu'elle est toujours en vie : je n'ai rien entendu qui me donne à penser le contraire. Reste à voir de quel côté de la famille elle choisira d'être enterrée ou si elle se mettra à part, loin de nous tous. Je ne l'en blâmerais pas.

La première fois qu'elle fit une fugue, alors qu'elle avait treize ans, Winifred me téléphona, en proie à une rage froide, en m'accusant de l'avoir aidée et encouragée, mais elle n'alla tout de même pas jusqu'à dire kidnappée. Elle exigea de savoir si Sabrina était venue me trouver.

« Je ne crois pas être obligée de te répondre », répliquai-je pour la tourmenter.

Ce n'était que justice : dans l'ensemble, c'était elle qui avait eu jusqu'à présent le plus d'occasions de me tourmenter. Elle m'avait régulièrement renvoyé les cartes, lettres et cadeaux que j'avais adressés à Sabrina avec dessus la mention *Retour à l'expéditeur* écrite de sa main de gros tyran.

« De toute façon, je suis sa grand-mère. Elle peut toujours venir me trouver si elle le désire. Elle sera toujours la bienvenue.

– Inutile de te rappeler que je suis sa tutrice légale.

– Si c'est inutile, pourquoi me le rappelles-tu ? »

Cependant, Sabrina ne se manifesta pas. Elle ne le fit jamais. Il n'est pas difficile de deviner pourquoi. Dieu sait ce qu'on lui a raconté sur mon compte. Rien de bon.

La fabrique de boutons

La chaleur de l'été est là pour de bon, coiffe la ville comme une soupière. Un temps à paludisme, ça aurait fait autrefois ; un temps à choléra. Les arbres sous lesquels j'avance forment des ombrelles flétries, le papier est moite sous mes doigts, les mots que j'écris filent sur les bords comme du rouge à lèvres sur une bouche âgée. Il suffit que je grimpe l'escalier pour me parer d'une fine moustache de perspiration.

Je ne devrais pas me promener par une chaleur pareille, ça me fait battre le cœur plus fort. Je remarque cet effet avec malice. Je ne devrais pas soumettre mon cœur à de telles épreuves maintenant que je suis au courant de ses défauts ; j'éprouve cependant un plaisir pervers à le faire, comme si j'étais une brute et lui, un enfant pleurnichard dont je mépriserais les faiblesses.

Le soir, il y a du tonnerre, et ça cogne et ça tape du pied au loin, comme si Dieu piquait une crise. Je me lève pour aller faire pipi, reviens me coucher et me rallonge en me tortillant entre les draps humides et en écoutant le ronron monotone du ventilateur. Myra dit que je devrais me faire installer un climatiseur, mais je n'en veux pas. En plus, je ne peux pas me le permettre.

« Qui le paierait ? » je lui réponds. Elle doit croire que j'ai un diamant caché dans le front, comme les crapauds des contes de fées.

Aujourd'hui, je m'étais fixé la fabrique de boutons comme but de ma promenade, je comptais y prendre mon café du matin. Le docteur m'a mise en garde contre le café, mais il n'a que cinquante ans – il va faire son jogging en short, exhibe ses jambes poilues. Il ne sait pas tout, encore qu'il serait surpris d'entendre ça. Si ce n'est pas le café qui me tue, ce sera autre chose.

Erie Street était envahie de touristes indolents, des gens d'âge moyen pour la plupart qui, leur repas terminé, ne savaient trop quoi faire en attendant d'aller passer quelques heures relaxantes de traîtrise, de sadisme, d'adultère et de meurtre au festival de théâtre estival proche, et fourrageaient dans les boutiques de souvenirs ou flânaient dans les librairies. Certains suivaient la même direction que moi – la fabrique de boutons, histoire de voir quels bibelots tocards ils pourraient acquérir pour commémorer ce congé du vingtième siècle qu'ils avaient pris, l'espace d'une nuit. Des nids à poussière, aurait décrété Reenie à propos de ces objets. Elle aurait dit la même chose des touristes eux-mêmes.

J'avançai en leur compagnie pastel jusqu'à l'endroit où Erie Street devient Mill Street et longe la Louveteau. Port Ticonderoga compte deux rivières, la Jogues et la Louveteau – ces noms étant des vestiges du comptoir français situé autrefois à leur confluent, même si nous ne pratiquons pas le français par ici : pour nous, ce sont la Jogs et la Lovetow. Avec son courant rapide, la Louveteau a attiré les premiers moulins, puis les usines d'électricité. La Jogues, en revanche, est profonde et lente, navigable jusqu'à trente milles en amont du lac Érié. C'est par cette voie qu'on a expédié les pierres de calcaire, à l'origine de la première industrie de la ville, grâce aux énormes dépôts laissés par le reflux des mers intérieures. (Du permien, du jurassique ? Je savais ça dans le temps.) En ville, la plupart des maisons, y compris la mienne, sont construites avec des pierres de ce type.

Les carrières abandonnées sont toujours là, à la périphérie de l'agglomération, espaces rectangulaires ou oblongs entaillant profondément la roche comme si on en avait extrait des immeubles entiers qui auraient laissé derrière eux leurs formes vides. Il m'arrive d'imaginer que la ville émerge du mince océan préhistorique, se déploie comme une anémone de mer ou les doigts d'un gant de caoutchouc quand on souffle dedans, et surgit par saccades tels ces courts-métrages sur les fleurs, sombres et pleins de grain, qu'on voyait autrefois au cinéma – quand cela ? – avant le grand film. Des amateurs de fossiles en quête de poissons éteints, de frondes anciennes, de spirales de corail explorent ces coins-là ; et si les adolescents veulent s'amuser, c'est là qu'ils vont. Ils dressent des feux de joie, se soûlent, fument de l'herbe et se pelotent tant qu'ils peuvent, comme s'ils venaient d'inventer l'affaire, et bousillent la voiture de leurs parents sur le chemin du retour.

Mon jardin de derrière jouxte les gorges de la Louveteau, endroit où la rivière se rétrécit et décrit un saut. La pente est suffisamment abrupte pour occasionner une certaine brume et quelques craintes. Durant les week-ends d'été, les touristes se promènent sur le sentier longeant l'à-pic ou se plantent tout au bord pour prendre des photos ; je vois défiler leurs chapeaux en toile blanche, inoffensifs et agaçants. L'escarpement est en train de s'ébouler, il est dangereux, mais la municipalité refuse de dépenser de l'argent pour une barrière, car on est encore d'avis ici que si on fait une bêtise on n'a qu'à en supporter les conséquences, quelles qu'elles soient. Les tasses en carton de la boutique de beignets s'accumulent dans les tourbillons en contrebas et, de temps à autre, on repêche un cadavre. Difficile de savoir s'il est tombé accidentellement ou délibérément ou si on l'a poussé, à moins bien sûr qu'on ne retrouve un mot.

La fabrique de boutons est située sur la rive est de la Louveteau, à quatre cents mètres en amont des gorges. Elle a passé plusieurs décennies à l'abandon, fenêtres cassées, toit crevé, livrée aux rats et aux ivrognes ; puis une association de citoyens énergiques l'a sauvée de la démolition et convertie en un ensemble de boutiques. Les parterres de fleurs ont été reconstitués, l'extérieur décapé à la sableuse, les ravages du temps et du vandalisme réparés, même si l'on remarque encore de sombres empreintes de suie autour des fenêtres inférieures, témoignages de l'incendie qui a eu lieu il y a plus de soixante ans.

Le bâtiment, en brique rouge foncé, présente ces larges fenêtres à multiples carreaux en vogue dans les usines de l'époque parce qu'elles permettaient des économies d'éclairage. C'est très élégant pour une usine : guirlandes décoratives, chacune ornée d'une pierre rose en son milieu, lucarnes, mansarde recouverte d'ardoises vert-mauve. À côté, il y a un parking impeccable. Bienvenue aux visiteurs de la fabrique de boutons, proclame le panneau écrit en vieilles lettres rondes ; et, en caractères plus petits : Parking interdit pendant la nuit. Et, en dessous, gribouillé au feutre noir furieux : *Tu n'es pas Dieu, bordel, et la Terre n'est pas ton allée perso, bordel.* Authentique touche locale.

L'entrée principale a été élargie, une rampe pour handicapés installée, les lourdes portes d'origine remplacées par des portes vitrées : Entrée et Sortie, Poussez et Tirez, ces tyranniques quadruplés du vingtième siècle. À l'intérieur, il y a de la musique, violons de Pétaouchnock, rythme à trois temps d'une gaillarde valse déchirante. Une lucarne éclaire l'espace central au sol recouvert d'imitations de pavés avec des bancs de jardin public fraîchement repeints en vert et des bacs contenant quelques arbustes mécontents. Les diverses boutiques sont disposées tout autour : effet de rue piétonne.

De gigantesques agrandissements de vieilles photos provenant des archives de la ville décorent les murs en brique nue. Il y a tout d'abord un extrait d'un journal – un journal de Montréal, pas de chez nous – et la date, 1899 :

N'allez pas imaginer les sombres et sinistres usines de la vieille Angleterre. Les usines de Port Ticonderoga se dressent au milieu d'une profusion de verdure égayée de fleurs pimpantes et sont bercées par le bruit apaisant des rivières voisines ; elles sont propres et bien ventilées et les ouvriers joyeux et efficaces. Du nouveau pont du Jubilé qui s'infléchit comme un élégant arc-en-ciel en fer forgé au-dessus des cascades jaillissantes de la Louveteau, c'est un royaume féerique et enchanteur qu'on contemple au coucher du soleil quand les lumières de la fabrique de boutons Chase clignotent et se reflètent dans les eaux étincelantes.

À l'époque où cet article a été écrit, ce n'était pas totalement un mensonge. Du moins pendant un petit moment l'endroit a-t-il connu la prospérité et suffisamment pour que tout le monde en profite.

Vient ensuite mon grand-père, en redingote, chapeau haut-de-forme et favoris blancs, en compagnie d'un petit groupe de dignitaires tout aussi lustrés que lui, attendant d'accueillir le duc d'York à l'occasion de son voyage à travers le Canada en 1901. Puis mon père, une couronne entre les mains, devant le monument aux morts qu'on inaugure – un homme de grande taille, la mine grave, moustachu et un bandeau sur un œil ; de près, une succession de points noirs. Je me recule pour voir s'il va m'apparaître avec netteté – j'essaie d'attirer l'attention de son bon œil –, mais il ne me regarde pas ; le dos bien droit, les épaules rejetées en arrière, il regarde au loin comme s'il affrontait un peloton d'exécution. Résolu, dirait-on.

Puis un cliché de la fabrique de boutons elle-même, en 1911, si l'on en croit la légende. Machines dotées de bras cliquetants pareils à des pattes de sauterelle, engrenages en acier, roues dentelées et pistons bruyants montant et descendant pour l'estampage des formes ; longues tables et rangées d'ouvriers penchés en avant, occupés à fabriquer des choses de leurs mains. Ce sont des hommes, avec visières et gilets, manches relevées, qui font marcher les machines ; les ouvriers à la table sont des femmes en tablier, les cheveux relevés en chignon. C'étaient les femmes qui comptaient les boutons et les rangeaient dans des boîtes ou les cousaient sur des cartons, six, huit ou douze boutons par carton en travers desquels était imprimé le nom de Chase.

À l'autre bout de l'espace ouvert et pavé se trouve un bar, l'Enchilada, où il y a un orchestre le samedi soir et de la bière qui proviendrait de toutes petites brasseries du coin. Le décor s'organise, on a placé des plateaux en bois sur des tonneaux et disposé d'un côté des box en pin des premiers temps. Sur le menu affiché en vitrine – je ne suis jamais entrée à l'intérieur – sont proposés des plats qui me paraissent exotiques : gratinées de viande hachée, pelures de pommes de terre, nachos. C'est, d'après Myra, la base alimentaire, totalement saturée de corps gras, des jeunes les moins respectables. Elle est juste à côté, aux premières loges, et s'il se passe le moindre truc à l'Enchilada, elle n'en perd pas une miette. D'après elle, un maquereau y mange régulièrement, de même qu'un revendeur de drogue, tous les deux en plein jour. Elle me les a montrés, avec force chuchotis surexcités. Le maquereau portait un costume trois pièces et avait l'air d'un agent de change. Le revendeur de drogue se promenait avec une moustache grise et une tenue en jean, comme les délégués syndicaux autrefois.

La boutique de Myra s'appelle la Gingerbread House, cadeaux et articles pour collectionneurs. Il y règne une singulière odeur sucrée et épicée – une sorte de parfum d'ambiance à la cannelle – et on y trouve une foule d'articles : pots de confiture au couvercle habillé de coton, coussins en forme de cœur garnis d'herbes séchées sentant le foin, coffrets équipés d'une mauvaise charnière et sculptés par des « artisans traditionnels », couettes prétendument cousues par des mennonites, brosses à cabinets agrémentées d'une tête de canard au sourire suffisant. C'est l'idée que Myra se fait de l'idée que les citadins se font de la vie rurale, la vie de leurs péquenauds d'ancêtres de la campagne – un poil d'histoire à rapporter avec soi à la maison. L'histoire, si je me souviens bien, n'a jamais été aussi séduisante et surtout pas aussi proprette, mais les trucs authentiques ne se vendraient pas : la plupart des gens préfèrent un passé sans odeur.

Myra aime à m'offrir des cadeaux puisés dans sa provision de trésors. En d'autres termes, elle me bazarde les articles qui lui restent sur les bras. Je possède une couronne en osier déformée, une série incomplète de ronds de serviette en bois décorés d'un ananas, une bougie obèse parfumée à quelque chose qui fait penser à du kérosène. Pour mon anniversaire, elle m'a offert une paire de gants de cuisine en forme de pinces de homard. Je suis sûre que ça partait d'une bonne intention.

À moins qu'elle ne cherche à m'attendrir : elle est baptiste et aimerait que je rencontre Jésus, et vice versa, avant qu'il ne soit trop tard. Ce n'est pas le genre de chose qui se pratique dans sa famille : sa mère, Reenie, ne s'est jamais beaucoup intéressée à Dieu. Il y avait un respect mutuel, et si on était dans le pétrin on faisait appel à Lui, naturellement, comme avec les hommes de loi ; mais, comme avec les hommes de loi, il fallait être sacrément dans le pétrin. Sinon, ça ne payait pas de trop Le fréquenter. Elle ne Le voulait certainement pas dans sa vie de tous les jours, elle en avait assez sur les bras comme ça.

Après un moment de réflexion, j'achetai un biscuit à la boutique du Cookie Gremlin – farine d'avoine et pépites de chocolat – et une tasse – en polystyrène – de café et m'assis sur l'un des bancs du jardin pour boire à petites gorgées, me lécher les doigts et souffler en écoutant un enregistrement musical aux sonorités nasillardes, lugubres, mélodieuses.

C'est mon grand-père Benjamin qui construisit la fabrique de boutons au début des années 1870. Il y avait une demande de boutons, ainsi que de vêtements et de tout ce qui touchait à cette branche – la population du continent augmentait à une vitesse formidable – et il était possible de fabriquer des boutons à bas prix et de les vendre à bas prix, et ça (d'après Reenie), c'était exactement ce qu'il fallait à mon grand-père qui vit l'opportunité qui s'offrait à lui et exploita le cerveau que le bon Dieu lui avait donné.

Ses ancêtres étaient montés de Pennsylvanie dans les années 1820 pour profiter des terrains bon marché et des possibilités en matière de construction – la ville avait été réduite en cendres pendant la guerre de 1812 et il y avait un énorme travail de reconstruction à faire. Ces gens étaient du genre germanique et sectaire, métissés de puritains de la septième génération – mélange industrieux mais fervent qui, outre la traditionnelle kyrielle de fermiers miséreux et vertueux, produisit trois prédicateurs méthodistes itinérants, deux spéculateurs fonciers incompétents et un escroc de moyenne volée –, des arnaqueurs dotés d'un côté visionnaire mais ne perdant pas pour autant l'horizon des yeux. Chez mon grand-père, tout cela se traduisit sous la forme d'une passion pour le jeu, même s'il ne misait jamais que sur lui-même.

Son père avait été le propriétaire de l'un des premiers moulins de Port Ticonderoga, un modeste moulin à blé du temps où tout était actionné par l'eau. Quand il mourut, d'apoplexie, comme on disait à l'époque, mon grand-père avait vingt-six ans. Il hérita du moulin, emprunta des fonds, importa les machines à boutons des États-Unis. Les premiers furent réalisés en bois et en os et les plus jolis en corne de vache. Il était possible de se procurer ces deux derniers matériaux pour pratiquement rien auprès des différents abattoirs de la région ; quant au bois, il y en avait partout dans les alentours qui encombrait les terres et les gens le brûlaient rien que pour s'en débarrasser. Avec des matières premières et une main-d'œuvre peu chères plus un marché en pleine expansion, comment aurait-il pu ne pas réussir ?

Du temps où j'étais petite, ce n'étaient pas les boutons manufacturés par l'entreprise de mon grand-père que je préférais. Ce n'était pas de tout petits boutons en nacre, ni des fragiles en jais, il n'y avait rien en cuir blanc pour gants de dame. Les boutons familiaux étaient aux boutons ce que les chaussures en caoutchouc étaient aux chaussures – des boutons pratiques, inusables, pour manteaux, combinaisons et chemises de travail avec quelque chose de robuste et même de grossier. On pouvait les imaginer sur des sous-vêtements longs, retenant le rabat de derrière, ainsi que sur des braguettes de pantalons pour hommes. Ce qu'ils devaient cacher, c'étaient des choses ballantes, vulnérables, honteuses, inavouables – le genre d'objets dont tout le monde a besoin mais devant lesquels on fait la fine bouche.

Il est difficile de concevoir comment un grand prestige aurait pu s'attacher aux petites-filles d'un homme qui avait fabriqué de tels boutons, sinon à cause de l'argent. Mais l'argent, ou du moins les rumeurs qui courent à son sujet, projette toujours une lumière éblouissante, si l'on peut dire, de sorte que Laura et moi grandîmes entourées d'une certaine aura. À Port Ticonderoga, personne ne jugeait grotesques ou méprisables les boutons familiaux. On les prenait au sérieux : trop d'emplois en dépendaient pour qu'il en aille autrement.

Au fil des ans, mon grand-père acheta d'autres moulins qu'il transforma également en usines. Il eut une usine de tricot pour maillots de corps et caleçons, une autre pour chaussettes et une autre qui réalisait de petits objets en céramique, des cendriers par exemple. Il s'enorgueillissait des conditions de travail dans ses usines : il écoutait les plaintes de quiconque avait assez de courage pour venir les lui exposer, déplorait les blessures quand on les portait à sa connaissance. Il se tenait au fait des progrès techniques, de tout type de progrès d'ailleurs. Il fut le premier propriétaire d'usines à faire installer l'éclairage électrique en ville. Il estimait que les parterres de fleurs étaient bons pour le moral des ouvriers – les zinnias et les gueules-de-loup représentaient pour lui des valeurs sûres, car c'étaient des plantes peu chères qui avaient des couleurs éclatantes et duraient longtemps. Il affirmait que les femmes à son service travaillaient dans des conditions aussi sûres que si elles avaient été dans leur salon. (Il présumait qu'elles avaient des salons. Il présumait que ces salons étaient des endroits sûrs. Il aimait penser du bien de tout le monde.) Il refusait de tolérer l'ivrognerie sur les lieux de travail de même que les propos grossiers ou les comportements dissolus.

Ou bien est-ce ce qui se raconta sur lui dans *L'Histoire des industries Chase*, ouvrage que mon grand-père commanda en 1903 et qu'il fit discrètement imprimer avec une reliure en cuir vert sur laquelle se déployaient non seulement le titre, mais également sa lourde et candide signature en lettres d'or en relief ? Il avait coutume d'offrir des exemplaires de cette chronique oiseuse à ses relations commerciales qui durent être surprises, mais peut-être que non. Ce devait être considéré comme la chose à faire, car sinon ma grand-mère Adelia ne le lui aurait pas permis.

Assise sur le banc du jardin, je grignotais mon biscuit. Il était énorme, de la taille d'une bouse de vache, comme on les fait à présent – insipides, friables, pleins d'huile –, et je crus ne jamais réussir à en voir la fin. Ce n'était pas l'idéal par une chaleur pareille. En plus, la tête me tournait un peu, ce qui était peut-être dû au café.

J'avais posé ma tasse à côté de moi quand ma canne dégringola bruyamment du banc et roula par terre. Je me penchai de côté, mais ne parvins pas à l'attraper. Sur ce, je perdis l'équilibre et renversai le café. Je le sentis à travers le tissu de ma jupe, tiède. Il y aurait une tache sombre sur mes vêtements quand je me lèverais, comme si j'avais eu un accès d'incontinence. C'est ce que les gens penseraient.

Pourquoi supposons-nous toujours en de tels moments que tout le monde nous regarde ? En général, personne ne fait attention à nous. Mais Myra si. Elle avait dû me voir arriver ; elle avait dû me surveiller. Elle sortit à la hâte de sa boutique.

« Tu es blanche comme un linge ! Tu as l'air épuisée, s'écria-t-elle. Attends qu'on éponge ça ! Seigneur, tu as marché jusqu'ici ? Tu ne peux pas repartir à pied ! Je ferais bien d'appeler Walter – il te ramènera chez toi.

– Je peux me débrouiller, répliquai-je. Je vais très bien. »

Néanmoins, je la laissai faire.

Avalon

Mes os recommencent à me faire mal, comme souvent par temps humide. Ils me font mal, comme le passé : des choses finies depuis longtemps et qui se répercutent toujours sous forme de douleur. Quand j'ai suffisamment mal, ça m'empêche de dormir. Toutes les nuits, j'aspire à trouver le sommeil, je m'applique ; et pourtant, il papillonne devant moi comme un rideau noir de suie. Il y a les somnifères, bien sûr, mais le docteur me les a déconseillés.

La nuit dernière, après ce qui me parut être des heures de moite agitation, je me suis levée et j'ai descendu l'escalier pieds nus, à tâtons dans la pâle lueur que dispense le lampadaire de la rue de l'autre côté de la fenêtre de la cage d'escalier. Une fois arrivée à bon port en bas, j'ai gagné la cuisine et fureté dans la lumière aveuglante et floue du réfrigérateur. Il n'y avait pas grand-chose d'appétissant : les restes crottés d'un pied de céleri, une entame de pain virant au bleu, un citron en train de pourrir. Un bout de fromage, dur et translucide comme un ongle de pied, enveloppé dans un papier gras. Je prends des habitudes de célibataire ; je mange à la hâte et de manière erratique. Collations en cachette, plaisirs et pique-niques furtifs. Je me contente de beurre de cacahuète, pêché directement dans le pot avec l'index : pourquoi salir une cuillère ?

Plantée là, le pot dans une main et le doigt dans la bouche, j'ai eu le sentiment que quelqu'un allait entrer dans la pièce – une autre femme, la vraie propriétaire jamais vue – et me demander ce que je fabriquais dans sa cuisine. J'ai déjà éprouvé ça avant, cette sensation d'avoir pénétré dans une propriété privée alors même que j'accomplis des gestes tout à fait quotidiens et légitimes, que j'enlève la peau d'une banane, que je me lave les dents.

De nuit, la maison ressemblait plus que jamais à celle d'une inconnue. La main contre le mur pour ne pas perdre l'équilibre, je me suis promenée dans les pièces de devant, la salle à manger, le salon. Toutes mes affaires baignaient dans un rond d'obscurité, détachées de moi, niant mon droit de propriété sur elles. Je les ai étudiées d'un œil de cambrioleur pour déterminer ce qui pourrait mériter le risque de les voler et ce que je laisserais derrière, en revanche. Des malfaiteurs embarqueraient les trucs évidents – la théière en argent ayant appartenu à ma grand-mère, les porcelaines peintes à la main peut-être. Les cuillères portant un monogramme, pour celles qui me restent. Le téléviseur. Rien que je ne veuille vraiment.

À ma mort, il faudra que quelqu'un trie tout ça et s'en débarrasse.

Myra accaparera cette tâche, c'est certain ; elle croit m'avoir héritée de Reenie. Elle adore jouer la fidèle servante de la famille, celle en qui l'on a toute confiance. Je ne l'envie pas : chaque vie est un dépotoir déjà du temps où elle est vécue, et ça devient encore pire après. Mais si c'est vraiment un dépotoir, il est étonnamment petit : une fois qu'on a nettoyé derrière un défunt, on sait que, le jour venu, on ne remplira sûrement pas tellement de sacs-poubelle en plastique vert.

Le casse-noix en forme d'alligator, le bouton de manchette en nacre, le peigne en écaille qui a perdu des dents. Le briquet en argent, cassé, la tasse sans soucoupe, le service à condiments sans vinaigrier. Ossements dispersés du foyer, hardes, reliques. Tessons de poterie poussés vers la côte après un naufrage.

Aujourd'hui, Myra m'a convaincue d'acheter un ventilateur électrique – il est mieux que le petit machin grinçant dont je me suis servie jusqu'ici, il a un grand pied. Celui qu'elle avait en tête était en solde dans le nouveau centre commercial de l'autre côté du pont sur la Jogues. Elle m'y conduirait : elle y allait de toute manière, ça ne la dérangerait pas. C'est décourageant, la façon dont elle invente les prétextes.

Notre route nous fit passer devant Avalon, ou plutôt devant ce qui fut autrefois Avalon, désormais si tristement transformé. Ça s'appelle Walhalla maintenant. Quel crétin de bureaucrate a décrété que ce nom était fait pour une maison de retraite ? Si je me souviens bien, le Walhalla était le lieu où on allait après la mort, pas juste avant. Mais il y a peut-être une quelconque intentionnalité.

Le site bénéficie d'un emplacement de premier ordre – sur la rive est de la Louveteau, au confluent de celle-ci et de la Jogues – et dispose ainsi d'une vue romantique sur les gorges et d'un mouillage sûr pour les voiliers. La maison est grande, mais elle paraît étouffée à présent, engoncée entre les fragiles pavillons qui ont poussé dans la propriété après la guerre. Trois femmes âgées étaient assises dans la véranda de devant et l'une d'entre elles, dans un fauteuil roulant, fumait en douce, comme un vilain adolescent aux toilettes. Un de ces quatre, elles foutront le feu à la baraque, c'est sûr et certain.

Je ne suis pas retournée à Avalon depuis que ça a été converti ; à tous les coups, ça pue le talc pour bébé, l'urine aigrelette et les patates bouillies de la veille. Je préfère me rappeler à quoi ça ressemblait avant, même à l'époque où je l'ai connu, alors que la décadence commençait à s'installer – les vestibules spacieux, frais, l'espace impeccable de la cuisine, la coupe en Sèvres remplie de pétales séchés sur le petit guéridon en merisier du vestibule de l'entrée. À l'étage, dans la chambre de Laura, il y a une ébréchure sur le manteau de la cheminée, à l'endroit où elle a laissé tomber un chenet ; tellement classique. Je suis la seule personne à savoir encore cela. Compte tenu de son physique – sa peau transparente, son apparence malléable, son long cou de ballerine –, les gens l'imaginaient gracieuse.

Avalon n'est pas le machin en pierre de calcaire réglementaire. Ses concepteurs voulaient quelque chose de plus original et la maison a donc été construite en pavés ronds cimentés ensemble. De loin, ça donne un effet verruqueux, comme une peau de dinosaure ou un de ces puits où l'on jette une pièce de monnaie en même temps qu'on fait un vœu, dans les livres d'images. J'y vois aujourd'hui un mausolée de l'ambition.

Ce n'est pas une bâtisse particulièrement élégante, mais elle était considérée autrefois comme imposante, à sa façon – un palais de marchand doté d'une allée décrivant une courbe, d'une tourelle gothique courtaude et d'une vaste véranda en demi-cercle qui surplombait les deux rivières et où le thé était servi à des dames coiffées de chapeaux fleuris durant les languissants après-midi d'été au tournant du siècle. Jadis, des quatuors à cordes étaient postés là pour les garden-parties ; ma grand-mère et ses amies y donnaient des spectacles d'amateurs, au crépuscule, avec des torches plantées tout autour ; Laura et moi nous cachions en dessous. Elle commence à s'affaisser, cette véranda ; et elle a besoin d'un coup de peinture.

Autrefois, il y avait un belvédère, un potager entouré d'un mur, plusieurs massifs de plantes ornementales, un bassin aux nénuphars rempli de poissons rouges et une orangerie chauffée à la vapeur, démolie à présent, où poussaient des fougères, des fuchsias ainsi que les citronniers et orangers amers de rigueur, étiolés. Il y avait une salle de billard, un grand et un petit salons et une bibliothèque avec une tête de Méduse sur le dessus de la cheminée – le type de Méduse du dix-neuvième siècle, avec un regard détaché, superbe, et des serpents se contorsionnant au-dessus de la tête comme autant de pensées angoissées. Le manteau de la cheminée était français : on en avait commandé un autre, un truc avec Dionysos et des vignes, mais c'est la Méduse qui s'était présentée et c'était loin, la France, pour la renvoyer ; on l'avait donc gardée.

Il y avait aussi une vaste et obscure salle à manger tapissée de papier peint William Morris, au motif du Voleur de fraises, et éclairée par un chandelier entrelacé de nénuphars en bronze et trois grands vitraux, expédiés d'Angleterre, représentant des épisodes de l'histoire de Tristan et Iseut (l'échange du philtre d'amour dans une tasse rouge rubis ; les amants, Tristan sur un genou, Iseut penchée sur lui languissante tandis que ses cheveux blonds tombent en cascade – difficile à rendre sur un vitrail, ça ressemble un peu trop à un balai en train de fondre ; Iseut seule, abattue, vêtue d'étoffes pourpre, une harpe à côté d'elle).

Ma grand-mère Adelia avait supervisé l'aménagement et la décoration de la maison. Elle mourut avant ma naissance, mais, d'après ce qu'on m'a raconté, elle était de bonne composition, tranquille comme Baptiste, avec, pourtant, une volonté de fer. Et puis elle était portée sur la culture, ce qui lui conférait une autorité morale indéniable. Ce ne serait pas le cas aujourd'hui ; mais les gens croyaient à l'époque que la culture vous rendait meilleur – faisait de vous quelqu'un de meilleur. Ils croyaient que ça vous élevait, ou du moins les femmes le croyaient. Elles n'avaient pas encore vu Hitler à l'opéra.

De son nom de jeune fille, Adelia s'appelait Montfort. Elle venait d'une famille connue, ou qui passait pour l'être au Canada – des Anglais de Montréal de la deuxième génération mariés à des huguenots français. Ces Montfort avaient connu la prospérité – ils avaient fait leur beurre dans les chemins de fer –, mais les spéculations hasardeuses et l'inertie les avaient précipités sur une pente savonneuse. Aussi quand Adelia avait commencé à prendre de l'âge sans avoir de mari véritablement acceptable en vue, elle avait fait un mariage d'argent – d'argent brut, d'argent de boutons. On comptait sur elle pour raffiner cet argent, comme du pétrole.

(Elle ne s'était pas mariée, on l'avait mariée, disait Reenie tout en abaissant la pâte des petits gâteaux au gingembre. La famille avait arrangé ça. C'était ce qui se pratiquait dans ce genre de milieu.

Était-ce mieux ou pire que de choisir soi-même ? Qui aurait pu le dire ? De toute façon, Adelia Montfort fit son devoir, bien contente encore d'avoir cette chance, car elle commençait à prendre du bouchon – elle devait avoir vingt-trois ans, âge auquel, à l'époque, on estimait déjà que vous n'étiez plus de la première jeunesse.) J'ai toujours un portrait de mes grands-parents ; il est dans un cadre en argent, orné de fleurs de volubilis, et a été pris peu après leur mariage. À l'arrière-plan, on voit un rideau de velours à franges et deux fougères sur des guéridons. Grand-mère Adelia est allongée sur une chaise longue, c'est une belle femme aux paupières lourdes qui arbore de multiples étoffes, deux rangs de perles en sautoir, un décolleté plongeant bordé de dentelles, et des avant-bras blancs dénués d'os comme du poulet roulé. Grand-père Benjamin est assis derrière elle, en tenue de soirée, cossu mais gêné, comme s'il s'était fait beau pour la circonstance. Tous deux ont l'air de porter un corset.

Quand j'eus l'âge pour cela – treize ou quatorze ans –, je m'inventai des histoires sur Adelia. La nuit, par la fenêtre, je contemplais les pelouses et les parterres de plantes ornementales argentés sous la lune et la voyais, vêtue d'une robe d'après-midi en dentelle blanche, flâner rêveusement dans la propriété. Je lui prêtais un sourire langoureux, las des mondanités, vaguement moqueur. Peu après, je lui ajoutai un amant. Elle retrouvait cet amant devant l'orangerie désormais à l'abandon – mon père ne s'intéressait pas du tout aux orangers maintenus à température idoine par un chauffage à la vapeur –, mais que j'avais restaurée mentalement et où j'avais installé des fleurs de serre chaude. Des orchidées, avais-je décidé, ou des camélias. (Je ne savais pas ce qu'était un camélia, mais j'avais lu quelque chose là-dessus.) Ma grand-mère et l'amant disparaissaient à l'intérieur, pour faire quoi ? Je ne savais pas trop.

En réalité, il n'y avait aucune chance qu'Adelia ait eu un amant. La ville était trop petite, la moralité trop provinciale et Adelia avait trop à perdre. Ce n'était pas une sotte. Et par ailleurs, elle n'avait pas de fortune personnelle.

En tant qu'hôtesse et maîtresse de maison, Adelia s'occupa très bien de Benjamin Chase. Elle se flattait de son goût et dans ce domaine mon grand-père s'en remettait à elle parce que son goût était l'une des raisons pour lesquelles il l'avait épousée. Il avait quarante ans à l'époque ; il avait travaillé dur pour bâtir sa fortune et comptait désormais en avoir pour son argent, ce qui signifiait que sa nouvelle femme condescendrait à s'occuper de sa garde-robe et le tarabusterait sur sa façon de se tenir à table. À sa manière, il recherchait la culture lui aussi, ou du moins sa matérialisation. Il voulait la porcelaine qu'il fallait.

Il l'eut, ainsi que les repas à douze plats qui allaient avec : céleri et mélange de cacahuètes et de noisettes salées pour commencer, chocolats pour terminer. Consommé, rissoles, timbales, poissons, rôtis, fromages, fruits et raisins de serre sur le surtout en verre gravé. Je vois cela à présent comme des menus d'hôtel des chemins de fer ; des menus de paquebot. Des Premiers ministres venaient à Port Ticonderoga – on y comptait alors plusieurs industriels de renom dont le soutien était précieux pour les partis politiques – et c'était à Avalon qu'ils descendaient. Il y avait, dans un encadrement doré et accrochées dans la bibliothèque, des photographies de grand-père Benjamin en compagnie de trois Premiers ministres différents – Sir John Sparrow Thompson, Sir Mackenzie Bowell, Sir Charles Tupper. De tout ce qu'Avalon pouvait leur offrir, c'était sûrement la bonne chère qu'ils avaient préférée.

Adelia devait avoir la tâche de prévoir et de commander ces dîners où il lui fallait ensuite éviter qu'on ne la voie en train de manger comme un ogre. La coutume devait lui dicter de se borner à chipoter en société : mâcher et avaler étaient des activités si manifestement matérielles ! J'espère qu'après elle se faisait monter un plateau dans sa chambre. Qu'elle mangeait avec les doigts.

Avalon fut terminé en 1889 et baptisé par Adelia. La propriété emprunta son nom à Tennyson.

> L'île d'Avalon et ses vallées riantes
> Où ne tombe ni grêle ni pluie ni neige
> Et où même ne souffle nul vent violent, mais qui s'étend
> Avec ses prés profonds, ses vergers, ses pelouses,
> L'abri de ses vallons, sous une mer ensoleillée [1]...

Elle faisait imprimer cette citation sur le rabat intérieur gauche de ses cartes de Noël. (Tennyson était plutôt démodé, d'après les critères britanniques – Oscar Wilde était l'étoile montante à ce moment-là, du moins dans les milieux plus jeunes –, mais, de toute façon, tout à Port Ticonderoga était passablement démodé.)

---

1. *Idylles du Roi*, « Le Passage d'Arthur, Le Rêve d'Akbar et autres poèmes ». La Différence, 1992, traduction et édition établies par Claude Dandréa.

78

Les gens – les gens en ville – ont dû se moquer d'elle à cause de cette citation : même ceux qui avaient des prétentions mondaines l'avaient surnommée Madame la Duchesse, alors qu'ils étaient blessés quand ils n'étaient pas sur sa liste d'invités. Pour ses cartes de Noël, ils devaient se dire : Eh bien, elle n'a pas de chance pour la grêle et la neige. Peut-être qu'elle en touchera un mot au bon Dieu ? Ou, dans les usines : T'as vu l'abri de ses vallons dans le coin, toi, à part sur le devant de sa robe ? Je connais leur façon d'être et je ne crois pas que ça ait beaucoup changé.

Adelia la ramenait avec ses cartes de Noël, mais je crois qu'il y avait autre chose derrière. Avalon était l'endroit où le roi Arthur était allé mourir. Le choix d'Adelia dénote sans doute le fait qu'elle se sentait désespérément en exil : peut-être pouvait-elle, par un pur effort de volonté, faire vivre le malheureux fac-similé d'un îlot de bonheur, il n'empêche que ce ne serait jamais la réalité. Elle voulait un salon ; elle voulait des gens dotés d'un sens artistique, des poètes, des compositeurs, des chercheurs et d'autres, comme elle en avait rencontré en allant voir de lointains cousins en Angleterre du temps où sa famille avait encore de l'argent. Une vie dorée, avec de vastes pelouses.

Mais on ne trouvait pas de tels personnages à Port Ticonderoga et Benjamin refusait de voyager. Il avait besoin de rester à proximité de ses usines, disait-il. Il était plus vraisemblable qu'il n'avait pas envie de se retrouver au milieu de gens qui se moqueraient de lui parce qu'il fabriquait des boutons, et en des lieux où il lui faudrait peut-être affronter des couteaux affilés dont il ne connaissait pas le maniement et où Adelia aurait honte de lui.

Adelia refusa d'aller sans lui en Europe ou ailleurs. Peut-être aurait-il été trop tentant de... ne pas revenir. De s'éloigner, de se défaire peu à peu de sa fortune comme un dirigeable de son air, victime de mufles et de délicieux goujats, de sombrer dans l'innommable. Avec un décolleté comme le sien, elle aurait pu.

Entre autres choses, Adelia aimait la sculpture. Il y avait deux sphinx en pierre à côté de l'orangerie – Laura et moi avions coutume de grimper sur leur dos – et un faune gambadant qui vous jetait des regards libidineux de derrière un banc de pierre ; il avait des oreilles pointues et une énorme feuille de vigne qui lui couvrait les parties, tel un insigne de fonction ; et, assise à côté du bassin aux nénuphars, il y avait une nymphe, une pudique jeune fille qui, dotée de petits seins d'adolescente et d'une torsade de cheveux en marbre sur une épaule, trempait un pied hésitant dans l'eau. Nous croquions des pommes à côté d'elle tout en regardant les poissons rouges qui lui mordillaient les orteils.

(On disait de ces statues que c'étaient des « vraies », mais des vraies quoi ? Et comment Adelia les avait-elle acquises ? Je soupçonne une chaîne de larcins : un intermédiaire européen véreux se les procurant pour une bouchée de pain, leur fabriquant une provenance, puis les refourguant à Adelia, bien loin, et empochant la différence en se disant, avec raison, qu'une riche Américaine – car c'est ainsi qu'il devait l'avoir cataloguée – n'y verrait que du feu.)

C'est également Adelia qui conçut le plan du monument funéraire familial avec ses deux anges. Elle voulait que mon grand-père exhume ses ancêtres pour les reloger dedans et donner ainsi une impression de dynastie, mais il ne put jamais s'y résoudre. Il s'avéra qu'elle fut la première à y être enterrée.

Grand-père Benjamin poussa-t-il un soupir de soulagement une fois Adelia partie ? Il se peut qu'il se soit lassé de constater qu'il n'arriverait jamais à être à la hauteur de ses exigences, même s'il est clair qu'il éprouvait pour elle une admiration respectueuse. Rien dans Avalon ne devait changer ; par exemple : pas un tableau ne fut déplacé, pas un meuble remplacé. Peut-être considérait-il la maison elle-même comme le véritable monument funéraire d'Adelia ?

C'est donc elle qui nous éleva, Laura et moi. Nous grandîmes dans sa maison ; c'est-à-dire dans l'idée qu'elle se faisait d'elle-même. Et dans l'idée qu'elle se faisait de ce que nous devions être, mais que nous n'étions pas. Mais comme, à ce moment-là, elle était morte, nous ne pûmes discuter.

Mon père était l'aîné de trois garçons, dont chacun reçut un prénom qu'Adelia jugeait édifiant : Norval, Edgar et Percival, résurgence arthurienne mâtinée d'un soupçon de Wagner. J'imagine qu'ils auraient pu la remercier de ne pas s'être appelés Uther, Sigmund ou Ulric. Grand-père Benjamin adorait ses fils et voulait qu'ils se mettent au commerce des boutons, mais Adelia avait des objectifs plus nobles. Elle les envoya suivre leurs études supérieures au Trinity College de Port Hope où Benjamin et ses machines ne risquaient pas d'en faire des rustres. Elle appréciait l'usage qu'elle pouvait faire de la fortune de son mari, mais préférait en dissimuler les origines.

Les garçons revenaient à la maison pour les grandes vacances. En pension, puis à l'université, ils avaient appris à éprouver un doux mépris pour leur père qui ne savait pas lire le latin, même mal, comme eux. Ils discutaient de gens qu'il ne connaissait pas, chantaient des refrains dont il n'avait jamais entendu parler, racontaient des blagues qu'il ne pouvait comprendre. Ils allaient faire de la voile au clair de lune avec son petit yacht, l'*Ondine*, ainsi que l'avait baptisé Adelia – encore une autre de ses trouvailles décadentes obscuro-mélancoliques. Ils jouaient de la mandoline (Edgar) et du banjo (Percival), buvaient de la bière en cachette, fichaient le bazar dans les cordages et laissaient leur père démêler le tout. Ils se promenaient au volant d'une de ses deux voitures neuves, alors que les routes autour de la ville étaient tellement mauvaises six mois sur douze – neige, boue, puis poussière – qu'il ne restait pratiquement plus d'endroits où conduire. Il courait des bruits sur des filles faciles, du moins pour les deux plus jeunes, et sur des sommes d'argent qui changeaient de main – c'était normal de donner des sous à ces dames pour qu'elles puissent se dépatouiller et qui aurait voulu des flopées de petits bâtards de Chase ? – mais ce n'étaient pas des filles de notre ville, et ce ne fut donc pas retenu contre les garçons ; ce fut plutôt le contraire, au moins parmi les hommes. Les gens se moquaient un peu d'eux, mais pas trop : ils passaient pour être relativement sérieux et sympathiques. Edgar et Percival répondaient aux surnoms d'Eddie et de Percy, alors que mon père, plus timide et plus digne, fut toujours Norval. Ils avaient un physique agréable et étaient un peu voyous, comme des garçons sont censés l'être. Que voulait dire « voyou » au juste ?

« C'étaient des coquins, me confia Reenie, mais pas des crapules, ça, jamais.

– C'est quoi la différence ? » demandai-je.

Elle soupira.

« J'espère que tu n'auras jamais à la faire », me répondit-elle.

Adelia mourut en 1913, d'un cancer – sans nom et donc vraisemblablement d'origine gynécologique. Au cours du dernier mois de sa maladie, la mère de Reenie vint travailler comme extra en cuisine, et Reenie avec elle ; elle avait treize ans à l'époque et cette période lui laissa une profonde impression.

« Elle souffrait tellement qu'il fallait lui donner de la morphine toutes les quatre heures, des infirmières étaient présentes en permanence. Mais elle ne voulait pas rester au lit, serrait les dents, se levait et s'habillait toujours magnifiquement, alors qu'on voyait bien qu'elle avait à moitié perdu la tête. Elle arpentait la propriété avec ses couleurs pastel et un grand chapeau à voilette. Elle avait un maintien ravissant et plus de cran que la majorité des hommes. À la fin, il a fallu l'attacher dans son lit, pour son bien. Ton grand-père avait le cœur brisé, tout ça le vidait de son énergie, c'était évident. »

Avec le temps et comme il devenait plus difficile de m'impressionner, Reenie ajouta à cette histoire des cris et des gémissements étouffés ainsi que des serments sur le lit de mort, mais je ne voyais pas trop où elle voulait en venir. Me conseillait-elle de manifester, moi aussi, un même courage – un même mépris de la douleur, une même façon de serrer les dents – ou se délectait-elle simplement de ces détails pathétiques ? Les deux, sans doute.

À la mort d'Adelia, les trois garçons étaient pratiquement adultes. Leur mère leur manqua-t-elle, la pleurèrent-ils ? Bien sûr que oui. Comment auraient-ils pu ne pas lui être reconnaissants de son dévouement à leur égard ? Néanmoins, elle ne leur avait sans doute laissé qu'une marge de manœuvre très étroite, ou aussi étroite que possible. Et il dut y avoir un certain relâchement dès lors qu'elle se retrouva à quelques pieds sous terre.

Aucun des trois garçons n'avait envie de se lancer dans ces boutons pour lesquels ils avaient hérité du mépris de leur mère mais pas de son pragmatisme. Tout en sachant que l'argent ne tombait pas du ciel, ils n'avaient guère d'idées lumineuses quant à la manière de s'en procurer. Norval – mon père – se dit qu'il pouvait peut-être faire du droit, puis finalement se lancer dans la politique, car il avait des projets pour développer le pays. Les deux autres avaient envie de voyager : dès que Percy aurait fini l'université, ils comptaient partir prospecter l'Amérique du Sud et y chercher de l'or. C'était l'appel de la grand-route.

Qui donc prendrait la direction des usines Chase ? N'y aurait-il pas de Chase & Fils ? En ce cas, pourquoi Benjamin s'était-il tué à la tâche ? Il était désormais convaincu qu'il n'avait pas fait tout ça pour ses seules ambitions, ses désirs personnels – mais pour un noble dessein. Il avait construit quelque chose à léguer, il voulait transmettre ça de génération en génération.

Ce reproche sous-jacent dut accompagner plus d'une discussion autour de la table de la salle à manger, devant un porto. Mais les garçons se butèrent. On ne peut pas forcer un jeune homme à consacrer sa vie à la fabrication de boutons s'il n'en a pas envie. Ils ne tenaient pas à décevoir leur père, pas délibérément, mais ne souhaitaient pas non plus endosser le fardeau grossier, débilitant, de la banalité.

Le trousseau

Le nouveau ventilateur a été acheté. Il est arrivé en pièces détachées dans une grande boîte en carton et Walter, qui a charrié sa boîte
à outils jusqu'ici, a monté et vissé le tout. Quand il a eu terminé, il
s'est écrié :

« Là, elle devrait tenir droit. »

Pour Walter, bateaux, moteurs automobiles esquintés, lampes et
radios cassées sont du genre féminin – ainsi que tous les multiples
appareils que n'importe quel homme un peu doué en matière de gadgets peut bricoler et remettre quasiment à neuf. Pourquoi est-ce que
cela me rassure ? J'imagine peut-être, dans un recoin enfantin et cré-
dule de moi-même, qu'il pourrait éventuellement sortir ses pinces et
sa clé à rochet et me rendre un service analogue.

Le grand ventilateur est installé dans la chambre. J'ai descendu le
vieux en bas dans la véranda où il est dirigé sur ma nuque. C'est une
sensation agréable mais déconcertante, comme si une main d'air frais
était gentiment posée sur mon épaule. Ainsi ventilée, je suis assise à
ma table en bois pour griffer tant et plus le papier avec mon stylo.
Non, pas griffer – les stylos ne griffent plus. Les mots roulent plutôt
facilement et sans bruit sur la page ; c'est réussir à les faire couler le
long du bras, c'est les extirper des doigts qui est très difficile.

La nuit est presque là maintenant. Il n'y a pas de vent ; le bruit des
rapides qui balaie le jardin a tout d'un long soupir. Les fleurs bleues
se fondent dans l'air, les rouges sont noires, les blanches brillent,
phosphorescentes. Les tulipes ont perdu leurs pétales et présentent un
pistil nu – noir, pareil à un groin, sexué. Les pivoines sont presque
finies, chiffonnées et molles comme des Kleenex humides, mais les
lis sont sortis ; les phlox aussi. Les derniers orangers amers ont perdu
leurs fleurs et jonchent la pelouse de confettis blancs.

En juillet 1914, ma mère épousa mon père. Tout bien considéré, cela demandait une explication, me semblait-il.

Reenie représentait mon meilleur espoir. Quand j'eus l'âge de m'intéresser à ce genre de chose – dix, onze, douze, treize ans –, je m'assis à la table de cuisine et la bombardai de questions.

Elle avait moins de dix-sept ans quand elle avait quitté l'une de ces rangées de maisons mitoyennes sur la rive sud de la Jogues où vivaient les ouvriers de la fabrique pour venir travailler à plein temps à Avalon. Elle se disait écossaise et irlandaise, pas irlandaise catholique, bien sûr, sous-entendant par là que ses grands-mères l'étaient. Elle avait commencé par s'occuper de moi, mais par suite de renouvellements de personnel, de départs en retraite et de décès, elle était devenue notre gouvernante. Quel âge avait-elle ? *Si on te le demande, tu diras que t'en sais rien. Suffisamment vieille pour savoir ce que j'ai à faire. Et suffit comme ça.* Si on la questionnait sur sa vie, elle se fermait comme une huître. *Moi, je fuis la compagnie.* Comme cela me paraissait prudent autrefois. Et mesquin à présent.

Mais elle connaissait les histoires de la famille, ou du moins en partie. Ce qu'elle me confia varia en fonction de mon âge, mais aussi de l'état dans lequel elle se trouvait à tel ou tel moment. Cependant, je rassemblai ainsi suffisamment de fragments du passé pour en faire une reconstruction qui devait avoir autant de points communs avec la réalité qu'un portrait en mosaïque avec l'original. De toute façon, ce n'était pas le réalisme que je voulais : je voulais que les choses soient hautes en couleur, brossées à grands traits, sans ambiguïté, ce que veulent la plupart des enfants quand on en vient à l'histoire de leurs parents. Une carte postale.

Mon père avait fait sa demande (d'après Reenie) au cours d'une partie de patinage. Il y avait une sorte de bras de rivière – la retenue d'un ancien moulin – en amont des rapides où le courant était plus lent. Quand l'hiver était suffisamment froid, il se formait une couche de glace suffisamment épaisse pour patiner. C'était là que le groupe des jeunes pratiquants organisait ses parties de patinage, lesquelles ne s'appelaient pas parties, mais sorties.

Ma mère était méthodiste, mais mon père était anglican : socialement, elle lui était donc inférieure, car ce genre de chose avait son importance à l'époque. (Si elle avait été en vie, ma grand-mère Adelia n'aurait jamais accepté ce mariage, décrétai-je par la suite. Ma mère aurait été trop en bas de l'échelle pour elle – et aussi trop prude, trop sérieuse, trop provinciale. Adelia aurait traîné mon père à Montréal – l'aurait casé avec une débutante, au minimum. Quelqu'un de mieux habillé.)

Ma mère était jeune, elle n'avait que dix-huit ans, mais ce n'était pas une sotte ni une écervelée, m'avait confié Reenie. Elle travaillait comme institutrice ; on pouvait alors enseigner même si on avait moins de vingt ans. Elle n'était pas obligée de gagner sa vie : son père était le premier conseiller juridique de Chase Industries et ils bénéficiaient d'une « confortable aisance ». Mais, comme sa mère décédée alors qu'elle-même avait neuf ans, ma mère prenait sa religion au sérieux. Elle estimait qu'il fallait aider les plus déshérités. Elle s'était mise à donner des cours aux pauvres, comme si elle eût accompli une œuvre missionnaire, m'avait dit Reenie avec admiration. (Reenie admirait souvent chez ma mère des actes qu'elle aurait jugé stupide d'accomplir elle-même. Quant aux pauvres, elle avait grandi au milieu d'eux et les tenait pour des incapables. On pouvait se tuer à essayer de leur apprendre quelque chose, dans l'ensemble, on ne faisait jamais que se cogner la tête contre un mur de brique, me répétait-elle. *Mais ta mère, béni soit son bon cœur, elle ne s'en est jamais aperçue.*)

Il y a une photo de ma mère à l'école normale, à London, en Ontario, en compagnie de deux autres jeunes filles ; toutes trois sont debout devant le porche de leur pensionnat, en train de rire, bras dessus, bras dessous. Il y a des monticules de neige de part et d'autre ; des glaçons gouttent du toit. Ma mère porte un manteau en peau de phoque ; sous son chapeau, les pointes de ses cheveux fins sont complètement électriques. Elle a déjà dû faire l'acquisition du pince-nez qui a précédé les lunettes de hibou dont je garde le souvenir – elle a eu la vue basse de bonne heure –, mais, sur cette photo, elle ne l'a pas. On voit l'un de ses pieds, chaussé d'une botte bordée de fourrure, la cheville tournée avec coquetterie. Elle a l'air courageux, impétueux même, d'un jeune pirate.

Après avoir terminé ses études, elle accepta un poste dans une école à classe unique, plus loin à l'ouest et au nord, dans ce qu'on appelait alors l'arrière-pays. Cette expérience – la pauvreté, l'ignorance, les poux – la choqua. Là-bas, les enfants étaient cousus dans leurs sous-vêtements à l'automne et pas décousus avant le printemps, détail qui m'est resté présent à l'esprit comme particulièrement sordide. *Bien sûr*, avait affirmé Reenie, *ce n'était pas un endroit pour une dame comme ta mère.*

Mais ma mère avait le sentiment d'accomplir quelque chose – de faire quelque chose –, du moins pour certains de ces malheureux enfants, ou plutôt elle l'espérait ; là-dessus, elle revint chez elle pour les vacances de Noël. Sa pâleur et sa maigreur firent l'objet de commentaires ; il fallait du rose sur ses joues. Elle participa donc à cette partie de patinage, sur le bassin de retenue du moulin, en compagnie de mon père. Ce furent ses patins à elle qu'il attacha en premier, en équilibre sur un genou.

Ils se connaissaient depuis un certain temps par l'intermédiaire de leurs pères respectifs. Il y avait eu des rencontres antérieures, bienséantes. Ils avaient joué ensemble dans la dernière pièce de théâtre qu'Adelia avait donnée au jardin – il avait interprété Ferdinand, elle Miranda, dans une version expurgée de *La Tempête* où le sexe comme Caliban avaient tous deux été réduits à la portion congrue. En robe rose nacré, m'avait précisé Reenie, avec une couronne de roses ; et elle dit son texte à la perfection, exactement comme un ange. *Ô fier nouveau monde, que hantent pareils êtres !* Et ses yeux de myope, limpides, éblouis, perdus dans le vide ! On voyait bien comment tout cela s'était produit.

Mon père aurait pu chercher ailleurs une femme ayant davantage de fortune, mais il devait vouloir du vrai, du bon : quelqu'un sur qui il pouvait s'appuyer. Malgré sa bonne humeur – il était apparemment de bonne humeur autrefois –, c'était un jeune homme sérieux, m'avait dit Reenie, impliquant par là même que, sinon, ma mère l'aurait refusé. Ils étaient tous les deux sincères, chacun à sa façon ; ils voulaient tous les deux accomplir un noble dessein, améliorer le monde. Quels idéaux attrayants, périlleux !

Après avoir fait plusieurs tours de patinage sur le bassin de retenue, mon père demanda à ma mère de l'épouser. J'imagine qu'il s'y prit maladroitement, mais à l'époque la maladresse était chez les hommes une marque de sincérité. À cet instant précis, même s'ils se touchaient sûrement de l'épaule et de la hanche, ni l'un ni l'autre ne se regardaient ; ils étaient côte à côte, mains droites jointes devant eux, mains gauches jointes derrière eux. (Que portait-elle ? Reenie connaissait également ce détail. Une écharpe en tricot bleu, un large béret à pompon et des gants tricotés assortis. C'est ma mère elle-même qui les avait tricotés. Un manteau d'hiver d'une longueur adaptée à la marche, vert kaki. Un mouchoir coincé dans la manche – accessoire qu'elle n'oubliait jamais, d'après Reenie, contrairement à d'autres qu'elle aurait pu citer.)

Que fit ma mère en cet instant crucial ? Elle examina la glace. Elle ne répondit pas immédiatement. Ce qui voulait dire oui.

Tout autour d'eux, il y avait les rochers couverts de neige et les glaçons blancs – tout était blanc. Sous leurs pieds, il y avait la glace, blanche elle aussi et, dessous, l'eau de la rivière, avec ses tourbillons et ses courants, sombre mais invisible. C'était ainsi que je me représentais ce moment, ce moment antérieur à notre naissance, à Laura et à moi – si virginal, si innocent, si solide en apparence, mais néanmoins extrêmement exposé aux embûches. Sous la surface des choses, le non-dit bouillonnait à petit feu.

Puis vinrent la bague et le faire-part dans les journaux ; puis – lorsque ma mère fut revenue de cette année d'enseignement qu'elle se devait de terminer – il y eut les thés officiels. Superbement présentés, avec des sandwiches roulés aux asperges, des sandwiches piqués de cresson, trois sortes de gâteaux, un léger, un au chocolat et un aux fruits – et le thé lui-même dans des services en argent, avec des roses sur la table, blanches ou roses ou même jaune pâle, mais pas rouges. Le rouge ne convenait pas aux thés de fiançailles. Pourquoi ? *Tu comprendras plus tard*, disait Reenie.

Puis il y eut le trousseau. Reenie aimait le détailler par le menu – les chemises de nuit, les peignoirs, les types de dentelle dessus, les taies d'oreiller aux monogrammes brodés, les draps et les jupons. Elle parlait d'armoires, de tiroirs de commode, de placards et de ce qu'il fallait ranger dedans, soigneusement plié. Elle ne parlait pas des corps que ces textiles finiraient par toucher : les mariages, pour Reenie, étaient principalement une affaire de tissu, à première vue du moins.

Puis il y eut la liste des invités à établir, les invitations à préparer, les fleurs à choisir et ainsi de suite jusqu'au mariage.

Puis, après le mariage, il y eut la guerre. L'amour, le mariage, puis la catastrophe. Dans la version de Reenie, cela paraissait inéluctable.

La guerre commença en août 1914, peu après le mariage de mes parents. Les trois frères furent enrôlés en même temps, sans discussion. Stupéfiant quand on y réfléchit à présent, ce manque de discussion. Il y a une photo d'eux, ils forment un beau trio dans leur uniforme, avec leur front naïf et grave, leur tendre moustache, leur sourire nonchalant et leur regard résolu tandis qu'ils posent aux soldats qu'ils ne sont pas encore. Mon père est le plus grand. Il a toujours gardé ce cliché sur son bureau.

Ils furent affectés au Royal Canadian Regiment, celui auquel on était automatiquement affecté quand on était de Port Ticonderoga. Aussitôt après ou presque, ils furent expédiés aux Bermudes pour relever le régiment britannique stationné là et passèrent donc la première année à défiler et à jouer au cricket. Et aussi à prendre le mors aux dents, du moins si l'on en croyait leurs lettres.

Grand-père Benjamin lisait ces lettres avec avidité. Comme les mois s'écoulaient sans que la victoire se décide pour l'un ou l'autre camp, il se montra de plus en plus nerveux et incertain. Ce n'était pas comme ça que les choses auraient dû se dérouler. L'ironie était que ses affaires étaient florissantes. Il venait de s'élargir au Celluloïd et au caoutchouc, pour ce qui était des boutons, s'entend, ce qui lui permettait de produire de plus gros volumes ; et, grâce aux relations politiques qu'Adelia l'avait aidé à nouer, ses usines recevaient un grand nombre de commandes pour équiper les troupes. Il demeura aussi honnête qu'il l'avait toujours été, il ne livra pas de marchandises de mauvaise qualité, en ce sens, ce n'était pas un profiteur. Mais on ne peut pas dire qu'il ne profita pas de la guerre.

La guerre est propice au commerce de boutons. Tant de boutons se perdent au cours d'une guerre, il faut les remplacer – par boîtes entières, par camions entiers. Ils sont pulvérisés, s'enfoncent dans le sol, prennent feu. On peut en dire autant des sous-vêtements. D'un point de vue financier, la guerre représenta un brasier miraculeux : une formidable conflagration alchimique dont la fumée se transforma en richesse. Du moins cela fut-il le cas pour mon grand-père. Mais ce fait ne le satisfaisait plus, n'étayait plus le sentiment qu'il avait de sa propre rectitude, comme cela aurait pu être le cas, avant, au cours des années où il s'était senti plus content de lui. Il voulait que ses fils reviennent. Non qu'ils fussent partis vers des lieux dangereux : ils se trouvaient encore aux Bermudes, en train de marcher au pas sous le soleil.

Après leur lune de miel (aux lacs Finger, dans l'État de New York), mes parents avaient habité à Avalon en attendant de pouvoir s'établir chez eux, et ma mère y était restée pour tenir la maison de mon grand-père. Ils manquaient de personnel, car, d'une part, on avait besoin de tous les gens compétents dans les usines ou dans l'armée, et d'autre part parce qu'on estimait qu'Avalon devait donner l'exemple en réduisant ses dépenses. Ma mère insistait pour avoir des repas simples – rôti à la cocotte le mercredi, haricots blancs à la sauce tomate le dimanche soir –, ce qui convenait parfaitement à mon grand-père. Il n'avait jamais été très à l'aise avec les menus recherchés d'Adelia.

En août 1915, le Royal Canadian Regiment dut regagner Halifax et se préparer à partir pour la France. Il resta au port plus d'une semaine, embarquant ravitaillement et nouvelles recrues et troquant les uniformes tropicaux contre des équipements plus chauds. Les hommes se virent remettre des fusils Ross qui allaient plus tard s'enrayer dans la boue et les laisser dans l'incapacité de se défendre.

Ma mère prit le train pour Halifax afin de dire au revoir à mon père. Le convoi fourmillait d'hommes en partance pour le front ; elle ne put obtenir de couchette et voyagea donc assise. Il y avait des pieds dans les couloirs, de même que des baluchons et des crachoirs ; toux, ronflements – ronflements avinés, sans aucun doute. Pendant qu'elle observait les visages enfantins autour d'elle, la guerre prit pour elle une réalité physique, ce n'était plus une idée. Son jeune mari risquait d'être tué. Son corps risquait d'être mutilé ; déchiqueté ; il risquait de faire partie du sacrifice qu'il allait – c'était désormais évident – falloir accomplir. Cette prise de conscience s'accompagna de désespoir et d'une terreur de plus en plus vive, mais aussi – j'en suis sûre – d'une dose de fierté glacée.

Je ne sais pas où tous deux logèrent à Halifax, ni combien de temps ils restèrent ensemble. Était-ce un établissement respectable ou, du fait que les chambres étaient rares, un bouge bon marché, un hôtel borgne en bordure du port ? Est-ce que ce fut pour quelques jours, une nuit, quelques heures ? Que se passa-t-il entre eux, que se dirent-ils ? Les trucs habituels, j'imagine, mais c'était quoi ? Il n'est plus possible de le savoir. Puis le bateau leva l'ancre avec son régiment à bord – il s'agissait du *Caledonian* – et ma mère demeura sur le quai en compagnie des autres épouses à agiter le bras et à pleurer. Ou peut-être pas à pleurer : cela lui aura paru complaisant.

Quelque part en France. Je ne peux pas décrire ce qui se passe ici, écrivit mon père, *je ne m'y risquerai donc pas. Il faut simplement croire que cette guerre se fait dans les meilleures intentions qui soient et qu'elle aidera à préserver la civilisation et à la faire progresser. Il y a des pertes* [mot biffé] *nombreuses. Avant je n'avais pas idée de ce dont les hommes étaient capables. Ce qu'il faut subir est au-delà de* [mot biffé]. *Tous les jours, je pense à vous tous à la maison et surtout à toi, Liliana, ma chérie.*

À Avalon, ma mère mit son opiniâtreté en branle. Elle croyait au service public ; il lui semblait qu'il fallait remonter ses manches et faire quelque chose d'utile pour participer à l'effort de guerre. Elle organisa un cercle de réconfort qui collectait de l'argent grâce à des ventes de charité. Ces fonds servaient à acheter de petites boîtes remplies de tabac et de bonbons qu'on envoyait vers les tranchées. Elle ouvrait Avalon à tout le monde lors de ces rassemblements qui (d'après Reenie) représentaient une dure épreuve pour les planchers.

Outre ces ventes de charité, tous les mardis après-midi, son groupe tricotait pour les troupes, dans le grand salon – gants de toilette pour les débutantes, écharpes pour celles du niveau intermédiaire, passe-montagnes et gants pour les plus expertes. On ajouta bientôt un nouveau bataillon de recrues le jeudi – des femmes du sud de la Jogues, plus âgées, moins instruites, qui tricotaient les yeux fermés. Elles réalisaient des vêtements de bébé pour les Arméniens qu'on disait affamés, et pour une organisation appelée Overseas Refugees[1]. Après deux heures de tricot, un thé frugal était servi dans la salle à manger sous le regard triste de Tristan et Iseut.

Quand des soldats estropiés commencèrent à apparaître dans les rues et les hôpitaux des villes voisines – Port Ticonderoga n'avait pas encore d'hôpital –, ma mère alla leur rendre visite. Elle choisissait les cas les plus atroces – des hommes qui (d'après Reenie) ne risquaient pas de remporter un concours de beauté – et revenait de ces visites épuisée, et bouleversée ; il lui arrivait même de pleurer dans la cuisine en buvant le cacao que Reenie lui avait préparé pour la requinquer. Elle ne se ménageait pas, disait Reenie. Elle ruinait sa santé. Elle allait au-delà de ses forces, surtout compte tenu de son état.

Quelle vertu s'attachait donc autrefois à cette idée – d'aller au-delà de ses forces, de ne pas se ménager, de ruiner sa santé ! Personne ne naît avec ce genre de dévouement ; on ne peut l'acquérir qu'en respectant une discipline implacable, en réprimant des inclinations naturelles et, de mon temps, sans doute avait-on perdu cet art ou ce secret. Mais je n'ai peut-être pas fait l'effort non plus, étant donné que j'avais souffert des effets que cela avait eus sur ma mère.

Quant à Laura, elle n'était pas dévouée, pas du tout. À la place, elle était écorchée, ce qui est différent.

Je naquis au début du mois de juin 1916. Peu après, Percy tomba sous le feu nourri de l'artillerie sur le saillant d'Ypres et, en juillet, Eddie mourut dans la bataille de la Somme. Du moins présuma-t-on qu'il était décédé : à l'endroit où il avait été vu pour la dernière fois, il y avait un vaste cratère. Ce furent des événements douloureux pour ma mère, mais bien plus douloureux encore pour mon grand-père. En août, il fut victime d'une attaque dévastatrice qui affecta son élocution et sa mémoire.

Ma mère prit officieusement les rênes des usines. Elle s'interposa entre mon grand-père – censé être en convalescence – et son entou-

_____

1. Réfugiés d'outre-mer.

rage et se mit à faire le point tous les jours avec le secrétaire et les multiples chefs d'équipe. Comme il n'y avait qu'elle pour comprendre ce que disait mon grand-père, ou pour prétendre le comprendre, elle devint son interprète ; et comme il n'y avait qu'elle qui eût le droit de lui tenir la main, elle guida sa signature ; qui pourrait dire qu'elle ne s'en remit pas, de temps à autre, à son propre jugement ?

Ce n'est pas qu'il n'y eut pas de problèmes. Au début de la guerre, les femmes représentaient un sixième de l'ensemble des employés, à la fin du conflit, les deux tiers. Les hommes restés là étaient vieux, en partie invalides ou inaptes à faire la guerre, pour une raison ou pour une autre. Ces derniers acceptaient mal l'ascendant des femmes, se plaignaient d'elles, faisaient des plaisanteries vulgaires et les femmes, de leur côté, les considéraient comme des mauviettes ou des fainéants et les tenaient dans un mépris mal dissimulé. L'ordre naturel des choses – ce qui, aux yeux de ma mère, était l'ordre naturel – s'inversait. N'empêche, la paie était bonne, et l'argent huile les rouages, et, dans l'ensemble, elle put continuer à faire tourner les choses sans trop de peine.

J'imagine mon grand-père, en pleine nuit, assis dans son fauteuil en cuir vert piqueté de clous en laiton, devant le bureau en acajou de sa bibliothèque. Il a les mains jointes, l'une dotée de sensations, l'autre insensible. Il essaie d'entendre si quelqu'un ne se manifeste pas. La porte est à moitié ouverte ; il aperçoit une ombre à l'extérieur. Il dit : « Entrez » – il a l'intention de dire ça –, mais personne n'entre ni ne répond.

L'infirmière bourrue arrive. Elle lui demande quelle mouche le pique d'être assis tout seul dans le noir comme ça. Il entend un son, mais ce ne sont pas des mots, ça ressemble davantage à des corbeaux ; il ne répond pas. Elle l'attrape par le bras, le relève sans peine de son siège et l'entraîne tant bien que mal vers son lit. Sa jupe blanche bruisse. Il entend un vent sec qui souffle à travers les champs d'automne envahis par les herbes. Il entend le murmure de la neige.

Avait-il compris que ses deux fils étaient morts ? Rêvait-il de les retrouver vivants, sains et saufs à la maison ? Sa fin aurait-elle été plus triste si ses rêves s'étaient réalisés ? C'est possible – c'est souvent le cas ; mais ces pensées n'ont rien de consolant.

Le gramophone

Hier soir, j'ai regardé la chaîne météo, comme d'habitude. Ailleurs dans le monde, il y a des inondations : eaux marronâtres et tumultueuses, cadavres de vaches boursouflés en train de flotter à la surface, survivants serrés sur le toit des maisons. Des noyés par milliers. Le réchauffement de la planète est tenu pour responsable : il paraît qu'il faut que les gens arrêtent de faire brûler des trucs. L'essence, le pétrole, des forêts entières. Mais ils ne veulent pas arrêter. Cupidité et faim ne cessent de les aiguillonner, comme toujours.

Où en étais-je ? Je reviens une page en arrière : la guerre fait toujours rage. Rage, voilà ce qu'on disait pour les guerres ; ce qu'on dit toujours, à ma connaissance. Mais sur cette page, une page nouvelle, une page propre, je vais mettre fin à la guerre – moi, toute seule, d'un trait de mon stylo en plastique noir. Je n'ai que ça à faire, écrire : *1918. 11 novembre. Jour de l'Armistice.*

Voilà. C'est fini. Les armes se sont tues. Le visage noir de crasse, les vêtements trempés, les hommes encore en vie lèvent les yeux vers le ciel. Ils sortent de leurs gourbis et de leurs trous abominables. Chacune des deux parties a le sentiment d'avoir perdu. Dans les villes, à la campagne, ici et de l'autre côté de l'océan, les cloches des églises se mettent toutes à carillonner. (Je me souviens de ça, du carillon des cloches. C'est un de mes premiers souvenirs. C'était tellement bizarre – l'atmosphère était tellement saturée de bruits et, en même temps, tellement vide. Reenie me fit sortir pour écouter. Des larmes roulaient sur ses joues. Dieu soit loué, disait-elle. Il faisait froid, il y avait du gel sur les feuilles tombées par terre, une frange de glace sur le bassin aux nénuphars. Je la cassai avec un bâton. Où était ma mère ?)

92

Mon père avait été blessé à la bataille de la Somme, mais il s'était rétabli et avait été nommé sous-lieutenant. De nouveau blessé sur la crête de Vimy, bien que sans gravité, il était passé capitaine. Il avait encore été blessé dans les bois de Bourlon, plus gravement cette fois. Il était en convalescence en Angleterre quand la guerre prit fin.

Il rata les réjouissances qui marquèrent le retour des troupes à Halifax, les défilés pour célébrer la victoire et cetera, mais Port Ticonderoga organisa une réception spécialement pour lui. Le train s'arrêta. Des hourras retentirent. Des mains se tendirent pour l'aider à descendre, puis hésitèrent. Il avait un bon œil et une bonne jambe. Son visage était creusé, ridé, fanatique.

Les adieux peuvent être bouleversants, mais les retours sont sûrement pires. Jamais l'être de chair et de sang ne peut se mesurer à l'ombre vive qu'a projetée son absence. Le temps et la distance ont brouillé les contours ; puis brusquement voilà que le bien-aimé est là, et c'est midi avec sa lumière impitoyable et chaque tache de son, chaque pore, chaque ride, chaque petit poil se remarque avec netteté.

Ainsi donc ma mère et mon père. Comment auraient-ils pu racheter pour l'autre le fait d'avoir autant changé ? De ne pas pouvoir être ce que l'autre avait attendu ? Comment aurait-il pu ne pas y avoir de rancœurs ? Des rancœurs ressenties dans le silence et l'injustice parce qu'il n'y avait personne à blâmer, personne à montrer du doigt. La guerre n'était pas quelqu'un de précis. Pourquoi blâmer un ouragan ?

Ils sont là sur le quai de la gare. La fanfare de la ville joue, des cuivres pour la plus grande part. Il est en uniforme ; sur le tissu, ses médailles lui font comme des trous d'armes à feu à travers lesquels on aperçoit le reflet terne de son vrai corps métallique. À côté de lui, invisibles, se tiennent ses deux frères – les deux jeunes gens perdus, ceux qu'il croit avoir envoyés à leur perte. Ma mère est là, vêtue de ses plus beaux habits, un machin à revers et serré à la taille, elle s'est coiffée d'un chapeau orné d'un ruban pimpant. Un petit sourire tremble sur ses lèvres. Ni l'un ni l'autre ne sait trop quelle attitude adopter. L'appareil photo du journal les saisit avec son flash ; ils ouvrent de grands yeux, comme pris en flagrant délit. Mon père arbore un cache noir sur son œil droit. Son œil gauche brille d'un éclat sinistre. Sous le cache se trouve, non encore dévoilée, une toile de chair balafrée dont l'araignée est l'œil manquant.

« Chase, l'héritier : un héros de retour », claironne le journal. C'est un détail supplémentaire : mon père est désormais l'héritier, ce qui veut dire qu'outre le fait de ne plus avoir de frères, il n'a plus de père non plus. Le royaume est entre ses mains. C'est comme de la boue.

Ma mère versa-t-elle des larmes ? C'est possible. Ils durent s'embrasser maladroitement, comme à une fête de charité où il n'aurait pas acheté le bon billet. Cette femme marquée par les soucis, efficace, affublée d'un pince-nez de vieille tantine célibataire qui étincelle au bout d'une chaîne en argent accrochée à son cou, ce n'était pas celle dont il avait gardé le souvenir. Ils ne se connaissaient plus à présent et – ils devaient en prendre conscience – ne s'étaient jamais connus. Que la lumière était cruelle ! Qu'ils avaient vieilli ! Il ne restait plus trace du jeune homme qui s'était autrefois agenouillé avec tant de déférence sur la glace pour attacher ses patins ni de la jeune femme qui avait gentiment accepté cet hommage.

Entre eux, quelque chose d'autre encore se matérialisa comme une épée. Bien sûr, il avait eu d'autres femmes, du genre qui traînent à proximité des champs de bataille, histoire d'en profiter. Des putains, pour formuler carrément un terme que ma mère n'aurait jamais prononcé. Elle dut s'en rendre compte dès la première fois où il posa la main sur elle : la timidité, le respect devaient avoir disparu. Sans doute avait-il résisté à la tentation durant son séjour aux Bermudes, puis en Angleterre et jusqu'au moment où Eddie et Percy avaient été tués et lui blessé. Après, il s'était cramponné à la vie, à toutes les petites choses qui avaient pu passer à portée de sa main. Comment aurait-elle pu ne pas comprendre le besoin qu'il en avait eu, compte tenu des circonstances ?

Elle comprit parfaitement, ou du moins elle comprit qu'elle était censée comprendre. Elle comprit, ne fit aucun commentaire sur la question, pria d'avoir la force de pardonner et pardonna totalement. Mais vivre avec le pardon de sa femme ne dut pas être aussi facile que ça. Petit déjeuner dans un brouillard de pardon : café au pardon, porridge au pardon, pardon sur toast beurré. Sans doute se retrouva-t-il dans l'impuissance face à cela, car comment éliminer quelque chose qui n'est jamais dit ? Elle en voulait également à l'infirmière ou aux infirmières qui s'étaient occupées de lui dans divers hôpitaux. Elle aurait souhaité qu'il ne doive sa guérison qu'à elle seule – à ses soins, à son abnégation. C'est là l'envers du dévouement : sa tyrannie.

Pourtant, mon père ne jouissait pas d'une santé aussi parfaite que ça. C'était en fait une épave, une loque, comme en témoignent les cris dans la nuit, les cauchemars, les brusques accès de fureur, la coupe ou le vase projeté contre le mur ou par terre, mais, néanmoins, jamais contre elle. Il était en pièces et il avait besoin d'être réparé : elle pouvait donc se montrer encore utile. Elle allait créer une atmosphère de calme autour de lui, elle allait le gâter, le dorloter, placer des fleurs sur la table de son petit déjeuner et lui préparer ses repas préférés. Au moins n'avait-il pas attrapé une funeste maladie.

Il s'était pourtant produit une chose bien plus terrible : mon père était désormais athée. Dieu avait explosé comme un ballon au-dessus des tranchées, et il ne restait rien de lui sinon d'infâmes bribes d'hypocrisie. La religion n'était qu'une affaire pour jouer un pied de cochon aux soldats et celui qui disait le contraire était un imbécile de la première eau. À quoi avait servi le courage de Percy et d'Eddie – leur bravoure, leur mort atroce ? Ils avaient été tués par la balourdise d'un ramassis de vieillards incapables et criminels qui auraient aussi vite fait de leur couper la gorge et de balancer leur dépouille du haut du *Caledonian*. Tous ces blablas sur le fait de se battre pour Dieu et la civilisation le faisaient vomir.

Ma mère en fut consternée. Voulait-il dire que Percy et Eddie n'étaient pas morts pour un noble motif ? Que tous ces malheureux étaient morts pour rien ? Quant à Dieu, sur qui d'autre avaient-ils pu compter en ces temps d'épreuves et de souffrances ? Elle le supplia à tout le moins de garder son athéisme pour lui seul. Puis elle se sentit profondément honteuse de lui avoir demandé cela – comme si ce qui lui importait le plus était l'opinion de ses voisins et non la relation que l'âme vivante de mon père entretenait avec Dieu.

Il respecta néanmoins son désir. Il en comprit la nécessité. De toute façon, il ne disait ce genre de choses que lorsqu'il avait bu. Il n'avait pas l'habitude de boire avant la guerre, pas de manière régulière, résolue, mais à présent oui. Il buvait et faisait les cent pas, en traînant son mauvais pied. Au bout d'un moment, il se mettait à trembler. Ma mère essayait de le calmer, mais il ne voulait pas être calmé. Il grimpait dans la tourelle courtaude d'Avalon en prétextant avoir envie de fumer. C'était en réalité une excuse pour rester seul. Une fois là-haut, il parlait tout seul, se cognait contre les murs et finissait par se soûler à ne plus tenir debout. Il s'éloignait de ma mère pour faire ça parce qu'il se considérait encore comme un gentleman ou bien se cramponnait aux lambeaux du déguisement. Il ne voulait pas l'effrayer. Par ailleurs, il se sentait gêné, j'imagine, que ses soins bien intentionnés lui tapent pareillement sur les nerfs.

Un pas léger, un pas pesant, un pas léger, un pas pesant, tel un animal qui aurait eu la patte coincée dans un piège. Gémissements et cris étouffés. Bris de verre. Ces bruits me réveillaient : le plancher de la tourelle se trouvait au-dessus de ma chambre.

Puis j'entendais les pas descendre, puis le silence, et un trait noir se profilait, menaçant, devant le rectangle fermé de ma porte de chambre. Si je ne pouvais pas le voir, je sentais sa présence, monstre borgne à la démarche vacillante, si triste. Je m'étais habituée à ces bruits, à mon avis, il ne risquait pas de me faire du mal, mais je le traitais tout de même avec prudence.

Je ne tiens pas à donner l'impression qu'il se soûlait tous les soirs. Et puis ces beuveries – des crises, peut-être – se firent moins fréquentes, s'espacèrent davantage dans le temps. Mais on les voyait arriver à la manière dont ma mère pinçait les lèvres. Elle était équipée d'une sorte de radar, détectait les ondes de sa fureur croissante.

Chercherais-je à dire qu'il ne l'aimait pas ? Pas du tout. Il l'aimait ; à certains égards, il lui était très attaché. Mais il n'arrivait pas à l'atteindre, et il en allait de même pour elle. On aurait dit qu'ils avaient bu une potion fatale qui les avait séparés à tout jamais, alors qu'ils vivaient sous le même toit, mangeaient à la même table, dormaient dans le même lit.

À quoi est-ce que ça pouvait donc ressembler – de désirer, de se languir de quelqu'un qui est juste là devant vos yeux, jour après jour ? Je ne le saurai jamais.

Au bout de quelques mois, mon père entama ses honteuses virées. Pas dans notre ville pourtant, ou du moins pas au début. Il prenait le train pour Toronto, « pour affaires », et allait boire ou courir le guilledou, comme on disait à l'époque. Le bruit s'en répandit étonnamment vite, comme tout scandale a de fortes chances de le faire. Aussi curieux que cela puisse paraître, ma mère et mon père en furent davantage respectés en ville. Qui aurait pu le blâmer, tout compte fait ? Quant à elle, en dépit de ce qu'il lui fallait supporter, nul ne l'entendit jamais se plaindre. Et c'était tout à fait dans l'ordre des choses.

(Comment se fait-il que je connaisse toutes ces choses ? Je ne les connais pas, pas dans le sens classique du terme. Mais, dans des foyers comme le nôtre, les silences sont souvent plus éloquents que ce qui se dit véritablement – les lèvres pincées, la tête détournée, les coups d'œil lancés à la dérobée. Les épaules bien droites, comme pour porter un lourd fardeau. Pas étonnant qu'on se soit mises à écouter aux portes, Laura et moi.)

Mon père avait une collection de cannes dotées d'un pommeau spécial – en ivoire, en argent, en ébène. Il mettait un point d'honneur à s'habiller impeccablement. Il n'avait jamais imaginé se retrouver à la tête de l'entreprise familiale, mais à présent qu'il avait repris le flambeau il avait l'intention de faire les choses bien. Il aurait pu vendre, mais il s'avéra qu'il n'y avait pas d'acheteurs, pas à ce moment-là, ou pas à son prix. Et puis il avait le sentiment d'avoir une obligation, sinon envers la mémoire de son père, du moins envers celle de ses deux frères disparus. Il fit changer l'en-tête en Chase & Fils, alors qu'il ne restait plus que lui. Il voulait avoir des fils à lui, deux de préférence, pour remplacer ceux qui n'étaient plus. Il voulait persévérer.

Au début, les hommes de ses usines le révérèrent. Ce n'était pas seulement les médailles. Dès la fin de la guerre, les femmes avaient cédé leur place, ou bien elles avaient été poussées à le faire, et leurs postes avaient été repris par les hommes qui étaient rentrés – enfin, ceux qui étaient encore capables d'assumer un emploi. Mais il n'y avait pas assez de postes pour s'occuper : c'en était fini de la demande qu'on avait connue pendant la guerre. Partout dans le pays, il y avait des fermetures et des licenciements, partout sauf dans les usines de mon père. Il embauchait et surembauchait. Il embauchait des anciens combattants. Il disait que le manque de reconnaissance de la nation était méprisable et qu'il serait bon que les hommes d'affaires remboursent maintenant une partie de leurs dettes. Très peu le firent, néanmoins. Ils fermèrent les yeux, mais mon père, qui était pourtant borgne, ne put le faire. D'où sa réputation de rebelle et de graine d'andouille.

Selon toute apparence, j'étais la fille de mon père. C'était à lui que je ressemblais le plus ; j'avais hérité de sa mine renfrognée, de son scepticisme opiniâtre. (Et de ses médailles en fin de compte. Il me les laissa.) Reenie disait – quand je me montrais récalcitrante – que j'étais une nature difficile et qu'elle savait d'où ça me venait. Laura en revanche était la fille de ma mère. Elle en avait la piété, à certains égards ; elle avait le front haut et pur.

Mais les apparences sont trompeuses. Je n'aurais jamais pu me jeter d'un pont au volant d'une voiture. Mon père oui. Ma mère non.

Nous sommes maintenant à l'automne 1919, tous les trois ensemble – mon père, ma mère et moi – en train de faire un effort. Nous sommes en novembre ; c'est presque l'heure du coucher. Nous sommes installés dans le petit salon d'Avalon. Il y a une cheminée, le feu est allumé car le temps a tourné au froid. Ma mère se remet d'une récente maladie mystérieuse, censée avoir un rapport avec ses nerfs. Elle raccommode des vêtements. Elle n'a pas besoin de faire ça – elle pourrait confier cette tâche à quelqu'un –, mais elle y tient ; elle aime avoir quelque chose à faire. Elle est en train de recoudre un bouton, tombé de l'une de mes robes ; il paraît que je mets mes vêtements à rude épreuve. Sur la table basse à côté de son coude, il y a son panier à couture bordé d'herbes saintes, tissé par des Indiens, avec ses ciseaux, ses bobines de fil et son œuf à repriser ; de même que ses nouvelles lunettes rondes qui font le guet. Elle n'en a pas besoin pour travailler de près.

Elle porte une robe bleu ciel, avec un large col blanc et des poignets en piqué blanc. Ses cheveux ont commencé à blanchir prématurément. Elle n'envisagerait pas plus de les teindre que de se trancher la main et a donc un visage de jeune femme au milieu d'un nid de duvet de chardon. Ils sont séparés au milieu, ces cheveux, et tirés en arrière en larges vagues souples pour former, sur sa nuque, un nœud complexe de torsades et de rouleaux. (À sa mort, cinq ans plus tard, elle les aurait coupés court, plus à la mode, moins contraignant.) Elle a les paupières baissées, les joues arrondies, comme son ventre ; son demi-sourire est tendre. Avec son abat-jour rose-jaune, la lampe électrique éclaire son visage d'une douce lueur.

En face d'elle, il y a mon père, sur un canapé. Il est carré contre les coussins, mais ne tient pas en place. Il a la main posée sur le genou de sa mauvaise jambe ; elle tressaute. (*La bonne jambe, la mauvaise jambe* – ces termes m'intéressent. Qu'a donc fait la mauvaise jambe pour qu'on la dise mauvaise ? Est-elle cachée, mutilée, parce qu'elle a été punie ?)

Je m'assieds à côté de lui, mais pas trop près. Son bras repose sur le dossier du sofa derrière moi, mais il ne me touche pas. J'ai mon abécédaire ; je lui fais la lecture pour lui montrer que je sais lire. Pourtant, ce n'est pas vrai, j'ai juste mémorisé les formes des lettres et les mots qui accompagnent les dessins. Sur une table basse trône un gramophone équipé d'un haut-parleur qui évoque une énorme fleur métallique. Ma voix me fait l'effet de ressembler à la voix qui parfois s'en échappe : petite, ténue et lointaine ; quelque chose qu'on pourrait éteindre d'un doigt.

A comme Abricot
Tout frais cueilli
Certains n'en mangent pas trop
Et d'autres s'en gavent à l'envi.

Je jette un coup d'œil vers mon père pour voir s'il m'écoute. Parfois, quand on lui parle, il n'entend pas. Il surprend mon regard, m'adresse un vague sourire.

98

B comme Bébé
Si rose et si mignon
Avec ses mains potelées
Et ses tout petits petons.

Mon père s'est remis à regarder par la fenêtre. (Est-ce qu'il se place de l'autre côté de la fenêtre en question pour observer l'intérieur de la maison ? Orphelin à jamais exclu – vagabond de la nuit ? Voici ce pour quoi il était censé se battre – cette idylle au coin du feu, cette paisible image tout droit sortie d'une publicité pour les céréales Shredded Wheat : cette femme arrondie aux joues roses, si gentille, si bonne, cette enfant obéissante, révérencieuse. Cette monotonie, cet ennui. Se pourrait-il qu'il ait ressenti une certaine nostalgie de la guerre, en dépit de sa puanteur et de son carnage inutile ? Pour cette indiscutable pulsion de vie ?)

F comme Feu
Bon serviteur, mauvais maître
Laissé seul un tant soit peu
Il brûle et nous mène à notre perte.

L'image dans le livre représente un homme couvert de flammes qui bondit – des éperons et des ailes de feu lui sortent des talons et des épaules, des petites cornes rougeoyantes lui ont poussé sur la tête. Il regarde par-dessus son épaule avec un sourire séduisant, espiègle, il ne porte aucun vêtement. Le feu ne peut pas le blesser, rien ne peut le blesser. C'est pour cela que je l'aime. J'ajoute des flammes au crayon.

Ma mère plante son aiguille à travers le bouton, coupe le fil. Je continue ma lecture avec, dans la voix, une inquiétude croissante, passe le M et le N tout en douceur, le Q excentrique, le R sévère et les sifflantes menaces du S. Mon père fixe les flammes, regarde les champs, les bois, les maisons, les villes, les hommes et ses frères qui partent en fumée et sa mauvaise jambe s'agite toute seule comme un chien en train de courir en rêve. C'est ici son foyer, ce château assiégé ; il en est le loup-garou. Derrière la fenêtre, le soleil glacé couleur de citron se fond dans la grisaille. Je ne le sais pas encore, mais Laura ne va pas tarder à naître.

Le jour du pain

Pas assez de pluie, disent les fermiers. Les cigales déchirent l'air de leurs cris virulents et monocordes ; des tourbillons de poussière traversent les routes ; sur les carrés herbeux des bas-côtés, des sauterelles bruissent. Les feuilles des érables pendent aux branches pareilles à des gants informes ; sur le trottoir, mon ombre se fendille.

Je fais ma promenade de bonne heure, avant que le soleil ne brille de tout son éclat. Le docteur m'y incite : je progresse, me dit-il. Mais vers quoi ? Je vois mon cœur tel le compagnon d'une interminable marche forcée où nous serions tous deux ligotés l'un à l'autre, conspirateurs malgré nous dans quelque complot ou tactique auxquels nous ne comprendrions rien. Où allons-nous ? Vers le jour suivant. Il ne m'échappe pas que l'objet qui me tient en vie est le même que celui qui me tuera. En ce sens, ça ressemble à de l'amour, ou à une certaine forme d'amour.

Aujourd'hui, je suis retournée au cimetière. Quelqu'un avait déposé un bouquet de zinnias orange et rouges sur la tombe de Laura ; des fleurs de couleurs chaudes, tout sauf apaisantes. Quand j'arrivai enfin à leur hauteur, elles étaient en train de se faner même si elles dispensaient encore leur parfum poivré. À mon avis, c'est un admirateur près de ses sous ou sinon un gentil dingo qui a dû aller les cueillir dans les parterres de la fabrique de boutons ; cela étant, c'est le genre de chose que Laura elle-même aurait fait. Ses conceptions de la propriété étaient des plus floues.

Sur le chemin du retour, je me suis arrêtée à la boutique de beignets : il commençait à faire chaud et j'avais envie d'un peu d'ombre. L'endroit est loin d'être neuf ; en fait, il a l'air presque miteux, malgré sa modernité proclamée – les carreaux jaune pâle, les tables en plastique blanc fixées au sol, leurs chaises moulées assorties. Ça me fait penser à une institution ; un jardin d'enfants dans un quartier plus défavorisé peut-être ou un dispensaire pour handicapés mentaux. Pas grand-chose qu'on puisse balancer par terre ou utiliser comme poignard : même les couteaux sont en plastique. Il flotte une odeur de friture mêlée à du désinfectant parfumé au pin, avec par-dessus une goulée de café tiédasse.

Je me suis offert un petit thé glacé et un beignet à l'ancienne qui crissait entre mes dents comme du polystyrène expansé. J'en ai mangé la moitié, c'est tout ce que j'ai pu avaler, puis j'ai traversé prudemment la pièce au sol glissant pour aller aux toilettes. Au fil de mes promenades, j'ai dressé mentalement une carte de toutes les toilettes facilement accessibles de Port Ticonderoga – c'est tellement pratique quand le temps presse – et celles de la boutique de beignets sont celles que je préfère à l'heure actuelle. Ce n'est pas qu'elles soient plus propres que les autres ou qu'on y trouve du papier, mais elles ont des graffitis. Il y en a partout, or, dans la plupart des toilettes, on repeint fréquemment par-dessus alors que dans la boutique de beignets ils restent exposés bien plus longtemps. Ce qui fait qu'on n'a pas seulement le texte, mais les commentaires en prime.

Le meilleur échange du moment se trouve dans le cabinet du milieu. La première phrase est écrite au crayon, en caractères ronds comme ceux qui apparaissent sur les tombes romaines, profondément enchâssés dans la peinture : *Ne mangez rien que vous ne soyez prêt à tuer.*

Puis au feutre vert : *Ne tuez rien que vous ne soyez prêt à manger.*

En dessous, au stylo bille : *Ne tuez pas.*

En dessous, au feutre violet : *Ne mangez pas.*

Et en dessous, la dernière intervention en date, en audacieux caractères noirs : *Aux chiottes les végétariens – « Tous les dieux sont carnivores » – Laura Chase.*

Ainsi Laura continue-t-elle à vivre.

Il a fallu longtemps pour que Laura se décide à venir sur terre, disait Reenie. *C'était comme si elle n'arrivait pas à savoir si c'était vraiment une bonne idée. Puis elle a commencé par être malade, et on a failli la perdre – je suppose qu'elle s'interrogeait encore. Mais finalement elle a décidé d'essayer et s'est cramponnée à la vie et s'est rétablie un peu.*

Reenie croyait que les gens décidaient de l'heure de leur mort ; de la même façon, ils avaient le droit de choisir s'ils venaient au monde ou pas. Lorsque je fus en âge de répondre, je pris l'habitude de lui lancer : *Moi, je n'ai jamais demandé à venir au monde*, comme si c'était un argument irréfutable ; mais Reenie rétorquait : *Bien sûr que si. Comme tout le monde.* Pour ce qui était de Reenie, dès lors qu'on était vivant, on avait mordu à la grappe.

Après la naissance de Laura, ma mère se montra plus fatiguée que d'habitude. Elle perdit de sa hauteur ; elle perdit de sa résistance physique. Sa volonté vacilla ; ses journées devinrent pénibles. Il fallait qu'elle se repose davantage, déclara le docteur. Elle avait des problèmes de santé, confia Reenie à Mme Hillcoate qui venait aider pour la lessive. C'était comme si des elfes avaient enlevé ma mère d'antan et laissé à la place cette autre mère – plus vieille, plus grise, plus flétrie et plus abattue. Je n'avais que quatre ans à l'époque et, effrayée par les changements qui s'étaient produits en elle, j'avais envie qu'elle me prenne dans ses bras et me rassure ; mais ma mère n'en avait plus l'énergie. (Pourquoi est-ce que je dis « n'en avait plus » ? En tant que mère, elle s'était toujours comportée de manière plus éducative que câline. Elle était pédagogue dans l'âme.)

Je m'aperçus vite que si je restais tranquille sans réclamer son attention à grands cris et, surtout, si je me rendais utile – principalement avec le bébé, avec Laura, que je veille sur elle, que je la berce et que je l'endorme, chose qu'elle ne faisait ni facilement ni longtemps –, j'avais le droit de rester dans la même pièce que ma mère. Sinon, elle me renvoyait. Tel fut donc le compromis que je passai : silence, obligeance.

J'aurais dû hurler. J'aurais dû piquer des crises. C'est sur le rouage qui grince qu'on met de l'huile, comme disait Reenie.

(Je trônais sur la table de nuit de ma mère, dans un cadre en argent, vêtue d'une robe sombre avec un col en dentelle blanche, une main bien en évidence cramponnant d'une poigne féroce, maladroite, la couverture blanche au crochet du bébé, fixant d'un œil accusateur l'appareil photo ou la personne qui s'en servait. Pour ce qui est de Laura elle-même, on ne la voit quasiment pas sur cette photographie. Hormis le sommet de son crâne duveté et une minuscule menotte dont les doigts sont enroulés autour de mon pouce, on n'aperçoit rien d'elle. Étais-je fâchée parce qu'on m'avait demandé de tenir le bébé ou étais-je en réalité en train de le défendre ? De le protéger – peu disposée à le lâcher ?)

Laura fut un bébé difficile, mais plus angoissé que pleurnicheur. Elle fut également une petite fille difficile. Les portes fermées l'inquiétaient, de même que les tiroirs des commodes. On aurait cru qu'elle passait son temps à écouter quelque chose au loin ou sous le plancher – quelque chose qui eût approché sans bruit, comme un train fantôme. Elle piquait des crises inexplicables – une corneille morte, un chat écrasé par une automobile, un nuage sombre dans un ciel limpide la faisaient fondre en larmes. D'un autre côté, elle avait une étonnante résistance à la douleur physique : si elle se brûlait la bouche ou se coupait, en général, elle ne pleurait pas. C'était la malveillance, la malveillance de l'univers qui la bouleversait.

Elle était particulièrement effrayée par les anciens combattants mutilés au coin des rues – les désœuvrés, les vendeurs de stylos, les mendiants, trop ravagés pour assumer un quelconque travail. Un cul-de-jatte au visage rougeaud et au regard furibond qui se déplaçait sur une planche à roulettes la faisait pleurer à coup sûr. Peut-être était-ce la fureur dans ses yeux ?

Comme la plupart des petits enfants, Laura prenait les choses au pied de la lettre, mais poussait cela à l'extrême. On ne pouvait pas s'exclamer *Va te faire cuire un œuf* ou *Va te baigner* et imaginer qu'il n'y aurait pas de conséquences. *Qu'est-ce que tu as dit à Laura ? Tu ne comprendras jamais ?* me grondait Reenie. Mais Reenie elle-même ne comprenait pas vraiment. Elle dit un jour à Laura de se mordre la langue pour éviter de poser des questions à tort et à travers et, après, Laura ne put mâcher pendant des jours et des jours.

À présent, j'en arrive à la mort de ma mère. Ce serait une banalité que de dire que cet événement a tout changé, mais ce serait également vrai. Je vais donc l'écrire :

Cet événement a tout changé.

Ça arriva un mardi. Le jour du pain. Tout notre pain – une fournée nous durait la semaine – était fait dans la cuisine d'Avalon. Il y avait maintenant une petite boulangerie à Port Ticonderoga, mais Reenie avait décrété que le pain de commerce était bon pour les fainéants, que le boulanger ajoutait de la craie pour économiser la farine et qu'il mettait aussi davantage de levure pour mieux faire lever les miches afin que les gens croient qu'ils en avaient plus. Si bien qu'elle faisait le pain elle-même.

La cuisine d'Avalon n'était pas sombre comme l'antre victorien plein de suie qu'elle avait dû être trente ans plus tôt. Au contraire, elle était blanche – murs blancs, table blanche laquée, cuisinière à bois blanche, sol carrelé noir et blanc – avec des rideaux jonquille aux fenêtres neuves, agrandies. (Elle avait été refaite après la guerre, c'était un des cadeaux penauds que mon père avait offerts à ma mère pour se la concilier.) Reenie considérait que cette cuisine était du dernier cri et comme ma mère lui avait parlé des microbes, de leur malignité et des endroits où ils se cachaient, elle la tenait impeccablement propre.

Le jour du pain, Reenie nous donnait des chutes de pâte pour fabriquer des bonshommes, avec des raisins secs pour les yeux et les boutons. Puis elle les mettait au four pour nous. Je mangeais les miens, mais Laura conservait les siens. Une fois, Reenie en dénicha toute une rangée dans le tiroir du haut de Laura, durs comme pierre, enveloppés dans ses mouchoirs, pareils à de minuscules momies à la tête toute ronde. Reenie déclara que ça allait attirer les souris et qu'il fallait les flanquer directement à la poubelle, mais Laura insista pour leur donner une sépulture collective dans le potager derrière le massif de rhubarbe. Pour elle, il fallait des prières. Sinon, elle ne mangerait plus jamais son repas. Quand elle s'y mettait, elle marchandait toujours très durement.

Ce fut Reenie qui creusa le trou. C'était le jour de congé du jardinier ; elle lui emprunta sa pelle, qui était interdite à tous, mais il s'agissait d'une urgence.

« Que Dieu ait pitié de son mari, s'écria Reenie tandis que Laura alignait impeccablement ses bonshommes de pain. Elle est têtue comme une mule.

— De toute façon, j'aurai pas de mari, riposta Laura. Je vivrai toute seule dans le garage.

— J'en aurai pas non plus, déclarai-je pour ne pas être en reste.

— Pas de danger, dit Reenie. Tu aimes ton bon lit douillet. Sinon, tu serais obligée de dormir sur le ciment et, du coup, tu serais couverte de cambouis et d'huile.

— Moi, je vivrai dans l'orangerie, décrétai-je.

— C'est plus chauffé ! s'exclama Reenie. Tu mourrais de froid l'hiver.

— Je dormirai dans une des automobiles », dit Laura.

Cet horrible mardi, nous avions pris notre petit déjeuner dans la cuisine avec Reenie. Il y avait de la bouillie d'avoine et des toasts avec de la marmelade d'oranges. Il arrivait qu'on déjeune avec maman, mais ce jour-là elle était trop fatiguée. Maman, plus sévère, nous obligeait à nous tenir très droites et à manger les croûtes.

« Pensez aux Arméniens qui meurent de faim », disait-elle.

Peut-être que les Arméniens ne mouraient plus de faim à ce moment-là. La guerre était terminée depuis longtemps et l'ordre était revenu. Mais leur situation critique avait dû rester gravée dans l'esprit de ma mère comme une sorte de slogan. De slogan, d'invocation, de prière, de charme. Il fallait manger les croûtes de pain en mémoire de ces Arméniens, quels qu'ils aient pu être ; ne pas les manger constituait un sacrilège. Laura et moi avions dû comprendre le poids de ce charme, car il ne manquait jamais de faire effet.

Maman n'avait pas mangé ses croûtes ce jour-là. Je m'en souviens. Du coup, Laura s'en prit à elle – *Et les croûtes, et les Arméniens qui meurent de faim ?* – jusqu'à ce que maman admette qu'elle ne se sentait pas bien. En entendant sa réponse, je sentis un frisson électrique me parcourir, parce que je le savais. Je l'avais toujours su.

Reenie disait que Dieu faisait les gens comme elle faisait le pain, que c'était pour cela que les ventres des mamans grossissaient quand elles allaient avoir un bébé : c'était la pâte qui levait. Elle disait que ses fossettes étaient les empreintes des pouces de Dieu. Elle disait qu'elle avait trois fossettes et que certaines personnes n'en avaient pas une seule, parce que Dieu ne faisait pas tout le monde pareil, que sinon tout ça l'embêterait et que donc il distribuait les trucs au petit bonheur. Ça avait l'air injuste, mais, à la fin, chacun y trouverait son compte.

Laura avait six ans à l'époque que j'évoque. Moi, neuf. Je savais qu'on ne faisait pas les bébés avec de la pâte à pain – c'était une histoire pour les tout-petits comme Laura. Cependant, on ne m'avait pas fourni d'explication détaillée.

L'après-midi, maman tricotait dans le belvédère. Elle tricotait un minuscule pull-over, du genre de ceux qu'elle continuait à tricoter pour Overseas Refugees. Celui-ci était-il destiné aussi à un réfugié ? J'avais envie de savoir. *Peut-êtr*e, me répondait-elle avec un sourire. Au bout d'un moment, elle se mettait à somnoler, ses yeux se fermaient lourdement, ses lunettes rondes lui glissaient sur le nez. Elle nous avait raconté qu'elle avait des yeux derrière la tête, que c'était comme ça qu'elle savait quand on avait fait une bêtise. Je m'imaginais que ces yeux-là étaient plats et brillants, incolores comme les lunettes.

Ça ne lui ressemblait pas de dormir autant l'après-midi. Il y avait des tas de choses qui ne lui ressemblaient pas. Laura n'était pas inquiète, mais moi si. Je faisais des rapprochements entre ce qu'on m'avait dit et ce que j'avais surpris. Ce qu'on m'avait dit : « Ta mère a besoin de repos, donc il faut que tu te débrouilles pour que Laura ne lui casse pas les pieds. » Ce que j'avais surpris (Reenie à Mme Hillcoate) : « Le docteur est pas content. Si ça se trouve, elle s'en tirera de justesse. Bien sûr, elle ne dira jamais un mot, mais elle n'a pas de santé. Il y a des hommes qui ne sont jamais fichus de rester tranquilles. » Je savais donc que ma mère était en danger, que ça avait un rapport avec sa santé et un rapport avec mon père, même si je ne comprenais pas trop ce que pouvait être ce danger.

J'ai dit que Laura n'était pas inquiète, pourtant elle se cramponnait à maman plus que d'habitude. Elle s'asseyait en tailleur dans l'espace frais en dessous du belvédère quand maman se reposait ou se postait derrière sa chaise quand elle écrivait des lettres. Quand elle était dans la cuisine, Laura aimait se glisser sous la table. Elle se prenait un coussin et son abécédaire, celui qui m'avait appartenu avant. Elle avait des tas de choses qui m'avaient appartenu avant.

Laura savait lire à présent ou du moins savait-elle lire l'abécédaire. Sa lettre préférée était le L, parce que c'était sa lettre, celle par laquelle son nom commençait, L comme Laura. Moi, je n'ai jamais eu une lettre préférée qui aurait été la première lettre de mon prénom – I comme Iris – parce que I était la lettre de tous les « ils » de la terre.

> L comme Lis,
> Si blanc, si pur ;
> Il s'ouvre le jour,
> Et se referme la nuit.

Le dessin dans le livre représentait deux enfants coiffés de chapeaux de paille démodés à côté d'un nénuphar sur lequel était assise une fée – torse nu et dotée d'ailes vaporeuses et chatoyantes. Reenie disait que si jamais elle rencontrait une affaire pareille elle te lui collerait un coup de tapette. Elle m'avait confié ça, histoire de blaguer, mais elle n'avait rien dit à Laura qui risquait de le prendre au sérieux et d'en être contrariée.

Laura était *différente*. *Différente* voulait dire *bizarre*, je le savais, mais je tannais Reenie.

« Qu'est-ce que tu veux dire par différente ?

– Pas pareille que les autres », répondait Reenie.

Cela étant, peut-être que Laura n'était pas si différente que ça des autres, après tout. Peut-être qu'elle était pareille – pareille que certains drôles de trucs tordus que la plupart des gens cachent, mais que Laura ne cachait pas, ce qui expliquait qu'elle leur faisait peur. Parce qu'elle leur faisait peur – ou sinon, elle les inquiétait d'une certaine façon ; et elle les inquiéta de plus en plus, bien entendu, en grandissant.

106

Mardi matin, donc, dans la cuisine. Reenie et ma mère étaient en train de faire le pain. Non : Reenie faisait le pain et ma mère prenait une tasse de thé. Reenie avait dit à ma mère qu'elle ne serait pas surprise s'il y avait de l'orage un peu plus tard dans la journée, il faisait tellement lourd et est-ce que ma mère ne ferait pas mieux de se mettre à l'ombre ou de s'allonger ; mais ma mère avait répondu qu'elle avait horreur de ne rien faire. Elle avait dit que ça lui donnait la sensation de n'être bonne à rien, qu'elle avait envie de tenir compagnie à Reenie.

Pour ce qui était de Reenie, ma mère pouvait faire ce qui lui chantait, de toute façon, elle n'avait pas d'ordres à lui donner. Ma mère buvait donc son thé tandis que Reenie était debout à la table en train de travailler la montagne de pâte à pain, de la pétrir à deux mains, de la plier, de la retourner, de la pétrir. Elle avait les mains couvertes de farine ; on aurait cru qu'elle avait enfilé des gants blancs enfarinés. De la farine maculait aussi la bavette de son tablier. Elle avait des demi-cercles de sueur sous les bras, ce qui assombrissait les pâquerettes jaunes de sa robe d'intérieur. Certaines des miches étaient déjà prêtes dans leur moule, protégées par un torchon propre et imbibé d'eau. Une odeur de champignon humide emplissait la cuisine.

Il faisait chaud dans la pièce parce que le four avait besoin d'un bon lit de braises et aussi parce que nous étions en pleine vague de chaleur. La fenêtre était ouverte, et la vague de chaleur s'engouffrait par là. La farine pour le pain provenait du grand tonneau dans l'office. Il était interdit de grimper dans ce tonneau parce que la farine risquait de vous rentrer dans le nez et dans la bouche et de vous étouffer. Reenie avait connu un bébé que ses frères et sœurs avaient enfoncé, la tête la première, dans le tonneau de farine et qui avait failli en mourir.

Laura et moi étions installées sous la table de cuisine. Je lisais un ouvrage illustré pour enfants intitulé *Les Grands Hommes de l'Histoire*. Napoléon était en exil sur l'île de Sainte-Hélène, debout au bord d'une falaise, la main à l'intérieur de son manteau. Pour moi, il avait mal à l'estomac. Laura était énervée. Elle sortit de dessous la table pour aller se chercher de l'eau.

« Tu veux de la pâte pour faire un bonhomme de pain ? lui proposa Reenie.

– Non, répondit Laura.

– Non, *merci* », la reprit maman.

Laura se faufila de nouveau sous la table. On voyait les deux paires de pieds, ceux étroits de maman et ceux, plus larges, de Reenie dans leurs robustes souliers, ainsi que les jambes maigres de maman et les poteaux de Reenie dans leurs épais bas beigeasses. On entendait le bruit sourd de la pâte à pain malaxée. Puis tout d'un coup la tasse de thé se fracassa et maman se retrouva par terre, Reenie à genoux à ses côtés.

« Oh mon Dieu ! s'écria-t-elle. Iris, va chercher ton père. »

Je courus à la bibliothèque. Le téléphone sonnait, mais papa n'était pas là. Je grimpai l'escalier menant à la tourelle, d'ordinaire interdite. La porte n'était pas fermée à clé : il n'y avait rien dans la pièce à part une chaise et plusieurs cendriers. Il n'était pas dans le salon de devant, il n'était pas dans le petit salon ni dans le garage. Il devait être à la fabrique, mais je ne connaissais pas très bien le chemin et, en plus, c'était trop loin.

À part ça, je ne savais pas où chercher.

Je revins à la cuisine et me glissai sous la table où Laura était assise, les bras noués autour des genoux. Elle ne pleurait pas. Il y avait par terre quelque chose qui ressemblait à du sang, une traînée de taches rouge sombre sur le carrelage blanc. Je posai un doigt dessus, le léchai – c'était du sang. J'allai chercher un torchon et essuyai.

« Regarde pas », ordonnai-je à Laura.

Au bout d'un moment, Reenie descendit l'escalier de service et tourna la manivelle du téléphone pour appeler le docteur – il n'était pas là, vadrouillait quelque part comme d'habitude. Puis elle téléphona à la fabrique et demanda mon père. Personne ne savait où il était.

« Essayez de le trouver. Dites-lui que c'est urgent », s'écria-t-elle.

Puis elle remonta à la hâte. Elle avait complètement oublié le pain qui, après avoir trop levé, était retombé, fichu.

« Elle n'aurait pas dû rester dans cette cuisine étouffante, confia Reenie à Mme Hillcoate, pas par ce temps où l'orage menace, mais elle ne se ménage pas, on ne peut rien lui dire.

– Elle a beaucoup souffert ? demanda Mme Hillcoate d'une voix intéressée, compatissante.

– J'ai vu pire. Sachons apprécier notre chance et remercions Dieu. Il est venu comme un petit chat, mais je dois dire qu'elle a perdu des litres de sang. Il va falloir brûler le matelas, je ne vois pas comment on pourrait jamais le ravoir.

– Oh, mon Dieu ! Enfin, elle peut toujours en avoir un autre, répliqua Mme Hillcoate. C'est sûr que c'est le destin. Il y avait sûrement quelque chose qui clochait.

« – D'après ce que j'ai entendu, elle ne peut pas, dit Reenie. Le docteur dit qu'il vaudrait mieux en rester là, parce qu'un de plus la tuerait et que celui-ci a déjà bien failli.

– Il y a des femmes qui ne devraient pas se marier, déclara Mme Hillcoate. Elles ne sont pas faites pour ça. Il faut être solide. Ma mère en a eu dix et n'a jamais bronché. Mais ils n'ont pas tous vécu.

– La mienne en a eu onze, répondit Reenie. Ça l'a menée tout droit en terre. »

Je savais par expérience que c'était là le prélude à une surenchère sur la vie dure de leurs mères et qu'elles n'allaient pas tarder à parler lessive.

Je pris Laura par la main et nous montâmes l'escalier de service sur la pointe des pieds. Nous étions inquiètes, et très intriguées aussi : nous voulions comprendre ce qui était arrivé à maman, mais nous voulions aussi voir le petit chat. Il était là, à côté d'une pile de draps trempés de sang par terre dans le couloir devant la chambre de maman, dans une cuvette en émail. Mais ce n'était pas un petit chat. C'était quelque chose de gris, comme une vieille pomme de terre bouillie, avec une très grosse tête ; il était tout recroquevillé et avait les yeux fermés, tout plissés, comme si la lumière lui faisait mal.

« C'est quoi ? murmura Laura. C'est pas un petit chat. »

Elle s'accroupit pour mieux regarder.

« Viens, on descend », dis-je.

Le docteur était encore dans la chambre, on entendait ses pas. Je n'avais pas envie qu'il nous surprenne, car je savais que cette créature nous était interdite ; je savais que nous n'aurions pas dû la voir. Surtout pas Laura – comme un animal écrasé, le genre de vision qui, normalement, la faisait hurler et, après, c'était moi qui étais grondée.

« C'est un bébé, déclara Laura. Il n'est pas fini. »

Elle était étonnamment calme.

« Le pauvre. Il n'a pas voulu naître. »

En fin d'après-midi, Reenie nous emmena voir maman. Elle était couchée, la tête en appui sur deux oreillers ; ses bras maigres étaient posés sur le drap ; ses cheveux grisonnants paraissaient transparents. Son alliance brillait sur sa main gauche tandis qu'elle serrait le drap entre ses poings.

Elle avait les lèvres pincées comme si elle réfléchissait à quelque chose ; c'était l'expression qu'elle avait quand elle préparait des listes. Elle avait les yeux fermés. Sous les paupières qui les recouvraient, ils semblaient encore plus grands que lorsqu'ils étaient ouverts. Ses lunettes trônaient sur la table de nuit à côté de la cruche à eau, et chaque verre rond brillait, vide.

« Elle dort, chuchota Reenie. Ne la touchez pas. »

Les yeux de maman s'ouvrirent. Sa bouche tremblota ; les doigts de sa main la plus proche se déplièrent.

« Vous pouvez lui faire un câlin, dit Reenie, mais pas trop fort. »

Je fis comme on me disait. Laura enfouit sa tête férocement contre le flanc de maman, sous son bras. Il y avait l'odeur de lavande bleu pâle des draps amidonnés, l'odeur de savon de maman et, derrière, une odeur brûlante de rouille mêlée à la senteur doucereuse et acide des feuilles humides qui pourtant se consument.

Maman mourut cinq jours plus tard. Elle mourut d'une fièvre ; et aussi de faiblesse, parce qu'elle n'arrivait pas à recouvrer ses forces, dit Reenie. Pendant ce temps, le docteur fit des allées et venues et une série d'infirmières brusques et froides occupèrent le fauteuil de la chambre. Reenie montait et descendait l'escalier à la hâte, armée de cuvettes, de serviettes de toilette et de tasses de bouillon. Papa faisait nerveusement la navette entre la fabrique et la maison et se présentait aux repas, blanc comme un linge. Où était-il donc l'après-midi où on n'avait pu le trouver ? Personne ne l'avait dit.

Laura restait tapie dans le couloir de l'étage. On me demandait de jouer avec elle pour éviter qu'elle ne pose problème, mais elle refusait. Elle demeurait assise, les bras autour des genoux et le menton en appui dessus, l'air pensif, fermé, comme si elle suçait un bonbon. Nous n'avions pas le droit de manger des bonbons. Mais quand je la forçais à me montrer, ce n'était qu'un caillou blanc et rond.

Au cours de cette dernière semaine, j'eus le droit de voir maman tous les matins, mais seulement durant quelques minutes. Je n'avais pas le droit de lui parler, parce que (d'après Reenie) elle disait n'importe quoi. Cela signifiait qu'elle se croyait ailleurs. Elle s'amenuisait de jour en jour. Ses pommettes saillaient ; elle sentait le lait et un quelque chose de cru, de rance, comme le papier brun qui emballait la viande.

Je boudais pendant ces visites. Je voyais combien elle était malade et je lui en voulais. J'avais l'impression que, d'une certaine façon, elle me trahissait – qu'elle se dérobait à ses devoirs, qu'elle avait abdiqué. Il ne me vint pas à l'idée qu'elle allait peut-être mourir. J'avais eu peur de cette éventualité auparavant, mais j'étais à présent tellement terrifiée que ça m'était sorti de l'esprit.

Le dernier matin, alors que je ne savais pas qu'il serait le dernier, il me sembla que ma mère se retrouvait. Elle était plus fragile, mais en même temps moins éparpillée – plus dense. Elle me regarda comme si elle me voyait.

« La lumière est tellement vive ici, chuchota-t-elle. Pourrais-tu tirer les rideaux ? »

Je m'exécutai, puis revins me poster à son chevet, en tortillant le mouchoir que Reenie m'avait donné au cas où je fondrais en larmes. Ma mère me prit la main ; la sienne était brûlante et sèche, ses doigts cassants, fragiles.

« Sois sage, me dit-elle. J'espère que tu seras gentille avec ta sœur Laura. Je sais que tu essaies de l'être. »

Je hochai la tête. Je ne savais pas quoi dire. J'avais le sentiment d'être victime d'une injustice : pourquoi était-ce toujours moi qui étais censée me montrer gentille envers ma sœur Laura et pas le contraire ? Ma mère aimait sans doute Laura plus que moi.

Peut-être que non ; peut-être qu'elle nous aimait autant. Ou peut-être qu'elle n'avait plus l'énergie d'aimer qui que ce soit : elle était au-delà de ça, partie dans la stratosphère glaciale, loin au-delà du champ magnétique chaud et dense de l'amour. Mais je n'arrivais pas à imaginer une chose pareille. Son amour pour nous était un fait acquis – solide et tangible comme un gâteau. La seule chose, c'était de savoir laquelle de nous allait avoir la plus grosse part.

(Quelle invention, ces mères. Des épouvantails, des poupées de cire faites pour que nous y plantions des aiguilles, des figures grossières. Nous leur refusons une existence propre, nous les fabriquons pour qu'elles nous servent – nous, nos appétits, nos désirs, nos faiblesses. À présent que j'en suis une, je sais.)

Ma mère me retint prisonnière de son regard bleu ciel. Quel effort ce dut être pour elle de garder les yeux ouverts ! Que je dus lui paraître lointaine – tache rose tremblotant dans la distance. Qu'il dut lui être difficile de se concentrer sur moi ! Pourtant, je ne vis rien de son stoïcisme, si c'était bien de cela qu'il s'agissait.

J'eus envie de lui dire qu'elle se trompait sur moi, sur mes intentions. Je n'essayais pas toujours d'être gentille envers ma sœur : tout à fait le contraire. Il m'arrivait de traiter Laura de casse-pieds et de lui dire de ne pas m'embêter, et rien que la semaine d'avant je l'avais surprise en train de lécher une enveloppe – une des enveloppes que j'utilisais spécialement pour mes mots de remerciement – et je lui avais dit que la colle dessus était fabriquée à partir de chevaux bouillis, ce qui lui avait provoqué des haut-le-cœur et l'avait fait renifler. Il m'arrivait de me cacher à l'intérieur d'un massif de lilas à côté de l'orangerie pour lire, les doigts enfoncés dans les oreilles, pendant qu'elle me cherchait alentour en m'appelant en vain. Très souvent, je m'en tirais en faisant le minimum.

Mais je n'avais pas de mots pour exprimer ça, mon désaccord avec la version de ma mère. Je ne savais pas que j'allais me retrouver seule avec l'idée qu'elle se faisait de moi ; avec l'idée qu'elle se faisait de ma bonté accrochée après moi comme un badge sans aucune possibilité de la lui renvoyer (ce qui aurait été le cours normal des choses entre une mère et sa fille – si elle avait vécu à côté de moi pendant que je grandissais).

Rubans noirs

Ce soir, il y a un coucher de soleil empourpré qui met du temps à s'estomper. À l'est, des éclairs tremblotent sur le ciel très bas, puis le tonnerre claque brusquement, porte qui se referme brutalement. La maison fait penser à un four, malgré mon nouveau ventilateur. J'ai mis une lampe à l'extérieur; parfois, j'y vois mieux dans la pénombre.

Je n'ai rien écrit depuis une semaine. Je n'en avais plus le courage. Pourquoi consigner des événements aussi tristes ? Mais je recommence, à ce que je remarque. J'ai repris mes gribouillis tout noirs; ils se déroulent sur la page en un long et sombre fil d'encre, enchevêtré mais lisible. Serait-ce que j'envisagerais de laisser une signature, finalement ? Après tout ce que j'ai fait pour éviter ça, *Iris, son empreinte*, même tronquée : des initiales tracées à la craie sur le trottoir ou un X de pirate sur la carte pour signaler la plage où le trésor a été enterré.

Comment se fait-il que nous tenions tellement à laisser quelque chose de nous-mêmes ? Alors même que nous sommes encore en vie. Nous voulons affirmer notre existence à l'égal des chiens qui pissent sur les bouches d'incendie. Nous exhibons nos photographies enca-drées, nos diplômes académiques, nos coupes plaquées argent; nous brodons nos monogrammes sur notre linge, sculptons nos noms sur les arbres, les griffonnons sur les murs des toilettes. Tout cela répond à une impulsion identique. Qu'en attendons-nous ? Des applaudisse-ments, de l'envie, du respect ? Ou juste l'attention, quelle qu'elle soit, qu'il nous est possible d'obtenir ?

À tout le moins, nous voulons un témoin. Nous ne supportons pas l'idée que notre voix puisse se taire en fin de compte, comme une radio en bout de course.

Le lendemain des funérailles de maman, on nous expédia dans le jardin, Laura et moi. C'est Reenie qui nous envoya dehors ; elle décréta qu'elle avait besoin de se reposer un peu, parce qu'elle avait été sur pied toute la journée.

« Je suis au bout du rouleau », nous confia-t-elle.

Elle avait des cernes mauves sous les yeux et je me dis qu'elle avait pleuré, en secret pour ne déranger personne, et qu'elle recommencerait dès qu'on ne serait plus dans ses pattes.

« On ne fera pas de bruit », promis-je.

Je n'avais pas envie d'aller dehors – la lumière paraissait trop vive, trop aveuglante et j'avais l'impression d'avoir les paupières rougies et gonflées –, mais Reenie rétorqua qu'il le fallait et que de toute façon l'air frais nous ferait du bien. Elle ne nous demanda pas d'aller jouer dehors, parce que cela aurait été un manque de respect si tôt après la mort de notre mère. Elle nous demanda juste d'aller dehors.

La réception des funérailles s'était tenue à Avalon. Ce n'était pas un repas – les repas se tenaient sur l'autre rive de la Jogues, ils étaient bruyants et minables, et s'accompagnaient d'alcool. Non, pour nous, c'était une réception. Une foule nombreuse avait assisté à l'enterrement, les ouvriers de la fabrique et des usines, leurs femmes, leurs enfants et bien entendu les notables de la ville – banquiers, ecclésiastiques, hommes de loi, médecins –, mais tout le monde n'était pas invité à la réception, encore que cela aurait pu se faire. Reenie confia à Mme Hillcoate, qui avait été embauchée pour aider, que Jésus avait peut-être multiplié les miches de pain et les poissons, mais que le capitaine Chase n'était pas Jésus et qu'il ne fallait pas compter sur lui pour nourrir les foules, même si, comme d'habitude, il n'avait pas su fixer de limites et qu'elle espérait simplement que personne ne mourrait piétiné.

Les invités s'étaient entassés dans la maison, pleins de déférence, lugubres et dévorés de curiosité. Reenie avait compté les cuillères avant et après et déclaré que nous aurions dû utiliser les moins bien, que certains allaient se sauver avec tout ce qui n'était pas carrément cloué rien que pour avoir un souvenir et que, vu la façon dont ils enfournaient, elle aurait aussi bien pu leur proposer des pelles à la place.

Malgré cela, il y avait eu quelques restes – la moitié d'un jambon, un petit tas de biscuits, plusieurs gâteaux saccagés –, et Laura et moi nous étions faufilées en cachette dans l'office. Reenie s'en rendit compte, mais elle n'eut pas l'énergie de nous en empêcher à ce moment-là – de dire : « Vous allez vous gâter l'appétit » ou « Arrêtez

114

de grignoter dans mon office, sinon vous serez changées en souris »
ou « Si vous mangez encore une bouchée, vous allez éclater » – ou de
marmonner toute autre mise en garde ou prédiction dans lesquelles
j'avais toujours trouvé un réconfort secret.

Cette fois-là, nous eûmes le droit de nous gaver à loisir. Je mangeai trop de petits gâteaux, trop de fines tranches de jambon ; je mangeai toute une part de cake. Nous portions encore nos robes noires,
qui étaient trop chaudes. Reenie nous avait tiré les cheveux en arrière
et les avait tressés serré, avec un gros-grain noir bien raide en haut et
en bas de chaque tresse : quatre sévères papillons noirs pour chacune
d'entre nous.

Dehors, le soleil me fit plisser les yeux. Je supportais mal le vert
intense des feuilles, le jaune et le rouge intenses des fleurs : leur assurance, le déploiement tremblotant qu'elles offraient, comme si elles
en avaient le droit. J'envisageai de leur couper la tête, de semer la
destruction. Je me sentais désespérément triste, mais aussi ronchon et
ballonnée. Le sucre me déclenchait des bourdonnements dans la tête.

Laura voulait que nous grimpions sur les sphinx derrière l'orangerie, mais je dis non. Puis elle voulut aller s'asseoir à côté de la
nymphe en pierre et regarder les poissons rouges. Je ne pouvais pas
trouver grand-chose à redire à ça. Laura glissait devant moi sur la
pelouse. Elle était d'une gaieté agaçante, comme si elle n'avait pas le
moindre souci ; elle s'était comportée comme ça pendant tout l'enterrement de notre mère. Elle avait l'air déconcertée par le chagrin de
son entourage. Le plus écœurant était que, de ce fait, les gens paraissaient la plaindre plus que moi.

« Pauvre petite, disaient-ils. Elle est trop jeune, elle ne se rend pas
compte. »

« Maman est auprès de Dieu », affirmait Laura.

Il est vrai que c'était la version officielle, la teneur de toutes les
prières qui avaient été offertes au Seigneur ; mais Laura avait une
façon de croire ce genre de choses, non pas en fonction du double
sens que tout le monde à part elle leur prêtait, mais avec une détermination paisible qui me donnait envie de la secouer.

Nous nous installâmes sur le rebord du bassin aux nénuphars ;
chaque feuille de nénuphar brillait au soleil comme du caoutchouc
vert mouillé. Il m'avait fallu lever Laura. Appuyée contre la nymphe
en pierre, elle balançait les jambes, trempait les doigts dans l'eau, fredonnait à mi-voix.

« Tu ne devrais pas chanter, lui soufflai-je. Maman est morte.

– Non, répondit Laura d'un ton suffisant. Elle n'est pas vraiment
morte. Elle est au ciel avec le petit bébé. »

Je la poussai. Pas dans le bassin cependant – j'avais tout de même un peu de bon sens. Je la poussai dans l'herbe. Ce n'était pas une grosse chute et le sol était meuble ; elle n'avait pas pu se faire très mal. Elle s'étala sur le dos, puis roula sur le côté et me regarda avec de grands yeux comme si elle n'arrivait pas à croire à ce que j'avais fait. Sa bouche s'ouvrit en un O qui avait tout d'un bouton de rose parfait, telle une fillette soufflant ses bougies d'anniversaire dans un livre d'images. Puis elle se mit à pleurer.

(Je dois avouer que j'en fus gratifiée. J'avais envie qu'elle souffre, elle aussi – autant que moi. J'en avais assez qu'on lui passe tout uniquement parce qu'elle était petite.)

Laura se releva de la pelouse et remonta en courant l'allée menant à la cuisine, elle braillait comme si elle avait reçu un coup de couteau. Je m'élançai à sa poursuite : si elle m'accusait, mieux valait être sur place quand elle arriverait devant un adulte responsable. Elle avait une drôle de façon de courir : ses bras pointaient de manière curieuse, ses petites jambes grêles partaient de côté, les nœuds tout raides ballottaient au bout de ses tresses, sa jupe noire tressautait. Elle tomba une fois en route et se fit réellement mal – elle s'écorcha la main. Quand je m'en aperçus, j'en fus soulagée : un peu de sang masquerait ma méchanceté.

La boisson gazeuse

Dans le courant du mois qui suivit la mort de maman – je ne me souviens pas précisément de la date –, mon père décréta qu'il allait m'emmener en ville. Il n'avait jamais tellement fait attention à moi ni à Laura – pour ce qui nous concernait, il s'en était remis à ma mère, puis à Reenie –, de sorte que cette proposition me surprit.

Il n'emmena pas Laura. Il ne le suggéra même pas.

Il annonça cette prochaine excursion à la table du petit déjeuner. Il s'était mis à insister pour que Laura et moi prenions notre petit déjeuner avec lui et non dans la cuisine avec Reenie, comme avant. Nous nous asseyions à un bout de la grande table et lui à l'autre. Il était rare qu'il nous adresse la parole : à la place, il lisait le journal et, nous, nous étions trop impressionnées pour l'interrompre. (Nous étions en adoration devant lui, bien entendu. C'était soit ça, soit le détester. Il n'incitait pas à des émotions plus mesurées.)

Le soleil qui entrait par les vitraux le nappait de lueurs colorées, comme s'il avait été trempé dans de l'encre à dessin. Je revois encore le cobalt de sa joue, le rose criard de ses doigts. Laura et moi bénéficiions aussi de telles couleurs. Nous poussions nos assiettes de porridge un peu à gauche, un peu à droite, de sorte que nos flocons d'avoine gris et tristounets prenaient des reflets verts, bleus, rouges ou violets : nourriture magique renfermant soit un charme soit un poison selon mes caprices ou l'humeur de Laura. Puis nous échangions des grimaces tout en mangeant, mais en silence, en silence. L'objectif était de ne pas alerter notre père pour ne pas avoir à pâtir de notre comportement. Bref, il fallait que nous fassions quelque chose pour nous distraire.

En ce jour inhabituel, mon père rentra de bonne heure des usines et nous nous rendîmes en ville à pied. Ce n'était pas si loin que ça ; à l'époque, il n'y avait pas une grande distance d'un point à un autre de la ville. Mon père préférait marcher plutôt que conduire ou se faire conduire. J'imagine que c'était à cause de sa mauvaise jambe : il voulait montrer qu'il en était capable. Il aimait faire le tour de la ville à grands pas et il marchait bel et bien à grands pas, malgré son handicap. Je courais à côté de lui, en essayant de m'accorder sur son allure irrégulière.

« On va aller chez Betty's, déclara mon père. Je t'offrirai une boisson gazeuse. »

Rien de tout cela ne m'était encore jamais arrivé. Betty's Luncheonette était fait pour les gens de la ville, pas pour Laura ni pour moi, avait déclaré Reenie. Il n'aurait pas été bon de déprécier notre échelle de valeurs. Ensuite les boissons gazeuses représentaient un plaisir coûteux qui nous gâterait les dents. Que deux choses interdites me soient offertes comme ça en même temps, et de manière si désinvolte, me plongeait dans un état de quasi-panique.

Sur la rue principale de Port Ticonderoga, il y avait cinq églises et quatre banques, toutes en pierre, toutes massives. Il fallait parfois lire ce qui était écrit dessus pour arriver à faire la différence, même si les banques n'avaient pas de clocher. Betty's Luncheonette était situé à côté de l'une des banques. L'établissement avait un store à rayures blanches et vertes et, en devanture, une reproduction de tourte au poulet ressemblant à un chapeau d'enfant fait en pâte à tarte avec une collerette tout autour. À l'intérieur, la lumière était jaune pâle et l'atmosphère sentait la vanille, le café et le fromage fondu. Le plafond était en fer-blanc estampé et des ventilateurs équipés de pales ressemblant à des hélices d'avion y étaient accrochés. Plusieurs femmes coiffées d'un chapeau étaient assises à de petites tables blanches tarabiscotées ; mon père les salua d'un signe de tête et elles lui adressèrent en retour un signe de tête.

Il y avait des box en bois noir sur l'un des côtés. Mon père s'installa dans l'un d'entre eux et je me glissai en face de lui. Il me demanda quelle boisson gazeuse me ferait plaisir, mais je n'avais pas l'habitude d'être seule avec lui dans un lieu public et cela m'intimidait. De plus, je ne savais pas ce qu'il y avait comme choix. Il commanda donc une boisson à la fraise pour moi et une tasse de café pour lui.

La serveuse, dont les sourcils épilés décrivaient deux arcs fins et dont les lèvres rouge vif rappelaient la couleur de la confiture, portait une robe noire et une coiffe blanche. Elle appelait mon père capitaine Chase et il l'appelait Agnès. Ce détail et la manière dont il posait ses coudes sur la table me firent comprendre qu'il devait déjà connaître l'endroit.

Agnès dit oh, c'était là sa petite fille, et qu'elle était mignonne ; elle me jeta un regard plein d'antipathie. Elle lui apporta son café presque aussitôt, flageolant un peu sur ses hauts talons, et lui effleura brièvement la main en le servant. (Je notai cet effleurement, même si je ne pus l'interpréter à ce moment-là.) Puis elle m'apporta ma boisson dans un verre en forme de cône qui ressemblait à un bonnet d'âne à l'envers ; il y avait deux pailles dedans. Les bulles me montèrent au nez et les larmes me vinrent aux yeux.

Mon père mit un sucre dans son café, remua, puis tapota sa cuillère contre la paroi de sa tasse. Je l'observais par-dessus le bord de mon verre. Il avait l'air différent tout à coup ; il avait l'air de quelqu'un que je n'avais encore jamais vu – plus ténu, moins solide en un sens, mais je remarquais plus de détails. Il était rare que je le voie d'aussi près. Il avait les cheveux rejetés en arrière et coupés court sur les côtés, et était un peu dégarni sur les tempes ; son bon œil était d'un bleu terne, pareil à du papier bleu. Son visage ravagé et encore séduisant avait ce côté absent qu'il affichait souvent le matin, au petit déjeuner, comme s'il écoutait une chanson ou une explosion au loin. Sa moustache était plus grise que je ne l'avais remarqué auparavant et il me parut bizarre, à présent que j'y réfléchissais, que les hommes aient de tels poils sur la figure et pas les femmes. Même ses vêtements ordinaires s'étaient mystérieusement transformés sous la lumière jaune pâle parfumée, comme s'ils appartenaient à quelqu'un d'autre et qu'il les ait simplement empruntés. Ils étaient trop grands pour lui, c'était cela. Il avait rétréci. Mais en même temps il était plus grand.

Il me sourit et me demanda si ma boisson me plaisait. Ensuite de quoi, il se montra silencieux et pensif. Puis il sortit une cigarette de l'étui en argent dont il ne se séparait jamais, l'alluma et souffla la fumée.

« S'il arrive quelque chose, finit-il par déclarer, il faut que tu me promettes de veiller sur Laura. »

J'acquiesçai avec solennité. C'était quoi *quelque chose* ? Que pouvait-il se passer ? Je redoutai une mauvaise nouvelle, sans parvenir à dire de quoi il s'agissait. Peut-être risquait-il de s'en aller – de s'en aller outre-mer ? Les histoires de la guerre ne m'avaient pas laissée indifférente. Cependant, il ne s'expliqua pas davantage.

« Marché conclu ? » me proposa-t-il.

Nos mains scellèrent ce pacte par-dessus la table ; la sienne était dure et rêche, comme la poignée d'une valise en cuir. Son unique œil bleu me jaugea, comme s'il cherchait à savoir s'il pouvait compter sur moi. Je levai le menton et redressai les épaules. J'avais une envie désespérée de mériter la bonne opinion qu'il avait de moi.

« Qu'est-ce qu'on peut acheter avec une pièce de cinq *cents* ? » me demanda-t-il alors.

Cette question me prit au dépourvu, me réduisit au silence : je n'en avais pas idée. Laura et moi ne recevions aucun argent de poche, parce que Reenie disait qu'on avait besoin d'apprendre la valeur d'un dollar.

De la poche intérieure de son costume sombre, il sortit son carnet de notes relié en peau de porc et en arracha une feuille de papier. Puis il entreprit de parler de boutons. Il n'était pas trop tôt, dit-il, pour que j'apprenne de simples principes économiques qu'il me faudrait connaître afin d'agir de manière responsable quand je serais plus vieille.

« Imagine que tu commences avec deux boutons », décréta-t-il.

Il dit : « Tes dépenses équivaudraient au coût de fabrication des boutons, tes revenus bruts dépendraient du prix de vente de tes boutons et ton bénéfice net correspondrait à ce chiffre moins tes dépenses sur un laps de temps donné. Tu pourrais alors prélever une partie des bénéfices nets pour toi et utiliser le reste pour fabriquer quatre boutons, puis tu vendrais lesdits boutons pour pouvoir en fabriquer huit. » Il dessina un petit tableau avec son crayon argent : deux boutons, puis quatre boutons, puis huit boutons. Les boutons se multiplièrent de manière effarante sur la page ; et dans la colonne d'à côté, l'argent s'entassa. C'était comme écosser des petits pois – les pois dans ce récipient-ci, les cosses dans celui-là. Il me demanda si je comprenais.

Je scrutai son visage pour voir s'il était sérieux. Je l'avais souvent entendu dire que la fabrique de boutons était un piège, un bourbier, une poisse, un gouffre financier, mais seulement quand il avait bu. Pour l'instant, il était assez grave. Il n'avait pas l'air de m'expliquer quoi que ce soit, on aurait dit qu'il me présentait des excuses. Il attendait quelque chose de moi, en plus d'une réponse à sa question. C'était comme s'il voulait que je lui pardonne, que je l'absolve d'un crime ; mais que m'avait-il fait ? À ma connaissance, rien.

Je me sentais perplexe, et aussi pas à la hauteur : quoi qu'il me demandât ou exigeât, j'étais dépassée. C'était la première fois qu'un homme attendait de moi plus que je ne pouvais lui donner, mais ce ne serait pas la dernière.

« Oui », répondis-je.

Durant la semaine qui précéda sa mort – au cours d'un de ces abominables matins –, ma mère m'avait dit une drôle de chose, même si ça ne me parut pas drôle sur le moment. Elle m'avait dit :

« Derrière tout cela, ton père vous aime. »

Elle n'avait pas l'habitude de nous parler de sentiments et surtout pas d'amour – du sien ou de celui de n'importe qui, Dieu excepté. Mais les parents étaient censés aimer leurs enfants, donc je dus prendre ce qu'elle me dit pour une garantie : malgré les apparences, mon père était comme les autres pères ou comme ils étaient censés être.

Je pense à présent que c'était plus compliqué que cela. C'était peut-être un avertissement. Peut-être aussi un fardeau. Même si l'amour était derrière tout cela, il y avait beaucoup de choses devant, et que découvrait-on quand on creusait le tout ? Pas un simple cadeau en or pur et étincelant ; à la place, un très vieux truc éventuellement funeste, telle une amulette en fer en train de rouiller au milieu de vieux ossements. Une sorte de talisman, cet amour, mais un talisman lourd ; un truc lourd à trimballer pour moi, accroché à sa chaîne en métal autour de mon cou.

IV

Le Tueur aveugle : Le café

Depuis midi, il tombe une petite pluie fine, mais opiniâtre. La brume monte des arbres, des routes. La jeune femme passe devant la devanture avec sa tasse de café peinte dessus, blanche avec une rayure verte tout autour, et ses trois traînées de buée se dispersant en lignes tremblotantes comme si trois doigts aux allures de serres avaient glissé le long de la vitre mouillée. La porte arbore le mot café en lettres d'or écaillées ; elle l'ouvre et entre en secouant son parapluie. Il est crème, comme son imperméable en popeline. Elle rejette sa capuche en arrière.

Il est installé dans le dernier box, à côté de la porte battante qui mène à la cuisine, comme il l'avait dit. Les murs sont jaunis par la fumée, les box massifs sont peints en marron terne, chacun avec un portemanteau métallique en forme de griffe de poulet. Ce sont des hommes qui s'asseyent dans les box, rien que des hommes, vêtus de vestes trop amples qui ressemblent à des couvertures usées, pas de cravate, les cheveux taillés en échelle, les jambes écartées et les pieds dans des bottes posées bien à plat sur le plancher. Des mains comme des moignons : ces mains pourraient vous sauver ou vous réduire en charpie, et ces hommes ne broncheraient pas d'un poil tout en faisant l'un ou l'autre. Instruments émoussés, et leurs yeux pareils. La pièce sent les planches pourries, le vinaigre renversé, les pantalons en laine rêche, la vieille viande et une douche par semaine, les pingreries, les tricheries et les rancœurs. Elle sait que c'est important qu'elle fasse comme si l'odeur ne la dérangeait pas.

Il lève la main et les autres hommes la dévisagent avec méfiance et mépris tandis qu'elle le rejoint à la hâte, que ses talons claquent sur le bois. Elle s'assied en face de lui, sourit, soulagée : il est là. Il est encore là.

Nom de Dieu, s'écrie-t-il, tu aurais pu mettre un vison aussi pendant que tu y étais.

Qu'est-ce que j'ai fait? Qu'est-ce qui ne va pas?

Ton imper.

Ce n'est qu'un imper. Un imperméable ordinaire, bredouille-t-elle. Qu'est-ce qu'il a qui ne va pas?

Merde, insiste-t-il, regarde-toi. Regarde autour de toi. C'est trop propre.

Je ne fais jamais rien comme il faut pour toi, n'est-ce pas? Je ne ferai jamais comme il faut.

Si. Tu sais comment faire. Mais tu ne réfléchis jamais à fond.

Tu ne m'avais pas dit. Je ne suis encore jamais venue ici – dans un endroit pareil. Et je ne peux pas vraiment sortir habillée en femme de ménage – tu y as pensé?

Si seulement tu avais un foulard ou quelque chose. Pour couvrir tes cheveux.

Mes cheveux, dit-elle désespérément. Et après? Qu'est-ce qui ne va pas avec mes cheveux?

Ils sont trop blonds. Ils se remarquent. Les blondes sont comme des souris blanches, on ne les trouve qu'en cage. Elles ne tiendraient pas longtemps dans la nature. Elles sont trop voyantes.

Tu n'es pas gentil.

Je déteste la gentillesse. Je déteste les gens qui se targuent d'être gentils. Des morveux, piliers de bonnes œuvres à trois balles qui distribuent leur gentillesse à la louche. Ils sont méprisables.

Moi, je suis gentille, poursuit-elle en s'efforçant de sourire. En tout cas, je suis gentille avec toi.

Si j'avais su qu'il n'y avait que cela – gentillesse tiédasse et diluée –, j'aurais fichu le camp. Train de nuit, me serais tiré vite fait de l'enfer. J'aurais pris le risque. Je ne fais pas partie des bonnes œuvres, je ne cherche pas l'aumône d'une partie de jambes en l'air.

Il est d'une humeur massacrante. Elle se demande pourquoi. Ça fait une semaine qu'elle ne l'a pas vu. Ou peut-être est-ce à cause de la pluie.

Ce n'est peut-être pas de la gentillesse alors, dit-elle. C'est peut-être de l'égoïsme. Peut-être que je suis impitoyablement égoïste.

Je préfère ça, déclare-t-il. Je te préfère exigeante. Il écrase sa cigarette, en attrape une autre, se ravise. Il continue à fumer des cigarettes toutes faites, un luxe pour lui. Il doit se rationner. Elle se demande s'il a assez d'argent, mais ne peut lui poser la question.

Je ne veux pas que tu t'asseyes en face de moi comme ça, tu es trop loin.

Je sais, répond-elle. Mais on n'a pas le choix. C'est trop mouillé.

Je vais nous trouver une place. Quelque part ailleurs que dans la neige.

Il ne neige pas.

Ça ne va pas tarder. Le vent du nord va souffler.

Et nous aurons de la neige. Et que feront les voleurs alors, les pauvres ? Au moins a-t-elle réussi à le faire sourire, même si ça ressemble davantage à une grimace. Où dors-tu ?

T'occupe. Tu n'as pas besoin de savoir. Comme ça, si un jour ils mettent la main sur toi et te posent des questions, tu ne seras pas obligée de mentir.

Pour ce qui est de mentir, je ne suis pas si mauvaise, dit-elle en risquant un sourire.

Peut-être pas pour un amateur. Mais les pros, ils te démasqueraient, c'est sûr. Ils t'ouvriraient comme un colis.

Ils te cherchent encore ? Ils n'ont pas renoncé ?

Pas encore. C'est ce que je me suis laissé dire.

C'est affreux, non ? dit-elle. Tout ça est tellement affreux. Quand même, on a de la chance, pas vrai ?

Pourquoi est-ce qu'on a de la chance ? Il est revenu à son humeur maussade.

Au moins, on est là tous les deux, au moins on a...

Le serveur est debout à côté du box. Il a les manches retroussées, un tablier long laqué par des générations de crasse, des mèches de cheveux plaquées en travers du cuir chevelu comme autant de rubans graisseux. Ses doigts font penser à des orteils.

Café ?

Oui, s'il vous plaît, répond-elle. Noir. Sans sucre.

Elle attend que le serveur s'éloigne.

Il n'y a pas de risque ?

Pour le café ? Tu veux savoir s'il contient des microbes ? En principe non, ça fait des heures qu'il bout. Il se moque d'elle, mais elle décide de faire comme si elle ne le comprenait pas.

Non, je veux dire est-ce que c'est un endroit sûr ici ?

C'est l'ami d'un ami. De toute façon, je garde un œil sur la porte – je pourrais filer par la sortie de service. Il y a une ruelle.

Tu ne l'as pas fait, n'est-ce pas ? reprend-elle.

Je te l'ai dit. J'aurais pu, j'étais sur place. De toute façon, ce n'est pas grave, parce que, pour eux, je suis le coupable idéal. Ils seraient ravis de me voir cloué au mur, moi et mes sales idées.

Il faut que tu t'en ailles, déclare-t-elle avec désespoir. Elle songe au terme étreindre, tellement rebattu. Pourtant, c'est ce qu'elle veut – l'étreindre.

Pas encore, dit-il. Il ne faudrait pas que je m'en aille maintenant. Il ne faudrait pas que je prenne un train, que je franchisse une frontière. Il paraît que c'est ce qu'ils surveillent.

Je m'inquiète pour toi. Je fais des rêves là-dessus. Je suis tout le temps inquiète.

Ne t'inquiète pas, chérie. Ça te ferait maigrir et, du coup, ton joli cul et tes belles loloches seraient réduits à rien. Tu ne serais plus bonne pour qui que ce soit alors.

Elle porte la main à sa joue comme s'il l'avait giflée. Je souhaiterais que tu ne dises pas des choses pareilles.

Je sais, dit-il. C'est le genre de souhait qu'ont les filles qui portent des impers comme le tien.

Le *Herald and Banner*, Port Ticonderoga, 16 mars 1933

CHASE DISTRIBUE DES SECOURS À LA VILLE

Par Elwood R. Murray, rédacteur en chef

Dans un geste de civisme qui ne surprend plus notre ville, le capitaine Norval Chase, président-directeur général de Chase & Fils, a annoncé hier que son entreprise allait distribuer trois wagons de marchandises « de second choix » pour les défavorisés de la nation les plus durement touchés par la Dépression. Ce don comprendra des couvertures pour bébés, des pull-overs pour enfants et un assortiment de sous-vêtements pratiques pour hommes et femmes.

Le capitaine Chase a confié au *Herald and Banner* que, en cette période de crise nationale, tout le monde devait mettre la main à la pâte comme pendant la guerre, en particulier les gens de l'Ontario qui avaient plus de chance que d'autres. Critiqué par ses concurrents, et principalement par M. Richard Griffen de Royal Classic Sweater de Toronto qui l'a accusé d'écouler ses surplus sur le marché sous forme de cadeaux publicitaires et de priver ainsi les ouvriers de leurs gages, le capitaine Chase a répondu qu'il ne monopolisait pas la moindre vente dans la mesure où les bénéficiaires de ces articles n'avaient pas les moyens de les acheter.

Il a ajouté que tous les secteurs du pays enregistraient des revers et que Chase & Fils connaissait à présent une baisse d'activité due à une réduction de la demande. Il a déclaré qu'il ferait l'impossible pour continuer à faire tourner les usines, mais qu'il risquait de se retrouver bientôt dans l'obligation de licencier ou de réduire le temps de travail et les salaires.

Nous ne pouvons qu'applaudir les efforts du capitaine Chase, un homme qui, loin d'utiliser la manière forte pour mettre en place des lock-out ou briser les grèves comme cela s'est pratiqué dans des centres tels que Winnipeg et Montréal, respecte ses engagements, maintient Port Ticonderoga dans le respect de la loi et le préserve de ces scènes d'émeutes syndicales, de ces violences brutales et de ces effusions de sang d'inspiration communiste qui ont valu à d'autres villes des dégâts matériels considérables de même que des dommages corporels, voire des morts.

Le Tueur aveugle : Le couvre-lit en chenille

C'est ici que tu vis ? demande-t-elle.

Elle tord ses gants entre ses mains, comme s'ils étaient mouillés, qu'elle les essorait.

C'est ici que je loge, répond-il. C'est différent.

La maison s'inscrit dans une rangée d'habitations mitoyennes, toutes en brique rouge, noires de crasse, hautes et étroites avec des toits très pentus. Il y a un carré de pelouse poussiéreux devant, quelques mauvaises herbes grillées à côté de l'allée. Un sac en papier kraft déchiré.

Quatre marches jusqu'à la véranda. Des rideaux en dentelle pendouillent après la fenêtre de devant. Il sort sa clé.

Elle jette un coup d'œil par-dessus son épaule en entrant dans les lieux.

Ne t'inquiète pas, lance-t-il, personne ne nous observe. De toute façon, on est chez mon ami. Je suis ici aujourd'hui et ailleurs demain.

Tu as beaucoup d'amis, remarque-t-elle.

Pas beaucoup. Pas besoin d'en avoir beaucoup s'il n'y pas de brebis galeuse.

Il y a un vestibule avec une rangée de crochets en laiton pour les manteaux, un sol recouvert de linoléum usé à carreaux marron et jaune, une porte intérieure dotée d'un panneau en verre dépoli décoré de hérons ou de grues. Des oiseaux à longues pattes penchant leur cou gracieux de serpent au milieu des roseaux et des nénuphars, résidus d'une époque antérieure : éclairage au gaz. Il ouvre cette porte avec une autre clé et ils débouchent dans le couloir obscur ; d'un petit geste, il appuie sur l'interrupteur. Au-dessus d'eux un luminaire avec trois fleurs en verre rose où manquent deux ampoules.

Ne prends pas un air aussi consterné, chérie, s'écrie-t-il. Rien de tout cela ne va déteindre sur toi. Évite juste de toucher quoi que ce soit.

Oh, ça se pourrait, fait-elle avec un petit rire haletant. Il faut que je te touche. Tu vas déteindre.

Il referme la porte vitrée derrière eux. Une autre porte sur la gauche, vernie et noire : elle imagine une oreille sévère plaquée derrière, un craquement comme si un poids passait d'un pied sur l'autre. Une vieille bique grisonnante et malveillante – ça n'irait pas avec les rideaux en dentelle ? Un long escalier délabré conduit à l'étage, recouvert de moquette clouée et bordé d'une rampe où il manque des balustres. Le papier peint présente un motif à treillis orné de vignes et de roses entrelacées, autrefois roses et désormais couleur de thé au lait. Il la prend précautionneusement dans ses bras, effleure des lèvres son cou, sa gorge ; pas sa bouche. Elle frissonne.

C'est facile de se débarrasser de moi après, murmure-t-il. Tu rentres chez toi, tu prends une douche et c'est tout.

Ne dis pas ça, s'écrie-t-elle dans un murmure, elle aussi. Tu plaisantes. Tu ne crois jamais que je suis sérieuse.

Tu es suffisamment sérieuse pour ça, réplique-t-il.

Elle glisse le bras autour de sa taille et ils montent les marches un peu maladroitement, un peu lourdement ; leurs corps les ralentissent. À mi-chemin, il y a une fenêtre ronde en verre coloré : à travers le bleu cobalt du ciel, les raisins d'un mauve commercial, le rouge migraineux des fleurs, la lumière tombe, teinte leurs visages. Sur le palier du deuxième étage, il recommence à l'embrasser, plus ardemment cette fois, fait remonter sa jupe sur ses jambes gainées de soie jusqu'à la lisière de ses bas, tripote les petits bouts de caoutchouc qui s'y trouvent, la plaque contre le mur. Elle porte toujours une gaine : la dégager de ça, c'est comme écorcher un phoque.

Son chapeau dégringole, elle a les bras noués autour de son cou, la tête et le corps arqués en arrière comme si quelqu'un lui tirait les cheveux. Ils se sont détachés, ses cheveux, ils se sont défaits : de la main, il les lisse, pâle fusette d'andains, et songe à une flamme, la flamme miroitante d'une chandelle blanche, à l'envers. Mais une flamme ne brûle pas vers le bas.

La chambre est située au troisième étage, ce devait être l'étage des domestiques autrefois. Une fois à l'intérieur, il tire la chaîne. C'est une petite pièce obscure qui sent le renfermé avec une fenêtre ouverte de quelques centimètres, le store baissé presque jusqu'en bas et des voilages retenus par une embrasse de chaque côté. Le soleil de l'après-midi frappe le store et lui donne des reflets dorés. Il flotte dans l'air une odeur de pourriture sèche, mais aussi de savon : surmonté d'un miroir décoloré par les moisissures, un lave-mains triangulaire occupe un angle de la pièce ; coincé en dessous, le couvercle rectangulaire de sa machine à écrire. Sa brosse à dents trône dans une tasse en fer-blanc émaillé ; elle n'est pas neuve. Ça, c'est trop intime. Elle détourne le regard. Il y a un bureau sombre et verni portant des traces de brûlures de cigarette et de verres mouillés, mais c'est le lit qui occupe la majeure partie de l'espace. Il est en laiton, démodé, virginal et peint en blanc à l'exception des pommeaux. Il va probablement grincer. À cette idée, elle s'empourpre.

Elle voit bien qu'il s'est donné du mal pour le lit – il a changé les draps ou du moins la taie d'oreiller, lissé le couvre-lit en chenille vert Nil. Elle regrette presque qu'il l'ait fait, parce que cette vision suscite en elle un sentiment proche de la pitié comme si un paysan affamé lui avait offert son dernier morceau de pain. Ce n'est pas de la pitié qu'elle veut ressentir. Elle ne veut pas avoir le sentiment qu'il est vulnérable en quoi que ce soit. Elle seule a le droit de l'être. Elle pose son sac et ses gants sur le dessus du bureau. Elle se rend compte brusquement qu'il s'agit d'un rendez-vous galant. En tant que rendez-vous galant, c'est absurde.

Désolé, il n'y a pas de majordome, dit-il. Tu veux boire un verre ? Un scotch bon marché.

Oui, s'il te plaît.

Il a rangé la bouteille dans le tiroir supérieur du bureau ; il la sort, ainsi que deux verres, et les sert. Tu me diras d'arrêter.

Là, je t'en prie.

Pas de glaçons, mais tu peux avoir de l'eau.

C'est très bien. Debout le dos contre le bureau, elle avale le whisky, toussote, lui sourit.

Un petit verre bien tassé cul sec, dit-il, comme tu les aimes. Il s'assied sur le lit avec sa boisson. Un toast à la façon dont tu les aimes. Il lève son verre. Il ne lui rend pas son sourire.

Tu es étonnamment méchant aujourd'hui.

Autodéfense.

Je n'aime pas le whisky, je t'aime, toi, déclare-t-elle. Je sais faire la différence.

Jusqu'à un certain point, rétorque-t-il. Ou c'est ce que tu crois. Ça sauve la face.

Donne-moi une bonne raison de ne pas ficher le camp d'ici.

Il sourit. Approche donc.

Il a beau savoir qu'elle veut qu'il lui dise qu'il l'aime, il se refuse à le faire. Peut-être cela le désarmerait-il, comme un aveu de culpabilité.

Je vais commencer par enlever mes bas. Ils filent dès l'instant que tu les regardes.

Comme toi. Garde-les. Maintenant, approche.

Le soleil a tourné ; il ne reste plus qu'un coin de lumière, sur la gauche du store baissé. Dehors, un tramway s'ébranle dans un grondement, sa cloche tintinnabule. Les tramways ont dû passer tout du long. Pourquoi cette impression de silence avant ? Le silence et son souffle, leurs souffles, laborieux, retenus, pour ne pas faire de bruit. Ou pas trop de bruit. Pourquoi faut-il que les intonations du plaisir ressemblent tant à la douleur ? Comme quelqu'un de blessé. Il l'a bâillonnée de la main.

La pièce est plus sombre à présent, et pourtant elle y voit davantage. Le couvre-lit est en tas par terre, le drap enroulé autour d'eux, sur eux, comme une épaisse vigne en tissu ; l'ampoule unique, sans abat-jour, le papier peint couleur crème et ses violettes bleues, minuscules et ridicules, beige aux endroits où le plafond a dû fuir ; la chaîne protégeant la porte. La chaîne protégeant la porte : elle est assez peu solide. Un bon coup d'épaule, un coup de pied. Si cela devait arriver, que ferait-elle ? Elle sent les murs s'amenuiser, se transformer en glace. Tous deux sont des poissons dans un aquarium.

Il allume deux cigarettes, lui en donne une. Ils tirent dessus. Il fait glisser sa main libre le long de son corps, recommence, la prend entre ses doigts. Il se demande combien de temps elle a encore ; il ne pose pas de questions. À la place, il lui enserre le poignet. Elle porte une petite montre en or. Il masque son cadran.

Alors, dit-il. Une histoire ?

Oui, s'il te plaît.

Où en étions-nous ?

Tu venais de couper les langues de ces pauvres filles avec leurs voiles virginaux.

Oh oui. Et tu avais protesté. Si cette histoire ne te plaît pas, je pourrais t'en raconter une autre, mais je ne peux pas te promettre qu'elle serait plus raffinée. Ce serait peut-être pire. Ce serait peut-être moderne. À la place de quelques Zycroniens morts, on pourrait avoir des acres de boue puante et des centaines de milliers de...

Moi, je garderais celle-ci, s'empresse-t-elle de répondre. De toute façon, c'est celle que tu veux me raconter.

Elle écrase sa cigarette dans le cendrier en verre fumé, puis se carre contre lui, l'oreille contre son torse. Elle aime entendre sa voix de cette manière, comme si elle provenait non de sa gorge, mais de son corps, comme un bourdonnement ou un grognement, ou comme une voix émanant des profondeurs de la terre. Comme le sang circulant dans son cœur à elle : un mot, un mot, un mot.

Le *Mail and Empire*, 5 décembre 1934

Applaudissements pour Bennett

Exclusivité du *Mail and Empire*

Dans un discours délivré à l'Empire Club hier soir, M. Richard E. Griffen, l'investisseur de Toronto et président-directeur général au franc-parler de Royal Classic Sweater, a fait un éloge modéré du Premier ministre R. B. Bennett et condamné ses détracteurs.

Suite à la tumultueuse manifestation au Maple Leaf Gardens de Toronto dimanche où quinze mille communistes ont réservé un accueil hystérique au chef de leur parti, Tim Buck, incarcéré pour sédition au pénitencier Portsmouth de Kingston mais remis en liberté conditionnelle samedi, M. Griffen s'est dit inquiet du fait que le gouvernement « cède à la pression » sous la forme d'une pétition signée par deux cent mille « gens de cœur induits en erreur ». Selon lui, la politique du « talon de fer » de M. Bennett est juste, car le seul moyen de lutter contre la subversion est de jeter en prison tous les éléments complotant pour renverser les gouvernements élus et confisquer la propriété privée.

Quant aux dizaines de milliers d'immigrants expulsés en vertu de l'article 238, y compris ceux qui ont été renvoyés en Allemagne et en Italie par exemple où ils vont affronter les camps, eh bien, ces immigrants qui s'étaient faits les avocats d'un régime tyrannique allaient à présent pouvoir se faire une idée de première main sur la question, a déclaré M. Griffen.

Abordant ensuite les problèmes économiques, il a ajouté que, malgré le chômage toujours élevé, l'agitation subséquente de même que les communistes et leurs sympathisants qui continuaient à en tirer profit, des signes encourageants étaient apparus et qu'il avait la certitude que la Dépression serait terminée au printemps. D'ici là, il n'y avait plus qu'une politique raisonnable, c'était de tenir bon afin de permettre au système de se corriger de lui-même. Il fallait résister à la tentation que représentait l'aimable socialisme de M. Roosevelt, car de tels efforts ne pouvaient qu'affecter davantage notre économie déjà mal en point. S'il fallait déplorer la situation difficile des chômeurs, un grand nombre d'entre eux l'étaient par inclination et il fallait recourir rapidement et efficacement à la force contre les grévistes agissant dans l'illégalité et les agitateurs de l'extérieur.

Les remarques de M. Griffen ont été vigoureusement applaudies.

Le Tueur aveugle : Le messager

Bon. Disons qu'il fait nuit. Les soleils, tous les trois, se sont couchés. Deux lunes se sont levées. Dans les contreforts des montagnes, les loups sont de sortie. La jeune élue attend son tour d'être sacrifiée. Elle a pris son dernier repas, raffiné, on l'a parfumée, bénie, on a chanté des mélodies à sa louange, dit des prières. À présent, elle est allongée sur un lit de brocart or et rouge, enfermée dans le sanctuaire le plus secret du Temple qui embaume un mélange de pétales, d'encens et d'épices aromatiques écrasées d'ordinaire répandu sur les cercueils des défunts. Le lit lui-même s'appelle le Lit d'une nuit, parce que aucune jeune fille ne passe jamais deux nuits dedans. Entre elles, les jeunes filles, lorsqu'elles ont encore leur langue, l'appellent le Lit des larmes muettes.

À minuit, elle recevra la visite du Seigneur des Enfers dont on dit qu'il porte une armure rouillée. Les Enfers sont le lieu du déchirement et de la désintégration : toutes les âmes doivent les traverser pour gagner le pays des dieux et certaines – les plus pécheresses – sont contraintes d'y rester. Chacune des jeunes filles élues du Temple doit subir avant son sacrifice la visitation du Seigneur rouillé car sinon son âme demeurera insatisfaite et, au lieu de se rendre au pays des dieux, elle sera forcée de rejoindre le groupe des belles femmes mortes et nues aux cheveux azur, à la silhouette pulpeuse, aux lèvres rubis et aux yeux pareils à des fosses remplies de serpents qui errent à proximité des vieilles tombes en ruine dans les montagnes désertes à l'ouest. Tu vois, je ne les ai pas oubliées.

J'apprécie ton sérieux.

Rien n'est trop bien pour toi. Si tu veux rajouter une autre bricole, dis-le-moi et c'est tout. Bon. Comme des tas de gens, anciens et modernes, les Zycroniens ont peur des vierges, surtout mortes. Les femmes trahies en amour et décédées sans avoir été mariées sont amenées à chercher dans la mort ce qui leur a si tristement manqué de leur vivant. Elles dorment dans les tombes en ruine le jour et fondent la nuit sur des voyageurs imprudents, et en particulier des jeunes hommes suffisamment téméraires pour porter leurs pas par là. Elles sautent sur ces jeunes gens, leur sucent leur essence et les transforment en dociles zombies, contraints de satisfaire à la demande les désirs pervers des défuntes nues.

Quel malheur pour ces jeunes hommes ! s'écrie-t-elle. N'y a-t-il aucune défense contre ces vicieuses créatures ?

On peut les transpercer avec une lance ou les écrabouiller avec des pierres. Mais elles sont tellement nombreuses – c'est comme se battre avec une pieuvre, elles fondent sur un bonhomme avant qu'il ait eu le temps de dire ouf. De toute façon, elles t'hypnotisent – elles anéantissent ta volonté. C'est ce qu'elles font en premier. À peine en a-t-on aperçu une qu'on est figé sur place.

J'imagine. Un autre scotch ?

Je devrais pouvoir supporter ça. Merci. La fille – à ton avis, comment faudrait-il l'appeler ?

Je ne sais pas. Tu choisis. Tu connais le contexte.

J'y réfléchirai. Bref, elle est allongée sur le Lit d'une nuit, rongée d'impatience. Elle ne sait pas ce qui sera le plus terrible, d'avoir la gorge tranchée ou les heures à venir. C'est l'un des secrets de Polichinelle du Temple que le Seigneur des Enfers n'existe pas, qu'il s'agit simplement de l'un des courtisans déguisé. Comme tout le reste à Sakiel-Norn, cette charge s'achète et de grosses sommes changeraient de main – sous le manteau, bien sûr –, en échange de ce privilège. Le bénéficiaire de ces pots-de-vin est la Grande Prêtresse, laquelle est vénale comme pas une, et passe pour avoir un faible pour les saphirs. Elle se justifie en promettant d'utiliser l'argent à des fins charitables et en utilise une partie à cet effet quand elle y pense. Les filles n'ont guère le loisir de se plaindre de cette partie de leur épreuve, vu qu'elles n'ont plus de langue ni quoi que ce soit pour écrire et que, de toute façon, elles sont toutes mortes le lendemain. *De l'argent tombé du ciel*, se dit intérieurement la Grande Prêtresse tout en comptant sa fortune.

Pendant ce temps, au loin, une vaste horde de barbares en guenilles est en marche, résolue à s'emparer de la très célèbre cité de Sakiel-Norn et à la piller avant de la réduire en cendres. Ils ont déjà fait subir le même sort à plusieurs autres cités plus à l'ouest. Personne – c'est-à-dire personne parmi les nations civilisées – ne peut témoigner de leur succès. Ils ne sont ni bien habillés ni bien armés, ne savent pas lire et ne possèdent pas le moindre engin astucieux en métal.

De plus, ils n'ont pas de roi, juste un chef. Ce chef n'a pas de nom en tant que tel ; il a renoncé à son nom en devenant chef et a reçu un titre à la place. Son titre est le Serviteur des Réjouissances. Ses partisans l'appellent le Fléau des Tout-Puissants, le Juste Bras de l'Invincible, le Purgeur des Iniquités et le Défenseur de la Vertu et de la Justice. Personne ne connaît le pays d'origine des barbares, mais tout le monde s'accorde à dire qu'ils arrivent du nord-ouest, d'où viennent les vents mauvais. Leurs ennemis les surnomment le Peuple de la Désolation, mais eux se baptisent le Peuple de la Joie.

Leur chef actuel porte les marques de la faveur divine : il est né coiffé, a une blessure au pied et une tache en forme d'étoile sur le front. Quand il ne sait pas quoi faire il tombe en transe et communique avec l'autre monde. Il s'apprête à détruire Sakiel-Norn à cause d'un ordre que lui a apporté un messager des dieux.

Ce messager lui est apparu sous la forme d'une flamme nantie de multiples yeux et d'ailes de feu jaillissantes. Ces messagers sont connus pour s'exprimer en paraboles tortueuses et prendre des formes diverses : thulks en flammes, pierres dotées de parole, fleurs ambulantes ou créatures pourvues d'un corps d'humain et d'une tête d'oiseau. Mais ils peuvent aussi ressembler à n'importe qui. Voyageurs solitaires ou en tandem, voleurs ou magiciens présumés, étrangers polyglottes et mendiants en bordure de route sont les plus susceptibles d'être ce type de messagers, affirme le Peuple de la Désolation : il faut donc les traiter tous avec une grande circonspection, au moins jusqu'à ce que l'on puisse découvrir leur vraie nature.

S'ils s'avèrent être des émissaires divins, mieux vaut leur donner des victuailles et du vin et l'usage d'une femme si nécessaire, écouter respectueusement leurs messages, puis les laisser poursuivre leur chemin. Sinon, il faut les lapider jusqu'à ce que mort s'ensuive et confisquer leurs biens. On peut être sûr que tous les voyageurs, magiciens, étrangers ou mendiants, se retrouvant à proximité du Peuple de la Désolation, veillent à se munir d'une provision de paraboles floues – paroles obscures, comme on dit, ou soie nouée – suffisamment énigmatiques pour se révéler utiles en diverses occasions, selon ce que dicteront les circonstances. Circuler au milieu du Peuple de la Joie sans énigme ou rime déconcertante serait s'exposer à une mort certaine.

Si l'on en croit les paroles de la flamme aux yeux, la cité de Sakiel-Norn est destinée à être détruite parce qu'elle vit dans le luxe, qu'elle adore de faux dieux et surtout qu'elle procède à d'abominables sacrifices d'enfants. Du fait de cette pratique, tous les habitants de la cité, y compris les esclaves, les enfants ainsi que les jeunes filles destinées à être sacrifiées, doivent être passés par le fil de l'épée. Assassiner ceux-là mêmes dont la mort constitue la raison de ce massacre peut ne pas paraître juste, mais pour le Peuple de la Joie, ce n'est ni la culpabilité ni l'innocence qui jouent en la matière, c'est le fait d'avoir été souillé et, pour ce qui concerne le Peuple de la Joie, tout le monde, dans une cité souillée, l'est pareillement.

La horde se déploie en soulevant un sombre nuage de poussière ; ce nuage flotte au-dessus d'elle comme un drapeau. Mais elle n'est pas assez proche pour que les sentinelles postées sur les remparts de Sakiel-Norn l'aient repérée. D'autres gens, susceptibles de donner l'alerte – bergers isolés, marchands de passage, et cetera – sont impitoyablement traqués et mis en pièces, à l'exception de tous ceux qui pourraient éventuellement être des messagers divins.

Le Serviteur des Réjouissances chevauche en tête, il a le cœur pur, le front creusé, les yeux brûlants. Il porte une cape en cuir grossier sur les épaules, sur la tête l'insigne de sa fonction, un chapeau conique rouge. Derrière lui, ses partisans avancent, les canines à nu. Les herbivores fuient devant eux, les charognards suivent, les loups bondissent à leurs côtés.

Pendant ce temps, dans la cité qui ne se doute de rien, des conspirateurs ourdissent un complot pour renverser le roi. Cette initiative a été lancée (c'est classique) par plusieurs courtisans en qui il a extrêmement confiance. Ils ont fait appel au plus habile des tueurs aveugles, un jeune homme autrefois tisserand, puis prostitué, mais qui, depuis son évasion, s'est fait connaître pour le silence et la discrétion de ses pas ainsi que pour sa main impitoyable armée d'un poignard. Il s'appelle X.

Pourquoi X ?

Les hommes comme ça s'appellent toujours X. Les noms ne leur sont d'aucune utilité, les noms ne servent qu'à les coincer. De toute façon, X renvoie à rayon X – quand on est X, on peut passer à travers des murs épais et voir à travers les vêtements des femmes.

Mais X est aveugle, s'écrie-t-elle.

Encore mieux. Il voit à travers les vêtements des femmes avec cet œil intérieur qui constitue le bonheur de la solitude.

Pauvre Wordsworth ! Pas de blasphème ! s'exclame-t-elle, ravie.
Je n'y peux rien, j'ai été blasphémateur dès l'enfance.

X doit se frayer un chemin dans l'enceinte du Temple des Cinq Lunes, trouver la porte du sanctuaire où aura lieu le lendemain le sacrifice de la jeune fille et trancher la gorge de la sentinelle. Il doit ensuite assassiner la jeune fille elle-même, cacher son cadavre sous le légendaire Lit d'une nuit puis revêtir les voiles qu'elle aurait dû mettre pour la cérémonie. Il est censé attendre jusqu'à ce que le courtisan incarnant le Seigneur des Enfers – qui n'est autre en fait que le meneur du coup imminent – soit venu, qu'il ait pris ce pour quoi il a payé et qu'il soit reparti. Le courtisan, qui s'est départi d'une forte somme, en veut pour son argent, c'est-à-dire pas un cadavre, même s'il est tout frais. Il veut un cœur qui batte encore.

Mais il y a eu un cafouillage dans les préparatifs. Le déroulement des opérations a été mal compris : les choses étant ce qu'elles sont, le tueur aveugle va être le premier sur les lieux.

C'est trop horrible, ça, s'écrie-t-elle. Tu as l'esprit tordu.

Il fait glisser son doigt sur le bras nu de sa compagne. Tu veux que je continue ? En général, je fais ça pour de l'argent. Tu l'as pour rien, tu devrais être reconnaissante. De toute façon, tu ne sais pas ce qu'il va se passer. Je ne fais que corser l'intrigue.

À mon sens, elle était déjà assez corsée.

Les intrigues corsées, c'est ma spécialité. Si tu veux un genre plus léger, va voir ailleurs.

Soit. Continue.

Vêtu des vêtements de la jeune fille défunte, le tueur devra patienter jusqu'au matin, puis se laisser conduire jusqu'en haut des degrés menant à l'autel où, à l'instant du sacrifice, il poignardera le roi. Ce dernier paraîtra donc avoir été frappé par la Déesse elle-même et sa mort sera le signal d'un soulèvement soigneusement orchestré.

Certains éléments, parmi les plus violents, auront été soudoyés et déclencheront une émeute. Après quoi, les événements suivront un déroulement consacré par l'usage. Les prêtresses du Temple seront jetées en prison, pour leur sécurité, dira-t-on, mais en réalité pour les obliger à défendre une prétendue autorité spirituelle des conspirateurs. Les nobles, fidèles au roi, seront transpercés d'un coup de lance où qu'ils se trouvent ; leurs enfants mâles seront également assassinés pour éviter une vengeance ultérieure ; leurs filles seront données en mariage aux vainqueurs pour légitimer la confiscation de la fortune de leurs familles et leurs femmes choyées et vraisemblablement adultères seront jetées en pâture à la foule. Lorsque les puissants tombent, c'est un plaisir notable que d'en faire des paillassons.

Le tueur aveugle envisage de profiter de la confusion qui s'ensuivra pour s'enfuir, il reviendra plus tard réclamer l'autre moitié de ses généreux appointements. En réalité, les conspirateurs ont l'intention de l'abattre immédiatement, car il ne serait pas bon qu'on l'attrape, et – au cas où le complot échouerait – qu'on l'oblige à parler. Son cadavre sera soigneusement caché, tout le monde sait en effet que les tueurs aveugles ne travaillent jamais pour rien et que, tôt ou tard, les gens pourraient se demander qui l'a engagé. Orchestrer la mort d'un roi est une chose, se faire prendre en est une autre.

La jeune fille, qui n'a toujours pas de nom, est allongée sur son lit de brocart rouge, elle attend le succédané du Seigneur des Enfers et adresse un adieu muet à la vie. Revêtu des habits gris d'une servante du Temple, le tueur aveugle se faufile sans bruit dans le couloir. Il arrive à la porte. La sentinelle est une femme, car nul homme n'a le droit de servir à l'intérieur de l'enceinte. À travers son voile gris, le tueur lui confie dans un murmure qu'il est porteur d'un message confidentiel pour la Grande Prêtresse. La femme se penche, le poignard décrit un mouvement et un seul, l'éclair des dieux est miséricordieux. Ses mains aveugles se précipitent vers le cliquetis des clés.

La clé tourne dans la serrure. À l'intérieur de la pièce, la jeune fille l'entend. Elle se redresse.

Sa voix se tait. Il écoute quelque chose dehors dans la rue.

Elle se soulève sur un coude. Qu'est-ce que c'est? demande-t-elle. Ce n'est qu'une portière de voiture.

Rends-moi un service, dit-il. Sois gentille, mets ta combinaison et jette un coup d'œil par la fenêtre.

Et si quelqu'un me voit? Il fait grand jour.

Il n'y a pas de problème. On ne te connaît pas. Les gens ne verront qu'une femme en combinaison, ce n'est pas une vision rare par ici; ils te prendront juste pour une...

Une femme de petite vertu? réplique-t-elle d'un ton léger. C'est ce que tu penses, toi aussi?

Une jeune fille perdue. Pas pareil.

C'est très élégant de ta part.

Parfois, je suis mon pire ennemi.

Sans toi, je serais beaucoup plus perdue, déclare-t-elle. Elle est derrière la fenêtre à présent, relève le store. Sa combinaison a la couleur vert froid de la glace en bord de grève, de la glace brisée. Il ne pourra pas la garder, pas longtemps. Elle va fondre, dériver, elle va lui glisser entre les mains.

Il y a quelque chose dehors ? demande-t-il.

Rien d'extraordinaire.

Reviens au lit.

Mais elle jette un coup d'œil vers le miroir au-dessus de l'évier, se voit. Son visage nu, ses cheveux en désordre. Elle consulte sa montre en or. Mon Dieu, quelle mine de déterrée, décrète-t-elle. Il faut que je m'en aille.

Le *Mail and Empire*, 15 décembre 1934

L'ARMÉE RÉPRIME LA VIOLENCE DES GRÉVISTES

Port Ticonderoga, Ontario

Les violences ont repris hier à Port Ticonderoga, dans le prolongement de la semaine d'agitation liée à la fermeture, à la grève et au lock-out de Chase & Fils Industries Ltd. Les forces de police se révélant dépassées et le corps législatif provincial ayant demandé des renforts, le Premier ministre a autorisé, dans l'intérêt de la population, l'intervention d'un détachement du Royal Canadian Regiment, lequel est arrivé à quatorze heures. La situation serait redevenue normale.

Avant que l'ordre n'ait été rétabli, une réunion de grévistes a échappé à tout contrôle. Des vitrines de magasin ont été brisées sur toute la longueur de la rue principale et les émeutiers se sont livrés à des pillages en règle. Plusieurs commerçants qui ont essayé de défendre leurs boutiques sont à l'hôpital où ils se remettent de leurs contusions. Un policier, victime d'une commotion après avoir reçu une brique sur la tête, serait dans un état grave. Un incendie, qui s'est déclaré à l'usine nᵒ 1 aux petites heures du matin, a fini par être maîtrisé par les pompiers de la municipalité, mais une enquête est en cours car la police soupçonne un acte criminel. Le gardien de nuit, M. Al Davidson, a été arraché aux flammes, mais il avait déjà succombé à un traumatisme crânien et aux inhalations de fumée. On recherche les coupables et plusieurs suspects ont déjà été identifiés.

D'après le rédacteur en chef du journal de Port Ticonderoga, M. Elwood R. Murray, les événements se seraient déclenchés après que des agitateurs extérieurs auraient fait circuler de l'alcool parmi la foule. Selon lui, les ouvriers de Port Ticonderoga sont des gens respectueux des lois et ils n'auraient pas manifesté dans la violence sans provocation antérieure.

M. Norval Chase, président de Chase & Fils Industries, s'est refusé à tout commentaire.

Le Tueur aveugle : Les chevaux de la nuit

Maison différente cette semaine, chambre différente. Au moins y a-t-il de l'espace pour circuler entre la porte et le lit. Les rideaux sont mexicains, rayés jaune, bleu et rouge ; la tête de lit est en érable moucheté. Il y a une couverture de la Compagnie de la Baie d'Hudson, cramoisie et rêche, jetée par terre. Une affiche de corrida au mur. Un fauteuil en cuir bordeaux ; un bureau en chêne vieilli ; un pot avec des crayons, tous soigneusement taillés ; un râtelier à pipes. L'air est lourd de particules de tabac.

Une étagère de bouquins : Auden, Veblen, Spengler, Steinbeck, Dos Passos. *Tropique du Cancer*, exposé aux yeux de tous, il doit avoir été introduit en fraude. *Salammbô*, *Strange Fugitive*, *Le Crépuscule des idole*s, *L'Adieu aux arme*s, Barbusse, Montherlant. *Hammurabis Gesetz* : *Juristische Erlaüterun*g. Ce nouvel ami a des intérêts intellectuels, se dit-elle. Et plus d'argent aussi. Donc moins fiable. Il a trois chapeaux différents qui coiffent le haut de son portemanteau en bois courbé, ainsi qu'une robe de chambre écossaise en pur cachemire.

Tu as lu certains de ces livres ? a-t-elle demandé une fois qu'ils sont entrés et qu'il a fermé la porte à clé. Pendant qu'elle enlevait son chapeau et ses gants.

Certains. Il ne donna pas davantage de détails. Tourne la tête. Il retira une feuille prise dans ses cheveux.

Elles commencent déjà à tomber.

Elle se demande si l'ami sait. Pas seulement qu'il y a une femme – ils ont dû bricoler quelque chose entre eux pour que l'ami ne se mêle de rien, les hommes font des trucs comme ça – mais qui elle est. Son nom et cetera. Elle espère que non. À en juger par les ouvrages et surtout par l'affiche sur la corrida, elle sait que cet ami lui serait hostile, par principe.

Aujourd'hui, il s'est montré moins impétueux, plus pensif. Il avait eu envie de flâner, de retarder les choses. De les examiner.

Pourquoi tu me regardes comme ça ?

Je te mémorise.

Pourquoi ? a-t-elle fait en masquant les yeux du revers de la main. Ça ne lui a pas plu d'être observée comme ça. Tripotée.

Pour t'avoir plus tard. Quand je serai parti.

Ne fais pas ça. Ne gâche pas la journée.

Profite de l'instant, a-t-il déclaré. C'est ta devise ?

C'est plutôt : L'économie protège du besoin. Alors, il a éclaté de rire.

Maintenant, elle s'est enroulée dans le drap, l'a tiré sur ses seins ; elle est allongée contre lui, les jambes cachées en une longue queue de poisson ondulante en coton blanc. Il a les mains derrière la tête, fixe le plafond. Elle lui donne des gorgées de sa boisson, rye et eau cette fois-ci. Moins cher que le scotch. Elle comptait lui apporter quelque chose de correct – quelque chose de buvable –, mais elle a complètement oublié.

Continue, dit-elle.

Il faut que je sois inspiré.

Qu'est-ce que je peux faire pour t'inspirer ? Je ne suis pas obligée de rentrer avant cinq heures.

Pour l'inspiration véritable, ce n'est que partie remise, déclare-t-il. Il faut que je reprenne des forces. Donne-moi une demi-heure.

O lente, lente currite noctis equi !

Pardon ?

Courez lentement, lentement, chevaux de la nuit. C'est d'Ovide, dit-elle. En latin, le vers va au petit galop. Voilà qui était maladroit, il va penser qu'elle fait de l'esbroufe. Elle ne sait jamais ce qu'il est susceptible de connaître. Parfois, il feint de ne pas savoir un truc et, quand elle le lui explique, il lui révèle qu'il le connaissait, qu'il le connaissait depuis le début. Il la pousse à parler, puis la fait taire.

Tu es une drôle de cocotte, dit-il. Pourquoi les chevaux de la nuit ?

Ils tirent le char du Temps. Il est avec sa maîtresse. Ça veut dire qu'il a envie que la nuit se prolonge pour passer davantage de temps avec elle.

Pour quoi faire ? demande-t-il paresseusement. Cinq minutes ne lui suffisent pas ? Rien de mieux à faire ?

Elle se redresse. Tu es fatigué ? Je t'ennuie ? Il faut que je m'en aille ?

Rallonge-toi. Tu ne vas nulle part.

Elle aimerait bien qu'il ne fasse pas ça – qu'il ne parle pas comme un cow-boy de cinéma. Il fait ça pour prendre le dessus sur elle. N'empêche, elle s'étire, pose son bras en travers de son torse.

Mettez votre main là, m'dame. Ce sera bien. Il ferme les yeux. Maîtresse, dit-il. Quel terme désuet. Des années 1870 environ. Il faudrait que j'embrasse ta chaussure délicate ou que je te gave de chocolats.

Peut-être que je suis désuète. Peut-être que je suis des années 1870. *Amante* alors, ou *pépée*. C'est plus progressiste ? Plus camarade-pam-pam ?

Sûr. Mais je pense que je préfère *maîtresse*. Parce que les choses ne sont pas camarade-pam-pam, non ?

Non. Pas du tout. Bon, continue.

Il dit : Comme la nuit tombe, le Peuple de la Joie dresse son campement à une journée de marche de la ville. Les esclaves, capturées lors de conquêtes antérieures, versent le hrang écarlate contenu dans les outres où il a fermenté et se plient et se courbent pour servir tout en charriant des récipients de ragoût de thulks volés pas assez cuits et tendineux. Assises dans l'ombre, les yeux brillant au milieu des ovales sombres des foulards qui leur enserrent la tête, les femmes officielles sont à l'affût de la moindre impertinence. Elles savent qu'elles dormiront seules, mais elles pourront fouetter les captives plus tard, pour leur maladresse ou leur manque de respect, et elles le feront.

Les hommes sont accroupis autour de leurs modestes feux, enveloppés dans leurs capes en cuir, ils mangent, discutent en marmonnant. Ils ne sont pas d'humeur joviale. Demain, ou après-demain – tout dépendra de leur rapidité et de la vigilance de l'ennemi –, il leur faudra se battre et il se peut cette fois qu'ils ne l'emportent pas. C'est vrai, le messager aux yeux ardents qui a parlé au Juste Bras de l'Invincible a promis que la victoire leur appartiendrait s'ils continuaient à se montrer pieux, obéissants, courageux et rusés, mais il y a toujours tellement de si dans ces affaires.

S'ils perdent, ils seront tués, et leurs femmes et leurs enfants aussi. Ils n'escomptent pas de miséricorde. S'ils gagnent, il faudra qu'ils se chargent eux-mêmes du massacre, ce qui n'est pas toujours aussi agréable qu'on le croit parfois. Il leur faudra massacrer tout le monde dans la cité : ce sont les ordres. Aucun garçon ne doit rester en vie de crainte qu'il ne grandisse avec la soif de venger son père assassiné, aucune fillette qui corromprait le Peuple de la Joie par ses manières dépravées. Des villes conquises auparavant, ils ont gardé des jeunes filles qu'ils ont distribuées au compte-gouttes entre les soldats, à raison d'une, de deux ou de trois chacun selon les prouesses et les mérites, mais le messager divin a dit que ça suffisait maintenant.

Tout ce massacre sera fatigant, bruyant également. Un massacre à cette échelle est exténuant, polluant aussi, et il faut le faire consciencieusement, sinon le Peuple de la Joie aurait de gros ennuis. Le Tout-Puissant a sa façon à lui d'insister sur la lettre de la loi.

Leurs chevaux sont attachés à l'écart. Ils ne sont pas nombreux et seuls les chefs les montent – ce sont des chevaux fins et ombrageux, à la bouche dure, à la mine depuis longtemps abattue et aux yeux doux et apeurés. Rien de tout cela n'est leur faute : on les a entraînés là-dedans.

Celui qui possède un cheval a le droit de lui donner des coups de pied et de le battre, mais pas de le tuer ni de le manger, parce qu'il y a longtemps un messager du Tout-Puissant est apparu sous la forme du premier cheval. Les chevaux s'en souviennent, paraît-il, et ils en sont fiers. C'est pour cela qu'ils n'autorisent que les chefs à les monter. Du moins c'est la raison qui est donnée.

Mayfair, mai 1935

Échos mondains du Tout-Toronto

Par York

Le printemps a fait en ce mois d'avril une entrée tout en gaieté, annoncée par un véritable cortège de limousines à chauffeur accompagnant la foule d'invités prestigieux qui se pressaient pour assister à l'une des réceptions les plus intéressantes de la saison, la délicieuse garden-party du 6 avril qu'a donnée à Rosedale, dans son imposante demeure aux poutres à la Tudor, Mme Winifred Griffen Prior en l'honneur de Mlle Iris Chase, de Port Ticonderoga, dans l'Ontario. Mlle Chase est la fille du capitaine Norval Chase et la petite-fille de feu Mme Benjamin Montfort Chase, de Montréal. Elle va épouser le frère de Mme Griffen Prior, M. Richard Prior, longtemps considéré comme l'un des plus beaux partis de notre province, et ce superbe mariage, qui sera célébré en mai, promet d'être l'un des événements à ne pas manquer sur le calendrier nuptial.

Les débutantes de la saison dernière et leurs mères brûlaient d'envie d'admirer la toute jeune fiancée, ravissante dans une sage création en crêpe gaufré beige signée Schiaparelli, jupe près du corps et basques bordées de galons de velours noir et jais. Dans un décor de narcisses blancs, de tonnelles treillissées blanches et de cierges enflammés dans des appliques argent festonnées de grappes de faux muscat noir ornées de torsades de rubans argent, Mme Prior recevait dans une gracieuse robe du soir vieux rose de chez Chanel à la jupe drapée et au corsage brodé d'un semis de minuscules perles. La sœur et demoiselle d'honneur de Mlle Chase, Mlle Laura Chase, en velours de coton vert feuille égayée de satin pastèque, était également présente.

Au nombre des prestigieux invités se trouvaient le lieutenant-gouverneur et son épouse, Mme Herbert A. Bruce, le colonel et Mme R. Y. Eaton et leur fille, Mlle Margaret Eaton, M. et Mme W. D. Ross et leurs filles, Mlles Susan Ross et Isobel Ross, Mme A. L. Ellsworth et ses deux filles, Mme Beverley Balmer et Mlle Elaine Ellsworth, Mlle Jocelyn Boone et Mlle Daphne Boone ainsi que M. et Mme Grant Pepler.

Le Tueur aveugle : La cloche en bronze

Il est minuit. Dans la cité de Sakiel-Norn, une cloche en bronze sonne pour indiquer le moment où le Dieu Brisé, avatar nocturne du Dieu des Trois Soleils, atteint le point le plus bas de sa descente dans les ténèbres et où, après un féroce combat, il est mis en pièces par le Seigneur des Enfers et sa troupe de guerriers morts qui résident dans ces profondeurs. Il sera recueilli par la Déesse, ramené à la vie et soigné jusqu'à ce qu'il ait recouvré vigueur et santé, et surgira à l'aube comme d'habitude, régénéré, rempli de lumière.

Bien que le Dieu Brisé soit un personnage populaire, personne dans la cité ne croit plus vraiment à cette histoire qui se raconte à son sujet. Pourtant, dans chaque foyer, les femmes façonnent une statue d'argile à son image que les hommes réduisent en miettes au cours de la nuit la plus noire de l'année, et le lendemain les femmes refont une nouvelle statue de lui. Pour les enfants, il existe des petits dieux en pain au lait qu'ils peuvent manger ; car les enfants, avec leurs petites bouches avides, représentent l'avenir, lequel, pareil au temps lui-même, dévorera tous ceux qui sont en vie aujourd'hui.

Assis tout seul sur la plus haute tour de son somptueux palais d'où il observe les étoiles, le roi interprète présages et augures pour la semaine qui va suivre. Il a enlevé son masque en platine tissé, car il n'y a autour de lui personne devant qui il lui faudrait dissimuler ses émotions : il peut sourire et se renfrogner à volonté tout comme n'importe quel Ygnirod. Quel soulagement !

Pour l'heure, il sourit, d'un sourire pensif : il réfléchit à ses dernières amours avec l'épouse gironde d'un petit fonctionnaire. Elle est bête comme un thulk, mais elle a une grosse bouche molle qui ressemble à un coussin en velours détrempé, des doigts fuselés et agiles comme des poissons, des yeux étroits et rusés et un vernis d'éducation. Néanmoins, elle est en passe de devenir trop exigeante et imprudente de surcroît. Depuis un moment, elle le tanne pour qu'il lui compose un poème sur sa nuque, ou quelque autre partie de son anatomie, comme il se pratique parmi les plus dandys des séducteurs de la cour, mais ses talents à lui ne se situent pas dans ce domaine-là. Pourquoi les femmes collectionnent-elles tellement les trophées, pourquoi veulent-elles des souvenirs ? Ou souhaite-t-elle le ridiculiser pour prouver son pouvoir ?

C'est regrettable, mais il va être obligé de se débarrasser d'elle. Il va ruiner son mari – lui faire l'honneur de dîner chez lui accompagné de ses courtisans jusqu'à épuisement des ressources de ce pauvre crétin. L'épouse sera alors vendue comme esclave pour payer les dettes. Ça lui fera peut-être du bien – la remusclera. C'est un plaisir certain que de l'imaginer privée de son voile, le visage offert au regard de tous les passants tandis qu'elle trimballera le tabouret ou le wibular à bec bleu apprivoisé de sa maîtresse sans cesser de rechigner un seul instant. Il pourrait toujours la faire assassiner, quoique cela semble un peu cruel : tout ce dont elle est coupable en réalité, c'est d'avoir un goût prononcé pour la mauvaise poésie. Il n'est pas un tyran.

Un oorm éviscéré gît devant lui : il farfouille négligemment dans ses plumes. Il se moque totalement des étoiles – il ne croit plus à toutes ces sornettes –, cependant il va lui falloir quand même se pencher dessus un moment et faire une déclaration. À court terme, la multiplication des richesses et une moisson abondante devraient faire l'affaire, et les gens oublient toujours les prophéties sauf si elles se vérifient.

Il se demande s'il y a un quelconque fondement à l'information qu'il a reçue d'une source privée fiable – son barbier –, selon laquelle certains seraient encore en train de comploter contre lui. Va-t-il être de nouveau obligé de procéder à des arrestations, de recourir à la torture et à des exécutions ? Sans aucun doute. Un manque de sévérité apparent est aussi néfaste pour l'ordre public qu'un manque de sévérité véritable. Il convient de tenir les rênes serrées. Si certaines têtes doivent tomber, la sienne ne sera pas du lot. Il sera contraint d'agir pour se protéger ; pourtant, il éprouve une inertie bizarre. Régner sur un royaume représente un effort de tous les instants : s'il baisse la garde, ne serait-ce qu'un moment, ils lui fondront dessus, quels qu'ils soient.

Au loin vers le nord, il croit voir une lueur danser, comme s'il y avait un feu par là-bas, mais voilà qu'il n'y a plus rien. Il passe la main sur ses yeux.

Je le plains. Moi, je pense qu'il fait de son mieux, un point c'est tout.

Moi, je pense qu'on a besoin d'un autre verre. Qu'en dis-tu ?

Je parie que tu vas l'éliminer. Je reconnais cette lueur dans ton œil.

En toute justice, il le mérite. Personnellement, je trouve que c'est un salaud. Les rois sont obligés de l'être, n'est-ce pas ? Ce sont les plus forts qui survivent, blablabla. Les faibles sont sacrifiés.

Tu n'y crois pas vraiment.

Il y en a encore ? Vide complètement la bouteille, veux-tu ? J'ai vraiment très soif.

Je vais voir. Elle se lève, traîne le drap à sa suite. La bouteille se trouve sur le bureau. Pas la peine de te couvrir, dit-il. La vue me plaît.

Elle le regarde par-dessus son épaule. Elle dit : Ça ajoute du mystère. Finis ton verre. Si seulement tu arrêtais d'acheter ce tord-boyaux.

C'est tout ce que je peux me permettre. De toute façon, je n'ai pas de goût. Parce que je suis orphelin. Les presbytériens m'ont démoli à l'orphelinat. C'est pour ça que je suis tellement lugubre et maussade.

Laisse tomber cette méchante carte du pauvre orphelin. Mon cœur ne saigne pas.

Pourtant, si, rétorque-t-il. J'y compte bien. À part tes jambes et ton très joli cul, c'est ce que j'admire le plus chez toi – ton cœur qui saigne.

Ce n'est pas mon cœur qui saigne, c'est ma tête qui fait que je suis quelqu'un de saignant. Du moins, c'est ce qu'on m'a dit.

Il éclate de rire. À ton côté saignant, alors. Cul sec.

Elle boit, esquisse une grimace.

Ça sort de la même façon que ça entre, dit-il d'un ton allègre. À propos, il faut que j'aille arroser les fleurs. Il se lève, se dirige vers la fenêtre, relève un peu le châssis.

Tu ne vas pas faire ça !

C'est une petite allée. Je ne blesserai personne.

Reste au moins derrière le rideau ! Et moi ?

Quoi, et toi ? Tu as déjà vu un homme à poil. Tu ne fermes pas toujours les yeux.

Je ne parle pas de ça, je veux dire que, moi, je ne peux pas pisser par la fenêtre. Je vais exploser.

La robe de chambre de mon copain, dit-il. Tu la vois ? Ce truc écossais sur le portemanteau. Vérifie juste qu'il n'y a personne dans le couloir. La propriétaire est une salope de vieille fouine, mais si tu portes de l'écossais, elle ne te verra pas. Tu te fondras dans le décor – dans cette baraque tout est écossais du sol au plafond.

Bon alors, poursuit-il. Où en étais-je ?

Il est minuit. Une cloche en bronze sonne.

Ah oui. Il est minuit. Une cloche en bronze sonne. Le tueur tourne la clé dans la porte comme le bruit s'apaise. Son cœur bat fort, comme toujours en de pareils moments : moments où il est exposé à un danger considérable. S'il est pris, il lui sera réservé une fin longue et douloureuse.

Il ne ressent rien à propos de la mort qu'il s'apprête à infliger, de même qu'il ne cherche pas à connaître les raisons qui la motivent. Qui doit être assassiné et pourquoi est l'affaire des riches et des puissants, et il les déteste pareillement. Ce sont eux qui l'ont privé de la vue et qui, par douzaines, l'ont pris de force alors qu'il était trop jeune pour réagir, et il saisirait avec joie l'occasion de les massacrer tous autant qu'ils sont – tous et n'importe qui d'impliqué dans leurs agissements, comme l'est cette jeune fille. Ça lui est égal qu'elle ne soit plus qu'une prisonnière parée de bijoux et pomponnée. Ça lui est égal que ceux qui ont fait de lui un aveugle aient fait d'elle une muette. Il accomplira sa mission, empochera ses gages et voilà tout.

De toute façon, elle sera tuée demain s'il ne la tue pas ce soir, et il sera plus rapide et pas aussi maladroit, et de loin. C'est un service qu'il lui rend. Il y a tellement de sacrifices salopés. Pas un seul de ces rois ne sait se servir d'un poignard.

Il espère qu'elle ne fera pas trop d'histoires. Il s'est laissé dire qu'elle ne pouvait pas crier : le bruit le plus fort qu'elle puisse émettre, vu qu'elle n'a pas de langue, qu'elle est blessée à la bouche, c'est un miaulement aigu et étouffé, comme un chat dans un sac. Voilà qui est bien. De toute manière, il va prendre des précautions.

Il traîne le corps de la sentinelle à l'intérieur de la pièce afin que personne ne trébuche dessus dans le couloir. Puis il entre à son tour, sans faire de bruit, vu qu'il est pieds nus, et referme la porte à clé.

V

Le manteau de fourrure

Ce matin, la chaîne météo diffusait un avis de tornade et, vers le milieu de l'après-midi, le ciel affichait une sinistre couleur verdâtre tandis que les branches des arbres fouettaient l'air comme si un énorme animal enragé essayait de passer au travers. L'orage fila directement au-dessus de nos têtes : langues de serpent crachant des lumières blanches, pile de moules en fer-blanc dégringolant en cascade. *Comptez jusqu'à mille un*, nous disait Reenie. *Si vous y arrivez, c'est qu'il est à un bon kilomètre et demi.* D'après elle, il ne fallait jamais utiliser un téléphone pendant un orage, sinon l'éclair nous tomberait en plein dans l'oreille et on deviendrait sourdes. D'après elle, il ne fallait jamais prendre un bain non plus, parce que l'éclair pouvait sortir du robinet comme de l'eau. D'après elle, si vous aviez les cheveux droit sur la nuque, il fallait sauter en l'air, c'était la seule astuce qui pouvait vous sauver.

À la tombée de la nuit, l'orage était terminé mais il régnait encore une humidité glaciale, on se serait cru dans un égout. Je me tournais et me retournais dans mon lit en bataille en écoutant mon cœur qui cognait tant bien que mal contre les ressorts du matelas et m'efforçais de trouver une position confortable. Je finis par renoncer à dormir, enfilai un pull-over long par-dessus ma chemise de nuit et entrepris de descendre l'escalier vaille que vaille. Puis j'enfilai mon imperméable en plastique, mis ma capuche, glissai les pieds dans des bottes en caoutchouc et sortis. Le bois mouillé des marches du perron était traître. Dessus, la peinture s'en allait, peut-être étaient-elles en train de pourrir ?

Dans la lumière chiche, tout était monochrome. L'air était humide et calme. Les chrysanthèmes sur la pelouse de devant étincelaient de gouttes d'eau brillantes ; un bataillon de limaces s'occupait sûrement d'engloutir les quelques feuilles de lupins restantes. Il paraît que les limaces aiment la bière ; je n'arrête pas de me dire qu'il faudrait que je leur en mette dehors. Mieux vaut pour elles que pour moi : ça n'a jamais été mon alcool préféré. Moi, je tenais à m'assommer plus vite.

J'avançai prudemment sur le trottoir mouillé en m'aidant de ma canne. La lune était pleine, auréolée d'une pâle brume ; à la lueur des réverbères, mon ombre rapetissée glissait devant moi comme un gobelin. J'avais l'impression d'accomplir un acte audacieux : une femme âgée se promenant toute seule en pleine nuit. Un inconnu aurait pu me prendre pour une personne sans défense. Et j'étais effectivement un peu effrayée, ou disons en proie à une appréhension suffisante pour faire battre mon cœur plus fort. Comme Myra ne cesse de me le répéter si gentiment, les vieilles dames constituent des cibles de premier choix pour les voleurs. On raconte qu'ils viennent de Toronto, ces voleurs, comme tous les trucs moches. Ils viennent sans doute par le bus, avec leur équipement de voleur camouflé derrière des parapluies ou des clubs de golf. Ils ne reculent devant rien, affirme Myra d'un ton sinistre.

Je passai trois pâtés de maisons et arrivai à la rue principale qui traverse la ville, puis m'arrêtai pour jeter un coup d'œil vers le garage de Walter de l'autre côté du macadam satiné et humide. Walter était assis dans son jardin d'hiver qui se dressait comme un phare au milieu d'une zone sombre et vide d'asphalte plat. Penché en avant avec sa casquette rouge sur la tête, il ressemblait à un jockey vieillissant monté sur un cheval invisible ou au capitaine de son destin pilotant un mystérieux vaisseau à travers le cosmos. À dire vrai, il était en train – je le sais par Myra – de regarder la chaîne sportive sur sa télé miniature. Je ne traversai pas la rue pour aller lui parler : il se serait inquiété en me voyant émerger de l'obscurité avec mes bottes en caoutchouc et ma chemise de nuit, comme une octogénaire partie se promener sur un coup de tête. N'empêche, c'était réconfortant de savoir qu'il y avait au moins un autre être humain réveillé à cette heure de la nuit.

Sur le chemin du retour, j'entendis des pas derrière moi. Cette fois, tu as gagné, me dis-je, le voilà, ton voleur. Mais ce n'était qu'une jeune femme vêtue d'un imperméable noir et chargée d'un sac ou d'une petite valise. Elle me dépassa à grande vitesse, le cou tendu en avant.

Sabrina, pensai-je. Elle est revenue finalement. Comme je me sentis pardonnée, l'espace de cet instant – heureuse, emplie de grâce, comme si je vivais un retour dans le temps et que ma vieille canne en bois sec se fût machinalement transformée en fleur. Mais, au deuxième coup d'œil – non, au troisième –, je m'aperçus que ce n'était pas du tout Sabrina ; juste une inconnue. Qui suis-je de toute façon pour mériter une issue aussi miraculeuse ? Comment puis-je espérer cela ?

Pourtant, je l'espère. Contre toute attente.

Mais cela suffit. Je reprends le fil de mes idées, comme on dit. Revenons-en à Avalon.

Maman était morte. Ce ne serait plus jamais pareil. On me conseilla de mâcher mon frein. Qui me donna ce conseil ? Reenie sans doute, mon père peut-être. Marrant, c'est un coup à se mordre la langue. Mais ce serait remplacer un mal par un autre.

Au début, Laura passa beaucoup de temps dans le manteau de fourrure de maman. Il était en peau de phoque et il y avait encore un mouchoir de maman dans la poche. Laura se mettait dedans et essayait de le boutonner jusqu'au jour où elle se rendit compte qu'elle pouvait le boutonner avant de se glisser dedans par en dessous. Je crois qu'elle devait prier à l'intérieur ou faire des tours de passe-passe : des tours de passe-passe pour faire revenir maman. Quoi qu'il en fût, ça ne marcha pas. Puis le manteau fut donné à quelque bonne œuvre.

Peu après, Laura se mit à demander où le bébé était parti, celui qui ne ressemblait pas à un petit chat. *Au ciel* ne la satisfaisait plus – après la cuvette, voilà ce qu'elle voulait savoir. Reenie lui dit que le docteur l'avait emmené. Mais pourquoi n'y avait-il pas eu de funérailles ? Parce qu'il était né trop petit, répondit Reenie. Comment une aussi petite affaire avait-elle pu tuer maman ? Reenie répondit : *T'occupe pas*. Elle ajouta : *Tu comprendras quand tu seras plus grande*. Elle dit également : *Ce qu'on ne sait pas ne fait pas de mal*. Maxime douteuse : il y a des fois où ce qu'on ne sait pas peut faire très mal.

La nuit, Laura se faufilait dans ma chambre, me secouait pour me réveiller, puis se glissait dans le lit à côté de moi. Elle n'arrivait pas à dormir : c'était à cause de Dieu. Jusqu'à l'enterrement, Dieu et elle avaient été en bons termes. Dieu vous aime, affirmait la dame caté-chiste de l'église méthodiste où ma mère nous envoyait, le dimanche, et où Reenie continuait à nous envoyer au nom des principes. Laura y avait cru. Mais à présent elle n'était plus aussi sûre.

Elle commença à se ronger pour savoir où Dieu se trouvait au juste. C'était la faute de la dame catéchiste : *Dieu est partout*, avait-elle déclaré, et Laura voulait savoir : Dieu était-Il dans le soleil, Dieu était-Il dans la lune, Dieu était-Il dans la cuisine, dans la salle de bains, sous le lit ? (« J'aimerais tordre le cou de cette bonne femme », disait Reenie.) Laura n'avait pas envie que Dieu surgisse inopinément devant elle, ce n'était pas dur à comprendre vu le comportement qu'Il avait adopté ces derniers temps. *Ouvre le bec, ferme les yeux et je vais te faire une grosse surprise*, s'écriait d'habitude Reenie en cachant un petit gâteau derrière son dos, mais Laura ne voulait plus jouer à ce jeu-là. Elle voulait garder les yeux ouverts. Ce n'était pas qu'elle se méfiait de Reenie, simplement elle se méfiait des surprises.

Dieu était probablement dans le placard à balais. Cela paraissait l'endroit le plus plausible. Il se cachait là-dedans comme un oncle excentrique et éventuellement dangereux, mais, comme elle avait peur d'ouvrir la porte, elle ne savait pas avec certitude s'Il s'y trouvait à tel moment donné. *Dieu est dans votre cœur*, précisa la dame du catéchisme et ce fut encore pire. Dans le placard à balais, il aurait été possible de faire quelque chose, de fermer la porte à clé par exemple.

Dieu ne dormait jamais, disait le cantique – *Nul sommeil insouciant ne fermera Ses paupières*. À la place, Il arpentait la maison pour espionner les gens la nuit – vérifier s'ils avaient été suffisamment gentils ou leur envoyer des fléaux pour les anéantir ou se livrer à tout autre caprice.

Tôt ou tard, Il allait forcément faire quelque chose de déplaisant, comme Il l'avait souvent fait dans la Bible.

« Écoute, c'est Lui », disait Laura.

Un pas léger, un pas pesant.

« Ce n'est pas Dieu. C'est juste papa. Il est dans la tourelle.

– Qu'est-ce qu'il fait ?

– Il fume. »

Je ne voulais pas dire *Il boit*. Ça me paraissait déloyal.

C'est quand elle dormait – la bouche légèrement ouverte, les cils encore humides – que j'éprouvais le plus de tendresse pour Laura, mais elle avait un sommeil agité ; elle gémissait, lançait des coups de pied, ronflait parfois et m'empêchait de dormir. Je me levais, traversais la pièce tout doucement et me dressais sur la pointe des pieds pour regarder dehors par la fenêtre. Quand il faisait clair de lune, les jardins d'ornement étaient gris argent, comme si on leur avait retiré toutes leurs couleurs. Je voyais la nymphe en pierre, rapetissée ; la lune se reflétait dans son bassin aux nénuphars et elle trempait ses orteils dans sa lumière glacée. Frissonnante, je regagnais mon lit et

160

restais allongée à surveiller les ombres dansantes des rideaux et à écouter les gargouillis et les craquements de la maison qui vibrait. À m'interroger sur ce que j'avais fait de mal.

Les enfants se croient plus ou moins responsables de toutes les mauvaises choses et, en cela, je ne faisais pas exception à la règle ; mais ils croient aussi aux dénouements heureux, même si tout penche en faveur du contraire et, en cela non plus, je ne faisais pas exception à la règle.

J'espérais juste que le dénouement heureux allait se dépêcher d'arriver, parce que – surtout la nuit, quand Laura était endormie et que je n'avais pas à la dérider – je me sentais très seule et malheureuse.

Le matin, j'aidais Laura à s'habiller – c'était déjà ma tâche du vivant de maman – et m'assurais qu'elle se brossait les dents et se lavait la figure. À midi, Reenie nous permettait parfois de faire un pique-nique. On avait des tranches de pain blanc beurrées et tartinées de gelée de raisin, translucide comme de la Cellophane, des carottes crues et des pommes coupées en morceaux. On avait du corned-beef qui, quand on le sortait de sa boîte et qu'on le retournait, présentait la forme d'un temple aztèque. On avait des œufs durs. On mettait tout ça sur des assiettes et on emportait le tout dehors pour manger ici ou là – près du bassin, dans l'orangerie. S'il pleuvait, on mangeait à l'intérieur.

« Pense aux Arméniens qui ont faim », disait Laura, les mains jointes, les yeux fermés en se penchant sur les croûtes de son sandwich à la gelée.

Je savais qu'elle disait ça parce que maman l'avait fait et ça me donnait envie de pleurer.

« Il n'y a pas d'Arméniens qui ont faim, ils sont inventés et c'est tout », lui dis-je une fois, mais elle refusa de me croire.

On passa beaucoup de temps toutes seules à cette époque. On apprit Avalon de fond en comble : ses crevasses, ses grottes, ses tunnels. On alla voir dans la cachette en dessous de l'escalier de service où il y avait tout un bric-à-brac de galoches et de moufles orphelines mises au rebut ainsi qu'un parapluie aux baleines cassées. On explora les multiples divisions de la cave – la cave à charbon pour le charbon ; le cellier à légumes avec les choux et les courges installés sur une planche en bois, les betteraves et les carottes en train de virer poilues dans leur caisse de sable, et les pommes de terre avec leurs tentacules albinos aveugles, pareils à des pattes de crabe ; la cave au froid pour les pommes au tonneau et les étagères de conserves – confitures et gelées poussiéreuses luisantes comme des gemmes pas taillées, condiments, pickles, fraises, tomates pelées, compote de pommes, le tout enfermé dans des bocaux Crown hermétiquement scellés. Il y avait également un cellier à vins, mais il était fermé ; seul mon père avait la clé.

On dénicha la grotte au sol en terre battue sous la véranda qu'on atteignait en rampant entre les roses trémières et où seuls s'efforçaient de pousser des pissenlits arachnéens ainsi que du lierre terrestre dont l'odeur de menthe écrasée se mêlait au répulsif pour chat et (une fois) à la puanteur nauséeuse et âcre d'une couleuvre sur le qui-vive. On découvrit le grenier où étaient entreposées des caisses remplies de vieux livres et de couettes, trois malles vides, un harmonium cassé et le mannequin sans tête de grand-mère Adelia, torse blafard sentant le moisi.

Nous retenions notre souffle et nous frayions furtivement un chemin à travers nos labyrinthes d'ombres. Nous trouvions un réconfort là-dedans – dans nos secrets, notre connaissance des chemins cachés, notre certitude que personne ne pourrait nous voir.

« Écoute la pendule et son tic-tac, ça vous assomme à la longue », lui dis-je. C'était une pendule à balancier – en porcelaine blanc et or, ancienne, elle avait appartenu à grand-père et trônait sur le manteau de la cheminée de la bibliothèque. Laura, qui m'avait écoutée distraitement, crut m'entendre parler de la langue de la pendule. Pourtant, c'était vrai que le balancier en laiton qui oscillait de gauche à droite ressemblait bel et bien à une langue occupée à lécher les lèvres d'une bouche invisible. À dévorer le temps.

L'automne arriva. Laura et moi, on ramassait des gousses d'asclépiade qu'on ouvrait pour caresser les graines en forme d'écaille qui se chevauchaient comme une peau de dragon. On retirait les graines et on les lançait à droite et à gauche avec leurs parachutes brillants après avoir abandonné la langue jaune foncé à l'aspect parcheminé et douce comme le pli d'un coude. Puis on allait au pont du Jubilé d'où on jetait des gousses dans la rivière pour voir combien de temps elles flotteraient avant de chavirer ou d'être emportées. Est-ce qu'on les imaginait renfermer une seule ou plusieurs personnes ? Je n'en suis pas sûre. Mais on éprouvait une satisfaction certaine à les regarder couler.

L'hiver arriva. Le ciel était d'un gris brumeux, le soleil bas dans le ciel, d'un rose blême couleur de sang de poisson. Des stalactites, lourds, opaques et épais comme le poignet, pendaient du toit et des rebords de fenêtre, comme interrompus dans leur chute. On les cassait et on en suçait le bout. Reenie nous dit que si on faisait ça notre langue deviendrait toute noire et tomberait, mais je savais que c'était un mensonge, parce que je l'avais déjà fait avant.

Avalon avait un abri à bateaux à l'époque, et une glacière, près de la jetée. Dans l'abri à bateaux, il y avait le vieux voilier de grand-père, qui appartenait à présent à mon père – l'*Ondine*, mis en cale sèche pour l'hiver. Dans la glacière, il y avait des blocs de glace, découpés dans la Jogues, que des chevaux avaient remontés et qui restaient entreposés là, protégés par de la sciure, en attendant l'été quand la glace se ferait rare.

Laura et moi allions sur la jetée glissante, ce qui nous était interdit. Reenie disait que si on tombait dedans, on ne tiendrait pas un instant, parce que l'eau était froide comme la mort. Nos bottes se rempliraient et on coulerait comme des cailloux. On lança quelques vraies pierres pour voir ce qu'il allait leur arriver ; elles passèrent en rase-mottes au-dessus de la glace, puis retombèrent et restèrent là, bien en évidence. Notre souffle faisait une vapeur blanche ; on lâchait des bouffées, comme un train, et on déplaçait notre poids d'un pied sur l'autre. La neige crissait sous nos semelles. On se tenait par la main et nos moufles gelaient collées l'une à l'autre, si bien que lorsqu'on les ôtait deux mains de laine se tenaient, vides et bleues.

Au pied des rapides de la Louveteau, des blocs de glace disloqués s'étaient accumulés les uns contre les autres. La glace était blanche à midi, vert pâle au crépuscule ; les morceaux les plus petits tintinnabulaient comme des clochettes. Au milieu de la rivière, l'eau noire coulait librement. La voix haut perchée, ténue et heureuse dans l'air glacé, des enfants s'appelaient de la colline de la rive opposée, cachés par les arbres. Ils faisaient de la luge, ce qui nous était interdit. J'envisageais d'aller me promener sur la glace disloquée du bord pour voir si elle était solide.

Le printemps arriva. Les branches des saules prirent une teinte jaune, les cornouillers une rouge. La Louveteau était en crue ; arbres et arbustes étaient arrachés, les racines mises à mal par les tourbillons. Une femme sauta du pont du Jubilé juste au-dessus des rapides et il fallut deux jours pour retrouver son corps. Il fut repêché en aval, ce n'était pas un joli spectacle, tant s'en fallait, vu que le franchissement de ces rapides s'apparentait à un passage à travers un hachoir. Ce n'était pas la meilleure façon de quitter cette terre, déclara Reenie – surtout si on attachait de l'importance à son physique, encore que ce n'était sûrement pas le cas à ce stade-là.

Au fil des années, Mme Hillcoate avait connu une demi-douzaine de voltigeuses de ce genre. On lisait leur histoire dans le journal. Il y en avait une qui était à l'école avec elle et qui avait épousé un cheminot. Il était très souvent parti, dit-elle, il aurait pu s'y attendre.

« En cloque, poursuivit-elle. Et pas d'excuse. »

Reenie hocha la tête comme si ça expliquait tout.

« Aussi stupide que le bonhomme puisse être, dans l'ensemble, ils savent compter. Au moins sur leurs doigts. J'imagine qu'elle a reçu son avoinée. Mais quand le mal est fait, il est fait.

– C'est quoi une avoinée ? s'écria Laura.

– Elle devait avoir d'autres problèmes, enchaîna Mme Hillcoate. Quand on est dans le pétrin, on peut être sûr que le reste suit.

– C'est quoi en cloque ? me chuchota Laura. Quelle cloque ? »

Je ne savais pas.

En plus de la voltige, répondit Reenie, ce genre de femmes pouvaient aussi entrer dans la rivière en amont, puis se retrouver emportées sous l'eau à cause du poids de leurs vêtements mouillés, si bien qu'elles n'étaient plus capables de se sauver à la nage même si elles se ravisaient. Un homme pesait davantage les choses. Il se pendait à la traverse de sa grange, se faisait sauter le caisson avec son fusil ; ou, s'il avait l'intention de se noyer, il s'attachait une pierre ou un autre objet lourd – un fer de hache, un sac de clous. Un homme n'aimait pas prendre le moindre risque pour une question aussi sérieuse. Mais c'était bien d'une femme que d'entrer dans l'eau, de se résigner et de laisser le courant l'emporter. Le ton de Reenie ne permettait pas de savoir si elle approuvait ces différences ou pas.

Je fêtai mes dix ans en juin. Reenie me confectionna un gâteau, bien qu'elle eût décrété que je ne devrais peut-être pas en avoir un, que c'était trop tôt après la mort de maman, mais, bon, il fallait que la vie continue, donc le gâteau ne ferait peut-être pas de mal. *Pas de mal, comment ça ?* demanda Laura. *Aux sentiments de maman*, répondis-je. Maman nous observait donc du ciel ? Je m'entêtai, pris un air suffisant et refusai de m'expliquer. Laura de son côté refusa de manger du gâteau, pas après ce qu'elle avait entendu sur les sentiments de maman, si bien que j'engloutis nos deux parts.

Il me fallait faire un effort à présent pour repenser aux détails de mon chagrin – à la forme qu'il avait prise –, même si je pouvais rappeler à volonté, tel un petit chien enfermé dans la cave en train de gémir, un écho de ce qu'il avait été. Qu'est-ce que je faisais le jour de la mort de maman ? C'est à peine si je m'en souvenais, ou ce à quoi elle ressemblait vraiment : désormais elle ne ressemblait plus qu'à ses photographies. Je me souvenais bien de l'injustice de son lit quand tout à coup elle ne s'y était plus trouvée : qu'il m'avait paru vide. La façon dont la lumière de l'après-midi coulait à l'oblique par la fenêtre et tombait si silencieusement sur le plancher en bois dur, les grains de poussière qui flottaient dedans comme de la brume. L'odeur de la cire d'abeille pour les meubles, des chrysanthèmes fanés et l'arôme persistant du bassin et du désinfectant. Je me souvenais de son absence à présent, bien mieux que de sa présence.

Reenie dit à Mme Hillcoate que, même si personne ne pourrait jamais prendre la place de Mme Chase, une sainte sur cette terre si tant est qu'une telle chose fût possible, elle avait fait ce qu'elle avait pu et continuerait à garder une façade enjouée dans notre intérêt parce que moins on en disait mieux c'était, et que, par chance, nous avions l'air de surmonter tout cela, même s'il fallait se méfier de l'eau qui dort, que j'étais trop calme et que ça me jouerait des tours. J'étais du genre à ruminer, déclara-t-elle ; ça sortirait forcément un jour. Quant à Laura, allez savoir, de toute façon, elle avait toujours été bizarre comme enfant.

Reenie ajouta que nous passions trop de temps ensemble. Elle déclara que Laura avait des façons qui n'étaient pas de son âge et que, moi, je prenais du retard dans mon développement. Il aurait fallu que chacune d'entre nous soit avec des enfants de son âge, mais les quelques garçons et filles en ville qui auraient pu s'entendre avec nous étaient déjà partis vers d'autres écoles – des écoles privées du genre de celles où nous aurions dû normalement aller, mais le capitaine Chase ne pourrait jamais se résoudre à organiser ça et, de toute façon, ça ferait trop de changements à la fois et même si j'étais d'un calme souverain et certainement capable de me débrouiller, Laura était jeune pour son âge et, en fait, trop jeune pour tout. En plus, elle était trop nerveuse. Elle était du genre à paniquer, à s'agiter et à se noyer dans dix centimètres d'eau, juste parce qu'elle perdait la tête. Assises dans l'escalier de service, la porte à peine entrouverte, Laura et moi avions les mains sur la bouche pour nous retenir de rire. On savourait les plaisirs de l'espionnage. Pourtant, ça ne nous faisait pas grand bien, ni à elle ni à moi, d'entendre de telles choses sur notre compte.

Le soldat fourbu

Aujourd'hui, je suis allée à la banque à pied – de bonne heure, pour éviter la grosse chaleur, mais aussi pour être là à l'ouverture. Comme ça, j'étais sûre de bénéficier de l'attention de quelqu'un, ce dont j'avais besoin car il y a encore une erreur sur mon relevé. Je sais encore faire des additions et des soustractions, leur dis-je, contrairement à vos machines, et ils me sourient comme ces serveurs qui crachent dans votre soupe une fois qu'ils sont dans la cuisine. Je demande toujours à voir le directeur, le directeur est toujours « en réunion » et on me renvoie toujours à quelque farfadet condescendant et suffisant qui vient tout juste de raccrocher son pantalon court et se voit déjà en futur ploutocrate.

Je me sens méprisée dans cet établissement, du fait que j'ai tellement peu d'argent ; et que j'en ai eu tellement autrefois. Bien entendu, je n'en ai jamais vraiment eu. Mon père en avait, puis Richard. Mais on m'imputait une fortune, de la même façon qu'on impute un crime à ceux qui se trouvent juste sur les lieux au moment crucial.

La banque a des colonnes romaines, histoire de nous rappeler qu'il faut rendre à César ce qui appartient à César, comme ces frais de gestion ridicules, par exemple. Ne serait-ce que pour deux *cents*, je garderais volontiers mes sous dans un bas de laine sous mon matelas, rien que pour les embêter. La rumeur dirait, j'imagine, que je suis devenue une vieille folle excentrique du genre qu'on retrouve morte dans un taudis avec des centaines de boîtes de nourriture pour chats, vides, et deux millions de dollars en coupures de cinq dollars cachées entre les pages de vieux journaux jaunis. Je n'ai aucune envie d'attirer l'attention des drogués et des monte-en-l'air du coin, avec leurs yeux injectés de sang et leurs doigts nerveux.

166

En revenant de la banque, je me suis promenée du côté de la mairie, avec son clocher à l'italienne, ses briques bicolores de style florentin, son mât de drapeau qui a besoin d'un coup de peinture et son canon qui a fait la bataille de la Somme. Et ses deux statues en bronze, l'une et l'autre commandées par la famille Chase. Celle de droite, commandée par ma grand-mère Adelia, représente le colonel Parkman, un ancien combattant qui a pris part à la dernière bataille décisive de la guerre d'Indépendance, celle de Fort Ticonderoga, aujourd'hui dans l'État de New York. De temps à autre, on voit arriver des Allemands ou des Anglais ou même des Américains déboussolés qui sillonnent la ville à la recherche du champ de bataille de Fort Ticonderoga. *Ce n'est pas la bonne ville*, s'entendent-ils dire. *Maintenant qu'on y réfléchit, ce n'est pas le bon pays. Celui que vous cherchez, c'est l'autre juste à côté.*

C'est le colonel Parkman qui leva le camp, traversa la frontière et baptisa notre ville, commémorant ainsi de manière perverse une bataille qu'il avait perdue. (Cela dit, ce n'est peut-être pas si extraordinaire que cela : des tas de gens entretiennent soigneusement ce qui les a marqués.) Il est présenté sur sa monture, sabre au clair et prêt à débouler au galop dans le parterre de pétunias voisin : le visage taillé à la serpe, le regard résolu et la barbe pointue, il incarne parfaitement l'idée que tout sculpteur peut se faire d'un commandant de cavalerie. Personne ne sait à quoi ressemblait véritablement le colonel Parkman, puisqu'il n'a laissé aucun témoignage illustré de sa personne et que la statue n'a pas été érigée avant 1885, mais c'est le physique qu'il a aujourd'hui. Telle est la tyrannie de l'art.

Sur le côté gauche de la pelouse où il y a également un parterre de pétunias se dresse un personnage tout aussi mythique : le soldat fourbu ; il a les trois premiers boutons défaits, le cou baissé comme offert au couperet du chef, l'uniforme froissé, le casque de guingois, et il s'appuie sur son fusil Ross défectueux. À tout jamais jeune, à tout jamais fourbu, il domine le monument aux morts, sa peau vire au vert sous la brûlure du soleil, des crottes de pigeon lui dégoulinent sur la figure comme des larmes.

Le soldat fourbu était un projet de mon père. Le sculpteur était une femme, Callista Fitzsimmons, qui avait été chaudement recommandée par Frances Loring, la présidente de la commission du monument aux morts de la Société des artistes de l'Ontario. Il y eut dans la ville certaines objections à l'encontre de Mlle Fitzsimmons – certaines personnes estimaient qu'une femme n'était pas adaptée à ce sujet –, mais mon père lamina la réunion des éventuels commanditaires :

Mlle Loring n'était-elle pas une femme, elle aussi ? demanda-t-il. Sa question suscita plusieurs commentaires irrévérencieux dont « Comment en êtes-vous certain ? » fut le plus correct. En privé, il déclara que c'était celui qui payait les violons qui choisissait la musique et que, étant donné que c'étaient tous de fichus radins, ils feraient mieux de fouiller dans les profondeurs de leurs poches ou de céder.

Mlle Callista Fitzsimmons n'était pas seulement une femme, elle avait aussi vingt-huit ans et les cheveux roux. Elle se mit à venir fréquemment à Avalon pour discuter avec mon père de leur projet créatif. Ces sessions se déroulaient dans la bibliothèque, la porte ouverte au début, mais pas après. On lui attribua une chambre d'amis, pas la plus jolie d'abord, mais après oui. Elle ne tarda pas à venir tous les week-ends ou presque et la chambre qu'elle occupait devint « sa » chambre.

Mon père avait l'air plus heureux ; il buvait assurément moins. Il fit nettoyer la propriété, du moins suffisamment pour qu'elle soit présentable ; il fit remettre du gravillon dans l'allée ; il fit décaper, peindre et réparer *l'Ondine*. De temps à autre, on organisait des fêtes sans formalités à la maison, les invités étaient des gens de Toronto, amis de Callista et portés sur les arts. Ces artistes, parmi lesquels il n'y avait pas un seul nom qu'on pourrait reconnaître aujourd'hui, ne portaient ni smoking ni même un costume pour dîner, mais des pulls à col en V ; ils prenaient des repas improvisés sur la pelouse, discutaient des questions d'art les plus raffinées, fumaient, buvaient et argumentaient. Les femmes artistes utilisaient trop de serviettes dans les salles de bains, sans doute – s'il fallait en croire la théorie de Reenie – parce qu'elles n'avaient encore jamais vu une vraie baignoire de près. En plus, elles avaient les ongles sales et se les rongeaient.

Quand il n'y avait pas de fête à la maison, mon père et Callista partaient en pique-nique, au volant d'une des voitures – le roadster, pas la berline – avec un panier que Reenie avait préparé à contrecœur. Sinon, ils allaient faire de la voile. Callista, les mains dans les poches de son pantalon, à la Coco Chanel, arborait un ras-du-cou de mon père. Parfois, ils allaient jusqu'à Windsor et s'arrêtaient dans des boîtes de nuit proposant des cocktails, des concerts de piano redoutables et des danses canailles – des boîtes de nuit fréquentées par des gangsters liés à la contrebande de spiritueux qui montaient de Chicago et de Detroit pour conclure des affaires avec des distillateurs canadiens respectueux des lois. (À l'époque, la prohibition régnait aux États-Unis ; et l'alcool passait la frontière à flots, comme de l'eau à prix d'or ; des cadavres aux bouts de doigts coupés et aux poches vides étaient jetés dans la rivière Detroit et s'échouaient sur les plages du lac Érié, ce qui entraînait des discussions pour déterminer à qui incomberaient les frais d'inhumation.) Durant ces voyages, mon père et Callista passaient la nuit dehors et parfois plusieurs nuits. Un jour, ils allèrent aux chutes du Niagara, ce qui rendit Reenie jalouse, et une fois à Buffalo ; mais pour aller à Buffalo ils prirent le train.

Nous tenions ces détails de Callista qui n'était pas avare en la matière. Elle nous expliqua que notre père avait besoin de se « requinquer » et que ce « requinquage » était bon pour lui. Elle ajouta qu'il avait besoin de se défouler, de sortir davantage. Qu'ils étaient de « grands copains ». Elle se mit à nous appeler « les petites », décréta que nous pouvions l'appeler « Callie ».

(Laura voulut savoir si papa dansait aussi dans ces boîtes de nuit : c'était difficile à imaginer, à cause de sa mauvaise jambe. Callista répondit que non, mais que ça lui faisait plaisir de regarder. J'en doute à présent. Ce n'est jamais très agréable de regarder les autres danser quand vous ne pouvez pas le faire.)

J'étais impressionnée par Callista parce que c'était une artiste, qu'on la consultait comme un homme, qu'elle se promenait et serrait la main des gens comme un homme aussi, qu'elle fumait des cigarettes dans un petit fume-cigarette noir et qu'elle savait qui était Coco Chanel. Elle avait les oreilles percées et nouait des foulards sur ses cheveux roux (teints au henné, je le sais aujourd'hui). Elle portait des tenues flottantes qui ressemblaient à des peignoirs et avaient des imprimés ondoyants et audacieux : fuchsia, héliotrope et safran, tels étaient les noms de ces couleurs. Elle me confia que ces créations venaient de Paris, qu'elles étaient inspirées par des Russes blancs. Elle m'expliqua que c'étaient des immigrés. Elle avait des explications à revendre.

« Une de ses pouffes, confia Reenie à Mme Hillcoate. Ça n'en fait jamais qu'une de plus sur la liste, et Dieu sait qu'elle est déjà longue comme le bras, mais on aurait pensé qu'il aurait eu la décence de ne pas l'amener sous le même toit, alors qu'elle n'est pas encore froide dans sa tombe, qu'il aurait aussi bien pu la lui creuser lui-même.

– C'est quoi une pouffe ? demanda Laura.

– Si on te le demande, tu diras que t'en sais rien », rétorqua Reenie.

Quand elle continuait à parler alors que Laura et moi étions dans la cuisine, c'était signe qu'elle était en colère. (Plus tard, j'expliquai à Laura ce qu'était une pouffe : c'était une fille qui mangeait du chewing-gum. Mais Callie Fitzsimmons ne faisait pas ça.)

« Les murs ont des oreilles », lui souffla Mme Hillcoate pour la mettre en garde, mais Reenie poursuivit.

« Quant à ces accoutrements bizarres qu'elle porte, elle pourrait aussi bien aller à l'église en petite culotte. À contre-jour, on voit le soleil, la lune, les étoiles et tout ce qu'il y a au milieu. Encore qu'elle n'ait pas grand-chose à montrer, c'est une de ces délurées qu'on voit de nos jours, elle est plate comme une limande.

– Moi, je n'aurais jamais le cran, affirma Mme Hillcoate.

– On ne peut pas dire que c'est du cran, répliqua Reenie, elle se soucie si peu des ras comme des tondus. (Quand Reenie était en colère, sa grammaire la lâchait.) Si vous voulez mon avis, il y a quelque chose qui ne va pas ; elle a un moustique dans la boîte à sel. Elle s'est même baignée à poil dans le bassin aux nénuphars, avec les grenouilles et les poissons rouges – je suis tombée sur elle comme elle remontait la pelouse, avec juste une serviette et ce que le bon Dieu a donné à Ève. Elle s'est contentée de hocher la tête et de sourire, elle n'a pas bronché d'un cil.

– J'ai entendu parler de ça, s'écria Mme Hillcoate. Je croyais que ce n'étaient que des ragots. Ça m'a paru un peu fort de café.

– C'est une gigolette, affirma Reenie. Elle ne cherche qu'à lui mettre le grappin dessus pour te l'essorer proprement.

– C'est quoi une gigolette ? C'est quoi un grappin ? » insista Laura.

Personnellement, *délurée* me faisait penser à un linge, mou et humide, accroché à un fil, et malmené par le vent. Callista Fitzsimmons ne ressemblait pas du tout à ça.

Il y eut une prise de bec au sujet du monument aux morts et pas seulement à cause des rumeurs sur papa et Callista Fitzsimmons. Il y avait des gens en ville qui trouvaient que la statue du soldat fourbu avait l'air trop déprimée et trop négligée aussi : ils désapprouvaient la chemise pas boutonnée. Ils voulaient quelque chose de plus triomphal, dans le genre de la déesse de la Victoire sur le monument, deux villes plus loin, qui avait des ailes d'ange, des robes balayées par le vent et brandissait une sorte de trident rappelant une fourchette à griller le pain. Ils voulaient également qu'on inscrive sur le devant « À ceux qui ont choisi le sacrifice suprême ».

Mon père refusa de se dégonfler pour la sculpture en disant qu'ils pouvaient s'estimer heureux que le soldat fourbu ait deux bras et deux jambes, et sa tête par-dessus le marché, et que, s'ils ne se méfiaient pas, il opterait pour le réalisme le plus cru et que la statue serait faite avec des bouts de cadavres pourrissants, qu'il en avait piétiné un bon paquet dans le temps. Quant à l'inscription, personne ne choisissait de se sacrifier, les morts n'ayant jamais eu l'intention de se retrouver *ad patres*. Personnellement, il préférait *In memoriam* qui plaçait l'accent là où il devait être : sur notre manque de mémoire. Il ajouta que beaucoup trop de gens avaient été beaucoup trop négligents, bordel. Il était rare qu'il jure en public, il fit donc sensation. Il obtint ce qu'il voulait, naturellement, puisque c'était lui qui payait.

Ce fut la chambre de commerce qui débloursa pour les quatre plaques de bronze portant la liste honorifique des hommes tombés au champ d'honneur et les noms des batailles. Les donateurs voulurent qu'on grave également leurs noms au bas de la plaque, mais mon père leur fit honte et les obligea à y renoncer. Le monument aux morts était fait pour les morts, leur dit-il – pas pour ceux qui étaient restés en vie, et encore moins pour ceux qui en récoltaient les bénéfices. Ce genre de discours lui valut l'animosité de certains.

Le monument fut dévoilé en novembre 1928, le jour de l'Armistice. Il y avait beaucoup de monde, malgré la bruine glaciale. Le soldat fourbu avait été monté sur une pyramide à quatre côtés réalisée avec des galets ronds semblables à ceux d'Avalon et les plaques de bronze étaient encadrées de lis et de coquelicots entrelacés de feuilles d'érable. Il y avait eu une dispute à ce sujet aussi. Callie Fitzsimmons avait déclaré que cet arrangement était démodé et banal, avec cette profusion de fleurs et de feuilles qui pendouillaient – victorien, la pire insulte des artistes à l'époque. Elle voulait quelque chose de plus saisissant, de plus moderne. Mais, en ville, ça plaisait aux gens et mon père décréta qu'il fallait parfois faire des compromis.

Lors de la cérémonie, on joua de la cornemuse. (« C'est mieux dehors que dedans », affirma Reenie.) Puis il y eut le sermon principal par le ministre du culte presbytérien qui évoqua *ceux qui avaient choisi le sacrifice suprême* – la pique de la municipalité à l'adresse de mon père pour bien lui montrer qu'il ne pouvait pas monopoliser le déroulement des opérations, que l'argent n'achetait pas tout et qu'ils avaient eu cette phrase en dépit de ce qu'il avait pu dire. Puis d'autres discours furent prononcés, et d'autres prières – des tas de discours et des tas de prières, parce que tous les cultes de la ville devaient être représentés à travers leurs ministres. Il n'y avait pas de catholiques dans le comité organisateur, mais le curé catholique eut quand même le droit de dire un petit quelque chose. Mon père avait fait pression pour ça en arguant qu'un soldat catholique mort était tout aussi mort qu'un protestant.

Reenie déclara que c'était une façon de voir les choses.

« Et l'autre façon, c'est quoi ? » demanda Laura.

Ce fut mon père qui déposa la première couronne. Laura et moi suivîmes la scène, main dans la main. Reenie pleura. Le Royal Canadian Regiment avait envoyé une délégation de la caserne Wolseley de Londres, et le major M. K. Greene déposa une couronne. Après, des couronnes furent déposées par à peu près tout le monde – la Légion, suivie par les Lions, les Kinsmen, le Rotary Club, les Oddfellows, l'Orange Order, les Chevaliers de Colomb, la chambre de commerce et l'IODE, entre autres – la dernière personne étant Mme Wilmer Sullivan qui, ayant perdu trois fils, représentait les Mères des soldats tombés au champ d'honneur. On chanta *Abide with Me*, puis un clairon de la fanfare des scouts joua, de manière un peu chevrotante, *Last Post*. Il s'ensuivit deux minutes de silence, puis les réservistes tirèrent une salve d'artillerie. Après, nous eûmes *La Sonnerie aux morts*.

La tête baissée, mon père tremblait notablement. De chagrin ou de colère, c'est difficile à dire. Il portait l'uniforme sous son manteau et s'appuyait sur sa canne de ses deux mains gantées de cuir.

Callie Fitzsimmons était présente, mais elle resta au second plan. Ce n'était pas le genre d'événement où il était de bon ton que l'artiste vienne saluer. Elle avait mis un manteau noir décent et une jupe normale au lieu d'un peignoir, et un chapeau lui masquait la majeure partie du visage, mais elle suscita tout de même des clabaudages.

Ensuite, Reenie nous prépara un chocolat à Laura et à moi, dans la cuisine, pour nous réchauffer parce qu'on était frigorifiées à cause de la bruine. Elle offrit également une tasse à Mme Hillcoate qui déclara qu'elle ne pouvait pas refuser.

« Pourquoi ça s'appelle un monument aux morts ? demanda Laura.

— C'est pour qu'on se rappelle les morts, expliqua Reenie.

— Pourquoi ? insista Laura. Pour faire quoi ? Ça leur plaît ?

— Ce n'est pas pour eux, c'est surtout pour nous, poursuivit Reenie. Tu comprendras quand tu seras plus grande. »

Laura, qui s'entendait toujours répondre ça, ne voulut pas s'en laisser conter. Elle voulait comprendre maintenant. Elle vida sa tasse de chocolat.

« Est-ce que je peux en avoir encore ? C'est quoi le sacrifice suprême ?

172

– Les soldats ont donné leur vie pour nous. J'espère vraiment que tu n'as pas les yeux plus gros que le ventre parce que si j'en refais je veux que tu le finisses.

– Pourquoi est-ce qu'ils ont donné leur vie? Ils le voulaient?

– Non, mais ils l'ont fait quand même. C'est pour ça que c'est un sacrifice, dit Reenie. Maintenant, ça suffit. Voilà ton chocolat.

– Ils ont donné leur vie à Dieu, parce que c'est la volonté de Dieu. Comme Jésus qui est mort pour racheter tous nos péchés », déclara Mme Hillcoate qui était baptiste et se considérait comme l'autorité suprême.

Une semaine plus tard, Laura et moi cheminions sur le sentier qui longeait la Louveteau, en dessous des gorges. Il y avait de la brume ce jour-là qui s'élevait de la rivière, tournoyait comme du petit lait dans l'air et ruisselait des branches nues des arbustes. Les pierres du sentier étaient glissantes.

Brusquement, Laura se retrouva dans la rivière. Par chance, nous n'étions pas juste à côté du courant fort, si bien qu'elle ne fut pas emportée. Je hurlai et courus vers l'aval pour l'attraper par son manteau ; ses vêtements n'étaient pas encore complètement trempés, mais elle était quand même très lourde et je faillis basculer aussi. Je parvins à la tirer jusqu'à un endroit où il y avait un rebord plat, puis la hissai sur la terre ferme. Elle était trempée comme une soupe, et je l'étais assez moi-même. Là-dessus, je la secouai brutalement. Elle se mit à trembler et à pleurer.

« Tu l'as fait exprès ! m'écriai-je. Je t'ai vue ! Tu aurais pu te noyer ! »

La gorge serrée, Laura sanglotait. Je la pris dans mes bras.

« Pourquoi tu as fait ça?

– Comme ça, Dieu aurait laissé maman revivre, gémit-elle.

– Dieu ne veut pas que tu meures. Il en serait très fâché ! S'Il voulait que maman soit vivante, Il pourrait le faire de toute façon, sans que tu te noies. »

C'était la seule façon de parler à Laura quand elle était dans cet état d'esprit : il fallait faire semblant de connaître quelque chose qu'elle ne connaissait pas sur Dieu.

Elle s'essuya le nez du revers de la main.

« Comment tu le sais, toi?

– Parce que, regarde : Il m'a permis de te sauver ! Tu vois ? S'Il avait voulu que tu meures, je serais tombée aussi. On serait mortes toutes les deux ! Allez, maintenant, il faut te sécher. Je ne le dirai pas à Reenie. Je dirai que c'était un accident, je dirai que tu as glissé. Mais ne refais plus jamais ça. D'accord? »

Laura ne répondit rien, mais me laissa la ramener à la maison. Il y eut beaucoup de gloussements effrayés, d'affolement et de gronderies ainsi qu'une tasse de bouillon de bœuf, un bain chaud et une bouillotte pour Laura dont la mésaventure fut mise sur le compte de sa maladresse légendaire; on lui conseilla de faire attention où elle mettait les pieds. Mon père me dit « Bravo »; je me demandai ce qu'il m'aurait dit si je l'avais perdue. Reenie déclara que c'était une bonne chose que nous ayons au moins une tête à nous deux, mais qu'est-ce qu'on était allées fabriquer par là pour commencer? Et dans la brume en prime. Elle ajouta que je n'aurais pas dû être aussi bête.

Je restai éveillée des heures cette nuit-là, les bras serrés autour de moi. J'avais les pieds glacés, je claquais des dents. Je ne pouvais me défaire de l'image de Laura, dans l'eau noire et glaciale de la Louveteau – ses cheveux s'étaient déployés comme de la fumée au milieu d'une bourrasque, son visage trempé avait pris un reflet argent et elle m'avait lancé un regard noir quand je l'avais attrapée par son manteau. J'avais eu beaucoup de mal à la retenir. J'avais bel et bien failli lâcher prise.

Mlle Violence

Au lieu d'aller à l'école, Laura et moi nous vîmes attribuer une succession de professeurs particuliers, hommes et femmes. Nous les trouvions inutiles et faisions de notre mieux pour les décourager. Nous les fixions de nos prunelles bleu pâle ou faisions mine d'être sourdes ou stupides; nous ne les regardions jamais dans les yeux, juste à hauteur du front. Il nous fallait souvent plus de temps qu'on n'aurait cru pour nous débarrasser d'eux : en général, ils supportaient beaucoup de choses de notre part, parce que la vie leur en avait fait voir et qu'ils avaient besoin des gages. Nous n'avions rien contre eux personnellement; simplement nous n'avions pas envie de nous embêter avec eux.

Quand nous n'étions pas avec ces enseignants, nous étions censées être à Avalon même, soit dans la maison, soit dans la propriété. Mais il n'y avait personne pour nous surveiller. C'était un jeu d'enfants de nous soustraire aux professeurs, ils ne connaissaient pas nos itinéraires secrets et Reenie, comme elle le faisait souvent remarquer, ne pouvait pas nous suivre à la trace. Chaque fois que nous le pouvions, nous nous sauvions d'Avalon pour aller nous promener en ville, même si Reenie avait la ferme conviction que le monde grouillait de criminels, d'anarchistes, de sinistres Orientaux avec pipes à opium, fines moustaches torsadées comme ficelle et longs ongles pointus, de drogués et de trafiquants de femmes blanches qui attendaient de nous prendre en otage pour soutirer une rançon à papa.

L'un des nombreux frères de Reenie avait quelque chose à voir avec des revues bon marché, des torchons à quatre sous du genre qu'on achetait dans les drugstores ou du genre plus louche qu'on ne se procurait que sous le manteau. Quel était son métier ? *Distribution,*

175

disait Reenie. Je crois à présent qu'il les faisait entrer clandestinement dans le pays. Toujours est-il qu'il donnait parfois à Rennie les exemplaires qui lui restaient et que, malgré ses efforts pour les cacher, nous finissions tôt ou tard par mettre la main dessus. Certains évoquaient des amourettes, mais si Reenie les dévorait, nous, nous n'en faisions pas grand-chose. Nous préférions – ou je préférais et Laura suivait le mouvement – ceux avec des histoires sur d'autres pays ou même d'autres planètes. Des vaisseaux spatiaux venus du futur où les femmes portaient de toutes petites jupes en tissu brillant et où tout miroitait ; des astéroïdes où les plantes parlaient et que sillonnaient des monstres avec des yeux et des crocs énormes ; des pays d'il y a longtemps peuplés de lestes jeunes filles aux yeux topaze et à la peau opaline, vêtues de pantalons en toile à beurre et de petits soutiens-gorge en métal pareils à deux cônes attachés par une chaîne. Des héros en costumes rêches, le casque à ailes hérissé de piques.

Idiots, déclarait Reenie à leur sujet. *Ça ne ressemble à rien*. Mais c'est précisément ce que j'aimais là-dedans. Les criminels et les trafiquants de femmes blanches meublaient les histoires de détective aux couvertures jonchées de pistolets et ruisselantes de sang. Dans ces revues, de riches héritières aux yeux écarquillés tombaient toujours dans les pommes après un coup d'éther, se retrouvaient ligotées avec un fil à linge – beaucoup plus long que nécessaire – et enfermées dans des cabines de yacht, abandonnées dans des cryptes d'église ou dans les caves humides et froides d'un château. Laura et moi croyions à l'existence d'hommes de ce genre, mais ils ne nous faisaient pas trop peur, parce que nous savions à quoi nous attendre. Propriétaires de grosses automobiles sombres, ils portaient des manteaux, des gants épais et des feutres mous noirs et nous pourrions les repérer immédiatement et nous enfuir.

Nous n'en vîmes jamais un seul. Les seules forces hostiles que nous rencontrions étaient les enfants des ouvriers de l'usine, les plus jeunes, qui ne savaient pas encore que nous étions censées être intouchables. Ils nous suivaient à deux ou trois, silencieux et intrigués, ou bien ils nous injuriaient ; de temps en temps, ils nous jetaient des pierres, mais ils ne nous atteignaient jamais. C'était quand nous traînions dans l'étroit sentier longeant la Louveteau, avec l'escarpement au-dessus de nos têtes – à cet endroit-là on pouvait nous jeter des trucs dessus – ou dans des ruelles que nous étions le plus vulnérables, mais nous apprîmes à éviter tout cela.

Nous descendions Erie Street en faisant du lèche-vitrines : le bazar était notre boutique préférée. Sinon, nous observions l'école primaire par la clôture grillagée : avec sa cour de récréation tapissée de mâche-fer et ses hautes portes sculptées marquées Garçons et Filles, elle s'adressait aux enfants ordinaires – les enfants des ouvriers. À la récréation, il y avait beaucoup de hurlements, et les enfants n'étaient pas propres, surtout quand ils s'étaient battus ou qu'on les avait fait tomber par terre sur le mâchefer. Nous étions soulagées de ne pas être obligées d'aller dans cette école. (Étions-nous vraiment soulagées ? Ou, d'un autre côté, nous sentions-nous exclues ? Les deux peut-être.)

Nous portions un chapeau pour ces excursions. Il nous semblait que c'était une protection ; qu'elle nous rendait en quelque sorte invisibles. Une dame ne sortait jamais sans son chapeau, affirmait Reenie. Elle disait aussi sans ses *gants*, mais, là, il y avait des fois où on ne s'embê-tait pas avec ça. De cette époque, ce sont les chapeaux de paille que je me rappelle : pas jaune pâle, mais couleur caramel. Et la chaleur moite de juin, l'atmosphère lourde de pollen. La luminosité bleue éblouis-sante du ciel. L'indolence, la flânerie.

Que j'aimerais les retrouver, ces après-midi futiles, l'ennui, le désœuvrement, les possibilités informes. Et, en un sens, je les ai retrou-vés ; sinon que, maintenant, il ne se passera plus grand-chose après.

Le professeur particulier que nous eûmes à cette époque-là dura plus longtemps que les autres. C'était une femme de quarante ans qui avait une collection de cardigans en cachemire fané dénotant une existence jadis plus prospère et, sur la nuque, un chignon en poil de souris. Elle s'appelait Mlle Goreham, ce qui, traduit, signifie « jam-bon saignant » – Mlle Violet Goreham. Je la surnommai Mlle Vio-lence derrière son dos, parce que son nom était pour moi une association vraiment inattendue, ensuite de quoi je ne pouvais quasi-ment plus la regarder sans ricaner. Cela dit, le surnom lui resta ; je l'appris à Laura et, par la suite, Reenie le découvrit, bien entendu. Elle nous fit remarquer que nous étions vilaines de nous moquer comme ça de Mlle Goreham ; la pauvre était tombée bien bas et méritait notre pitié, vu que c'était une vieille fille. Qu'est-ce que c'était que ça ? Une femme sans mari. Mlle Goreham avait été condamnée à une vie de célibat, nous expliqua Reenie avec une pointe de mépris.

« Toi non plus tu n'as pas de mari, s'écria Laura.

– C'est différent. Je n'ai encore jamais rencontré un homme qui m'ait donné envie de me passer la corde au cou, et j'en ai refusé plus d'un. J'ai eu des propositions.

– Peut-être que Mlle Violence en a eu aussi, dis-je par esprit de contradiction. (J'approchais de cet âge-là.)

– Non, fit Reenie, elle n'en a pas eu.

– Comment tu le sais ? s'enquit Laura.

– Ça se voit à son allure. De toute façon, si elle avait eu la moindre proposition, même si le bonhomme avait eu trois têtes et une queue, elle te l'aurait attrapé vite fait bien fait. »

On s'entendait avec Mlle Violence parce qu'elle nous laissait faire ce qui nous plaisait. Elle s'était vite rendu compte qu'elle manquait d'autorité pour avoir un quelconque pouvoir sur nous et avait sagement décidé de ne pas se casser la tête à essayer. Nous avions cours le matin dans la pièce qui avait été jadis la bibliothèque de grand-père Benjamin et était à présent celle de mon père et que Mlle Violence se contentait de mettre à notre disposition. Les étagères étaient remplies de gros livres reliés cuir aux titres estampés en or mat et je doute fort que grand-père Benjamin les ait jamais lus : ils correspondaient juste à l'idée que grand-mère Adelia se faisait de ce qu'il devait avoir lu.

Je choisissais les ouvrages qui m'intéressaient : *Un conte de deux villes* de Charles Dickens ; les histoires de Macaulay ; *La Conquête de Mexico* et *La Conquête du Pérou*, illustrées. Je lisais de la poésie aussi et Mlle Violence prenait à l'occasion une timide initiative pédagogique en me faisant lire à voix haute. *À Xanadou, Koubla Khan. Dans les champs en Flandres, les coquelicots dansent éparpillés ; entre les croix rangée après rangée.*

« Ne lis pas de manière hachée, disait Mlle Violence. Les vers doivent couler, mon petit. Fais comme si tu étais une fontaine. »

Bien qu'elle-même fût massive et inélégante, elle avait des critères élevés en matière de délicatesse et une longue liste de choses qu'elle souhaitait nous voir faire semblant d'être : arbres en fleurs, papillons, brises légères. Tout sauf des petites filles aux genoux sales et aux doigts dans le nez : pour les questions d'hygiène personnelle, elle était tatillonne.

« Ne mange pas tes crayons de couleur, mon petit, disait Mlle Violence à Laura. Tu n'es pas un rongeur. Regarde, tu as la bouche toute verte. C'est mauvais pour tes dents. »

Je lus *Évangeline* de Henry Wadsworth Longfellow ; je lus *Sonnets portugais* d'Elizabeth Barrett Browning. *Comment je t'aime ? Laisse-m'en compter les formes.*

« Magnifique », soupirait Mlle Violence.

Elle était extatique, ou aussi extatique que sa nature déprimée le lui permettait sur le sujet d'Elizabeth Browning ; et aussi d'E. Pauline Johnson, *The Mohawk Princess* :

Et, oh, la rivière coule plus vite maintenant ;
Les tourbillons encerclent la proue de mon chaland.
Tourne, tourne !
Que les vagues roulent
En de nombreux et dangereux remous.

« Émouvant, mon petit », commentait Mlle Violence.

Sinon, je lisais Alfred, Lord Tennyson, un homme qui, de par sa grandeur, venait juste immédiatement après Dieu, s'il fallait en croire Mlle Violence.

De mousse très noire, les pots de fleurs
Étaient tous recouverts :
Les clous rouillés tombaient des nœuds
Qui maintenaient les poires après le pignon...
Elle dit simplement : Ma vie est lugubre,
Il ne vient pas, dit-elle ;
Elle dit : Je suis lasse, lasse,
Je souhaiterais être morte !

« Pourquoi elle souhaite ça ? s'écria Laura qui d'ordinaire ne manifestait pas un grand intérêt pour mes récitations.

– C'était l'amour, mon petit, expliqua Mlle Violence. C'était l'amour infini. Mais il n'était pas payé de retour.

– Pourquoi ? »

Mlle Violence soupira.

« C'est un poème, mon petit. Lord Tennyson l'a écrit et j'imagine qu'il savait pourquoi. Un poème n'explique pas. " La beauté c'est la vérité, la Vérité Beauté – c'est tout ce que nous savons sur terre et tout ce que nous avons besoin de savoir. " »

Laura lui jeta un regard de dédain et reprit son coloriage. Je tournai la page : j'avais déjà parcouru tout le poème et découvert qu'il ne se passait rien de plus.

Frappe, frappe, frappe
Les rochers gris et froids, ô mer !
Que j'aimerais pouvoir formuler
Les pensées qui naissent en moi.

« Charmant, mon petit », déclara Mlle Violence.

Elle aimait beaucoup l'amour infini, mais elle aimait tout autant la mélancolie désespérée.

179

Il y avait un petit livre relié en cuir tabac qui avait appartenu à grand-mère Adelia : *Les Rubayat d'Omar Khayam* par Edward Fitzgerald. (Edward Fitzgerald ne l'avait pas vraiment écrit et pourtant on le disait en être l'auteur. Comment expliquer cela ? Je n'essayai pas.) Il arrivait que Mlle Violence me lise des extraits de cet ouvrage pour me montrer comment prononcer la poésie :

> Carafe de rubis et livre de poèmes,
> Un bout de pain ou quelque mets simple que j'aime
> Goûtés dans les ruines près de toi
> Valent mieux que du sultan la richesse suprême [1].

Elle lâcha le « j'aime » comme si quelqu'un lui avait flanqué un coup de pied dans la poitrine ; et le « toi » pareil. Je me dis que c'était beaucoup de chichis pour un pique-nique et me demandai ce qu'il y avait sur le pain.

« Bien entendu, ce n'était pas du vrai vin, mon petit, me confia Mlle Violence. C'est une référence à l'eucharistie ! »

> Comme elle va, la caravane de la vie !
> Saisis le bref instant qui fait l'âme ravie.
> Pourquoi pleurer le sort de ces gens à venir ?
> Ma coupe, enfant ! Bientôt la nuit sera finie.

> Si, de cet univers, j'étais le Dieu puissant
> Comme je l'enverrais tout entier au néant
> Et le rebâtirais, afin que l'homme libre
> Y puisse de bonheur trouver tout son content [2].

« Tellement vrai », s'écria Mlle Violence dans un soupir.

Elle soupirait à propos de tout. Elle allait très bien avec Avalon – avec ses splendeurs victoriennes démodées, son côté esthétiquement décadent de grâce passée, de regret triste. Ses poses et même ses cachemires fanés s'harmonisaient avec le papier peint.

Laura ne lisait pas beaucoup. À la place, elle faisait des copies d'images ou bien coloriait avec ses crayons de couleur les illustrations en noir et blanc de gros livres sur les histoires et les voyages. (Partant du principe que personne d'autre ne s'en apercevrait,

---

1. *Les Chants d'Omar Khayam* par Sadegh Hedayat, traduit du persan par M. F. Farzaneh et Jean Malaparte, José Corti, Paris, 1999.
2. *Ibid.*

Mlle Violence la laissait faire.) Laura avait des idées bizarres mais bien arrêtées sur les couleurs à utiliser : elle coloriait un arbre en bleu ou en rouge, le ciel en rose ou en vert. Si, sur une photo, quelqu'un lui déplaisait, elle lui faisait la figure en mauve ou en gris foncé pour effacer ses traits.

Elle aimait copier les pyramides reproduites dans un livre sur l'Égypte ; elle aimait colorier les idoles égyptiennes. Et aussi les statues assyriennes au corps de lion ailé et à la tête d'aigle ou d'homme. Elles se trouvaient dans un livre de Sir Henry Layard qui les avait découvertes dans les ruines de Ninive et les avait expédiées en Angleterre ; elles étaient censées illustrer les anges décrits dans le Livre d'Ézéchiel. Mlle Violence trouvait que ces photos n'étaient pas très belles – les statues avaient l'air païennes et sanguinaires de surcroît –, mais il n'était pas question que Laura se laisse démonter. Devant les critiques, elle se contentait de se coucher un peu plus sur la page et de colorier comme si c'était une question de vie ou de mort.

« Redresse-toi, mon petit, disait Mlle Violence. Fais comme si ta colonne vertébrale était un arbre en train de pousser vers le soleil. »

Mais ce genre de simulacre n'intéressait pas Laura.

« Je ne veux pas être un arbre, disait-elle.

– Mieux vaut être un arbre qu'une bossue, mon petit, soupirait Mlle Violence, et c'est ce qui t'arrivera si tu ne fais pas attention à la façon dont tu te tiens. »

Mlle Violence passait la plus grande partie de son temps, assise à côté de la fenêtre, à lire des romans sentimentaux empruntés à la bibliothèque. Elle aimait également feuilleter les albums en cuir repoussé de ma grand-mère Adelia à l'intérieur desquels étaient soigneusement collés de ravissantes invitations aux caractères en relief, des menus imprimés au bureau du journal et les comptes rendus ultérieurement parus dans la presse – les thés de bienfaisance au profit d'organisations caritatives, les conférences édifiantes illustrées par des plaques de lanterne magique –, les audacieux et gentils voyageurs s'en allant à Paris, en Grèce et même en Inde, les swedenborgiens, les fabiens, les végétariens, tous ces multiples promoteurs du progrès personnel avec, de temps à autre, quelque chose de vraiment outrancier – tel missionnaire en Afrique, au Sahara ou en Nouvelle-Guinée décrivant la manière dont les indigènes pratiquaient la magie, dissimulaient leurs femmes derrière des masques en bois ouvragé ou décoraient les crânes de leurs ancêtres de peinture rouge et de cauris. Autant de preuves sur papier jauni de cette vie immuable, ambitieuse et luxueuse aujourd'hui révolue que Mlle Violence, souriant d'un doux plaisir par procuration, scrutait attentivement comme si elle en avait souvenir.

Elle avait un paquet d'étoiles de Noël, or et argent, qu'elle collait sur les choses que nous avions faites. Parfois, elle nous emmenait ramasser des fleurs des champs que nous glissions entre deux feuilles de papier buvard sur lesquelles nous posions un livre épais. On finit par avoir beaucoup d'affection pour elle, même si on ne pleura pas quand elle s'en alla. Elle, pourtant, pleura – chaudement, inélégamment, comme tout ce qu'elle faisait.

Je fêtais mes treize ans. À certains égards j'avais grandi, mais ce n'était pas ma faute, même si cela paraissait déplaire à mon père autant que si ça l'avait été. Il se mit à s'intéresser à ma manière de me tenir, de parler, à mon maintien en général. Mes habits devaient être simples et discrets, chemisiers blancs et jupes plissées foncées et robes en velours noir pour l'église. Des vêtements ressemblant à des uniformes – à des costumes de marin, mais qui n'en étaient pas. Il fallait que je me tienne droite, que je ne me voûte pas. Il ne fallait pas que je me vautre, que je mâche du chewing-gum, que je gigote ou que je bavarde. Les qualités qu'il exigeait étaient celles de l'armée : présentation impeccable, obéissance, silence et pas de sensualité affichée. La sensualité, même si nous n'en parlions jamais, devait être étouffée dans l'œuf. Il m'avait trop longtemps laissé faire n'importe quoi. Il était temps qu'on me prenne en main.

Laura subit elle aussi un peu de sa tyrannie, alors qu'elle n'était pas encore en âge de la vivre. (Quel était l'âge pour cela ? L'âge de la puberté, c'est pour moi évident à présent. Mais à l'époque j'étais simplement perplexe. Quel crime avais-je commis ? Pourquoi me traitait-on comme la pensionnaire d'une drôle de maison de correction ?)

« Tu es trop dur avec les petites, déclara Callista. Ce ne sont pas des garçons.

– Malheureusement », répliqua mon père.

Ce fut Callista que j'allai trouver le jour où je m'aperçus que j'avais attrapé une maladie horrible parce que du sang suintait d'entre mes jambes : j'allais mourir, c'était sûr ! Callista éclata de rire. Puis elle m'expliqua :

« C'est juste un embêtement. »

Elle dit qu'il fallait que j'en parle en disant « les Anglais » ou sinon « les cousins ». Reenie avait une conception plus presbytérienne de la chose. « Tu portes ta croix », m'expliqua-t-elle. C'est tout juste si elle ne me dit pas que c'était encore un de ces trucs bizarres que Dieu avait inventés pour nous compliquer la vie ; c'était comme ça, un point c'est tout, décréta-t-elle. Pour ce qui était du sang, il fallait déchirer des chiffons. (Elle ne disait pas *sang*, mais *saletés*.) Elle me prépara une tasse de camomille dont le goût rappelait l'odeur des laitues pourries et une bouillotte pour les douleurs de ventre. Ni l'une ni l'autre ne me soulagèrent.

Laura remarqua une grosse tache de sang sur mes draps et fondit en larmes. Elle en conclut que j'allais mourir. J'allais mourir comme maman, sanglota-t-elle, sans l'avertir en premier. J'allais avoir un petit bébé gris pareil à un petit chat et puis j'allais mourir.

Je lui dis de ne pas être bête. J'expliquai que ce sang n'avait rien à voir avec les bébés. (Callista ne s'était pas aventurée dans ce domaine, sans doute était-elle arrivée à la conclusion que trop d'informations de ce genre en même temps risquait de nuire à mon psychisme.)

« Toi aussi, ça t'arrivera un jour, confiai-je à Laura. Quand tu auras mon âge. Ce sont des choses qui arrivent aux filles. »

Laura en fut indignée. Elle refusa de le croire. Comme pour tant d'autres choses, elle avait la conviction qu'il y aurait une exception pour elle.

Il y a un portrait d'art de Laura et de moi, pris à cette période-là. Je porte la robe réglementaire en velours noir, d'un style trop jeune pour moi : j'ai – ça se voit nettement – ce qu'on appelait à l'époque une *gorge naissant*e. Laura est assise à côté de moi, vêtue d'une robe identique. Nous avons toutes les deux des chaussettes blanches montant jusqu'aux genoux et des Charles IX en cuir verni ; nos jambes sont croisées comme il faut sur la cheville, la droite par-dessus la gauche, comme on nous l'a appris. J'ai le bras passé autour de Laura, mais mon geste est hésitant, comme si on m'avait ordonné de le placer à cet endroit. Laura, pour sa part, a les mains jointes sur les genoux. Nos cheveux clairs sont partagés au milieu et bien tirés en arrière pour dégager le visage. Nous sourions l'une comme l'autre de cette façon pleine d'appréhension qu'ont les enfants quand on leur a demandé d'être gentils et de sourire, comme si ces deux choses n'en faisaient qu'une : c'est un sourire imposé par la menace de la réprobation. La menace et la réprobation provenaient sûrement de mon père. Nous avions peur des deux, mais ne savions pas comment les éviter.

Les Métamorphoses d'Ovide

Notre père en était arrivé à la conclusion – et il n'avait pas tort – que notre éducation avait été négligée. Il voulait que nous apprenions le français, mais aussi les mathématiques et le latin – exercices mentaux tonifiants qui permettraient de corriger notre distraction excessive. La géographie serait également revigorante. Alors qu'il avait à peine fait attention à elle tout le temps qu'elle était en fonction, il décréta qu'il fallait laisser tomber Mlle Violence et ses façons rose bonbon, vieux jeu, négligentes. Il voulait élaguer chez nous le côté un peu trouble, chichiteux, dentelé, comme si nous étions des laitues, et nous laisser un cœur sain et simple. Il ne comprenait pas pourquoi nous aimions ce que nous aimions. Il voulait, d'une manière ou d'une autre, nous transformer en succédanés de garçons. Rien d'étonnant à cela, il n'avait pas eu de sœurs.

À la place de Mlle Violence, il engagea un homme du nom de M. Erskine qui avait enseigné dans une école de garçons en Angleterre avant d'être subitement expédié au Canada pour raison de santé. Il ne nous paraissait pas du tout en mauvaise santé : par exemple, il ne toussait jamais. Trapu, tout de tweed habillé, il avait trente ou trente-cinq ans, les cheveux roux, la bouche rouge luisante et charnue, un tout petit bouc, un humour caustique, un sale caractère et une odeur qui rappelait le fond d'un panier à linge sale humide.

Il fut très vite évident que, pour nous débarrasser de M. Erskine, il ne faudrait pas seulement fixer son front et jouer les distraites. Il commença par nous faire subir des tests pour évaluer l'état de nos connaissances. Ce n'était pas grand-chose, apparemment, mais toutefois moins mauvais que ce que nous avions jugé bon de lui révéler. Il déclara alors à notre père que nous avions une cervelle d'oiseau, une tête de linotte. Nous étions tout bonnement lamentables et c'était un miracle que nous ne soyons pas crétines. Intellectuellement, nous avions pris des habitudes de paresseuses – on nous avait laissées les prendre, ajouta-t-il d'un ton réprobateur. Par chance, il n'était pas trop tard. Mon père déclara qu'il fallait en ce cas que M. Erskine nous remette en forme.

Quant à nous, M. Erskine nous dit que notre paresse, notre arrogance, notre tendance à lambiner et à rêvasser et notre sentimentalité à la gomme nous avaient pratiquement gâtées pour cette affaire sérieuse qu'était la vie. Personne ne nous demandait d'être des génies et ce ne serait pas un plus si nous l'étions, mais il y avait sûrement un minimum, même pour des filles : à moins qu'on ne nous force à nous secouer les puces, nous ne serions jamais que des boulets s'il existait un homme suffisamment idiot pour nous épouser.

Il commanda une grosse pile de cahiers de classe, du genre bon marché à rayures avec de minces couvertures cartonnées. Il commanda un stock de crayons à mine de plomb, tout simples, avec gomme. C'étaient là les baguettes magiques, dit-il, grâce auxquelles nous allions nous métamorphoser, avec son concours.

Il prononça le mot *concours* avec un sourire suffisant.

Il jeta les étoiles de Noël de Mlle Goreham.

La bibliothèque était trop distrayante, déclara-t-il. Il demanda et obtint deux bureaux d'écolier qu'il installa dans l'une des chambres en surnombre ; il fit enlever le lit ainsi que tous les autres meubles, de sorte que la pièce se retrouva à nu. La porte fermait à clé et c'est lui qui avait la clé. Maintenant, nous allions pouvoir remonter nos manches et nous mettre à l'ouvrage.

Les méthodes de M. Erskine étaient directes. Il nous tirait les cheveux, nous tordait l'oreille. Il flanquait de grands coups de règle sur le bureau, juste à côté de nos doigts, ou sur nos doigts, nous collait une bonne calotte sur la nuque quand il était exaspéré ou, en dernier recours, nous lançait un livre à la tête ou nous frappait sur le mollet. Ses sarcasmes étaient cinglants, du moins à mon sens : Laura les prenait fréquemment au pied de la lettre, ce qui redoublait sa colère. Les larmes ne l'émouvaient pas ; en fait, je crois qu'il aimait ça.

Il n'était pas comme ça tous les jours. Les choses suivaient leur cours une semaine d'affilée. Il était capable de faire montre de patience, et même d'une sorte de gentillesse maladroite. Puis il y avait un éclat et il se déchaînait. Le pire, c'était de ne jamais savoir ce qu'il risquait de faire ni quand.

Il nous était impossible d'aller nous plaindre à notre père : M. Erskine n'agissait-il pas sur ses instructions ? Il l'affirmait. Mais nous allâmes nous plaindre à Reenie bien entendu. Elle en fut outrée. J'étais trop grande pour qu'on me traite comme ça, dit-elle, et Laura était trop nerveuse, et toutes les deux nous étions... enfin, pour qui se prenait-il? Il avait grandi dans le ruisseau et se donnait de grands airs, comme tous les Anglais qui se retrouvaient ici et croyaient pouvoir traiter tout le monde avec arrogance; s'il se prenait un bain une fois par mois elle était prête à manger son chapeau. Quand Laura vint trouver Reenie avec des marques de coups sur la paume des mains, Reenie affronta M. Erskine qui lui conseilla de se mêler de ses oignons. C'était elle qui nous avait gâtées, lui dit-il. Elle nous avait gâtées avec son indulgence excessive et ses cajoleries – ça, c'était évident – et à présent c'était à lui de réparer le mal qu'elle avait causé.

Laura décréta que si M. Erskine ne s'en allait pas, c'est elle qui partirait. Elle s'enfuirait. Elle sauterait par la fenêtre.

« Ne fais pas ça, mon chou, dit Reenie. On va faire chauffer la boîte à réflexion. On va lui réserver un chien de notre chienne !

– On n'a pas de chienne », répondit Laura en sanglotant.

Callista Fitzsimmons aurait peut-être pu nous aider un peu, mais elle voyait bien dans quel sens le vent soufflait : nous n'étions pas ses enfants, nous étions les enfants de notre père. Il avait choisi cette ligne de conduite et elle aurait commis une erreur tactique en s'en mêlant. C'était un cas de *sauve qui peut* [1], expression que, du fait des efforts assidus de M. Erskine, je pouvais désormais traduire.

Les mathématiques selon M. Erskine étaient relativement simples : il fallait qu'on sache tenir nos comptes, c'est-à-dire qu'on puisse additionner et retrancher et gérer une comptabilité en partie double.

Le français se résumait à des formes verbales et à *Phèdre* et englobait des maximes concises, formulées par des auteurs connus. *Si jeunesse savait, si vieillesse pouvait* – Estienne; *C'est de quoi j'ai le plus peur que la peur* – Montaigne; *Le cœur a ses raisons que la raison ne connaît point* – Pascal; *L'histoire, cette vieille dame exaltée et menteuse* – Maupassant; *Il ne faut pas toucher aux idoles : la dorure en reste aux mains* – Flaubert; *Dieu s'est fait homme ; soit. Le diable s'est fait femme* – Victor Hugo. Et cetera.

La géographie, c'était les capitales d'Europe. Le latin, c'était César en train de soumettre les Gaulois et de traverser le Rubicon, *Alea jacta est*; et, après, des extraits choisis de *L'Énéide* de Virgile – il aimait beaucoup le suicide de Didon – ou des *Métamorphoses*

1. En français dans le texte.

d'Ovide, les passages où les dieux faisaient des trucs désagréables à diverses jeunes femmes. Le viol d'Europe par un grand taureau blanc, de Léda par un cygne, de Danaé par une pluie d'or – voilà qui, au moins, retiendrait notre attention, déclara-t-il avec son sourire ironique. Là-dessus, il avait raison. Pour changer, il nous faisait traduire du latin des poèmes d'amour d'un genre cynique. *Odi et amo* – ce type de trucs. Il éprouvait un malin plaisir à nous regarder batailler avec la mauvaise opinion que les poètes avaient des jeunes filles que nous étions apparemment destinées à devenir.

« *Rapio, rapere, rapui, raptum*, disait M. Erskine. Se saisir et enlever. Le terme anglais *rapture* a la même racine. Déclinez. »

Et tac faisait la règle.

Nous apprenions. Nous apprenions bel et bien, avec un esprit vindicatif : pas question de fournir le moindre prétexte à M. Erskine. Ce qu'il souhaitait par-dessus tout, c'était nous écraser – eh bien, nous lui refuserions, si possible, ce plaisir-là. Ce qu'il nous apprit en réalité, ce fut à tricher. Il était difficile de frauder en mathématiques, mais, en fin d'après-midi, nous passions de nombreuses heures à copier nos traductions d'Ovide dans deux ouvrages qui se trouvaient dans la bibliothèque de grand-père – de vieilles traductions de victoriens éminents en petits caractères avec un vocabulaire compliqué. Une fois que ces livres nous avaient fourni le sens du passage qui nous intéressait, nous substituions de nouveaux mots, plus simples, et ajoutions quelques erreurs pour faire croire que nous l'avions nous-mêmes traduit. Quoi que nous fassions, cependant, M. Erskine biffait nos traductions avec son crayon rouge et inscrivait de féroces commentaires dans la marge. Nous n'apprîmes pas grand-chose en latin, mais en apprîmes beaucoup sur la manière de tricher. Nous apprîmes également à prendre un air absent, compassé, comme si on nous avait amidonné la figure. Il valait mieux ne pas réagir de façon notable à M. Erskine, et surtout s'abstenir de broncher.

Pendant un moment, Laura prêta attention à M. Erskine, mais la douleur physique – la sienne, pour être précise – n'avait pas beaucoup d'emprise sur elle. Son attention divaguait, même quand il hurlait. Il avait un répertoire tellement limité. Elle fixait le papier peint – un motif de boutons de rose et de rubans – ou regardait par la fenêtre. Elle acquit la faculté de s'abstraire en un clin d'œil – l'espace d'un instant, elle se concentrait sur vous, et l'instant d'après elle était ailleurs. Ou plutôt c'est vous qui étiez ailleurs : elle vous avait repoussé, comme d'un coup de baguette magique ; comme si c'était vous en personne qu'on eût fait disparaître.

M. Erskine ne supportait pas d'être nié de la sorte. Il se mit à la secouer – pour la sortir brutalement de cet état, disait-il. *Tu n'es pas la Belle au bois dormant*, braillait-il. Il lui arrivait de la projeter contre le mur ou de la secouer, les mains serrées autour de son cou. Elle fermait alors les paupières et relâchait tous ses muscles, ce qui le rendait encore plus furieux. Au début, j'essayai d'intervenir, mais cela ne servit à rien. Il se contentait de me repousser d'un mouvement de son bras malodorant tout en tweed.

« Ne l'agace pas, conseillai-je à Laura.

– Que je l'embête ou pas, c'est pas grave, répondit Laura. De toute façon, il n'est pas agacé. Il veut juste coller la main sur mon chemisier.

– Je ne l'ai jamais vu faire ça, m'exclamai-je. Pourquoi il ferait ça ?

– Il le fait quand tu ne regardes pas, me confia Laura. Ou sous ma jupe. Ce qu'il aime, c'est les petites culottes. »

Elle dit cela si calmement que je crus qu'elle devait avoir inventé ou mal interprété. Mal interprété les mains de M. Erskine, leurs intentions. Ce qu'elle avait décrit était si peu plausible. Pour moi, ce n'était pas ce qu'un homme adulte pouvait faire ou aurait eu envie de faire : Laura n'était qu'une petite fille, non ?

« On ne devrait pas le dire à Reenie ? suggérai-je d'un ton hésitant.

– Elle risquerait de ne pas me croire. Regarde, toi. »

Mais Reenie la crut, ou bien elle choisit de la croire, et ce fut la fin de M. Erskine. Elle n'eut pas la sottise de l'affronter en combat singulier : il se serait borné à accuser Laura de débiter de vilains mensonges, ce qui n'aurait fait qu'empirer la situation. Quatre jours plus tard, elle entra d'autorité dans le bureau de notre père à la fabrique de boutons avec une liasse de photographies de contrebande. C'était le genre de choses qui ne susciteraient guère qu'un froncement de sourcils aujourd'hui, mais à l'époque c'étaient des clichés scandaleux : femmes en bas noirs aux seins en forme de pudding débordant de soutiens-gorge gigantesques, puis les mêmes sans un fil se contorsionnant, jambes écartées. Elle déclara les avoir dénichées sous le lit de M. Erskine alors qu'elle balayait sa chambre et fallait-il confier les jeunes filles du capitaine Chase à un homme pareil ?

Elle fit cette sortie devant un public intéressé, lequel comprenait un groupe d'ouvriers de la fabrique, l'homme de loi de notre père et, incidemment, le futur mari de Reenie, Ron Hincks. La vision de Reenie, les joues empourprées et creusées de fossettes, les yeux brillants comme une Furie vengeresse, l'escargot noir de ses cheveux se déroulant à mesure qu'elle brandissait une couvée de femmes nues aux nichons généreux et au buisson à l'air, se révéla trop forte pour lui. Il tomba mentalement à genoux devant elle et, de ce jour, se mit à la poursuivre, entreprise qui finit par être couronnée de succès. Mais ça, c'est une autre histoire.

S'il y avait une chose que Port Ticonderoga ne pouvait tolérer, décréta l'homme de loi de papa sur le mode du conseil, c'était ce genre de grivoiseries entre les mains de gens chargés d'instruire des enfants innocentes. Papa se rendit compte qu'après cela il ne pourrait plus garder M. Erskine à la maison sous peine de passer pour un monstre.

(Il y a longtemps que j'ai dans l'idée que Reenie s'était elle-même procuré les photographies auprès de son frère qui, étant dans la distribution de revues, avait pu lui arranger cela facilement. J'ai dans l'idée que, pour ce qui concerne ces photographies, M. Erskine n'était pas coupable. Ses goûts penchaient plutôt vers les enfants, pas vers les gros soutiens-gorge. Cependant, au moment dont il est question, il ne pouvait pas compter que Reenie joue franc jeu.)

M. Erskine s'en alla en protestant de son innocence – indigné mais bouleversé aussi. Laura déclara que ses prières avaient été exaucées. Elle ajouta qu'elle avait prié pour que M. Erskine soit chassé de chez nous et que Dieu l'avait entendue. Reenie, dit-elle, avait accompli Sa volonté, photos cochonnes et tout le tralala. Je me demandai ce que Dieu pensait de tout cela, à supposer qu'Il existât – ce dont je doutais de plus en plus.

Laura avait par ailleurs sérieusement pris goût à la religion pendant l'épisode Erskine : elle avait toujours peur de Dieu, mais obligée de choisir entre un tyran irascible et imprévisible et un autre, elle avait choisi le plus fort mais aussi le plus éloigné.

Une fois son choix accompli, elle l'avait poussé à l'extrême, comme tout le reste.

« Je vais me faire nonne, annonça-t-elle placidement un midi à la table de cuisine alors que nous mangions nos sandwiches.

– Ce n'est pas possible, rétorqua Reenie. Ils ne voudront pas de toi. Tu n'es pas catholique.

– Je pourrais le devenir. Je pourrais me convertir.

– Eh bien, fit Reenie, il faudra que tu te coupes les cheveux. Sous leurs voiles, les nonnes ont une tête d'œuf. »

C'était une réaction maligne de la part de Reenie. Laura n'était pas au courant de cela. Or s'il y avait quelque chose dont elle était fière, c'était ses cheveux.

« Pourquoi elles font ça ? demanda-t-elle.

– Elles pensent que c'est la volonté de Dieu. Elles pensent que Dieu veut qu'elles Lui offrent leur chevelure, ce qui montre bien à quel point elles sont ignorantes. Que voudrait-Il donc faire avec ? Quelle idée ! Tous ces cheveux !

– Qu'est-ce qu'on fait avec tous ces cheveux ? s'enquit Laura. Une fois qu'elles les ont coupés. »

Reenie était en train de casser des haricots : clac, clac, clac.

« On en fait des perruques pour femmes riches », répondit-elle.

Elle ne commettait pas le moindre impair, mais je savais que c'était un bobard, comme ses histoires sur les bébés qui étaient fabriqués avec de la pâte à pain.

« Des femmes riches et hautaines. Tu ne voudrais pas voir tes jolis cheveux se promener sur la grosse tête crasseuse de quelqu'un d'autre ? »

Laura renonça à la perspective de devenir nonne, enfin c'est ce qu'il nous sembla ; mais qui aurait pu dire de quoi elle allait ensuite s'enticher ? Elle avait une très grande aptitude à la crédulité. Elle s'ouvrait, se confiait, s'abandonnait, s'en remettait au bon vouloir d'autrui. Un peu de scepticisme aurait constitué une première ligne de défense.

Plusieurs années s'étaient à présent écoulées – gâchées, pour ainsi dire, avec M. Erskine. Pourtant, je ne devrais pas dire gâchées : j'avais appris beaucoup de choses avec lui, même si ce n'étaient pas toujours celles qu'il s'était proposé de nous enseigner. Outre le mensonge et la tricherie, j'avais appris l'insolence à demi cachée et la résistance muette. J'avais appris que la vengeance était un plat qui se mangeait froid. J'avais appris à ne pas me faire prendre.

Entre-temps, la Dépression s'était installée. Mon père ne perdit pas beaucoup dans le krach, mais un peu. Il perdit également sa marge d'erreur. Il aurait dû fermer les usines pour faire face à la baisse de la demande. Il aurait dû placer son argent – le thésauriser, comme d'autres dans la même situation que lui. Voilà ce qui aurait été raisonnable. Pourtant, il ne le fit pas. Il ne l'aurait pas supporté. Il n'aurait pas supporté de licencier ses hommes. Il leur devait protection, à ses hommes. Peu importait que certains fussent des femmes.

Des jours maigres s'abattirent sur Avalon. Nos chambres se firent glaciales en hiver, nos draps se retrouvèrent usés jusqu'à la corde. Reenie les coupait au milieu, là où ils étaient râpés, puis recousait les bords ensemble. Des tas de pièces furent fermées ; la plupart des

191

domestiques remerciés. Il n'y avait plus de jardinier et les mauvaises herbes s'insinuèrent furtivement dans les lieux. Mon père déclara qu'il allait avoir besoin de notre coopération pour faire tourner la maison – et traverser cette mauvaise passe. Nous pouvions aider Reenie, dit-il, puisque nous détestions tellement le latin et les mathématiques. Nous pouvions apprendre à économiser un dollar. En pratique, cela voulait dire haricots, morue salée ou lapin au dîner et ravaudage de nos collants.

Laura refusa de manger du lapin. Ça ressemblait à un bébé écorché, décréta-t-elle. Il fallait être cannibale pour manger ça.

Reenie déclara que papa était trop gentil, que ça lui jouerait des tours. Elle dit aussi qu'il était trop fier. Un homme devait reconnaître quand il était dépassé. Elle ne savait pas comment les choses allaient tourner, mais il était très probable qu'on allait avaler le gorgeon.

J'avais désormais seize ans. Mes études, pour ainsi dire, étaient terminées. Je traînais, mais dans quel but ? Qu'allait-il advenir de moi ensuite ?

Reenie avait ses préférences. Elle s'était mise à lire la revue *Mayfair* et ses comptes rendus des mondanités ainsi que les pages mondaines des journaux – mariages, bals de charité, vacances luxueuses. Elle retenait des listes de noms – noms de gens en vue, de bateaux de croisière, de bons hôtels. Il aurait fallu me faire faire mes débuts, affirma-t-elle, avec tout le tralala qui s'imposait – thés pour rencontrer les mères de famille influentes, réceptions et sorties élégantes ainsi qu'une soirée dansante où on aurait invité quelques beaux partis. Avalon aurait de nouveau fourmillé de gens bien habillés, comme au bon vieux temps ; il y aurait eu des quatuors à cordes et des flambeaux sur la pelouse. Notre famille était au moins aussi bien que les familles dont les filles se voyaient offrir ce genre de choses – aussi bien ou mieux. Notre père aurait dû garder un peu d'argent en banque rien que pour cela. Si seulement votre mère était restée en vie, déclara Reenie, tout aurait été dans les règles.

J'en doutais. D'après ce que j'avais entendu dire sur ma mère, elle aurait peut-être insisté pour qu'on m'envoie à l'école – le Alma Ladies College ou toute autre noble et ennuyeuse institution – afin d'apprendre quelque chose d'utile mais de tout aussi ennuyeux, comme la sténo ; pour ce qui était de mes débuts dans le monde, ç'aurait été une affaire futile. Elle-même n'avait jamais connu cela.

Grand-mère Adelia était différente et suffisamment loin dans le temps pour que je puisse l'idéaliser. Elle se serait donné du mal pour moi ; elle n'aurait épargné ni projets ni dépenses. Je rêvassais dans la bibliothèque en étudiant les portraits d'elle encore accrochés aux murs : le tableau à l'huile réalisé en 1900 où elle affichait un sourire de sphinx et une robe couleur de rose rouge séchée avec un décolleté plongeant d'où sa gorge nue émergeait brusquement, tel un bras de derrière le rideau d'un magicien ; les photographies en noir et blanc qui, dotées d'un cadre doré, la montraient coiffée de capelines ou de plumes d'autruche ou en robe de soirée avec une tiare et des gants en chevreau blanc, seule ou en compagnie de divers dignitaires aujourd'hui tombés dans l'oubli. Elle m'aurait fait asseoir et m'aurait donné les conseils dont j'avais besoin : comment m'habiller, que dire, comment me comporter en toute occasion. Comment éviter de me couvrir de ridicule, éventualité pour laquelle, je le voyais, j'avais un vaste potentiel. Reenie avait beau fureter dans les pages mondaines, elle n'en savait pas assez pour cela.

Le pique-nique de la fabrique de boutons

Le week-end de la fête du Travail, premier week-end de septembre, vient de se terminer en laissant dans les remous des tourbillons de la rivière une foule de détritus sous forme de tasses en plastique, de bouteilles et de ballons se ratatinant gentiment. Septembre est en train de s'affirmer. Même si à midi le soleil n'est pas moins chaud, il se lève de plus en plus tard le matin, dans une traînée de brume, et le soir, quand il fait plus frais, les grillons chantent et stridulent. Des massifs d'asters sauvages poussent dans le jardin, ils y ont pris racine il y a quelque temps – de tout petits blancs, d'autres plus touffus et couleur de ciel, d'autres avec des tiges rouille, d'un pourpre plus profond. Autrefois, lorsque j'avais des crises de jardinage, je les aurais qualifiés de mauvaises herbes et les aurais arrachés. À présent, je ne fais plus de telles distinctions.

Le temps est plus agréable pour marcher, pas autant de lumière aveuglante et de miroitements. Les touristes se font moins nombreux et ceux qui restent sont décemment couverts, c'est toujours ça : fini les shorts géants et les robes-sacs-bains-de-soleil, fini les jambes rouges pochées.

Aujourd'hui, je me suis mise en route pour le terrain de camping. Je me suis mise en route, mais, à mi-chemin, Myra est arrivée au volant de sa voiture et m'a proposé de m'emmener, et je dois avouer, à ma grande honte, que j'ai accepté : j'étais essoufflée, m'étais déjà rendu compte que c'était trop loin. Myra a voulu savoir où j'allais et pourquoi – elle a dû hériter de Reenie son instinct de gardien de moutons. Je lui ai dit où ; quant au pourquoi, j'ai dit que je voulais juste revoir les lieux, au nom du bon vieux temps. Trop dangereux, a-t-elle décrété : on ne savait jamais ce qui pouvait ramper dans les fourrés par là-bas. Elle m'a fait promettre de m'asseoir sur un banc du parc, bien en vue, et de l'attendre. Elle m'a dit qu'elle reviendrait me chercher une heure plus tard.

J'ai de plus en plus souvent l'impression d'être une lettre – déposée ici, ramassée là-bas. Mais une lettre adressée à personne.

Le camping ne paie pas de mine. C'est un bout de terrain entre la route et la Jogues – un acre ou deux – avec des arbres et des broussailles rabougries et, au printemps, des moustiques provenant d'un carré marécageux au milieu. Des hérons y chassent ; on entend parfois leurs cris rauques qui font penser au bruit d'un bout de bois qu'on passe sur une méchante boîte de conserve. De temps à autre, des ornithologues amateurs fouinent par là, en affichant la mine triste dont ils sont coutumiers, comme s'ils cherchaient une babiole qu'ils auraient perdue.

Il y a des reflets argent dans l'ombre, restes de paquets de cigarettes, de préservatifs aplatis oubliés là et de rectangles de Kleenex déchiquetés par la pluie. Chiens et chats établissent leurs droits, des couples pressés se faufilent entre les arbres, mais moins souvent qu'autrefois – il y a tant d'autres possibilités à présent. En été, des ivrognes dorment dans les fourrés les plus touffus et des adolescents viennent parfois fumer et renifler tout ce qu'ils peuvent fumer ou renifler. On a trouvé des bouts de bougie, des cuillères brûlées et l'aiguille de service. Je tiens tout cela de Myra qui estime que c'est une honte. Elle sait à quoi servent les bouts de bougie et les cuillères : *C'est l'équipement du parfait drogué.* Le vice est partout, semble-t-il. *Et in Arcadia ego.*

Il y a dix ou vingt ans, on a tenté de nettoyer les lieux. On a placé un panneau – « Parc du Colonel-Parkman », ce qui faisait idiot – et installé trois tables de pique-nique rustiques, une poubelle en plastique et deux cabinets de toilettes portatifs pour, déclara-t-on, le confort des visiteurs de passage, sauf que ces derniers préféraient une vue plus dégagée sur la rivière pour avaler leurs bières et semer leurs ordures. Puis quelques amateurs portés sur les armes à feu utilisèrent le panneau pour s'entraîner et le gouvernement provincial retira les toilettes et les tables – une affaire de budget – et la poubelle ne fut plus jamais vidée même si les ratons laveurs y faisaient de fréquentes descentes ; on finit donc par la retirer aussi et la nature reprend désormais ses droits.

On dit que c'est le terrain de camping parce que se tenaient là les camps bibliques avec des tentes grandes comme un cirque et de fervents prédicateurs importés. En ce temps-là, le site était mieux entretenu, sinon davantage piétiné. De petites foires itinérantes y

195

plantaient leurs baraques et leurs manèges, y attachaient leurs ânes et leurs poneys et les cortèges se retrouvaient là avant de se disperser pour pique-niquer. C'était le lieu de toutes les réunions au grand air.

On y célébrait la fête du Travail de Chase & Fils. C'était la formule consacrée, mais les gens se contentaient de dire le pique-nique de la fabrique de boutons. On le fêtait toujours le samedi précédant le premier lundi de septembre, date officielle de la fête du Travail en Amérique du Nord, et il s'accompagnait d'un discours sérieux, de fanfares avec majorettes et de banderoles maison. Il y avait des ballons, un manège et des jeux idiots et inoffensifs – courses en sac, courses avec un œuf dans une cuillère, relais où le bâton était remplacé par une carotte. Des quatuors masculins chantaient a cappella, pas trop mal ; le clairon des scouts beuglait un air ou deux ; des escouades d'enfants donnaient des danses écossaises et irlandaises sur une estrade en bois surélevée ressemblant à un ring et un phonographe dispensait la musique. Il y avait des concours, celui du chien le plus élégant, mais aussi celui du bébé le plus élégant. Pour manger, il y avait des épis de maïs, de la salade de pommes de terre, des hotdogs. Les Ladies' Auxiliaries, une association de bienfaisance, qui procédaient à une vente de pâtisseries au bénéfice d'untel ou d'untel proposaient des tourtes, des tartes, des petits et des gros gâteaux ainsi que des bocaux de confiture ou de condiments portant chacun une étiquette où apparaissait un prénom : les Gourmandises de Rhoda, la Compote de prunes de Pearl.

Il y avait des chahuts – les gens se payaient du bon temps. Seule de la citronnade était en vente libre, rien de plus fort, mais les hommes apportaient des flasques et des boissons alcoolisées et, à la tombée de la nuit, il pouvait y avoir des bagarres ou des cris et des rires éraillés entre les arbres, suivis de plouf retentissants du côté de la rivière quand un homme ou un jeune se retrouvait à l'eau tout habillé ou juste sans pantalon. La Jogues était assez peu profonde à cet endroit si bien que pratiquement personne ne s'y noya jamais. Une fois qu'il faisait nuit, on tirait des feux d'artifice. À l'apogée de ce pique-nique ou ce qui me paraît avoir été son apogée, il y eut également des quadrilles, avec des violons. Pourtant, à la période que j'évoque à présent, c'est-à-dire 1934, ce genre de gaieté excessive avait été réduite à la portion congrue.

Vers trois heures de l'après-midi, mon père faisait généralement un discours, planté sur l'estrade aux danses écossaises et irlandaises. C'était toujours un discours bref que les hommes les plus âgés écoutaient avec attention ; les femmes aussi, étant donné que quand ce n'étaient pas elles qui travaillaient pour l'entreprise c'étaient leurs maris. Lorsque les temps se firent plus difficiles, même les hommes plus jeunes se mirent à écouter le discours ; même les jeunes filles, en robe d'été, les bras à moitié nus. Le discours n'en disait jamais beaucoup, et il était possible de le décrypter. « Des raisons d'être contents » était bon ; « des motifs d'être optimistes » était mauvais.

Cette année-là, le temps était chaud et sec, comme c'était le cas depuis trop longtemps. Il n'y avait pas eu autant de ballons que d'habitude ; il n'y avait pas eu de manège. L'épi de maïs était trop vieux, les grains fripés comme les jointures des doigts ; la citronnade était insipide et on se retrouva très tôt à court de hot-dogs. Pourtant, il n'y avait pas eu de licenciements à la Chase Industries, pas encore. Un ralentissement de la production, mais pas de licenciements.

Papa parla de « motifs d'être optimistes » à quatre reprises, pas une fois de « raisons d'être contents ». Il y eut des regards inquiets.

Plus jeunes, Laura et moi aimions beaucoup ce pique-nique ; à présent, ce n'était plus le cas, pourtant nous avions le devoir d'y assister. Il fallait que nous fassions acte de présence. C'était une chose qu'on nous avait enfoncée dans le crâne très tôt : maman avait toujours mis un point d'honneur à s'y rendre, même si elle était très souffrante.

Depuis la mort de maman, c'était bien sûr Reenie qui attachait une attention toute particulière à ce que nous portions ce jour-là : pas trop décontracté, cela aurait été méprisant, comme si nous ne nous souciions pas de ce que les gens de la ville pouvaient penser de nous ; mais pas trop habillé non plus, cela aurait été regarder les autres de haut. À présent, nous étions suffisamment grandes pour choisir notre tenue – je venais juste d'avoir dix-huit ans, Laura en avait quatorze et demi –, même si notre choix était désormais limité. À la maison, nous n'avions jamais été encouragées à faire étalage de luxe, même si nous possédions ce que Reenie appelait de « belles choses », quoique récemment la définition du luxe se fût réduite au point que ce terme en était venu à désigner tout ce qui était neuf. Pour le pique-nique, nous arborions nos robes tyroliennes bleues et des chemisiers blancs de l'été précédent. Laura portait le chapeau que j'avais mis trois saisons plus tôt ; moi, j'avais celui de l'année précédente, avec un nouveau ruban.

Laura semblait ne pas y attacher d'importance. Moi, si. Je le dis et Laura décréta que j'étais matérialiste.

Nous écoutâmes le discours. (Ou plutôt j'écoutai. Laura avait l'air attentive – les yeux grands ouverts, la tête penchée attentivement de côté – mais on ne savait jamais ce qu'elle écoutait.) Quant à papa, il avait toujours réussi à aller jusqu'au bout de son texte, en dépit de ce qu'il avait pu boire. Cette fois-ci il bredouilla. Il approcha la page dactylographiée de son bon œil, puis l'éloigna en la fixant d'un air perplexe, comme la facture d'un article qu'il n'avait pas commandé. Ses vêtements étaient autrefois élégants, puis ils étaient devenus élégants mais élimés, et, là, ils frisaient le miteux. Il avait, autour des oreilles, des cheveux de toutes les longueurs qui auraient eu grand besoin d'une bonne coupe ; il paraissait tourmenté – féroce même, à l'image d'un bandit de grand chemin acculé.

Après le discours, qui ne reçut que quelques applaudissements polis, des hommes se rassemblèrent en petits groupes fermés pour discuter entre eux à voix basse. D'autres s'assirent sous les arbres, sur des vestes ou des couvertures étalées, ou s'allongèrent, un mouchoir sur la figure, pour piquer un petit somme. Seuls des hommes firent ça ; les femmes demeurèrent éveillées, vigilantes. Les mères de famille poussèrent des troupeaux de bambins vers la rivière pour qu'ils barbotent au bord de la petite plage de sable grossier. Sur le côté, une partie de base-ball poussiéreuse avait commencé ; un groupe de spectateurs suivait le jeu, l'air sonné.

J'allai aider Reenie pour sa vente de gâteaux. Au profit de qui était-ce ? Je ne m'en souviens pas. Mais je donnais un coup de main tous les ans à présent – c'était ce qu'on attendait de moi. J'avais dit à Laura qu'il fallait qu'elle vienne aussi, mais elle avait fait mine de ne pas m'avoir entendue et s'était éloignée, en tenant son chapeau par son bord tombant.

Je l'avais laissée faire. J'étais censée avoir un œil sur elle : Reenie, qui ne s'inquiétait jamais trop pour moi, estimait que Laura était vraiment trop confiante, trop familière avec les inconnus. Les trafiquants de femmes blanches étaient toujours à l'affût et Laura constituait une cible évidente. Elle était capable de monter dans une voiture qu'elle n'avait jamais vue, de pousser une porte qu'elle ne connaissait pas, de traverser la mauvaise rue et on serait dans le pétrin parce qu'elle ne fixait pas de limites, ou du moins qu'elle n'en fixait pas là où les autres en fixaient et qu'on ne pouvait pas la mettre en garde parce qu'elle ne comprenait pas ce genre de mises en garde. Ce n'était pas qu'elle se moquait des règles : simplement, elle les oubliait.

J'en avais assez d'avoir un œil sur Laura à qui ça ne plaisait pas. J'en avais assez d'être tenue pour responsable de ses écarts et de ses manquements. J'en avais assez d'être tenue pour responsable, point. J'avais envie d'aller en Europe ou à New York ou même à Montréal

– en boîte de nuit, dans des soirées, dans tous les lieux formidables qui étaient cités dans les revues mondaines de Reenie – mais on avait besoin de moi à la maison. *Besoin de moi à la maison, besoin de moi à la maison* – ça sonnait comme une condamnation à perpétuité. Pire, un hymne funèbre. J'étais coincée à Port Ticonderoga, fier bastion du bouton ordinaire et des caleçons bradés pour acheteurs soucieux de leur budget. J'allais stagner sur place, il ne m'arriverait jamais rien, je finirais vieille fille comme Mlle Violence, objet de pitié et de ridicule. Ma peur au fond se situait là. J'avais envie d'être ailleurs, et je ne voyais aucun moyen d'y parvenir. De temps à autre, je me surprenais à rêver de me faire enlever par des trafiquants de femmes blanches, sans pourtant croire qu'ils pouvaient exister. Au moins, ce serait un changement.

Il y avait une bâche au-dessus de la table aux gâteaux et des torchons où des carrés de papier paraffiné protégeaient les victuailles des mouches. Reenie avait fourni les tourtes et les tartes, mais ce n'était pas une spécialité qu'elle maîtrisait vraiment. La garniture de ses tourtes était collante, pas assez cuite et sa pâte, dure et flexible, rappelait les algues beigeasses ou d'énormes champignons coriaces. En des temps meilleurs, elles se vendaient assez bien – on les considérait comme des objets rituels, pas comme de la nourriture en tant que telle – mais, ce jour-là, elles ne partirent pas vite. L'argent était difficile à gagner et, en échange, les gens voulaient quelque chose qu'ils puissent réellement manger.

Comme j'étais derrière la table, Reenie me confia les dernières nouvelles à voix basse. Quatre hommes avaient déjà été flanqués dans la rivière, et pourtant le ciel était encore d'une clarté aveuglante, et ce n'était pas totalement pour rire. Il y avait eu de vives discussions, liées à des questions politiques, me souffla Reenie ; on avait haussé le ton. Outre les chahuts classiques au bord de l'eau, il y avait eu des bagarres. Elwood Murray avait été assommé. C'était le rédacteur en chef de la revue hebdomadaire, il l'avait héritée de deux générations de Murray de presse : il en rédigeait la majeure partie et se chargeait également des photos. Par chance, il ne s'était pas retrouvé à l'eau, ce qui aurait abîmé son appareil qui avait coûté très cher bien que d'occasion, comme Reenie l'avait appris. Il saignait du nez et était assis sous un arbre avec un verre de citronnade tandis que deux femmes toupinaient autour de lui avec des mouchoirs humides ; je le voyais de ma place.

Était-ce un truc politique, ce coup de poing ? Reenie ne savait pas, en tout cas les gens n'aimaient pas qu'il écoute ce qu'ils racontaient.

Quand les temps étaient prospères, Elwood Murray passait pour un idiot et peut-être pour une tantine, comme disait Reenie – que voulez-vous! il n'était pas marié et, à son âge, ça voulait forcément dire quelque chose –, mais on le tolérait et même on l'appréciait, dans des limites raisonnables, du moment qu'il donnait tous les noms des gens présents à tel événement et qu'il les orthographiait correctement. L'époque n'était plus à la prospérité et Elwood Murray était trop fouineur pour que ça ne lui rapporte pas des ennuis. On n'a pas envie de voir écrit noir sur blanc le moindre petit machin vous concernant, m'expliqua Reenie. Il aurait fallu être fou pour vouloir cela.

J'aperçus mon père qui circulait de sa démarche bancale au milieu des ouvriers en train de pique-niquer. Il hochait la tête à sa manière abrupte en direction d'untel ou d'untel, geste qui donnait l'impression que sa tête partait en arrière plutôt qu'en avant. Sur son œil, son cache noir s'était mis à l'envers; de loin, on aurait cru qu'il avait un trou dans la figure. Quant à sa moustache, elle s'incurvait comme une défense noire qui serait venue se placer au-dessus de sa bouche, laquelle se pinçait de temps à autre pour esquisser ce qu'il aurait souhaité être un sourire. Ses mains étaient cachées dans ses poches.

À ses côtés, se tenait un homme plus jeune, un peu plus grand que lui, mais, contrairement à lui, il n'avait ni plis ni angles. Lisse était le mot qui vous venait à l'esprit. Il portait un panama pimpant et un costume en lin qui semblait émettre de la lumière tellement il était propre et net. Il n'était manifestement pas de Port Ticonderoga.

« Qui c'est qui est avec papa? » demandai-je à Reenie.

Reenie jeta un coup d'œil mine de rien, puis lâcha un petit rire.

« Ça, c'est M. Royal Classic en chair et en os. Quel toupet!

– C'est bien ce que je pensais. »

M. Royal Classic était Richard Griffen des Royal Classic Sweater de Toronto. Pour se moquer, nos ouvriers – les ouvriers de papa – parlaient des Royal Classic Sweatmerdes parce que M. Griffen n'était pas seulement le principal concurrent de papa, mais aussi son adversaire en quelque sorte. Il avait attaqué papa dans la presse sous prétexte qu'il était trop indulgent avec les chômeurs, le Secours direct et les gauchistes en général. Et aussi avec les syndicats, ce qui était une accusation gratuite parce qu'il n'y en avait pas à Port Ticonderoga et que personne n'ignorait que papa ne les aimait guère. À présent, allez savoir pourquoi, papa avait invité Richard Griffen à Avalon, après le pique-nique, et ce dans un délai extrêmement bref. Quatre jours seulement.

Reenie avait le sentiment que M. Griffen la prenait de court. Tout le monde savait bien qu'il fallait en faire plus devant ses ennemis que devant ses amis et quatre jours ne lui laissaient guère le temps de se préparer pour un événement pareil, surtout si l'on considérait qu'il n'y avait pas eu à Avalon un seul grand dîner, comme on dirait, depuis l'époque de grand-mère Adelia. Certes, Callie Fitzsimmons amenait parfois des amis pour le week-end, mais c'était différent, ce n'étaient que des artistes et ils n'avaient qu'à s'estimer heureux de ce qu'on leur offrait. Il arrivait qu'on les trouve dans la cuisine la nuit, en train de faire une descente dans l'office, histoire de se préparer un sandwich avec les restes. Ils avaient toujours un boyau de vide, disait Reenie.

« De toute façon, c'est un nouveau riche, déclara Reenie d'un ton méprisant sans quitter Richard Griffen des yeux. Regarde son pantalon chic. »

Elle était impitoyable avec quiconque critiquait papa (quiconque, sauf elle, il faut le préciser) et méprisait les gens qui réussissaient et ne se comportaient plus ensuite en conformité avec leur milieu, ou ce qu'elle estimait être leur milieu ; il était de notoriété publique que les Griffen étaient d'une vulgarité crasse, ou du moins que leur grand-père l'avait été. Il avait acquis son entreprise en roulant les Juifs, affirmait Reenie sur un ton ambigu – était-ce pour elle une forme de prouesse ? – mais comment il s'y était pris, elle ne pouvait le dire. (Pour être honnête, il faut dire que Reenie avait peut-être inventé ces calomnies sur les Griffen. Il lui arrivait d'attribuer aux gens les histoires qu'à son avis ils auraient dû vivre.)

Derrière papa et M. Griffen, il y avait, cheminant aux côtés de Callie Fitzsimmons, une femme que je pris pour l'épouse de Richard Griffen – assez jeune, mince, élégante, escortée d'une traîne en mousseline orange et diaphane, un peu comme la vapeur d'une soupe à la tomate insipide. Sa capeline était verte, tout comme ses escarpins à bride et talon haut ainsi que l'écharpe légère qu'elle avait passée autour de son cou. Elle était beaucoup trop habillée pour ce pique-nique. J'étais en train de l'observer quand elle s'arrêta pour soulever un pied et jeter un coup d'œil par-dessus son épaule afin de vérifier si quelque chose ne s'était pas pris dans son talon. J'espérai que ce serait le cas. N'empêche, je me fis la réflexion que ce serait drôlement bien d'avoir des vêtements aussi ravissants, des vêtements si vilainement nouveau riche au lieu des tenues miteuses, dénuées de chic et vertueuses qui constituaient par force notre garde-robe actuelle.

« Où est Laura ? s'écria Reenie soudain inquiète.

– Je n'en ai aucune idée. »

J'avais pris l'habitude de répondre sèchement à Reenie, surtout quand elle se montrait trop autoritaire avec moi. *Tu n'es pas ma mère* était devenu ma réponse la plus blessante.

« Tu ne devrais pas avoir la sottise de la perdre de vue, me lança Reenie. Il peut y avoir *n'importe qui*, ici. »

N'importe qui faisait partie de ses bêtes noires. On ne savait jamais quelles intrusions, quels vols, quelles gaffes *n'importe qui* pouvait commettre.

Je trouvai Laura assise dans l'herbe sous un arbre en train de bavarder avec un jeune homme – un homme, pas un blanc bec – assez brun qui portait un chapeau clair. Il était difficile de dire d'où il venait – ce n'était pas un ouvrier, et rien d'autre non plus, ou rien de précis. Pas de cravate, mais, bon, c'était un pique-nique. Une chemise bleue, un peu effilochée sur les bords. Un style de bric et de broc, une mode prolétarienne. À l'époque, des tas de jeunes hommes avaient une prédilection pour ce genre-là – des tas d'étudiants en université. En hiver, ils arboraient des vestes en tricot avec des rayures horizontales.

« Hé, s'exclama Laura. Où est-ce que tu étais partie ? Je vous présente ma sœur. Iris, je te présente Alex.

– Monsieur... ? »

Comment Laura en était-elle venue si vite à l'appeler par son prénom ?

« Alex Thomas », répondit le jeune homme.

Il était poli, et réservé. Il se leva d'un bond et me tendit la main. Je la pris. Puis je me retrouvai assise à côté d'eux. Il me semblait que c'était ce que je pouvais faire de mieux pour protéger Laura.

« Vous n'êtes pas d'ici, monsieur Thomas ?

– Non. Je suis venu voir des gens. »

À l'entendre, c'était un jeune homme *bien*, comme disait Reenie pour signifier qu'il n'était pas *pauvre*. Mais pas riche non plus.

« C'est un ami de Callie, me confia Laura. Elle était là à l'instant, c'est elle qui nous a présentés. Il était dans le même train qu'elle. »

Elle expliquait un peu trop de choses.

« Tu as rencontré Richard Griffen ? demandai-je à Laura. Il était avec papa. Le monsieur qui va venir dîner à la maison ?

– Richard Griffen, le magnat qui exploite ses ouvriers ? intervint le jeune homme.

– Alex... M. Thomas connaît des tas de choses sur l'Égypte ancienne, déclara Laura. Il me parlait des hiéroglyphes. »

Elle le regarda. Je ne l'avais jamais vue regarder quelqu'un de cette façon-là. Étonnée, éblouie ? Difficile de qualifier un tel regard.

« Cela paraît intéressant », répondis-je.

J'entendis ma voix prononcer le terme *intéressant* avec ces intonations méprisantes qu'ont les gens. Il me fallait trouver un moyen de dire à cet Alex Thomas que Laura n'avait que quatorze ans, mais je ne voyais rien qui n'aurait pas déclenché sa colère.

Alex Thomas sortit un paquet de cigarettes de sa poche de chemise – des Craven A, selon mon souvenir. Il le tapota pour en prendre une. Je fus un peu surprise de constater qu'il fumait des cigarettes toutes faites – ça n'allait pas avec sa chemise. Les cigarettes en paquet représentaient un luxe : les ouvriers de la fabrique roulaient les leurs, certains d'une seule main.

« Merci, j'en prendrais volontiers une », déclarai-je.

Je n'avais encore fumé, en cachette, que quelques cigarettes chapardées dans la boîte en argent qui trônait sur le dessus du piano. Il me regarda avec attention, je suppose que c'était ce que je voulais, puis m'offrit le paquet. Il gratta une allumette avec son pouce, me la présenta.

« Vous ne devriez pas faire ça, dit Laura. Vous pourriez vous brûler. »

Elwood Murray surgit devant nous, sur pied et de nouveau guilleret. Le devant de sa chemise était encore humide et éclaboussé de rose à l'endroit où les femmes aux mouchoirs mouillés avaient essayé d'enlever le sang ; un cercle rouge foncé marquait l'intérieur de ses narines.

« Bonjour, monsieur Murray, s'écria Laura. Vous allez bien ?

– Il y a des gars qui se sont un peu emballés, répondit Elwood Murray comme s'il révélait timidement qu'il avait gagné un prix quelconque. Il n'y a pas de mal à ça. Je peux ? »

Là-dessus, il nous prit en photo avec son appareil à flash. Il disait toujours *Je peux ?* avant de prendre une photo pour la revue, mais n'attendait jamais la réponse. Alex Thomas leva la main comme pour le repousser.

« Je connais ces deux charmantes demoiselles, bien entendu, lui dit Elwood Murray, mais vous vous appelez ? »

Reenie apparut à ce moment précis. Son chapeau était de guingois et elle était cramoisie et essoufflée.

« Votre père vous cherche partout », déclara-t-elle.

Je savais que ce n'était pas vrai. Néanmoins, il nous fallut, à Laura et à moi, quitter l'ombre de l'arbre, épousseter nos jupes et la suivre, comme des canetons leur maître.

Alex Thomas nous fit au revoir de la main. C'était un salut sardonique, du moins j'en eus l'impression.

« Vous n'êtes pas stupides ? nous lança Reenie. Étalées sur l'herbe avec Dieu sait qui. Et pour l'amour du ciel, Iris, jette cette cigarette, tu n'es pas une traînée. Et si ton père te voyait ?

– Papa fume comme une cheminée, répliquai-je sur un ton que j'espérai insolent.

– C'est différent.

– M. Thomas, fit Laura. M. Alex Thomas. Il est étudiant en théologie. Ou plutôt il l'était jusqu'à récemment, ajouta-t-elle avec honnêteté. Il a perdu la foi. Sa conscience lui a interdit de continuer. »

La conscience d'Alex Thomas avait à l'évidence produit une vive impression sur Laura, mais Reenie s'en souciait comme de colin-tampon.

« Et maintenant qu'est-ce qu'il fait comme travail, alors ? dit-elle. Quelque chose de louche ou, moi, je suis le roi de Prusse. Il a une drôle d'allure.

– Qu'est-ce qu'il y a de mal chez lui ? » demandai-je à Reenie.

Il ne m'avait pas plu, mais, là, il était jugé sans même pouvoir se défendre.

« Il vaudrait mieux demander ce qu'il y a de bien avec lui ! répliqua Reenie. Vautrées dans l'herbe devant tout le monde ! »

Elle s'adressait davantage à moi qu'à Laura.

« Au moins, vous aviez la jupe baissée. »

Reenie affirmait qu'une jeune fille seule avec un homme devait pouvoir serrer une pièce de monnaie entre ses genoux. Elle avait peur que les gens – les hommes – voient nos jambes, au-dessus du genou. Des femmes qui toléraient ce genre de choses, elle disait : *Baisse le capot, on voit le moteur !* Ou : *Elle ferait aussi bien de placer un panneau.* Ou sur un mode plus sinistre : *Si elle continue, elle sera bonne comme la romaine.* Ou pour les cas les plus graves : *Elle cherche les ennuis, elle va les trouver.*

« On faisait pas les veaux, riposta Laura.

– Veaux ou vautrées, tu sais très bien ce que je veux dire, répliqua Reenie.

– On ne faisait rien, intervins-je. On parlait.

– C'est pas la question, dit Reenie. Les gens vous ont vues.

– La prochaine fois qu'on ne fera rien, on ira se cacher dans les fourrés, répondis-je.

– Qui c'est d'ailleurs ? reprit Reenie qui ignorait généralement mes provocations directes étant donné qu'elle n'avait désormais plus aucune parade. (*Qui c'est* signifiait *Qui sont ses parents.*)

204

« – Il est orphelin, expliqua Laura. Il était dans un orphelinat et il a été adopté. C'est un pasteur presbytérien et sa femme qui l'ont adopté. »

Elle avait apparemment soutiré cette information à Alex Thomas en un très bref laps de temps, mais c'était un de ses dons, si l'on peut dire – elle se bornait à poser sans relâche des questions personnelles du genre de celles dont on nous a dit qu'elles étaient indiscrètes jusqu'à ce que la personne en face d'elle, taraudée par la honte ou l'indignation, soit contrainte de cesser de lui répondre.

« Un orphelin ! s'écria Reenie. Ce pourrait être n'importe qui !

– Qu'est-ce qu'ils ont de mal, les orphelins ! ? » demandai-je.

Je savais où était le mal, de l'avis de Reenie : ils ignoraient qui était leur père et cela en faisait des gens douteux, sinon carrément dépravés. *Nés dans le ruisseau*, voilà comment Reenie l'aurait formulé. *Nés dans le ruisseau, abandonnés sur un pas de porte.*

« On ne peut pas leur faire confiance, poursuivit Reenie. Ils font des pieds et des mains pour s'insinuer dans les faveurs des gens. Ils n'ont pas de limites.

– En tout cas, déclara Laura, je l'ai invité à dîner.

– J'en reste comme deux ronds de flan ! » s'écria Reenie.

Les mères nourricières

Il y a un prunier sauvage au fond du jardin, de l'autre côté de la clôture. Il est vieux, noueux et ses branches sont truffées de nœuds noirs. Walter dit qu'il faudrait l'abattre, mais je lui souligne que, légalement parlant, il ne m'appartient pas. De toute façon, j'éprouve de la tendresse pour lui. Il fleurit à chaque printemps sans qu'on le lui ait demandé, sans qu'on se soit occupé de lui ; à la fin de l'été, il lâche des prunes dans mon jardin, petites, bleues, ovales et à la peau d'un velouté si fin qu'on croirait de la poussière. Quelle générosité. J'ai ramassé ce matin les derniers fruits que le vent a fait tomber – les rares fruits que les écureuils, les ratons laveurs et les guêpes m'ont laissés – et les ai mangés avec avidité : le jus de leur chair meurtrie a maculé mon menton de traces rouge sang. Je ne me suis aperçue de rien jusqu'à ce que Myra débarque avec un de ses sempiternels thons cuits au four. *Mon Dieu*, s'est-elle écriée avec un de ses rires de poulet à bout de souffle dont elle a le secret, *avec qui tu t'es battue ?*

Je me rappelle tous les détails de ce dîner de fête du Travail parce que ce fut la seule et unique fois où nous nous retrouvâmes tous réunis dans la même pièce.

Les festivités se poursuivaient sur le terrain de camping, mais sous une forme qu'on n'aurait pas aimé suivre de très près, étant donné que la consommation d'alcool bon marché allait désormais bon train. Laura et moi nous étions esquivées de bonne heure pour aider Reenie aux préparatifs.

Ces derniers duraient depuis plusieurs jours. Dès que Reenie avait été prévenue de cette soirée, elle avait exhumé son livre de cuisine, *Le Livre des cordons-bleus de Boston* de Fannie Merritt Farmer. Ce n'était pas vraiment le sien : il avait appartenu à grand-mère Adelia qui le consultait – de même que divers ouvrages, bien entendu –

206

quand elle dressait le menu de ses dîners à douze plats. Reenie en avait hérité, même si elle ne s'en servait pas pour la cuisine tous les jours – à l'en croire, elle avait tout dans la tête. Mais, là, c'étaient des trucs sophistiqués.

J'avais lu cet ouvrage ou, du moins, j'y avais jeté un coup d'œil à l'époque où j'idéalisais ma grand-mère. (J'avais cessé à présent. J'avais compris qu'elle m'aurait embêtée, tout comme Reenie et mon père m'embêtaient, et comme ma mère l'aurait fait si elle n'était pas morte. Tous les gens plus âgés que moi n'avaient qu'un objectif dans la vie : m'embêter. Ils n'avaient que ça en tête.)

Le livre de cuisine avait une couverture toute simple, d'une couleur moutarde franche, et, à l'intérieur, il y avait des recettes toutes simples, elles aussi. Fannie Merritt Farmer était d'un pragmatisme implacable – avec des idées bien arrêtées dans le style laconique de la Nouvelle-Angleterre. Elle partait du principe que vous n'y connaissiez rien et démarrait de là : « Une boisson désigne tout ce qui se boit. L'eau est la boisson que la nature fournit à l'homme. Toutes les boissons renferment une importante proportion d'eau et il convient donc de réfléchir à leurs usages : I. Pour étancher la soif. II. Pour apporter de l'eau à l'appareil circulatoire. III. Pour réguler la température du corps. IV. Pour aider à éliminer. V. Pour nourrir. VI. Pour stimuler le système nerveux et divers organes. VII. Pour des fins médicinales », et cetera.

Goût et plaisir n'apparaissaient pas dans sa liste, mais il y avait, au début du livre, une curieuse épigraphe de John Ruskin :

« L'art de la cuisine, c'est connaître Médée, Circé, Hélène et la reine de Saba. C'est connaître toutes les herbes, les fruits, baumes et épices, tout ce qui, dans les champs et les bois, se révèle sain et curatif et tout ce qui est salé dans les viandes. C'est le soin, l'inventivité, la bonne volonté ainsi que la disponibilité des ustensiles ménagers. C'est la gestion de grand-mère et la science du chimiste moderne ; c'est goûter sans gâcher, c'est la minutie anglaise et l'hospitalité arabe et française ; et, in fine, c'est ce qui fera de vous toujours et à la perfection des dames – des mères nourricières. »

J'avais du mal à imaginer Hélène de Troie en tablier, les manches relevées jusqu'aux coudes et la joue saupoudrée de farine ; et d'après ce que je savais de Circé et de Médée, elles n'avaient jamais fricoté qu'un truc : des potions magiques pour empoisonner des héritiers présomptifs et métamorphoser des hommes en pourceaux. Quant à la reine de Saba, je doute qu'elle ait jamais préparé ne serait-ce qu'un toast. Je me demandais où Ruskin était allé pêcher ses drôles d'idées tant sur les dames que sur la cuisine. Cela étant, c'était une image qui avait dû plaire à bon nombre de bourgeoises de l'époque de ma grand-mère. Il fallait qu'elles aient une allure posée, qu'elles soient inapprochables, royales même, mais qu'elles possèdent des recettes obscures et potentiellement fatales et qu'elles puissent inspirer les passions les plus brûlantes chez les hommes. Et par-dessus le marché, qu'elles soient toujours et à la perfection des dames – des mères nourricières. Les dispensatrices de gracieuses largesses.

Quelqu'un avait-il jamais pris tout ça au sérieux ? Ma grand-mère. Il suffisait de regarder ses portraits – son sourire de chat-qui-a-croqué-la-souris, ses paupières tombantes. Pour qui se prenait-elle ? Pour la reine de Saba ? Sans aucun doute.

Quand nous revînmes du pique-nique, Reenie courait tant et plus dans la cuisine. Elle ne ressemblait pas trop à Hélène de Troie : malgré tout ce qu'elle avait fait pour s'avancer, elle était énervée et d'une humeur massacrante ; elle transpirait et avait les cheveux défaits. Elle décréta qu'il faudrait qu'on prenne les choses comme elles viendraient, un point c'est tout, de toute façon que pouvions-nous espérer d'autre, vu qu'elle ne pouvait pas plus faire de miracle que tirer des pets d'un âne mort. Et un convive supplémentaire, à la dernière minute, avec cet Alex Machinchose, allez savoir comment il s'appelait. Alex, le gros malin, à en juger par sa mine.

« Il s'appelle par son nom, dit Laura. Comme tout le monde.

– Il n'est pas comme tout le monde, répliqua Reenie. Ça se voit au premier coup d'œil. C'est sûrement un métis d'Indien ou sinon un romanichel. Il n'est certainement pas né dans le même carré de maïs que nous. »

Laura ne pipa mot. En général, elle n'était pas du genre à s'embarrasser de scrupules, mais cette fois-ci elle donnait tout de même l'impression d'être un peu contrite d'avoir invité Alex Thomas sur une impulsion. Cependant, elle ne pouvait pas le « désinviter », comme elle le souligna – cela aurait dépassé la pire grossièreté. Quand on avait invité, on avait invité, peu importait de qui il pouvait bien s'agir.

Papa en avait également conscience, même s'il était loin d'être ravi : Laura avait précipité les choses et usurpé son rôle d'hôte et, à ce train-là, il n'aurait pas eu le temps de comprendre ce qu'il lui arrivait qu'elle aurait convié tous les orphelins, les clochards et les pleure-misère de la terre à sa table, comme s'il était Crésus en personne. Il fallait mettre un frein à ces saintes impulsions qu'elle avait : il n'était pas à la tête d'un hospice.

Callie Fitzsimmons avait essayé de l'amadouer : Alex n'était pas un pleure-misère, lui assura-t-elle. Il était vrai que le jeune homme n'avait apparemment pas de travail, mais il semblait bel et bien disposer d'une source de revenus, ou du moins nul ne s'était laissé dire qu'il était allé taper qui que ce soit. Quelle pouvait être cette source de revenus ? insista papa. Du diable si Callie le savait : Alex était très discret sur la question. Peut-être dévalisait-il des banques ? suggéra papa, lourdement sarcastique. Pas du tout, répondit Callie ; de toute façon, certains de ses amis connaissaient Alex. Papa déclara que ceci n'excluait pas cela. Il commençait à se montrer acerbe à l'égard des artistes. Il y en avait eu un de trop pour se mettre à défendre le marxisme et les ouvriers et l'accuser d'opprimer les paysans.

« Alex est sympa. Il est jeune et c'est tout, dit Callie. Il est venu pour se balader. Ce n'est qu'un copain. »

Elle ne voulait pas que papa se mette des idées fausses en tête – et qu'il s'imagine que cet Alex Thomas était peut-être son petit ami, qu'il pouvait se poser en rival.

« Qu'est-ce que je peux faire pour aider ? proposa Laura dans la cuisine.

– S'il y a quelque chose dont je n'ai pas besoin, s'écria Reenie, c'est d'avoir une autre casse-pieds dans les pattes. Tout ce que je demande, c'est que tu ne te plantes pas dans le passage et que tu ne renverses rien. Iris peut m'aider. Elle, au moins, elle n'a pas quatre mains gauches. »

Reenie estimait que c'était une faveur que de l'aider : étant encore fâchée contre Laura, elle l'excluait. Ce type de punition échappait totalement à Laura. Elle attrapa son chapeau de paille et sortit se promener sur la pelouse.

Le travail qu'on me confia fut de m'occuper des fleurs pour la table, puis du placement des convives. Pour les fleurs, je cueillis quelques zinnias dans les plates-bandes – c'était à peu près tout ce qui poussait à cette époque de l'année. Pour le placement des convives, je mis Alex à côté de moi, avec Callie de l'autre côté, et Laura tout au bout. Comme cela, me dis-je, il serait isolé, ou du moins Laura le serait-elle.

Laura et moi n'avions pas de tenue de soirée convenable. Nous avions néanmoins des robes. Il s'agissait du classique velours bleu foncé qui nous restait du temps où nous étions plus jeunes, avec l'ourlet défait et un ruban noir cousu par-dessus pour cacher la marque du pli. Elles avaient eu des cols en dentelle blanche autrefois, et Laura avait encore le sien ; j'avais retiré la dentelle de la mienne, ce qui me faisait un décolleté plus profond. Ces robes étaient trop étriquées, du moins la mienne ; mais, tout bien réfléchi, celle de Laura aussi. D'après les critères traditionnels, Laura était trop jeune pour assister à un dîner de ce genre, mais Callie déclara que ce serait cruel de la laisser seule dans sa chambre, surtout du fait qu'elle avait personnellement invité un de nos hôtes. Papa répondit qu'il supposait que c'était juste. Puis il ajouta que, de toute façon, maintenant qu'elle avait poussé comme du chiendent elle avait l'air aussi âgée que moi. Il était difficile de dire quel âge il pensait qu'elle avait. Il ne se rappelait jamais nos anniversaires.

À l'heure dite, les invités se rassemblèrent dans le salon pour y prendre un sherry, lequel fut servi par une cousine célibataire de Reenie, embauchée pour l'occasion. Laura et moi étions strictement interdites de sherry et même de vin à table. Cette interdiction n'indignait apparemment pas Laura, moi, si. Reenie avait pris le parti de papa sur cette question, mais il faut dire qu'elle était farouchement contre l'alcool. « Des lèvres qui touchent de l'alcool ne toucheront jamais les miennes », avait-elle affirmé en vidant les restes des verres de vin dans l'évier. (Ce en quoi elle se trompait – moins d'un an après cette soirée, elle épousa Ron Hincks, picoleur notoire en son temps. Myra, note bien ça si tu me lis : avant que Reenie n'en fasse un pilier de la communauté, ton père était un pochetron avéré.)

La cousine de Reenie était plus vieille qu'elle et tellement mal fagotée que c'en était pénible. Elle portait une robe noire et un tablier blanc, comme il convenait, mais des bas en coton marron qui faisaient des poches et ses mains auraient pu être plus nettes. Dans la journée, elle travaillait dans une épicerie où elle devait, entre autres, ensacher des pommes de terre ; c'est difficile de faire partir ce genre de crasse.

Reenie avait préparé des canapés à base d'olives en rondelles, d'œufs durs et de tout petits pickles, ainsi que des petits choux au fromage qui n'étaient pas aussi réussis qu'elle l'aurait souhaité. Ils étaient disposés sur l'un des plus beaux plats de service de grand-mère Adelia, une porcelaine allemande peinte à la main avec un motif de pivoines rouges agrémentées de tiges et de feuilles or. Protégé par un napperon, le plat présentait en son milieu un assortiment de cacahuètes, d'amandes et de noisettes autour desquelles les canapés, hérissés de cure-dents, étaient arrangés comme des pétales de fleur. La cousine les fourra sous le nez des invités d'un geste brusque, menaçant même, comme si elle faisait un braquage.

« Cette affaire a l'air sacrément septique, remarqua mon père de ce ton ironique où je reconnaissais à présent la voix étouffée qu'il prenait pour masquer sa colère. Mieux vaut vous en dispenser sous peine de vous en repentir plus tard. »

Callie éclata de rire, mais Winifred Griffen Prior prit gracieusement un chou au fromage et l'introduisit dans sa bouche à la façon des femmes qui ne veulent pas effacer leur rouge à lèvres – les lèvres projetées en avant en une sorte d'entonnoir – et déclara que c'était *intéressant*. La cousine avait oublié les petites serviettes, de sorte que Winifred se retrouva avec les doigts tout graisseux. Je l'observai avec curiosité pour voir si elle allait les lécher ou les essuyer sur sa robe ou peut-être sur notre sofa, mais je tournai les yeux au mauvais moment et ratai le coche. Mais j'ai dans l'idée que ce fut le sofa.

Winifred n'était pas (comme je l'avais cru) la femme de Richard Griffen, mais sa sœur. (Était-elle mariée, veuve, divorcée ? Ce n'était pas absolument clair. Elle utilisait son prénom après le « madame », ce qui donnait à penser qu'il était arrivé quelque chose au M. Prior d'antan, si tant est qu'il fut d'antan. Il était rare qu'on parle de lui et on ne le voyait jamais ; on racontait qu'il avait beaucoup d'argent et qu'il « voyageait ». Plus tard, quand Winifred et moi en fûmes arrivées à ne plus nous parler, je me concoctai des histoires sur ce M. Prior : Winifred l'avait fait empailler et le gardait dans une boîte en carton remplie de naphtaline, ou bien le chauffeur et elle l'avaient emmuré dans la cave pour pouvoir s'adonner à de lascives orgies. Les orgies n'étaient peut-être pas trop éloignées de la vérité, mais je dois dire que tout ce que Winifred put faire dans ce domaine se fit toujours discrètement. Elle brouillait les pistes – une forme de vertu, je suppose.)

Ce soir-là, Winifred portait une robe noire, d'une coupe simple mais fabuleusement élégante, mise en valeur par trois rangs de perles. Ses boucles d'oreilles représentaient de minuscules grappes de raisin, en perles également, mais la tige et les feuilles étaient en or. Callie Fitzsimmons, par contraste, paraissait ostensiblement négligée. Depuis deux ans maintenant, elle avait renoncé à ses chiffons safran et fuchsia, à ses audacieux motifs d'émigrée russe et même à son porte-cigarette. Elle mettait désormais des pantalons dans la journée, des pulls à col en V et arborait des chemises à manches roulées ; elle s'était également coupé les cheveux et avait abrégé son prénom en Cal.

Elle avait abandonné les monuments aux morts : la demande avait chuté. À présent, elle faisait des bas-reliefs d'ouvriers, de fermiers, de pêcheurs en ciré, de trappeurs indiens et de mères de famille en tablier trimballant leur bébé sur la hanche et la main en visière devant les yeux pour regarder le soleil. Les seuls mécènes pouvant se permettre de commander ces travaux étaient des compagnies d'assurances et des banques qui tenaient sans doute à plaquer ce genre de choses sur les façades de leurs bâtiments afin de montrer qu'ils étaient au diapason avec leur époque. C'était démoralisant d'être employée par des capitalistes aussi éhontés, disait Callie, mais l'important, c'était le message et au moins tous les gens qui passaient devant les banques et autres dans la rue pouvaient-ils voir ces bas-reliefs sans débourser un sou. C'était de l'art pour le peuple, ajoutait-elle.

Elle espérait un peu que papa pourrait peut-être l'aider – lui dénicher davantage de commandes avec des banques. Papa lui avait répondu sèchement que les banques et lui n'étaient plus comme cul et chemise.

Pour cette soirée, elle arborait une robe en jersey couleur de chiffon à poussière – elle nous expliqua que ce coloris s'appelait taupe, un terme emprunté au français. Sur toute autre personne, cela aurait ressemblé à un sac à patates avec des manches et une ceinture, mais Callie réussissait à la faire passer pour le summum, non de la mode ou du chic – cette robe donnait à penser que de telles choses ne méritaient pas qu'on s'y attarde –, mais du bidule facile à ignorer et néanmoins classe, tel un banal ustensile de cuisine – un pic à glace par exemple – juste avant le crime. En tant que robe, c'était un poing brandi, et au milieu d'une foule silencieuse.

Papa portait son smoking, lequel aurait eu besoin d'un coup de fer. Richard Griffen portait le sien, lequel n'en avait pas besoin. Alex Thomas arborait une veste marron et un pantalon en flanelle grise, trop chauds pour la saison ; et également une cravate à pois rouges sur fond bleu sur une chemise blanche au col trop large. On aurait dit qu'il avait emprunté sa tenue. Il n'avait pas prévu qu'on l'inviterait.

« Quelle charmante maison, déclara Winifred Griffen Prior avec un sourire convenu quand nous entrâmes dans la salle à manger. Elle est tellement... tellement bien préservée ! Que ces vitraux sont étonnants – comme ils sont *fin de siècle* [1] ! On doit avoir l'impression de vivre dans un musée ! »

---

1. En français dans le texte.

Ce qu'elle voulait dire, c'était *démodé*. Je me sentis humiliée : j'avais toujours pensé que ces vitraux étaient très beaux. Mais je voyais bien que le jugement de Winifred était le jugement du monde extérieur – un monde qui s'y connaissait et prononçait un verdict en conséquence, ce monde que, depuis si longtemps, je rêvais désespérément d'intégrer. Je voyais à présent combien j'en étais indigne. Combien j'étais rustaude, inexpérimentée.

« Ce sont des exemples particulièrement beaux, d'une certaine période, déclara Richard. Les boiseries sont également de très belle qualité. »

Malgré sa pédanterie et son ton condescendant, je lui fus reconnaissante : il ne me vint pas à l'idée qu'il faisait un état des lieux. Il savait repérer une affaire qui battait de l'aile quand il en avait une sous les yeux : il avait repéré que nous étions en train de nous vendre au plus offrant, ou que nous n'allions pas tarder à le faire.

« Par musée, vous voulez dire poussiéreux ? demanda Alex Thomas. Ou peut-être voulez-vous dire passé de mode ? »

Papa se rembrunit. Winifred, pour être juste avec elle, s'empourpra.

« Tu ne devrais pas t'attaquer à plus faible que toi, lança à mi-voix Callie, ravie.

– Pourquoi pas ? riposta Alex. Tout le monde le fait. »

Pour ce qui était du menu, Reenie avait vu les choses en grand, enfin pour autant que nous pouvions nous le permettre à l'époque. Mais elle avait visé trop haut. Bisque Déguisée, Perche à la Provençale, Poulet à la Providence – inlassablement, les plats arrivaient, les uns après les autres, en une inévitable procession, tel un raz de marée ou une catastrophe. La bisque avait un petit goût, le poulet, qui avait réduit et durci après avoir été traité trop rudement, avait, lui, un goût farineux. Ce n'était pas trop ragoûtant de voir tant de gens présents dans une même pièce en train de mâcher avec autant d'application et de vigueur. On mastiquait, c'était le terme juste – on ne mangeait pas.

Winifred Prior repoussait des choses sur son assiette comme si elle jouait aux dominos. J'étais furieuse contre elle et déterminée à tout ingurgiter, même les os. Je ne voulais pas laisser tomber Reenie. Dans le temps, me dis-je, elle ne se serait jamais retrouvée piégée de la sorte – prise au dépourvu, exposée et nous exposant par là même. Dans le temps, ils auraient fait venir des experts.

À côté de moi, Alex Thomas accomplissait son devoir lui aussi. Il travaillait du couteau comme si sa vie en dépendait ; le poulet couinait sous sa lame. (Non que Reenie lui fût reconnaissante de son dévouement. On pouvait être sûr et certain qu'elle tenait tout le monde à l'œil pour voir qui mangeait quoi. *Cet Alex Machinchose avait assurément de l'appétit*, fut son commentaire. *On aurait cru qu'on l'avait laissé mourir de faim au fond d'une cave.*)

Compte tenu des circonstances, la conversation se révéla sporadique. Il y eut cependant une accalmie après le fromage – le cheddar pas assez fait et élastique, le fromage frais trop vieux, le bleu trop fait – durant laquelle nous pûmes profiter d'un moment de silence pour faire le point et jeter un coup d'œil autour de nous.

Papa braqua son œil bleu sur Alex Thomas.

« Alors, jeune homme, dit-il d'un ton qu'il jugeait peut-être amical, qu'est-ce qui vous amène dans notre bonne ville ? »

On aurait cru un père de famille dans une ennuyeuse pièce de théâtre de l'époque victorienne. Je baissai les yeux vers la table.

« Je suis venu voir des amis, monsieur », répondit Alex assez poliment.

(Nous allions entendre Reenie un peu plus tard sur la question de sa politesse. Les orphelins avaient de bonnes manière parce que, à l'orphelinat, on les leur avait fait entrer dans le crâne. Seul un orphelin pouvait avoir autant d'assurance, mais cet aplomb dissimulait une nature revancharde – car en dessous, ils se moquaient de tout le monde. Enfin, bien entendu qu'ils étaient revanchards, vu la façon dont on s'était débarrassé d'eux. La plupart des anarchistes et des kidnappeurs étaient orphelins.)

« Ma fille me dit que vous vous préparez à devenir pasteur », déclara mon père.

(Ni Laura ni moi ne lui avions dit quoi que ce soit à ce propos – ce devait être Reenie et, comme de juste, à moins que ce ne fût par méchanceté, elle s'était légèrement trompée.)

« Je m'y préparais, répondit Alex, mais il m'a fallu y renoncer. Nous étions arrivés à la croisée des chemins.

– Et maintenant ? insista mon père qui avait l'habitude d'obtenir des réponses concrètes.

– Maintenant, je vis d'expédients, selon ce que me souffle mon esprit. »

Il sourit pour bien montrer qu'il se dénigrait.

« Vous devez avoir du mal », murmura Richard tandis que Winifred éclatait de rire.

Il me surprit : je ne lui avais pas prêté ce genre d'esprit.

« Il doit vouloir dire qu'il travaille comme journaliste, avança Winifred. Un espion parmi nous ! »

214

Alex sourit de nouveau et ne dit mot. Papa se renfrogna. À ses yeux, les journalistes étaient de la racaille. Non seulement c'étaient des menteurs, mais ils exploitaient le malheur des autres – des *mouches à merde*, voilà comment il les surnommait. Il faisait une exception pour Elwood Murray, parce qu'il connaissait la famille. *Colporteur de sornettes* était l'injure la plus grave dont il pût accabler Elwood.

Après cela, la conversation porta sur la conjoncture – la politique, l'économie – comme c'était fréquent à l'époque. De pire en pire, de l'avis de mon père ; sur le point de se rétablir, de celui de Richard. Il était difficile de savoir quoi penser, dit Winifred, mais elle espérait assurément que le gouvernement ne céderait pas un pouce de terrain.

« À qui ils veulent vendre du terrain et pourquoi ? » s'exclama Laura qui jusqu'à présent n'avait rien dit.

On aurait juré qu'une chaise venait de prendre la parole.

« Pour contenir l'agitation sociale », lui expliqua notre père sur un ton de réprimande qui lui intimait le silence.

Alex dit qu'il doutait de la chose. Il revenait tout juste des camps, ajouta-t-il.

« Des camps ? s'écria mon père, déconcerté. Quels camps ?

– Les camps du gouvernement, monsieur, dit Alex. Les camps de travail de Bennett, pour les chômeurs. Dix heures par jour pour pas grand-chose. Les gars ne sont pas très contents de ça – j'ai l'impression que la nervosité les gagne.

– Faute de grives, on mange des merles, intervint Richard. C'est mieux que de sillonner le pays en train pour trouver du travail. Ils font trois bons repas par jour, ce qui est plus que ce que peut avoir un ouvrier avec une famille, et je me suis laissé dire que la nourriture n'était pas mauvaise. On aurait pu croire qu'ils se montreraient reconnaissants, mais les gens de cette espèce ne le sont jamais.

– Ils n'appartiennent pas à une espèce particulière, remarqua Alex.

– Seigneur, un gauchiste de salon », fit Richard.

Alex baissa les yeux vers son assiette.

« Si c'en est un, alors moi aussi, décréta Callie. Mais je ne pense pas qu'il faille être gauchiste pour se rendre compte que...

– Que faisiez-vous là-bas ? » demanda mon père en coupant la parole à Callie.

(Ils se disputaient beaucoup ces derniers temps. Callie voulait qu'il se joigne au mouvement syndical. Il lui répondait qu'elle voulait que deux et deux fassent cinq.)

À ce moment précis, la *bombe glacée* [1] fit son entrée. Nous avions désormais un réfrigérateur – nous l'avions eu juste avant le krach – et Reenie, qui se méfiait pourtant de son compartiment à glace, en avait fait bon usage pour la soirée. La bombe, en forme de ballon de football, était vert vif et dure comme un caillou et elle monopolisa toute notre attention pendant un moment.

On en était au café quand le feu d'artifice commença en bas sur le terrain de camping. Nous descendîmes tous sur le ponton pour regarder. C'était un spectacle superbe, car on pouvait non seulement voir le feu d'artifice, mais son reflet dans la Jogues. Des cascades de rouges, de jaunes et de bleus dégringolaient dans le ciel – des explosions d'étoiles, de chrysanthèmes, de saules pleureurs de lumière.

« Les Chinois ont inventé la poudre, dit Alex, mais ils ne s'en sont jamais servis pour leurs armes. Uniquement pour les feux d'artifice. Pourtant, je ne peux pas dire que je les apprécie vraiment. Ça ressemble trop à de l'artillerie lourde.

– Vous êtes pacifiste ? » demandai-je.

Il était apparemment du genre à l'être. S'il me répondait oui, j'avais l'intention de lui signifier mon désaccord, parce que j'avais envie d'attirer son attention. C'était surtout à Laura qu'il s'adressait.

« Pas pacifiste, précisa-t-il. Mais mes parents ont tous les deux été tués à la guerre. Ou je présume qu'ils ont dû être tués. »

Voilà qu'on allait avoir la complainte de l'orphelin, me dis-je. Après toutes les histoires que Reenie avait pu raconter, j'espérais que celle-ci serait bonne.

« Tu ne sais pas vraiment ? demanda Laura.

– Non, fit Alex. À ce qu'on m'a raconté, on m'a trouvé assis sur un tas de décombres calcinés dans une maison réduite en cendres. Tout le monde à part moi était mort. Apparemment, je m'étais caché sous une bassine ou une marmite – un conteneur en métal.

– Où était-ce ? Qui t'a trouvé ? murmura Laura.

– Ce n'est pas clair. On ne sait pas vraiment. Ce n'était ni en France ni en Allemagne. Plus à l'est – un de ces petits pays par là-bas. J'ai dû passer de main en main ; puis la Croix-Rouge m'a récupéré d'une façon ou d'une autre.

– Vous vous en souvenez ? m'écriai-je.

– Pas vraiment. Quelques détails ont été déplacés dans l'affaire – mon nom et cetera –, puis je me suis retrouvé avec des missionnaires qui ont jugé que, tout bien réfléchi, mieux valait que je gomme

_____

1. En français dans le texte.

216

mes souvenirs. C'étaient des presbytériens, des gens soignés. On a tous eu la tête rasée, à cause des poux. Je me rappelle la sensation que j'ai éprouvée quand je n'ai plus eu de cheveux sur le crâne – ça m'a fait froid. C'est à partir de ce moment-là que j'ai de vrais souvenirs. »

Je commençais à l'apprécier davantage, mais je dois avouer, à ma grande honte, que son histoire me laissait plus qu'un peu sceptique. Elle était trop mélodramatique – trop de hasards, bons et mauvais à la fois. J'étais encore trop jeune pour croire aux coïncidences. Et s'il avait voulu impressionner Laura – essayait-il ? –, il n'aurait pu mieux s'y prendre.

« Ce doit être terrible, dis-je, que de ne pas savoir qui on est vraiment.

– C'est ce que je pensais avant, fit Alex. Puis je me suis dit que *qui je suis vraiment* est quelqu'un qui n'a pas besoin de savoir qui il est, au sens classique de l'expression. De toute façon, qu'est-ce que ça veut dire – milieu familial et ainsi de suite ? En général, les gens s'en servent comme d'un prétexte pour leur snobisme, ou sinon leurs défauts. Moi, je suis libre de cette tentation, c'est tout. Je n'ai pas de fil à la patte. Rien ne me ligote. »

Il ajouta autre chose, mais il y eut une explosion dans le ciel et je n'entendis pas. Laura entendit pourtant ; elle acquiesça avec gravité.

(Qu'avait-il dit ? Je l'appris par la suite. Il avait dit : « Au moins, ta famille ne te manque jamais. »)

Une aigrette de lumière explosa au-dessus de nos têtes. Nous levâmes tous les yeux. Dans des moments pareils, il est difficile de ne pas le faire. Il est difficile de ne pas rester planté, bouche bée.

Est-ce que tout commença ce soir-là – sur le ponton d'Avalon, avec le feu d'artifice éblouissant contre le ciel ? Les commencements sont soudains, mais aussi insidieux. Ils vous approchent à pas de loup, de biais, ils restent tapis dans l'ombre, sans qu'on les reconnaisse. Puis, après, ils bondissent.

Colorisation à la main

Des oies sauvages descendent vers le sud avec des grincements de charnières mises à mal ; au bord de la rivière, les bougies des sumacs brûlent d'un rouge terne. C'est la première semaine d'octobre. La saison où l'on ressort les tenues en laine de la naphtaline ; la saison des brumes nocturnes, de la rosée et des perrons glissants, des limaces tardives ; des gueules-de-loup qui risquent une dernière floraison ; des fameux choux d'ornement frisottés rose violet qui n'existaient pas, mais qu'on voit partout aujourd'hui.

La saison des chrysanthèmes, fleurs d'enterrement ; les blanches, pour être précise. Les morts doivent en être tellement lassés.

C'était un matin frais et clair. Je cueillis un petit bouquet de mufliers jaunes et roses dans le jardin de devant et le portai au cimetière pour le placer sur la tombe de la famille à l'intention des deux anges pensifs sur leur cube blanc : ça les changerait, me dis-je. Une fois sur place, j'accomplis mon petit rituel – le tour du monument, la lecture des noms. J'ai l'impression de le faire en silence, mais de temps à autre j'entends le son de ma voix, en train de marmonner comme un jésuite qui déviderait son bréviaire.

Dire les noms des morts, c'est les faire revivre, affirmaient les anciens Égyptiens : ce n'est pas toujours ce qu'on pourrait souhaiter.

Lorsque j'eus fait tout le tour du monument, je tombai sur une jeune fille – une jeune femme – à genoux devant la tombe, ou plutôt devant l'endroit où se trouvait Laura. Elle avait la tête penchée. Elle portait du noir : jean noir, T-shirt noir et une veste, un petit sac à dos du genre de ceux qu'on trimballe aujourd'hui à la place des sacs à main. Elle avait de longs cheveux noirs – comme Sabrina, me dis-je avec un serrement de cœur : Sabrina est revenue d'Inde ou de tout autre endroit où elle était. Elle est revenue sans prévenir. Elle a changé d'avis à mon sujet. Elle comptait me faire une surprise, et maintenant j'ai tout gâché.

En y regardant de plus près, je m'aperçus que je ne connaissais pas cette femme : c'était une étudiante à bout de nerfs, sans aucun doute. Au début, je crus qu'elle priait, mais non, elle déposait une fleur : un œillet blanc à la tige enveloppée de papier aluminium. Quand elle se releva, je vis qu'elle pleurait.

Laura touche les gens. Moi pas.

Après le pique-nique de la fabrique de boutons, il y avait eu le traditionnel compte rendu de l'événement dans le *Herald and Banner* – quel bébé avait remporté le concours du Plus Beau Bébé, qui avait eu le Plus Beau Chien. Et aussi ce que papa avait dit dans son discours, très abrégé : Elwood Murray collait un vernis optimiste sur tout, de sorte qu'on avait l'impression que tout allait comme d'habitude. Il y avait aussi quelques photos – le chien gagnant, sombre silhouette de balai à franges ; le bébé gagnant, rebondi comme une pelote d'épingles et coiffé d'une charlotte ; les danseurs de danse irlandaise brandissant un gigantesque trèfle en carton ; papa sur l'estrade. Ce n'était pas une bonne photo de lui : la bouche à moitié ouverte, il donnait l'impression d'être en train de bâiller.

L'une des photos représentait Alex Thomas avec nous deux – moi à sa gauche, Laura à sa droite, comme des serre-livres. L'une comme l'autre le regardions en souriant ; il souriait aussi, mais levait la main devant lui, comme les criminels du milieu qui se protègent des flashes quand ils sont arrêtés. Cela étant, il n'avait réussi qu'à masquer la moitié de sa figure. La légende disait : « Mlle Chase et Mlle Laura Chase en compagnie d'un visiteur de passage. »

Elwood Murray n'avait pas réussi à nous retrouver cet après-midi-là pour nous demander le nom d'Alex et quand il avait appelé la maison il était tombé sur Reenie qui avait déclaré que nos noms n'avaient pas à être associés avec Dieu sait qui et avait refusé de le lui dire. Il avait quand même publié la photo et Reenie se sentait offensée, autant par nous que par Elwood Murray. Elle trouvait que cette photo frisait l'indécence, même si nos jambes étaient cachées. Elle trouvait que nous avions l'une comme l'autre un regard libidineux et idiot, pareilles à des andouilles en mal d'amour ; avec la bouche ouverte comme ça, on aurait aussi bien pu baver. Nous nous étions ridiculisées : tout le monde en ville allait se moquer de nous derrière notre dos pour nous être montées le bourrichon à propos d'un jeune voyou qui avait l'air d'un Indien – ou pire, d'un Juif –, avec ses manches retroussées comme ça, et communiste par-dessus le marché.

« Cet Elwood Murray mériterait une fessée, décréta-t-elle. Il se croit rudement malin. »

Elle déchira le journal et le fourra dans la caisse du bois d'allumage pour que papa ne le voie pas. Il avait dû le voir quand même, à la fabrique, mais en tout cas il ne fit aucun commentaire.

Laura alla rendre visite à Elwood Murray. Elle ne lui fit aucun reproche ni ne lui répéta un seul mot de ce que Reenie avait dit sur son compte. À la place, elle lui confia qu'elle voulait devenir photographe, comme lui. Non : elle ne lui aurait pas raconté pareil mensonge. Ce fut juste ce qu'il en déduisit. Ce qu'elle lui dit en réalité, c'est qu'elle voulait apprendre à développer des photographies à partir de négatifs. C'est la vérité pure.

Flatté de cette marque d'intérêt émanant des hauts d'Avalon – bien que malveillant, il était effroyablement snob –, Elwood Murray accepta qu'elle vienne l'aider dans sa chambre noire trois après-midi par semaine. Elle pourrait le regarder développer les portraits qu'il faisait en plus de son travail, pour des mariages, des remises de diplôme, et cetera. Même s'il y avait deux hommes dans une salle du fond pour s'occuper de la composition et du journal, Elwood assumait pratiquement tout le reste de ce qui concernait l'hebdomadaire, y compris ses propres développements.

Peut-être pourrait-il également lui apprendre la colorisation à la main, lui dit-il : c'était le truc en vogue. Les gens lui apportaient leurs clichés en noir et blanc pour qu'il rehausse leur éclat en leur ajoutant des couleurs adaptées. Pour cela, il fallait décolorer les zones les plus sombres au pinceau, puis traiter le cliché à l'encre sépia afin de lui donner un fond rosé. Ensuite de quoi venait la colorisation. Les couleurs se présentaient dans des petits tubes et flacons et devaient être appliquées très soigneusement à l'aide de minuscules pinceaux ; quant au reste, il était indispensable de le retirer méticuleusement. Il fallait du goût et un sens du fondu pour que les joues ne ressemblent pas à des ronds rouges et la chair à du tissu beige. Il fallait une bonne vue et une main qui ne tremble pas. C'était tout un art, dit Elwood – et il était très fier de le maîtriser, s'il pouvait se permettre de le dire haut et fort. En guise de publicité, il avait une sélection tournante de ces photos colorisées dans le coin d'une fenêtre du bureau du journal. « Mettez vos souvenirs en valeur », suggérait un panneau écrit à la main qu'il avait placé à côté.

Dans les sujets qui revenaient le plus souvent, il y avait des jeunes hommes revêtus de l'uniforme à présent démodé de la Grande

Guerre; des jeunes mariés également. Puis les portraits de remises de diplôme, de premières communions, de familles sérieuses, de jeunes filles en tenue de soirée, d'enfants en habit de fête, de chiens et de chats. Il y avait à l'occasion l'animal original – une tortue, un ara – et, plus rarement, un bébé dans un cercueil, le visage cireux, encadré de volants.

Les couleurs ne ressortaient jamais avec netteté comme elles l'auraient fait sur un papier blanc : elles avaient quelque chose de flou, comme si on les avait regardées à travers une étamine. Ce n'était pas qu'elles donnaient une apparence plus réelle aux gens; c'était plutôt qu'ils devenaient hyperréels : citoyens d'un pays en demi-teintes, criard et pourtant voilé où l'enjeu n'était pas le réalisme.

Laura me confia ce qu'elle faisait pour Elwood Murray; elle le confia aussi à Reenie. Je m'attendais à des protestations, à des rugissements; je m'attendais à ce que Reenie décrète que Laura s'abaissait ou bien qu'elle se comportait de manière honteuse, compromettante. Qui aurait pu dire ce qui pouvait se produire dans une chambre noire entre une jeune fille et un homme alors que les lumières étaient éteintes? Mais Reenie prit le parti de considérer que ce n'était pas comme si Elwood payait Laura afin qu'elle travaille pour lui : au contraire, il lui apprenait quelque chose, et c'était tout à fait différent. Cela le mettait sur le même pied qu'un employé. Quant au fait que Laura passe du temps avec lui dans une chambre noire, personne n'irait penser à mal vu qu'Elwood était une telle tantine. À mon avis, Reenie était secrètement soulagée de voir Laura s'intéresser à autre chose qu'à Dieu.

Il est sûr que Laura éprouvait un certain intérêt à cela, mais comme d'habitude elle passa la mesure. Elle chaparda une partie du matériel de colorisation d'Elwood et le rapporta à la maison. Je m'en aperçus incidemment : j'étais dans la bibliothèque en train de farfouiller au hasard dans les livres quand je remarquai les photographies encadrées de grand-père Benjamin, chacune avec un Premier ministre différent. Le visage de Sir John Sparrow Thompson était à présent d'un mauve délicat, celui de Sir Mackenzie Bowell d'un vert bileux, celui de Sir Charles Tupper orange pâle. La barbe et les moustaches de grand-père Benjamin avaient été traitées en pourpre clair.

Le soir même, je la pris sur le fait. Là, sur sa coiffeuse, se trouvaient les petits tubes, les minuscules pinceaux. Ainsi que le portrait de Laura et de moi avec nos robes en velours et nos Charles IX. Laura avait ôté la photo du cadre et me repeignait en bleu pâle.

« Laura, m'écriai-je, qu'est-ce que tu fabriques donc ? Pourquoi as-tu colorisé les photographies ? Celles de la bibliothèque. Papa va être furieux.

– Je m'entraînais, c'est tout, m'expliqua Laura. De toute façon, ces bonshommes avaient besoin d'être un peu mis en valeur. Moi, je trouve qu'ils ont meilleure mine.

– Ils ont l'air bizarres. Ou bien très malades. Personne n'a le visage vert ! Ni mauve. »

Laura demeura imperturbable.

« Ce sont les couleurs de leur âme. C'est la couleur dont ils auraient dû être.

– Tu vas avoir de sacrés ennuis ! Ils vont savoir qui a fait ça.

– Personne ne regarde jamais ces photos. Personne n'y attache de l'importance.

– Eh bien, tu ferais mieux de ne pas toucher à grand-mère Adelia. Ni aux oncles défunts ! Papa aurait ta peau !

– J'avais envie de les faire en doré, pour les montrer dans leur splendeur. Mais il n'y a pas du tout de doré. Les oncles, pas grand-mère. Elle, je la ferai en gris acier.

– Ne fais pas ça ! Papa ne croit pas à la splendeur. Et tu ferais bien de rapporter ces peintures avant qu'on ne t'accuse de vol.

– Je n'en ai pas pris beaucoup, répliqua Laura. De toute façon, j'ai donné un pot de confiture à Elwood. C'est un échange honnête.

– La confiture de Reenie, j'imagine. Dénichée dans la cave – tu lui as demandé ? Elle compte la confiture, tu sais. »

Je me saisis de notre photographie.

« Pourquoi je suis bleue ?

– Parce que tu es endormie », répondit Laura.

Elle ne se contenta pas de chaparder le matériel de colorisation. Le classement constituait l'une de ses tâches. Elwood aimait que son bureau soit tout à fait impeccable, et sa chambre noire aussi. Ses négatifs étaient rangés dans des enveloppes en papier cristal, classés en fonction de la date à laquelle ils avaient été pris de sorte que Laura n'eut aucun mal à repérer le négatif du cliché du pique-nique. Elle en fit deux tirages papier en noir et blanc un jour où Elwood était sorti et où elle s'était retrouvée toute seule dans les lieux. Elle ne dit rien de tout cela à qui que ce soit, pas même à moi – du moins pas avant longtemps. Après avoir réalisé ses tirages, elle glissa le négatif dans son sac et le rapporta à la maison. Pour elle, ce n'était pas un vol : c'était Elwood qui avait volé cette photo en ne nous demandant pas la

222

permission, et elle ne faisait que lui reprendre quelque chose qui, de toute façon, ne lui avait jamais vraiment appartenu.

Après avoir accompli ce qu'elle s'était mis en tête de faire, Laura cessa d'aller au bureau d'Elwood. Sans lui fournir la moindre explication et du jour au lendemain. Je trouvai que c'était maladroit de sa part, et ça l'était bel et bien, parce qu'Elwood se sentit humilié. Il essaya de savoir par Reenie si Laura était malade, mais tout ce que Reenie lui dit c'est que Laura avait dû changer d'avis sur la photographie. Elle débordait de projets, cette fille, avait toujours une idée fixe, et elle devait en avoir une nouvelle.

Cela piqua la curiosité d'Elwood. Il se mit à tenir Laura à l'œil, plus qu'il ne l'aurait fait normalement. Je ne dirais pas qu'il l'espionnait – ce n'était pas comme s'il s'était posté derrière des buissons. Il fit simplement davantage attention à elle. (Cela étant, il n'avait encore rien découvert quant au négatif chapardé. Il n'avait pas envisagé que Laura ait pu avoir une arrière-pensée en venant le trouver. Laura avait un regard tellement direct, de grands yeux tellement ébahis, un front tellement harmonieux, tellement pur que peu de gens lui prêtaient jamais la moindre duplicité.)

Au début, Elwood ne trouva pas grand-chose. On pouvait voir Laura en train de descendre la rue principale, pour aller à l'église le dimanche matin où elle s'occupait du catéchisme pour les petits de cinq ans. Trois matins par semaine, elle aidait la United Church pour la soupe populaire à côté de la gare. L'église avait pour mission de distribuer des bols de soupe au chou aux hommes – jeunes et vieux – sales et affamés qui sillonnaient le pays en train à la recherche d'un emploi : effort méritoire que tout le monde en ville ne voyait pas d'un bon œil. Certains estimaient que ces hommes étaient des comploteurs séditieux, ou pire des communistes ; d'autres, qu'on n'avait pas à fournir des repas gratuits alors que, eux, ils étaient obligés de travailler pour tout ce qu'ils mangeaient. On entendit crier : « Allez travailler ! » (Les insultes n'avaient rien d'unilatéral, même si celles des vagabonds des rails étaient plus feutrées. Bien entendu, ils en voulaient à Laura et à tous les piliers de bonnes œuvres et grenouilles de bénitier dans son genre. Bien entendu, ils avaient des moyens d'exhiber leurs sentiments. Une blague, un sourire méprisant, un coup de coude, un brusque regard libidineux. Il n'y a rien de plus pénible qu'une gratitude imposée.)

La police locale veillait pour s'assurer que ces hommes n'allaient pas nourrir d'idées saugrenues, comme s'installer à Port Ticonderoga. Il fallait les pousser à partir, à aller ailleurs. Mais ils n'avaient pas le droit de sauter dans les wagons de marchandises à la gare, parce que la compagnie des chemins de fer ne le tolérait pas. Il y eut des bagarres et des pugilats et – comme l'écrivit Elwood Murray, noir sur blanc – les matraques voltigèrent allégrement.

Ces hommes suivaient donc péniblement les voies ferrées et essayaient de sauter en marche un peu plus loin sur la ligne, mais c'était plus difficile car les trains avaient pris de la vitesse. Il y eut plusieurs accidents et un mort – un jeune garçon qui n'avait pas plus de seize ans tomba sous les roues et se retrouva pratiquement coupé en deux. (Après cela, Laura s'enferma à clé dans sa chambre pendant trois jours et refusa de manger quoi que ce soit : elle avait servi un bol de soupe à ce garçon.) Elwood Murray écrivit un éditorial dans lequel il déclara que cet incident était regrettable, mais que ce n'était pas la faute des chemins de fer et certainement pas celle de la municipalité : à quoi pouvait-on s'attendre quand on prenait des risques audacieux ?

Laura réclamait à Reenie des os pour la soupe de l'église. Reenie répliquait qu'elle n'était pas faite d'os, qu'ils ne tombaient pas du ciel. Elle avait besoin de la plupart de ces os, pour elle – pour Avalon, pour nous. Elle ajoutait qu'un sou d'économisé était un sou de gagné, et Laura ne voyait-elle pas que notre père, en ces périodes difficiles, avait besoin de tous les sous qu'il pouvait glaner ? Pourtant, elle ne pouvait jamais résister trop longtemps à Laura et elle finissait par céder un, deux ou trois os. Laura ne voulait pas y toucher, ni même les voir – dans ce domaine, elle était délicate –, si bien que Reenie les lui enveloppait.

« Voilà. Ces fainéants vont nous manger la ferme, soupirait-elle. J'ai ajouté un oignon. »

Elle estimait que Laura n'aurait pas dû travailler à la soupe populaire – c'était trop dur pour une jeune fille comme elle.

« Ce n'est pas bien de les traiter de fainéants, déclarait Laura. Tout le monde les rejette. Ils veulent juste travailler. Tout ce qu'ils veulent, c'est un travail.

– Tu m'en diras tant », répliquait Reenie d'un ton sceptique exaspérant.

À moi, en privé, elle confiait :

« C'est le portrait craché de sa mère. »

Je n'allais pas à la soupe populaire avec Laura. Elle ne me l'avait pas demandé et, de toute façon, je n'aurais pas eu le temps : notre père avait décidé qu'il fallait que j'apprenne tout sur le commerce des boutons, que c'était mon devoir. *Faute de mieux* [1], je devais être le fils de Chase & Fils et il convenait que je mette les mains dans le cambouis si je devais faire tourner l'affaire un jour.

Je savais que je n'étais absolument pas douée pour les affaires, mais j'étais trop effrayée pour soulever la moindre objection. Tous les matins, j'accompagnais papa à la fabrique afin de voir (disait-il) comment se passaient les choses dans la vraie vie. Si j'avais été un garçon, il aurait commencé par me faire travailler à la chaîne, fort de l'analogie militaire selon laquelle un officier ne devait pas escompter que ses hommes accomplissent une mission donnée s'il n'était pas capable de l'accomplir personnellement. Il me chargea, pour ainsi dire, de gérer les stocks et de faire le rapprochement des comptes d'expédition – entrées des matières premières, sorties des produits finis.

J'étais mauvaise dans ce domaine, plus ou moins intentionnellement. Je m'ennuyais et me sentais intimidée, en plus. Quand, le matin, habillée de mes jupes et chemisiers de couvent, j'arrivais à la fabrique en suivant mon père à la façon d'un toutou, il me fallait passer devant les chaînes de montage. Je sentais que les femmes me méprisaient et que les hommes me dévisageaient. Je savais qu'ils se moquaient de moi derrière mon dos – des plaisanteries qui concernaient ma façon de me tenir (les femmes) et mon corps (les hommes) et que c'était leur manière de se venger. D'une certaine façon, je ne les blâmais pas – à leur place, j'aurais fait pareil –, mais ils m'offensaient quand même.

La-di-da. Se prend pour la reine de Saba.
Une bonne tringlette te lui rabattrait le caquet.

Papa n'entendait rien de tout cela. Ou bien il choisissait de ne rien entendre.

Un après-midi, Elwood Murray se présenta devant la porte de service de Reenie, le torse bombé et la mine faraude de celui qui apporte de mauvaises nouvelles. J'étais en train d'aider Reenie à faire des conserves : c'était la fin septembre et nous nous occupions des dernières tomates du potager. Reenie avait toujours été économe, mais par les temps qui couraient le gaspillage était un péché. Elle devait avoir compris que le fil était de plus en plus tendu – le fil de dollars qui la liait à son emploi.

---

1. En français dans le texte.

Il y avait quelque chose que nous devions savoir, déclara Elwood Murray, dans notre intérêt. Reenie lui jeta un coup d'œil, à lui et à son air bouffi de suffisance, évalua la gravité de la nouvelle et la jugea suffisamment sérieuse pour l'inviter à entrer. Elle lui offrit même une tasse de thé. Puis elle le pria d'attendre qu'elle eût retiré les bocaux de l'eau bouillante avec les pincettes et refermé les couvercles. Ensuite de quoi, elle s'assit.

La nouvelle était la suivante : Mlle Laura Chase avait été vue en ville – déclara Elwood – en compagnie d'un jeune homme, le même jeune homme que celui avec lequel elle avait été prise en photo lors du pique-nique de la fabrique de boutons. On les avait d'abord remarqués près de la soupe populaire ; puis, plus tard, assis sur le banc d'un jardin public – sur plus d'un banc – en train de fumer des cigarettes. Ou bien c'était le jeune homme qui était en train de fumer ; pour ce qui était de Laura, il ne pouvait pas en jurer, déclara-t-il en faisant la moue. On les avait vus à côté du monument aux morts près de la mairie et appuyés sur la balustrade du pont du Jubilé, les yeux baissés vers les rapides – un lieu de rendez-vous amoureux traditionnel. On les avait peut-être même aperçus près du terrain de camping, ce qui était la preuve quasi certaine d'un comportement douteux ou sur le point de l'être – bien qu'il ne pût l'affirmer, car il n'en avait pas été personnellement témoin.

En tout cas, il pensait que nous méritions d'être informées. Cet homme était adulte, et Mlle Laura n'avait-elle pas quatorze ans seulement ? Quelle honte, qu'il profite d'elle de la sorte. Il se renfonça dans son siège, hochant la tête de chagrin, fier comme Artaban, les yeux brillants d'un plaisir mauvais.

Reenie était furieuse. Elle avait horreur que quelqu'un lui dame le pion en matière de cancans.

« On vous remercie assurément de nous avoir informées, lâcha-t-elle avec une politesse guindée. Un point à temps en vaut cent. »

C'était sa manière de défendre l'honneur de Laura ; il ne s'était rien passé, et pourtant on ne pouvait pas ignorer cette histoire.

« Qu'est-ce que je t'avais dit ! s'écria Reenie une fois Elwood parti. Il n'a honte de rien. »

Elle ne parlait pas d'Elwood bien entendu, mais d'Alex Thomas.

Quand on la confronta, Laura ne nia rien, à part le terrain de camping. Les bancs de jardin public et cetera – oui, elle s'y était assise, pas pour très longtemps cependant. De même qu'elle ne comprenait pas pourquoi Reenie faisait autant d'histoires. Alex Thomas n'était pas un amoureux à la gomme (l'expression que Reenie avait utilisée).

Ni un salonnard (l'autre expression). Elle nia avoir jamais fumé une cigarette dans sa vie. Quant à « se faire des mamours » (de Reenie également), elle trouvait que c'était dégoûtant. Qu'avait-elle fait pour susciter des soupçons aussi vils ? Elle ne voyait évidemment pas de raisons.

Être Laura, songeai-je, c'était comme ne pas avoir d'oreille : la musique jouait et on entendait quelque chose, mais ce n'était pas du tout ce que tous les autres entendaient.

D'après Laura, à chacune de leurs rencontres – et il n'y en avait eu que trois – Alex Thomas et elle avaient eu des discussions sérieuses. Sur quoi ? Sur Dieu. Alex Thomas avait perdu la foi et Laura s'efforçait de l'aider à la retrouver. C'était compliqué parce qu'il était très cynique, peut-être voulait-elle dire *sceptique* ? Il pensait que l'époque moderne serait une époque où l'homme vivrait pour le monde matériel plutôt que pour l'autre – un monde d'hommes pour l'humanité – et il était totalement pour. Il affirmait ne pas avoir d'âme et disait se contreficher de ce qui risquait de lui arriver après sa mort. Néanmoins, elle avait l'intention de ne pas relâcher ses efforts, aussi difficile la tâche pût-elle se présenter.

Je toussai derrière ma main. Je n'osai pas éclater de rire. J'avais vu Laura utiliser cette vertueuse expression assez souvent avec M. Erskine et j'avais l'impression que c'était ce qu'elle était en train de faire : elle bridait la bécasse. Mains sur les hanches, jambes écartées, bouche bée, Reenie ressemblait à une poule sur le qui-vive.

« Pourquoi est-ce qu'il est encore en ville ? Voilà ce que j'aimerais savoir, déclara Reenie qui, perplexe, changea d'angle d'attaque. Je croyais qu'il était juste de passage.

– Oh, il a des affaires à régler ici, dit Laura avec douceur. Mais il peut aller là où il veut. On n'est pas dans un État esclavagiste. Sauf pour ceux qui sont esclaves de leur salaire, bien entendu. »

Je subodorais que les velléités de conversion n'avaient pas été totalement unilatérales : Alex Thomas avait apporté son grain de sel, lui aussi. Si les choses continuaient à ce train-là, on allait se retrouver avec une petite bolchevik sur les bras.

« Il n'est pas trop vieux ? » demandai-je.

Laura me décocha un regard féroce – *Trop vieux pour quoi ?* – me mettant au défi de m'en mêler.

« L'âme n'a pas d'âge, répliqua-t-elle.

– Les gens jasent, dit Reenie, dont c'était toujours l'argument décisif.

– C'est leur problème », déclara Laura.

Son ton de voix trahissait une irritation dédaigneuse : les autres, c'était sa croix.

Reenie et moi étions toutes les deux perplexes. Que faire ? Nous aurions pu en parler à mon père qui aurait peut-être pu interdire à Laura de voir Alex Thomas. Mais elle n'aurait pas obéi, pas du moment qu'il y avait une âme en jeu. Nous parvînmes à la conclusion que ça ne valait pas la peine d'alerter papa, que ça aurait causé plus de tracas qu'autre chose ; et après tout qu'y avait-il au juste ? Rien de tangible. (Reenie et moi échangions des confidences à l'époque ; on s'était concertées.)

À mesure que les jours passaient, j'en vins à avoir l'impression que Laura me prenait pour une idiote, même si j'étais incapable de dire précisément pourquoi. Je ne pensais pas qu'elle me mentait, au sens propre du terme, mais elle ne me disait pas toute la vérité. Une fois, je la vis en compagnie d'Alex Thomas, en grande conversation, qui se promenait tranquillement devant le monument aux morts ; une autre fois sur le pont du Jubilé, et une fois en train de traînasser devant Betty's Luncheonette, indifférente aux têtes qui se retournaient, la mienne comprise. C'était de la provocation pure et simple.

« Il va falloir que tu lui fasses entendre raison », me dit Reenie.

Mais je ne pouvais pas faire entendre raison à Laura. Il m'était de plus en plus difficile de lui parler ; j'y arrivais, mais m'écoutait-elle ? C'était comme parler à une feuille de papier buvard blanc : les mots sortaient de ma bouche et disparaissaient derrière son visage comme derrière un rideau de neige.

Lorsque je n'étais pas en train de tuer le temps à la fabrique de boutons – opération qui paraissait de jour en jour plus vaine, même aux yeux de mon père –, je pris l'habitude de me promener toute seule. Je me baladais sur la berge de la rivière, en essayant de faire comme si j'avais un but, ou me postais sur le pont du Jubilé comme si j'attendais quelqu'un, fixais l'eau noire et repensais aux histoires des femmes qui s'étaient jetées dedans. Elles l'avaient fait par amour, parce que c'était l'effet que l'amour avait sur les gens. Il s'approchait sans bruit, vous attrapait avant que vous n'ayez eu le temps de dire ouf et, après, vous ne pouviez plus rien faire. Une fois que vous étiez dedans – dans l'amour –, vous étiez emportée, quoi qu'il en soit. Du moins, c'est ce que les livres racontaient.

Sinon je musardais dans la rue principale, en observant très attentivement ce qu'il y avait dans les devantures – les paires de chaussettes et de chaussures, les chapeaux et les gants, les tournevis et les clés à mollette. J'étudiais les affiches des vedettes de cinéma dans les vitrines du cinéma Bijou et les comparais à mon physique, ou à celui que j'aurais pu avoir si je m'étais fait une mèche sur l'œil et si j'avais porté les vêtements qu'il fallait. Je n'avais pas le droit d'entrer; je dus attendre d'être mariée pour mettre les pieds dans un cinéma, parce que Reenie prétendait qu'on se déconsidérait quand on allait au Bijou, les jeunes filles seules en tout cas. Des hommes s'y rendaient pour se trouver une proie, des hommes à l'esprit mal tourné. Ils s'asseyaient à côté de vous et vous plaquaient leurs mains dessus comme du papier tue-mouches, et vous n'aviez pas le temps de comprendre ce qu'il vous arrivait qu'ils vous grimpaient dessus partout.

Dans les descriptions de Reenie, la jeune fille ou la femme était toujours inerte, mais offrait de multiples prises de main, comme une cage à poules. Elle était magiquement privée de la capacité de hurler ou de bouger. Elle était stupéfiée, paralysée – sous le choc, l'indignation ou la honte. Elle n'avait pas de recours.

La cave au froid

Un froid piquant ; les nuages hauts et fouettés par le vent. Des gerbes de maïs séché surgissent sur les portes d'entrée des heureux élus ; sur les perrons, les citrouilles ont entamé leurs veillées souriantes. D'ici une semaine, les enfants en quête de bonbons descendront dans les rues, déguisés en ballerines, en zombies, en extra-terrestres, en squelettes, en romanichelles diseuses de bonne aventure et en stars du rock décédées et, comme d'habitude, j'éteindrai mes lumières et ferai mine de ne pas être à la maison. Ce n'est pas tant que je les déteste, c'est de l'autodéfense – si l'un de ces petiots venait à disparaître, je ne veux pas être accusée de les avoir mangés après les avoir attirés chez moi par ruse.

J'ai dit ça à Myra qui fait de sacrées affaires avec ses grosses bougies orange, ses chats en céramique noire, ses chauves-souris en satinette et ses sorcières décoratives en tissu avec une pomme séchée en guise de tête. Elle a éclaté de rire. Elle a cru que je blaguais.

J'ai passé une journée au ralenti hier – j'avais comme des élancements au cœur, c'est à peine si je pouvais me lever du sofa –, mais ce matin, après avoir pris ma pilule, j'ai ressenti une énergie bizarre. J'ai marché d'un assez bon pas jusqu'à la boutique de beignets. Là, j'ai inspecté le mur des toilettes, sur lequel le dernier graffiti proclame : *Si tu ne peux rien dire de chouette, alors ne dis rien du tout*, suivi de : *Si tu ne peux rien sucer de chouette, alors ne suce rien du tout*. C'est bon de savoir que, dans ce pays, la liberté d'expression se porte toujours à merveille.

Puis je me suis acheté un café et un beignet glacé au chocolat, j'ai embarqué le tout jusqu'à l'un des bancs installés par la direction et j'ai placé ça – c'est plus pratique – à côté de la poubelle. Puis je me suis assise et j'ai fait le lézard en profitant du soleil encore chaud.

230

Des promeneurs sont passés devant moi – deux femmes obèses avec une poussette pour bébé, une femme plus jeune, plus mince, vêtue d'un manteau en cuir noir avec des clous argent dessus et un dans le nez, trois vieux types en anorak. J'ai eu l'impression qu'ils me dévisageaient. On me connaît encore ou je suis parano ? Ou j'étais peut-être juste en train de parler toute seule à voix haute. Difficile de savoir. Est-ce que ma voix me sort simplement de la bouche comme de l'air quand je n'y prête pas attention ? Murmure ratiné, vignes d'hiver qui bruissent, sifflement du vent d'automne dans les herbes sèches.

Qu'est-ce que ça peut faire ce que les gens pensent, me dis-je. S'ils veulent écouter quand même, grand bien leur fasse.

Qu'est-ce que ça peut faire, qu'est-ce que ça peut faire. L'éternelle riposte adolescente. Bien sûr que ça me faisait quelque chose. Ça me faisait quelque chose ce que les gens pensaient. Ça m'a toujours fait quelque chose. Contrairement à Laura, je n'ai jamais eu le courage de mes convictions.

Un chien s'est approché de moi ; je lui ai donné la moitié du beignet. « Vas-y, te gêne pas », lui ai-je dit. C'est ce que Reenie disait quand elle vous surprenait en train d'écouter aux portes.

Tout au long du mois d'octobre – octobre 1934 –, il avait été question de ce qui se passait à la fabrique de boutons. On racontait que des agitateurs de l'extérieur traînaient dans les parages ; ils mettaient de l'huile sur le feu, surtout parmi les jeunes têtes brûlées. On parlait de négociation collective, de droits des travailleurs, de syndicats. Les syndicats étaient sûrement illégaux ou du moins l'obligation de se syndiquer pour se faire embaucher l'était – non ? Personne n'avait l'air trop au courant. De toute façon, ils dégageaient une odeur de soufre.

Les gens qui mettaient de l'huile sur le feu étaient des voyous, des criminels qu'on avait payés pour ce sale travail (d'après Mme Hillcoate). C'étaient non seulement des agitateurs de l'extérieur, mais aussi des agitateurs étrangers de l'extérieur, ce qui était en un sens plus effrayant. De petits bonshommes bruns avec moustache du genre à signer leur nom en lettres de sang, à jurer d'être loyaux jusqu'à la mort, à provoquer des émeutes, à ne reculer devant rien, à placer des bombes et à s'introduire furtivement chez nous la nuit pour venir nous trancher la gorge durant notre sommeil (d'après Reenie). C'étaient leurs méthodes, à ces bolcheviks et à ces militants syndicalistes impitoyables qui, dans le fond, étaient tous pareils (d'après

Elwood Murray). Ils voulaient l'amour libre, la destruction de la famille et la mort devant un peloton d'exécution de quiconque avait de la fortune – n'importe quelle fortune – ou une montre ou une alliance. C'était ce qui s'était passé en Russie. À ce qui se racontait.

On racontait également que les usines de mon père étaient en difficulté.

Les deux rumeurs – les agitateurs de l'extérieur, les difficultés – donnaient lieu à des démentis publics. Personne ne contestait ni l'une ni l'autre.

Mon père avait licencié certains de ses ouvriers en septembre – quelques-uns parmi les plus jeunes, plus aptes à se débrouiller, d'après ses théories – et avait demandé aux autres d'accepter une réduction du temps de travail. Il n'y avait tout simplement pas assez de commandes, leur expliqua-t-il, pour continuer à faire tourner les usines à plein rendement. Les clients n'achetaient pas le genre de boutons fabriqués par la Chase & Fils, laquelle avait besoin de volumes importants pour enregistrer des bénéfices. De même n'achetaient-ils pas de sous-vêtements commodes, bon marché, vu qu'ils tiraient le diable par la queue et, de ce fait, l'aiguille pour ravauder. Dans le pays, tout le monde n'était pas au chômage, bien sûr, mais ceux qui avaient un emploi n'étaient pas tout à fait sûrs de le garder. On ne pouvait leur en vouloir. À leur place, on aurait agi de la même façon.

Le calcul, avec ses multiples jambes, ses nombreuses colonnes et ses têtes rondes, ses yeux impitoyables à base de zéros, s'inscrivit désormais dans le décor. Son message proclamait que deux et deux faisaient quatre. Mais comment faire quand on n'avait pas deux et deux ? En ce cas, pas moyen d'avoir de plus. Et s'il n'y avait pas de plus, je ne pouvais pas en fabriquer ; sur mon livre d'inventaire, je n'arrivais pas à faire du plus avec du moins. Cela me tracassait terriblement ; comme si c'était ma faute. Lorsque je fermais les paupières, la nuit, je voyais les chiffres sur la page devant moi, en rangs sur mon bureau rectangulaire en chêne à la fabrique de boutons – des rangs de chiffres négatifs, rouges, pareils à une armée de chenilles mécaniques occupées à croquer tout l'argent qui restait. Quand le prix auquel vous réussissiez à vendre un article était inférieur à votre coût de production – ce qui était le cas à la Chase & Fils depuis un moment –, vous aviez la manière dont les chiffres se comportaient. C'était un vilain comportement – dénué d'amour, dénué de justice, dénué de miséricorde –, mais que pouviez-vous espérer ? Les chiffres n'étaient que des chiffres. Ils n'avaient pas voix au chapitre.

Au cours de la première semaine de décembre, mon père annonça qu'il allait fermer. Ce serait temporaire, précisa-t-il. Il escomptait que ce serait extrêmement temporaire. Il parla de battre en retraite et de se retrancher pour se regrouper. Il demanda compréhension et patience et fut reçu par le silence attentif de ses ouvriers rassemblés autour de lui. Après cette déclaration, il retourna à Avalon, s'enferma dans sa tourelle et se soûla à mort. Il y eut des trucs cassés là-dedans – des objets en verre. Des bouteilles, sans aucun doute. Laura et moi, assises dans ma chambre, sur mon lit, nous tenions fort par la main tout en écoutant la fureur et le chagrin déchaînés là-haut, juste au-dessus de nos têtes, pareils à un orage intérieur. Il y avait un moment que papa n'avait pas fait ce genre de chose à cette échelle-là.

Il devait avoir le sentiment d'avoir laissé tomber ses hommes. D'avoir échoué. D'avoir fait l'impossible sans que cela suffise.

« Je vais prier pour lui, décréta Laura.

– Ça intéresse Dieu ? demandai-je. À mon avis, Il s'en fiche éperdument, au fond. Si tant est que Dieu existe.

– Tu ne peux pas savoir. Seulement après. »

Après quoi ? Je le savais très bien, on avait déjà eu cette conversation. *Après notre mort.*

Quelques jours après la déclaration de papa, le syndicat exposa sa force. Il existait déjà un noyau dur et maintenant ils voulaient que tout le monde adhère. Il y eut une réunion devant la fabrique de boutons fermée et un appel fut lancé aux ouvriers pour qu'ils s'inscrivent, parce que, dit-on, quand mon père rouvrirait les usines, il fermerait le robinet au maximum et tous seraient censés accepter des salaires de misère. Il était exactement comme tous les autres, en des moments difficiles comme ceux-là, il fourrait son argent à la banque, puis restait à se tourner les pouces jusqu'à ce que les ouvriers revoient leurs exigences à la baisse et se retrouvent complètement écrasés ; ensuite de quoi, il profiterait de l'occasion pour s'engraisser sur leur dos. Lui, sa grande maison et ses poules de luxe de filles – ces parasites frivoles qui suçaient le sang des masses laborieuses.

On voyait bien que ces prétendus militants n'étaient pas de la ville, affirma Reenie, qui nous racontait tout cela autour de la table de cuisine. (Nous avions cessé de prendre nos repas dans la salle à manger, parce que papa avait cessé d'y manger. Il se barricadait dans sa tourelle ; Reenie lui montait un plateau.) Ces brutes n'avaient pas la moindre idée de ce qui se faisait en nous mêlant toutes les deux à cela alors que tout le monde savait très bien qu'on n'avait rien à voir avec quoi que ce soit. Elle nous conseilla de ne pas y prêter attention, ce qui était plus facile à dire qu'à faire.

Il y avait toujours des gens loyaux envers papa. À la réunion, à ce qu'on apprit, des désaccords s'étaient manifestés, puis on avait haussé le ton et enfin on en était arrivé à des bagarres. On avait laissé libre cours à la colère. Un homme qui avait reçu un coup de pied dans la tête avait été emmené à l'hôpital, victime d'une commotion cérébrale. C'était l'un des grévistes – ils s'appelaient les grévistes maintenant – mais on attribua la responsabilité de cette blessure aux ouvriers eux-mêmes, parce que dès l'instant qu'on avait démarré ce genre de perturbations, qui pouvait dire où ça s'arrêterait ?

Mieux valait ne pas commencer. Mieux valait se taire. C'était bien mieux.

Callie Fitzsimmons vint voir papa. Elle se tracassait beaucoup pour lui, déclara-t-elle. Elle se tracassait à l'idée qu'il était en train de descendre la pente. Moralement, voulait-elle dire. Comment pouvait-il traiter ses ouvriers de manière aussi cavalière, aussi radine ? Papa lui dit de regarder la réalité en face. Il ajouta qu'elle était une piètre consolatrice. Il déclara également : « Qui t'a envoyée, un de tes copains gauchos ? » Elle répondit qu'elle était venue de son propre chef, par amour, parce que, bien que capitaliste, il avait toujours été correct, mais elle s'apercevait à présent qu'il s'était transformé en un ploutocrate sans cœur. Il dit qu'on ne pouvait pas être ploutocrate si on était fauché. Elle dit qu'il pouvait liquider ses biens. Il rétorqua que ses biens ne valaient pas beaucoup plus que son cul à elle, lequel cul, pour autant qu'il ait pu en juger, elle l'avait offert pour rien à tous ceux qui le lui avaient demandé. Elle riposta qu'il n'avait pas craché sur les aumônes qu'elle lui avait faites. Il dit que oui, mais que les faux frais s'étaient révélés trop élevés – d'abord toute la bouffe chez lui pour ses copains artistes, puis son sang et maintenant son âme. Elle le traita de bourgeois réactionnaire. Il la traita de mouche à merde. À ce stade-là, ils en étaient arrivés aux hurlements. Puis des portes claquèrent, une voiture s'éloigna sur les gravillons, et ce fut la fin de cette histoire.

Reenie en fut-elle heureuse ou désolée ? Désolée. Elle n'avait pas aimé Callie, mais elle s'y était habituée et Callie avait été gentille avec papa dans le temps. Qui allait la remplacer ? Une autre pouffiasse, or mieux valait un danger qu'on connaissait.

La semaine d'après, il y eut un appel à la grève générale par solidarité avec les ouvriers de la Chase & Fils. Il fut décrété que tous les magasins et toutes les entreprises devraient fermer. Tous les services publics devraient être suspendus. Les téléphones, la distribution du

234

courrier. Pas de lait, pas de pain, pas de glace. (Qui formulait ces décrets ? Personne ne pensait qu'ils émanaient réellement de l'homme qui les énonçait. Cet homme prétendait être du coin, de notre ville précisément, et on le crut un moment – c'était un Morton, un Morgan, quelque chose dans ce genre-là –, mais il était devenu tout de même clair qu'il n'était pas du coin, pas au fond. Ce n'était pas possible, vu la façon dont il se comportait. Et puis, c'était qui son grand-père ?)

Ce n'était pas cet homme-là. Ce n'était pas lui le cerveau derrière, affirma Reenie, d'abord, parce qu'il n'avait rien dans la tête. Des forces obscures étaient à l'œuvre.

Laura, quant à elle, se tracassait pour Alex Thomas. D'une certaine façon, il était mêlé à tout ça, déclara-t-elle. Elle le savait. Compte tenu de ses principes, il l'était forcément.

Au tout début de l'après-midi de ce même jour, Richard Griffen arriva en voiture à Avalon, accompagné de deux autres véhicules. De grosses voitures, élégantes et surbaissées. Il y avait cinq autres hommes en tout, dont quatre assez costauds, vêtus de pardessus foncés et coiffés de feutres gris. Richard Griffen et un des hommes se rendirent avec papa dans le bureau de ce dernier. Deux d'entre eux se postèrent devant les portes de la maison, devant et derrière, et deux autres repartirent dans l'une des luxueuses voitures. Laura et moi observions les allées et venues des véhicules de la fenêtre de la chambre de Laura. Nous avions reçu l'ordre de ne pas nous coller dans le passage, ce qui voulait dire qu'il nous fallait aussi nous tenir à bonne distance pour ne pas entendre ce qui se disait. Quand nous demandâmes à Reenie ce qu'il se passait, elle prit un air soucieux et nous dit qu'elle n'en savait pas plus que nous, mais qu'elle débridait les esgourdes.

Richard Griffen ne resta pas pour le dîner. Quand il s'en alla, deux des voitures l'accompagnèrent. La troisième demeura sur place et trois des costauds avec. Ils s'installèrent discrètement dans le logement de l'ancien chauffeur, au-dessus du garage.

C'étaient des détectives, affirma Reenie. Ils devaient l'être. C'était pour cela qu'ils ne retiraient jamais leur pardessus : ce vêtement cachait les armes qu'ils gardaient sous leur aisselle. Les armes étaient des revolvers. Elle le savait grâce à ses multiples revues. Elle dit qu'ils étaient là pour nous protéger et que si nous apercevions quelqu'un de bizarre en train de se faufiler dans le jardin la nuit – à l'exception de ces trois hommes, naturellement –, il fallait qu'on hurle.

Le lendemain, il y eut des émeutes dans les rues principales de la ville. Parmi les participants, il y avait des tas d'hommes qu'on n'avait encore jamais vus, ou si c'était le cas, personne ne s'en souvenait. Qui se serait souvenu d'un vagabond ? Mais certains d'entre eux n'étaient pas des vagabonds, c'étaient des agitateurs professionnels déguisés. Ils avaient espionné tout du long. Comment étaient-ils arrivés sur place aussi rapidement ? En circulant sur le toit des trains, affirmait-on. C'était comme ça que ce genre d'individus se déplaçaient.

Les émeutes éclatèrent à l'occasion d'un rassemblement devant la mairie. Au début, il y eut des discours où il était question d'hommes de main et d'entrepreneurs escrocs ; puis, découpée dans un carton, l'effigie de papa, coiffé d'un haut-de-forme et fumant un cigare – choses qu'il ne faisait jamais –, fut brûlée au milieu d'acclamations bruyantes. Deux poupées de chiffon revêtues de robes roses à frou-frous furent arrosées de pétrole et jetées elles aussi dans les flammes. Elles étaient censées nous représenter, Laura et moi, nous expliqua Reenie. Des blagues avaient circulé sur le fait que c'étaient des petites poupées qui avaient le feu au cul. (Les balades en ville de Laura et d'Alex n'étaient pas passées inaperçues.) C'était Ron Hicks qui le lui avait confié, ajouta Reenie, parce qu'il estimait qu'elle devait savoir. Il avait dit que nous ne devions pas descendre en ville pour le moment parce que les esprits étaient échauffés et qu'on ne savait jamais. Il avait précisé qu'il fallait que nous restions à Avalon, que nous y serions en sécurité. Il avait dit que c'était une honte, ces poupées, et qu'il aimerait bien mettre la main sur celui qui avait monté tout ça.

Les magasins et les entreprises des grandes rues qui avaient refusé de fermer eurent leurs devantures brisées. Puis ceux qui avaient fermé eurent également leurs devantures brisées. Après quoi, il y eut des pillages et la situation devint gravement incontrôlable. Le journal fut envahi et les bureaux endommagés ; Elwood Murray fut passé à tabac et les machines de son atelier d'imprimerie démolies. Sa chambre noire en réchappa, mais pas son appareil photo. Ce fut une funeste période pour lui, et il nous la raconta en détail de nombreuses fois par la suite.

Cette nuit-là, la fabrique de boutons prit feu. Des flammes jaillirent des fenêtres du rez-de-chaussée : je ne les voyais pas de ma chambre, mais le camion des pompiers qui arrivait à la rescousse passa devant la maison avec des bruits de ferraille. J'étais consternée et effrayée, bien entendu, pourtant, je dois reconnaître qu'il y avait également quelque chose d'affriolant là-dedans. Tout en écoutant les bruits de ferraille et les hurlements lointains qui provenaient du même endroit, j'entendis quelqu'un qui montait l'escalier de service. Je crus qu'il s'agissait de Reenie, mais non. C'était Laura ; elle avait son manteau sur le dos.

« Où es-tu allée ? lui demandai-je. On était censées ne pas sortir. Papa a bien assez de soucis sans que tu ailles te balader dehors.

– J'étais juste dans l'orangerie, me répondit-elle. Je priais. J'avais besoin d'un endroit tranquille. »

Les pompiers réussirent à éteindre l'incendie, mais le bâtiment avait beaucoup souffert. Ce fut le premier constat. Puis Mme Hillcoate arriva, hors d'haleine, elle apportait le linge propre et fut autorisée à franchir le barrage des gardes. Incendie criminel, déclara-t-elle : on avait trouvé les jerrycans d'essence. Le veilleur de nuit gisait mort par terre. Il avait une bosse sur le crâne.

On avait vu deux hommes prendre la fuite. Les avait-on reconnus ? Pas de manière concluante, mais on racontait que l'un d'entre eux était le jeune homme de Mlle Laura. Reenie riposta que ce n'était pas son jeune homme, que Laura n'avait pas de jeune homme, que ce n'était qu'une connaissance. Enfin, il pouvait être ce qu'il voulait, enchaîna Mme Hillcoate, il avait vraisemblablement foutu le feu à la fabrique de boutons, frappé le pauvre Al Davidson sur la tête en le laissant raide mort et il ferait bien de quitter la ville au plus vite s'il ne voulait pas qu'il lui en cuise.

Au dîner, Laura annonça qu'elle n'avait pas faim. Elle déclara qu'elle ne pouvait pas manger tout de suite : elle allait se préparer un plateau, pour plus tard. Je la regardai, chargée, monter l'escalier de service pour gagner sa chambre. Elle avait pris double portion de tout – lapin, courge, pommes de terre bouillies. D'habitude, manger était pour elle un motif d'agitation – quelque chose pour s'occuper les mains à table pendant que les autres bavardaient – ou encore comme une corvée qu'elle avait à subir, comme faire l'argenterie. Une sorte d'ennuyeux train-train à des fins d'entretien. Quand s'était-elle découvert un tel enthousiasme pour la nourriture ? Je me le demandais.

Le lendemain, des troupes du Royal Canadian Regiment arrivèrent – pour rétablir l'ordre. C'était l'ancien régiment de papa, au temps de la guerre. Il prit très mal le fait de voir ces soldats se retourner contre les leurs – les siens, ou ceux qu'il avait cru être les siens. Ils ne partageaient plus l'idée qu'il se faisait d'eux, il ne fallait pas être grand clerc pour le voir, mais il le prit mal aussi. Ne l'avaient-ils donc aimé que pour son argent ? Il semblait que oui.

Après que le Royal Canadian Regiment eut repris la situation en main, la gendarmerie royale débarqua. Trois hommes se présentèrent à notre porte. Ils frappèrent poliment, puis se plantèrent dans le vestibule, leurs bottes brillantes crissant sur le parquet ciré, leur chapeau marron, très rigide, à la main. Ils voulaient parler à Laura.

« Viens avec moi, s'il te plaît, Iris, me chuchota Laura quand on la convoqua. Je ne peux pas les voir toute seule. »

Elle avait l'air très jeune, très pâle.

Nous nous assîmes toutes les deux sur le canapé du petit salon, à côté du vieux gramophone. Les gendarmes s'installèrent dans des fauteuils. Ils ne correspondaient pas à l'idée que je m'étais faite des bonshommes de la gendarmerie royale, ils étaient trop vieux, trop épais à la taille. L'un d'entre eux était plus jeune, mais ce n'était pas lui qui commandait. C'est le moyennement âgé qui mena l'entretien. Il déclara qu'ils nous présentaient des excuses pour nous déranger en un moment qui devait être difficile – mais l'affaire était assez pressante. Ce dont ils voulaient parler, c'était de M. Alex Thomas. Laura savait-elle que cet homme était un élément subversif et un radical connu et qu'il s'était rendu dans les camps gouvernementaux où il avait joué les agitateurs et déclenché des incidents ?

Laura répondit que, à sa connaissance, il avait simplement appris à lire à ces hommes.

C'était une façon de voir les choses, déclara le gendarme. Et s'il était innocent, il n'avait naturellement rien à cacher et se présenterait si on le lui demandait, n'était-elle pas d'accord ? Où pouvait-il se trouver à l'heure actuelle ?

Laura dit qu'elle ne pouvait le dire.

La question fut répétée de manière différente. Cet homme était considéré comme suspect : Laura ne voulait-elle pas contribuer à retrouver le criminel qui avait peut-être mis le feu à la fabrique de son père et peut-être causé la mort d'un employé loyal ? Enfin, s'il fallait en croire les témoins.

Je déclarai qu'on ne devait pas croire les témoins, vu que les personnes qui s'étaient enfuies avaient été vues de dos seulement et que, de surcroît, il faisait nuit.

« Mademoiselle Laura ? » insista le gendarme en m'ignorant.

Laura dit que même si elle le pouvait, elle ne le dirait pas. Elle ajouta qu'on était innocent tant qu'on n'avait pas prouvé le contraire. De plus, c'était contre ses principes chrétiens de jeter un homme aux lions. Elle dit qu'elle était désolée pour le veilleur de nuit qui était mort, mais que ce n'était pas la faute d'Alex Thomas, parce que Alex

238

Thomas n'aurait jamais fait une chose pareille. Elle ne pouvait rien dire de plus.

Elle s'accrochait à mon bras, me cramponnait le poignet ; je sentais les tremblements qui l'agitaient, comme une voie de chemin de fer qui vibre.

Le chef de la gendarmerie royale marmonna quelque chose où il était question d'obstruction à la justice.

Là-dessus, je dis que Laura n'avait que quinze ans et qu'elle ne pouvait être tenue pour responsable au même titre qu'un adulte. J'ajoutai que ce qu'elle leur avait déclaré était bien entendu confidentiel et que si cela sortait de cette pièce – et se retrouvait dans un journal par exemple –, alors, mon père saurait qui remercier.

Les gendarmes sourirent, se levèrent et prirent congé ; ils étaient corrects et rassurants. Peut-être avaient-ils compris qu'il ne convenait pas de poursuivre cette ligne de recherche ? Bien que le dos au mur, papa avait encore des amis.

« Bon, dis-je à Laura une fois qu'ils furent partis. Je sais que tu l'as caché ici. Tu ferais mieux de me dire où.

– Je l'ai mis dans la cave au froid, répondit Laura dont la lèvre inférieure tremblait.

– La cave au froid ! Quel endroit idiot ! Pourquoi là ?

– Pour qu'il ait assez à manger en cas d'urgence », m'expliqua-t-elle en fondant en larmes.

Je la pris dans mes bras et elle renifla contre mon épaule.

« Assez à manger ? Assez de confitures, de gelées et de pickles ? Franchement, Laura, c'est un peu fort de café. »

Là-dessus, nous éclatâmes de rire puis, quand nous eûmes bien ri et que Laura eut essuyé ses yeux, je déclarai :

« Il faut qu'on le sorte de là. Et si Reenie descendait chercher un pot de confiture ou je ne sais quoi et qu'elle tombe sur lui par erreur ? Elle nous ferait une attaque. »

Nos rires redoublèrent. On était très énervées. Puis je décrétai que le grenier serait préférable, parce que personne n'y montait jamais. J'allais tout organiser, dis-je. Elle ferait aussi bien de monter se coucher : il était évident que les effets de la fatigue commençaient à se faire sentir et qu'elle était épuisée. Elle poussa un petit soupir, comme un enfant fatigué, puis s'exécuta. Elle avait tenu sur les nerfs en charriant cet énorme poids de secrets comme un funeste sac fourre-tout, et à présent qu'elle me l'avait remis elle pouvait dormir librement.

Ai-je vraiment cru que j'agissais ainsi uniquement pour la ménager – pour l'aider, pour prendre soin d'elle, comme je l'avais toujours fait ?

Oui, je l'ai vraiment cru.

J'attendis que Reenie eût tout nettoyé dans la cuisine et qu'elle fût allée se coucher. Puis je descendis l'escalier de la cave et m'enfonçai dans le froid, l'obscurité, l'odeur d'humidité aux araignées. Je franchis la porte de la cave à charbon, celle fermée à clé du cellier à vins. La porte de la cave au froid avait un loquet. Je frappai, le soulevai et entrai. J'entendis un bruit de pas précipités. Il faisait noir, bien entendu, il n'y avait que la lumière du couloir. Sur le dessus du tonneau aux pommes se trouvaient les restes du dîner de Laura – les os de lapin. On aurait cru un autel primitif.

Au début, je ne le vis pas ; il était derrière le tonneau aux pommes. Puis je le distinguai. Un genou, un pied.

« Tout va bien, murmurai-je. Ce n'est que moi.

– Ah, dit-il de sa voix habituelle. La sœur dévouée.

– Chut ! » m'exclamai-je.

L'interrupteur était une chaîne accrochée à l'ampoule. Je tirai dessus, la lumière s'alluma. Alex Thomas se déplia, émergea vaille que vaille de derrière le tonneau. Il était à moitié accroupi et battait des paupières, penaud, comme un homme surpris pantalon baissé.

« Vous devriez avoir honte, m'écriai-je.

– Vous êtes venu me flanquer à la porte ou me remettre aux autorités, j'imagine, lâcha-t-il avec un sourire.

– Ne dites pas de sottises. Je ne voudrais absolument pas qu'on vous découvre ici. Mon père ne supporterait pas ce scandale.

– La fille du capitaliste aide le meurtrier bolchevik ? Nid d'amour au milieu des pots de confiture ? Ce genre de scandales ? »

Je lui jetai un regard noir. Il n'y avait pas matière à plaisanter.

« Vous pouvez dormir sur vos deux oreilles. Laura et moi ne faisons rien de mal. C'est une petite jeune fille formidable, mais une sainte en devenir et, moi, je ne les prends pas au berceau. »

Il était complètement redressé à présent et s'époussetait.

« Alors, pourquoi est-ce qu'elle vous cache ?

– Question de principe. Dès lors que je le lui avais demandé, elle était obligée d'accepter. Pour elle, je tombe dans la bonne catégorie.

– Quelle catégorie ?

– Les plus petits, j'imagine. Pour citer Jésus. »

Je trouvai cette remarque un peu cynique. Puis il m'expliqua que la rencontre avec Laura avait été une sorte d'accident. Il était tombé sur elle dans l'orangerie. Que fabriquait-il donc là ? Il se cachait, c'était évident.

Il avait espéré également, ajouta-t-il, pouvoir me parler.

« À moi ? Pourquoi à moi ?

— Je me disais que vous sauriez quoi faire. Vous avez l'air d'avoir l'esprit pratique. Votre sœur est moins...

— Laura semble s'être débrouillée suffisamment bien », répliquai-je sèchement.

Je n'aimais pas qu'on critique Laura – son imprécision, sa simplicité, son irresponsabilité. J'étais la seule à avoir le droit de la critiquer.

« Comment a-t-elle réussi à vous faire passer devant les bonshommes aux portes ? Pour rentrer dans la maison ? Ceux en pardessus.

— Les bonshommes en pardessus eux-mêmes sont parfois obligés de se soulager. »

Sa vulgarité me décontenança – elle allait à l'encontre de la politesse qu'il avait manifestée lors du dîner –, mais c'était peut-être une illustration de cette irrévérence propre aux orphelins dont Reenie avait eu l'intuition. Je décidai de ne pas en faire cas.

« Ce n'est pas vous qui avez déclenché cet incendie, je suppose », déclarai-je.

J'avais compté jouer les sarcastiques, mais ma remarque ne fut pas reçue dans ce sens.

« Je ne suis pas aussi bête que ça. Je ne déclencherais pas un incendie sans raison.

— Tout le monde pense que c'était vous.

— Pourtant, ce n'était pas le cas. Ce serait très commode pour certains d'adopter ce point de vue.

— Certains qui ? Pourquoi ? »

Je ne cherchais pas à le tarabuster, cette fois ; j'étais déconcertée.

« Creusez-vous les méninges. »

Mais il refusa d'en dire davantage.

Le grenier

Je prélevai une bougie sur la provision de la cuisine, prévue pour les coupures de courant, l'allumai et fis sortir Alex Thomas de la cave pour qu'il traverse la cuisine, emprunte l'escalier de service, puis celui plus étroit qui menait au grenier où je l'installai derrière les trois malles vides. Il y avait là quelques vieilles couettes rangées dans un coffre en cèdre et je les exhumai pour son couchage.

« Personne ne viendra là, dis-je. Si cela arrivait, mettez-vous sous les couettes. Ne circulez pas trop, on risquerait d'entendre vos pas. N'allumez pas la lumière. (Il n'y avait qu'une seule ampoule avec un interrupteur au bout d'une chaîne, comme dans la cave au froid.) On vous apportera quelque chose à manger demain matin », ajoutai-je sans savoir comment je parviendrais à tenir cette promesse.

Je redescendis, puis revins avec un pot de chambre que je posai par terre sans un mot. C'était un détail qui m'avait toujours tracassée dans les histoires de Reenie sur les kidnappeurs – et les toilettes ? C'était une chose d'être enfermée dans une crypte, c'en était tout à fait une autre d'être réduite à s'accroupir dans un coin, jupe relevée.

Alex Thomas hocha la tête et dit :

« C'est bien. Vous êtes sympa. Je savais que vous aviez l'esprit pratique. »

Au matin, Laura et moi tînmes à mi-voix une conférence dans sa chambre. Les sujets abordés portaient sur la manière de lui procurer à boire et à manger, sur la nécessité d'être vigilantes et les moyens de vider le pot de chambre. L'une d'entre nous – qui ferait mine de lire – monterait la garde dans ma chambre, porte ouverte : de là, on voyait

242

la porte du grenier. L'autre irait chercher et porter. Nous décidâmes d'assumer ces tâches à tour de rôle. Le grand obstacle serait Reenie qui se douterait tout de suite de quelque chose si nous agissions trop subrepticement.

Nous n'avions défini aucun plan quant à ce que nous ferions si nous étions découvertes. Nous n'établîmes jamais un plan de ce genre. Ce fut l'improvisation du début à la fin.

Pour son premier petit déjeuner, Alex Thomas eut nos croûtes de toast. En général, nous ne mangions nos croûtes qu'après avoir été sermonnées – Reenie avait encore l'habitude de dire : *Pensez aux petits Arméniens qui ont faim* –, mais cette fois-ci quand Reenie releva la tête, les croûtes avaient disparu. Elles étaient en fait dans la poche de la jupe bleu marine de Laura.

Les « petits Arméniens qui ont faim », ce doit être Alex Thomas, murmurai-je en montant l'escalier à la hâte. Ça ne fit pas rire Laura. Elle trouvait que c'était juste.

Nous allions le voir matin et soir. Nous faisions une razzia dans l'office – pour récupérer les restes. Nous montions en douce des carottes crues, des couennes de lard, des œufs durs à moitié mangés, des morceaux de pain pliés en deux avec du beurre et de la confiture à l'intérieur. Une fois, une cuisse de poulet fricassé – un coup audacieux. Et aussi des verres d'eau, des tasses de lait, du café froid. Nous descendions les assiettes vides, les empilions sous notre lit jusqu'à ce que la voie soit libre, puis les lavions dans l'évier de notre salle de bains avant de les remettre dans le placard de la cuisine. (C'est moi qui me chargeais de cela : Laura était trop maladroite.) On ne prenait pas la belle porcelaine. Et si jamais on cassait quelque chose ? Même une assiette de tous les jours aurait pu se voir : Reenie avait l'œil. Nous faisions donc très attention à la vaisselle.

Reenie avait-elle des soupçons ? Je pense que oui. En général, elle savait très bien si nous fricotions quelque chose. Mais elle savait également quand il valait mieux ignorer de quoi il pouvait s'agir. Je pense qu'elle se préparait à déclarer qu'elle n'avait pas la moindre idée de ce que nous tramions, si d'aventure nous nous faisions pincer. Elle nous dit bien un jour de ne pas chiper de raisins secs ; elle ajouta qu'on avait vraiment un boyau de vide, et comment se faisait-il qu'on ait toujours un creux, tout à coup ? Et elle fut contrariée à cause du quart de tourte à la citrouille qui disparut.

Laura avoua l'avoir mangé ; elle avait eu une brusque fringale, précisa-t-elle.

« La croûte et tout ? » demanda Reenie sèchement.

Laura ne mangeait jamais les croûtes des tourtes de Reenie. Personne ne les mangeait. Et Alex Thomas non plus.

« Je l'ai donnée aux oiseaux », répondit Laura.

C'était vrai : c'est ce qu'elle avait fait après.

Au début, Alex Thomas apprécia nos efforts. Il déclara qu'on était sympas et que, sans nous, il aurait été cuit. Puis il voulut des cigarettes – il mourait d'envie de fumer. On en chaparda quelques-unes dans la boîte en argent sur le piano, mais on lui demanda de se limiter à une par jour – la fumée risquait d'être détectée. (Il ignora cette contrainte.)

Puis il dit que ce qu'il y avait de pire à propos du grenier, c'était qu'il ne pouvait pas se laver ; que sa bouche lui faisait l'effet d'un égout. Nous volâmes la vieille brosse à dents que Reenie utilisait pour nettoyer l'argenterie et la briquâmes du mieux possible pour lui ; il déclara que c'était mieux que rien. Un jour, nous lui apportâmes une bassine et une serviette ainsi qu'un pichet rempli d'eau chaude. Après, il attendit qu'il n'y ait personne dans la cour et jeta l'eau sale par la lucarne du grenier. Il avait plu, si bien que le sol était mouillé et que personne ne remarqua quoi que ce soit. Un peu plus tard, quand la voie nous parut libre, nous lui fîmes descendre l'escalier et l'enfermâmes dans notre salle de bains commune, afin qu'il puisse se laver correctement. (Nous avions dit à Reenie que nous lui donnerions un coup de main en assumant le nettoyage de cette pièce, ce qui lui valut de s'écrier : *Comme quoi, il ne faut jamais désespérer.*)

Pendant la toilette d'Alex Thomas, Laura demeura assise dans sa chambre et moi dans la mienne, à surveiller chacune une porte de la salle de bains. J'essayai de ne pas penser à ce qui se passait à l'intérieur. L'image d'Alex, dépouillé de tous ses vêtements, m'était pénible d'une façon qui ne supportait pas que j'y réfléchisse.

Alex Thomas apparaissait dans les éditoriaux des journaux, et pas seulement dans notre quotidien. C'était un incendiaire et un criminel, disait-on, et de la pire espèce – du genre à tuer sous le coup d'un fanatisme sans pitié. Il était venu à Port Ticonderoga pour infiltrer les ouvriers et faire germer les graines de la dissension, ce en quoi il avait réussi, comme en témoignaient la grève générale et les émeutes. Il illustrait bien les effets funestes des études universitaires – un garçon malin, trop malin, ce qui lui avait joué des tours, et dont l'intelligence avait mal tourné par suite de mauvaises fréquentations et de lectures pires encore. Son père adoptif, un pasteur presbytérien, était cité comme disant qu'il priait tous les soirs pour l'âme d'Alex, mais que celui-ci appartenait à une génération de vipères. Il avait sauvé Alex, enfant, des horreurs de la guerre, mais son geste n'avait pas été payé de retour : Alex était un brandon arraché au brasier, déclarait-il, mais il y avait toujours un risque quand on prenait un inconnu chez soi. Sous-entendu : mieux valait éviter de ramasser de tels brandons.

Outre tout cela, la police avait fait imprimer un avis de recherche d'Alex qu'elle avait placardé à la poste ainsi que dans d'autres lieux publics. Par chance, la photo n'était pas très nette : Alex avait la main devant lui, ce qui lui cachait en partie le visage. C'était la photo du journal, celle qu'Elwood Murray avait prise de nous trois, lors du pique-nique de la fabrique de boutons. (Laura et moi avions été coupées, bien entendu.) Elwood Murray avait fait savoir qu'il aurait pu tirer une meilleure photo à partir du négatif, mais que, lorsqu'il était allé voir, ledit négatif avait disparu. Cela étant, ce n'était pas une surprise : un certain nombre de choses avaient été détruites quand le bureau du journal avait été saccagé.

Nous apportâmes à Alex les coupures de presse et une affiche de l'avis de recherche aussi – Laura l'avait chipée sur un poteau de téléphone. Il lut ce qui avait été écrit sur son compte avec tristesse et consternation.

« On veut ma tête sur un plateau », fut son commentaire.

Au bout de quelques jours, il nous demanda si nous pouvions lui monter du papier – du papier pour écrire. Il restait une pile de cahiers du temps de M. Erskine : on les lui apporta ainsi qu'un crayon.

« À ton avis, qu'est-ce qu'il écrit ? » demanda Laura.

Nous n'arrivions pas à trancher. Le journal d'un prisonnier, un plaidoyer ? Peut-être une lettre à quelqu'un susceptible de le sauver. Mais il ne nous demanda pas de lui poster quoi que ce soit, il ne pouvait donc pas s'agir d'une lettre.

Nous occuper d'Alex Thomas nous rapprocha comme cela ne nous était pas arrivé depuis un moment, Laura et moi. Il était notre coupable secret, mais aussi notre vertueux projet – un projet que nous pouvions enfin partager. Nous étions deux bons petits samaritains, arrachant du fossé cet homme tombé au milieu des brigands. Nous étions Marthe et Marie pourvoyant aux besoins de... non, pas Jésus, même Laura n'allait pas jusque-là, mais il n'y avait aucun doute à avoir quant au rôle qu'elle nous avait dévolu à chacune. Je devais être Marthe, absorbée à l'arrière-plan par les tâches ménagères ; elle devait être Marie, déposant sa pure dévotion aux pieds d'Alex. (Qu'est-ce qu'un homme préfère ? Bacon et œufs, ou adoration ? Parfois l'un, parfois l'autre, tout dépend de son appétit.)

Laura montait les miettes de nourriture dans l'escalier du grenier, comme s'il s'agissait d'une offrande pour un temple. Elle descendait le pot de chambre comme s'il s'agissait d'un reliquaire ou d'une précieuse bougie à deux doigts de s'éteindre.

La nuit, quand Alex avait eu à manger et à boire, nous discutions de lui – de la mine qu'il avait ce jour-là, était-il trop maigre ou pas, toussait-il ou pas –, nous ne voulions pas qu'il tombe malade. Ce dont il pouvait avoir besoin, ce que nous devrions essayer de subtiliser pour le lendemain. Puis nous grimpions dans nos lits respectifs. Je ne sais pas pour Laura, mais, moi, je l'imaginais là-haut au grenier, juste au-dessus de moi. Lui aussi s'efforçait de dormir, se tournait et se retournait dans son lit de couettes à l'odeur de renfermé. Puis il dormait. Puis il rêvait probablement, de longs rêves de guerre, de feu et de villages qui se désintégraient et dont les fragments se dispersaient alentour.

Je ne sais pas quand ces rêves qu'il avait se transformèrent en rêves de poursuites et d'évasions ; je ne sais pas quand je le rejoignis dans ces rêves, me sauvant avec lui, main dans la main, au crépuscule, fuyant un bâtiment en flammes, à travers les champs labourés de décembre, à travers les terres hérissées de chaumes où le gel commençait à se déposer pour gagner la ligne sombre des bois au loin.

Mais, franchement, ce n'était pas son rêve, je le savais bien. C'était le mien. C'était Avalon qui brûlait, ses débris qui se retrouvaient éparpillés sur le sol – la belle porcelaine, la coupe en Sèvres avec ses pétales de rose, la boîte à cigarettes en argent sur le dessus du piano. Le piano lui-même, les vitraux de la salle à manger – la tasse rouge sang, la harpe fendue d'Iseut –, tout ce que j'avais toujours rêvé de fuir, c'est vrai, mais pas par le biais de la destruction. J'avais envie de quitter mon foyer, mais je voulais qu'il reste en place, à m'attendre, sans changer, de façon que je puisse y revenir quand je le voudrais.

Un jour, alors que Laura était sortie – il n'y avait désormais plus de danger pour elle, les hommes en pardessus étaient partis de même que la gendarmerie royale, les rues avaient recouvré leur calme –, je décidai de tenter une expédition en solo au grenier. J'avais une offrande à faire – une pleine poche de figues et de raisins secs subtilisés parmi les ingrédients du pudding de Noël. Je fis un tour de reconnaissance – il n'y avait pas de risque, Reenie était occupée avec Mme Hillcoate dans la cuisine – puis montai jusqu'à la porte du grenier et frappai. Nous avions à présent notre façon de frapper, un coup suivi de trois autres très rapprochés. Puis je grimpai sur la pointe des pieds l'étroit escalier du grenier.

Alex Thomas, accroupi à côté de la petite lucarne ovale, essayait de profiter de ce qu'il restait de lumière. Il ne m'avait manifestement pas entendue frapper : une des couettes sur les épaules, il me tournait le dos. Il avait l'air occupé à écrire. Je sentais la fumée de cigarette – oui, il était en train de fumer, il y avait sa main et une cigarette dedans. À mon sens, il n'aurait pas dû faire ça si près d'une couette.

Je ne savais pas trop comment lui signaler ma présence.

« Je suis là », dis-je.

Il sursauta et lâcha la cigarette. Elle roula sur la couette. Le souffle court, je tombai à genoux pour l'écraser – j'étais maintenant habituée à la vision d'Avalon en flammes.

« Tout va bien », déclara-t-il.

Il était à genoux lui aussi et nous cherchions l'un comme l'autre d'éventuelles étincelles. Puis, sans que j'aie pu comprendre ce qu'il s'était passé, nous nous retrouvâmes par terre, et il me prit dans ses bras et m'embrassa.

Je ne m'étais pas attendue à ça.

M'y étais-je attendue ? Cela fut-il aussi soudain que cela ou y avait-il eu des préliminaires : une caresse, un regard ? Avais-je fait quoi que ce soit pour le provoquer ? Rien dont je me souvienne, mais ce dont je me souviens est-il la même chose que ce qui s'est véritablement passé ?

Ça l'est à présent : je suis la seule survivante.

De toute façon, les choses se passèrent exactement comme Reenie l'avait dit, sur les hommes au cinéma, sauf que ce que je ressentis ne fut pas de l'indignation. Mais le reste était assez proche : j'étais stupéfiée, paralysée, je n'avais aucun recours. Mes os s'étaient transformés en cire fondue. Il défit pratiquement tous mes boutons avant que j'eusse la force de me relever, de m'éloigner, de fuir.

Je fis tout cela sans dire un mot. Comme je dévalais l'escalier du grenier, en rejetant mes cheveux en arrière, rentrant mon chemisier dans ma jupe, j'eus l'impression que – derrière mon dos – il se moquait de moi.

Je ne savais pas trop ce qui risquait d'arriver si je laissais un tel incident se répéter, mais, en tout cas, ce serait dangereux, du moins pour moi. Si je continuais, je serais bonne comme la romaine, si je cherchais des ennuis, j'allais les trouver. Je ne pouvais plus me permettre de rester seule au grenier avec Alex Thomas ni expliquer mes raisons à Laura. Ce serait trop cruel pour elle : elle ne pourrait jamais comprendre. (Il y avait une autre possibilité : peut-être avait-il fait pareil avec Laura. Non, je ne pouvais y croire. Elle ne l'aurait jamais accepté. Non ?)

« Il faut que nous lui fassions quitter la ville, dis-je à Laura. On ne peut pas continuer comme ça. Quelqu'un va s'en apercevoir, c'est sûr.

— Pas encore, répondit Laura. Les voies de chemin de fer sont toujours surveillées. »

Elle était en mesure de le savoir, car elle continuait à aider pour la soupe populaire.

« Eh bien, ailleurs en ville alors, suggérai-je.

— Où ? Il n'y a pas d'autre endroit. Ici, c'est ce qu'il y a de mieux — c'est le seul endroit où on ne pensera jamais à regarder. »

Alex Thomas déclara qu'il ne voulait pas se retrouver coincé par la neige ; qu'un hiver au grenier le rendrait louftingue ; que la réclusion le faisait virer dingo ; qu'il allait faire à pied trois bons kilomètres le long des voies et qu'il sauterait dans un wagon de marchandises — il y avait un grand talus là-bas qui lui faciliterait les choses ; que si seulement il réussissait à aller jusqu'à Toronto, il pourrait se cacher — il y avait des amis, et ils avaient des amis. Après quoi, il passerait aux États-Unis, d'une façon ou d'une autre, il y serait davantage en sécurité. Vu ce qu'il avait lu dans les journaux, les autorités le soupçonnaient d'y être déjà. On ne le cherchait certainement plus à Port Ticonderoga.

Dans la première semaine de janvier, nous décrétâmes que le danger s'était suffisamment éloigné pour qu'il puisse s'en aller. Nous subtilisâmes pour lui un vieux manteau de papa dans le fin fond du vestiaire, lui préparâmes un repas — du pain et du fromage, une pomme — et le renvoyâmes à ses pérégrinations. (Mon père s'aperçut plus tard que le manteau avait disparu et Laura dit qu'elle l'avait donné à un vagabond, ce qui était une semi-vérité. Comme cette initiative n'avait rien de surprenant venant de Laura, elle ne fut pas mise en doute, elle suscita simplement quelques ronchonnements.)

La nuit de son départ, nous fîmes sortir Alex par la porte de service. Il dit qu'il nous devait beaucoup ; il dit qu'il ne l'oublierait jamais. Il nous serra chacune dans ses bras, en un geste fraternel d'une durée identique pour chacune. Il était évident qu'il avait envie d'être débarrassé de nous. Mis à part le fait qu'il faisait nuit, on aurait dit bizarrement qu'il partait à l'école. Ensuite, nous pleurâmes, comme des mères. C'était le soulagement – qu'il soit parti, que nous n'en ayons plus la responsabilité –, mais ça aussi, c'est comme les mères.

Il laissa derrière lui un de ces cahiers bon marché que nous lui avions donnés. Bien entendu, nous l'ouvrîmes immédiatement pour voir s'il avait écrit quelque chose dedans. Qu'espérions-nous ? Un mot d'adieu exprimant une gratitude éternelle ? Des sentiments gentils à notre égard ? Quelque chose de ce genre.

Voici ce que nous trouvâmes :

anchoryne	nacrod
berel	onyxor
carchineal	porphyrial
diamite	quartzephyr
ebonort	rhint
fulgor	sapphyrion
glutz	tristok
hortz	ulinth
iridis	vorver
jocynth	wotanite
kalkil	xénor
lazaris	yorula
malachont	zycron

« Des pierres précieuses ? suggéra Laura.

– Non. Ça ne sonne pas juste.

– C'est une langue étrangère ? »

Je n'en savais rien. À mon avis, cette liste ressemblait de manière suspecte à un code. Peut-être Alex Thomas était-il (tout compte fait) ce que les autres l'accusaient d'être : une sorte d'espion.

« Je crois qu'on devrait se débarrasser de ça, déclarai-je.

– Je m'en charge, s'empressa de dire Laura. Je vais le brûler dans ma cheminée. »

Elle le plia et le glissa dans sa poche.

Une semaine après le départ d'Alex, Laura débarqua dans ma chambre.

« Je pense que tu devrais avoir ça », me dit-elle.

C'était un tirage de la photo de nous trois, celle qu'Elwood Murray avait prise lors du pique-nique. Laura avait coupé la partie où elle était – il ne restait plus que sa main. Elle n'aurait pas pu se débarrasser de cette main sans faire un bord pas droit. Elle n'avait absolument pas colorisé cette photo, à part sa main coupée. Laquelle avait été teintée en jaune très pâle.

« Pour l'amour de Dieu, Laura ! m'écriai-je. Où as-tu déniché ça ?

– J'ai fait quelques tirages, m'expliqua-t-elle. Quand je travaillais chez Elwood Murray. J'ai aussi le négatif. »

Je ne savais pas si je devais me fâcher ou m'inquiéter. Ce découpage de la photo produisait un effet très curieux. En voyant la main jaune pâle de Laura se faufilant vers Alex au milieu de la pelouse à la manière d'un crabe incandescent, je sentis un frisson se propager tout le long de ma colonne vertébrale.

« Pourquoi as-tu fait ça ?

– Parce que c'est ce que tu veux te rappeler. »

C'était tellement audacieux que je sursautai. Elle me regarda droit dans les yeux, ce qui, chez toute autre personne aurait été une provocation. Mais Laura était comme ça : il n'y avait dans sa voix ni bouderie ni jalousie. Pour ce qui la concernait, elle se contentait d'énoncer un fait.

« Il n'y a pas de problème, dit-elle. J'en ai une autre pour moi.

– Et je ne suis pas sur la tienne ?

– Non. Tu n'y es pas. Rien de toi, à part ta main. »

Ce fut ce qui ressembla le plus à l'aveu de son amour pour Alex Thomas qu'elle fît jamais en ma présence. À l'exception du jour qui précéda sa mort, bien entendu. Non qu'elle eût jamais employé le terme amour, même à ce moment-là.

J'aurais dû jeter cette photo mutilée, mais je ne l'ai pas fait.

Les choses reprirent leur cours habituel, monotone. Sous le coup d'un accord tacite, Laura et moi ne parlions plus d'Alex Thomas entre nous. Il y avait trop de choses qui ne pouvaient pas être dites, de part et d'autre. Au début, je montais au grenier – on y décelait encore une vague odeur de fumée –, mais j'arrêtai au bout d'un moment, ça n'apportait rien de bien.

Nous nous occupâmes à nouveau du quotidien, autant que faire se pouvait. Nous avions un peu plus d'argent à présent, parce que papa allait finir par toucher l'assurance pour les murs de la fabrique incendiée. Ce n'était pas suffisant, mais – dit-il – un répit nous avait été accordé.

Le salon impérial

La saison avance, la terre tourne sur elle-même et s'éloigne de la lumière ; sous les buissons du bord de la route, les papiers gras de l'été volettent comme autant de présages de neige. L'air, de plus en plus sec, nous prépare à ce proche Sahara que représente le chauffage central de l'hiver. Déjà les bouts de mes pouces se crevassent et mon visage se flétrit davantage. Si je pouvais voir ma peau dans le miroir – si seulement je pouvais m'approcher suffisamment ou me reculer suffisamment –, elle serait sillonnée de minuscules lignes, entre les rides principales, comme une sculpture sur coquillage.

La nuit dernière, j'ai rêvé que j'avais les jambes couvertes de poils. Pas un peu, énormément – des touffes, des mèches de poils noirs surgissaient sous mes yeux et s'étalaient sur mes cuisses comme une fourrure animale. L'hiver arrivait, rêvais-je, et donc j'allais hiberner. J'allais commencer par avoir de la fourrure, puis je me glisserais dans une grotte et après je m'endormirais. Tout cela me paraissait normal, comme si je l'avais déjà vécu. Puis je me rappelais, même dans mon rêve, que je n'avais jamais été très poilue et que j'étais désormais lisse comme la main, ou du moins que mes jambes l'étaient ; donc, même si elles avaient l'air de se rattacher à mon corps, ces jambes poilues ne pouvaient pas être les miennes. Et puis, elles n'avaient plus aucune sensibilité. C'étaient les jambes de quelque chose ou de quelqu'un d'autre. Tout ce que j'avais à faire, c'était suivre ces jambes, passer la main dessus pour découvrir ce que c'était ou qui c'était.

L'inquiétude qui s'attachait à tout ça me réveilla, ou je le crus. J'avais rêvé que Richard était revenu. Je l'avais entendu respirer dans le lit à côté de moi. Pourtant, il n'y avait personne.

Je me réveillai alors dans la réalité. J'avais les jambes engourdies : j'avais pris une mauvaise position dans mon sommeil. Je cherchai la lampe de chevet à tâtons, déchiffrai ma montre : il était deux heures du matin. Mon cœur cognait douloureusement, comme si j'avais couru. C'est vrai, ce qu'on disait dans le temps, pensai-je. Un cauchemar peut vous tuer.

Je me hâte, me ménage un chemin en crabe sur le papier. C'est une course au ralenti désormais, entre mon cœur et moi, mais j'ai l'intention d'y arriver la première. Où se situe-t-il ? La fin ou La Fin. L'une ou l'autre. Toutes deux sont des destinations, en un sens.

Janvier et février 1935. Plein cœur de l'hiver. La neige tombait, il était difficile de respirer à fond ; les chaudières ronflaient, la fumée montait dans l'atmosphère, les radiateurs s'entouraient de bruits métalliques. Les voitures quittaient la route et glissaient dans les fossés ; leurs conducteurs, désespérant de trouver de l'aide, continuaient à faire tourner leurs moteurs et mouraient asphyxiés. On retrouvait des vagabonds morts sur les bancs des jardins publics et dans des entrepôts abandonnés, raides comme des mannequins qui auraient illustré la pauvreté en devanture d'un grand magasin. Des cadavres, qu'on ne pouvait enterrer parce qu'on ne pouvait leur creuser une tombe dans le sol dur comme un caillou attendaient leur tour dans les dépendances d'entrepreneurs de pompes funèbres nerveux. Les rats se portaient bien. Des mères de famille, incapables de trouver du travail ou de payer leur loyer, étaient jetées dehors dans la neige, avec armes et bagages. Des enfants patinaient sur le bassin de retenue de la Louveteau, deux d'entre eux traversèrent la glace et l'un d'eux se noya. Les canalisations gelaient et explosaient.

Laura et moi étions de moins en moins ensemble. Il est vrai qu'on la voyait rarement : elle aidait les secours de la United Church, du moins c'est ce qu'elle nous disait. Reenie annonça que, à partir du mois suivant, elle ne travaillerait plus pour nous que trois jours par semaine ; ses pieds la faisaient souffrir, ce qui était sa façon de masquer le fait que nous ne pouvions plus la payer à plein temps. De toute manière, je le savais, ça se voyait comme le nez au milieu de la figure. Comme le nez de mon père qui avait tout de la catastrophe ambulante. Depuis quelque temps, il passait de longs moments dans sa tourelle.

La fabrique de boutons était vide, son intérieur calciné et saccagé. Nous n'avions pas l'argent pour la remettre en état : la compagnie d'assurances jouait au plus fin, s'appuyait sur les mystérieuses circonstances entourant l'incendie criminel. On murmurait que les apparences ne reflétaient pas totalement la réalité : certains allaient même jusqu'à insinuer, allégation calomnieuse, que papa avait lui-même

252

déclenché l'incendie. Les deux autres usines étaient encore fermées ; papa se creusait la cervelle pour trouver un moyen de les rouvrir. Il se rendait à Toronto de plus en plus fréquemment, pour affaires. Parfois, il m'emmenait avec lui et on descendait au Royal York Hotel, considéré à l'époque comme le meilleur établissement. C'était là que tous les présidents de société, les médecins et les juristes qui étaient portés sur la chose avaient installé leurs maîtresses et menaient leur bamboula une semaine durant, mais, en ce temps-là, je ne le savais pas.

Qui payait pour ces virées ? Je suis presque sûre que c'était Richard, lequel était présent en ces occasions. C'était avec lui que mon père discutait affaires : tout ce qui lui restait d'un domaine qui ressemblait de plus en plus à une peau de chagrin. Ces affaires, qui concernaient la vente des usines, étaient complexes. Mon père avait déjà essayé de vendre, mais à cette époque personne n'achetait, pas aux conditions qu'il demandait. Il voulait ne vendre qu'une participation minoritaire. Il voulait garder le contrôle. Il voulait une injection de capitaux. Il voulait que les usines rouvrent, de façon que ses hommes aient du travail. Il les appelait « mes hommes », comme s'ils étaient encore à l'armée et qu'il fût encore leur chef. Il ne voulait pas arrêter les frais et les laisser tomber, car comme chacun sait, ou savait, un commandant se devait d'aller par le fond avec son navire. On ne se tracasserait pas autant aujourd'hui. Aujourd'hui, on ferait sonner la caisse, on sauverait les meubles et on mettrait le cap sur la Floride.

Mon père avait déclaré qu'il avait besoin de moi à ses côtés pour « prendre des notes », pourtant je n'en pris jamais aucune. Je crois que j'étais là pour qu'il ait quelqu'un auprès de lui – pour un soutien moral, point. Il en avait vraiment besoin. Il était maigre comme un clou et ses mains tremblaient constamment. Écrire son nom lui demandait un effort.

Laura ne nous accompagnait pas dans ces excursions. Sa présence n'était pas requise. Elle restait derrière à distribuer du pain vieux de trois jours, une soupe insipide. Elle s'était mise à mégoter sur ses repas, comme si elle ne se sentait pas le droit de manger.

« Jésus mangeait, disait Reenie. Il mangeait des tas de choses. Il ne se privait pas.

– Oui, répondait Laura, mais je ne suis pas Jésus.

– Eh bien, Dieu merci, elle a le bon sens de se rendre compte de cela au moins », me confiait Reenie en marmonnant.

Elle raclait les deux tiers du repas de Laura qui restaient dans la marmite, parce que ç'aurait été un péché et une honte de gaspiller. Durant ces années-là, Reenie eut la fierté de ne jamais rien jeter.

Papa n'avait plus de chauffeur et ne se faisait plus confiance pour conduire. Lui et moi nous rendions à Toronto en train, arrivions à la gare, Union Station, et traversions la rue pour gagner l'hôtel. J'étais censée me distraire d'une façon ou d'une autre l'après-midi pendant que les affaires allaient leur cours. La plupart du temps, cependant, je restais dans ma chambre, parce que j'avais peur de la ville et honte de mes vêtements démodés, qui me faisaient paraître plus jeune que je ne l'étais. Je lisais des revues : *Ladies' Home Journal*, *Collier's*, *Mayfair*. En général, je dévorais les nouvelles qui s'apparentaient à des histoires d'amour. Les recettes de cuisine et les modèles de crochet ne m'intéressaient absolument pas, mais les conseils de beauté retenaient mon attention. Je lisais également les publicités. Une gaine en latex, élastique dans le sens de la hauteur comme de la largeur, devait me permettre de mieux jouer au bridge. Je pouvais fumer comme une cheminée, peu importait, j'aurais la bouche fraîche comme une rose si j'étais fidèle à Spuds. Un machin du nom de Larvex me débarrasserait de tous mes problèmes de mites. À l'auberge Bigwin, sur le superbe Lake of Bays où chaque instant était grisant, je pouvais faire des exercices d'amaigrissement en musique sur la plage.

Une fois terminée la journée de travail, nous allions tous les trois – mon père, Richard et moi – dîner au restaurant. En ces occasions, je ne pipais mot, de toute façon qu'aurais-je eu à dire ? Les sujets portaient sur l'économie, la politique, la Dépression, la situation en Europe, les troublants progrès du communisme dans le monde. Richard était d'avis que Hitler avait vraiment aidé l'Allemagne à se redresser, financièrement parlant. Il approuvait moins Mussolini qui était un jean-foutre et un dilettante. Richard avait été approché pour investir dans un nouveau tissu que les Italiens produisaient – ultra-confidentiel – à partir de protéines de lait chauffées. Mais quand ce machin était mouillé, expliqua Richard, il empestait terriblement le fromage et, par conséquent, ces dames d'Amérique du Nord ne s'y feraient jamais. Il resterait fidèle à la rayonne, même si elle se froissait quand elle était humide, et il se tiendrait à l'affût de toute innovation prometteuse. Il y aurait forcément quelque chose de nouveau, un tissu artificiel qui dégommerait totalement la soie, et le coton aussi pour une bonne part. Ce que les femmes voulaient, c'était une matière qu'elles n'auraient pas besoin de repasser – qu'elles pourraient accrocher au fil et qui sécherait sans plis. Elles voulaient également des bas qui durent et qui soient extra-fins, afin de pouvoir mettre leurs jambes en valeur. N'était-ce pas logique ? me demanda-t-il avec un sourire. Il avait l'habitude de faire appel à moi pour les questions concernant les femmes.

J'acquiesçai. J'acquiesçais toujours. Je n'écoutais jamais très attentivement, pas seulement parce que ces conversations m'ennuyaient, mais aussi parce qu'elles me faisaient de la peine. Ça me blessait de voir mon père approuver des sentiments que, à mon sens, il ne partageait pas.

Richard dit qu'il nous aurait volontiers invités chez lui, mais que, du fait qu'il était célibataire, cela aurait été une affaire bâclée. Il vivait dans un appartement triste, précisa-t-il ; il menait une existence quasi monacale.

« Qu'est-ce qu'une vie sans épouse ? » déclara-t-il en souriant.

On aurait cru une citation. Je pense que c'en était une.

Richard me demanda en mariage dans le salon impérial du Royal York Hotel. Il nous avait invités, papa et moi, à déjeuner ; mais là-dessus, à la dernière minute, comme nous traversions les couloirs de l'hôtel en direction de l'ascenseur, mon père déclara qu'il ne pouvait pas s'y rendre. Il faudrait que j'y aille toute seule, ajouta-t-il.

Bien entendu, c'était un coup monté entre les deux.

« Richard va te demander quelque chose », me confia mon père.

Il y avait de la contrition dans sa voix.

« Oh ? » fis-je.

Probablement une question sur le repassage, mais je n'y attachai pas trop d'importance. En ce qui me concernait, Richard était un adulte. Il avait trente-cinq ans, moi dix-huit. Il avait largement dépassé le cap de l'homme intéressant.

« Je pense qu'il va te proposer de t'épouser », ajouta-t-il.

Nous étions alors à la réception. Je m'assis.

« Oh », répétai-je.

Je voyais enfin ce qui aurait dû être évident depuis un moment. J'eus envie d'éclater de rire, comme devant une sale blague. Puis j'eus l'impression de ne plus avoir d'estomac. Pourtant, ma voix resta calme.

« Que faudrait-il que je fasse ?

– J'ai déjà donné mon consentement, m'avoua mon père. Donc, à toi de voir. »

Puis il enchaîna :

« Un certain nombre de choses en dépendent.

– Un certain nombre de choses ?

– Il faut que je pense à votre avenir. Au cas où il m'arriverait quelque chose. À l'avenir de Laura, surtout. »

Ce qu'il disait, c'était que si je n'épousais pas Richard nous n'aurions pas d'argent. Ce qu'il disait également, c'était que ni l'une ni l'autre – moi et surtout Laura – ne serions jamais capables de nous débrouiller toutes seules.

« Il faut aussi que je pense aux usines, ajouta-t-il. Il faut que je pense à l'entreprise. On peut peut-être encore la sauver, mais les banquiers ne me lâchent pas. Ils sont sur mes talons. Ils ne vont plus attendre très longtemps. »

Appuyé sur sa canne, il fixait le tapis et je vis combien il avait honte. Combien il était anéanti.

« Je ne veux pas que tout ça ait été en vain. Ton grand-père, et puis... cinquante, soixante années de labeur à l'eau.

– Oh. Je vois. »

J'étais piégée. Ce n'était pas comme si j'avais eu une autre solution à proposer.

« Ils prendraient Avalon aussi. Ils le vendraient.

– Vraiment.

– La propriété est hypothéquée jusqu'à l'os.

– Oh.

– Il te faudra peut-être une certaine dose de détermination. Une certaine dose de courage. Serrer les dents et cetera. »

Je ne répondis rien.

« Mais, naturellement, c'est à toi de prendre ta décision, quelle qu'elle soit. »

Je ne répondis rien.

« Je ne voudrais pas que tu fasses quelque chose qui te déplairait totalement », ajouta-t-il en regardant derrière moi de son bon œil et en fronçant un peu les sourcils comme s'il venait d'apercevoir un objet d'une très grande importance.

Il n'y avait rien derrière moi, hormis un mur.

Je ne répondis rien.

« Bon. Tout est dit, alors. »

Il avait l'air soulagé.

« Il a beaucoup de bon sens, Griffen. Je crois qu'il est solide, au fond.

– Je le suppose, murmurai-je. Je suis sûre qu'il est très solide.

– Tu seras en de bonnes mains. Et Laura aussi, bien entendu.

– Bien entendu, dis-je tout doucement. Laura aussi.

– Courage, alors. »

Est-ce que je lui en veux ? Non. Plus maintenant. La sagesse rétrospective est de dix à chaque œil, mais il ne faisait que ce qui aurait été considéré – qui était considéré à l'époque – comme responsable. Il faisait ce qui lui paraissait être le mieux.

Richard nous rejoignit comme par hasard et les deux hommes échangèrent une poignée de main. On s'empara de ma propre main, on la pressa brièvement. Puis on me prit le coude. C'était ainsi que les hommes pilotaient les femmes en ce temps-là – par le coude – et je fus donc pilotée jusqu'au salon impérial. Richard dit qu'il aurait préféré le Café Vénitien, dont l'atmosphère était plus légère et plus gaie, or malheureusement tout était réservé.

C'est bizarre d'y repenser aujourd'hui, mais à l'époque le Royal York Hotel était le bâtiment le plus haut de Toronto, et le salon impérial était le plus grand des restaurants. Richard aimait beaucoup le grand. La salle elle-même avait des rangées de gros piliers carrés, un plafond en mosaïque, une succession de lustres qui s'ornaient, tous, d'un gland à leur extrémité inférieure : une opulence congelée. On avait l'impression d'un lieu parcheminé, pesant, ventru – veiné en un sens. *Porphyre* est le terme qui me vient à l'esprit, alors qu'il n'y en avait peut-être pas du tout.

Il était midi, un de ces jours d'hiver déconcertants qui sont plus lumineux qu'ils ne devraient l'être. La lumière blanche tombait en colonnes à travers les interstices des lourdes draperies, qui devaient être bordeaux, je crois, et étaient certainement en velours. Derrière les odeurs de légumes à la vapeur et de poisson tiédasse typiques des restaurants d'hôtel, il flottait une senteur de métal chaud et de tissu en train de brûler. La table que Richard avait réservée se trouvait dans un coin obscur, loin de la lumière abrasive. Il y avait un bouton de rose rouge dans un soliflore ; j'observais Richard de l'autre côté de la fleur, curieuse de savoir comment il allait s'y prendre. Allait-il s'emparer de ma main, la presser, hésiter, bégayer ? Je ne le pensais pas.

Je ne le détestais pas outre mesure. Je ne l'aimais pas. J'avais peu d'opinions sur lui parce que je n'avais jamais beaucoup songé à lui, même si j'avais – de temps à autre – noté son élégance vestimentaire. Il lui arrivait d'être suffisant, mais au moins ce n'était pas un homme qu'on aurait qualifié de laid, pas du tout. Je suppose que c'était un très bon parti. Je sentais que la tête me tournait un peu. Je ne savais toujours pas ce que j'allais faire.

Le serveur survint. Richard commanda. Puis il consulta sa montre. Puis il prit la parole. J'entendis peu de chose de ce qu'il raconta. Il sourit, produisit un petit écrin recouvert de velours noir, l'ouvrit. À l'intérieur, il y avait un brillant tesson de lumière.

257

Je passai cette nuit-là recroquevillée dans le grand lit de l'hôtel, à frissonner. J'avais les pieds gelés, les genoux relevés, la tête posée de côté sur l'oreiller ; devant moi, l'immense étendue arctique des draps blancs amidonnés qui se déployaient jusqu'à l'infini. Je savais que je ne pourrais jamais traverser cela, retrouver la piste, revenir là où il faisait chaud ; je savais que je ne savais plus où j'allais ; je savais que j'étais perdue. Une équipe intrépide me découvrirait d'ici quelques années – tombée en chemin, un bras tendu comme pour me raccrocher à une chimère, les traits desséchés, les doigts rongés par les loups.

Ce que j'éprouvais, c'était une peur panique, mais ce n'était pas une peur panique de Richard en tant que tel. C'était comme si le dôme illuminé du Royal York Hotel eût été arraché et qu'une présence maléfique, située quelque part au-dessus de la surface vide, noire et pailletée du ciel, m'eût fixée attentivement. C'était Dieu me regardant du haut de ce projecteur ébahi et ironique qui lui servait d'œil. Il m'observait ; Il observait l'épreuve que je subissais ; Il observait mon incapacité à croire en Lui. Il n'y avait pas de plancher dans ma chambre : j'étais en suspens dans l'air, à deux doigts de m'effondrer. Ma chute serait interminable – interminable dégringolade.

Cependant, quand on est jeune, il est rare que des sentiments aussi lugubres se prolongent à la lumière transparente du matin.

L'Arcadian Court

De l'autre côté de la fenêtre, dans le jardin sombre, il y a de la neige.

Ce fameux bruit de baiser contre la vitre. Elle va fondre parce qu'on n'est qu'en novembre, n'empêche, ça donne quand même un avant-goût. Je ne sais pas pourquoi je trouve ça tellement excitant. Je sais ce qui va suivre : neige fondue, ténèbres, grippe, verglas, vent, brûlures de sel sur les bottes. N'empêche, il y a un sentiment d'anticipation : on se crispe en vue du combat. L'hiver est un truc qui fait qu'on peut sortir s'y enfoncer, auquel on se confronte puis qu'on déjoue en se repliant à l'intérieur. N'empêche, j'aurais aimé que cette maison ait une cheminée.

La maison où j'ai vécu avec Richard avait une cheminée. Elle en avait quatre. Il y en avait une dans notre chambre à coucher, si ma mémoire est bonne. Flammes léchant la chair.

Je déroule les manches de mon pull, en rabats les poignets sur mes mains. Comme ces mitaines qu'on portait dans le temps – les marchands de fruits et légumes, les gens comme ça – pour travailler dans le froid. L'automne a été chaud jusqu'à présent, mais je ne peux pas céder à l'insouciance. Il faudrait que je fasse réviser la chaudière ; que je sorte ma chemise de nuit en flanelle ; que je fasse provision de haricots blancs à la sauce tomate, de bougies, d'allumettes. Une tempête de pluie verglaçante comme celle de l'an dernier pourrait tout paralyser dans le pays et du coup on se retrouverait sans électricité, avec des toilettes inutilisables et pas d'eau potable à part celle qu'on peut obtenir en faisant fondre la neige.

Il n'y a rien dans le jardin hormis des feuilles mortes, des tiges cassantes et quelques chrysanthèmes irréductibles. Le soleil perd de l'altitude ; la nuit tombe de bonne heure à présent. J'écris sur la table de la cuisine, à l'intérieur. Le bruit des rapides me manque. Parfois, le vent souffle à travers les branches sans feuilles, ce qui se rapproche beaucoup du bruit des rapides, même si c'est moins régulier.

Dans la semaine qui suivit les fiançailles, je dus aller déjeuner avec la sœur de Richard, Winifred Griffen Prior. L'invitation émanait d'elle, mais j'eus le sentiment que c'était Richard qui m'envoyait. Il se peut que je me sois trompée à ce sujet, parce que Winifred tirait des tas de ficelles et il se peut qu'elle ait tiré celle de Richard à cette occasion. Le plus vraisemblable, c'est qu'ils s'étaient concertés tous les deux.

Le déjeuner devait avoir lieu à l'Arcadian Court. C'était l'endroit où ces dames prenaient leurs déjeuners, tout en haut du grand magasin Simpsons, sur Queen Street – un vaste espace haut de plafond, de style dit « byzantin » (c'est-à-dire qu'il y avait des voûtes et des palmiers en pot), qui était traité en lilas et argent et présentait des luminaires et des chaises aux formes modernes. Une mezzanine se déployait à mi-hauteur, fermée par un garde-fou en fer forgé ; ce coin-là était réservé aux hommes, aux hommes d'affaires. Ils pouvaient s'y asseoir et contempler les dames, emplumées et gazouillantes en contrebas, comme dans une volière.

J'avais revêtu ma plus jolie tenue de ville, la seule que je pouvais mettre pour une occasion pareille : un tailleur bleu marine avec jupe plissée, chemisier blanc orné d'un nœud au niveau du cou et chapeau bleu marine du genre canotier. Cet ensemble me donnait l'air d'une collégienne ou d'un membre de l'Armée du salut. Je ne parlerai même pas de mes chaussures ; aujourd'hui encore, le seul fait d'y penser me démoralise trop. Je cachais ma bague de fiançailles toute neuve en serrant mon poing ganté de coton, consciente que, vu mes vêtements, on la prendrait pour un bijou fantaisie ou le fruit d'un larcin.

Le maître d'hôtel me regarda comme si je m'étais trompée d'endroit ou du moins d'entrée – je cherchais un travail ? J'avais vraiment l'air miteuse et trop jeune pour un déjeuner de dames. Là-dessus, je donnai le nom de Winifred et tout s'arrangea, parce que l'Arcadian Court était véritablement la cantine de Winifred. (C'est l'expression qu'elle employa.)

Je n'eus toutefois pas à attendre en buvant un verre d'eau glacée, toute seule, sous le regard des femmes bien habillées qui se seraient demandé comment j'avais réussi à entrer puisque Winifred était déjà là, assise à l'une des tables pâles. Elle était plus grande que dans mon souvenir – plus mince, ou plus élancée, diriez-vous, même si sa svel-tesse était en partie due à une bonne gaine. Elle portait un tailleur vert – ce n'était pas un vert pastel, mais un vert intense, éclatant pour ainsi dire. (Quand arriva la mode des chewing-gums à la chlorophylle deux décennies plus tard, ils étaient de cette couleur.) Elle avait des chaussures assorties en croco. Elles étaient brillantes, caoutchou-teuses, d'apparence légèrement humide, comme des feuilles de nénu-phar, et je me fis la réflexion que je n'avais jamais vu de chaussures aussi originales, aussi ravissantes. Son chapeau était de la même nuance – un bibi rond en tissu vert qui, en équilibre sur son crâne, avait tout d'un gâteau toxique.

Elle était précisément en train de faire un geste qu'on m'avait appris à ne jamais faire parce que vulgaire : elle se regardait dans le miroir de son poudrier, en public. Pire, elle se poudrait le nez. Alors que j'hésitais, peu désireuse de lui faire savoir que je l'avais surprise en plein élan de vulgarité, elle referma brutalement son poudrier et le glissa dans son petit sac en croco vert brillant comme si de rien n'était. Puis elle tendit le cou, tourna lentement la tête et jeta alentour un coup d'œil méchant et éblouissant comme un projecteur. Puis elle m'aperçut, sourit et me tendit une main de bienvenue, languide. Elle portait un jonc d'argent que je convoitai instantanément.

« Appelle-moi Freddie, me proposa-t-elle dès que je fus assise. Toutes mes copines le font et je veux qu'on devienne de grandes copines, toi et moi. »

C'était la mode à l'époque, pour des femmes comme Winifred, d'opter pour des diminutifs qui permettaient de les prendre pour des jeunes : Billie, Bobbie, Willie, Charlie. Je n'avais pas de surnom de ce genre, et ne pus donc en avancer un en retour.

« Oh, c'est la bague ? s'écria-t-elle. Elle est magnifique, n'est-ce pas ? J'ai aidé Richard à la choisir – il aime que je fasse des achats pour lui. Ça donne de tels maux de tête aux hommes, pas vrai, le shopping ? Il s'était dit peut-être une émeraude, mais franchement rien ne vaut un diamant, n'est-ce pas ? »

Tout en disant cela, elle m'examinait avec intérêt et un certain amusement glacé, histoire de voir comment j'allais prendre ça – le fait de ramener l'achat de ma bague de fiançailles à une petite course. Elle avait des yeux intelligents, bizarrement larges, et un fard à pau-pières vert. Ses sourcils, finement épilés et dessinés au crayon, décri-vaient un arc tout en douceur, lequel lui prêtait cette expression d'ennui et, en même temps, d'étonnement incrédule que cultivaient les vedettes de cinéma de l'époque, encore que je doute que Winifred fût jamais très étonnée. Son rouge à lèvres était rose-orange foncé, teinte qui venait d'être lancée – *crevette*, disait-on, comme je l'avais appris dans mes revues d'après-midi. Sa bouche avait le même caractère cinématographique que ses sourcils si bien que les deux moitiés de sa lèvre supérieure offraient le côté retroussé de l'arc de Cupidon. Sa voix était ce qu'on appelait une voix de buveuse de whisky – grave, presque profonde, avec un vernis éraillé, âpre, un peu comme la langue d'un chat –, comme du velours fait à partir de cuir.

(Elle jouait aux cartes, je m'en aperçus plus tard. Au bridge, pas au poker – elle aurait été bonne au poker, bonne pour bluffer, mais c'était trop risqué, trop hasardeux ; elle aimait miser sur du connu. Elle jouait également au golf, mais surtout pour les contacts mondains ; elle n'était pas aussi douée qu'elle le prétendait. Le tennis lui demandait trop d'efforts ; elle n'aurait pas voulu qu'on la surprenne en train de transpirer. Elle « faisait de la voile », ce qui, pour elle, signifiait être assise sur un coussin dans un bateau, coiffée d'un chapeau et équipée d'un verre de quelque chose.)

Winifred me demanda ce que j'aimerais manger. Je répondis que ça m'était égal. Elle m'appela « chérie » et déclara que la salade Waldorf était merveilleuse. Je répondis que ce serait très bien.

Je ne voyais pas comment je pourrais jamais trouver le courage de l'appeler Freddie : cela me paraissait trop familier, irrespectueux même. C'était une adulte somme toute – elle avait trente ans ou au moins vingt-neuf. Elle avait six à sept ans de moins que Richard, mais ils étaient copains : « Richard et moi, on est tellement copains », me glissa-t-elle sur le ton de la confidence pour la première – mais pas la dernière – fois. C'était une menace, bien sûr, comme le fut une grande part de ce qu'elle allait me dire sur ce ton décontracté et confidentiel. Cela me signifiait non seulement qu'elle avait des prétentions antérieures aux miennes et des loyautés que je ne pouvais espérer comprendre, mais aussi que, si jamais je trahissais Richard, il me faudrait compter avec eux deux.

C'était elle qui organisait les choses pour Richard, expliqua-t-elle – événements mondains, cocktails, dîners et cetera –, parce qu'il était célibataire et, comme elle disait (et continuerait à le dire d'année en année) : « C'est nous les filles qui gérons ce genre de détails. » Puis elle ajouta qu'elle était vraiment ravie que Richard ait finalement décidé de se ranger et, en plus, avec une gentille jeune fille comme moi. À deux reprises déjà, ça c'était presque fait – des attaches antérieures. (C'est ainsi que Winifred évoquait toujours les femmes par rapport à Richard – des *attache*s, comme des filets, des toiles d'araignée, des pièges ou juste des bouts de cordon en caoutchouc traînant par terre, qui risquent malencontreusement de vous coller à la chaussure.)

Par chance, Richard avait échappé à ces attaches, non que ces femmes ne lui aient pas couru après. Elles lui couraient après en masse, me confia Winifred en baissant sa voix de buveuse de whisky et j'eus une vision de Richard, les vêtements en lambeaux, les cheveux – d'ordinaire si soigneusement peignés – en bataille, fuyant, paniqué, une meute de femmes le pourchassant avec force aboiements. Mais j'avais du mal à croire à une telle vision. Je n'arrivais pas à imaginer Richard en train de courir, de se dépêcher ou même d'avoir peur. Je n'arrivais pas à l'imaginer en danger.

Je hochai la tête et souris sans trop savoir où j'étais censée me situer. Faisais-je partie de ces poisseuses attaches ? Peut-être. Au premier abord, cependant, on me fit comprendre que Richard avait une haute valeur intrinsèque et que j'avais intérêt à bien me tenir si je voulais être à la hauteur.

« Je suis sûre que tu vas gérer ça très bien, me dit Winifred avec un petit sourire. Tu es si jeune. »

Cette jeunesse aurait précisément dû nuire à la gestion en question, ce qu'escomptait Winifred. Elle n'avait absolument pas l'intention de renoncer à gérer les choses elle-même.

Nos salades Waldorf arrivèrent. Winifred me regarda prendre mon couteau et ma fourchette – au moins ne mangeais-je pas avec les doigts, disait son expression – et poussa un petit soupir. Ce fut pour elle un travail de Romain que de me prendre en main, je m'en rends compte à présent. Il est certain qu'elle dut me trouver renfrognée ou réservée : je n'avais pas de conversation, j'étais si ignorante, si *paysanne*. Ou peut-être son soupir était-il un soupir d'anticipation – du labeur qu'elle anticipait, parce que j'étais une motte d'argile brute et qu'elle allait devoir remonter ses manches pour me modeler.

Rien ne sert de remettre à demain... Elle fonça dans le tas. Sa méthode, c'était l'allusion, la suggestion. (Elle en avait une autre – la matraque –, mais je ne m'en aperçus pas au cours de ce déjeuner.) Elle déclara avoir connu ma grand-mère ou du moins avoir entendu parler d'elle. Les femmes Montfort de Montréal étaient célèbres pour leur style, dit-elle, mais bien entendu Adelia Montfort était morte avant ma naissance. C'était sa façon de me dire que, malgré mon pedigree, nous allions en fait démarrer de zéro.

Mes vêtements étaient ce qu'il y avait de moins important, me laissa-t-elle entendre. On pouvait toujours acheter des vêtements, bien entendu, pourtant, il allait falloir que j'apprenne à les porter.

« Comme une seconde peau, ma chérie », déclara-t-elle.

Mes cheveux étaient inacceptables – longs, pas crantés, rejetés en arrière, tenus par une pince. Ils appelaient manifestement les ciseaux et une permanente à froid. Puis il y eut le problème de mes ongles. Rien de trop tape-à-l'œil, attention ; j'étais trop jeune pour le tape-à-l'œil.

« Tu pourrais être charmante, affirma Winifred. Vraiment. Avec un petit effort. »

J'écoutais avec humilité, avec ressentiment. Je savais que je n'avais pas de charme. Ni Laura ni moi n'en avions. Nous étions trop secrètes pour avoir du charme, ou trop directes. Nous n'avions jamais appris à en avoir, parce que Reenie nous avait gâtées. Elle estimait que *qui nous étions* devait suffire à n'importe qui. Nous ne devions pas avoir à nous exhiber pour les gens, les courtiser à grand renfort de câlineries, de cajoleries et d'œillades. Je suppose que mon père était à même de voir l'intérêt du charme dans certains domaines, mais il ne nous en avait pas instillé un brin. Il avait voulu que nous nous comportions davantage comme des garçons et avait atteint son objectif. On n'apprend pas aux garçons à être charmants. Sinon les gens les jugent retors.

Winifred me regarda manger, un sourire interrogateur sur les lèvres. Déjà, j'étais en train de me métamorphoser dans sa tête en une kyrielle d'adjectifs – une kyrielle d'anecdotes rigolotes qu'elle rapporterait à ses copines, les Billie, les Bobbie, les Charlie. *Fagotée comme pas deux. S'empiffrant comme si elle n'avait pas mangé depuis trois jours. Et les chaussures !*

« Bon, décréta-t-elle après avoir chipoté devant sa salade (Winifred ne finissait jamais un repas), maintenant, il va falloir qu'on réfléchisse sérieusement. »

Je ne compris pas ce qu'elle voulait dire. Elle poussa un nouveau petit soupir.

« Pour préparer le mariage, m'expliqua-t-elle. Nous n'avons pas beaucoup de temps. J'ai pensé à Saint-Simon-l'Apôtre et après à la salle de bal du Royal York, la grande, pour la réception. »

J'avais dû présumer qu'on me remettrait à Richard sans autre forme de procès, comme un colis ; mais non, il allait falloir des cérémonies – et plus d'une. Des cocktails, des thés, diverses fêtes, des séances de photos pour les journaux. Cette affaire allait ressembler au mariage de ma mère selon les histoires que Reenie m'avait racontées, mais à l'envers en un sens et dénuée de certains éléments. Où était le prélude romantique avec le jeune homme à mes pieds ? Je sentis une onde de désarroi remonter de mes genoux à mon visage. Winifred s'en aperçut, mais ne fit rien pour me rassurer. Elle n'avait pas envie de me voir rassurée.

« Ne t'inquiète pas, ma chérie, me dit-elle d'un ton qui me laissait peu d'espoir et en me tapotant le bras. Je vais te prendre en main. »

Je sentais ma volonté me quitter doucement – tout le pouvoir qu'il me restait peut-être encore sur mes propres faits et gestes. (Franchement ! Quand j'y repense. Franchement, elle se comportait comme une sorte de tenancière de bordel. Franchement, c'était une mère maquerelle.)

« Mon Dieu, regarde l'heure ! » s'écria-t-elle.

Elle avait une montre en argent, fluide comme un ruban de métal fondu ; il y avait des points dessus à la place des chiffres.

« Il faut que je file. On va t'apporter du thé et une tarte ou quelque chose si cela te dit. Les toutes jeunes femmes sont tellement bec sucré. Et ça ne veut pas dire qu'elles font la sucrée, pas vrai ? »

Elle éclata de rire, se leva de table et me donna un baiser couleur de crevette, non sur la joue, mais sur le front. Il visait à me maintenir à ma place, laquelle devait être – cela semblait clair – celle d'une enfant.

Je la regardai évoluer à travers l'espace pastel ondoyant de l'Arcadian Court comme si elle glissait, avec de petits signes de tête et de minuscules gestes – bien calibrés. L'air s'ouvrait devant elle comme des herbes hautes ; ses jambes paraissaient ne pas être attachées à ses hanches, mais directement à sa taille ; rien ne ballottait. J'avais l'impression d'être boursouflée par endroits, de part et d'autre des bretelles et au-dessus de mes bas. Je mourais d'envie de reproduire cette démarche si fluide, si éthérée, si invulnérable.

Je ne me mariai pas à Avalon, mais à Rosedale dans la grande bâtisse à colombages en faux style Tudor de Winifred. On avait estimé que ce serait plus commode, car la majorité des invités allait venir de Toronto. Ce serait également moins gênant pour mon père qui ne pouvait plus se permettre le genre de mariage que Winifred considérait comme lui étant dû.

Il ne pouvait même pas se permettre les vêtements : ce fut Winifred qui s'en chargea. Rangés dans mes bagages – dans l'une de mes malles toutes neuves –, il y avait une jupe de tennis alors que je ne jouais pas, un maillot de bain alors que je ne savais pas nager et plusieurs robes de bal alors que je ne savais pas danser. Où aurais-je pu apprendre de telles disciplines ? Pas à Avalon ; pas même la natation, puisque Reenie refusait de nous laisser nous baigner. Mais Winifred avait insisté. Elle avait déclaré que j'avais besoin d'avoir une tenue pour chaque occasion, peu importaient mes failles, que je ne devais d'ailleurs jamais reconnaître.

« Dis que tu as mal à la tête, me conseilla-t-elle. C'est toujours une excuse acceptable. »

Elle me confia également des tas d'autres choses.

« Il n'y a pas de problème à montrer de l'ennui, me dit-elle. Mais ne manifeste jamais ta peur. Les gens la percevraient, comme des requins, et se précipiteraient pour la curée. Tu peux regarder le bord de la table – cela te permet de baisser les paupières – mais ne fixe jamais le sol, cela donne l'impression que tu as une faiblesse du cou. Ne te tiens pas trop droite, tu n'es pas un soldat. Ne prends jamais une attitude servile. Si quelqu'un te lance une remarque insultante, dis " Pardon ? " comme si tu n'avais pas entendu ; neuf fois sur dix, on n'aura pas le front de te la répéter. Ne hausse jamais le ton en t'adressant à un serveur, c'est vulgaire. Oblige-les à se pencher, ils sont là pour ça. Ne joue ni avec tes gants ni avec tes cheveux. Donne toujours l'impression que tu as mieux à faire, et ne manifeste jamais ton agacement. En cas de doute, va aux toilettes, mais sans te presser. La grâce naît de l'indifférence. »

Tels étaient ses sermons. Je dois admettre, même si je l'ai détestée, qu'ils se sont révélés extrêmement précieux dans ma vie.

Je passai la nuit d'avant le mariage dans l'une des plus belles chambres de Winifred.

« Fais-toi belle », me lança cette dernière avec désinvolture, sous-entendant que je ne l'étais pas. Elle me donna un peu de cold-cream et des gants en coton – je devais appliquer la crème, puis enfiler les gants par-dessus. Ce traitement était censé vous faire des mains toutes blanches et douces – de la texture de saindoux pas cuit. Debout dans la salle de bains attenante, j'écoutais le fracas de l'eau contre la porcelaine de la baignoire et examinai mon visage dans le miroir. J'avais l'impression d'être gommée, sans caractère, comme un ovale de vieux savon ou comme la lune décroissante.

Par la porte de communication, Laura surgit de sa chambre et s'assit sur le couvercle des cabinets. Elle ne s'était jamais habituée à frapper quand il s'agissait de moi. Elle portait une chemise de nuit en coton blanc uni, qui m'avait appartenu, et avait les cheveux attachés ; une boucle dorée comme les blés lui tombait sur une épaule. Elle était pieds nus.

« Où sont tes chaussons ? » demandai-je.

Elle avait l'air triste. Ça plus la chemise de nuit blanche et ses pieds nus la faisaient ressembler à une pénitente – à une hérétique en route pour son exécution sur un tableau ancien. Elle avait les mains jointes devant elle, les doigts entourant un O d'espace béant, comme si elle avait dû tenir un cierge allumé.

« Je les ai oubliés. »

Quand elle était habillée, elle paraissait plus que son âge à cause de sa taille, mais à présent elle faisait plus jeune ; elle avait l'air d'avoir douze ans et une odeur de bébé. C'était le shampoing qu'elle utilisait – elle utilisait un shampoing pour bébé parce que c'était moins cher. Elle aimait faire de petites économies futiles. Elle jeta un coup d'œil circulaire sur la salle de bains, puis baissa les yeux vers le sol carrelé.

« Je n'ai pas envie que tu te maries, dit-elle.

– Tu me l'as très bien fait comprendre. »

Elle s'était montrée renfrognée tout au long des diverses manifestations – réceptions, essayages, répétitions –, tout juste polie envers Richard, bêtement obéissante envers Winifred à l'image d'une domestique en apprentissage. Envers moi, fâchée, comme si ce mariage était au mieux un caprice malveillant, au pis un rejet de sa personne. Au début, j'avais cru qu'elle était peut-être envieuse de moi, mais ce n'était pas vraiment cela.

« Pourquoi je ne devrais pas me marier ?

– Tu es trop jeune.

– Maman avait dix-huit ans. De toute façon, j'en ai presque dix-neuf.

– Mais c'était quelqu'un qu'elle aimait. Elle le voulait.

– Comment sais-tu que je ne l'aime pas ? » lui demandai-je, exaspérée. Cela la freina un moment.

« Ce n'est pas possible que tu le veuilles ! », s'écria-t-elle en me relevant la tête.

Elle avait les yeux mouillés et roses : elle avait pleuré. Cette constatation me contraria : de quel droit pleurait-elle ? Si quelqu'un devait pleurer, c'était plutôt moi.

« Le problème, ce n'est pas ce que je veux, répondis-je sèchement. C'est la seule solution raisonnable. Nous n'avons plus un sou ou bien tu ne t'en es pas aperçue ? Tu aimerais nous voir jetés à la rue ?

– On pourrait trouver un travail », dit-elle.

Mon eau de toilette se trouvait sur le rebord de la fenêtre à côté d'elle ; elle s'en vaporisa distraitement. C'était *Liù* de Guerlain, un cadeau de Richard. (Choisi, comme elle me l'avait fait savoir, par Winifred. *Les hommes sont tellement perdus dans les parfumeries, n'est-ce pas ? Les parfums leur montent à la tête.*)

« Ne sois pas stupide, ripostai-je. Qu'est-ce qu'on ferait ? Casse ça et ça va sentir le roussi pour toi.

– Oh, on pourrait faire des tas de choses, répliqua-t-elle sans plus de précision en reposant mon eau de toilette. On pourrait travailler comme serveuses.

– On n'aurait pas de quoi vivre. Les serveuses ne gagnent quasiment rien. Elles sont obligées de ramper pour avoir un pourboire. Elles finissent toutes avec des pieds plats. Tu ne connais pas le prix des choses. »

Autant essayer d'expliquer l'arithmétique à un oiseau.

« Les usines sont fermées. Avalon tombe en ruine, ils vont le vendre ; les banques cherchent à nous coincer. Tu as regardé papa ? Tu l'as vu ? On dirait un vieillard.

– C'est pour lui alors. Ce que tu fais. Je suppose que c'est une explication. Je suppose que c'est courageux.

– Je fais ce qui me paraît juste », répliquai-je.

Je me sentais si vertueuse et en même temps si malmenée par la vie que je faillis fondre en larmes. Mais ç'aurait été se dégonfler.

« Ce n'est pas juste, dit-elle. Ce n'est pas juste du tout. Tu pourrais rompre, il n'est pas trop tard. Tu pourrais t'enfuir cette nuit et laisser un mot. Je partirai avec toi.

– Fiche-moi la paix, Laura. Je suis assez grande pour savoir ce que je fais.

– Mais tu vas être obligée de le laisser te toucher, tu sais. Il ne s'agit pas seulement des baisers. Tu vas être obligée de le laisser...

– Ne t'inquiète pas pour moi. Laisse-moi tranquille. J'y vois très clair.

– Comme une somnambule », répondit-elle.

Elle attrapa une boîte où il y avait mon talc, l'ouvrit, la renifla et réussit à en répandre une pleine poignée par terre.

« Eh bien, en tout cas, tu auras de beaux habits », lança-t-elle.

J'aurais été capable de la frapper. C'était bien entendu ma consolation secrète.

Après qu'elle fut partie en laissant des traces de pas blanches, je m'assis sur le bord du lit, les yeux rivés sur ma malle de voyage ouverte. Elle était très élégante, jaune pâle à l'extérieur et bleu foncé à l'intérieur, renforcée d'acier et avec des têtes de clou étincelantes comme de solides étoiles en métal. Elle était soigneusement rangée, avec tout ce qu'il fallait pour le voyage de noces, mais elle me paraissait pleine de ténèbres – de vide, d'espace vide.

C'est mon trousseau, me dis-je. Tout à coup, ce mot devint menaçant – tellement étranger, tellement définitif. Il sonnait comme le mot *trousser* – ce qu'on faisait subir aux dindes qu'on ficelait avant de les mettre à la broche.

Brosse à dents, me dis-je. Je vais en avoir besoin. Mon corps demeura assis là, inerte.

Trousseau venait de *torsare*, puis de trousse. Trousseau. C'est tout ce que cela voulait dire. Vous mettiez des affaires dans une trousse. Il n'y avait donc pas à se rendre malade à ce sujet, parce que cela voulait juste dire bagage. Cela désignait toutes les choses que j'emportais avec moi, bien rangées.

Le tango

Voici la photo du mariage :

Une jeune femme en robe de satin blanc, coupée dans le biais, au tissu soyeux avec une traîne déployée autour des pieds comme de la mélasse renversée. Il y a quelque chose de dégingandé dans sa façon de se tenir, dans la manière dont les hanches, les pieds sont placés, comme si sa colonne vertébrale n'allait pas avec cette robe – trop droite. Il faudrait un haussement d'épaules pour une robe pareille, une voussure, une courbe sinueuse, une sorte de bosse tuberculeuse.

Un voile tombant tout droit de chaque côté de la tête et, sur le front, une bande de voile qui projette une ombre trop accentuée sur les yeux. Un sourire ne découvrant pas les dents. Une couronne de petites roses blanches ; une cascade de roses plus grosses, roses et blanches mélangées à du stephanotis, dans ses bras gantés de blanc – des bras aux coudes un peu trop sortis. Couronne, *cascade* – tels étaient les termes utilisés par la presse. Évocation de nonnes et d'eau douce, dangereuse. « Une belle mariée », affirmait la légende. C'était le genre de chose qui se disait à l'époque. Dans son cas, la beauté s'imposait, vu les sommes en jeu.

(Je dis « elle » parce que je n'ai pas le souvenir d'avoir été présente, pas dans un sens significatif du terme. Moi et la jeune femme de la photo avons cessé d'être la même personne. Je suis son produit, le résultat de la vie qu'elle a menée autrefois sans réfléchir ; alors qu'elle, si on peut décréter qu'elle ait jamais existé, ne se compose que de ce dont je me souviens. C'est moi qui vois mieux – je la distingue nettement, la plupart du temps. Mais quand bien même elle aurait la possibilité de regarder, elle ne pourrait absolument pas me voir.)

Richard est à mes côtés, admirable d'après les critères de ce temps-là, c'est-à-dire encore assez jeune, pas laid et fortuné. Il a l'air cossu, mais aussi interrogateur : un sourcil arqué, la lèvre inférieure légèrement projetée en avant, la bouche sur le point d'esquisser un sourire, comme devant une blague douteuse, secrète. L'œillet à la boutonnière, les cheveux peignés en arrière, pareils à un bonnet de bain en caoutchouc brillant, plaqués sur le crâne avec la brillantine qu'on mettait alors. Bel homme malgré tout. Je dois l'admettre. Élégant. Mondain.

Il y a également quelques portraits de groupe – un arrière-plan avec une ribambelle de garçons d'honneur en tenue de cérémonie, très proche de celles des funérailles, et des maîtres d'hôtel ; un premier plan de demoiselles d'honneur reluisantes, impeccables, aux bouquets nappés d'une sorte de mousse. Laura avait réussi à gâcher toutes ces photos. Sur l'une d'elles, elle est résolument renfrognée, sur une autre, elle a dû bouger de sorte que son visage est flou, comme un pigeon aplati contre une vitre. Sur une troisième, elle se mordille un doigt et jette des coups d'œil en coin, la mine coupable, comme si on venait de la surprendre la main dans la caisse. Sur une quatrième, il devait y avoir un défaut dans la pellicule, parce qu'il y a un effet de lumière pommelée qui, loin de lui tomber dessus, monte d'en bas comme si elle était au bord d'une piscine illuminée, de nuit.

Après la cérémonie, Reenie se manifesta, dans une tenue bleue respectable et avec une plume. Elle me serra très fort dans ses bras et s'écria :

« Si seulement ta mère était là ! »

Que voulait-elle dire ? Pour applaudir ou pour mettre un terme à la cérémonie ? D'après son ton, ce pouvait être l'un comme l'autre. Elle pleura ensuite, moi pas. Les gens pleurent aux mariages et devant des dénouements heureux pour une raison analogue : parce qu'ils veulent désespérément croire en quelque chose dont ils savent que ce n'est pas crédible. Mais j'étais au-delà de tels enfantillages ; je respirais le grand air de la désillusion, ou je le croyais.

Il y eut du champagne, bien entendu. Il y en avait sûrement : Winifred ne l'aurait pas oublié. Certains mangeaient. Il y eut des discours dont je ne me souviens en rien. Avons-nous dansé ? Je le crois. Je ne savais pas danser, mais je me retrouvai sur la piste de danse, de sorte que je dus faire quelques tours en chancelant.

Puis je passai ma tenue de voyage. C'était un tailleur, une légère laine printanière vert pâle avec un sage chapeau assorti. Cela coûtait une fortune, m'avait dit Winifred. Plantée sur les marches (quelles marches ? les marches se sont évanouies dans ma mémoire), prête pour le départ, je jetai mon bouquet vers Laura. Elle ne l'attrapa pas. Elle resta là, dans sa tenue rose nacré, à me fixer froidement, les mains jointes devant elle comme pour se dominer et l'une des demoiselles d'honneur – une des cousines Griffen – s'en empara et se sauva avec, avidement, comme s'il s'agissait d'une friandise.

À ce stade-là, mon père avait disparu. C'était tout aussi bien, parce que la dernière fois où on l'avait vu il était ivre mort. J'imagine qu'il était allé se finir en beauté.

Puis Richard me prit par le coude et me conduisit vers la voiture chargée de nous emmener. Personne n'était censé connaître notre destination, dont on pensait qu'elle devait être quelque part en dehors de la ville – une auberge retirée, romantique. En fait, on nous fit faire le tour du pâté de maisons pour nous ramener vers une entrée latérale du Royal York Hotel où nous venions de recevoir nos invités et nous empruntâmes clandestinement l'ascenseur. Richard avait déclaré que, puisque nous prenions le train pour New York le lendemain et que Union Station était juste de l'autre côté de la rue, pourquoi nous éloigner ?

De ma nuit de noces, ou plutôt de mon après-midi de noces – le soleil n'était pas encore couché et la chambre était baignée, comme on dit, d'une douce lumière rosée parce que Richard n'avait pas tiré les rideaux –, je dirai très peu de choses. Je ne savais pas à quoi m'attendre ; ma seule informatrice avait été Reenie qui m'avait poussée à croire que tout ce qui se passerait serait désagréable et très vraisemblablement douloureux, ce en quoi je ne fus pas déçue. Elle m'avait également laissé entendre que cet événement ou cette sensation désagréable n'aurait rien d'extraordinaire – toutes les femmes en passaient par là, du moins toutes celles qui se mariaient –, de sorte que ce n'était pas la peine que je fasse des histoires. *Souffre en silence* avait été sa formule. Elle m'avait dit qu'il y aurait un peu de sang, et il y en eut. (Mais elle ne m'avait pas expliqué pourquoi. Cette partie-là fut une surprise totale.)

Je ne savais pas encore que mon manque de plaisir – mon dégoût, ma souffrance même – serait considéré comme normal et même désirable de la part de mon mari. Il appartenait à cette race d'hommes qui estimaient que si une femme ne connaissait pas le plaisir sexuel c'était tant mieux, parce que ainsi elle ne risquait pas de courir le rechercher ailleurs. Peut-être une telle attitude était-elle banale à l'époque ? Peut-être que non ? Je n'ai aucun moyen de le savoir.

272

Richard s'était organisé pour qu'on nous monte une bouteille de champagne au moment qu'il avait anticipé comme idoine. Et également notre dîner. Je filai en sautillant jusqu'à la salle de bains et m'y enfermai pendant que le serveur installait le tout sur une petite table recouverte d'une nappe en lin blanc. Je portais la tenue que Winifred avait jugée appropriée pour l'occasion, une chemise de nuit en satin d'une teinte rose saumon délicatement bordée de dentelle gris souris. J'essayai de me nettoyer avec un carré en éponge, puis me demandai ce qu'il fallait que j'en fasse : le rouge dessus était tellement visible qu'on aurait cru que j'avais saigné du nez. Je finis par le flanquer dans la corbeille à papier en espérant que la femme de chambre penserait qu'il était tombé là par erreur.

Puis je m'aspergeai de *Liù*, parfum qui, à mon sens, ne tenait pas et n'avait pas de personnalité. Il devait son nom, je l'avais alors découvert, à l'héroïne d'un opéra – une esclave dont le destin était de se tuer plutôt que de trahir l'homme qu'elle aimait, lequel de son côté aimait quelqu'un d'autre. C'était comme cela que ça se passait dans les opéras. Ce parfum ne me paraissait pas de bon augure, mais j'étais inquiète à l'idée de sentir bizarre. Or, je sentais vraiment bizarre. Ce truc bizarre était venu de Richard, et maintenant c'était moi qui l'avais. J'espérais ne pas avoir fait trop de bruit. Des halètements involontaires, de brusques inspirations, comme quand on plonge dans de l'eau glacée.

Le dîner se composait d'un steak et d'une salade. Je mangeai principalement la salade. À l'époque, toutes les laitues d'hôtel se ressemblaient. Elles avaient un goût d'eau vert pâle. Elles avaient un goût de gel.

Le voyage en train jusqu'à New York le lendemain se déroula sans incident. Richard lut les journaux, je lus les revues. Nos conversations n'étaient pas très différentes, dans leur teneur, de celles que nous avions eues avant le mariage. (J'hésite à les qualifier de conversations parce que je ne parlais pas beaucoup. Je souriais et acquiesçais sans écouter.)

À New York, nous dînâmes dans un restaurant avec des amis de Richard, un couple dont j'ai oublié le nom. C'étaient, sans l'ombre d'un doute, des nouveaux riches : tellement nouveaux que ça hurlait. À voir leurs vêtements, on avait l'impression qu'ils s'étaient enduits de glu, puis roulés sur un tapis de billets de cent dollars. Je me demandai comment ils l'avaient acquis, cet argent : il avait une odeur louche.

Ces gens ne connaissaient pas Richard si bien que ça, de même ne le souhaitaient-ils pas vraiment : ils lui étaient redevables de quelque chose, c'était tout – un service passé sous silence. Ils le craignaient, se montraient un peu déférents. Je le compris d'après le ballet des briquets : qui allumait quoi pour qui et avec quel empressement. Richard aimait leur déférence. Il aimait qu'on lui allume sa cigarette et, par extension, la mienne.

Je fus frappée de constater que Richard avait eu envie de sortir avec eux non seulement parce qu'il tenait à s'entourer d'un petit cercle de lèche-bottes, mais parce qu'il n'avait pas envie de rester seul avec moi. Je ne pouvais guère l'en blâmer : j'avais peu de choses à raconter. Cependant, il se montrait à présent – devant des tiers – plein de sollicitude pour ma personne, me plaçait tendrement mon manteau sur les épaules, me couvrait de petites attentions délicates, gardait toujours une main posée sur moi, légèrement, quelque part. De temps à autre, il scrutait la salle pour voir lesquels des autres hommes présents l'enviaient. (Analyse rétrospective, bien entendu, de ma part : à l'époque, je n'identifiais rien de tout cela.)

Le restaurant était très cher et aussi très moderne. Je n'avais jamais rien vu de tel. Les choses ne brillaient pas, elles scintillaient ; il y avait du bois blanchi, des garnitures en laiton et du verre tape-à-l'œil partout, de même que beaucoup de stratifiés. Des sculptures, en laiton ou en acier, de femmes stylisées, lisses comme du caramel, avec des sourcils mais pas d'yeux, avec des hanches carénées et pas de pieds, avec des bras qui se fondaient dans le torse ; des sphères en marbre blanc ; des miroirs ronds pareils à des hublots. Sur chaque table, un arum dans un mince vase en acier.

Les amis de Richard étaient encore plus âgés que lui et la femme paraissait plus âgée que l'homme. Elle portait du vison blanc, malgré le temps printanier. Sa robe était également blanche, une création inspirée – nous expliqua-t-elle longuement – par la Grèce ancienne, la Victoire de Samothrace pour être précise. Les plis de cette tenue s'attachaient à un galon doré qui attirait l'attention sur les seins eux-mêmes séparés par un filet de la même couleur. Je me fis la réflexion que si j'avais des seins aussi mous et tombants je ne porterais jamais une telle robe. La peau au-dessus du décolleté était couverte de taches de rousseur et fripée, comme ses bras. Son mari, les poings serrés, un demi-sourire figé dans le béton, ne pipait mot tandis qu'elle parlait ; il regardait prudemment la nappe. *C'est donc ça le mariage*, me dis-je : cet ennui partagé, cette agitation et ces petites rigoles pleines de poudre qui se formaient sur les ailes du nez.

« Richard ne nous avait pas prévenus que vous étiez si jeune ! »
s'écria la femme.

Le mari remarqua :

« Ça se tassera. »

Et sa femme éclata de rire.

Je réfléchis au terme « prévenus » : étais-je tellement dangereuse ?
Seulement à la façon dont les moutons peuvent l'être, me dis-je
aujourd'hui. Tellement bêtes qu'ils s'exposent au danger et se retrouvent coincés sur des falaises ou piégés par des loups, obligeant alors
leur berger à risquer sa vie pour les tirer d'affaire.

Peu après – nous passâmes deux jours à New York ou était-ce
trois ? –, nous entamâmes la traversée vers l'Europe à bord du *Berengeria*, dont Richard déclara que c'était le bateau du *vulgum pecus*. La
mer n'était pas agitée à cette époque de l'année, mais je fus néanmoins malade comme un chien. (Pourquoi un chien, vu le contexte ?
Parce que apparemment, ce n'est pas leur faute. C'était pareil pour
moi.)

On m'apporta une cuvette et du thé froid léger avec du sucre, mais
pas de lait. Richard décréta que je ferais mieux de boire du champagne, que c'était le meilleur remède, mais je ne voulus pas prendre
de risque. Il se montra plus ou moins prévenant, et aussi plus ou
moins contrarié, même s'il déclara que c'était vraiment dommage
que je sois malade. Je lui dis que je ne tenais pas à lui gâcher sa soirée et qu'il ferait mieux de ne pas rater le dîner, et c'est ce qu'il fit.
L'intérêt de ce mal de mer, ce fut que Richard ne manifesta aucune
envie de monter se coucher avec moi. Le sexe s'associe peut-être à
des tas de choses, mais le vomi ne fait pas partie du lot.

Le lendemain matin, Richard affirma que je devrais faire un effort
pour me montrer au petit déjeuner, car quand on se comporte comme
il convient, la partie est déjà à moitié gagnée. Je m'assis à notre table,
grignotai un bout de pain et bus de l'eau tout en essayant d'ignorer
les odeurs de cuisine. J'avais l'impression de ne pas avoir de corps,
d'être flasque et d'avoir la peau toute ridée, comme un ballon qui se
dégonfle. Richard s'occupait de moi par intermittence, mais il
connaissait des gens ou semblait les connaître et on le connaissait. Il
se levait, échangeait des poignées de main, se rasseyait. Parfois il me
présentait, parfois non. Cependant, il ne connaissait pas toutes les
personnes qu'il aurait aimé connaître. C'était manifeste à en juger par
la façon dont il passait son temps à regarder autour de lui, derrière
moi, derrière tous ceux avec lesquels il s'entretenait – au-dessus de
leurs têtes.

Je me rétablis progressivement au cours de la journée. Je bus du ginger ale, ce qui m'aida. Je ne mangeai rien au déjeuner, mais y assistai. Dans la soirée, il y eut un spectacle de cabaret. Je portais la robe que Winifred avait choisie pour un tel événement, gris pigeon avec une cape en mousseline lilas. J'avais des sandales lilas à hauts talons et découvertes sur le devant pour aller avec. Je ne savais pas encore trop bien marcher avec des talons aussi hauts : je vacillais légèrement. Richard décréta que l'air marin devait me convenir ; il dit que j'avais les couleurs qu'il fallait, une vague roseur de collégienne. Il ajouta que j'étais splendide. Il me guida jusqu'à la table qu'il avait réservée et commanda un Martini pour moi et un pour lui. Il affirma que le Martini me remettrait d'aplomb en deux temps trois mouvements.

J'en bus un peu et, après, je ne vis plus Richard à côté de moi, et il y eut une chanteuse debout sous un projecteur bleu. Ses cheveux noirs crantés lui masquaient un œil et elle portait une robe noire tubulaire, couverte de grosses paillettes pareilles à des écailles qui moulait son derrière ferme mais proéminent et tenait par quelque chose ressemblant à de la ficelle entortillée. Je la fixais avec fascination. Je n'étais jamais allée dans un cabaret ni même dans une boîte de nuit. Elle remuait des épaules et chantait *Stormy Weather* d'une voix qui s'apparentait à un gémissement voluptueux. On lui voyait tout jusqu'au nombril.

Assis à leurs tables, les gens la regardaient, l'écoutaient et donnaient leur avis sur elle – ils étaient libres de l'aimer ou de ne pas l'aimer, d'être séduits par elle ou pas, d'approuver ou de désapprouver sa prestation, sa robe, son derrière. Elle, en revanche, ne l'était pas. Il lui fallait subir tout cela – chanter, remuer. Je me demandai combien elle gagnait pour faire cela, si cela en valait la peine. Uniquement si on était pauvre, décrétai-je. Depuis lors, la formule « sous le feu des projecteurs » me paraît refléter une forme d'humiliation bien précise. Les projecteurs étant apparemment un truc à éviter, si on le peut.

Après la chanteuse, il y eut un homme qui joua sur un piano blanc, à toute vitesse, et après lui deux danseurs professionnels : un numéro de tango. Ils étaient habillés en noir, comme la chanteuse. À la lumière des projecteurs, lesquels étaient maintenant d'un vert acide, leurs cheveux brillaient comme du cuir verni. La femme avait une boucle noire collée sur le front et une grosse fleur rouge derrière une oreille. Sa robe s'évasait en godets à mi-cuisse, mais sinon elle la moulait comme un collant. La musique avait un côté déchiqueté, clopinant – tel un animal à quatre pattes qui avance sur trois. Un taureau estropié, tête baissée, qui fait de drôles de bonds.

Quant au tango, ça ressemblait plus à un affrontement qu'à une danse. Les danseurs avaient des visages figés, impassibles ; ils s'observaient d'un œil brillant, attendaient l'occasion de se mordre. Je savais que c'était un numéro, je voyais que c'était fait avec habileté ; pourtant, tous deux avaient l'air blessés.

Le troisième jour arriva. En début d'après-midi, j'allai me promener sur le pont, pour prendre l'air. Richard ne m'avait pas accompagnée : il attendait des télégrammes importants, m'avait-il dit. Il en avait déjà reçu beaucoup ; il ouvrait l'enveloppe avec un coupe-papier en argent, lisait le contenu, puis déchirait le tout ou le rangeait dans sa mallette qu'il gardait fermée à clé.

Je n'avais pas spécialement envie qu'il soit là avec moi sur le pont, mais tout de même je me sentais seule. Seule et donc délaissée, délaissée et donc malheureuse. Comme si on m'avait posé un lapin, plaquée ; comme si j'avais eu le cœur brisé. Un groupe d'Anglais en lin de couleur crème me dévisagea. Ce n'était pas un regard hostile ; c'était un regard terne, distant, vaguement curieux. Pour ce qui est de vous dévisager, personne n'arrive à la cheville des Anglais. Je me faisais l'effet d'être fripée, malpropre et peu intéressante.

Le ciel était couvert ; les nuages, d'un gris défraîchi, formaient comme des mottes dégoulinantes pareilles à la garniture d'un matelas complètement imprégné d'eau. Il bruinait légèrement. Je ne portais pas de chapeau, de crainte qu'il ne s'envole ; je n'avais qu'un foulard en soie, noué sous le menton. Appuyée au bastingage, je regardais en contrebas et au loin les ondulations des vagues couleur d'ardoise, le sillage blanc du navire qui gribouillait son bref message dénué de sens. Telle l'explication d'un incident caché : une piste en mousseline déchirée. La suie des cheminées me retombait dessus ; mes cheveux se défirent et vinrent se plaquer en mèches humides contre mes joues.

C'est donc ça l'océan, me dis-je. Il n'avait pas l'air aussi profond qu'il aurait dû. J'essayai de me rappeler ce que je pouvais avoir lu sur la question, un poème ou autre chose, mais en vain. *Frappe, frappe, frappe.* Quelque chose commençait comme ça. Il y avait des pierres grises et froides dedans. *Ô, mer.*

J'eus envie de jeter quelque chose par-dessus bord. Il me semblait qu'il le fallait. Je finis par lancer une pièce d'un penny en cuivre, mais je ne fis pas de vœu.

VI

Le Tueur aveugle : Le tailleur pied-de-poule

Il tourne la clé. Coup de pot, c'est un pêne dormant. Il a de la chance cette fois-ci, on lui a prêté la totalité d'un logement. Une garçonnière, une grande et unique pièce avec un coin cuisine étroit, mais une vraie salle de bains avec une baignoire à pieds griffus et des serviettes roses. Détails chics. Il appartient à la petite amie d'un ami d'ami qui a quitté la ville pour aller à un enterrement. Quatre jours dans un lieu sûr, ou du moins l'illusion d'y être.

Les rideaux sont assortis au dessus-de-lit : ils sont en soie naturelle, un lourd tissu rouge cerise sur de fins voilages. Se tenant un peu en retrait de la fenêtre, il regarde dehors. La vue – ce qu'il peut voir à travers les feuilles jaunissantes – ouvre sur les Allan Gardens. Deux ivrognes ou deux vagabonds gisent ivres morts sous les arbres et l'un d'eux a le visage caché derrière un journal. Lui-même a déjà dormi comme ça. Les journaux, humidifiés par notre respiration, sentent la pauvreté, la défaite, comme une tapisserie moisie recouverte de poils de chien. Après la nuit qui vient de s'écouler, des tas de panneaux en carton et de papiers froissés traînent sur l'herbe – un rassemblement, les camarades en train de matraquer leur dogme à l'envi et les oreilles du public, de tout mettre sens dessus dessous à contretemps. Pour l'heure, deux hommes malheureux, équipés de bâtons à bout métallique et de sacs en toile, nettoient derrière eux. Ça fait au moins du boulot pour ces pauvres bougres.

Elle traversera les jardins en diagonale. Elle s'arrêtera, jettera un coup d'œil trop flagrant derrière elle pour s'assurer que personne ne l'observe. Après cela, quelqu'un n'y manquera pas.

Sur le bureau blanc et or, très féminin, trône une radio de la taille et de la forme d'une demi-miche de pain. Il l'allume : un trio mexicain aux voix sirupeuses, dures, douces, entrelacées. C'est là qu'il devrait aller, au Mexique. Boire de la tequila. Mener une vie de chien. Mener une vie encore plus de chien. Mener une vie de loup. Se faire desperado. Il installe sa machine à écrire portative sur le bureau, l'ouvre, retire le couvercle, glisse du papier dedans. Il arrive au bout de ses réserves de carbone. Il a le temps d'écrire quelques pages avant qu'elle n'arrive, si tant est qu'elle arrive. Elle se fait coincer parfois, ou intercepter. Ou c'est ce qu'elle prétend.

Il aimerait la flanquer dans la baignoire chic, la recouvrir de mousse. Se vautrer là-dedans avec elle, pareils à des cochons dans des bulles roses. Peut-être qu'il le fera.

Ce sur quoi il a travaillé, c'est une idée, ou l'idée d'une idée. Il s'agit d'une race d'extra-terrestres qui envoie un vaisseau spatial explorer la Terre. Ils sont constitués de cristaux à un stade d'organisation élevé et ils tentent d'établir des communications avec ces êtres terrestres qu'ils imaginent leur ressembler : lunettes, vitres, presse-papiers vénitiens, verres à vin, bagues en diamant. Sur ce plan-là, ils échouent. Ils renvoient un rapport vers leur patrie : *Cette planète renferme de nombreuses reliques intéressantes d'une civilisation autrefois florissante mais désormais éteinte qui devait appartenir à un ordre supérieur. Nous sommes dans l'impossibilité de dire quelle catastrophe a entraîné l'extinction de toute vie intelligente. La planète n'abrite à l'heure actuelle qu'une variété de filigrane vert et visqueux et un grand nombre de globules de boue semi-liquide de forme excentrique qui sont ballottés de-ci, de-là par les courants erratiques du fluide transparent et léger qui recouvre la surface de la planète. Il faut mettre les couinements perçants et les grognements sonores qu'ils produisent sur le compte de vibrations frictionnelles plutôt que d'y voir l'expression d'un quelconque langage.*

Ce n'est pourtant pas une histoire. Ce ne peut pas être une histoire à moins que les extra-terrestres envahissent et dévastent la Terre et qu'il y ait une gonzesse boudinée dans sa combinaison. Mais une invasion irait à l'encontre des prémisses. Si les êtres de cristal pensent qu'il n'y a pas de vie sur la planète, pourquoi prendraient-ils la peine de s'y poser ? Pour des raisons archéologiques, peut-être. Pour prélever des échantillons. Brusquement, un vide extra-terrestre aspire des milliers de fenêtres des gratte-ciel de New York. Des milliers de présidents de banque se voient aspirés eux aussi et basculent en hurlant vers leur destin. Voilà qui ne serait pas mal.

Non. Ce n'est toujours pas une histoire. Il faut qu'il écrive quelque chose qui se vende. Retour aux incontournables femmes mortes, assoiffées de sang. Cette fois-ci, il leur prêtera des cheveux mauves, il les fera évoluer sous les rayons mauves vénéneux des douze lunes d'Arn. Le mieux, c'est d'imaginer la couverture que les gars vont vraisemblablement concocter et partir de là.

Il en a marre de ces bonnes femmes. Il en a marre de leurs crocs, de leur souplesse, de leurs seins fermes mais mûrs en forme de moitiés de pamplemousse, de leur gloutonnerie. Il en a marre de leurs serres rouges, de leurs yeux de vipère. Il en a marre de leur défoncer la tête. Il en a marre des héros qui ont pour nom Will ou Burt ou Ned, noms d'une syllabe ; il en a marre de leurs armes à rayons laser, de leur tenue métallique ultramoulante. Dix *cents* le frisson. N'empêche, ça permet de vivre, s'il peut continuer au même rythme, et faute de grives...

Il est de nouveau à court d'argent. Il espère qu'elle va apporter un chèque d'une des boîtes postales qui ne sont pas à son nom. Il l'endossera et elle l'encaissera pour lui ; sous son nom à elle et à sa banque, elle n'aura aucun problème. Il espère qu'elle lui apportera quelques timbres. Il espère qu'elle lui apportera davantage de cigarettes. Il ne lui en reste plus que trois.

Il fait les cent pas. Le plancher craque. Du bois dur, mais taché à l'endroit où le radiateur a fui. Ce groupe d'immeubles a été construit avant-guerre pour hommes d'affaires célibataires ayant bonne réputation. Les choses se présentaient sous un jour plus prometteur à ce moment-là. Chauffage à la vapeur, eau chaude à volonté, couloirs carrelés – le dernier cri en tout. À présent, on voit bien que les lieux ont connu des jours meilleurs. Il y a quelques années, quand il était jeune, il connaissait une fille qui habitait là. Une infirmière, il s'en souvient : capotes anglaises dans les tiroirs de la table de nuit. Elle avait un réchaud à deux brûleurs, elle lui préparait parfois le petit déjeuner – œufs au bacon, crêpes au beurre et sirop d'érable, il le lui léchait sur les doigts. Il y avait une tête de cerf empaillée et montée, héritage des précédents locataires ; elle accrochait ses bas aux bois pour les faire sécher.

Ils passaient les samedis après-midi, les mardis soir ensemble, chaque fois qu'elle était libre, à boire – scotch, gin, vodka, ce qu'il y avait. Elle aimait commencer par se soûler. Elle ne voulait pas aller au cinéma ni danser ; apparemment, elle ne voulait pas d'histoire d'amour ni aucun simulacre de cet ordre, et c'était aussi bien. Tout ce qu'elle exigeait de lui, c'était de l'endurance. Elle aimait jeter une couverture sur le sol de la salle de bains ; elle aimait la dureté du carrelage sous son dos. Pour lui, c'était un supplice au niveau des genoux et des coudes, non qu'il y fît attention à l'époque, vu que son attention était mobilisée par autre chose. Elle gémissait comme sous les lumières d'un projecteur, tournait brusquement la tête, roulait des yeux. Une fois, il l'avait obligée à rester debout dans sa penderie. Un coup de bourre avec l'odeur de la naphtaline au milieu des crêpes du dimanche, des twin-sets en lambswool. Elle en pleurait de plaisir. Après l'avoir plaqué, elle avait épousé un avocat. Une union avisée, un mariage en blanc; il l'avait appris par le journal, amusé, sans rancœur. *Tant mieux pour elle*, s'était-il dit. *Des fois, les salopes l'emportent.*

Années de jeunesse. Jours ternes, après-midi imbéciles, rapides, impies et rapidement terminés, pas de grands désirs ni avant ni après, pas nécessaire de dire des mots et rien à payer. Avant de se retrouver emberlificoté dans des trucs devenus emberlificotés.

Il jette un coup d'œil sur sa montre, puis de nouveau vers la fenêtre et la voilà qui traverse les jardins en diagonale, à grandes enjambées, elle porte ce jour-là un chapeau à large bord et un tailleur pied-de-poule très serré à la taille, son sac fermement coincé sous le bras, sa jupe plissée dansante, et elle avance de sa démarche curieusement ondulante comme si elle n'avait jamais appris à tenir debout. Cela dit, c'est peut-être dû à ses hauts talons. Il s'est souvent demandé comment on gardait son équilibre. Maintenant, elle s'est arrêtée comme par hasard; elle regarde alentour de cet air hébété qu'elle a, comme si elle venait tout juste d'émerger d'un rêve dérangeant, et les deux gars qui ramassent des papiers lèvent la tête vers elle. *Z'avez perdu quelque chose, mamzelle?* Mais elle avance, traverse la rue, il la voit de manière fragmentée à travers les feuilles, elle doit être en train de chercher le numéro de la rue. À présent, elle monte les marches du perron. La sonnerie retentit. Il pousse le bouton, écrase sa cigarette, éteint la lampe de bureau, déverrouille la porte.

Bonjour. Je suis complètement essoufflée. Je n'ai pas attendu l'ascenseur. Elle repousse la porte, et s'appuie dessus, face à lui.

Personne ne t'a suivie. Je surveillais. Tu as des cigarettes?

Et ton chèque, et une bouteille de scotch, du très bon. Je l'ai piqué dans notre bar bien approvisionné. Je t'ai dit qu'on avait un bar bien approvisionné?

Elle s'efforce d'être décontractée, frivole même. Elle n'est pas très bonne dans ce domaine. Elle temporise en attendant de voir ce qu'il veut. Elle ne fait jamais le premier pas, elle n'aime pas se trahir.

Tu es adorable. Il avance vers elle, la prend dans ses bras.

Je suis adorable ? Parfois, je me fais l'effet d'être la compagne d'un porte-flingue – à faire tes courses.

Tu ne peux pas être la compagne d'un porte-flingue, je n'ai pas de flingue. Tu regardes trop de films.

Pas assez, et de loin, lui dit-elle dans le cou. Il aurait bien besoin d'une coupe de cheveux. Chardons doux. Elle défait ses quatre premiers boutons, glisse la main sous sa chemise. Sa chair est tellement condensée, tellement dense. Grain fin, carbonisée. Elle a vu des cendriers sculptés dans des bois comme ça.

Le Tueur aveugle : Brocart rouge

C'était délicieux, dit-elle. Ce bain était délicieux. Je ne t'ai jamais imaginé avec des serviettes roses. Comparé à d'habitude, c'est drôlement somptueux.

La tentation est partout, dit-il. Les mauvais lieux sont attirants. Moi, je dirais que c'est une pute amateur, non?

Il l'a enveloppée dans une des serviettes roses, l'a emportée, mouillée et glissante, jusqu'au lit. À présent, ils sont allongés sous la soie cerise du couvre-lit et les draps en satinette et boivent le scotch qu'elle a apporté. C'est un excellent mélange, fumé et chaleureux, il descend comme du caramel au beurre. Elle s'étire voluptueusement en se demandant brièvement qui va laver les draps.

Elle n'arrive jamais à surmonter un sentiment de transgression dans ces divers lieux – l'impression qu'elle viole les frontières intimes de la personne qui d'ordinaire les habite. Elle aimerait fouiller les placards, les tiroirs des commodes – pas pour prendre, juste pour regarder; pour voir comment d'autres vivent. Des personnes réelles; des personnes plus réelles qu'elle. Elle aimerait faire la même chose avec lui, sauf qu'il n'a pas de placards, pas de tiroirs de commode ou du moins rien qui lui appartienne. Rien à trouver, rien pour le trahir. Rien qu'une valise bleue éraflée qu'il garde fermée à clé. Elle est généralement sous le lit.

Ses poches n'apportent aucune information; elle les lui a faites à plusieurs reprises. (Elle n'avait pas cherché à l'épier, avait juste voulu savoir où se trouvaient les trucs, ce qu'ils étaient et où ils en étaient, eux.) Mouchoir, bleu à bordure blanche; menue monnaie, deux bouts de cigarette, enveloppés dans du papier paraffiné – il devait avoir mis tout ça de côté. Un couteau suisse, vieux. Une fois, deux boutons, d'une chemise, avait-elle présumé. Elle ne lui avait pas proposé de les lui recoudre parce que, sinon, il aurait compris qu'elle était allée fouiner. Elle aimerait qu'il voie en elle une femme de confiance.

Un permis de conduire, pas à son nom. Un certificat de naissance, idem. Différentes identités. Elle aimerait le passer au peigne fin. Fouiller en lui. Le mettre sens dessus dessous. Le vider carrément.

Il chante doucement d'une voix onctueuse, comme un crooner sur les ondes :

> *A smoke-filled room, a devil's moon, and you –*
> *I stole a kiss, you promised me you would be true –*
> *I slid my hand beneath your dress.*
> *You bit my hear, we made a mess,*
> *Now it's dawn – and you are gone –*
> *And I am blue* [1].

Elle éclate de rire. Où as-tu déniché ça ?

C'est ma chanson de pute. Ça va avec le décor.

Ce n'est pas une vraie pute. Même pas amateur. À mon avis, elle ne prend pas d'argent. Il est plus vraisemblable qu'elle reçoit d'autres types de faveurs.

Beaucoup de chocolat. Tu te contenteras de cela ?

Il en faudrait des camions, rétorque-t-elle. Je suis modérément chère. Le couvre-lit est en soie véritable, sa couleur me plaît – voyant, mais très joli. Ça va au teint, comme les abat-jour roses, tu nous en as concocté davantage ?

Davantage de quoi ?

Davantage de mon histoire.

Ton histoire ?

Oui. Elle ne m'est pas destinée ?

Ah oui, dit-il. Je ne pense qu'à cela. Elle m'empêche de dormir la nuit.

Menteur. Ça te barbe ?

Rien de ce qui te fait plaisir ne pourrait me raser.

Mon Dieu, quel galant homme ! Nous devrions avoir les serviettes roses plus souvent. D'ici peu, tu vas embrasser ma pantoufle de vair. Mais continue de toute façon.

---

1. Une pièce remplie de fumée, une lune du diable, et toi / Je t'ai volé un baiser, tu m'as promis de m'être fidèle / J'ai glissé la main sous ta robe / Tu m'as mordu l'oreille, nous avons semé le désordre / À présent c'est l'aube – tu es partie / Et j'ai le cafard.

Où en étais-je ?

La cloche venait de sonner. Il y avait une gorge tranchée. La porte s'ouvrait.

Oh. Entendu, alors.

Il dit : La fille dont nous parlions entend la porte s'ouvrir. Elle recule jusqu'au mur, se serre dans le brocart rouge du Lit d'une nuit. Il a une odeur saumâtre, comme un marais salant à marée basse : la peur sèche de celles qui l'ont précédée. Quelqu'un vient d'entrer ; un objet lourd est traîné bruyamment sur le sol. La porte se referme ; la pièce est noire comme un four. Pourquoi n'y a-t-il pas de lampe, pas de bougie ?

Elle tend les mains devant elle pour se protéger et sent qu'une autre main s'empare de sa main gauche et la lui tient : elle la lui tient gentiment et sans coercition. C'est comme si on lui posait une question.

Elle ne peut pas parler. Elle n'arrive pas à dire : *Je ne peux pas parler*.

Le tueur aveugle laisse son voile de femme tomber à terre. Sans lâcher la main de la jeune fille, il s'assied sur le lit à côté d'elle. Il a toujours l'intention de la tuer, mais ça peut attendre plus tard. Il a entendu parler de ces captives, séquestrées loin de tous jusqu'à leur dernier jour ; elle l'intrigue. De toute façon, elle représente une forme de cadeau et lui est totalement destinée. Refuser un tel cadeau serait cracher à la figure des dieux. Il sait qu'il faudrait qu'il agisse rapidement, qu'il termine son boulot, qu'il disparaisse, mais il lui reste encore beaucoup de temps pour cela. Il sent le parfum qu'on lui a fait mettre ; il dégage une odeur de bière funéraire, celle des jeunes femmes qui sont mortes sans avoir été mariées. Bienfaits gâchés.

Il n'abîmera rien, ou rien qui ait été acheté et payé : le faux Seigneur des Enfers doit être déjà reparti. A-t-il gardé sa cotte de mailles ? Sûrement. S'est-il enfiché bruyamment en elle comme une lourde clé métallique, se tournant dans sa chair pour la déverrouiller brutalement ? Il se rappelle trop bien cette sensation. Quoi qu'il lui fasse d'autre, il ne lui fera pas subir cela.

Il porte la main de la jeune femme à sa bouche et la lui effleure des lèvres, pas un baiser en tant que tel, mais un gage de respect et d'hommage. Vous la précieuse toute de blondeur, dit-il – titre standard qu'un mendiant attribue à une bienfaitrice putative –, j'ai eu vent de votre extrême beauté, ce qui m'a amené ici, alors que le simple fait d'être ici me vaudrait de voir ma vie confisquée. Je ne peux vous voir de mes yeux puisque je suis aveugle. Me permettrez-vous de vous voir avec mes mains ? Ce serait une ultime bonté, pour vous-même aussi peut-être.

Il n'a pas été esclave et catin pour rien : il a appris à flatter, à mentir de manière plausible, à se faire bien voir. Il pose les doigts sur le menton de la jeune femme et attend jusqu'à ce qu'elle hésite, puis qu'elle hoche la tête. Il entend ce qu'elle pense : Demain, je serai morte. Il se demande si elle devine les vraies raisons qui l'amènent.

Certains des trucs les plus chouettes sont faits par ceux qui n'ont nulle part où aller, par ceux qui n'ont pas le temps, par ceux qui comprennent vraiment le terme *impuissant*. Ils se dispensent de calculer risques et profits, ils ne pensent pas à l'avenir, ils sont contraints à la pointe de l'épée à avancer dans le temps présent. Poussé par-dessus un précipice, on tombe ou sinon on s'envole ; on s'accroche à n'importe quel espoir, même très invraisemblable ; même – si je puis utiliser un terme aussi éculé – proche du miracle. Ce qu'on entend par là, c'est : *Contre toute attente*.

Et la voici donc, cette fameuse nuit.

Le tueur aveugle commence très lentement à la toucher, d'une main seulement, la droite – la main de la dextérité, la main du couteau. Il la passe sur son visage, sur sa gorge ; puis il ajoute la main gauche, la main sinistre, utilise les deux ensemble, tendrement, comme s'il s'emparait d'une mèche de la plus grande fragilité, une mèche faite de soie. C'est comme être caressée par l'eau. Elle tremble, mais pas de peur comme avant. Au bout d'un moment, elle laisse glisser le brocart rouge qui l'enveloppe, prend sa main à lui et la guide.

La caresse précède la vue, la parole. C'est le premier langage et le dernier, et il dit toujours la vérité.

C'est comme ça que la jeune fille qui ne pouvait pas parler et l'homme qui ne pouvait pas voir tombent amoureux.

Tu m'étonnes, remarque-t-elle.

C'est vrai ? dit-il. Pourquoi ? Pourtant, j'aime te surprendre. Il allume une cigarette, lui en offre une ; elle fait non de la tête. Il fume trop. Ce sont les nerfs, en dépit de ses mains fermes.

Parce que tu as dit qu'ils tombaient amoureux, répond-elle. Tu t'es bien assez moqué de cette notion – pas réaliste, superstition bourgeoise pourrie à la base. Mièvrerie, déclaration victorienne ampoulée pour justifier une honnête sexualité. Tu deviens indulgent envers toi-même ?

Ce n'est pas à moi qu'il faut en vouloir, c'est à l'histoire, dit-il en souriant. De telles choses arrivent. On a déjà noté que des gens tombaient amoureux, ou du moins ces mots ont été notés. De toute façon, moi, j'ai dit qu'il mentait.

Tu ne peux pas t'en tirer à si bon compte. Le mensonge s'est situé au début, un point c'est tout. Puis tu as changé ça.

Je te l'accorde. Mais il pourrait y avoir une façon plus froide de voir ça.

Voir quoi?

Cette affaire de tomber amoureux.

Depuis quand c'est une affaire? réplique-t-elle avec colère.

Il sourit. Cette notion t'ennuie? Trop commerciale? Ta propre conscience y regarderait à deux fois, c'est cela? Mais il y a toujours un compromis, non?

Non, insiste-t-elle. Il n'y en a pas. Pas toujours.

Tu pourrais peut-être dire qu'il a saisi ce qu'il a pu. Pourquoi ne l'aurait-il pas fait? Il n'avait pas de scrupules, pour lui, sa vie, c'était chacun pour soi et ça l'avait toujours été. Sinon, tu pourrais dire qu'ils étaient jeunes tous les deux et qu'ils ne savaient pas ce qu'ils faisaient. En général, les jeunes confondent désir et amour, ils sont infestés par des idéalismes de tout poil. Et je n'ai pas dit qu'il ne l'avait pas tuée par la suite. Comme je l'ai souligné, il était intéressé, pour dire le moins.

Alors, tu as les jetons, s'écrie-t-elle. Tu fais machine arrière, tu trouilles. Tu ne veux pas aller jusqu'au bout. Tu es à l'amour ce que l'allumeuse est à la baise.

Il éclate de rire, un rire surpris. Est-ce la grossièreté des mots, est-il déconcerté, a-t-elle finalement réussi cela? Surveillez votre langage, ma jeune dame.

Pourquoi? Tu ne le fais pas.

Je suis un mauvais exemple. Disons qu'ils pourraient se faire plaisir – céder à leurs émotions, si tu veux utiliser ce terme. Ils pourraient se rouler dans leurs émotions – vivre pour l'instant, débiter de la poésie par les deux bouts, brûler la chandelle, vider la coupe, aboyer à la lune. Le temps commençait à leur manquer. Ils n'avaient rien à perdre.

Lui, si. Ou bien il le pensait vraiment.

Alors, soit. Elle, elle n'avait rien à perdre. Il souffle un nuage de fumée.

Contrairement à moi, fait-elle, j'imagine que c'est ce que tu veux dire.

Contrairement à toi, ma chérie, rétorque-t-il. Comme moi. C'est moi qui n'ai rien à perdre.

Elle s'exclame : Mais tu m'as. Je ne suis pas rien.

Le *Toronto Star*, 28 août 1935

Une collégienne de bonne famille retrouvée saine et sauve

Exclusivité du *Star*

La police a mis hier un terme aux recherches entreprises pour retrouver la collégienne de bonne famille, Laura Chase, quinze ans, disparue depuis une semaine, après que cette dernière eut été retrouvée saine et sauve chez des amis de ses parents, M. et Mme E. Newton-Dobbs, dans leur résidence d'été de Muskoka. Le très célèbre industriel, Richard E. Griffen, qui est marié à la sœur de Mlle Chase, a répondu par téléphone aux journalistes au nom de toute la famille. « Ma femme et moi sommes très soulagés, a-t-il déclaré. Il s'agissait d'une simple confusion due à un retard dans la distribution du courrier. Mlle Chase avait organisé ses vacances et nous croyait au courant, comme son hôte et son hôtesse. Ils ne lisent pas les journaux en vacances, sinon cet imbroglio ne se serait jamais produit. Dès leur retour en ville, ils ont appris ce qu'il en était et nous ont appelés immédiatement. »

Interrogé sur les rumeurs rapportant que Mlle Chase aurait fait une fugue et aurait été retrouvée dans des circonstances curieuses au parc d'attractions de Sunnyside Beach, M. Griffen a dit qu'il ignorait qui était responsable de ces inventions malveillantes, mais qu'il se faisait un devoir de le découvrir. « C'était un banal malentendu, comme il peut en arriver chez n'importe qui, a-t-il affirmé. Ma femme et moi sommes heureux qu'elle soit saine et sauve et remercions sincèrement pour leur aide la police, la presse et tous les gens concernés. » Mlle Chase serait, paraît-il, indisposée par la publicité faite autour de cette affaire et refuserait toute interview.

Même si cet imbroglio n'a pas causé de tort durable, ce n'est pas la première fois que des problèmes dans la distribution du courrier provoquent de sérieuses difficultés. Les contribuables méritent un service sur lequel ils peuvent s'appuyer aveuglément. Les fonctionnaires de l'administration devraient en prendre bonne note.

Le Tueur aveugle : Dans la rue

Elle marche dans la rue en espérant avoir le physique d'une femme en droit de marcher dans la rue. Ou dans cette rue. Mais ce n'est pas le cas. Son habillement ne va pas, son chapeau ne va pas, son manteau ne va pas. Elle devrait avoir un foulard noué autour de la tête et sous le menton, un manteau trop ample élimé aux manches. Elle devrait avoir l'air terne et simple.

Les maisons sont au coude à coude par ici. Cottages pour domestiques autrefois, rangée après rangée, mais il y a moins de domestiques à présent et les riches se sont organisés différemment. Briques noires de suie, deux pièces à l'étage, deux pièces au rez-de-chaussée, les cabinets au fond du jardin. Certains conservent les vestiges d'un potager au milieu de leur minuscule pelouse de devant – un plant de tomate noirci, un piquet en bois avec un bout de ficelle qui pendouille après. Les cultures n'auraient pas pu donner correctement – l'endroit aurait été trop ombragé, la terre trop saturée de mâchefer. Pourtant, même ici, les arbres de l'automne se sont montrés prodigues, les feuilles restantes sont jaunes, orange, vermillon et d'un rouge sombre qui rappelle le foie frais.

De l'intérieur des maisons montent un hurlement, un aboiement, un cliquetis ou un claquement. Des voix de femmes en proie à une fureur contenue, des braillements provocants d'enfants s'élèvent. Dans les vérandas exiguës, des hommes, virés de leur boulot, mais pas encore de leur maison ou de leur foyer, sont assis sur des chaises en bois, les avant-bras en appui sur les genoux, les mains ballantes. Leurs regards sur elle, leurs mines renfrognées la jugent amèrement avec ses poignets et son cou ourlés de fourrure, son sac à main en lézard. Si ça se trouve, ce sont des locataires, entassés dans des caves et des coins bizarres, histoire de payer le loyer.

292

Des femmes avancent à pas pressés, tête baissée, épaules rentrées, elles portent des ballots de papier brun. Elles doivent être mariées. Le mot braisé vient à l'esprit. Elles doivent avoir quémandé des os au boucher, elles doivent rapporter les bas morceaux à la maison pour les servir avec du chou fatigué. Elle a les épaules bien trop droites, le menton bien trop pointé en avant, elle n'affiche pas la traditionnelle mine abattue : quand elles relèvent suffisamment la tête pour concentrer leur attention sur elle, elles ont des regards répugnants. Elles doivent la prendre pour une catin, mais avec des chaussures comme ça, que fabrique-t-elle par ici ? Très en dessous de son standing.

Voici le bar, au coin qu'il avait indiqué. Le bar à bière. Un groupe d'hommes est rassemblé devant. Pas un seul ne lui dit quoi que ce soit quand elle passe, ils se contentent de la regarder comme d'un fourré, mais elle entend les marmonnements, haine et désir confondus dans la gorge, qui la suivent comme les remous un navire. Peut-être la prennent-ils pour une travailleuse sociale ou toute autre bonne âme hautaine ? Qui fourre des doigts impeccables dans leur vie, qui pose des questions et offre des miettes d'une aide condescendante. Mais elle est trop bien habillée pour ça.

Elle a pris un taxi, l'a réglé trois groupes d'immeubles plus tôt, là où il y avait davantage de circulation. Il vaut mieux ne pas donner matière à anecdote : qui irait prendre un taxi dans le coin ? Mais, de toute façon, elle donne matière à anecdote. Ce qu'il lui faut, c'est un autre manteau, récupéré dans une vente de charité, qu'elle roulerait en boule dans une valise. Elle pourrait entrer dans le restaurant d'un hôtel, laisser son manteau à la consigne, filer aux toilettes, se changer. Se remonter les cheveux n'importe comment, faire baver son rouge à lèvres. En émerger en femme différente.

Non. Ça ne marcherait jamais. Il y a la valise, pour commencer ; il faudrait sortir de la maison avec. *Où vas-tu donc pour être aussi pressée ?*

Si bien qu'elle se retrouve coincée en train de faire un numéro masqué à découvert. En s'en remettant à son seul visage, à sa ruse. Elle a désormais suffisamment de pratique en matière de douceur, de calme, de vacuité. Elle hausse les deux sourcils, affiche le regard transparent, candide, de l'agent double. Un visage d'eau pure. Ce n'est pas le mensonge qui importe, c'est se soustraire à la nécessité du mensonge. C'est donner à l'avance un côté idiot à toutes les questions.

Il y a néanmoins un certain danger. Pour lui aussi : plus qu'avant, lui a-t-il dit. Il pense avoir été repéré un jour dans la rue : reconnu.

Un homme de main de la brigade anti-rouges, peut-être. Il a traversé un bar à bière grouillant de monde et est sorti par la porte de service.

Elle ne sait pas si elle doit croire à ce genre de danger : hommes en costumes sombres distendus, au col relevé, voitures en maraude. *Suivez-nous. On vous embarque.* Pièces nues et lumières crues. Cela paraît trop théâtral, ou bien ça évoque des intrigues qui ne se produisent que dans le brouillard, en noir et blanc. Uniquement dans d'autres pays, dans d'autres langues. Ou si c'est ici, ce n'est pas à elle que ça arrive.

Si on l'attrape, elle renoncera à lui, sans que le coq ait même chanté une seule fois. Elle le sait, clairement, calmement. De toute façon, on la relâcherait, son implication serait considérée comme une activité frivole ou bien comme une frasque destinée à manifester sa révolte, et tous les problèmes qui pourraient en découler seraient étouffés. Il lui faudrait payer pour cela, en secret, bien entendu, mais comment ? Elle est déjà ruinée : autant faire pleurer les pierres. Elle s'enfermerait, baisserait les volets. Sortie déjeuner, en permanence.

Ces derniers temps, elle a eu l'impression que quelqu'un la surveillait, bien qu'il n'y ait jamais personne quand d'aventure elle lance une reconnaissance. Elle se montre prudente, elle est aussi prudente que possible. Est-ce qu'elle a peur ? Oui. La plupart du temps. Mais sa peur ne compte pas. Ou plutôt, si, elle compte. Elle renforce le plaisir qu'elle éprouve avec lui ; de même que la sensation qu'elle s'en tire.

Le véritable danger provient d'elle. Ce qu'elle permettra, jusqu'où elle sera disposée à aller. Mais permettre et être disposée n'ont rien à voir là-dedans. Là où elle sera poussée alors ; là où elle sera menée. Elle n'a pas réfléchi à ses motivations. Si ça se trouve, il n'y a pas de motivations en tant que telles ; le désir n'est pas une motivation. Elle n'a pas l'impression d'avoir le choix. Un plaisir aussi intense est également une humiliation. C'est comme si on était tiré par une corde honteuse, qu'on ait une laisse autour du cou. Elle supporte mal ce manque de liberté, si bien qu'elle espace leurs rencontres, le rationne. Elle lui pose des lapins, lui raconte des bobards afin de justifier pourquoi elle n'est pas venue, prétend ne pas avoir vu les marques à la craie sur le mur du jardin public, ne pas avoir saisi le message – la nouvelle adresse de la boutique de vêtements qui n'existe pas, la carte signée par un vieil ami qu'elle n'a jamais eue, le coup de téléphone au mauvais numéro.

Mais, à la fin, elle revient. Inutile de résister. Elle va vers lui pour l'amnésie, pour l'oubli. Elle capitule, se voit effacée, entre dans la pénombre de son corps, oublie son nom. L'immolation, voilà ce qu'elle veut, ne serait-ce que brièvement. Exister sans frontières.

Cependant, elle se surprend à se poser des questions qui, au départ, ne l'avaient jamais effleurée. Comment fait-il sa lessive ? Un jour, il y avait des chaussettes en train de sécher sur le radiateur – il a vu son regard, les a aussitôt fait disparaître. Il range avant ses visites ou du moins s'y efforce. Où mange-t-il ? Il lui a confié qu'il n'aimait pas qu'on le voie trop souvent au même endroit. Il faut qu'il navigue d'un resto, d'un boui-boui à un autre. Dans sa bouche, ces termes prennent un prestige scabreux. Il y a des jours où il est plus nerveux, il se fait discret, ne sort pas ; des trognons de pomme traînent dans telle ou telle pièce ; des miettes de pain jonchent le sol.

Où se procure-t-il les pommes, le pain ? Il est curieusement réticent à propos de ces détails – ce qu'il se passe dans sa vie quand elle n'est pas là. Peut-être a-t-il le sentiment qu'il risque de se diminuer à ses yeux, si elle en sait trop ? Trop de précisions sordides. Il a peut-être raison. (Tous ces tableaux de femmes, dans les galeries d'art, surprises dans leur intimité. Nymphe endormie. Suzanne et les vieillards. Femme au bain, un pied dans une lessiveuse en fer-blanc – Renoir, ou était-ce Degas ? Les deux, et les deux femmes rondelettes. Diane et ses suivantes, un instant avant qu'elles ne surprennent le regard fouineur du chasseur. Jamais un seul tableau intitulé *Homme en train de laver ses chaussettes dans le lavabo*.)

L'amour se situe à une distance moyenne. L'amour, c'est se regarder soi-même à travers une vitre couverte de buée. L'amour, c'est écarter certaines choses : là où la vie grogne et renifle, l'amour se contente de soupirer. Est-ce qu'elle veut plus que cela – plus de lui ? Est-ce qu'elle veut le portrait en pied ?

Le danger viendrait du fait de regarder de trop près et d'en voir trop – de le voir se rapetisser et elle avec. Puis de se réveiller vide, tout cela complètement épuisé – fini. Elle n'aurait rien. Elle serait abandonnée.

Un mot démodé.

Il n'est pas venu à sa rencontre cette fois-ci. Il a dit qu'il valait mieux ne pas le faire. La voici obligée de trouver son chemin toute seule. Coincé dans la paume de son gant, il y a un carré de papier plié porteur d'indications énigmatiques, mais elle n'a pas besoin de le consulter. Elle sent son rayonnement discret contre sa peau, pareil à un cadran au radium dans l'obscurité.

Elle l'imagine en train de l'imaginer – de l'imaginer en train de marcher dans la rue, plus proche à présent, quasiment là. Est-il impatient, énervé, fébrile ? Est-il comme elle ? Il aime jouer les indifférents – faire comme s'il lui était égal qu'elle arrive ou pas –, mais ce n'est qu'un numéro parmi tant d'autres. Ainsi, par exemple, ne fume-t-il plus de cigarettes toutes faites, il n'en a plus les moyens. Il roule les siennes avec un de ces appareils en caoutchouc rose, obscènes à voir, qui en débitent trois d'un coup ; il les coupe avec une lame de rasoir, puis les fourre dans un paquet de Craven A. Une de ses petites supercheries, ou vanités ; devant le besoin qu'il en a, elle retient son souffle.

Parfois, elle lui apporte des cigarettes, de pleines poignées – largesse, opulence. Elle les chipe dans la boîte en argent sur la table basse en verre, les fourre dans son sac à main. Mais elle ne le fait pas chaque fois. Mieux vaut le tenir dans l'expectative, mieux vaut le priver.

Il est allongé sur le dos, rassasié, et fume. Si elle veut des aveux, il faut qu'elle les obtienne avant – qu'elle commence par se les assurer, comme une pute son pognon. Aussi maigres soient-ils. *Tu m'as manqué*, dira-t-il peut-être. Ou : *Je ne me lasse pas de toi*. Les yeux fermés, il grince des dents pour se retenir ; elle l'entend contre son cou.

Après, il faut qu'elle aille à la pêche.

Dis quelque chose.

Comme quoi ?

Comme tout ce que tu veux.

Dis-moi ce que tu as envie d'entendre.

Si je fais ça et que tu le dises, je ne te croirai pas.

Lis entre les lignes alors.

Mais il n'y a pas de lignes. Tu ne m'en donnes pas une seule.

En ce cas, il lui arrive de fredonner :

> *Oh, tu mets ton truc dedans et tu le ressors,*
> *Et la fumée grimpe dans la cheminée pareillement...*

Qu'est-ce que tu dis de ça, comme ligne ? dira-t-il.

Tu es vraiment un salopard.

Je n'ai jamais prétendu le contraire.

Pas étonnant qu'ils recourent à des histoires.

Elle tourne à gauche à la cordonnerie, puis longe un groupe d'immeubles, puis deux maisons. Puis le petit immeuble : l'Excelsior. Il doit sans doute son nom au poème de Henry Wadsworth Longfellow. Une banderole avec un drôle d'emblème, un chevalier en train de renoncer à toute préoccupation matérielle pour escalader les hauteurs. Les hauteurs de quoi ? Du piétisme bourgeois en fauteuil. Que c'est ridicule, présentement.

L'Excelsior est un bâtiment en brique rouge, à trois étages, quatre fenêtres par étage et des balcons en fer forgé – ce sont moins des balcons que des rebords, pas de place pour une chaise. Jadis plus moderne que les constructions environnantes, c'est maintenant un endroit où les gens s'accrochent aux branches. Sur l'un des balcons, quelqu'un a installé un fil à linge de fortune ; un torchon grisâtre pendouille après, telle la bannière d'un régiment vaincu.

Elle dépasse le bâtiment, puis traverse au croisement suivant. Là, elle s'arrête et baisse les yeux vers ses pieds comme si quelque chose s'était pris dans sa chaussure. Elle baisse les yeux, puis se retourne. Il n'y a personne derrière elle, pas de voiture roulant au ralenti. Une grosse bonne femme monte péniblement les marches de son perron, un filet à provisions à chaque main, comme un lest ; deux garçons en guenilles pourchassent un chien sale sur le trottoir. Aucun homme dans les parages sinon trois charognards de véranda penchés sur un même journal.

Elle fait alors demi-tour et revient sur ses pas, puis, en arrivant à l'Excelsior, elle s'engouffre dans la ruelle voisine et presse le pas tout en s'efforçant de ne pas courir. L'asphalte est accidenté, ses talons trop hauts. Ce n'est pas le bon endroit pour se fouler la cheville. Elle se sent plus exposée à présent, sous le feu d'une lumière éblouissante bien qu'il n'y ait pas de fenêtre. Son cœur cogne fort, elle a les jambes faibles, en coton. La panique lui met le grappin dessus, pourquoi ?

Il ne sera pas là, déclare une douce voix dans sa tête ; une douce voix angoissée, une voix roucoulante et plaintive, pareille à celle de la tourterelle triste. Il est parti. On l'a emmené. Tu ne le reverras plus jamais. Jamais. Elle manque fondre en larmes.

Stupide de se faire des peurs pareilles. Mais il y a tout de même une part de réalité là-dedans. Il pourrait disparaître plus facilement qu'elle : elle a une adresse fixe, il a toujours su où la trouver.

Elle s'arrête, lève le poignet et inhale l'odeur rassurante de la fourrure parfumée. Il y a une porte métallique au fond, une porte de service. Elle frappe légèrement.

Le Tueur aveugle : Le gardien

La porte s'ouvre, il est là. Elle n'a pas le temps de se sentir soulagée qu'il l'attire à l'intérieur. Ils sont sur un palier ; un escalier de service. Pas de lumière sauf celle qui provient d'une fenêtre, quelque part au-dessus. Il l'embrasse, les mains de part et d'autre de son visage. Papier de verre de son menton. Il frissonne, mais pas de désir, ou pas seulement.

Elle se recule. Tu as l'air d'un bandit. Elle n'a jamais vu de bandit ; elle pense à ceux des opéras. Aux contrebandiers, dans *Carmen*. Sacrément grimés avec du bouchon-liège.

Désolé, dit-il. Il a fallu que je file à toute vitesse. C'était peut-être une fausse alerte, mais j'ai dû abandonner des affaires.

Un rasoir par exemple ?

Entre autres. Viens... c'est en bas par ici.

L'escalier est étroit : bois brut, une planche de cinq centimètres sur dix en guise de rampe. Tout en bas, un sol en ciment. Une odeur de poussière de charbon, une pénétrante odeur de sous-sol, pareille à celle des pierres humides d'une grotte.

C'est là-dedans. La pièce du gardien.

Mais tu n'es pas gardien, remarque-t-elle avec un petit rire. Si ?

Je le suis à présent. Du moins, c'est ce que croit le propriétaire. Il est passé à deux reprises, tôt le matin, pour s'assurer que j'avais alimenté la chaudière, mais pas trop. Il ne veut pas que les locataires aient trop chaud, ça lui coûterait trop cher ; tiède lui suffit. Ce n'est pas terrible comme lit.

C'est un lit, dit-elle. Ferme la porte à clé.

Elle ne ferme pas à clé, répond-il.

Il y a une petite fenêtre, des barreaux en travers ; les vestiges d'un rideau. Une lumière rouille passe par là. Ils ont calé une chaise contre le bouton de porte, une chaise qui a perdu la plupart de ses barreaux, déjà à moitié en miettes. Pas terrible comme obstacle. Ils sont couchés sous la seule et unique couverture, moisie, avec son manteau à lui et le sien à elle entassés dessus. Il vaut mieux ne pas penser au drap. Elle sent ses côtes, suit du doigt l'espace entre elles.

Qu'est-ce que tu manges ?

Ne m'embête pas.

Tu es trop maigre. Je pourrais t'apporter quelque chose, de la nourriture.

Mais tu n'es pas très fiable, non ? Je pourrais mourir de faim à t'attendre. Ne t'inquiète pas, je serai parti d'ici peu.

D'où ? Tu veux dire de cette pièce, de la ville ou...

Je ne sais pas. Ne m'embête pas.

Ça m'intéresse, c'est tout. Je suis inquiète, je veux...

Ça suffit.

Bon alors, déclare-t-elle, j'imagine qu'on en revient à Zycron. À moins que tu ne veuilles que je m'en aille.

Non. Reste un peu. Je suis désolé, mais je suis tendu. Où en étions-nous ? J'ai oublié.

Il était en train de se demander s'il allait lui trancher la gorge ou l'aimer pour toujours.

C'est cela. Oui. Les choix classiques.

Il est en train de se demander s'il va lui trancher la gorge ou l'aimer pour toujours quand – du fait de l'ouïe extrêmement fine que lui a value sa cécité – il détecte des grincements et des crissements métalliques. Maillon de chaîne contre maillon de chaîne, fers en mouvement. Le bruit se rapproche dans le couloir. Il a déjà compris que le Seigneur des Enfers n'a pas encore effectué la visite qu'il a monnayée : il s'en est rendu compte à l'état de la jeune fille. Comme neuve, pourrait-on dire.

Que faire à présent ? Il pourrait se glisser derrière la porte ou sous le lit, l'abandonner à son destin, puis réapparaître et terminer le travail pour lequel il a été payé. Mais les choses étant ce qu'elles sont, il répugne à le faire. Sinon il pourrait attendre que tout se mette en train, que le courtisan soit devenu sourd au monde extérieur et faire coulisser la porte ; en ce cas, l'honneur des tueurs en tant que groupe – en tant que guilde, si on veut – en serait terni.

Il prend la jeune fille par le bras et lui indique qu'il faut garder le silence en plaquant sa main sur sa bouche. Puis il l'éloigne du lit et la cache derrière la porte. Il vérifie que cette dernière n'est pas fermée à clé, comme convenu. L'homme ne s'attendra pas à trouver une sentinelle : dans le marché qu'il a passé avec la Grande Prêtresse, il a spécifié pas de témoins. La sentinelle du Temple devait s'éclipser en l'entendant arriver.

Le tueur aveugle tire la sentinelle morte de dessous le lit et la place sur le couvre-lit, son foulard servant à masquer l'entaille sur sa gorge. Elle n'est pas encore froide et le sang a cessé de couler. Pas de chance si le gars a une bougie lumineuse : sinon, dans la nuit, tous les chats sont gris. Les jeunes filles du Temple ont appris à rester inertes. Si ça se trouve, il faudra à cet homme – handicapé comme il l'est par son pesant déguisement divin qui comprend généralement un casque et une visière – un certain temps pour s'apercevoir qu'il n'est pas en train de baiser la femme qu'il faut, mais une autre, morte de surcroît.

Le tueur aveugle ferme presque totalement les rideaux en brocart du lit. Puis il rejoint la jeune fille et tous deux se plaquent le plus possible contre le mur.

La lourde porte s'ouvre avec un gémissement. La jeune fille voit une lueur avancer sur le sol de la pièce. Le Seigneur des Enfers est un peu miro, c'est évident ; il se cogne dans quelque chose, pousse un juron. Il se bat maladroitement avec les tentures du lit. Où es-tu, ma jolie ? demande-t-il. Il ne s'étonnera pas qu'elle ne lui réponde pas, compte tenu qu'elle est si opportunément muette.

Le tueur aveugle commence à se dégager discrètement de derrière la porte et la jeune fille l'imite. Comment est-ce que j'enlève cette saleté de truc ? marmonne entre ses dents le Seigneur des Enfers. Les deux jeunes gens contournent la porte, puis se faufilent dans le couloir, main dans la main, comme des enfants qui évitent les adultes.

Derrière eux s'élève un cri, de rage ou d'horreur. Une main contre le mur, le tueur se met à courir. Il arrache les torches de leurs appliques à mesure qu'il progresse, les lance derrière lui en espérant qu'elles vont s'éteindre.

Il connaît le Temple de fond en comble, au toucher comme à l'odeur ; c'est son affaire de connaître ce genre de chose. Il connaît la cité de la même manière, il peut la parcourir comme un rat un dédale, il connaît ses portes, ses tunnels, ses refuges et ses impasses, ses linteaux, ses fossés et ses caniveaux – même ses mots de passe, la plupart du temps. Il sait quels murs il peut escalader, où sont les prises pour ses pieds. Il pousse un panneau de marbre – qui présente un bas-relief du Dieu Brisé, le patron des fuyards – et les voici dans l'obscurité. Il s'en aperçoit à la façon dont la jeune fille trébuche et, pour la première fois, il se fait la réflexion qu'en l'emmenant il se ralentit. Sa vue va le gêner.

De l'autre côté du mur, un bruit de pas les dépasse. Il murmure : « Attrape mon peignoir » et ajoute, précaution inutile : « Ne dis pas un mot. » Ils sont dans le réseau de tunnels clandestins qui permet à la Grande Prêtresse et à ses cohortes d'apprendre tant de précieux secrets des lèvres de ceux qui viennent au Temple pour rencontrer la Déesse, se confesser à elle ou prier, mais il faut qu'ils sortent de là au plus vite. C'est, tout compte fait, le premier endroit où la Grande Prêtresse pensera à les chercher. De même ne peut-il les faire sortir par la pierre descellée du mur extérieur par lequel il est entré au départ. Il se pourrait que le faux Seigneur des Enfers le sache, comme c'est lui qui a organisé le meurtre et qui a spécifié l'heure et le lieu, et il doit à présent avoir deviné la traîtrise du tueur aveugle.

Assourdi par des épaisseurs de pierre, un gong en bronze résonne. Il le perçoit par ses pieds.

Il entraîne la jeune fille de mur en mur, puis lui fait descendre un escalier étroit, abrupt. Elle pleurniche de peur : la perte de sa langue n'a pas altéré sa faculté de pleurer. Dommage, songe-t-il. À tâtons, il cherche la buse désaffectée qu'il sait se trouver là, y fait grimper la jeune fille en lui offrant ses mains en guise d'étrier, puis se hisse à côté d'elle. Maintenant, il faut qu'ils se faufilent dedans. L'odeur n'est pas agréable, mais c'est une vieille odeur. Des déchets humains en grumeaux, transformés en poussière.

À présent, il y a de l'air frais. Il le hume afin d'y détecter la fumée des torches.

Il y a des étoiles ? lui demande-t-il. Elle acquiesce de la tête. Pas de nuages alors. Pas de chance. Deux des cinq lunes doivent briller – il le sait, vu la période du mois – et les trois autres ne vont pas tarder à se lever. Tous deux vont être nettement visibles tout le restant de la nuit et, en plein jour, on les verra à quinze pas.

Le Temple ne voudra pas que se répande l'histoire de leur évasion – les autorités y perdraient la face, et des émeutes risqueraient de s'ensuivre. Une autre fille sera désignée pour le sacrifice : avec les voiles, qui pourra s'en apercevoir ? Cela étant, des tas de gens les rechercheront, en silence mais implacablement.

Il peut décider qu'ils vont se réfugier dans une cachette, mais tôt ou tard il leur faudra sortir pour se procurer à boire et à manger. Seul, il aurait peut-être une chance de s'en tirer, mais à deux, non.

Il pourrait toujours la laisser tomber. Ou la poignarder, la jeter dans un puits.

Non, il ne peut pas.

Il y a toujours le repaire des tueurs. C'est là qu'ils vont tous – quand ils ne sont pas de service – pour échanger des potins, partager les butins et se vanter de leurs exploits. L'endroit est audacieusement caché sous la salle des jugements du grand palais, une profonde grotte jonchée de tapis – des tapis que les tueurs ont été obligés de tisser dans leur enfance, et qu'ils ont volés depuis. Ils les reconnaissent au toucher et s'asseyent souvent dessus en fumant l'herbe fring génératrice de rêves et en laissant courir leurs doigts sur les motifs et les couleurs luxueuses en se rappelant à quoi elles ressemblaient quand ils y voyaient encore.

Seuls les tueurs aveugles ont le droit de pénétrer dans cette grotte. Ils forment une société fermée dans laquelle les seuls inconnus admis le sont à titre de butin. Par ailleurs, il a trahi sa corporation en sauvant la vie de quelqu'un qu'il a été payé pour assassiner. Ce sont des professionnels, ces tueurs : ils s'enorgueillissent d'honorer leurs contrats, ils ne tolèrent pas qu'on viole leur code de conduite. Ils le tueront sans merci et elle aussi au bout d'un moment.

Il se peut fort bien qu'un de ses compères ait été recruté pour les suivre à la trace. Seul un voleur peut en attraper un autre. Puis, tôt ou tard, ils seront condamnés. Rien que le parfum de la jeune fille les trahira – on l'a parfumée à bloc.

Il faudra qu'il la fasse sortir de Sakiel-Norn – de la cité, des terres connues. C'est un risque, mais pas aussi grand que s'ils restaient. Peut-être parviendra-t-il à les faire descendre jusqu'au port et à grimper à bord d'un bateau ? Mais comment franchir les portes sans être repérés ? Toutes les huit sont fermées à clé et gardées, comme le veut la coutume, pour la nuit. Seul, il pourrait escalader les murs – ses doigts et ses orteils ont des prises de gecko –, mais avec elle ce serait une catastrophe.

Il y a un autre moyen. En écoutant tous les pas, il la mène vers le bas de la colline, du côté de la cité qui est le plus proche de la mer. Les eaux de toutes les sources et fontaines de Sakiel-Norn sont collectées dans un canal, qui passe sous le mur de la ville via un tunnel voûté. On n'a pas pied et le courant est fort de sorte que personne n'essaie jamais d'entrer dans la cité par là. Et d'en sortir ?

L'eau courante atténuera le parfum.

Pour sa part, il sait nager. C'est une faculté que les tueurs veillent à développer. Il présume, avec raison, que la jeune fille, elle, ne sait pas. Il lui dit d'enlever tous ses vêtements et d'en faire un ballot. Puis il se défait du peignoir du Temple et ajoute ses propres affaires à celles du ballot. Il attache le paquet autour de ses épaules, puis autour des poignets de la jeune fille et lui précise que, même si les nœuds se défont, elle ne doit pas le lâcher, quoi qu'il arrive. Quand ils atteindront le passage voûté, il faudra qu'elle retienne son souffle.

Les oiseaux, des nyerks, s'agitent; il entend leur premier croassement; d'ici peu, il fera jour. Trois rues plus loin, quelqu'un approche d'un pas ferme, mesuré, comme s'il cherchait quelque chose. Il tire et pousse à moitié la jeune fille dans l'eau froide. Elle suffoque, mais obtempère. Ils flottent; à tâtons, il cherche le courant principal, tend l'oreille pour repérer le flux et le gargouillis de l'eau à l'endroit où elle s'engouffre dans le passage voûté. Trop tôt et ils n'auront pas assez de souffle, trop tard et il se fracassera la tête contre la pierre. Puis il plonge.

L'eau est floue, informe, on peut passer la main au travers; pourtant, elle peut vous tuer. La force d'un tel élément, c'est sa vitesse, sa trajectoire. Avec quoi il entre en collision et à quelle vitesse. On pourrait dire la même chose de... peu importe.

C'est une traversée atrocement longue. Il a l'impression que ses poumons vont éclater, que ses bras vont lâcher. Il sent la jeune fille le tirer en arrière, se demande si elle s'est noyée. Heureusement, le courant joue pour eux. Il s'écorche contre le mur du tunnel; quelque chose se déchire. Vêtement ou chair?

À l'autre bout du tunnel voûté, ils font surface; elle tousse, il rit doucement. Il lui maintient la tête au-dessus de l'eau, allongé sur le dos; ils descendent le canal en flottant ainsi sur une certaine distance. Quand il estime qu'ils sont suffisamment loin et suffisamment en sûreté, il leur fait mettre pied à terre, la hisse sur le remblai de pierre en pente. Il cherche de la main l'ombre d'un arbre. Il est épuisé, mais également transporté de joie, rempli d'un bonheur bizarrement douloureux. Il l'a sauvée. Il a accordé la clémence, pour la première fois de sa vie. Qui sait ce que pourra provoquer une telle rupture avec la voie qu'il a choisie?

Y a-t-il quelqu'un alentour? demande-t-il. Elle s'arrête pour regarder, hoche la tête pour dire que non. Des animaux? Non, encore une fois. Il accroche leurs vêtements aux branches de l'arbre; puis, dans la lumière décroissante des lunes magenta, héliotrope et safran, il la recueille comme de la soie et s'enfonce en elle. Elle est calme comme un ciel pur et légèrement salée, comme un poisson frais.

Ils sont allongés dans les bras l'un de l'autre, profondément endormis, quand trois espions, envoyés en éclaireurs par le Peuple de la

Désolation pour reconnaître les abords de la cité, leur tombent dessus. Ils sont brusquement réveillés, puis questionnés par l'espion qui parle leur langue, bien que de façon très imparfaite. Ce garçon est aveugle, explique-t-il aux autres, et la fille est muette. Les trois espions s'étonnent devant eux. Comment sont-ils arrivés là ? Ils ne sortent sûrement pas de la cité ; toutes les portes sont fermées à clé. On les croirait tombés du ciel.

La réponse est évidente : ce doit être des messagers divins. Ils sont courtoisement autorisés à revêtir leurs habits désormais secs, on les fait monter sur le cheval d'un des espions et on les emmène voir le Serviteur des Réjouissances. Les espions sont très contents d'eux-mêmes et le tueur aveugle se garde bien d'en dire trop. Il a entendu de vagues histoires sur ces gens et leurs drôles de croyances en des messagers divins. Ces messagers sont censés leur délivrer des messages sous des formes obscures et il essaie donc de repenser à tous les paradoxes, devinettes et énigmes qu'il a pu entendre : Le chemin du bas est le chemin qui monte. Qu'est-ce qui marche sur quatre pattes à l'aube, sur deux à midi et sur trois le soir ? Du mangeur provient la nourriture et du fort la gentillesse. Qu'est-ce qui est entièrement noir, blanc et rouge ?

Ce n'est pas zycronien, ils n'avaient pas de journaux.

Accepté. Barre ça. Et : Plus puissant que Dieu, plus maléfique que le Malin ; les pauvres l'ont, les riches en manquent et si tu en manges tu en mourras ?

C'est nouveau.

Essaie de deviner.

Je donne ma langue au chat.

Rien.

Elle prend une minute pour réfléchir. Rien. Oui, dit-elle. Ça devrait faire l'affaire.

Tandis qu'ils avancent à cheval, le tueur garde un bras autour de la jeune fille. Comment la protéger ? Il a une idée, impromptue et née du désespoir, mais il se peut néanmoins qu'elle marche. Il va affirmer qu'ils sont tous les deux des messagers divins, mais d'un genre différent. C'est lui qui reçoit les messages de l'Invincible, mais elle seule peut les interpréter. Cela, elle le fait avec ses mains, en esquissant des signes avec ses doigts. Quant à la méthode pour décrypter ces signes, elle n'a été révélée qu'à lui seul. Il ajoutera, au cas où ils auraient de vilaines idées, qu'aucun homme ne doit toucher la jeune muette de manière inconvenante, ou de n'importe quelle manière. À part lui, bien entendu. Sinon, elle perdra son pouvoir.

C'est infaillible, tant qu'ils le lui achèteront. Il espère qu'elle comprend vite et peut improviser. Il se demande si elle connaît quelques signes.

C'est tout pour aujourd'hui, dit-il. Il faut que j'ouvre la fenêtre.

Mais il fait tellement froid.

Pas pour moi. Cet endroit ressemble à un placard. J'étouffe.

Elle tâte son front. Je crois que tu es en train d'attraper quelque chose. Je pourrais aller à la pharmacie...

Non. Je ne suis jamais malade.

Qu'est-ce qu'il y a? Qu'est-ce qui ne va pas? Tu es inquiet.

Je ne suis pas inquiet en soi. Je ne m'inquiète jamais. Mais je me méfie de ce qu'il se passe. Je me méfie de mes amis. De mes soi-disant amis.

Pourquoi? Qu'est-ce qu'ils mijotent?

Rien, répond-il. C'est ça le problème.

Mayfair, février 1936

ÉCHOS MONDAINS DU TOUT-TORONTO

De York

Le Royal York Hotel a été envahi à la mi-janvier par un joyeux public en tenue exotique qui venait assister au troisième bal costumé de la saison organisé au profit de la crèche des enfants trouvés du centre-ville. Le thème de cette année – avec un clin d'œil au spectaculaire bal des Beaux-Arts de l'an dernier, « Tamerlan à Samarcande » – était Xanadou et, sous la direction avisée de M. Wallace Wynant, les trois somptueuses salles de bal ont été transformées en un « fastueux palais » d'un éclat fascinant où Koubla Khan et son brillant entourage ont tenu cour. Venus de royaumes orientaux, des potentats étrangers et leurs escortes – harems, serviteurs, danseuses, esclaves ainsi que demoiselles dotées de tympanons, marchands, courtisanes, fakirs, soldats de toutes nations et mendiants à profusion – se sont mis à tournoyer gaiement autour d'une spectaculaire fontaine de l'Alphée, le fleuve sacré, qu'un projecteur placé en hauteur teintait d'une pourpre bacchique sous des guirlandes de cristal qui étincelaient au milieu de l'« abîme de glace ».

Sous les deux tonnelles de jardin adjacentes, croulant l'une et l'autre sous les fleurs, les danses ont démarré tout aussi rapidement tandis qu'un orchestre de jazz, dans chaque salle de bal, défendait « symphonie et chanson ». Nous n'entendîmes pas une seule « voix ancestrale prophétiser la guerre », car tout baignait dans une douce harmonie grâce aux fermes directives de Mme Winifred Griffen Prior, l'organisatrice du bal, ravissante en écarlate et or à l'image d'une princesse du Rajasthan. Parmi les membres du comité organisateur, il faut également citer Mme Richard Chase Griffen, fille d'Abyssinie en vert et argent, Mme Oliver MacDonnell, en rouge de Chine, et Mme Hugh N. Hillert, imposante en sultane vêtue de magenta.

Le Tueur aveugle : Extra-terrestre sur glace

Il est dans un autre endroit à présent, une pièce qu'il a louée près de la Junction. C'est au-dessus d'une quincaillerie. En devanture, il y a un maigre étalage de clés à écrous et de charnières. Ça ne marche pas trop bien : par ici, rien ne marche trop bien. Des grains de poussière tourbillonnent dans l'air, des papiers froissés courent par terre ; il faut se méfier des trottoirs verglacés à cause de la neige tassée que personne ne déblaie à la pelle.

Au loin, des trains pleurent et changent de voie, leurs sifflements se perdent dans le lointain. Jamais de bonjour, toujours au revoir. Il pourrait sauter à bord de l'un d'entre eux, mais c'est risqué : il y a des patrouilles dedans, même si on ne sait jamais quand. De toute façon, il est cloué sur place à présent – admettons-le –, à cause d'elle ; même si, comme les trains, elle n'est jamais à l'heure et toujours sur le départ.

La pièce se trouve deux volées de marches plus haut, escalier de service revêtu de caoutchouc usé par plaque, mais c'est tout de même une entrée à part. À moins qu'on ne compte le jeune couple avec le bébé de l'autre côté du mur. Ils ont beau utiliser le même escalier, il les voit rarement, ils se lèvent trop tôt. Pourtant, il les entend à minuit quand il essaie de travailler ; ils y vont comme si, demain, ils ne devaient plus être là, leur lit couine comme une nichée de rats. Ça le rend dingue. On pourrait penser qu'avec un marmot braillard ils en seraient restés là, mais non, il faut qu'ils remettent le couvert. Enfin, ils ne perdent pas de temps en besogne.

Parfois, il plaque l'oreille contre le mur pour écouter. Taupin vaut marotte, songe-t-il. La nuit, une vache est une vache.

Il a croisé la femme à deux reprises, matelassée et coiffée d'un fichu comme une grand-mère russe, qui montait péniblement avec

308

des paquets et la poussette pour bébé. Ils planquent ce machin au rez-de-chaussée où il attend comme un implacable piège d'extraterrestre, avec sa bouche noire béante. Il l'a aidée à la manœuvrer une fois et elle lui a souri, d'un sourire furtif, ses petites dents bleutées sur les bords, comme du lait écrémé. *Ma machine à écrire ne vous dérange pas la nuit?* a-t-il risqué – en laissant deviner alors qu'il entend. Non, pas du tout. Regard vide, bête comme une oie. De sombres cernes sous les yeux, des rides gravées du nez aux commissures des lèvres. Il doute qu'elle soit l'initiatrice des activités nocturnes. Trop rapides, déjà – le gars entre et sort comme un braqueur de banque. Le terme bonniche lui colle à la peau ; elle doit fixer le plafond en se disant qu'il faut passer la serpillière.

La pièce qu'il occupe a été aménagée après avoir divisé une grande pièce en deux, ce qui explique la minceur du mur. C'est un espace étroit et froid : un courant d'air circule autour de l'encadrement de la fenêtre, le radiateur cliquette et goutte mais ne produit pas de chaleur. Toilettes planquées dans un coin glacial, vieille pisse et oxyde de fer teintant la cuvette en orange toxique et cabine de douche en zinc avec rideau de caoutchouc incrusté de vieille crasse. La douche se résume à un tuyau noir courant le long d'un mur, équipé d'un pommeau rond en métal perforé. Le filet d'eau qui s'en écoule est glacé comme la mort. Un lit escamotable, maladroitement installé si bien qu'il a dû se donner un mal de chien pour le déplier ; plan de travail en contreplaqué fixé avec des clous de tapissier, peint en jaune il n'y a pas longtemps. Un réchaud à un brûleur. Un voile de misérabilisme recouvre tout comme de la suie.

Comparé à l'endroit où il pourrait être, c'est un palais.

Il a lâché ses copains. A levé le pied sans leur laisser d'adresse. Ça n'aurait pas dû prendre aussi longtemps pour lui faire faire le passeport ou les deux passeports dont il a besoin. Il a eu l'impression qu'ils le gardaient sous le coude, comme garantie : si quelqu'un de plus précieux pour eux se faisait pincer, ils pourraient l'échanger. Peut-être envisageaient-ils de le livrer de toute façon? Il ferait un joli pigeon : il est sacrifiable, n'a jamais correspondu vraiment à leurs idées. Compagnon de route qui n'allait ni assez loin ni assez vite. Ils n'aimaient pas son érudition, non qu'elle fût si impressionnante ; ils n'aimaient pas son scepticisme, qu'ils prenaient à tort pour de la désinvolture. *Ce n'est pas parce que Smith a tort que Jones a raison*, a-t-il dit un jour. Ils l'ont sûrement noté pour information. Ils ont leurs petites listes.

Peut-être voulaient-ils leur propre martyr, leurs Sacco et Vanzetti en un seul homme ? Après qu'on l'aura pendu jusqu'à ce qu'il ait viré rouge, infâme bobine dans tous les journaux, ils fourniront une preuve de son innocence – pour illustrer quelques éléments de vertueuse indignation. *Regardez ce que fait le système ! Un meurtre pur et simple ! Pas de justice !* C'est comme ça qu'ils pensent, les camarades. Comme un jeu d'échecs. Il serait le pion sacrifié.

Il va à la fenêtre, regarde dehors. Des stalactites, pareils à des défenses d'éléphant jaunâtres, pendent dehors de l'autre côté du carreau, empruntant à la toiture sa couleur. Il songe à son nom à elle, une aura électrique l'encercle – une vibration sexuelle semblable à un néon bleu. Où est-elle ? Elle ne prendra pas un taxi, pas jusqu'à l'endroit même, elle est trop maligne pour ça. Il fixe l'arrêt du tramway, désireux de la voir se matérialiser. Descendre en révélant brièvement le galbe d'une jambe, une botte à talon haut, tout ce qu'il y a de plus somptueux. *Salope sur échasses.* Pourquoi pense-t-il comme ça, alors que si tout autre homme disait cela d'elle, il cognerait le salopard ?

Elle portera un manteau de fourrure. Il la méprisera pour cela, il lui demandera de le garder. Pour la fourrer de haut en bas.

La dernière fois qu'il l'a vue, elle avait un bleu sur la cuisse. Il avait regretté de ne pas le lui avoir fait lui-même. *Qu'est-ce que c'est que ça ? Je me suis cognée dans une porte.* Il sait toujours quand elle ment. Ou il croit le savoir. Croire ça peut être un piège. Un de ses anciens professeurs lui a dit un jour que son intelligence avait la dureté d'un diamant et ça l'avait flatté à l'époque. À présent, il réfléchit à la nature des diamants. Même s'ils sont pointus, s'ils brillent et s'ils servent à couper le verre, ils ne brillent que de la lumière réfléchie. Dans le noir, ils sont totalement inutiles.

Pourquoi ne cesse-t-elle d'arriver ? Représente-t-il un jeu particulier auquel elle jouerait, c'est cela ? Il ne la laissera pas payer pour quoi que ce soit, il refuse d'être acheté. Elle veut une histoire d'amour avec lui, parce que c'est ce que veulent les femmes, ou les femmes dans son genre qui attendent encore quelque chose de la vie. Mais il doit y avoir un autre angle. Le désir de revanche, ou de punition. Les femmes ont de drôles de façons de blesser l'autre. À la place, elles se blessent elles-mêmes ; ou sinon elles s'y prennent de telle manière que le gars ne s'aperçoit pas qu'il est blessé avant très longtemps. Puis il découvre le pot aux roses. Là, il en bande guimauve. Malgré ces yeux superbes, la ligne pure de sa gorge, il entrevoit par moments chez elle quelque chose de complexe et de souillé.

Mieux vaut ne pas l'inventer en son absence. Mieux vaut attendre qu'elle soit vraiment là. Il pourra alors l'inventer à mesure qu'elle avancera.

Il a une table de bridge, une vieillerie du marché aux puces, et une chaise pliante. Il s'assied devant la machine à écrire, souffle sur ses doigts, glisse une feuille de papier derrière le rouleau.

Dans un glacier situé dans les Alpes suisses (ou les montagnes Rocheuses, c'est mieux, ou au Groenland, encore mieux), des explorateurs découvrent – enchâssé dans une coulée de glace claire – un véhicule spatial. Il a la forme d'un petit dirigeable, mais avec des extrémités pointues comme une gousse de gombo. Une lueur étrange en émane, brille à travers la glace. De quelle couleur est cette lueur ? Vert c'est mieux, avec une pointe de jaune, comme l'absinthe.

Les explorateurs font fondre la glace, avec quoi ? Une lampe à souder qu'ils se trouvent avoir à disposition ? Un grand feu dressé avec les arbres proches ? S'il y a des arbres, mieux vaut revenir aux Rocheuses. Pas d'arbres au Groenland. Peut-être pourrait-on utiliser un énorme cristal qui amplifierait les rayons du soleil ? Les boy-scouts – dont il a fait partie un bref moment – apprenaient cette méthode pour allumer des feux. À l'insu du chef scout, un bonhomme jovial au visage rose et triste qui aimait beaucoup les chansons et les hachettes, ils tenaient leurs loupes braquées sur leurs bras nus pour voir qui pourrait supporter cela le plus longtemps. Ils enflammaient des aiguilles de pin comme ça, et des bouts de papier hygiénique.

Non, le cristal géant serait trop impossible.

La glace fond progressivement. X, qui sera un austère Écossais, leur conseille de ne pas se mêler de ça, qu'il n'en sortira rien de bon, mais Y, qui est un savant anglais, affirme qu'il faut ajouter au fonds de la connaissance humaine alors que Z, un Américain, déclare qu'ils peuvent faire des millions. B, qui est une femme aux cheveux blonds et à la bouche bouffie, comme matraquée, dit que tout cela est très exaltant. Elle est russe et censée croire à l'amour libre. X, Y et Z n'ont pas vérifié cette possibilité, même si tous le souhaiteraient – Y inconsciemment, X coupablement et Z crûment.

Au début, il désigne toujours ses personnages par des lettres, il leur trouve des noms après. Il consulte parfois l'annuaire du téléphone, parfois les inscriptions sur les tombes. La femme s'appelle toujours B, comme Bérézina, Bille de Buse ou Beau Balcon, selon son humeur. Ou Belle Blonde, bien entendu.

B dort sous une tente à part et elle a l'habitude d'oublier ses moufles et de se balader la nuit, en dépit des consignes. Elle commente la beauté de la lune et les qualités harmoniques des hurlements de loups ; elle est à tu et à toi avec les chiens de traîneau, leur parle en langage bébé russe et affirme (malgré son matérialisme scientifique officiel) qu'ils ont une âme. Ça posera un problème s'ils se retrouvent à court de nourriture et qu'il leur faille en boulotter un, a conclu X dans son style pessimiste écossais.

La structure rougeoyante aux allures de gousse est dégagée de la glace, mais les explorateurs ne disposent que de quelques minutes pour étudier le matériel à partir duquel elle est fabriquée – un mince alliage de métal inconnu de l'homme – avant qu'il ne se vaporise en laissant une odeur d'amande, de patchouli, de sucre brûlé, de soufre ou de cyanure.

Aux yeux de tous apparaît une forme, à la silhouette humanoïde, de sexe masculin à l'évidence, vêtue d'un costume moulant bleu-vert comme les plumes de paon avec des reflets proches de ceux des ailes de scarabée. Non. Trop pédale. Vêtue d'un costume moulant bleu-vert comme une flamme de gaz avec des reflets proches de ceux de l'essence renversée sur une flaque d'eau. Il est encore enchâssé dans de la glace, laquelle a dû se former à l'intérieur de la gousse. Il a une peau vert pâle et des oreilles un peu pointues, des lèvres finement ciselées et de grands yeux ouverts. Ce sont principalement des pupilles, comme chez les chouettes. Ses cheveux sont d'un vert plus sombre et forment des boucles épaisses sur son crâne qui présente une pointe remarquable au sommet.

Incroyable. Un être du cosmos. Qui sait depuis combien de temps il est couché là ! Des décennies ? Des siècles ? Des millénaires ?

Il est mort, c'est sûr.

Que vont-ils faire ? Ils soulèvent le bloc de glace qui l'enserre et tiennent une conférence. (X dit qu'ils devraient s'en aller et appeler les autorités ; Y veut le disséquer sur place, mais se voit rappeler qu'il risque de se vaporiser comme le vaisseau spatial ; Z est totalement partisan de le coller sur un traîneau pour l'expédier vers la civilisation, puis de l'envelopper dans de la neige carbonique et de le vendre au plus offrant ; B souligne le fait que leurs chiens de traîneau manifestent un intérêt malsain et commencent à gémir, mais on ne tient pas compte de sa remarque à cause de sa manière outrée, russe, féminine, de formuler les choses.) Finalement – il fait noir à présent et l'aurore boréale se comporte d'une drôle de façon –, on décide de l'installer dans la tente de B. Quant à B, elle devra dormir dans l'autre tente, avec les trois hommes, ce qui offrira quelques possibilités de voyeurisme à la lueur de la bougie, car B remplit assurément bien une tenue d'alpiniste de même qu'un sac de couchage. Pendant la nuit, ils assureront des quarts, chacun à leur tour. Au matin, ils tireront au sort pour arriver à une décision finale.

Tout se passe bien durant les quarts de X, de Y et de Z. Puis arrive le tour de B. Elle déclare éprouver un sentiment troublant, avoir l'intuition que tout ne se déroulera pas pour le mieux, mais comme elle a l'habitude de dire ça, personne ne lui prête attention. Fraîchement réveillée par Z, qui l'a observée avec une pulsion libidineuse pendant qu'elle s'étirait et sortait de son sac de couchage, puis qu'elle se tortillait pour enfiler sa tenue matelassée, elle s'installe dans la tente avec l'être gelé. Le tremblotement de la bougie la plonge dans la somnolence ; elle se surprend à se demander à quoi ressemblerait l'homme vert dans une situation romantique – il a des sourcils attirants, malgré sa maigreur. Elle s'endort.

La créature enchâssée dans la glace se met à luire, doucement d'abord, puis plus vivement. L'eau s'écoule en silence sur le sol de la tente. À présent, la glace a fondu. La créature s'assied, puis se lève. Sans un bruit, elle approche de la jeune femme endormie. Les cheveux verts sur sa tête s'agitent, boucle par boucle, puis s'allongent, tentacule – c'est évident maintenant – par tentacule. L'un d'entre eux s'enroule autour de la gorge de la jeune femme, un autre autour de ses amples charmes, un troisième la bâillonne. Elle se réveille comme d'un cauchemar, mais ce n'est pas un cauchemar : le visage de l'extra-terrestre est tout proche du sien, ses tentacules glacés l'enserrent en une implacable étreinte ; il la contemple avec un désir sans précédent, avec un désir absolument flagrant. Aucun mortel ne l'a jamais regardée avec une telle intensité. Elle bataille un bref instant, puis cède à son étreinte.

Non qu'elle ait beaucoup le choix.

La bouche verte s'ouvre, révèle des crocs. Ils approchent de son cou. Il l'aime tant qu'il va l'assimiler – en faire une part de lui à tout jamais. Elle et lui ne feront plus qu'un. Elle comprend cela sans qu'il soit besoin de mots, car, entre autres choses, ce monsieur a le don de communiquer par télépathie. Oui, soupire-t-elle.

Il se roule une autre cigarette. Va-t-il laisser B se faire manger et boire de cette manière ? Ou les chiens de traîneau vont-ils prendre conscience de l'épreuve qu'elle endure, rompre leurs longes, déchirer la toile et mettre ce gars en pièces, tentacule par tentacule ? L'un des autres – il a une préférence pour le calme savant anglais – va-t-il venir à sa rescousse ? Une bagarre va-t-elle s'ensuivre ? Ce serait peut-être bien. *Idiot ! J'aurais pu t'apprendre tout !* criera par télépathie l'extra-terrestre à Y, juste avant de mourir. Son sang sera d'une couleur pas humaine. L'orange serait bien.

Ou peut-être le type vert échangera-t-il des fluides intraveineux avec B qui deviendra comme lui – version verdâtre, améliorée, d'elle-même. Du coup, ils seront deux et réduiront les autres en charpie, décapiteront les chiens et se lanceront à la conquête du monde. Il faudra détruire les riches cités tyranniques, libérer les pauvres vertueux. *Nous sommes le fléau de Dieu*, proclameront-ils. Ils seront dès lors en possession du rayon mortel, réalisé grâce au savoir de l'homme de l'espace associé à quelques clés à écrous et charnières volées dans une quincaillerie proche, donc qui discutera ?

Ou sinon l'extra-terrestre ne boit pas du tout le sang de B – il s'injecte personnellement en elle ! Son corps à lui se ratatine comme du raisin, sa peau sèche et fripée se transforme en brume si bien qu'au matin il ne restera plus la moindre trace de lui. Les trois hommes tomberont sur B qui se frottera les yeux d'un air endormi. *Je ne sais pas ce qu'il s'est passé*, dira-t-elle et, comme c'est toujours le cas, ils la croiront. *Peut-être qu'on a tous eu des hallucinations*, diront-ils. *C'est le Nord, l'aurore boréale – ça plonge les cerveaux des hommes dans la confusion. Le froid est tel que ça épaissit le sang.* Ils ne remarqueront pas la lueur verte extra-terrestre et hyperintelligente dans les yeux de B qui, de toute façon, étaient verts au départ. Mais les chiens s'en apercevront, eux. Ils sentiront le changement. Ils gronderont, les oreilles rejetées en arrière, ils hurleront plaintivement, ils ne seront plus amis avec elle. *Qu'est-ce qui leur arrive, à ces chiens ?*

Ça pourrait partir dans tant de directions différentes.

La lutte, la bagarre, le sauvetage. La mort de l'extra-terrestre. Des vêtements seront déchirés dans l'aventure. Il y en a toujours.

Pourquoi pond-il ces bêtises ? Parce qu'il en a besoin – sinon il serait fauché comme les blés, et chercher un autre emploi à ce stade l'obligerait à s'exposer au grand jour plus qu'il ne serait prudent. Et puis parce qu'il le peut. Il a des facilités pour ça. Ce n'est pas le cas de tout le monde : beaucoup ont essayé, beaucoup ont échoué. Il avait de plus grandes ambitions autrefois, de plus sérieuses. Écrire la vie d'un homme telle qu'elle est réellement. Se mettre au niveau du sol, au niveau des salaires de misère, du pain, de la graisse de rôti, des putes à tête de salope qui monnayent leurs charmes pour des picaillons, des coups de pied dans la gueule et dégueulis dans le caniveau. Exposer les rouages du système, de la machine, la manière dont il vous maintient en vie aussi longtemps qu'il vous reste un peu de jus, comment il vous use, vous transforme en simple rouage ou en ivrogne, vous écrase la figure dans la boue d'une façon ou d'une autre.

Pourtant, le travailleur moyen ne lirait pas ce genre de chose – le travailleur que les camarades considèrent comme quelqu'un d'une nature si noble. Ce qu'ils veulent, ces gars-là, c'est ce qu'il torche, lui. Bon marché, on en a pour son argent, une action qui file à toute berzingue avec des tas de nénés et du cul. Non qu'on puisse imprimer les mots *nénés* et *cul* : les histoires à trois sous sont étonnamment pudibondes. Seins et derrière, elles ne vont pas plus loin. Sang, balles, tripes, hurlements et tortillements mais pas de nudité totale placardée. Pas de mots. Ou peut-être ne s'agit-il pas de pudibonderie, peut-être ne veulent-ils pas être obligés de fermer boutique ?

Il allume une cigarette, fait les cent pas, regarde par la fenêtre. Le mâchefer assombrit la neige. Un tramway passe avec des grincements. Il se détourne, fait les cent pas, nid de mots dans sa tête.

Il consulte sa montre : elle est en retard encore une fois. Elle ne viendra pas.

VII

La malle de voyage

La seule façon d'écrire la vérité, c'est de présumer que ce qu'on couche sur papier ne sera jamais lu. Ni par quelqu'un d'autre ni par soi-même plus tard. Sinon, on se met à se justifier. Il faut voir le texte émerger comme un long rouleau d'encre de l'index de sa main droite ; il faut voir sa main gauche l'effacer.

Impossible, bien entendu.

Je dévide ma ligne, je dévide ma ligne, ce fil noir que je tisse à travers la page.

Hier, un paquet est arrivé pour moi : une nouvelle édition du *Tueur aveugle*. Cet exemplaire est une pure courtoisie : il ne rapportera pas un sou, en tout cas pas à moi. Le livre est maintenant tombé dans le domaine public et n'importe qui peut le publier, si bien que les ayants droit de Laura ne verront pas la couleur des droits. C'est ce qui arrive un certain nombre d'années après la mort de l'auteur : on perd le contrôle. Le bouquin est lâché dans le monde et se reproduit sous Dieu sait combien de formes, sans qu'il soit besoin de ma permission.

Artemise Press, s'appelle cette maison d'édition ; c'est anglais. Je pense que ce sont eux qui voulaient que je leur écrive une introduction, ce que j'ai refusé, bien entendu. Sans doute dirigée par un groupe de femmes, avec un nom pareil. Je me demande quelle Artémise ils ont en tête – la générale perse d'Hérodote qui tourna casaque quand la bataille vira à son désavantage ou la matrone romaine qui ingurgita les cendres de son époux mort de façon que son corps devienne son sépulcre vivant ? Sans doute la peintre violée de la Renaissance : c'est la seule dont on se souvienne à l'heure actuelle.

Le livre se trouve sur ma table de cuisine. *Chefs-d'œuvre oubliés du vingtième siècle*, est-il écrit en italique sous le titre. Laura était une « moderniste », nous précise-t-on sur le rabat. Elle a été « influencée » par des gens tels que Djuna Barnes, Elizabeth Smart, Carson McCullers – auteurs, je suis bien placée pour le savoir, que Laura n'a jamais lus. Le dessin de couverture n'est cependant pas trop vilain. Nuances de pourpre brunâtre délavé, un côté photographique : une femme en combinaison, derrière une fenêtre, vue à travers un voilage, le visage dans l'ombre. Derrière elle, un bout d'homme – le bras, la main, la nuque. Assez bien choisi, j'imagine.

J'ai décidé qu'il était temps que j'appelle mon homme de loi. Enfin, pas mon vrai homme de loi. Celui que je considérais autrefois comme mon homme de loi, celui qui s'est occupé de mes affaires avec Richard, qui a bataillé avec tant d'héroïsme contre Winifred, bien qu'en vain – celui-là est mort il y a plusieurs décennies. Depuis, on m'a fait passer de main en main au sein du cabinet, comme une théière en argent richement décorée qu'on refile en cadeau de mariage à chaque nouvelle génération, et dont personne ne se sert jamais.

« M. Sykes, je vous prie », ai-je demandé à la fille qui m'a répondu.

Une réceptionniste ou une autre, je suppose. J'ai imaginé ses ongles, longs, bordeaux et pointus. Mais peut-être n'est-ce pas le style d'ongles d'une réceptionniste de nos jours. Peut-être sont-ils bleu glacier ?

« Je suis désolée, M. Sykes est en réunion. Qui le demande ? »

Ils pourraient aussi bien utiliser des robots.

« Mme Iris Griffen, ai-je répondu de ma voix la plus coupante. Je suis l'une de ses plus vieilles clientes. »

Cette précision n'eut pas l'air d'ouvrir la moindre porte. M. Sykes était toujours en réunion. On dirait que c'est un garçon occupé. Mais pourquoi est-ce que je pense à lui comme à un garçon ? Il doit avoir cinquante-cinq ans – il est peut-être né l'année où Laura est morte. Est-elle vraiment morte depuis si longtemps, le temps qu'il faut pour faire et fabriquer un homme de loi ? Encore un de ces trucs qui doivent être vrais parce que tout le monde admet qu'ils le sont, même si je n'en ai pas l'impression.

« Puis-je dire à M. Sykes de quoi il s'agit ? m'a demandé la réceptionniste.

– De mon testament. J'envisage d'en faire un. Il m'a souvent dit que je devrais le faire. (Un mensonge, mais je voulais graver dans son cerveau facilement distrait le fait que M. Sykes et moi étions à pot et à rôt.) Ça et d'autres questions. Il faudrait que j'aille prochainement à Toronto pour le consulter. Peut-être pourrait-il me donner un coup de fil quand il aura une minute ? »

J'ai imaginé M. Sykes en train de recevoir ce message ; j'ai imaginé le minuscule frisson qui lui courrait sur la nuque tandis qu'il essaierait de situer mon nom, puis qu'il y parviendrait. Il allait être aux cent coups. C'est ce qu'on ressent – même moi je le ressens – quand, dans le journal, on tombe sur une de ces brèves concernant des gens autrefois célèbres, séduisants ou connus qu'on croyait morts depuis longtemps. Pourtant, il semble qu'ils continuent à vivre, de manière ratatinée, obscure, recouverts par les années, comme autant de scarabées sous une pierre.

« Bien sûr, madame Griffen, m'a répondu la réceptionniste. Je veillerai à ce qu'il vous rappelle. »

Elles doivent prendre des cours – des cours d'élocution – pour maîtriser ce mélange parfait de considération et de mépris. Pourquoi est-ce que je me plains ? C'est un art que j'avais fini par maîtriser autrefois, moi aussi.

J'ai reposé le téléphone. Il est certain qu'il y aura des haussements de sourcils parmi M. Sykes et ses jeunes copains grassouillets aux cheveux clairsemés et amateurs de Mercedes : *Qu'est-ce que la vieille bique peut donc avoir à laisser ?*

Qui, précisons-le, vaille la peine d'être mentionné ?

Dans un coin de ma cuisine, il y a une malle de voyage couverte d'étiquettes en lambeaux. Elle fait partie de l'ensemble des bagages de mon trousseau – en vachette jaune clair autrefois, désormais défraîchi, fixations en acier abîmées et crasseuses. Je la garde fermée, la clé tout au fond du bocal étanche renfermant les flocons de son. Boîtes à thé et à café se remarquaient trop.

Je bataillai avec le couvercle du bocal – il faudra que je songe à une meilleure cachette, plus facile –, finis par l'ouvrir et en sortis la clé. Je m'agenouillai avec un peu de mal, tournai la clé dans la serrure, soulevai le couvercle.

Cela faisait un moment que je n'avais pas ouvert cette malle. L'odeur de brûlé des vieux papiers évocatrice des feuilles d'automne monta jusqu'à mes narines. Il y avait tous les cahiers avec leur couverture en carton bon marché, pareille à de la sciure pressée. Ainsi que le texte dactylographié, retenu par un enchevêtrement de vieille ficelle de cuisine. Et les lettres aux éditeurs – les miennes, bien sûr, pas celles de Laura, elle était déjà morte – et les épreuves corrigées. Et les lettres d'injures, jusqu'au jour où j'ai cessé de les garder.

Et aussi cinq exemplaires de la première édition avec leur jaquette encore comme neuve – voyante, mais les jaquettes étaient comme ça à l'époque, dans les années immédiatement après guerre. Les couleurs, un orange gueulard, un pourpre terne, un vert citron, sont imprimées sur papier pelure avec un dessin affreux – genre fausse Cléopâtre avec de gros seins verts, des yeux bordés de khôl, des colliers pourpre du menton au nombril et une énorme bouche orange faisant la moue et s'élevant à la manière d'un génie d'entre le tortillon de fumée émise par une cigarette pourpre. L'acide poinçonne les pages, la couverture agressive se décolore comme les plumes d'un oiseau tropical empaillé.

(J'avais reçu six exemplaires gratuits – les exemplaires d'hommage, comme on disait –, et j'en avais donné un à Richard. Je ne sais pas où il est passé. J'imagine qu'il l'a déchiré, geste qu'il faisait toujours avec les documents dont il ne voulait pas. Non – ça me revient à présent. On l'a retrouvé sur le bateau avec lui, sur la table de cuisine, à côté de sa tête. Winifred me l'a renvoyé avec un mot : *Tiens, regarde ce que tu as fait!* Je l'ai jeté. Je ne voulais rien avoir à côté de moi qui ait jamais touché Richard.)

Je me demande souvent quoi faire de tout ça – cette cachette de vieux trucs, ces mini-archives. Je ne peux me résoudre à les vendre, mais je ne peux pas davantage me résoudre à les jeter. Si je ne fais rien, le choix reviendra à Myra qui rangera derrière moi. Une fois passés les premiers moments de choc – à supposer qu'elle commence à lire –, il y aura assurément du nettoyage par le vide. Puis une allumette embrasée et personne n'en sera plus avancé. Dans le temps, les problèmes ne sortaient pas de la famille, ce qui est encore le meilleur endroit pour ça, même s'il n'existe pas de lieu idéal pour les problèmes. Pourquoi se remettre à tout remuer après tant d'années alors que tous les gens concernés sont sagement couchés, comme des enfants fatigués, dans leurs tombes?

Peut-être devrais-je léguer cette malle et son contenu à une université ou à une bibliothèque? Au moins, là-dedans, ce serait apprécié, d'une manière macabre. Il y a des tas de chercheurs qui aimeraient mettre le grappin sur tous ces vieux papiers. Du *matériel*, pour reprendre leur formule – façon de dire butin. Ils doivent voir en moi un vieux dragon dépassé accroupi sur un trésor mal acquis – une sorte d'empêcheuse de tourner en rond décharnée, de gardienne desséchée, sévère, de responsable des clés à la bouche pincée surveillant le cachot où Laura est enchaînée à un mur.

Des années durant, ils m'ont bombardée de lettres parce qu'ils voulaient le courrier personnel de Laura – ils voulaient des manuscrits, des souvenirs, des interviews, des anecdotes, tous les détails macabres. À ces missives importunes, j'avais l'habitude de composer des réponses laconiquement formulées :

« Chère mademoiselle W.,
À mon avis, votre projet de " cérémonie commémorative " sur le pont où Laura Chase a trouvé une mort tragique est d'un mauvais goût achevé et morbide. Vous perdez sûrement la tête. Je crois que vous souffrez d'auto-intoxication. Vous devriez essayer les lavements. »

« Chère madame X.,
J'ai bien reçu votre lettre concernant la thèse que vous vous propo-sez d'écrire, mais je ne peux pas dire que son titre me paraisse reflé-ter une grande logique. Il en a sans aucun doute pour vous, sinon vous ne l'auriez pas trouvé. Je ne peux vous apporter aucune aide. Par ailleurs, vous n'en méritez aucune. " Déconstruction " implique le boulet de démolition et " problématisation " est un barbarisme. »

« Cher docteur Y.,
Concernant votre étude sur les implications théologiques du *Tueur aveugle* : les croyances religieuses de ma sœur étaient profondes mais on ne pouvait guère dire qu'elles étaient conformistes. Elle n'aimait pas Dieu, elle n'appréciait pas Dieu ni ne prétendait Le comprendre. Elle disait qu'elle adorait Dieu et, comme pour les êtres humains, c'était autre chose. Non, elle n'était pas bouddhiste. Ne soyez pas stupide. Je vous suggérerais d'apprendre à lire. »

« Cher professeur Z.,
Je note que vous pensez qu'il y a longtemps qu'on aurait dû écrire une biographie de Laura Chase. Il se peut, comme vous le dites, qu'elle compte " parmi les écrivains femmes les plus importantes de la moitié de ce siècle ", je serais bien incapable de le savoir. Mais ma coopération dans ce que vous appelez votre " projet " est hors de question. Je n'ai aucune envie de satisfaire votre appétit de flacons renfermant du sang séché de saints et leurs doigts coupés.
Laura Chase n'est pas votre " projet ". C'était ma sœur. Elle n'aurait pas souhaité qu'on la pelote après sa mort, quel que soit l'euphémisme que l'on pourrait utiliser pour définir ce pelotage. Les choses écrites peuvent causer beaucoup de mal. Trop souvent, les gens n'y réfléchissent pas. »

« Chère mademoiselle W.,

C'est votre quatrième lettre sur le sujet. Laissez-moi tranquille. Vous êtes soûlante. »

Des décennies durant, ces gribouillages venimeux m'ont procuré un plaisir mauvais. J'adorais lécher les timbres, puis lâcher les lettres comme autant de grenades dans la boîte d'un rouge brillant en ayant le sentiment de régler son compte à un fouineur acharné, avide. Mais ces derniers temps j'ai cessé de répondre. Pourquoi harceler des inconnus ? Ils se soucient comme de colin-tampon de ce que je peux penser d'eux. Pour eux, je ne suis qu'un appendice : la main supplémentaire, bizarre, de Laura, qui ne se rattache à aucun corps – la main qui l'a transmise au monde, à eux. Ils voient en moi un dépositaire – un mausolée vivant, un *outil*, comme ils disent. Pourquoi devrais-je leur rendre service ? En ce qui me concerne, ce sont des charognards – des hyènes, tous autant qu'ils sont ; des chacals sur les traces d'une charogne, des corbeaux en quête d'une proie ; des mouches à merde. Ils veulent farfouiller en moi comme si j'étais un tas d'ossements, comme s'ils cherchaient de la ferraille, des poteries brisées, des tessons portant une écriture cunéiforme, des bouts de papyrus, des objets rares, des jouets perdus, des dents en or. Si jamais ils se doutaient de ce que j'ai planqué ici, ils forceraient les serrures à la pince-monseigneur, ils les fractureraient et entreraient, ils m'assommeraient d'un bon coup sur la tête et se sauveraient avec le butin, persuadés d'être tout à fait dans leur droit.

Non. Pas une université, alors. Pourquoi leur donner ce plaisir ?

Peut-être ma malle de voyage devrait-elle aller à Sabrina, malgré sa décision de demeurer injoignable, malgré – c'est là que ça se gâte – l'indifférence qu'elle persiste à me manifester ? Cependant, la voix du sang est la plus forte, comme le savent tous ceux d'entre nous qui ont prêté l'oreille à diverses voix. Ces choses lui reviennent de droit. On pourrait même dire que c'est son héritage : elle est, après tout, ma petite-fille. Elle est aussi la petite-nièce de Laura. Elle voudra sûrement en savoir plus sur ses origines, quand elle en aura le temps.

Mais il est certain que Sabrina refuserait pareil cadeau. Elle est adulte à présent, je ne cesse de me le répéter. Si elle a quoi que ce soit à me demander, quoi que ce soit à me dire, elle me le fera savoir.

Et si elle ne le fait pas ? Qu'est-ce qui peut la retenir si longtemps ? Son silence est-il une manière de venger quelqu'un ou quelque chose ? Pas Richard, sûrement. Elle ne l'a jamais connu. Pas Winifred qu'elle a fuie. Sa mère alors – la pauvre Aimée.

324

Jusqu'à quel point peut-elle se souvenir? Elle n'avait que quatre ans.

Ce n'était pas de ma faute, la mort d'Aimée.

Où est Sabrina aujourd'hui, et que cherche-t-elle? Je l'imagine sous les traits d'une jeune fille plutôt maigre, au sourire hésitant, un peu ascétique; ravissante pourtant avec ses yeux bleus et graves, pareils à ceux de Laura, ses longs cheveux noirs enroulés comme des serpents endormis autour de sa tête. Cela étant, elle ne portera pas de voile; elle aura des sandales pratiques, ou même des bottes, aux semelles usées. Ou affectionne-t-elle le sari? Les filles dans son style font ça.

Elle accomplit une mission – elle nourrit les pauvres du tiers-monde, apaise les mourants; expie les péchés pour nous autres. Tâche stérile – nos péchés représentent un gouffre sans fond, et il y en a beaucoup plus d'où ils viennent. Mais ça, c'est Dieu qui veut ça, affirmerait-elle sans aucun doute – la stérilité. Il a toujours aimé ce qui était inutile. Il trouve que c'est noble.

De ce point de vue-là, elle ressemble à Laura : la même tendance à l'absolutisme, le même refus du compromis, le même mépris pour les défauts les plus grossiers de l'être humain. Pour s'en tirer à bon compte avec ce genre de comportement, il faut être beau. Sinon, les gens considèrent que c'est de la pure mauvaise humeur.

La Géhenne

Le temps reste étonnamment chaud pour la saison. Doux, clément, sec et radieux ; même le soleil, si pâle et si fragile à cette époque de l'année, est plein et tendre, les couchers de soleil somptueux. Les énergiques et souriants présentateurs de la chaîne météo affirment que c'est dû aux cendres, aux poussières d'une lointaine catastrophe – un tremblement de terre, un volcan ? Quelque désastre naturel nouveau, meurtrier, le fait de Dieu. *À quelque chose malheur est bon* est leur devise. Mais il n'est rien de bon sans malheur.

Hier, Walter m'a emmenée à Toronto pour le rendez-vous avec l'homme de loi. C'est un endroit où il ne va jamais s'il peut faire autrement, mais Myra l'a poussé à m'y accompagner. C'était après que j'avais dit que je prendrais le car. Myra n'a pas voulu en entendre parler. Comme chacun sait, il n'y a qu'un autocar et il démarre à la nuit et revient à la nuit. Elle a déclaré que, lorsque je descendrais dans l'obscurité, les automobilistes ne me verraient jamais et que je me ferais écraser comme une punaise. De toute façon, il ne faut pas que j'aille à Toronto toute seule puisque, comme chacun le sait aussi, il n'y a que des escrocs et des voyous là-bas. Walter, m'a-t-elle dit, s'occuperait de moi.

Pour le voyage, Walter portait une casquette de base-ball rouge ; entre le bas de cette dernière et le haut du col de sa veste, son cou hérissé de poils durs saillait comme un biceps. Il avait les paupières plissées à la manière d'un genou.

« Moi, j'aurais plutôt pris la camionnette, dit-il, l'a une carrosserie pas piquée des hannetons, ça oblige les gars à réfléchir avant de m'emboutir. Le seul truc, c'est qu'elle a des ressorts qui manquent, alors, du coup, c'est pas si confortable. »

D'après lui, les conducteurs de Toronto étaient tous marteaux.

« Ben, faut être marteau pour aller là-bas, non ? me demanda-t-il.

– Nous, on y va bien, lui fis-je remarquer.

– Mais juste une fois. Comme on disait aux filles, une fois, ça compte pas.

– Et elles te croyaient, Walter ? lui lançai-je, histoire de le faire marcher comme il aimait.

– Bien sûr. Bêtes comme leurs pieds. Surtout les blondes. »

Je le sentais sourire.

Une carrosserie pas piquée des hannetons. C'est ce qu'on disait des femmes. C'était censé être un compliment à l'époque.

Dès qu'il m'eut fait monter dans la voiture et attachée, Walter alluma la radio : violons électriques geignards, histoire d'amour tordue, rythme à quatre temps des peines de cœur. Souffrance banale, mais souffrance tout de même. Le monde des divertissements. Quels voyeurs nous sommes tous devenus. Je me laissai aller contre le coussin fourni par Myra. (Elle nous avait ravitaillés comme pour une traversée de l'Atlantique – elle nous avait préparé un plaid, des sandwiches au thon, des brownies, une Thermos de café.) De l'autre côté de la fenêtre, la Jogues suivait son cours paresseux. Nous la franchîmes, tournâmes en direction du nord et traversâmes des rues où les anciens cottages des ouvriers sont désormais des « premiers achats immobiliers », puis nous passâmes devant quelques petits commerces : une casse, un magasin de produits diététiques en train de faire faillite, une boutique de chaussures orthopédiques avec un pied en néon vert qui s'allumait et s'éteignait comme s'il faisait du sur-place. Puis un mini-centre commercial, cinq magasins, dont un seulement avait réussi à installer des guirlandes de Noël. Puis le salon de coiffure de Myra, le Centre de soins capillaires. Il y avait en devanture la photo de quelqu'un aux cheveux ultracourts, homme ou femme, je fus incapable de me prononcer.

Puis un motel qui s'appelait autrefois *Journeys End*. J'imagine qu'ils pensaient à la citation « *Journeys end in lovers meeting* » – Les voyages se terminent sur les retrouvailles des amants –, mais il est difficile d'imaginer que tout le monde saisisse la référence et peut-être certains auraient-ils interprété ce début de phrase de manière trop sinistre : les voyages se terminent, c'est une construction toute en entrées mais sans sorties qui pue les anévrismes et les thromboses sans oublier ni les flacons de somnifères vides ni les blessures de pistolet à la tête. À présent, ça s'appelle juste *Journeys*, « Voyages ». Que c'est sage d'avoir changé. C'est beaucoup moins définitif, beaucoup moins irrémédiable. Il vaut tellement mieux voyager qu'arriver.

Nous passâmes encore quelques magasins franchisés – poulets souriants offrant sur un plateau telle ou telle partie de leur anatomie en friture, Mexicain hilare brandissant des tacos. Le château d'eau de la ville se profila au-dessus de nos têtes, énorme sphère de ciment ponctuant le paysage rural telle une bulle vide de paroles dans une bande dessinée. Puis ce fut la pleine campagne. Un silo métallique émergeait d'un champ comme un kiosque ; au bord de la route, trois corbeaux flanquaient des coups de bec dans un tas de poils qui était en fait un bout de marmotte d'Amérique déchiquetée. Clôtures, nouveaux silos, groupe de vaches mouillées ; bosquet de cèdres sombres, puis parcelle de marécage ; joncs de l'été passé déjà mal en point et en train de se déplumer.

Il commença à bruiner. Walter mit les essuie-glaces en marche. Bercée par leur rythme apaisant, je m'endormis.

Quand je m'éveillai, ma première pensée fut : Est-ce que j'ai ronflé ? Si c'est le cas, avais-je la bouche ouverte ? Que c'est disgracieux et de fait humiliant. Mais je ne pus me résoudre à poser la question. Si vous voulez savoir, la vanité n'a jamais de fin.

Nous étions sur l'autoroute à huit voies proche de Toronto. D'après Walter ; moi, je n'y voyais pas, parce que nous étions coincés derrière un camion de ferme bringuebalant que déséquilibrait une cargaison de caisses d'oies blanches assurément en route pour le marché. Leurs longs cous condamnés et leurs têtes désespérées pointaient çà et là à travers les interstices, et leurs becs s'ouvraient et se refermaient tandis qu'elles marmonnaient leurs cris tragiques et grotesques étouffés par le vacarme des roues. Des plumes se collèrent sur notre pare-brise, une odeur de caca d'oie mêlée de vapeurs d'essence envahit notre voiture.

Le camion arborait une affichette qui disait : « Si vous êtes suffisamment près pour lire ces mots vous êtes trop près. » Quand il finit par bifurquer, Toronto s'étendait devant nous, artificielle montagne de verre et de ciment s'élevant sur la plaine du bord du lac, débauche de verres, de flèches, de dalles gigantesques et étincelantes et d'obélisques aux angles marqués se détachant sur une brume brun orangé. On aurait dit quelque chose que je n'avais jamais vu – quelque chose qui aurait surgi de terre en l'espace d'une nuit, ou qui n'aurait pas vraiment eu de réalité, un mirage en quelque sorte.

Un nuage de copeaux noirs nous enveloppa, comme s'il y avait devant nous un monticule de papiers en train de se consumer. La colère se répercutait dans l'atmosphère, pareille à une onde de chaleur. L'idée d'une fusillade en voiture me traversa l'esprit.

Le cabinet de l'homme de loi était situé à côté du croisement de King et de Bay. Walter se perdit, puis ne parvint pas à trouver un parking. Il nous fallut remonter à pied cinq groupes d'immeubles, Walter me manœuvrant par le coude. Je n'avais pas idée de l'endroit où nous étions, parce que tout change tellement vite. Chaque fois que je vais là-bas, ce qui n'est pas fréquent, ça a changé et l'effet cumulateur est dévastateur – comme si la cité avait été aplatie par un bombardement, puis rebâtie de zéro.

Le centre-ville dont je me souviens – terne, calviniste, avec des hommes blancs en pardessus noirs marchant au pas sur les trottoirs où apparaît à l'occasion une femme en hauts talons, gants et chapeau de rigueur, pochette serrée sous le bras, garde-à-vous, fixe – a tout simplement disparu, mais ce depuis un moment. Toronto n'est plus une cité protestante, c'est une cité médiévale : les foules qui emboutaillent les rues présentent des nuances multiples, des tenues de couleurs vives. Éventaires à hot-dogs avec parasols jaunes, vendeurs de bretzels, colporteurs de boucles d'oreilles, de sacs tissés, de ceintures en cuir, mendiants brandissant des pancartes « Au chômage » écrites au crayon de couleur : ils se sont partagé le territoire. Je passai devant un joueur de flûte, un trio équipé de guitares électriques, un homme en kilt avec une cornemuse. Je m'attendais à voir surgir à tout moment des jongleurs ou des cracheurs de feu, des lépreux en procession avec capuchon et clochettes en métal. C'était un tintamarre ; une pellicule irisée collait à mes lunettes comme de l'essence.

Nous finîmes par atteindre le bureau de l'homme de loi. Quand j'avais consulté ce cabinet pour la première fois, dans les années 1940, il était situé dans un immeuble de bureaux de style Manchester, en brique noire de suie avec une entrée en mosaïque, des lions en pierre et des lettres d'or sur les portes en bois agrémentées d'incrustations en cristal de roche. L'ascenseur était un modèle avec treillis de barres métalliques à l'intérieur même de la cabine ; quand on montait dedans, on avait l'impression un court instant d'entrer en prison. Une femme en uniforme bleu marine et gants blancs le manœuvrait en égrenant les numéros des étages qui allaient jusqu'à dix seulement.

À l'heure actuelle, le cabinet se trouve dans une tour vitrée, dans une série de bureaux situés au cinquantième étage. Walter et moi empruntâmes l'ascenseur étincelant avec son intérieur en faux marbre sur plastique, son odeur d'habitacle d'automobile et son flot de passagers en costume et tailleur, hommes et femmes, tous dotés du regard fuyant et du visage vide d'expression des domestiques à vie. Des gens qui ne voient que ce qu'ils sont payés pour voir. Le cabinet juridique lui-même avait une réception qui aurait pu être celle d'un hôtel cinq étoiles : bouquet de fleurs d'une densité et d'une ostentation dignes du dix-huitième siècle, épaisse moquette couleur champignon, tableau abstrait composé de coûteuses coulures.

L'homme de loi arriva, me serra la main, murmura, fit un geste : il fallait que je l'accompagne. Walter déclara qu'il m'attendrait là où il était. Il ouvrit des yeux inquiets devant la jeune réceptionniste raffinée avec son tailleur noir, son foulard mauve et ses ongles nacrés ; elle ouvrit des yeux inquiets, non devant lui, mais devant sa chemise à carreaux et ses gigantesques bottes aux semelles de caoutchouc qui ressemblaient à des gousses. Puis il s'assit sur le canapé à deux fessiers où il s'enfonça immédiatement comme dans un tas de guimauve ; les genoux pliés façon couteau suisse, le pantalon remonté, il exhibait ses grosses chaussettes rouges de bûcheron. Devant lui, sur une petite table à la surface lisse, il y avait toute une gamme de revues d'entreprise le conseillant sur la manière de maximiser ses investissements en dollars. Il s'empara d'un exemplaire sur les fonds communs de placement : dans sa grande paluche, on aurait cru un Kleenex. Quant à ses yeux, ils roulaient dans son visage comme ceux d'un bouvillon embarqué dans un rodéo.

« Je vais faire vite », lui dis-je pour l'apaiser.

En fait, je m'attardai plus longtemps que je ne l'aurais pensé. Il faut dire qu'ils vous facturent à la minute, ces hommes de loi, exactement comme les putes de bas étage. Tout du long, je ne cessai d'imaginer qu'on allait frapper à la porte et qu'une voix irritée allait nous crier : *Hé, là-dedans.! Qu'est-ce que t'attends ? Lève-la, bourre-la et barre-toi !*

Quand j'en eus terminé avec l'homme de loi, nous revînmes à la voiture et Walter déclara qu'il allait m'emmener déjeuner. Il connaissait un endroit, dit-il. Je suppose que c'est Myra qui l'avait poussé à prendre ce genre d'initiative : *Pour l'amour de Dieu, veille à ce qu'elle mange quelque chose, à cet âge, ils mangent comme des oiseaux, ils ne se rendent même pas compte quand ils ne peuvent plus arquer, elle serait capable de mourir d'inanition dans la voiture.* Et puis il se peut qu'il ait eu faim : pendant que je dormais, il avait dévoré tous les sandwiches soigneusement emballés de Myra et les brownies en prime.

L'endroit qu'il connaissait s'appelait La Géhenne, me dit-il. C'est là qu'il avait mangé la dernière fois, il y avait peut-être deux ou trois ans, et c'était pas mauvais, si on y réfléchissait. Si on réfléchissait à quoi ? Si on réfléchissait au fait que c'était à Toronto. Il avait pris le double cheese-burger avec tous les accompagnements. Ils faisaient des côtelettes grillées, étaient spécialisés dans les grillades en général.

Moi aussi, je me souvenais de ce petit restaurant, il y avait de cela plus de dix ans – à l'époque où je gardais encore un œil sur Sabrina, après sa première fugue. J'avais l'habitude de traîner autour de son établissement scolaire, de m'asseoir sur des bancs du jardin public, dans des endroits où je risquais de la harponner – non, où elle aurait éventuellement pu me reconnaître, même s'il y avait peu de chances pour cela. Tel un exhibitionniste pathétique, obsédé, je me cachais derrière un journal déplié, remplie moi aussi d'un amour sans espoir pour une jeune fille qui m'aurait sûrement fuie comme un troll.

Je voulais simplement faire savoir à Sabrina que j'étais là; que j'existais, que je n'étais pas ce qu'on lui avait dit. Que je pouvais représenter un refuge pour elle. Je savais qu'il lui en faudrait un, qu'elle en avait déjà eu besoin, parce que je connaissais Winifred. Il ne se passa cependant jamais rien. Elle ne me repéra jamais, je ne me dévoilais jamais. Quand il s'agissait d'en venir à l'essentiel, je me montrais trop lâche.

Un jour, je la suivis jusqu'à La Géhenne. C'était apparemment un endroit où les filles – les filles de cet âge, de cet établissement scolaire – traînaient à l'heure du déjeuner ou quand elles séchaient les cours. L'enseigne à la porte était rouge, les chambranles des fenêtres décorés de festons en plastique jaune censé incarner les flammes. L'audace miltonienne du nom m'inquiéta : savaient-ils vraiment ce qu'il invoquait ?

> Le Tout-puissant...
> Le jeta, flamboyant, la tête en bas, du firmament éthéré,
> Ruine hideuse et brûlante.
> ... Un déluge de feu,
> Nourri d'un soufre qui brûle sans se consumer [1].

Non. Ils ne le savaient pas. La Géhenne ne représentait l'enfer que pour la chair.

Il y avait à l'intérieur des lampes à suspension avec des abat-jour en verre coloré et, dans des pots en terre, des plantes fibreuses, mouchetées – une ambiance des années 1960. Je m'installai dans le box

---

1. John Milton, *Le Paradis perdu*, Aubier, collection bilingue, traduction de Pierre Messiaen, Paris, 1971.

voisin de celui où Sabrina était assise avec deux camarades de classe. Toutes trois portaient le même uniforme peu féminin et informe, ces kilts aux allures de plaid avec cravates assorties que Winifred avait toujours trouvés tellement prestigieux. Les trois jeunes filles avaient fait de leur mieux pour gâcher l'effet – chaussettes tombantes, chemises en partie sorties, cravates de travers. Elles mâchaient du chewing-gum comme s'il s'agissait d'un devoir religieux et discutaient sur ce mode bruyant et ennuyé que, de tout temps, les jeunes filles de cet âge semblent avoir maîtrisé.

Toutes les trois étaient belles, à la façon dont les filles de cet âge le sont. Elle est naturelle, cette sorte de beauté, et impossible à préserver ; c'est une fraîcheur, une rondeur des cellules, imméritée et éphémère, que rien ne peut imiter. Cependant, pas une d'entre elles n'en était satisfaite ; elles essayaient déjà de se modifier, de s'améliorer, de se dénaturer et de se diminuer, de se fourrer dans quelque moule imaginaire, impossible, en épilant et en crayonnant leur visage. Je ne les en blâmais pas, ayant agi de la même façon moi-même.

Assise là, j'observais Sabrina par-dessous le rebord de mon chapeau de paille mou et écoutais avec indiscrétion le bavardage futile derrière lequel elles se camouflaient. Pas une seule ne disait ce qu'elle pensait vraiment, pas une seule ne faisait confiance aux deux autres – avec raison, car la traîtrise ordinaire est monnaie courante à cet âge. Les deux autres étaient blondes ; seule Sabrina était brune et brillante comme une mûre. Elle n'écoutait pas vraiment ses amies et ne les regardait pas non plus. Derrière la vacuité étudiée de son regard, la révolte devait couver. Je reconnus ce côté revêche, entêté, cette indignation de princesse captive qui devaient rester secrets jusqu'à ce qu'elle ait collecté suffisamment d'armes. Surveille tes arrières, Winifred, me dis-je avec satisfaction.

Sabrina ne me remarqua pas. Ou bien elle me remarqua, mais sans savoir qui j'étais. Il y eut quelques coups d'œil de leur part à toutes les trois, quelques chuchotis et fous rires ; je me rappelle ce genre de trucs. *Sorcière ratatinée*, ou la version moderne de la chose. Je suppose que mon chapeau était l'objet de ces remarques. Il était loin d'être à la mode, ce chapeau. Pour Sabrina, ce jour-là, je ne fus qu'une vieille femme – une femme plus âgée – une femme plus âgée et insignifiante, pas encore assez décrépite pour en être remarquable.

Après qu'elles furent parties, toutes les trois, je me rendis aux toilettes. Sur le mur des cabinets, il y avait un poème :

J'aime Darren oui crois-moi
Il est fait pour moi pas pour toi
Et si tu essaies de me le piquer...
Je te jure que je te mettrai en purée.

Les jeunes filles sont plus directes qu'elles ne l'étaient, même si elles ne sont pas meilleures en ponctuation.

Quand Walter et moi finîmes par situer La Géhenne qui ne se trouvait pas (dit-il) à l'endroit où il l'avait laissée, une planche de contreplaqué était clouée en travers des fenêtres, un avis officiel agrafé dessus. Walter renifla tout autour de la porte fermée à clé à la façon d'un chien qui ne retrouve plus son os.

« On dirait que c'est fermé », déclara-t-il.

Il resta planté là un long moment, les mains dans les poches.

« Ils sont toujours en train de tout changer, enchaîna-t-il. On peut pas suivre. »

Après quelques recherches à droite à gauche et quelques fausses pistes, on opta pour une gargote sur Davenport avec des sièges en vinyle et des juke-boxes aux tables, bourrés de musique country et d'une pincée de chansons des Beatles et d'Elvis Presley. Walter mit *Heartbreak Hotel* qu'on écouta en mangeant notre hamburger et en buvant notre café. Walter insista pour payer – Myra encore une fois, sans aucun doute. Elle devait lui avoir glissé un billet de vingt dollars.

Je ne mangeai que la moitié de mon hamburger. Je n'arrivais pas à ingurgiter la totalité de cette affaire. Walter mangea l'autre moitié, l'enfournant d'une seule bouchée comme s'il flanquait la chose dans une boîte aux lettres.

En quittant la ville, je demandai à Walter de passer devant mon ancienne maison – la maison où j'avais autrefois vécu avec Richard. Je me rappelais parfaitement le chemin, mais quand j'arrivai à la demeure elle-même, au début, je ne la reconnus pas. Elle avait toujours des angles marqués, une allure dénuée de grâce, des fenêtres pas alignées, elle était massive, foncée comme du thé trop infusé, mais du lierre recouvrait maintenant les murs. Les revêtements en bois de style chalet, autrefois crème, avaient été repeints en vert, de même que la lourde porte d'entrée.

Richard était contre le lierre. Il y en avait un peu à notre arrivée, mais il l'avait fait arracher. Ça abîmait la maçonnerie, disait-il ; ça se fourrait dans les cheminées, ça attirait les rongeurs. C'était une époque où il avançait encore des raisons pour penser et agir comme il le faisait et où il les présentait comme des raisons destinées à sous-tendre ma façon de penser et d'agir. C'était avant qu'il ne jette toute raison aux orties.

Je me revis alors, coiffée d'un chapeau de paille, vêtue d'une robe jaune pâle, en coton à cause de la chaleur. C'était la fin de l'été, l'année suivant mon mariage; le sol était comme de la brique. À l'instigation de Winifred, je m'étais mise au jardinage : il fallait que j'aie un passe-temps, avait-elle décrété. Elle avait décidé que je devais commencer par une rocaille, parce que même si je faisais crever les plantes les pierres ne bougeraient pas. *Pas facile de faire crever un caillou*, avait-elle lancé en plaisantant. Elle m'avait envoyé trois hommes de confiance, comme elle disait, qui devaient s'occuper de creuser et de disposer les pierres afin que je puisse ensuite planter.

Il y avait déjà quelques cailloux dans le jardin, commandés par Winifred : des petits, des plus gros qui ressemblaient à des dalles, éparpillés au hasard ou amoncelés comme un tas de dominos tombés par terre. On était tous postés là, les trois hommes de confiance et moi-même, à regarder ce tas de pierres en désordre. Ils avaient leurs casquettes, mais avaient retiré leur veste et remonté leurs manches de chemise, les bretelles bien en évidence; ils attendaient mes instruc-tions, mais je ne voyais pas ce que j'aurais bien pu leur dire.

Walter m'extirpa de la voiture, puis attendit en silence, un peu en retrait derrière moi, prêt à me rattraper si je basculais. Debout sur le trottoir, je regardai la maison. La rocaille était toujours visible, mais très mal entretenue. Bien sûr, on était en hiver, c'était donc difficile de juger, mais à mon avis il ne poussait plus grand-chose là-dedans, sauf peut-être un peu de sang-de-dragon, ça pousse n'importe où.

Il y avait une énorme poubelle au milieu de l'allée, pleine d'éclats de bois, de plaques de plâtre : il y avait des travaux de rénovation en cours. Soit ça, soit il y avait eu un incendie : une fenêtre à l'étage était cassée. D'après Myra, les gens sans domicile fixe campent dans ce genre de maisons : laissez une propriété sans locataire, à Toronto en tout cas, et ils seront dedans illico, à organiser leurs fêtes avec de la drogue ou je ne sais quoi. Des cultes sataniques, avait-elle entendu dire. Ils te feront des feux de joie sur les parquets, te boucheront les toilettes et chieront dans les lavabos, te piqueront les robinets, les jolis boutons de porte, tout ce qu'ils pourront revendre. Même si, par-fois, ce ne sont que des moutards qui cassent, juste pour s'amuser. Les jeunes ont un don pour ça.

La maison avait l'air de n'appartenir à personne, d'être éphémère, pareille à une photo sur un prospectus immobilier. Elle semblait ne plus avoir le moindre lien avec moi. J'essayai de me rappeler le bruit de mes pas, en bottes d'hiver, sur la neige dure et crissante, quand je rentrais à la hâte, en retard, que je concoctai des prétextes ; la herse noire comme encre de l'entrée ; la manière dont la lumière du lampadaire de la rue tombait sur les congères, bleu glacier sur les bords et sculptées par les caractères en braille jaunâtre de la pisse de chien. Les ombres étaient différentes en ce temps-là. Mon cœur perturbé, mon souffle bloqué, vapeur blanche dans l'air glacial. La chaleur fiévreuse de mes doigts ; ma bouche à vif sous le rouge à lèvres que je venais de remettre.

Il y avait une cheminée dans le salon. Je m'asseyais devant, avec Richard, la lumière nous renvoyait ses reflets tremblotants, sur nous et sur nos verres qui, l'un comme l'autre, avaient un sous-verre pour protéger le placage. Six heures du soir, l'heure du Martini. Richard aimait récapituler la journée : c'est comme ça qu'il appelait ça. Il avait la manie de poser la main sur ma nuque – de la placer là, de la laisser simplement là, légèrement, tout en menant ce récapitulatif. Un récapitulatif, c'était ce que faisaient les juges avant de soumettre une affaire au jury. Est-ce ainsi qu'il se voyait ? Peut-être. Mais ses pensées intimes, ses motifs me demeuraient fréquemment obscurs.

C'était une source de tension entre nous : mon incapacité à le comprendre, à anticiper ses désirs qu'il mettait sur le compte de mon manque d'attention délibéré et même agressif. En réalité, c'était également de la perplexité et, plus tard, de la peur. Avec le temps, il se mit pour moi à ressembler de moins en moins à un homme, avec une peau et des rouages, et de plus en plus à un gigantesque écheveau que j'étais condamnée, comme lorsqu'on est victime d'un sort, à essayer chaque jour de démêler. Je n'y parvins jamais.

Debout devant ma maison, mon ancienne maison, j'attendis de ressentir une émotion. Rien ne vint. Ayant connu les deux, je ne sais pas trop ce qui est pire : un sentiment intense ou son absence.

Du marronnier sur la pelouse, une paire de jambes pendaient, des jambes de femme. Je crus un moment qu'il s'agissait de véritables jambes qui étaient en train de descendre de l'arbre, de se sauver, jusqu'à ce que je regarde plus attentivement. C'était une paire de collants remplie de quelque chose – du papier hygiénique, sans aucun doute, ou des sous-vêtements – et lancée de la fenêtre de l'étage au cours d'un rite satanique, d'une farce d'adolescents ou d'une fête de sans-abri. Prise dans les branches.

Ce devait être de ma fenêtre que ces jambes désincarnées avaient été lancées. Mon ancienne fenêtre. Je m'imaginai en train de regarder de cette fenêtre, longtemps auparavant. En train de réfléchir à la manière dont je pourrais filer, sans qu'on me remarque, et descendre par l'arbre – en train d'ôter délicatement mes chaussures, de me balancer sur le rebord, de poser par terre un pied gansé de soie, puis un autre, sans cesser de me cramponner aux prises. Je ne l'avais pourtant pas fait.

Regardant par la fenêtre. Hésitant. Pensant : Comme je me suis coupée de moi-même !

Cartes postales d'Europe

Les jours s'assombrissent, les arbres affichent une mine morose, le soleil décline vers le solstice d'hiver, mais l'hiver n'est toujours pas là. Pas de neige, pas de neige fondue, pas de vents rugissants. C'est de mauvais augure, ce retard. Un silence gris-brun nous imprègne.

Hier, j'ai marché jusqu'au pont du Jubilé. Depuis un moment, il est question de rouille, de corrosion, de vices de construction; il est question de le démolir. Un promoteur, sans nom, sans visage, rêve de bâtir de grands immeubles sur une propriété de la municipalité qui le jouxte, dit Myra – c'est un terrain de premier ordre à cause de la vue. Une belle vue vaut plus cher qu'un kilo de patates à l'heure actuelle, non qu'il y ait jamais eu la moindre patate à cet endroit-là. La rumeur rapporte qu'une liasse d'argent sale a changé de mains sous la table pour faciliter la tractation, ce qui, j'en suis sûre, s'est également passé quand ce pont a été érigé, ostensiblement en l'honneur de la reine Victoria. Un entrepreneur doit avoir soudoyé les représentants élus de Sa Majesté afin de décrocher la commande et, nous, nous continuons à respecter les vieilles habitudes de cette ville : *Faites de l'argent par tous les moyens possibles et imaginables.* Les voilà, les vieilles habitudes.

Bizarre de penser que des dames en volants et tournures se promenaient autrefois sur ce pont et s'appuyaient sur cette balustrade filigranée pour contempler la vue désormais coûteuse et bientôt privée : le tumulte de l'eau en contrebas, les pittoresques falaises calcaires à l'ouest, les usines sur les berges remplies de péquenauds serviles et de spécialistes du coup de casquette qui travaillaient à plein rendement quatorze heures par jour et scintillaient au crépuscule tels des casinos éclairés au gaz.

Postée sur le pont, je regardais du côté de l'amont l'eau lisse comme du caramel, sombre et silencieuse, potentiel menaçant. De l'autre côté, il y avait les cascades, les tourbillons, le bruit blanc. Ça fait une sacrée distance jusqu'en bas. Je pris conscience de mon cœur et d'une sensation de vertige. D'essoufflement aussi, comme si j'avais la tête dedans. Mais la tête dans quoi ? Pas dans l'eau ; dans quelque chose de plus épais. Dans le temps : le vieux temps froid, le vieux chagrin s'installant par couches successives telle la vase dans un étang.

Par exemple :
Richard et moi, soixante-quatre ans plus tôt, descendant la passe-relle du *Berengeria* sur l'autre rive de l'océan Atlantique, son cha-peau crânement posé sur sa tête, ma main gantée reposant avec légèreté sur son bras – les jeunes mariés en pleine lune de miel.

Pourquoi dit-on lune de miel ? Comme si la lune elle-même n'était pas une sphère de cailloux grêlés, stérile, dénuée d'oxygène et gla-ciale, mais qu'elle fût douce, dorée, succulente – une lumineuse prune confite, d'une variété jaune, fondant dans la bouche et pois-seuse comme le désir, si douloureusement sucrée qu'elle fait mal aux dents. Un chaud projecteur en équilibre, non dans le ciel, mais à l'intérieur de notre propre organisme.

Je connais tout sur la question. Je m'en souviens très bien. Mais pas de ma lune de miel.

L'émotion que je me rappelle le plus nettement durant ces huit semaines – se peut-il que ça n'ait duré que huit semaines ? –, c'est l'inquiétude. Je me tracassais à l'idée que Richard puisse trouver l'expérience de notre mariage – je voulais dire par là ce qui se passait dans le noir et dont on ne pouvait pas parler – aussi décevante que moi. Pourtant, cela ne semblait pas être le cas : il se montrait assez affable avec moi, du moins dans la journée, au début. Je dissimulais mon inquiétude autant que possible et prenais fréquemment des bains : j'avais la sensation que j'étais en train de pourrir à l'intérieur, comme un œuf.

Une fois arrivés à Southampton, Richard et moi nous rendîmes en train à Londres où nous descendîmes à l'hôtel Brown. Pour le petit déjeuner qu'on nous servait dans la suite, j'enfilais un déshabillé, un des trois que Winifred avait choisis pour moi : vieux rose, ivoire avec de la dentelle gris tourterelle, lilas et aigue-marine – des couleurs pastel, pâles, flatteuses pour le visage le matin. Chacun avait des mules en satin assorties, bordées de fourrure ou de duvet de cygne teint. Je présumais que c'était ce que portaient les femmes adultes le matin. J'avais vu des photos d'ensembles de ce genre (Mais où cela ? Se peut-il qu'il se fût agi de publicités, pour une marque de café par exemple ?) – l'homme en costume-cravate, les cheveux soigneusement rejetés en arrière, la femme en déshabillé, l'air tout aussi soigné, une main levée, tenant la cafetière en argent au bec verseur incurvé, tous deux se souriant d'un air abruti de part et d'autre du beurrier.

Laura aurait eu un sourire de mépris devant ces tenues. Elle en avait déjà eu un en les voyant empaquetées. Cela dit, ce n'était pas vraiment un sourire de mépris : Laura en était incapable. Il lui manquait la cruauté nécessaire. (La cruauté délibérée nécessaire, je veux dire. Ses manifestations de cruauté étaient fortuites – des produits dérivés des nobles idées qui pouvaient lui traverser l'esprit.) Sa réaction avait été plus proche de la stupeur – de l'incrédulité. Elle avait passé la main sur le satin avec un petit frisson et j'avais senti le côté froidement huileux, le côté glissant du tissu au bout de mes propres doigts. Comme du lézard.

« Tu vas mettre ça ? » s'était-elle exclamée.

Durant ces matins d'été à Londres – car c'était l'été désormais –, nous prenions notre petit déjeuner avec les rideaux à moitié baissés pour nous protéger de la clarté du soleil. Richard mangeait deux œufs durs, deux grosses tranches de bacon et une tomate grillée, avec des toasts et de la marmelade d'oranges, les toasts croustillants, mis à refroidir dans un porte-toasts. Moi, je prenais la moitié d'un pamplemousse. Le thé était noir, tannique, on aurait cru de l'eau marécageuse. C'était la façon correcte, anglaise, de le servir, m'avait expliqué Richard.

Nous ne disions pas grand-chose à part les formules de rigueur : « Bien dormi, chéri(e) ? » et « Mmmm – et toi ? » Richard se faisait monter les journaux ainsi que les télégrammes. Il y en avait toujours plusieurs. Il parcourait les journaux, puis ouvrait les télégrammes, les lisait, les pliait soigneusement une fois, puis encore une fois, les rangeait dans une poche. Sinon, il les déchirait en petits morceaux. Il ne les froissait jamais ni ne les jetait au panier et, s'il l'avait fait, je ne serais peut-être pas allée les repêcher, ou en tout cas pas à cette époque de ma vie.

Je supposais qu'ils lui étaient tous destinés : je n'avais jamais envoyé un télégramme et ne voyais aucune raison d'en recevoir.

Dans la journée, Richard avait diverses obligations. Je présumais que c'était avec des associés. Il louait une voiture avec chauffeur à mon intention et j'allais voir ce qui, à son avis, méritait d'être vu. La plupart des trucs que j'allais regarder de près étaient des monuments, les autres des parcs et des jardins. Pour le reste, c'étaient des statues, érigées à l'extérieur des monuments ou à l'intérieur des parcs et des jardins : hommes d'État au ventre rentré, au torse bombé, à la jambe pliée, la main serrée sur des rouleaux de papier ; militaires à cheval. Nelson sur sa colonne, le prince Albert sur son trône avec un quatuor de femmes exotiques en train de chahuter et de se vautrer à ses pieds tout en vomissant des fruits et du blé. Elles étaient censées représenter les continents sur lesquels le prince Albert, bien que décédé, trônait encore, mais il ne faisait pas attention à elles ; sévère et silencieux sous sa coupole dorée richement décorée, il regardait au loin, l'esprit fixé sur de plus nobles sujets.

« Qu'est-ce que tu as vu aujourd'hui ? » me demandait Richard au dîner.

Et tout en les énumérant consciencieusement, je cochais, un à un, monuments, parcs ou statues : la Tour de Londres, le palais de Buckingham, Kensington, l'abbaye de Westminster, les chambres du Parlement. Il ne m'incitait pas à visiter les musées, mis à part le musée d'Histoire naturelle. Je me demande à présent pourquoi il estimait que la contemplation de tant d'énormes animaux empaillés pouvait être bénéfique pour mon éducation ? Car il était devenu évident que c'était le but de ces visites – mon éducation. Pourquoi ces animaux empaillés m'auraient-ils apporté davantage, du moins selon l'idée qu'il se faisait, qu'une salle remplie de peintures par exemple ? Je crois que je le sais, mais je me trompe peut-être ? Peut-être les animaux empaillés correspondaient-ils plus ou moins à un zoo – un endroit où on emmène un enfant, pour une sortie.

Cela étant, j'allais quand même à la National Gallery. Le réceptionniste de l'hôtel me le suggéra, une fois que j'eus épuisé les monuments. J'en revins exténuée – on aurait dit un grand magasin, tant de corps serrés sur les murs, tant de lumières aveuglantes –, mais, en même temps, revigorée. Je n'avais jamais vu autant de femmes nues en un seul et même endroit. Il y avait des hommes nus également, mais ils ne l'étaient pas tout à fait autant. Il y avait aussi beaucoup de belles robes. Ce sont peut-être là de grandes catégories, comme hommes et femmes : nus et habillés. Enfin, dans l'idée de Dieu. (Laura, enfant : *Comment Il est habillé, Dieu ?*)

Partout, le chauffeur et la voiture attendaient et j'entrais d'un bon pas, franchissant porte ou portail, en essayant de paraître résolue ; en essayant de ne pas paraître aussi seule, aussi vide. Ensuite de quoi, je regardais, regardais, afin d'avoir quelque chose à raconter après. Mais je n'arrivais pas vraiment à comprendre ce que je voyais. Les édifices ne sont des édifices. Ils ne représentent pas grand-chose à moins que vous ne vous y connaissiez en architecture, ou sinon que vous sachiez ce qui s'y est passé autrefois, or je ne le savais pas. J'étais incapable d'avoir une vue d'ensemble ; c'était comme si j'avais les yeux collés sur ce que j'étais censée regarder et je ne m'en tirais qu'avec des textures : rugosité de la brique ou de la pierre, douceur de la rampe en bois ciré, rudesse de la fourrure miteuse. Striations de la corne, reflet chaud de l'ivoire. Yeux de verre.

Outre ces excursions éducatives, Richard m'encourageait à faire des courses. Je trouvais les vendeuses intimidantes et achetais peu. En d'autres occasions, j'allais chez le coiffeur. Il ne voulait pas que je me fasse couper les cheveux ou que je les fasse friser au fer et donc je ne le faisais pas. Un style simple, c'était préférable pour moi, disait-il. Ça convenait à ma jeunesse.

Parfois, je me contentais de me promener tranquillement ou de m'asseoir sur un banc dans un parc ou un jardin en attendant l'heure de rentrer. Parfois, un homme s'asseyait à côté de moi et essayait d'engager la conversation. En ce cas, je m'en allais.

Je passais beaucoup de temps à changer de tenues. À lambiner avec des bretelles, des boucles, l'inclinaison de mes chapeaux, la couture de mes bas. À me tracasser pour savoir s'il valait mieux mettre telle chose ou telle autre pour telle ou telle heure de la journée. Personne pour m'agrafer sur la nuque ou me dire à quoi je ressemblais vue de dos et si rien ne dépassait. Reenie faisait ça régulièrement, ou Laura. Elles me manquaient et je m'efforçais de ne pas y penser.

Je me limais les ongles, faisais tremper mes pieds. M'arrachais des poils ou les rasais : il fallait être lisse, dénuée de petits poils durs. Une topographie semblable à de l'argile humide, une surface sur laquelle les mains glisseraient.

Les lunes de miel étaient censées donner au nouveau couple le temps de se connaître mieux, mais à mesure que les jours passaient j'avais l'impression de connaître Richard de moins en moins. Il s'effaçait, ou bien se dissimulait-il ? Il se repliait vers une position avantageuse. Pour ma part, cependant, je prenais forme – la forme qu'il voulait me voir prendre. Chaque fois que je me regardais dans le miroir, je m'apercevais que j'étais un petit peu plus coloriée.

Après Londres, nous allâmes à Paris par un bateau trans-Manche, puis par le train. Dans leurs grandes lignes, les journées à Paris ressemblaient beaucoup à celles de Londres, bien que les petits déjeuners fussent différents : un petit pain dur, de la confiture de fraises, du café avec du lait chaud. Les repas étaient succulents ; Richard faisait des tas de chichis à ce sujet et surtout à propos des vins. Il ne cessait de répéter que nous n'étions pas à Toronto, un fait qui me paraissait évident.

Je vis la tour Eiffel, mais n'y montai pas, car j'ai le vertige. Je vis le Panthéon et la tombe de Napoléon. Je ne vis pas Notre-Dame, parce que Richard n'était pas pour les églises, ou du moins pas les catholiques qu'il jugeait débilitantes. L'encens, en particulier, il jugeait ça abrutissant pour l'esprit.

L'hôtel français avait un bidet et Richard m'expliqua à quoi il servait avec un petit sourire suffisant après qu'il m'eut surprise en train de me laver les pieds dedans. Je me dis : Les Français, ils comprennent vraiment des choses que les autres ne comprennent pas. Ils comprennent l'angoisse du corps. Au moins admettent-ils qu'elle existe.

Nous descendîmes au Lutétia, qui devait devenir le quartier général des nazis pendant la guerre, mais comment aurions-nous pu le savoir ? Le matin, j'allais prendre un espresso au café de l'hôtel parce que j'avais peur d'aller ailleurs. J'avais dans l'idée que si je perdais le Lutétia de vue, je ne pourrais jamais plus y revenir. J'avais désormais compris que le peu de français que M. Erskine m'avait appris était d'une utilité quasiment nulle : *Le cœur a ses raisons que la raison ne connaît point* ne m'apporterait pas un dé à coudre de lait chaud en plus.

Un vieux serveur à tête de morse s'occupait de moi ; il avait le don de me servir le café et le lait chaud, en tenant ses deux pots de très haut, ce qui m'enchantait, comme s'il était un magicien pour enfant. Un jour, il me dit – il parlait un peu anglais :

« Pourquoi êtes-vous triste ?

– Je ne suis pas triste », répondis-je en fondant en larmes.

La compassion des inconnus peut être désastreuse.

« Vous ne devriez pas être triste, reprit-il en me regardant de ses yeux de morse, coriaces, mélancoliques. Ce doit être l'amour. Mais vous êtes jeune et jolie, plus tard vous aurez le temps d'être triste. »

En matière de tristesse, les Français sont des connaisseurs, ils connaissent toutes les variantes. C'est pour ça qu'ils ont des bidets.

« C'est un crime, l'amour, ajouta-t-il en me tapotant l'épaule. Mais pas d'amour, c'est pire. »

L'efficacité fut un peu gâchée le lendemain quand il me fit des propositions, ou ce que je pris pour telles : mon français n'était pas assez bon pour que je l'affirme. Il n'était pas si vieux que ça, après tout – quarante-cinq ans peut-être. J'aurais dû accepter. Cela étant, il avait tort pour la tristesse : il vaut bien mieux la vivre quand on est jeune. On a davantage envie de consoler une jolie fille triste qu'une vieille bique triste. Mais oublions cet aspect-là des choses.

Puis nous allâmes à Rome. Rome me parut familière – disons que j'avais un contexte, fourni des années auparavant par M. Erskine et ses leçons de latin. Je vis le Forum ou ce qu'il en restait, la Voie Appienne et le Colisée qui ressemblait à un fromage grignoté par une souris. Divers ponts, divers anges usés, graves et pensifs. Je vis le Tibre qui coulait, jaune comme la jaunisse. Je vis Saint-Pierre, mais seulement de l'extérieur. C'était très grand. Je suppose que j'aurais dû voir les troupes fascistes de Mussolini dans leur uniforme noir en train de déambuler et de bousculer les passants – avaient-elles déjà commencé ? –, mais je ne les vis pas. Ce genre de chose a tendance à être invisible au moment donné sauf quand on en est soi-même victime. Sinon, on ne le voit que plus tard, aux actualités, ou encore dans des films réalisés longtemps après l'événement.

L'après-midi, je commandais une tasse de thé – je commençais à savoir donner des ordres, j'avais saisi quel ton utiliser avec les serveurs, comment les tenir à distance respectueuse. Tout en buvant mon thé, j'écrivais des cartes postales. Mes cartes postales étaient destinées à Laura et à Reenie et quelques-unes à mon père. Elles étaient illustrées de photographies des monuments qu'on m'avait emmenée visiter – dépeignant en minuscules détails sépia ce que j'aurais dû voir. Mes petits mots étaient stupides. À Reenie : *Le temps est merveilleux. J'en profite.* À Laura : *Aujourd'hui, j'ai vu le Colisée où on jetait les chrétiens aux lions. Ça t'aurait intéressée.* À mon père : *J'espère que tu es en bonne santé. Richard t'adresse ses amitiés.* (Cette dernière remarque n'était pas vraie, mais j'étais en train d'apprendre quels mensonges, en tant qu'épouse, j'étais automatiquement censée dire.)

Vers la fin du temps qui nous était imparti pour notre lune de miel, nous passâmes une semaine à Berlin. Richard avait une affaire à régler concernant des manches de pelle. Une des entreprises de Richard fabriquait des manches de pelle, et les Allemands manquaient de bois. Il y avait beaucoup de travaux de terrassement à effectuer, et davantage encore étaient prévus ; or, Richard pouvait fournir des manches de pelle à des prix plus intéressants que ses concurrents.

Comme Reenie avait l'habitude de le dire : *Les petits ruisseaux font les grandes rivières.* Comme elle disait également : *Les affaires sont les affaires, et puis il y a les affaires louches.* Mais je n'y connaissais rien en affaires. Ma tâche, c'était de sourire.

Je dois admettre que Berlin m'a plu. Nulle part je n'avais été aussi blonde. Les hommes se montraient exceptionnellement polis, même s'ils ne regardaient pas derrière eux quand ils franchissaient des portes battantes. Le baisemain recouvrait une multitude de péchés. C'est à Berlin que j'appris à me parfumer les poignets.

Je mémorisais les villes par le biais de leurs hôtels, les hôtels par le biais de leurs salles de bains. S'habiller, se déshabiller, s'allonger dans l'eau. Mais assez de ces notes de voyage.

Nous retournâmes à Toronto via New York à la mi-août, au beau milieu d'une vague de chaleur. Après l'Europe et New York, Toronto me parut trapu et exigu. À l'extérieur d'Union Station, il flottait un brouillard de vapeurs bitumineuses émanant des nids-de-poule qu'on était en train de combler. Une voiture de location nous récupéra et nous fit passer devant les tramways, leur poussière et leur charivari, puis devant les banques et les grands magasins aux façades très décorées, puis franchir le ravin marquant l'entrée dans Rosedale et l'ombre des marronniers et des érables.

Nous nous arrêtâmes devant la maison que Richard nous avait achetée par télégramme. Il l'avait eue pour un fifrelin, avait-il déclaré, après que le propriétaire eut réussi à se ruiner. Richard aimait dire qu'il avait eu tel ou tel truc pour un fifrelin, ce qui était bizarre parce qu'il ne jouait pas du fifre et ne chantait jamais. Il n'était pas porté sur la musique.

La maison, tapissée de lierre et aux fenêtres hautes, étroites et renfoncées, avait une façade obscure. La clé était cachée sous le paillasson, l'entrée sentait les produits chimiques. Winifred avait fait refaire les lieux pendant notre absence et les travaux n'étaient pas tout à fait terminés : il y avait encore les bâches des peintres par terre dans les pièces de devant, à l'endroit où on avait arraché le vieux papier peint victorien. Les nouvelles couleurs étaient nacrées, pâles – les couleurs de l'indifférence luxueuse, du détachement imperturbable. Des cirrus teintés par un coucher de soleil à peine visible se déployaient lentement, bien au-dessus des ferveurs vulgaires des oiseaux, des fleurs et autres. Tel était le décor qui m'était offert, l'air raréfié dans lequel il allait me falloir évoluer.

Reenie aurait éprouvé du mépris pour cet intérieur – pour son vide rutilant, sa pâleur. *Tout l'endroit ressemble à une salle de bains.* En même temps, il lui aurait fait peur, comme à moi. J'invoquai grand-mère Adelia : elle aurait su comment réagir. Elle aurait reconnu ces efforts de nouveaux riches pour faire impression ; elle se serait montrée polie, mais dédaigneuse. *Certes, c'est assurément moderne*, aurait-elle peut-être déclaré. Elle aurait envoyé promener Winifred, me dis-je, mais cela ne m'apporta aucune consolation : moi-même, j'appartenais désormais à la tribu de Winifred. Ou en partie.

Et Laura ? Laura aurait clandestinement apporté ses crayons de couleur, ses tubes de pigment. Elle aurait renversé quelque chose sur cette maison, brisé quelque chose, barbouillé ne serait-ce qu'un petit coin des lieux. Elle aurait laissé sa signature.

Dans la vaste entrée, il y avait un mot de Winifred posé contre le téléphone.

« Salut, les jeunes ! Bienvenue chez vous ! J'ai réussi à leur faire terminer la chambre en premier ! J'espère que vous adorerez – c'est tellement chic ! Freddie. »

« Je ne savais pas que Winifred s'en occupait, m'exclamai-je.

– On voulait te faire une surprise, m'expliqua Richard. On ne voulait pas que tu t'embourbes dans les détails. »

Je me fis l'effet d'être une enfant exclue par ses parents, ce qui n'était pas la première fois. Des parents cordiaux, brutaux, totalement de connivence, convaincus de la justesse de leurs choix, en tout. J'étais déjà en mesure de deviner que Richard m'offrirait toujours des cadeaux d'anniversaire qui ne me plairaient pas.

Sur la suggestion de Richard, j'allai à l'étage faire un brin de toilette. Je devais avoir l'air d'en avoir besoin. Je me sentais assurément poisseuse et fanée. (« Il n'y a plus de rosée sur la rose », avait été son commentaire.) Mon chapeau ressemblait à une épave ; je le jetai sur la coiffeuse. Je m'aspergeai la figure avec de l'eau et me séchai avec l'une des serviettes blanches à monogramme que Winifred avait préparées. La chambre donnait sur le jardin de derrière où rien n'avait été fait. D'un coup de pied, je me défis de mes chaussures et me laissai tomber sur l'interminable lit couleur crème. Il avait un baldaquin, avec de la mousseline drapée tout autour comme dans un safari. C'était donc l'endroit où il me faudrait souffrir en silence – le lit que je n'avais pas vraiment fait, mais qui serait désormais ma couche. Et c'était là le ciel de lit que je regarderais désormais à travers le brouillard de mousseline tandis que des affaires prosaïques iraient leur cours en dessous de ma gorge.

Le téléphone à côté de mon lit était blanc. Il se mit à sonner. Je décrochai. C'était Laura, en larmes.

« Où étais-tu ? me dit-elle dans un sanglot. Pourquoi tu n'es pas revenue ?

– Qu'est-ce que tu veux dire ? C'est maintenant qu'on était censés revenir ! Calme-toi, je ne t'entends pas.

– Tu n'as jamais répondu ! gémit-elle.

– Qu'est-ce que tu racontes ?

– Papa est mort ! Il est mort, il est mort – on a envoyé cinq télégrammes ! C'est Reenie qui les a envoyés !

– Attends une minute. Parle plus lentement. Quand est-ce que ça s'est passé ?

– Une semaine après ton départ. On a essayé de téléphoner, on a appelé tous les hôtels. Ils ont dit qu'ils te diraient, ils avaient promis ! Ils ne te l'ont pas dit ?

– Je serai là-bas demain, répondis-je. Je ne savais pas. Personne ne m'a rien dit. Je n'ai pas reçu le moindre télégramme. Je ne les ai jamais eus. »

Je n'arrivais pas à y croire. Que s'était-il passé ? Qu'est-ce qui avait cloché ? Pourquoi papa était-il mort ? Pourquoi n'avais-je pas été prévenue ? Je me retrouvai par terre, sur la moquette gris ivoire, pelotonnée autour du téléphone comme s'il s'agissait d'un objet précieux et fragile. Je songeai à mes cartes postales d'Europe, arrivant à Avalon avec leurs messages enjoués et futiles. Elles étaient probablement encore sur la table dans l'entrée principale. *J'espère que vous êtes en bonne santé.*

« C'était dans les journaux ! dit Laura.

– Pas là où j'étais ! Pas dans ces journaux. »

Je ne précisai pas que, de toute façon, je ne m'étais jamais souciée des journaux. J'avais été trop abrutie.

C'était Richard qui avait récupéré les télégrammes sur le bateau et dans tous nos hôtels. Je revoyais ses doigts méticuleux en train d'ouvrir les enveloppes, de lire, de replier les télégrammes en quatre, de les ranger. Je ne pouvais pas l'accuser de mentir – il n'avait jamais rien dit à propos de ces télégrammes –, mais c'était pareil que mentir. Non ?

Il devait leur avoir demandé, dans les hôtels, de ne pas me passer d'appels. Pas à moi et pas tant que j'étais là. Il m'avait caché la vérité, délibérément.

Je crus que j'allais être malade, mais il n'en fut rien. Au bout d'un moment, je descendis au rez-de-chaussée. *Si tu perds ton sang-froid, tu perds la partie*, disait toujours Reenie. Richard était assis dans la véranda de derrière avec un gin tonic. Tellement gentil de la part de

Winifred d'avoir fait une provision de gin, avait-il déjà déclaré à deux reprises. Un autre gin était prêt, il m'attendait sur le plateau en verre de la table basse blanche en fer forgé. Je le pris. Les glaçons tintèrent contre le cristal. C'était ainsi que ma voix devait s'élever.

« Mon Dieu, s'écria Richard en me regardant. Je croyais que tu faisais un brin de toilette. Qu'est-il arrivé à tes yeux ? »

Ils devaient être rougis.

« Mon père est mort. Elles ont envoyé cinq télégrammes. Tu ne m'as rien dit.

– *Mea culpa*, répondit Richard. Je sais que j'aurais dû le faire, mais je voulais t'épargner ce souci, chérie. Il n'y avait rien à faire, pas moyen de revenir à temps pour les funérailles et je ne voulais pas gâcher les choses pour toi. J'imagine que j'ai été égoïste aussi – je te voulais pour moi tout seul, ne serait-ce qu'un petit moment. Maintenant assieds-toi et reprends courage ; bois ton verre et pardonne-moi. Nous nous occuperons de tout cela demain matin. »

Il faisait une chaleur étourdissante ; à l'endroit où le soleil frappait la pelouse, celle-ci était d'un vert aveuglant. Les ombres sous les arbres avaient une épaisseur de goudron. La voix de Richard me parvenait par rafales, comme du morse : je n'entendais que certains mots.

Souci. À temps. Gâcher. Égoïste. Pardonne-moi.

Que pouvais-je répondre à cela ?

Le chapeau coquille d'œuf

Noël est déjà passé. J'ai essayé de ne pas y faire attention. Myra, cependant, n'a pas voulu se laisser ignorer. Elle m'a offert un petit plum-pudding, qu'elle a préparé elle-même avec de la mélasse et des composés de mastic et qu'elle a décoré de moitiés de cerises caoutchouteuses au marasquin, rouge vif, tels les cache-tétons des strip-teaseuses dans le temps, ainsi qu'un chat en bois peint et en deux dimensions avec une auréole et des ailes d'ange. Elle a dit que ces chats avaient fait fureur à la Gingerbread House et qu'elle les trouvait très mignons, qu'il lui en restait un, qu'il y avait juste une petite fêlure qu'on ne voyait quasiment pas et qu'il ferait vraiment très bien sur le mur au-dessus de ma cuisinière.

Bien placé, lui ai-je dit. Un ange en hauteur, et carnivore par-dessus le marché – il est grand temps qu'on avoue la vérité sur la question ! Le four en dessous, comme dans tous les rapports les plus fiables. Et puis, nous autres au milieu, coincés ici-bas, au niveau de la poêle à frire. Cette pauvre Myra en a été déconcertée, comme elle l'est toujours devant un discours théologique. Elle aime son Dieu nature – nature et cru, comme le radis.

L'hiver qu'on attendait est arrivé le soir du réveillon – un gel sévère, suivi par une énorme chute de neige le lendemain. Derrière la fenêtre, elle tombait en tourbillonnant, à seaux, comme si Dieu bazardait des paillettes de savon lors du finale d'un spectacle pour enfants. J'ai mis la chaîne météorologique pour avoir un panorama complet – routes coupées, voitures ensevelies, lignes à haute tension en panne, échanges commerciaux paralysés, ouvriers revêtus de tenues volumineuses se dandinant de-ci de-là comme de gigantesques enfants équipés pour jouer dehors. D'un bout à l'autre de leur exposé sur ce que, par euphémisme, ils appelaient les « conditions présentes », les jeunes présentateurs ont gardé leur optimisme guilleret, comme ils le font en général pour tout désastre possible et imaginable. Ils ont la libre insouciance des troubadours, des bohémiens de fête foraine, des courtiers en assurance ou des gourous de la finance – en lâchant des prédictions ampoulées alors qu'ils savent très bien qu'il est fort possible que rien de ce qu'ils nous racontent ne se vérifie.

Myra a appelé pour voir si j'allais bien. Elle a déclaré que Walter passerait me déblayer dès que la neige s'arrêterait.

« Ne sois pas sotte, Myra, ai-je répondu. Je suis tout à fait capable de me déblayer toute seule. (Un mensonge – je n'avais pas l'intention de lever le petit doigt. J'avais une bonne provision de beurre de cacahuète, je pouvais attendre que ça se calme. Mais j'avais envie d'avoir de la compagnie et il suffisait normalement que je menace de faire quelque chose pour que ça accélère l'arrivée de Walter.)

– Ne touche pas à cette pelle ! s'est écriée Myra. Tous les ans, des centaines de vieux... de gens de ton âge meurent d'une crise cardiaque pour avoir déblayé la neige ! Et s'il y a une coupure d'électricité, fais attention à l'endroit où tu mets tes bougies !

– Je ne suis pas sénile, ai-je répliqué sèchement. Si je fous le feu à la baraque, ce sera intentionnel. »

Walter a fait son apparition, Walter a déblayé la neige à la pelle. Il avait apporté un sac de ronds de beignets ; nous les avons mangés assis à la table de cuisine, moi, raisonnablement, Walter sans faire de détail, mais de manière contemplative. C'est un homme pour qui la mastication est une forme de réflexion.

Ce qui m'est revenu à l'esprit à ce moment-là, ce fut le panneau qui était accroché dans la vitrine de la baraque Downyflake Doughnut au parc d'attractions de Sunnyside en... quand est-ce que c'était ?... à l'été 1935 :

> Tant que tu suis ta destinée,
> Quelles que soient tes intentions,
> Garde l'œil sur le beignet,
> Et non sur le rond.

Un paradoxe, le rond de beignet. Espace vide autrefois, mais même ça, aujourd'hui, on a appris à le commercialiser. Une quantité négative ; un *rien* rendu mangeable. Je me demande si on pourrait s'en servir – métaphoriquement, bien entendu – pour démontrer l'existence de Dieu. Le fait de nommer une sphère de néant lui donne-t-elle une réalité ?

Le lendemain, je me suis hasardée dehors parmi les amoncellements splendides, glacials. Folie, mais je voulais participer – la neige est tellement attirante tant qu'elle n'est ni poreuse ni noirâtre. La pelouse devant chez moi faisait une avalanche brillante avec un couloir alpin creusé au milieu. J'ai gagné le trottoir, jusque-là pas de problème, mais, quelques maisons plus au nord, les voisins n'avaient pas manié la pelle avec le zèle de Walter et je me suis retrouvée piégée par une congère, j'ai bataillé, glissé et je suis tombée. Rien de brisé ni de foulé – je ne le pensais pas – mais je n'ai pas réussi à me remettre debout. J'étais là dans la neige à battre des quatre fers, comme une tortue sur le dos. Les enfants font ça, mais délibérément – ils battent des ailes, comme les oiseaux, pour imiter les anges. Pour eux, c'est un plaisir.

J'étais en train de commencer à avoir peur de l'hypothermie quand deux inconnus m'ont relevée et charriée jusqu'à ma porte. Je suis rentrée dans la pièce de devant en clopinant et me suis effondrée sur le canapé sans avoir retiré ni mes bottes ni mon manteau. Pressentant de loin la catastrophe comme à son habitude, Myra est apparue, chargée d'une demi-douzaine de petites génoises soufflées, restes de quelque fête familiale sur le thème de l'amidon. Elle m'a préparé une bouillotte et du thé et le médecin a été convoqué. Tous deux ont fait des tas d'histoires et lâché un flot de conseils judicieux et vigoureux, des tss-tss dictatoriaux : ils étaient rudement contents d'eux-mêmes.

Maintenant, me voici immobilisée. Et furieuse contre moi. Ou pas contre moi – contre ce mauvais tour que mon corps m'a joué. Après s'être imposé à nous en égocentrique qu'il est, à réclamer à grands cris qu'on satisfasse ses besoins, à nous imposer ses désirs sordides et dangereux, l'astuce finale du corps consiste tout simplement à s'absenter. Juste quand on a besoin de lui, juste quand on pourrait se débrouiller d'un bras ou d'une jambe, voilà que le corps a d'autres choses à faire. Il chancelle, il cède sous votre poids ; il fond comme s'il était en neige, sans laisser grand-chose. Deux morceaux de charbon, un vieux chapeau, un sourire fait de galets. Les os sont des bouts de bois sec qui cassent facilement.

Quelle insulte, tout ça. Genoux faibles, jointures arthritiques, varices, infirmités, indignités – tout cela ne nous appartient pas, on n'a jamais voulu ça, on n'a jamais réclamé ça. Dans notre tête, on se porte à la perfection – nous sommes au plus bel âge et aussi sous le meilleur éclairage : on ne nous surprend jamais dans une situation embarrassante, une jambe sortie de la voiture, l'autre encore dedans, ni en train de nous curer les dents, de nous voûter, de nous gratter le nez ou le derrière. Dénudés, on nous voit gracieusement allongés à travers une brume transparente, et c'est là qu'interviennent les vedettes de cinéma : c'est pour nous qu'elles prennent ces poses-là. Elles représentent notre moi plus jeune alors qu'il nous quitte, qu'il resplendit, qu'il est devenu mythique.

Enfant, Laura disait : *Au paradis, quel âge j'aurai ?*

Laura était postée sur les marches du perron d'Avalon, entre les deux urnes en pierre où aucune fleur n'avait été plantée, et nous attendait. Malgré sa grande taille, elle paraissait très jeune, très fragile et seule. Et aussi paysanne, miséreuse. Elle portait une robe d'intérieur bleu pâle avec un imprimé de papillons mauve décolorés – la mienne, trois étés plus tôt – et pas de chaussures. (S'agissait-il d'une nouvelle mortification de la chair, d'une simple excentricité ou avait-elle seulement oublié ?) Ses cheveux étaient noués en une tresse qui lui tombait sur l'épaule, comme la nymphe en pierre du bassin aux nénuphars.

Dieu sait depuis combien de temps elle était là. Nous n'avions pas pu lui dire exactement à quelle heure nous arriverions, parce que nous étions descendus en voiture, ce qui était possible à cette époque de l'année : les routes n'étaient pas inondées, on ne s'enfonçait pas jusqu'aux essieux dans la boue et certaines étaient même déjà asphaltées.

Je dis nous parce que Richard m'accompagnait. Il avait déclaré qu'il était inenvisageable qu'il m'expédie seule pour affronter ce genre d'événement, pas en un moment pareil. Il était plus qu'attentionné.

Il conduisait lui-même son coupé bleu – l'un de ses derniers jouets. Dans le coffre derrière nous se trouvaient nos deux valises, les petites, juste pour une nuit – la sienne en cuir bordeaux, la mienne jaune citron. Je portais un tailleur en lin coquille d'œuf – frivole de mentionner ça, c'est certain, mais il venait de Paris et j'y tenais beaucoup – et je savais qu'il serait froissé dans le dos à l'arrivée. Des chaussures en lin avec le bout transparent et un nœud en tissu raide. Mon chapeau coquille d'œuf assorti reposait sur mes genoux comme une boîte renfermant un cadeau fragile.

Richard était un conducteur nerveux. Il n'aimait pas être dérangé – il disait que ça perturbait sa concentration – et nous fîmes donc le voyage en silence, plus ou moins. Le trajet prit plus de quatre heures, alors qu'aujourd'hui il en prend moins de deux. Le ciel était clair, lumineux et plat comme du métal ; le soleil nous tombait dessus comme de la lave. La chaleur montait de l'asphalte en vagues tremblotantes ; les petites villes s'étaient repliées sur elles-mêmes pour se protéger du soleil, rideaux baissés. Je me rappelle leurs pelouses roussies, leurs vérandas aux colonnes blanches, les stations-service isolées dont les pompes ressemblaient à des robots manchots cylindriques avec leurs parties supérieures pareilles à des chapeaux melons sans bords et les cimetières qui donnaient l'impression que plus personne n'y serait jamais enterré. De temps à autre, nous parvenions à hauteur d'un lac qui dispensait une odeur de vairons morts et de plantes aquatiques chaudes.

Quand nous remontâmes l'allée, Laura ne nous fit pas signe. Elle resta à attendre tandis que Richard arrêtait la voiture, descendait péniblement et faisait le tour pour venir ouvrir la portière de mon côté. J'étais en train de basculer les jambes, genoux serrés comme on me l'avait appris, et d'attraper la main que Richard me tendait quand Laura s'anima subitement. Elle dévala les marches, s'empara de mon autre bras, me tira de la voiture en ignorant totalement Richard et jeta les bras autour de moi en m'agrippant comme une noyée. Pas de larmes, juste cette étreinte à vous briser l'échine.

Mon chapeau coquille d'œuf tomba sur les gravillons et Laura marcha dessus. Il y eut un crissement, une inspiration de Richard. Je ne dis rien. À ce moment précis, je ne me souciais plus du chapeau.

Chacune un bras autour de la taille de l'autre, Laura et moi montâmes les marches pour entrer dans la maison. Reenie apparut dans l'encadrement de la porte de la cuisine à l'autre bout du couloir, mais elle était suffisamment fine pour nous laisser tranquilles. Je pense qu'elle tourna son attention vers Richard – qu'elle sut le distraire avec un verre ou autre chose. Enfin, il aura sûrement voulu jeter un coup d'œil sur les lieux et se promener dans la propriété, puisqu'il en avait effectivement hérité.

Nous allâmes directement à la chambre de Laura et nous assîmes sur le lit. Nous nous tenions très fort les mains – celle de gauche dans celle de droite, celle de droite dans celle de gauche. Laura ne pleurait pas, comme au téléphone. À la place, elle était calme et de sang-froid.

« Il était dans la tourelle, m'expliqua-t-elle. Il s'était enfermé à l'intérieur.

– Il faisait toujours ça.

– Mais cette fois, il n'en sortait pas. Reenie laissait les plateaux avec ses repas devant la porte comme d'habitude, mais il ne mangeait rien et ne buvait pas non plus – du moins, on ne pouvait rien dire. Si bien qu'il a fallu qu'on enfonce la porte.

– Toi et Reenie ?

– L'ami de Reenie est venu – Ron Hicks, celui qu'elle va épouser. Il a défoncé la porte. Et papa était allongé par terre. Il devait y avoir au moins deux jours qu'il était là, a dit le docteur. Il était affreux à voir. »

Je ne m'étais pas rendu compte que Ron Hicks était l'ami de Reenie – en fait, son fiancé. Depuis combien de temps cela durait-il, et comment se faisait-il que je n'aie pas remarqué ça ?

« Il était mort, c'est ça que tu veux dire ?

– Au début, je ne l'ai pas cru, parce qu'il avait les yeux ouverts. Mais il était bel et bien mort. Il avait l'air... je ne peux pas te dire de quoi il avait l'air. Comme s'il écoutait quelque chose qui l'avait surpris. Il avait l'air *attentif*.

– Il avait reçu un coup de pistolet ? »

Je ne sais pas pourquoi j'avais demandé ça.

« Non. Il était juste mort. On l'a annoncé dans les journaux comme mort naturelle – *subitement, de mort naturelle*, c'est ce qui a été écrit – et Reenie a dit à Mme Hillcoate que c'était bien de mort naturelle, parce que c'est sûr que la boisson était une seconde nature pour papa et, à en juger par toutes les bouteilles vides qu'il avait descendues, il y aurait eu de quoi faire calancher un cheval.

– Il s'est tué à force de boire », dis-je.

Ce n'était pas une question.

« Quand est-ce que ça s'est passé ?

– Juste après qu'on a annoncé la fermeture définitive des usines. C'est ça qui l'a tué. Je le sais !

– Quoi ? Quelles fermetures définitives ? Quelles usines ?

– Toutes les usines, répondit Laura. Toutes nos usines. Tout ce qui était à nous en ville. Je te croyais au courant.

– Je ne l'étais pas.

– Nos usines ont fusionné avec celles de Richard. Tout a été transféré à Toronto. Tout est Griffen-Chase Royal Consolidated à présent. »

En d'autres termes, plus de Fils. Richard avait tout raflé.

« Ça veut donc dire plus d'emplois. Plus rien ici. Fini. Liquidé.

– On a dit que c'était une question de coûts. Après que la fabrique de boutons a été incendiée – on a dit que ça coûterait trop cher de la reconstruire.

– Qui c'est ce *on* ?

353

– Je ne sais pas. Ce n'était pas Richard ?

– Ce n'était pas ce qui était convenu », m'écriai-je.

Mon pauvre père – il s'était fié à des poignées de main, à des paroles d'honneur et à des suppositions implicites. Je voyais clairement que ce n'était plus comme ça que les choses se passaient maintenant. Peut-être cela ne l'avait-il jamais été ?

« Qu'est-ce qui était convenu ? demanda Laura.

– Peu importe. »

J'avais épousé Richard pour rien, alors – je n'avais pas sauvé les usines et je n'avais pas sauvé mon père non plus. Mais il y avait toujours Laura ; elle n'était pas à la rue. Il fallait que j'y pense.

« Est-ce qu'il a laissé quelque chose... une lettre, un mot ?

– Non.

– Tu as regardé ?

– Reenie a regardé », répondit Laura d'une toute petite voix.

Ce qui signifiait qu'elle-même n'avait pas pu.

Bien sûr, me dis-je. Reenie devait avoir regardé. Et si elle avait trouvé quelque chose, elle devait l'avoir brûlé.

Obnubilé

Cela étant, mon père n'aurait pas laissé de mot. Il aurait été conscient des répercussions. Il n'aurait pas voulu qu'on conclue au suicide parce que, la suite le révéla, il avait pris une assurance sur la vie : cela faisait des années qu'il la payait, si bien que personne ne pouvait l'accuser d'avoir manigancé quelque chose à la dernière minute. Il avait bloqué l'argent – il devait aller tout droit à un fidéicommis de sorte que seule Laura pourrait y toucher et ce uniquement après ses vingt et un ans. Il devait sans doute déjà se méfier de Richard et s'être dit qu'il ne servirait à rien de me laisser quoi que ce soit. J'étais encore mineure et j'étais la femme de Richard. À l'époque, les lois étaient différentes. Ce qui m'appartenait lui appartenait, quasiment.

Comme je l'ai dit, j'ai eu les médailles de mon père. Que symbolisaient-elles ? Le courage. La hardiesse sous le feu. De nobles gestes de sacrifice. J'imagine que j'étais censée m'en montrer digne.

Tout le monde en ville est venu à l'enterrement, dit Reenie. Enfin, presque tout le monde, parce qu'il y avait une amertume considérable dans certains milieux ; mais il n'empêche qu'il avait été très respecté et qu'à ce moment-là on avait compris que ce n'était pas lui qui avait fermé les usines définitivement comme ça. On savait qu'il n'y était pour rien – il n'avait pas pu l'empêcher, c'était tout. C'étaient les gros intérêts qui l'avaient tué.

Tout le monde en ville plaignait Laura, ajouta Reenie. (*Mais pas moi*, ce qui ne fut pas formulé. À leurs yeux, je me retrouvais avec le butin. Pour ce qu'il était.)

Voici les dispositions que prit Richard :
Laura allait venir vivre avec nous. Naturellement, elle y était obligée : elle ne pouvait rester seule à Avalon, elle n'avait que quinze ans.

355

« Je pourrais vivre avec Reenie » suggéra Laura.

Mais Richard décréta que c'était hors de question. Reenie allait se marier ; elle n'aurait pas le temps de s'occuper de Laura. Laura déclara qu'elle n'avait pas besoin qu'on s'occupe d'elle, et Richard se contenta de sourire.

« Reenie pourrait venir à Toronto », insista Laura.

Mais Richard dit qu'elle ne le voulait pas. (Richard ne voulait pas qu'elle vienne. Winifred et lui avaient déjà embauché le personnel qu'ils jugeaient à même de tenir correctement la maison – des gens qui connaissaient les ficelles, déclara-t-il. Ce qui voulait dire qu'ils connaissaient les ficelles de Richard et celles de Winifred aussi.)

Richard expliqua qu'il avait déjà discuté avec Reenie et qu'ils étaient parvenus à un accord satisfaisant. Reenie et son futur mari agiraient en qualité de gardiens pour nous, dit-il, et superviseraient les réparations – Avalon s'effondrait, si bien qu'il y avait des tas de réparations à faire, à commencer par le toit – et de la sorte nous les aurions sous la main pour préparer la maison chaque fois que nous le leur demanderions, parce que l'endroit allait nous servir de résidence d'été. Nous descendrions à Avalon pour faire du bateau et cetera, dit-il sur le ton d'un oncle indulgent. Comme ça, Laura et moi ne serions pas privées de notre demeure ancestrale. Il prononça *demeure ancestrale* avec un sourire. Cela ne nous plairait-il pas ?

Laura ne le remercia pas. Elle fixa son front avec l'indifférence qu'elle avait pris l'habitude de cultiver dans le temps avec M. Erskine, et je vis que nous étions parties pour avoir des problèmes.

Richard et moi retournerions à Toronto en voiture, poursuivit-il, une fois que tout serait réglé. En premier lieu, il avait besoin d'aller voir les hommes de loi de notre père, rendez-vous auquel nous n'avions pas besoin d'assister : ce serait trop déchirant pour nous, compte tenu des événements récents, et il souhaitait nous épargner autant que faire se pouvait. Un de ces hommes de loi était un parent par alliance du côté de ta mère, me glissa Reenie en privé – le mari d'une petite cousine –, alors il veillerait sûrement au grain.

Laura resterait à Avalon jusqu'à ce que Reenie et elle aient fait ses valises ; puis elle prendrait le train pour Toronto et nous irions la chercher à la gare. Elle vivrait avec nous sous notre toit – il y avait une chambre d'amis qui lui conviendrait parfaitement une fois qu'elle aurait été refaite. Et elle fréquenterait – enfin – un établissement scolaire convenable. Sainte-Cecilia était celui que Richard avait choisi, après avoir consulté Winifred qui s'y connaissait dans ce domaine. Laura aurait peut-être besoin de cours supplémentaires, mais il était sûr et certain que, avec le temps, tout cela s'arrangerait. Cela lui permettrait de retirer les bénéfices, les avantages...

« Les avantages de quoi ? demanda Laura

– De ta position sociale, répondit Richard.

– Pour autant que je puisse en juger, je n'ai pas la moindre position sociale.

– Que veux-tu dire au juste ? s'écria Richard d'un ton moins indulgent.

– C'est Iris qui a une position sociale. C'est elle la Mme Griffen. Moi, je ne suis qu'une extra.

– Je comprends bien que tu sois très affectée, répliqua Richard d'un ton sec, compte tenu de ces malheureuses circonstances qui sont difficiles pour tout le monde, mais ce n'est pas la peine d'être désagréable. Ce n'est pas facile non plus ni pour Iris ni pour moi. J'essaie simplement de faire au mieux pour toi. »

« Il pense que je vais être une gêne », me confia Laura ce soir-là dans la cuisine où nous étions allées nous réfugier pour être loin de Richard.

Pour nous, c'était dérangeant de le regarder faire ses listes – ce qu'il fallait jeter, ce qu'il fallait réparer, ce qu'il fallait remplacer. Le regarder et nous taire. *Il se comporte comme si c'était lui le propriétaire*, avait remarqué Reenie, indignée. *Mais il l'est*, avais-je répondu.

« Une gêne pour qui ? demandai-je. Je suis sûre que ce n'est pas ce qu'il veut dire.

– Une gêne pour lui. Une gêne pour vous deux.

– Tout va s'arranger au mieux », déclara Reenie.

Elle avait dit cela comme machinalement. Il y avait de la fatigue dans sa voix, un manque de conviction, et je vis qu'il n'y avait plus à attendre d'aide de sa part. Dans la cuisine, cette nuit-là, elle avait l'air vieille et assez grosse, et défaite aussi. Comme on allait s'en apercevoir peu après, elle était déjà enceinte de Myra. Elle s'était permis de prendre un pain sur la fournée. *Celle qui prend un pain sur la fournée ne vaut pas le pain qu'elle mange*, disait-elle autrefois, mais elle avait transgressé ses propres préceptes. Elle devait alors avoir d'autres soucis en tête et se demander par exemple si elle irait jusqu'à l'autel et sinon qu'adviendrait-il d'elle ? Des temps difficiles, sans aucun doute. À l'époque, il n'y avait pas de frontière entre le nécessaire et le désastre : si on glissait, on tombait, et si on tombait, on se débattait, on s'agitait et on sombrait. Elle aurait bien du mal à se ménager une seconde chance, parce que même si elle s'en allait accoucher ailleurs et qu'elle abandonne ensuite le bébé, les rumeurs iraient bon train et les gens en ville n'oublieraient jamais un événement pareil. Elle pourrait tout aussi bien accrocher une pancarte : il y aurait un attroupement autour du pâté de maisons. Dès l'instant qu'une femme était débauchée, on veillait à ce qu'elle le reste. *Pourquoi acheter une vache quand le lait est gratuit ?* devait-elle se dire.

Elle nous avait donc lâchées, elle nous avait abandonnées. Pendant des années, elle avait fait ce qu'elle avait pu et, à présent, elle n'avait plus de pouvoir.

De retour à Toronto, j'attendis que Laura arrive. La vague de chaleur se prolongeait. Temps étouffant, fronts moites, douche avant gin-tonic dans la véranda de derrière dominant le jardin grillé. L'air ressemblait à un brasier humide ; tout était défraîchi ou jauni. Dans la chambre, un ventilateur faisait un bruit de vieillard équipé d'une jambe de bois qui aurait monté un escalier : halètement sifflant, bruit sourd, halètement. Dans les nuits sans étoiles, pesantes, je fixais le ciel de lit pendant que Richard s'activait.

Je l'obnubilais, disait-il. *Obnubilé* – c'était comme s'il était engourdi, soûl. À croire qu'il n'aurait jamais ressenti ce qu'il ressentait pour moi s'il avait été sobre, s'il avait été dans son état normal.

Je me regardais dans la glace et m'interrogeais. Qu'est-ce que j'avais donc ? Qu'est-ce qui était si obnubilant ? C'était un miroir en pied : dedans, j'essayais de me voir de dos, mais bien entendu, on n'y arrive jamais. On n'arrive jamais à se voir de la manière dont quelqu'un d'autre nous voit – un homme qui nous regarde de dos, à notre insu – parce que, dans un miroir, on a toujours la tête tournée par-dessus son épaule. Une pose faussement modeste, invitante. On peut tenir un autre miroir pour se voir de derrière, et, en ce cas, ce qu'on voit, c'est ce que tant de peintres ont adoré peindre – femme se regardant dans le miroir, ce qui se veut une allégorie de la vanité. Pourtant, il est peu probable qu'il s'agisse de vanité, plutôt du contraire : la recherche de défauts. *Qu'est-ce que j'ai ?* peut facilement s'interpréter comme *Qu'est-ce qui ne va pas chez moi ?*

Richard disait que les femmes pouvaient se diviser en pommes et en poires, selon la forme de leur derrière. J'étais une poire, avait-il affirmé, mais pas mûre. C'était ce qui lui plaisait chez moi – ma verdeur, ma fermeté. Il voulait parler du domaine du derrière, je crois, mais il se peut que ce fût d'un bout à l'autre.

Après mes douches, mes arrachages de petits poils durs, mes coups de brosse et de peigne, je prenais désormais soin d'enlever poils et cheveux qui traînaient par terre. Je retirais les petites touffes de poils des canalisations de la baignoire ou du lavabo et les jetais dans le cabinet, parce que Richard avait fait remarquer d'un air détaché que les femmes ne cessaient de laisser traîner des poils partout. Comme les animaux qui perdaient leurs poils, voilà ce qu'il insinuait.

Comment le savait-il? Comment savait-il pour les poires, les pommes et les poils qui traînaient? Qui étaient ces femmes, ces autres femmes? Mis à part une curiosité superficielle, je ne m'en souciais pas trop.

J'essayais de ne pas penser à mon père, à la manière dont il était mort, à ce qu'il avait pu faire avant cet événement, à ce qu'il avait dû éprouver, à tout ce que Richard n'avait pas cru bon de me raconter.

Winifred débordait d'activité. Malgré la chaleur, elle avait l'air fraîche, s'enveloppait dans des étoffes légères et impalpables, telle une parodie de bonne fée. Richard ne cessait de répéter qu'elle était merveilleuse et qu'elle m'épargnait énormément de travail et de souci, mais elle me mettait de plus en plus mal à l'aise. Elle n'arrêtait pas d'entrer et de sortir de la maison; je ne savais jamais quand elle risquait d'apparaître, de passer sa tête par la porte avec un grand sourire. Mon seul refuge était la salle de bains, parce que, là, je pouvais m'enfermer à clé sans faire montre d'une grossièreté excessive. Elle supervisait le reste de la décoration, commandait les meubles pour la chambre de Laura. (Une coiffeuse avec une jupe à volants, dans un imprimé rose à fleurs avec rideaux et couvre-lit assortis. Un miroir avec un cadre blanc à fioritures rehaussées d'or. C'était exactement ce qu'il fallait pour Laura, je n'étais pas d'accord? Non, je ne l'étais pas, mais ça ne servait à rien de le dire.)

Elle s'occupait également de l'aménagement du jardin; elle avait déjà esquissé plusieurs croquis – juste quelques petites idées, m'avait-elle dit en me collant les bouts de papier sous le nez, puis en me les reprenant pour les ranger soigneusement dans une chemise déjà distendue par ses autres petites idées. Une fontaine, ce serait ravissant, avait-elle déclaré – quelque chose de français, mais il faudrait que ce soit authentique. Je n'étais pas de cet avis?

J'aurais souhaité que Laura se manifeste. La date de son arrivée avait été repoussée à trois reprises déjà – ses valises n'étaient pas encore terminées, elle avait un rhume, elle avait perdu son billet. Je lui parlais sur le téléphone blanc; sa voix était réservée, distante.

Les deux domestiques avaient pris leurs fonctions, une cuisinière-gouvernante grognon et un gros bonhomme à bajoues qui faisait office de jardinier-chauffeur. Ils s'appelaient Murgatroyd et étaient censés être mari et femme, mais on les aurait crus frère et sœur. Ils me considéraient avec méfiance, et je le leur rendais bien. Les jours où Richard était à son bureau et Winifred omniprésente, j'essayais de m'éclipser de la maison autant que possible. Je disais que j'allais en ville – faire des courses, prétextais-je, ce qui représentait une version acceptable de la manière dont il me fallait passer le temps. Je me faisais déposer devant le grand magasin Simpsons par le chauffeur et lui disais que je prendrais un taxi pour le retour. Puis j'entrais dans le bâtiment, procédais à un achat rapide : des bas et des gants constituaient toujours une preuve convaincante de mon zèle. Puis je traversais le magasin sur toute sa longueur et sortais par la porte opposée.

Je repris mes vieilles habitudes – les errances sans but, l'examen des devantures, des affiches de théâtre. J'allais même au cinéma, toute seule ; les hommes aux mains baladeuses ne m'impressionnaient plus, maintenant que je savais ce qu'ils avaient en tête, ils avaient perdu leur aura de magie diabolique. Je n'étais pas intéressée par la plupart de leurs préoccupations – toujours ces empoignades et ces tripotages obsessionnels. *Gardez vos mains à leur place ou sinon je hurle*, s'avérait assez efficace du moment qu'on était décidé à tenir parole. Ils semblaient deviner que je l'étais. En ce temps-là, Joan Crawford était mon actrice préférée. Yeux blessés, bouche fatale.

J'allais parfois au Musée royal de l'Ontario. Je regardais des armures, des animaux empaillés, d'anciens instruments de musique. Cela ne m'emmenait pas très loin. Sinon j'allais chez Diana's pour y prendre une boisson gazeuse ou une tasse de café : c'était un salon de thé très comme il faut en face du grand magasin, très fréquenté par les dames, et il y avait peu de risque que des hommes seuls m'y importunent. Ou bien je me promenais dans Queen's Park d'un pas vif et résolu. Si je marchais trop lentement, un homme ne manquait pas d'apparaître. *Papier tue-mouches*, c'était ainsi que Reenie surnommait les jeunes femmes. *C'est la croix et la bannière pour s'en débarrasser.* Un jour, un homme s'est exhibé juste devant moi, à hauteur de mes yeux. (J'avais commis l'erreur de m'asseoir sur un banc isolé dans le parc de l'université.) Ce n'était pas un vagabond non plus, il était assez bien habillé.

« Je suis désolée, lui dis-je. Ça ne m'intéresse pas du tout. »

Il eut l'air tellement déçu. Il aurait vraisemblablement aimé que je m'évanouisse.

En théorie, je pouvais aller où je voulais, en pratique, il existait d'invisibles barrières. Je restais dans les rues principales, dans les quartiers les plus riches : même dans ce cadre, il n'y avait pas vraiment beaucoup d'endroits où je me sentais libre. J'observais les autres gens – pas tant les hommes que les femmes. Étaient-elles mariées ? Où allaient-elles ? Avaient-elles un emploi ? Leur apparence ne m'apprenait pas grand-chose, à part le prix de leurs chaussures.

J'avais l'impression d'avoir été enlevée et lâchée dans un pays étranger où tout le monde parlait une langue différente.

Parfois, il y avait des couples, bras dessus, bras dessous – ils riaient, heureux, amoureux. Victimes d'une énorme fraude dont ils étaient pourtant les auteurs, c'était du moins mon sentiment. Je les dévisageais avec rancœur.

Puis un jour – c'était un jeudi –, je vis Alex Thomas. Il était de l'autre côté de la rue, en train d'attendre que le feu passe au rouge. C'était sur Queen Street, au coin de Yonge. Il était extrêmement mal habillé – il portait une chemise bleue, comme un ouvrier, et un chapeau cabossé –, mais c'était bien lui. On aurait dit qu'il était illuminé, comme si, d'une source invisible, un rai de lumière lui tombait dessus, le rendant terriblement visible. Sans doute quelqu'un d'autre dans la rue le regardait-il aussi – sans doute ils allaient tous deviner qui il était ! À tout moment, désormais, on allait le reconnaître, hurler, le pourchasser.

Ma première impulsion fut de le mettre en garde. Là-dessus, je compris que cette mise en garde devait être valable pour nous deux, parce que, quels que fussent les problèmes dans lesquels il était impliqué, je l'étais subitement aussi.

J'aurais pu ne pas lui prêter attention. J'aurais pu me détourner. Ç'aurait été sage. Mais une telle sagesse me fut interdite à ce moment-là.

Je descendis du trottoir et me mis à traverser la rue dans sa direction. Le feu changea de nouveau de couleur : je me retrouvai coincée en plein milieu. Des voitures klaxonnèrent ; il y eut des hurlements ; les véhicules démarrèrent. Je ne savais pas s'il me fallait reculer ou avancer.

Il se tourna alors et, au début, je ne suis pas sûre qu'il me vit. Je tendis la main, comme une noyée implorant un secours. En cet instant précis, dans mon cœur, j'avais déjà trahi.

Était-ce une trahison ou un acte de courage ? Les deux peut-être. Ni l'un ni l'autre n'implique qu'on y ait réfléchi avant : de telles choses se produisent en l'espace d'une seconde, en un clin d'œil. Cela ne peut arriver que parce qu'on les a déjà répétées maintes et maintes fois, en silence et dans l'obscurité ; dans un silence tel, dans une obscurité telle qu'on n'en a pas conscience soi-même. Aveugle, mais agile, on fait un pas en avant, comme dans une danse dont on aurait retrouvé le souvenir.

Sunnyside

Trois jours après ça, Laura était censée arriver. Je descendis personnellement la chercher en voiture à Union Station, mais elle n'était pas dans le train. Elle n'était pas à Avalon non plus ; je téléphonai à Reenie pour vérifier et déclenchai une crise : elle avait toujours su qu'un truc pareil se produirait, vu comment était Laura. Elle l'avait accompagnée au train, avait expédié la malle et tout comme on le lui avait demandé, elle avait pris toutes les précautions possibles. Elle aurait dû aller avec elle jusqu'au bout, et maintenant voilà ! Un de ces trafiquants de femmes blanches l'avait enlevée.

La malle de Laura se présenta en temps et en heure, mais Laura elle-même semblait avoir disparu. Richard en fut plus perturbé que je ne l'aurais imaginé. Il craignait que des forces inconnues ne l'aient fait disparaître – des gens désireux de lui causer des ennuis. Ce pouvait être les rouges, mais aussi un concurrent sans scrupule : des hommes aussi tordus, ça existait. Des criminels, laissa-t-il entendre, qui étaient de mèche avec toute sorte de types – des types qui ne reculeraient devant rien pour exercer une influence indue sur lui, à cause de ses connexions politiques de plus en plus importantes. Si ça continuait comme ça, nous allions recevoir une lettre de chantage.

Il se méfiait de multiples choses, ce mois d'août-là ; il déclara qu'il fallait que nous soyons sur le qui-vive. Il y avait eu une grande marche sur Ottawa, en juillet – des milliers, des dizaines de milliers d'hommes prétendant être au chômage et exigeant du travail et des paies correctes, poussés par des éléments subversifs déterminés à renverser le gouvernement.

« Je te parie que le jeune Machin y était mêlé, affirma Richard en me regardant de près.

« – Le jeune qui ? demandai-je en jetant un coup d'œil par la fenêtre.

– Écoute-moi, chérie. Le copain de Laura. Le brun. Le jeune voyou qui a réduit en cendres la fabrique de ton père.

– Elle n'a pas été réduite en cendres. Les pompiers ont éteint l'incendie à temps. De toute façon, on ne l'a jamais prouvé.

– Il s'est sauvé, répliqua Richard. A filé comme un lapin. Pour moi, c'est une preuve suffisante. »

Les gens qui avaient marché sur Ottawa s'étaient vu piéger par un stratagème discret et intelligent suggéré – du moins il l'affirmait – par Richard en personne qui évoluait désormais dans les hautes sphères. Les meneurs de la marche avaient été attirés à Ottawa sous le prétexte de « négociations officielles » tandis que le reste de la caravane était bloqué à Regina. Ces négociations n'avaient abouti à rien, comme prévu, mais là-dessus des émeutes s'étaient déclenchées : les éléments subversifs avaient envenimé les choses, la foule était devenue incontrôlable, il y avait eu des morts et des blessés. C'étaient les communistes qui étaient derrière ça, ils étaient dans toutes les affaires louches, et qui pouvait prétendre que kidnapper Laura ne faisait pas partie de ces trucs louches ?

À mon avis, Richard se montait trop le bourrichon. J'étais tracassée, moi aussi, mais je croyais que Laura avait simplement disparu – qu'elle s'était laissé distraire d'une façon ou d'une autre. Ça lui ressemblait davantage. Elle était descendue à la mauvaise gare, avait oublié notre numéro de téléphone, perdu son chemin.

Winifred déclara que nous devrions vérifier les hôpitaux : Laura était peut-être tombée malade ou avait eu un accident. Mais elle n'était pas à l'hôpital.

Après deux jours d'inquiétude, nous prévînmes la police et, peu après, malgré les précautions de Richard, les journaux eurent vent de l'affaire. Les journalistes se plantèrent sur le trottoir pour faire le siège de notre maison. Ils prenaient des photos, ne fût-ce que des portes et des fenêtres ; ils téléphonaient ; ils nous suppliaient de leur accorder des interviews. Ce qu'ils voulaient, c'était un scandale. « Le nid d'amour de la collégienne de bonne famille. » « Découverte macabre à Union Station. » Ils voulaient s'entendre dire que Laura s'était enfuie avec un homme marié, qu'elle avait été enlevée par des anarchistes ou retrouvée morte à la consigne, dans une valise à carreaux. Le sexe ou la mort, ou les deux ensemble – voilà ce qu'ils avaient en tête.

Richard déclara que nous devions nous montrer aimables, mais ne donner aucun renseignement. Il ajouta que ça ne servait à rien d'éveiller l'hostilité excessive de la presse, parce que les reporters étaient de petites canailles vindicatives capables de mitonner leurs rancœurs pendant des années et de vous rendre la monnaie de votre pièce plus tard, au moment où vous vous y attendiez le moins. Il dit qu'il allait s'occuper de cette affaire.

Il commença par faire courir le bruit que j'étais sur le point de craquer et demanda qu'on respecte mon intimité et ma santé fragile. Cela fit un peu reculer les journalistes ; ils en déduisirent bien entendu que j'étais enceinte, ce qui avait encore son importance à l'époque et était censé brouiller l'esprit d'une femme. Puis il annonça qu'il y aurait une récompense pour tout renseignement, mais n'en précisa pas le montant. Au huitième jour, nous reçûmes un coup de fil anonyme : Laura n'était pas morte, mais travaillait dans une baraque de gaufres du parc d'attractions de Sunnyside. Le correspondant affirma l'avoir reconnue à la description qu'en avaient donnée tous les journaux.

Il fut décidé que Richard et moi descendrions ensemble en voiture pour la récupérer. Winifred déclara que Laura était vraisemblablement encore sous le choc, compte tenu de la mort indécente de notre père et de sa découverte du corps. N'importe qui aurait été perturbé après une telle épreuve et Laura était quelqu'un de tempérament nerveux. Sans doute se rendait-elle à peine compte de ce qu'elle faisait ou disait. Une fois que nous l'aurions retrouvée, il faudrait lui donner un bon calmant et l'emmener de force chez le médecin.

Mais le plus important, dit Winifred, c'était que rien de tout cela ne devait se répandre. Une jeune fille de quinze ans faisant une fugue pareille – cela causerait du tort à la famille. Les gens risqueraient de penser qu'elle avait été maltraitée et cela pourrait constituer un sérieux obstacle. Pour Richard et ses perspectives d'avenir politique, voilà ce qu'elle voulait dire. En ce temps-là, Sunnyside était l'endroit où les gens allaient l'été. Pas les gens comme Richard et Winifred – c'était trop populaire, trop ouvrier. Manèges, hot-dogs, root beer – boisson gazeuse à base de suc de racines –, stands de tir, concours de beauté, baignades en public : en un mot, des divertissements vulgaires. Richard et Winifred n'auraient pas aimé fréquenter d'aussi près les dessous de bras d'autres gens ni même des individus toujours obligés de compter leurs sous. Cela dit, je ne sais pas pourquoi je joue les petites saintes en bois, ça ne m'aurait pas plu non plus.

Tout est fini à présent, Sunnyside – balayé dans les années 1950 par une autoroute asphaltée à douze voies. Démonté il y a longtemps, comme tant d'autres choses. Mais en ce mois d'août-là, le parc d'attractions battait son plein. Nous descendîmes avec le coupé de Richard, et il nous fallut laisser la voiture à une bonne distance à cause de la circulation et de la foule qui se bousculait sur les trottoirs et les routes poussiéreuses.

C'était un jour épouvantable, torride et brumeux ; on cuisait dans son jus, comme dirait Walter. Au-dessus de la berge du lac, il y avait un brouillard invisible mais presque palpable, à base de parfum éventé et d'huile solaire provenant des épaules nues bronzées qui se mélangeaient à la fumée des francforts en train de cuire et à l'odeur de brûlé de la barbe à papa. Marcher au milieu de la foule donnait l'impression de sombrer dans un ragoût – on devenait un ingrédient, on prenait une certaine saveur. Même le front de Richard était moite sous le bord de son panama.

D'au-dessus de nos têtes nous parvenaient un grincement de métal contre métal ainsi qu'un grondement menaçant et un chœur de hurlements féminins : les montagnes russes. Je n'étais jamais montée dedans et regardai bouche bée jusqu'à ce que Richard me dise :

« Ferme la bouche, chérie, tu vas gober des mouches. »

J'entendis une histoire bizarre par la suite – de qui ? De Winifred sans aucun doute ; c'était le genre d'anecdote qu'elle avait coutume de lancer pour montrer qu'elle savait ce qui se passait vraiment en douce dans la vie, la vie des bas-fonds. L'histoire était que les filles qui s'étaient mises dans le pétrin – pour reprendre les termes de Winifred, à croire que ces filles s'étaient mises toutes seules dans ledit pétrin –, que ces filles dans le pétrin montaient dans les montagnes russes de Sunnyside en espérant ainsi se faire avorter. Winifred avait éclaté de rire : *Bien entendu, ça ne marchait pas*, avait-elle dit, *et si ça avait été le cas, qu'est-ce qu'elles auraient fait ? Avec tout ce sang, je veux dire ? Tout en l'air comme ça ! Imagine un peu !*

Ce que je visualisai quand elle raconta cette histoire, ce furent ces rubans rouges que, dans le temps, on jetait en cascade, lors du baptême des grands paquebots, sur les spectateurs en dessous ; ou encore une série de lignes, de longues et épaisses lignes de rouge se déroulant des montagnes russes et des filles dedans comme de la peinture qui serait tombée d'un seau. Pareils à de longs gribouillages de nuages vermillon. Comme ces publicités que les petits avions tracent dans le ciel.

Aujourd'hui, je me dis : Mais si c'étaient des trucs écrits, lesquels ? Des journaux intimes, des romans, des autobiographies ? Ou juste des graffitis : *Mary aime John*. Mais John n'aime pas Mary, ou pas assez.

366

Pas assez pour lui épargner de se vider pareillement, en griffonnant au-dessus de tout le monde en caractères aussi rouge rouge.

Une vieille histoire.

Mais en ce jour d'août 1935, je n'avais pas encore entendu parler d'avortement. Si le mot avait été prononcé en ma présence, ce qui n'avait pas été le cas, je n'aurais pas su ce qu'il signifiait. Pas même Reenie ne l'avait mentionné : de vagues allusions sur des bouchers à l'œuvre sur des tables de cuisine, voilà ce qu'elle avait lancé de plus osé, et Laura et moi – cachées dans l'escalier de service, l'oreille aux aguets – avions cru qu'elle parlait de cannibalisme, ce qui nous avait paru intrigant.

Les montagnes russes hurlaient en passant, le stand de tir faisait des bruits de pop-corn. D'autres gens riaient. Je m'aperçus avec stupeur que j'avais faim, mais ne pus suggérer un snack ; cela n'aurait pas été le moment opportun, et la nourriture était impensable. Richard était sombre comme le destin ; il me tenait par le coude, me pilotait à travers la foule. Il avait l'autre main dans la poche : l'endroit, disait-il, devait forcément fourmiller de pickpockets.

Nous gagnâmes la baraque de gaufres. Laura n'était pas en vue, mais Richard ne souhaitait pas parler en premier à Laura, il était trop prudent pour ça. Il aimait régler les choses en partant du sommet de la hiérarchie, si possible. Il demanda donc à dire un mot en privé au propriétaire de la baraque de gaufres, un gros bonhomme au menton noirâtre qui empestait le beurre rance. L'homme comprit immédiatement la raison de la présence de Richard. Il sortit de sa baraque en jetant un coup d'œil furtif par-dessus son épaule.

Le propriétaire de la baraque de gaufres avait-il conscience qu'il hébergeait une mineure en fuite ? demanda Richard. Grands dieux non ! répliqua le bonhomme, horrifié. Laura l'avait eu au sentiment – avait déclaré avoir dix-neuf ans. Cela étant, elle travaillait dur, elle besognait comme une bête de somme, tenait l'endroit propre et donnait un coup de main pour les gaufres quand il y avait un coup de feu. Où avait-elle dormi ? L'homme demeura vague sur la question. Quelqu'un dans le coin lui avait fourni un lit, mais ce n'était pas lui. Et il n'y avait rien de louche là-dedans non plus, il fallait qu'on le croie, ou tout au moins il n'était pas au courant. Elle était honnête, cette petite, et il était heureux en mariage, pas comme certains dans les parages. Il la plaignait – avait pensé qu'elle avait peut-être des ennuis. Il avait de l'affection pour les gentilles filles dans son genre. En fait, c'était lui qui avait passé le coup de téléphone, et pas

367

seulement pour la récompense non plus ; il s'était dit qu'elle serait mieux auprès de sa famille, pas vrai ?

Là-dessus, il regarda Richard comme s'il attendait quelque chose. De l'argent changea de mains, même si – c'est ce que j'en déduisis – ce fut en un sens pas autant que ce que l'homme avait espéré. Puis Laura fut appelée. Elle ne protesta pas. Elle nous lança un coup d'œil et décida de ne rien faire.

« En tout cas, merci pour tout », dit-elle à l'homme aux gaufres.

Elle échangea une poignée de main avec lui. Elle ne s'était pas rendu compte qu'il l'avait vendue.

Richard et moi la prîmes chacun par un coude ; nous retraversâmes Sunnyside avec elle. Je me faisais l'effet d'être une traîtresse. Richard la fit asseoir dans la voiture entre nous deux. Je passai un bras apaisant autour de son épaule. J'étais fâchée contre elle, mais savais que je devais la réconforter. Elle sentait la vanille, le sirop chaud et sucré et les cheveux pas lavés.

Lorsque nous l'eûmes ramenée à la maison, Richard appela Mme Murgatroyd et lui demanda un verre de thé glacé pour Laura. Mais elle ne le but pas ; elle resta assise en plein milieu du canapé, les genoux serrés, très raide, le visage impassible, les yeux pareils à des ardoises.

Avait-elle la moindre idée de l'inquiétude et de l'émotion qu'elle avait causées ? s'écria Richard. Non. Ça lui était égal ? Pas de réponse. Il espérait assurément qu'elle ne recommencerait pas. Pas de réponse. Parce qu'il assumait désormais un rôle de parent, façon de parler, et qu'il avait une responsabilité envers elle et qu'il avait l'intention d'assumer cette responsabilité, quoi qu'il lui en coûte. Et étant donné que rien n'était à sens unique, il espérait qu'elle allait se rendre compte qu'elle avait une responsabilité envers lui aussi – envers nous, ajouta-t-il – qui consistait à se comporter correctement et à faire ce qu'on lui demandait, dans les limites du raisonnable. Est-ce qu'elle comprenait cela ?

« Oui, répondit Laura. Je comprends ce que tu veux dire.

– J'y compte bien, riposta Richard. J'y compte bien, jeune dame. »

Le *jeune dame* me rendit nerveuse. C'était un reproche, comme s'il y avait quelque chose de mal dans le fait d'être jeune, et aussi dans le fait d'être une dame. En ce cas, c'était un reproche qui m'englobait.

« Qu'est-ce que tu as mangé ? demandai-je pour faire diversion.

– Des pommes d'amour, me confia Laura. Des beignets de chez Downyflake Doughnuts, ils étaient moins chers le deuxième jour. Là-bas, les gens étaient vraiment gentils. Des hot-dogs.

368

– Oh là là, fis-je en adressant un petit sourire désapprobateur, faible, à Richard.

– C'est ce que mangent les autres gens dans la vraie vie ! » s'écria Laura.

Je commençai alors à entrevoir l'attrait que Sunnyside devait avoir représenté pour elle. C'étaient les *autres gens* – ces gens qui, en ce qui concernait Laura, avaient toujours été *autres* et continueraient à l'être. Elle mourait d'envie de les servir, ces autres gens. Elle mourait d'envie, d'une certaine façon, de se joindre à eux. Mais cela ne lui était jamais possible. C'était de nouveau la soupe populaire de Port Ticonderoga.

« Laura, pourquoi tu as fait ça ? » lui demandai-je dès que nous fûmes seules.

(*Comment tu as fait ?* me valut une réponse simple : elle était descendue du train à London et avait changé son billet pour un autre train plus tard. Au moins n'était-elle pas allée dans une autre ville : en ce cas, nous ne l'aurions peut-être jamais retrouvée.)

« Richard a tué papa, me confia-t-elle. Je ne peux pas vivre chez lui. Ce n'est pas bien.

– Ce n'est pas vraiment juste, répondis-je. Papa est mort à cause d'un ensemble de circonstances malheureuses. »

J'eus honte de dire ça : on aurait cru entendre Richard.

« Ce n'est peut-être pas juste, mais c'est vrai. Au fond, c'est vrai. De toute façon, je voulais travailler.

– Mais pourquoi ?

– Pour montrer qu'on... pour montrer que je pouvais. Que je, qu'on n'était pas obligés de... »

Elle me tourna la tête, se mâchouilla le doigt.

« Pas obligés de quoi faire ?

– Tu le sais. Tout ça. »

De la main, elle désigna la coiffeuse à volants, les rideaux fleuris assortis.

« J'ai commencé par aller voir les nonnes. Je suis allée au couvent de la Stella Maris. »

Oh non, me dis-je, pas les nonnes encore une fois. Je nous croyais définitivement débarrassées des nonnes.

« Et qu'est-ce qu'elles ont dit ? demandai-je de façon bienveillante, désintéressée.

– Ça n'a servi à rien, répondit Laura. Elles ont été très gentilles avec moi, mais elles ont dit non. Ce n'est pas seulement le fait que je ne suis pas catholique. Elles ont dit que je n'avais pas de vraie vocation, que je fuyais mes devoirs. Elles ont dit que si je voulais servir Dieu, il fallait que je le fasse dans la vie pour laquelle Il m'avait appelée. »

Une pause.

« Mais quelle vie ? ajouta-t-elle. Je n'ai pas de vie ! »

Là-dessus, elle fondit en larmes et je nouai les bras autour d'elle, geste consacré par l'usage depuis qu'elle était toute petite. *Arrête de brailler.* Si j'avais eu un morceau de sucre brun, je le lui aurais donné, mais il y avait bien longtemps que nous avions passé le stade du morceau de sucre. Ce n'était pas le sucre qui allait nous aider.

« Comment pourrons-nous jamais sortir d'ici ? gémit-elle. Avant qu'il ne soit trop tard ? »

Elle avait au moins le bon sens d'avoir peur ; elle avait davantage de bon sens que moi. Je crus pourtant qu'il ne s'agissait que de mélodrames adolescents.

« Trop tard pour quoi ? » lui demandai-je gentiment.

Un profond soupir, voilà tout ce que j'avais à faire ; un profond soupir, du calme et faire le point. Inutile de paniquer.

Je croyais que je pourrais supporter Richard, Winifred. Je croyais que je pourrais vivre comme une petite souris dans le palais des tigres, pourvu que j'évolue discrètement, sans être vue, à l'intérieur de ces murs ; en me taisant, en évitant de me faire remarquer. Non, je m'accorde trop de mérite. Je n'avais pas vu le danger. Je ne savais même pas que j'avais affaire à des tigres. Pire : je ne savais pas que je pouvais devenir un tigre moi-même. Je ne savais pas qu'il pouvait en être de même pour Laura, selon les circonstances. Que ça pouvait être pareil pour n'importe qui, d'ailleurs.

« Vois ce qu'il y a de positif », dis-je à Laura de mon ton le plus apaisant.

Je lui tapotai le dos.

« Je vais aller te chercher une tasse de lait chaud, comme ça tu pourras dormir longtemps et bien. Tu te sentiras mieux demain. »

Mais elle pleurait sans relâche et refusait d'être consolée.

Xanadou

La nuit dernière, j'ai rêvé que je portais mon costume du bal de Xanadou. J'étais censée être une fille d'Abyssinie – la demoiselle au tympanon. Il était en satin vert, ce costume : un petit boléro galonné de paillettes dorées dévoilant beaucoup de gorge et de ventre ; un caleçon en satin vert, des culottes transparentes. Beaucoup de fausses pièces d'or, portées en collier et nouées autour du front. Un petit turban crânement posé sur la tête et décoré d'une broche en croissant. Un voile sur le nez. L'idée que se faisait de l'Orient un styliste amateur de cirque et de clinquant.

Je me trouvai très mignonne là-dedans jusqu'au moment où je me rendis compte, en baissant les yeux vers mon ventre fané, mes jointures enflées et veinées de bleu, mes bras flétris, que je n'avais pas l'âge que j'avais à l'époque, mais l'âge que j'ai aujourd'hui.

Je n'étais pas au bal, cependant. J'étais toute seule, ou c'est ce que je crus d'abord, dans l'orangerie dévastée d'Avalon. Des pots vides étaient éparpillés çà et là ; d'autres étaient remplis de terre toute sèche et de plantes mortes. L'un des sphinx en pierre gisait par terre, renversé sur le côté, couvert de graffitis au crayon-feutre – noms, initiales, dessins grossiers. Il y avait un trou dans la verrière. L'endroit empestait le chat.

Le corps de bâtiment principal derrière moi était sombre, déserté, il n'y avait personne dedans. J'avais été abandonnée dans cette tenue ridicule. Il faisait nuit, avec une lune aux allures de bout d'ongle. Sous sa lumière, je vis qu'en fait une seule et unique plante était restée en vie : un arbuste aux feuilles vernissées avec une fleur blanche. *Laura*, murmurai-je. De l'autre côté, dans l'ombre, un homme éclata de rire.

Pas méchant comme cauchemar, me diriez-vous. Attendez d'y avoir goûté. Je me réveillai, désespérément triste.

Pourquoi l'esprit fait-il des choses pareilles ? Pourquoi nous attaque-t-il, nous déchire-t-il, nous plante-t-il les griffes ? Quand on est suffisamment affamé, dit-on, on commence par se manger les sangs. Peut-être cela y ressemble-t-il beaucoup ?

Sottises. Tout ça, c'est chimique. Il faut que je prenne des mesures, pour ces rêves. Il doit bien y avoir une pilule.

Nouvelle chute de neige aujourd'hui. Le simple fait de regarder par la fenêtre me fait mal aux doigts. J'écris à la table de cuisine, aussi lentement que si je faisais de la gravure. Le stylo est lourd, difficile à pousser, comme si je raclais le ciment avec un clou.

Automne, 1935. La chaleur a reculé, le froid a fait des progrès. Gel sur les feuilles tombées, puis sur les feuilles pas tombées. Puis sur les fenêtres. Je prenais plaisir devant de tels détails à l'époque. J'aimais inspirer. L'espace à l'intérieur de mes poumons était tout à moi.

Pendant ce temps, les choses continuaient.

Ce que Winifred appelait désormais « la petite équipée de Laura » avait été étouffé au maximum. Richard avait dit à Laura que si elle en touchait un mot à qui que ce soit d'autre, en particulier à quelqu'un de son établissement scolaire, il serait amené à l'apprendre et y verrait un affront personnel, de même qu'une tentative de sabotage. Il avait réglé les choses avec la presse : les Newton-Dobbses, un couple de copains à lui haut placés – le monsieur était je-ne-sais-quoi dans l'une des compagnies de chemins de fer –, avaient fourni un alibi et étaient prêts à jurer que Laura avait passé tout ce temps chez eux dans leur propriété de Muskoka. Ces vacances s'étaient décidées à la dernière minute et Laura pensait que les Newton-Dobbses nous avaient téléphoné tandis que les Newton-Dobbses pensaient que Laura s'en était chargée, tout cela n'était qu'un simple malentendu et ils ne s'étaient pas rendu compte qu'on avait cru Laura disparue parce qu'ils ne regardaient jamais les journaux pendant les vacances.

À d'autres. Mais les gens admirent cette histoire ou firent semblant de l'admettre. J'imagine que les Newton-Dobbses faisaient circuler la version authentique auprès de leurs vingt meilleurs amis, gardez ça pour vous, c'est strictement confidentiel, ce que Winifred aurait fait à leur place, les ragots étant une denrée comme n'importe quelle autre. Au moins ne toucha-t-elle jamais la presse.

Sanglée dans un kilt qui la grattait et équipée d'une cravate à carreaux, Laura fut expédiée à Sainte-Cecilia. Elle détesta l'établissement et n'en fit pas mystère. Elle déclara qu'elle n'était pas obligée d'aller là-bas; que maintenant qu'elle avait eu un emploi, elle pouvait en trouver un autre. Elle me fit cette déclaration en présence de Richard. Elle refusait de lui adresser la parole.

Elle se rongeait les ongles, ne mangeait pas assez, était trop maigre. Je commençais à me tracasser beaucoup à son sujet, comme j'étais censée le faire et comme, en toute justice, j'aurais dû le faire. Mais Richard déclara qu'il en avait assez de ces bêtises hystériques et que, pour ce qui était d'un emploi, il ne voulait plus en entendre parler. Laura était bien trop jeune pour être lâchée toute seule dans la nature; elle se retrouverait embringuée dans une situation déplaisante, parce que les bois fourmillaient de gens qui se chargeaient de s'attaquer à de jeunes écervelées dans son genre. Si son école ne lui plaisait pas, on pouvait l'envoyer dans une autre, très loin, dans une autre ville, et si elle s'enfuyait de celle-là, il la mettrait dans un foyer pour jeunes filles difficiles avec toutes les autres débauchées et si ça ne donnait pas de résultats il y avait toujours la possibilité d'une clinique. Une clinique privée avec des barreaux aux fenêtres: si c'était se repentir qu'elle voulait, cela ferait sûrement l'affaire. Elle était mineure, il était responsable d'elle et, fais-moi confiance, il ferait exactement ce qu'il avait dit. Comme elle le savait – comme tout le monde le savait –, c'était un homme de parole.

Ses yeux avaient tendance à sortir de leurs orbites quand il était en colère, et, là, ils étaient sortis, mais il dit tout cela d'un ton calme, très crédible, et Laura le crut et en fut intimidée. J'essayai d'intervenir – ces menaces étaient trop cruelles, il ne comprenait pas Laura ni la manière dont elle prenait les choses au pied de la lettre –, mais il me conseilla de ne pas m'en mêler. Ce qu'il fallait, c'était qu'il soit ferme. Laura avait été assez maternée comme ça. Il était temps qu'elle se secoue.

Au fil des semaines, une trêve boiteuse s'instaura. Je m'efforçais d'organiser les choses dans la maison de façon à ce qu'ils ne se heurtent jamais. Qu'ils ne fassent que se croiser, voilà ce que j'espérais.

Bien entendu, Winifred avait collé son grain de sel là-dedans. Elle devait avoir dit à Richard de prendre position, parce que Laura était du genre à mordre la main qui la nourrissait si on ne lui mettait pas une muselière.

Richard consultait Winifred en tout, parce qu'en général elle était solidaire de lui, qu'elle le soutenait et l'encourageait. C'était elle qui le soutenait socialement, qui défendait ses intérêts dans les cercles qu'elle jugeait opportuns. Quand tenterait-il d'entrer au Parlement ? Pas tout de suite, tout de suite, chuchotait-elle à l'oreille de toute personne vers laquelle elle se penchait – ce n'était pas encore tout à fait le moment –, mais bientôt. Ils avaient décidé tous les deux que Richard était l'homme de l'avenir et que la femme qui serait derrière lui – tout homme qui réussissait n'en avait-il pas une ? –, c'était elle.

Ce n'était certainement pas moi. Nos positions respectives étaient désormais claires, la sienne et la mienne ; ou disons qu'elles avaient toujours été claires pour elle, mais qu'elles le devenaient aussi pour moi à présent. Elle était nécessaire à Richard, moi, en revanche, je pouvais toujours être remplacée. Ma fonction à moi, c'était d'ouvrir les jambes et de fermer la bouche.

Si cela paraît brutal, ça l'était. Mais cela n'avait rien d'extraordinaire.

Winifred devait me tenir occupée durant les heures de la journée : elle ne voulait pas que je vire loufoque à force d'ennui, elle ne voulait pas que je sorte de mes gonds. Elle prenait grand soin de me concocter des tâches inutiles, puis de réaménager mon temps et mon espace afin que je sois libre de les accomplir. Ces tâches n'étaient jamais trop astreignantes, parce que Winifred ne cachait pas qu'elle me considérait comme une petite cruche. Pour ma part, je ne faisais rien pour modifier son opinion.

Ainsi, le bal de charité pour la crèche des enfants trouvés du centre-ville, dont elle était la présidente. Elle m'inscrivit sur la liste des organisateurs, non seulement pour me tenir sous pression mais aussi parce que cela ferait honneur à Richard. « Organisateurs » tenait de la farce, elle ne me jugeait même pas capable de m'y retrouver dans mes lacets de chaussure, alors quelle tâche subalterne pouvait-on me confier ? Elle décida que je me chargerais de la rédaction des adresses. Elle avait raison, j'en étais capable. Je me révélai même bonne. Je n'avais pas à réfléchir à la chose et pouvais passer le temps mentalement ailleurs. (« Dieu merci, elle a un talent, l'entendais-je confier aux Billie et aux Charlie au bridge. Oh, j'ai oublié... deux ! » Éclats de rire.)

Destinée à venir en aide aux enfants des quartiers pauvres, la crèche des enfants trouvés du centre-ville était ce que Winifred faisait de mieux, ou du moins le bal de charité l'était-il. C'était un bal costumé – c'était le cas en général pour ce genre de soirées parce que les gens, à l'époque, aimaient les déguisements. Ils les aimaient presque autant que les uniformes. Les uns comme les autres avaient la même finalité : ils vous dispensaient d'être vous-même, vous pouviez faire mine d'être quelqu'un d'autre. Vous pouviez devenir plus gros et plus puissant, ou plus enjôleur et mystérieux rien qu'en revêtant des habits exotiques. Enfin, il y avait quelque chose de cet ordre-là.

Winifred avait un comité organisateur pour le bal, mais tout le monde savait que c'était elle qui prenait toutes les décisions importantes. Elle tenait les cerceaux, les autres sautaient au travers. C'était elle qui avait choisi le thème de 1936 : « Xanadou ». Le bal concurrent des Beaux-Arts, qui avait récemment choisi « Tamerlan à Samarcande », avait connu beaucoup de succès. Les thèmes orientaux ne pouvaient pas ne pas marcher et sans doute tout le monde avait-il été obligé d'apprendre par cœur Koubla Khan à l'école, de sorte que même les avocats, même les médecins, même les banquiers sauraient ce qu'était Xanadou. Par suite, leurs femmes sauraient.

> En Xanadou, lui, Koubla Khan
> S'édifia un fastueux palais
> À l'endroit où l'Alphée, la rivière sacrée, se lançait
> Par des abîmes insondables à l'homme,
> Vers une mer sans soleil [1].

Winifred fit taper et ronéotyper la totalité du poème afin de le distribuer à notre comité – pour que l'idée fasse son chemin, déclara-t-elle – et toute suggestion de notre part serait la bienvenue, alors que nous savions qu'elle avait déjà tout planifié dans sa tête. Le poème serait également cité sur l'invitation imprimée en relief – lettres d'or avec un filet or et céruléen en caractères arabes. Quelqu'un comprenait-il cette écriture ? Non, mais ça avait l'air absolument ravissant.

Ces soirées se déroulaient exclusivement sur invitation. Vous étiez invité, puis vous payiez le prix fort, et le cercle était très étroit. Savoir qui était sur la liste devenait un sujet d'inquiétude, mais seulement pour ceux qui doutaient de leur statut. Espérer une invitation et ne pas la recevoir vous donnait un avant-goût du purgatoire. J'imagine que de nombreuses larmes furent versées sur de telles questions, mais en secret – dans ce milieu-là, on ne pouvait jamais montrer qu'on était affecté.

La beauté de Xanadou était (affirma Winifred après avoir lu tout le poème de sa voix de buveuse de whisky – elle l'avait remarquablement bien lu, je le lui accorde) – sa beauté était que, avec un thème pareil, on pouvait, selon ce qu'on souhaitait, aussi bien dévoiler que

---

1. S. T. Coleridge, *Koubla Khan*, José Corti, traduction d'Henri Parisot, Paris, 1947.

cacher. Les corpulents pouvaient s'enrober dans de riches brocarts, les sveltes pouvaient venir en esclaves ou en danseuses persanes et tout montrer, y compris la cage à oiseau. Jupes transparentes, bracelets, chaînes de cheville tintinnabulantes – les possibilités étaient pratiquement illimitées et, bien entendu, les hommes adoraient s'habiller en pachas et feindre d'avoir des harems. Toutefois, elle doutait de réussir à convaincre quiconque de jouer les eunuques, ajouta-t-elle au milieu de gloussements complaisants.

Laura était trop jeune pour ce bal. Winifred envisageait des débuts pour elle, rite de passage qui n'avait pas encore eu lieu, ce qui, en attendant, lui interdisait toute sortie dans le monde. Cependant, elle s'intéressa beaucoup aux préparatifs. Je me sentis très soulagée de la voir de nouveau s'intéresser à quelque chose. Elle ne s'occupait pas du tout de son travail scolaire : ses notes avaient été épouvantables.

Rectificatif : ce n'était pas aux préparatifs qu'elle s'intéressait, c'était au poème. Moi, je le connaissais déjà, grâce à Mlle Violence d'Avalon, mais à l'époque Laura ne s'en était pas beaucoup souciée. À présent, elle ne cessait de le lire et de le relire.

Pourquoi cette femme aimait-elle un démon ? voulait-elle savoir. Pourquoi la mer était-elle sans soleil et l'océan sans vie ? Pourquoi le palais de plaisance ensoleillé abritait-il un abîme glacé ? Qu'est-ce que c'était que le mont Abora et pourquoi la fille d'Abyssinie le chantait-elle ? Pourquoi des voix ancestrales prophétisaient-elles la guerre ?

Je ne connaissais pas une seule des réponses à ces questions. Je les connais toutes à présent. Pas les réponses de Samuel Taylor Coleridge – je ne suis pas certaine qu'il ait eu la moindre réponse, étant donné qu'il était sous l'emprise de la drogue à l'époque – mais les miennes. Les voici, pour ce qu'elles valent.

La rivière sacrée est vivante. Elle se déverse dans l'océan sans vie, parce que c'est là que finissent toutes les choses vivantes. L'amant est un démon parce qu'il n'est pas là. Le palais de plaisance ensoleillé abrite des abîmes glacés parce que tels sont les palais de plaisance – au bout d'un moment, ils deviennent très froids, et après cela ils fondent et, là, dans quel état vous retrouvez-vous ? Trempé comme une soupe. Le mont Abora était la patrie de la fille d'Abyssinie et elle le chantait parce qu'elle ne pouvait pas y retourner. Les voix ancestrales prophétisaient la guerre parce que les voix ancestrales ne se taisent jamais, qu'elles ont horreur d'avoir tort et que la guerre est une chose inévitable, tôt ou tard.

Reprenez-moi si j'ai tort.

La neige tombait, doucement d'abord, puis en gros flocons durs qui piquaient la peau comme des aiguilles. Le soleil se montrait dans l'après-midi, le ciel perdait sa couleur de sang délavé pour prendre une nuance de lait écrémé. De la fumée s'échappait des cheminées, des chaudières alimentées au charbon. Les chevaux des chariots à pain laissaient dans la rue des amoncellements de petits pains bruns et fumants qui gelaient. Des enfants se les jetaient à la tête. Les horloges sonnaient minuit, inlassablement, chaque minuit d'un profond noir bleuté criblé d'étoiles glacées, la lune d'un blanc d'os. À travers les branches du marronnier, je regardais le trottoir de l'autre côté de la fenêtre de la chambre. Puis j'éteignais la lumière.

Le bal de Xanadou était fixé au deuxième samedi de janvier. Mon déguisement était arrivé le matin même dans un carton rempli de brassées de papier de soie. Le chic du chic consistait à louer son déguisement chez Malabar, parce que c'était déployer trop d'effort que de s'en faire faire un spécialement. À présent, il était presque six heures et j'étais en train de l'essayer. Laura était dans ma chambre : elle venait souvent y faire ses devoirs, ou donner l'impression de les faire.

« Qu'est-ce que tu es censée être ? demanda-t-elle.

– La fille d'Abyssinie. »

Ce que j'allais inventer en guise de tympanon, je n'en savais encore trop rien. Peut-être un banjo, avec des rubans. Puis je me rappelai que le seul banjo que je connaissais se trouvait à Avalon, dans le grenier, vestige d'un de mes oncles décédés. Il allait me falloir me passer du tympanon.

Je n'escomptais pas que Laura me dise que j'avais l'air jolie ou même bien. Elle ne disait jamais cela : pour elle, *jolie* et *bien* n'étaient pas des catégories de pensée. Cette fois-ci, elle déclara :

« Tu n'es pas très abyssinienne. Les Abyssiniennes ne sont pas censées être blondes.

– Ce n'est pas ma faute, la couleur de mes cheveux, répliquai-je. C'est Winifred. Elle aurait dû choisir les Vikings ou je ne sais quoi.

– Pourquoi ils ont tous peur de lui ? fit Laura.

– Peur de qui ? »

(Je n'avais pas réfléchi à la peur dans ce poème, seulement au plaisir. Le palais de plaisance. Le palais de plaisance, c'était là où je vivais à présent – là où se trouvait mon moi véritable, à l'insu des gens de mon entourage. Encerclé de murs et de tours, de sorte que personne d'autre ne pouvait y entrer.)

« Écoute », dit-elle.

Et elle récita, les yeux fermés :

> Si je pouvais revivre en moi
> Sa symphonie et sa chanson,
> Je serais ravi en des délices si profondes,
> Qu'avec musique grave et longue,
> Je bâtirais ce palais dans l'air :
> Ce palais de soleil ! ces abîmes de glace !
> Et tous ceux qui entendraient les verraient là
> Et tous crieraient : Arrière ! arrière !
> Ses yeux étincelants, ses cheveux flottants !
> Tissez un cercle autour de lui trois fois,
> Fermez vos yeux frappés d'une terreur sacrée :
> Il s'est nourri de miellée ;
> Il a bu le lait de Paradis.

« Tu vois, ils ont peur de lui, dit-elle, mais pourquoi ? Pourquoi *Arrière* ?

– Franchement, Laura, je n'en ai pas idée. Ce n'est qu'un poème. On ne peut pas toujours dire ce que signifie un poème. Peut-être qu'ils le croient fou.

– C'est parce qu'il est trop heureux. Il a bu le lait de Paradis. Ça fait peur aux gens quand on est trop heureux. C'est pas ça ?

– Laura, ne me casse pas les pieds. Je ne sais pas tout. Je ne suis pas un professeur. »

Laura était assise par terre, dans son kilt d'école. Elle suçotait la jointure de son doigt tout en levant les yeux vers moi, déçue. Je la décevais beaucoup ces derniers temps.

« J'ai vu Alex Thomas l'autre jour », dit-elle.

Je me détournai prestement, ajustai mon voile devant le miroir. Ce n'était pas très réussi, ce satin vert : une vraie vamp hollywoodienne dans un film sur le désert. Je me consolai en me disant que tout le monde aurait l'air factice.

« Alex Thomas ? Vraiment ? » m'écriai-je.

J'aurais dû manifester davantage de surprise.

« Eh bien, tu n'es pas contente ?

– Contente de quoi ?

– Contente qu'il soit vivant. Contente qu'on ne l'ait pas attrapé.

– Bien sûr que je suis contente. Mais ne dis rien à personne. Tu ne voudrais pas qu'on le retrouve ?

– Tu n'as pas besoin de me le dire. Je ne suis pas un bébé. C'est pour ça que je ne lui ai pas fait signe.

– Il t'a vue ?

– Non. Il marchait dans la rue et c'est tout. Il avait le col de son manteau relevé et son écharpe par-dessus son menton, mais j'ai bien vu que c'était lui. Il avait les mains dans les poches. »

De penser mains, poches, j'éprouvai un grand pincement au cœur.

« Dans quelle rue c'était ?

– La nôtre. Il était sur le trottoir d'en face, en train de regarder les maisons. Je pense qu'il nous cherchait. Il doit savoir qu'on habite par ici.

– Laura, tu en pinces toujours pour Alex Thomas ? Si c'est le cas, tu devrais essayer de surmonter ça.

– Je n'en pince pas pour lui, répliqua-t-elle avec mépris. Je n'en ai jamais pincé pour lui. Pincé est un terme horrible. C'est vraiment dégueulasse. »

Depuis qu'elle allait à l'école, elle était moins pieuse et son langage beaucoup plus vert. Dégueulasse marchait très fort.

« Quelle que soit l'expression que tu emploies, tu devrais y renoncer. Ce n'est pas possible, un point c'est tout, lui dis-je gentiment. Cela ne fera que te rendre malheureuse. »

Laura noua les bras autour de ses genoux.

« Malheureuse, répéta-t-elle. Qu'est-ce que tu sais sur le fait d'être malheureuse ? »

VIII

Le Tueur aveugle : Histoires de carnivores

Il a encore déménagé, ce qui est aussi bien. Elle détestait l'endroit près de la Junction. Elle n'aimait pas aller dans ce coin et, de toute façon, c'était tellement loin et il faisait tellement froid à ce moment-là : chaque fois qu'elle arrivait là-bas, elle claquait des dents. Elle détestait cette pièce étroite et triste, l'odeur désagréable du vieux tabac parce qu'on ne pouvait pas ouvrir la fenêtre coincée, la petite douche sordide dans le coin, la bonne femme qu'elle rencontrait dans l'escalier – une bonne femme qui ressemblait à une paysanne opprimée dans un roman vieux jeu et qu'on s'imaginait toujours voir débouler avec un fagot de bois sur le dos. Le regard insolent et mauvais qu'elle vous lançait, comme si elle visualisait très précisément ce qui se passait derrière sa porte à lui dès l'instant qu'elle était fermée. Un regard d'envie, mais aussi de malveillance.

Bon débarras, tout ça.

À présent, la neige fond, même s'il reste encore quelques plaques grisâtres dans les endroits ombragés. Le soleil est chaud, il y a l'odeur de la terre humide et des racines qui poussent et les vestiges détrempés des vieux journaux de l'hiver dernier, flous et illisibles. Dans les beaux quartiers de la ville, les jonquilles sont sorties et, dans quelques petits jardins sans ombre, des tulipes, rouges et orange, ont fleuri. Une note prometteuse, comme l'affirme la rubrique jardinage ; cela étant, même encore maintenant, à la fin du mois d'avril, il a neigé l'autre jour – de gros flocons blancs et mous, un blizzard exceptionnel.

Elle a caché ses cheveux sous un mouchoir, passé un manteau bleu marine, le plus foncé qu'elle ait pu dénicher. Il avait dit que ce serait mieux. Dans les coins et recoins par ici, des odeurs de chat mâle et de vomi, une puanteur de poulets entassés dans des cagettes. Crottin de cheval sur la route, ça vient de la gendarmerie royale qui veille au grain, pas pour les voleurs mais pour les agitateurs – des nids de rouges, des étrangers, cachés dans un trou de souris à discuter le bout de gras ensemble, six par lit, c'est sûr, à partager leurs femmes, à ourdir leurs complots tordus, compliqués. Emma Goldman, exilée des États-Unis, vivait dans les parages.

Du sang sur le trottoir, un homme avec un seau et une brosse. Elle contourne soigneusement la flaque rose. C'est un coin de bouchers casher ; de tailleurs aussi, de fourreurs en gros. Et d'ateliers clandestins, sans aucun doute. Des rangées d'immigrantes penchées sur des machines, les poumons se remplissant de peluches.

C'est sur le dos de quelqu'un qu'on a fait les habits que tu as sur le dos, lui a-t-il dit un jour. Oui, a-t-elle répondu d'un ton dégagé, mais ils me flattent. Puis elle a ajouté avec une certaine colère : Qu'est-ce que tu veux que je fasse, hein ? Qu'est-ce que tu veux que je fasse, moi ? Est-ce que tu crois sérieusement que j'ai le moindre pouvoir ?

Elle s'arrête chez le marchand de fruits et légumes, achète trois pommes. Pas de très bonnes pommes, elles sont de la saison passée, leur peau est légèrement fripée, mais elle a le sentiment qu'il lui faut un gage de réconciliation. La femme lui reprend une des pommes, lui montre une vilaine tache brune, lui redonne un plus joli fruit. Le tout sans un mot. Signes de tête éloquents et sourires brèche-dents.

Des hommes en long manteau noir et large chapeau noir, des femmes aux petits yeux vifs. Châles, jupes longues. Verbes écorchés. Ils ne vous regardent pas franchement, mais ne laissent pas passer grand-chose. Elle se remarque, c'est une géante. Ses jambes offertes à tous les regards.

Voilà le magasin de boutons, exactement là où il avait dit. Elle s'arrête un moment pour jeter un coup d'œil à la devanture. Boutons fantaisie, rubans de satin, galons, tresses de galon, paillettes – matières premières pour les adjectifs de rêve de la copie de mode. Ce doivent être les doigts de quelqu'un du coin qui ont cousu la bordure en hermine de sa cape du soir en mousseline blanche. Le contraste entre le voile délicat et la fourrure animale fétide, voilà ce qui plaît aux hommes du monde. La chair tendre, puis le gazon.

Sa nouvelle chambre est située au-dessus d'une boulangerie. On passe sur le côté, on monte l'escalier, dans un nuage d'odeurs qu'elle aime. Mais denses, irrespirables – la levure en train de fermenter lui monte droit à la tête comme de l'hélium chaud. Il y a longtemps qu'elle ne l'a vu. Pourquoi l'a-t-elle évité ?

Il est là, il ouvre la porte.

Je t'ai apporté des pommes, dit-elle.

Au bout d'un moment, les objets de ce monde-ci reprennent forme autour d'elle. Il y a sa machine à écrire, en équilibre précaire sur la minuscule table de toilette. La valise bleue est à côté, surmontée de la cuvette déplacée. Une chemise roulée en boule par terre. Pourquoi le linge froissé évoque-t-il toujours le désir ? Avec ses formes impétueuses, tordues. En peinture les flammes ressemblent à cela – à un tissu orange, jeté par terre.

Ils sont allongés dans le lit, énorme structure en acajou sculpté qui remplit pratiquement toute la pièce. Meuble de mariage d'autrefois, venu de loin, censé durer toute une vie. *Toute une vie*, quelle expression idiote ça donne aujourd'hui ; la durabilité, quelle inutilité. Elle coupe une pomme avec son couteau suisse, lui en donne des quartiers à manger.

Si je n'étais pas averti, je penserais que tu essaies de me séduire.

Non – je te maintiens en vie, c'est tout. Je t'engraisse pour te manger plus tard.

C'est une idée perverse, jeune dame.

Oui. C'est la tienne. Ne me dis pas que tu as oublié les femmes mortes avec leurs cheveux azur et leurs yeux comme des fosses remplies de serpents ? Elles te croqueraient pour leur petit déjeuner.

Seulement si c'est autorisé. Il l'enlace de nouveau. Où étais-tu ? Ça fait des semaines.

Oui. Attends. Il faut que je te dise quelque chose.

C'est urgent ?

Oui. Pas vraiment. Non.

Le soleil décline, les ombres du rideau traversent le lit. Des voix dans la rue, langues inconnues. Jamais je n'oublierai cela, se dit-elle. Puis : Pourquoi est-ce que je pense à me souvenir ? On n'en est pas encore en ce temps-là, on est maintenant. Ce n'est pas fini.

J'ai réfléchi à l'histoire, dit-elle. J'ai réfléchi à la suite.

Ah oui ? Tu as des idées, toi ?

Depuis toujours, j'ai des idées.

D'accord. Écoutons-les, déclare-t-il en souriant.

Entendu. Aux dernières nouvelles, la fille et l'aveugle étaient conduits auprès du Serviteur des Réjouissances, le chef des envahisseurs barbares appelés Peuple de la Désolation, parce que tous deux étaient soupçonnés d'être des messagers divins. Reprends-moi si je me trompe.

Tu fais vraiment attention à ces fadaises ? demande-t-il sur un ton étonné. Tu t'en souviens vraiment ?

Bien sûr. Je me souviens de chacun des mots que tu prononces. Ils arrivent au campement des barbares et le tueur aveugle annonce au Serviteur des Réjouissances qu'il a un message pour lui de la part de l'Invincible, mais qu'il doit lui être communiqué en privé, avec juste la fille présente. C'est parce qu'il ne veut pas la perdre de vue.

Il ne voit pas clair. Il est aveugle, tu te rappelles ?

Tu sais ce que je veux dire. Donc, le Serviteur des Réjouissances dit d'accord.

Il ne dirait pas simplement *D'accord*. Il ferait un discours.

Je ne sais pas faire ça. Tous les trois vont dans une tente à l'écart et le tueur déclare qu'il a un plan. Il leur expliquera comment entrer dans la cité de Sakiel-Norn sans siège ni perte humaine, je veux dire sans qu'ils aient à subir des pertes humaines. Il faudrait qu'ils dépêchent deux hommes, il leur donnera le mot de passe pour la porte – il connaît les mots de passe, tu te souviens – et, une fois entrés, il faudrait que ces hommes aillent jusqu'au canal et qu'ils lancent une corde qui traverserait le passage voûté. Il faudrait qu'ils attachent l'extrémité à un truc ou à un autre – un pilier en pierre ou je ne sais quoi – et puis, à la nuit, un groupe de soldats pourrait se hisser, sous l'eau et à la force des poignets, à l'intérieur de la cité, maîtriser la garde, ouvrir toutes les huit portes et, toc, bingo.

Toc, bingo ? fait-il en éclatant de rire. Ce n'est pas très zycronien comme expression.

N'empêche, là, c'est simple comme bonjour. Après cela, ils peuvent massacrer autant de gens qu'il leur plaît, si c'est ce qu'ils cherchent.

Malin, comme ruse, dit-il. Très astucieux.

Oui. C'est dans Hérodote, ou quelqu'un de la même farine. La chute de Babylone, je crois.

C'est un fourre-tout étonnant, ta tête, remarque-t-il. Mais je suppose que ça ne va pas sans garantie ? Nos deux jeunes ne peuvent pas continuer à jouer les messagers divins. C'est trop risqué. Tôt ou tard, ils vont faire une boulette, s'emmêler les pédales et on va les assassiner. Il faut qu'ils se tirent de là.

Oui. J'y ai pensé. Avant de donner le mot de passe et les indications, l'aveugle déclare qu'ils doivent être emmenés tous les deux au pied des montagnes occidentales avec d'importantes provisions de bouche et cetera. Il dira qu'il faut qu'ils effectuent une sorte de pèlerinage là-bas – qu'ils escaladent une montagne pour recevoir de nouvelles instructions divines. C'est seulement à ce moment-là qu'il remettra la marchandise, c'est-à-dire le mot de passe. Comme cela, si l'attaque barbare échoue, tous les deux seront dans un endroit où aucun citoyen de Sakiel-Norn ne pensera jamais à aller les chercher.

Mais ils seront tués par les loups, objecte-t-il. Et sinon, par les femmes mortes aux silhouettes tout en courbes et aux lèvres rubis. Ou bien c'est elle qui sera tuée et il sera obligé de répondre à leurs désirs pervers jusqu'à la saint-glinglin, le pauvre.

Non, dit-elle. Ce n'est pas ce qui va se passer.

Ah non ? Qui dit ça ?

Ne dis pas *Ah non*. Moi, je le dis. Écoute – voici comment ça se passe. Le tueur aveugle entend toutes les rumeurs et il connaît donc la vérité vraie sur ces femmes. En fait, elles ne sont pas du tout mortes. Elles font juste circuler ces histoires pour qu'on leur fiche la paix. En réalité, ce sont des esclaves marrons et des femmes qui se sont enfuies pour éviter que leur père ou leur mari ne les vende. En plus, il n'y a pas que des femmes – il y a des hommes, mais ce sont des hommes gentils et sympathiques. Tous vivent dans des grottes, ils s'occupent de troupeaux de moutons et cultivent leurs propres potagers. Ils rôdent à tour de rôle autour des tombes et font peur aux voyageurs – ils hurlent en les voyant et ainsi de suite – afin de préserver la fiction.

En plus de cela, les loups ne sont pas vraiment des loups, ce ne sont que des chiens de berger qui ont été dressés pour faire comme s'ils étaient des loups. En réalité, ils sont très dociles et très loyaux.

Ces gens vont donc recueillir les deux fugitifs et se montrer très gentils envers eux lorsqu'ils auront entendu leur triste histoire. Puis le tueur aveugle et la fille sans langue pourront vivre dans l'une des grottes et, tôt ou tard, ils auront des enfants qui y verront clair et pourront parler, et ils seront très heureux.

Et pendant ce temps, tous leurs concitoyens se font massacrer ? s'écrie-t-il, souriant. Tu approuves qu'on trahisse son pays ? Tu échanges le bien de la collectivité contre la satisfaction individuelle ?

Eh bien, c'étaient les autres qui allaient les tuer. Leurs concitoyens.

Seuls quelques-uns d'entre eux avaient cette intention – l'élite, les gros bonnets. Tu condamnes tous les autres avec eux ? Tu ferais en sorte que notre petit couple trahisse les siens ? C'est rudement égoïste de ta part.

C'est historique, rétorque-t-elle. C'est dans *La Conquête du Mexique* – de, comment il s'appelle, Cortès – sa maîtresse aztèque, c'est ce qu'elle a fait. C'est dans la Bible aussi. Rahab, la prostituée, a fait pareil à la chute de Jéricho. Elle a aidé les émissaires de Josué et, du coup, sa famille et elle ont été épargnées.

Accepté, mais tu as transgressé les règles. Tu ne peux pas, sur un coup de tête, transformer les femmes pas mortes en une bande de bergères folkloriques.

En fait, tu n'as jamais mis ces femmes dans l'histoire, réplique-t-elle. Pas directement. Tu as juste rapporté des rumeurs à leur sujet. Ce sont peut-être de fausses rumeurs.

Il éclate de rire. Parfaitement vrai. Maintenant, voici ma version. Dans le campement du Peuple de la Joie, tout se déroule comme tu l'as dit, mais avec des discours de meilleure qualité. Nos deux jeunes gens sont conduits au pied des montagnes occidentales où on les laisse au milieu des tombes et, conformément aux instructions, les barbares entrent alors dans la cité et pillent, détruisent et massacrent les habitants. Personne ne s'en sort vivant. Le roi est pendu à un arbre, la Grande Prêtresse est éviscérée, le courtisan comploteur périt avec les autres. Les innocents enfants esclaves, l'association des tueurs aveugles, les jeunes filles à sacrifier dans le Temple – ils meurent tous. Une culture entière est éliminée de la surface de la Terre. Plus une seule personne sachant tisser ces merveilleux tapis ne reste en vie, ce qui est, tu dois l'admettre, une honte.

Pendant ce temps, les deux jeunes gens errent, main dans la main, à travers les montagnes occidentales et suivent leur chemin solitaire. Ils ont la certitude qu'ils ne tarderont pas à être découverts par les bienveillants amateurs de potager et qu'ils seront recueillis. Or, comme tu l'as dit, les rumeurs ne sont pas forcément vraies et le tueur aveugle a pêché la mauvaise rumeur. Mes femmes mortes sont vraiment mortes. De plus, les loups sont vraiment des loups et les femmes mortes peuvent les siffler à volonté. Nos deux héros romantiques vont se transformer en chair à loups en deux coups de cuillère à pot.

Tu es vraiment un incurable optimiste.

Je ne suis pas incurable, mais j'aime que mes histoires reflètent la vie, ce qui signifie qu'il doit y avoir du loup en elles. Des loups sous une forme ou une autre.

Pourquoi est-ce tellement fidèle à la vie ? Elle se détourne de lui, se met sur le dos et fixe le plafond. Elle est vexée parce qu'il n'a pas retenu son histoire.

Toutes les histoires parlent de loups. Enfin, toutes celles qui valent la peine qu'on les répète. Les autres ne sont que des bêtises à la guimauve.

Toutes ?

Bien sûr. Réfléchis. On échappe aux loups, on se bat contre les loups, on capture les loups, on apprivoise les loups. On est jeté aux loups ou on jette les autres aux loups pour que les loups les dévorent, eux et pas vous. On court avec la meute. On se transforme en loup. Et le mieux, on devient le meneur de la meute. Il n'existe aucune autre histoire décente.

Je pense que si, dit-elle. Je pense que l'histoire dans laquelle tu me racontes l'histoire des loups ne concerne pas les loups.

N'y compte pas trop. J'ai un côté loup. Approche.

Attends. Il y a quelque chose qu'il faut que je te demande.

Vas-y, parle, répond-il mollement. Il a refermé les yeux, posé la main sur elle.

Il t'arrive de m'être infidèle ?

Infidèle. Quel mot vieillot.

Ne t'occupe pas de mon choix de vocabulaire. Alors ?

Pas plus que tu ne l'es, toi. Il s'interrompt. Je ne considère pas ça comme de l'infidélité.

Tu considères ça comme quoi ? demande-t-elle froidement.

De la distraction, de ta part. Tu fermes les yeux et tu oublies où tu es.

Et de ta part ?

Disons simplement que tu es une parmi des tas d'autres.

Tu es vraiment un salaud.

Je ne fais que te dire la vérité.

Eh bien, peut-être que tu ne devrais pas.

Ne monte pas sur tes grands chevaux. C'est juste pour rire. Je ne supporterais pas de poser un doigt sur une autre femme. Ça me ferait vomir.

Il y a un silence. Elle l'embrasse, se recule. Je dois m'en aller, dit-elle d'un ton circonspect. Il fallait que je te prévienne. Je ne voulais pas que tu te demandes où j'étais.

T'en aller où ça ? Pour quoi faire ?

Nous partons pour le voyage inaugural. Tout le monde, tout l'entourage. Il dit qu'on ne peut pas rater ça. Il dit que c'est l'événement du siècle.

Le siècle n'est qu'à un tiers fini. Et malgré cela, j'aurais pensé que ce petit créneau aurait été réservé à la Grande Guerre. Le champagne au clair de lune ne peut pas tellement rivaliser avec les millions de morts des tranchées ni avec l'épidémie de grippe ni...

Il veut parler de l'événement mondain.

Oh, escusez-moi, m'dame. Je r'connais mon erreur.

Où est le problème ? Je ne serai partie qu'un mois... enfin, plus ou moins. Ça dépendra des dispositions prises.

Il ne dit mot.

Ce n'est pas comme si je voulais y aller.

Non. Je ne pense pas que tu le veuilles. Trop de gros repas et beaucoup trop de bals. Une nana risquerait d'y laisser sa santé.

Ne sois pas comme ça.

Ne me dis pas comment il faut que je sois. Ne te joins pas à la troupe des gens qui ont des idées sur la manière dont je pourrais m'améliorer. J'en ai foutrement marre de ça. Je serai ce que je suis.

Je suis désolée. Je suis désolée, je suis désolée, je suis désolée.

Je déteste quand tu t'aplatis comme une carpette. Mais, bon sang, tu es douée pour ça. Je parie que tu pratiques beaucoup, à la maison.

Je devrais peut-être m'en aller.

Va-t'en, si tu en as envie. Il se retourne, lui montre son dos. Fais ce que tu as envie de faire, bordel. Je ne suis pas ton maître. Tu n'es pas obligée de t'asseoir sur le cul, de me supplier, de gémir et d'agiter la queue pour moi.

Tu ne comprends pas. Tu n'essaies même pas. Tu ne comprends pas du tout ce que c'est. Ce n'est pas comme si j'aimais ça.

Entendu.

Mayfair, juillet 1936

En quête d'un adjectif

Par J. Herbert Hodgins

... Il n'est pas de plus beau navire qui ait jamais sillonné la voie des mers. Il a dans son allure la beauté agile, épurée, du lévrier et dispose, pour son intérieur, d'une telle profusion de détails et d'un décor tellement raffiné qu'il représente un chef-d'œuvre de confort, d'efficacité et de luxe. Ce nouveau bateau est un Waldorf-Astoria flottant.

Je suis en quête de l'adjectif idoine. On a dit de lui qu'il était merveilleux, exaltant, magnifique, royal, imposant, majestueux et superbe. Tous ces termes le décrivent avec une certaine pertinence. Mais chaque mot, en lui-même, ne souligne qu'une des facettes de la « plus grande réussite de l'histoire de la construction navale britannique ». Le *Queen Mary* dépasse toute description : il faut le voir, le « sentir » et participer au rythme unique de la vie à son bord.

... Il y avait bal tous les soirs, bien entendu, dans le grand salon, et il était difficile d'imaginer qu'on était en mer. La musique, la piste, l'assistance élégamment habillée étaient en tout point semblables à l'atmosphère de la salle de bal d'une bonne demi-douzaine de grands hôtels à travers le monde. Il y avait là, tout juste sorties de leur carton, les dernières robes du soir plébiscitées par Londres et Paris. On pouvait également voir les plus récents des accessoires : charmants petits sacs à main ; capes du soir tourbillonnantes déclinées en plusieurs versions élégantes pour souligner les coloris ; luxueuses étoles et pèlerines en fourrure. La robe du soir à jupe ample remportait tous les suffrages, qu'elle fût en taffetas ou en tulle. Pour les silhouettes longilignes, le fourreau s'accompagnait invariablement d'une tunique sophistiquée en taffetas ou en satin imprimé. Les capes en mousseline étaient diverses et variées. Mais toutes tombaient des épaules avec une coupe d'une fluidité toute militaire. Une ravissante jeune femme au visage de porcelaine de Dresde sous une coiffure de cheveux blancs portait une cape en mousseline lilas sur une robe grise d'un tombant remarquable. Une grande blonde en robe pastèque arborait une cape en mousseline blanche bordée de queues d'hermine.

Le Tueur aveugle : Femmes-pêches d'Aa'A

Le soir, on danse, danses fluides et brillantes sur une piste glissante. Hilarité forcée : elle ne peut l'éviter. Partout alentour, les flashes crépitent : on ne sait jamais sur qui ils sont braqués ni quand une photo paraîtra dans le journal, de vous, votre tête rejetée en arrière, toutes vos dents exposées.

Le matin, elle a mal aux pieds.

L'après-midi, elle se réfugie dans les souvenirs, allongée sur une chaise longue, derrière ses lunettes de soleil. Elle refuse la piscine, le palet, le badminton, les jeux interminables, absurdes. Les passe-temps servent à passer le temps et elle a son propre passe-temps.

Les chiens font d'innombrables tours de pont au bout de leur laisse. Derrière eux viennent les promeneurs de chien de haute volée. Elle fait mine de lire.

Certains écrivent des lettres dans la bibliothèque. Pour elle, ce n'est pas la peine. Même si elle envoyait une lettre, il se déplace tellement qu'il risquerait de ne jamais la recevoir. En revanche, une tierce personne pourrait en hériter.

Les jours de calme, les vagues font ce pour quoi elles sont faites. Elles bercent. L'air de la mer, disent les gens – oh, c'est si bon pour vous. Inspirez profondément. Détendez-vous, et c'est tout. Lâchez prise.

Pourquoi me racontes-tu toutes ces histoires tristes ? demande-t-elle, des mois auparavant. Ils sont couchés, enveloppés dans son manteau, côté fourrure, sa requête à lui. L'air glacé s'infiltre par la fenêtre démantibulée, les tramways passent bruyamment. Attends une minute, s'écrie-t-elle, il y a un bouton qui me rentre dans le dos.

C'est le genre d'histoires que je connais. Les tristes. De toute façon, si on va jusqu'à leur conclusion logique, toutes les histoires sont tristes, parce que, à la fin, tout le monde meurt. Naissance, copulation et mort. Pas d'exceptions, sauf peut-être pour le chapitre copulation. Il y a des gens qui ne vont même pas jusque-là, les pauvres.

Mais il peut y avoir des chapitres heureux entre les deux, dit-elle. Entre la naissance et la mort – non ? Note, j'imagine que, si on croit au ciel, ça pourrait être une sorte d'histoire heureuse – la mort, je veux dire. Avec des volées d'anges qui vous embarquent vers le repos éternel en chantant et ainsi de suite.

Ouais. Et la récompense au paradis. Non merci.

N'empêche, il peut y avoir des chapitres heureux, insiste-t-elle. Ou plus que tu n'en mets jamais. Tu n'en mets pas beaucoup.

Tu veux dire le chapitre où on se marie et où on s'installe dans une petite maison avec deux enfants ? Ce chapitre-là ?

Tu deviens méchant.

Entendu, fait-il. Tu veux une histoire heureuse. Je vois que tu ne me lâcheras pas tant que tu n'en auras pas une. La voici.

C'était la quatre-vingt-dix-neuvième année de ce qui allait devenir la guerre de cent ans, dite encore guerres xénoriennes. La planète Xénor, située dans une autre dimension de l'espace, était peuplée par une race d'êtres très intelligents mais très cruels connus sous le nom d'hommes-lézards, ce qui n'était pas la manière dont ils se présentaient. Physiquement, ils faisaient deux mètres dix, étaient couverts d'écailles et gris. Leurs yeux étaient fendus verticalement, comme des yeux de chat ou de serpent. Leur peau était si épaisse qu'ils n'étaient généralement pas obligés de porter de vêtements, à part des culottes courtes en carchineal, un métal rouge et flexible inconnu sur terre. Cela protégeait leurs parties vitales, lesquelles étaient également couvertes d'écailles et énormes, ajouterais-je peut-être, mais en même temps vulnérables.

Eh bien, Dieu merci, quelque chose l'était, remarque-t-elle en riant.

Je pensais bien que ça te plairait. Bref, ils avaient prévu de capturer un grand nombre de femmes de la Terre afin d'engendrer une super-race, moitié humaine, moitié hommes-lézards xénoriens, qui serait mieux équipée qu'eux pour vivre sur diverses autres planètes habitables de l'univers – et pourrait s'adapter à des atmosphères inconnues, manger toute sorte de nourritures, résister à des maladies inconnues et cetera – et qui aurait aussi la force et l'intelligence extra-terrestre des Xénoriens. Cette super-race se répandrait à travers l'espace et en ferait la conquête en dévorant les habitants des différentes planètes sur leur route parce que les hommes-lézards avaient besoin de place pour leur expansion de même que d'une nouvelle source de protéines.

La flotte spatiale des hommes-lézards de Xénor avait lancé sa première attaque contre la Terre en l'an 1967 et enregistré des succès dévastateurs sur des villes importantes où des millions de personnes avaient péri. Au milieu d'une grande vague de panique, les hommes-lézards avaient fondé des colonies esclaves dans certaines parties de l'Eurasie et de l'Amérique du Sud où ils avaient affecté les femmes les plus jeunes à leurs infernales expériences génétiques et enterré dans de gigantesques fosses les cadavres des hommes dont ils avaient auparavant mangé leurs morceaux préférés. Ils aimaient tout particulièrement la cervelle et le cœur ainsi que les rognons, à peine grillés.

Mais des tirs de roquettes provenant d'installations terrestres cachées avaient coupé les voies de ravitaillement xénoriennes, ce qui avait privé les hommes-lézards des éléments vitaux pour leurs armes mortelles aux rayons zorches et puis la Terre, s'étant ressaisie, avait riposté – non seulement avec ses forces de combat, mais avec des nuages d'un gaz élaboré à partir du poison de la rare grenouille hortz, Iridis, que les Nacrods d'Ulinth utilisaient autrefois pour empoisonner la pointe de leurs flèches et auquel, les savants de la Terre l'avaient découvert, les Xénoriens étaient particulièrement sensibles. De ce fait, les chances s'étaient rééquilibrées.

Par ailleurs, leurs culottes courtes en carchineal étaient inflammables, si on réussissait à les frapper pile poil avec un missile déjà suffisamment chaud. Les tireurs embusqués de la Terre, disposant d'une visée ultraprécise et d'armes à balles longue portée au phosphore, étaient les héros de l'heure, même si les représailles à leur encontre étaient sévères et s'accompagnaient de tortures électriques auparavant inconnues et atrocement douloureuses. Les hommes-lézards n'appréciaient pas de voir s'embraser leurs parties intimes, ce qui se comprenait.

En l'an 2066, les hommes-lézards avaient été repoussés dans une nouvelle dimension de l'espace où les pilotes de combat de la Terre les poursuivaient dans leur rapide petit démantibulateur spatial à deux places. Leur objectif ultime était d'éliminer totalement les Xénoriens, en en gardant peut-être quelques douzaines qu'ils exhiberaient dans des zoos spécialement fortifiés avec vitres en verre incassable. Mais les Xénoriens ne lâchaient pas prise, ils se défendaient jusqu'à la mort. Ils disposaient toujours d'une flotte efficace et il leur restait encore quelques tours dans la manche.

Dans la manche? Je croyais qu'ils étaient torse nu.

Nom de Dieu, n'ergote pas comme ça. Tu sais très bien ce que je veux dire.

Will et Boyd étaient deux vieux copains – deux anciens pilotes de démantibulateur spatial, balafrés et aguerris. Ils y avaient fait trois ans, ce qui représentait beaucoup dans le service des démantibulateurs spatiaux où on enregistrait des pertes élevées. Leur courage, d'après leurs chefs, l'emportait sur leur jugement, même si jusqu'alors ils s'en étaient tirés, d'un raid audacieux à l'autre, malgré leur comportement irréfléchi.

Mais, au moment où notre histoire commence, un vaizorch xénorien venait de leur foncer dessus et nos deux compères, ayant essuyé un méchant feu, étaient vilainement endommagés. Les rayons zorches avaient perforé leur réservoir de carburant, mis hors service leur liaison avec le centre de contrôle terrestre, fait fondre leur direction et infligé à Boyd une vilaine blessure au cuir chevelu alors que, dans sa combinaison spatiale, Will saignait d'un endroit indéterminé de la région du ventre.

On dirait que les carottes sont cuites, dit Boyd. Cuites, archicuites. On dirait que ce machin va se barrer en couille d'une minute à l'autre. Je regrette qu'on n'ait pas un poil plus de temps pour dégommer encore quelques centaines de ces salopards à écailles et les envoyer *ad patres*, c'est tout.

Ouais, moi aussi. Enfin, à la tienne, Étienne, répliqua Will. On dirait que tu perds ton résiné. Tu fuis des orteils. Ha ha.

Ha ha, fit Boyd en grimaçant de douleur. Quelle blague. T'as toujours eu un sens de l'humour à la con.

Avant que Will ait pu répondre, leur vaisseau se mit à tourner de manière incontrôlable et à décrire une spirale vertigineuse. Ils venaient de se faire happer par le champ gravitationnel d'une planète, mais laquelle? Ils n'avaient pas la moindre idée de l'endroit où ils se trouvaient. Leur système de gravité artificielle était hors d'usage, si bien que les deux hommes s'évanouirent.

Au réveil, ils ne purent en croire leurs yeux. Ils n'étaient plus dans le démantibulateur spatial ni dans leur étroite combinaison métallique. À la place, ils portaient un ample peignoir vert et étaient allongés sur de moelleux canapés dorés à l'ombre d'une tonnelle envahie par de luxuriantes plantes grimpantes. Leurs blessures avaient guéri et le troisième doigt de la main gauche de Will, perdu dans un précédent raid, avait repoussé. Les deux copains avaient l'impression de nager dans la bonne santé et le bien-être.

De nager dans la bonne santé, murmura-t-elle. Ça alors!

Ouais, nous autres mecs, on aime bien une expression classieuse de temps à autre, dit-il en tordant sa bouche comme un gangster de cinéma. Ça donne un filet de chic au montage.

J'imagine bien.

Continuons. Je ne pige pas, dit Boyd. Tu crois qu'on est morts?

Si on est morts, ça me va, répondit Will. C'est impec, tout à fait impec.

Et comment.

À ce moment précis, Will poussa un sifflement grave. Voici que se dirigeaient vers eux les deux plus chouettes pécheresses qu'ils aient jamais vues. Toutes deux avaient des cheveux de la couleur d'un panier en osier. Elles portaient de longs vêtements d'une nuance bleu violacé qui tombaient en tout petits plis élégants et bruissaient tandis qu'elles avançaient. Le tout rappela à Will les emballages en papier qui protégeaient les fruits dans les épiceries de luxe. Elles avaient les bras et les pieds nus et chacune arborait une drôle de coiffure faite d'un fin filet rouge. Leur peau était d'un rose doré succulent. Elles marchaient d'un mouvement ondoyant, comme si elles avaient été trempées dans du sirop.

Salutations à vous, hommes de la Terre, dit la première.

Oui, salutations à vous, renchérit la seconde. Ça fait longtemps que nous vous attendons. Nous avons suivi votre arrivée sur notre télécaméra interplanétaire.

Où sommes-nous? demanda Will.

Vous êtes sur la planète Aa'A, expliqua la première. Ce nom évoquait un soupir de satiété, avec un petit halètement au milieu du genre de ceux que produisent les bébés quand ils se retournent dans leur sommeil. On aurait cru aussi le dernier soupir d'un mourant.

Comment on est arrivés ici? fit Will. Boyd était muet. Il laissait ses yeux courir sur les somptueuses courbes pleines exposées devant lui. J'aimerais planter les dents dans pareil morceau, se disait-il.

Vous êtes tombés du ciel à bord de votre vaisseau, déclara la première femme. Malheureusement, il a été détruit. Vous allez être obligés de rester ici avec nous.

Ce ne sera pas difficile de s'y faire, répondit Will.

Nous prendrons bien soin de vous. Vous avez mérité votre récompense. Car, en protégeant votre monde des Xénoriens, vous protégez également le nôtre.

396

La décence nous oblige à taire ce qui se passa ensuite.

C'est obligé?

Je le prouverai dans un instant. J'ajoute simplement que Boyd et Will étaient les deux seuls hommes sur la planète Aa'A, de sorte que ces femmes étaient bien entendu vierges. Mais elles savaient lire dans l'esprit d'autrui et chacune devinait quels pouvaient être les désirs de Will et de Boyd. Aussi, très vite, les fantasmes les plus scandaleux des deux amis se virent-ils réalisés.

Après cela, il y eut un délicieux repas de nectar qui, expliqua-t-on aux deux hommes, les prémunirait contre la vieillesse et la mort; ensuite il y eut une balade dans les jardins ravissants qui regorgeaient de fleurs inimaginables; puis tous deux furent emmenés dans une vaste pièce pleine de pipes parmi lesquelles ils eurent la possibilité de choisir celle qu'ils souhaitaient.

Des pipes? Celles qui se fument?

Pour aller avec les charentaises qu'on leur remit juste après.

J'ai l'impression d'avoir sauté dedans à pieds joints.

C'est sûr, répondit-il en souriant.

Les choses allèrent de mieux en mieux. Une des filles était une aguicheuse, l'autre était plus sérieuse et pouvait discuter art, littérature et philosophie voire théologie. Les filles semblaient savoir ce qu'on attendait d'elles à n'importe quel moment donné et s'adaptaient en fonction des humeurs et des penchants de Boyd et de Will.

Et donc le temps passait harmonieusement. À mesure que s'écoulaient ces jours parfaits, les hommes en apprenaient davantage sur la planète Aa'A. Tout d'abord, on n'y mangeait pas de viande et on n'y trouvait pas d'animal carnivore, même s'il y avait des multitudes de papillons et d'oiseaux gazouillants. Ai-je besoin d'ajouter que le dieu qu'on vénérait sur Aa'A avait la forme d'une citrouille?

Deuxièmement, il n'y avait pas de naissance en tant que telle. Ces femmes poussaient sur des arbres, au bout d'une tige s'enfonçant dans le sommet de leur crâne, et celles qui les avaient précédées les cueillaient quand elles étaient mûres. Troisièmement, il n'y avait pas de mort en tant que telle. Le moment venu, chacune des pécheresses ou femmes-pêches – pour les appeler par le nom sous lequel Boyd et Will en étaient rapidement arrivés à les désigner –, désorganisait simplement ses molécules qui se recomposaient alors par le truchement des arbres en une nouvelle femme. De sorte que la toute dernière femme était, dans sa substance comme dans sa forme, identique à la toute première.

Comment savaient-elles que le moment était venu? De désorganiser leurs molécules?

D'abord à cause des plis soyeux qui apparaissaient sur leur peau veloutée lorsqu'elles étaient trop mûres. Ensuite, à cause des mouches.

Les mouches ?

Les nuages de mouches de fruits qui voletaient autour de leur coiffure en filet rouge.

C'est ça ta conception d'une histoire heureuse ?

Attends. Il n'y a pas que ça.

Au bout d'un moment, cette existence, pour aussi merveilleuse qu'elle fût, commença à lasser Boyd et Will. Tout d'abord, les femmes ne cessaient de les surveiller pour s'assurer qu'ils étaient heureux. Cela peut devenir assommant pour un mec. Et puis, il n'y avait rien que ces minettes n'auraient fait. Elles étaient totalement éhontées, ou dénuées de honte, comme on veut. Au moindre signal, elles faisaient preuve du comportement le plus putassier qui fût. Salope était un terme trop faible pour elles. Ou bien elles pouvaient se montrer timides, pudibondes, serviles, pudiques ; elles allaient même jusqu'à pleurer et hurler – cela aussi, c'était sur commande.

Au début, Will et Boyd trouvèrent cela excitant, mais après quelque temps, cela commença à les agacer.

Quand on frappait ces femmes, il n'en sortait pas de sang, juste du jus. Quand on les frappait plus fort, elles se décomposaient en une bouillie sucrée qui, très vite, se transformait en une autre femme-pêche. Elles semblaient ne pas ressentir la douleur et Will et Boyd se mirent à se demander si elles ressentaient également du plaisir. Avaient-elles simulé toutes leurs extases ?

Interrogées sur ce sujet, les filles se montrèrent souriantes et évasives. Avec elles, on n'arrivait jamais à aller au plus profond.

Tu sais ce que j'aimerais, là, à l'instant où je te cause ? lança Will un beau jour.

La même chose que moi, je parie, répondit Boyd.

Un bon gros steak grillé, saignant, dégoulinant de sang. Un gros tas de frites. Et une bonne bière fraîche.

Moi aussi. Et puis une bagarre monstre avec les vieux filous de Xénor.

Tout juste.

Ils décidèrent de partir en exploration. Même si on leur avait dit qu'Aa'A était partout pareille quelle que soit la direction qu'ils prennent et qu'ils n'y trouveraient jamais que davantage d'arbres, de tonnelles, d'oiseaux et de papillons et de femmes appétissantes, ils mirent le cap sur l'ouest. Après un long moment sans la moindre aventure à signaler, ils parvinrent devant un mur invisible. Il était glissant, comme du verre, mais mou et élastique quand on appuyait dessus. Ensuite de quoi, il reprenait sa forme. Il était tellement haut qu'ils n'auraient pu l'atteindre ou l'escalader. Il ressemblait à une énorme bulle de cristal.

Je pense qu'on est piégés à l'intérieur d'un grand téton transparent, déclara Boyd.

Ils s'assirent au pied du mur, submergés par un profond désespoir.

Cet endroit est vachement paisible et on a tout à profusion, remarqua Will. On a un lit moelleux la nuit et de beaux rêves, il y a des tulipes sur la table ensoleillée du petit déjeuner, il y a la petite femme pour te faire le café. Il y a tout l'amour dont on ait jamais rêvé, sous toutes ses formes. Il y a tout ce que les hommes croient vouloir quand ils sont là-bas, en train de se battre dans une autre dimension de l'espace. Il y a ce pour quoi d'autres hommes ont donné leur vie. J'ai pas raison ?

T'as fait une remarque importante, déclara Boyd.

C'est trop beau pour être vrai, poursuivit Will. Ce doit être un piège. Si ça se trouve, c'est un truc mental diabolique des Xénoriens pour nous empêcher de participer à la guerre. C'est le paradis, mais on ne peut pas en sortir. Et quand on ne peut pas sortir d'un machin, c'est l'enfer.

Mais ce n'est pas l'enfer. C'est le bonheur, dit l'une des femmes-pêches qui était en train de se matérialiser sur la branche d'un arbre proche. D'ici, il n'y a nulle part où aller. Détendez-vous. Amusez-vous. Vous allez vous y faire.

Et c'est la fin de l'histoire.

C'est tout ? s'écrie-t-elle. Tu vas garder ces deux bonshommes enfermés là-dedans pour toujours ?

J'ai fait ce que tu voulais. Tu voulais du bonheur. Mais je peux les garder dedans ou les laisser sortir, ça dépend de ce que tu veux.

Alors, laisse-les sortir.

Dehors, c'est la mort ! Tu te souviens ?

Oh. Je vois. Elle se tourne sur le côté, remonte le manteau pour se protéger, glisse le bras autour de son compagnon. N'empêche, tu as tort à propos des femmes-pêches. Elles ne sont pas comme tu penses.

Comment ça tort ?

Tu as tort, un point c'est tout.

Le *Mail and Empire*, 19 septembre 1936

Mise en garde de Griffen contre les rouges en Espagne

En exclusivité pour le *Mail and Empire*

Dans un discours plein de verve prononcé à l'Empire Club jeudi dernier, l'industriel en vue, Richard E. Griffen, de Griffen-Chase Royal Consolidated, a dénoncé les dangers potentiels qui menacent l'ordre mondial et le commerce international du fait de la guerre civile qui déchire actuellement l'Espagne. Il a déclaré que les républicains recevaient leurs ordres des rouges, comme le démontraient déjà la confiscation des biens, le massacre des populations civiles et les atrocités commises contre la religion. Que de nombreuses églises avaient été profanées et incendiées, et que le meurtre de nonnes et de prêtres était devenu une réalité quotidienne.

L'intervention des nationalistes sous la houlette du général Franco était une réaction attendue. Les Espagnols indignés et courageux de toutes les classes sociales s'étaient rassemblés pour défendre la tradition et l'ordre civil, et le monde allait suivre anxieusement la suite des événements. Le triomphe des républicains renforcerait l'agressivité de la Russie et cela risquait de menacer un grand nombre de pays plus petits. Parmi les pays continentaux, seules l'Allemagne et la France, et dans une certaine mesure l'Italie, étaient assez forts pour résister à ce courant.

M. Griffen a vivement suggéré que le Canada suive l'exemple de la Grande-Bretagne, de la France et des États-Unis, et prenne ses distances avec ce conflit. Une politique de non-intervention était une démarche sensée et il fallait l'adopter immédiatement, car il n'était pas question de demander aux citoyens canadiens de risquer leur vie dans cet affrontement étranger. Cependant, un flux clandestin de communistes endurcis quittaient déjà notre continent pour gagner l'Espagne. Certes, la loi aurait dû leur interdire cette initiative, mais le pays pouvait, tout compte fait, se réjouir qu'une telle opportunité lui offre la possibilité de se purger de ces éléments perturbateurs sans qu'il en coûte un sou au contribuable.

Les remarques de M. Griffen furent vigoureusement applaudies.

Le Tueur aveugle : Le Grill du haut-de-forme

Le Grill du haut-de-forme a une enseigne au néon représentant un haut-de-forme rouge et un gant bleu en train de le soulever. Le chapeau se lève une fois, puis deux ; il ne redescend jamais. Pas de tête en dessous pourtant, juste un œil, qui cligne. Un œil d'homme qui s'ouvre, se referme ; un œil de magicien ; plaisanterie sans tête, maligne.

Le haut-de-forme est ce qu'il y a de plus classe dans le Grill du haut-de-forme. Ils y sont tout de même, assis dans l'un des box, de sortie comme des gens normaux, chacun avec un sandwich au bœuf épicé, viande grise sur pain blanc et mou et aussi dénué de saveur qu'une fesse d'ange, sauce brunâtre pleine de grumeaux. Petits pois en conserve sur le côté, d'un vert grisâtre délicat ; frites ramollies par l'huile. Dans les autres box, il y a des hommes désespérés et solitaires, l'œil rose truffé d'excuses, la chemise un rien crasseuse et la cravate lustrée du comptable, quelques couples très éprouvés s'offrant la meilleure bringue du vendredi soir qu'ils puissent se permettre et quelques trios de putains provisoirement dégagées de leurs obligations professionnelles.

Je me demande s'il va avec des putes, se dit-elle. Quand je ne suis pas là. Puis : Comment est-ce que je peux affirmer que ce sont des putes ?

C'est ce qu'il y a de mieux ici, dit-il, pour le prix. Il veut parler du sandwich au bœuf épicé.

Tu as essayé autre chose ?

Non, mais on développe un instinct.

C'est très bon, dans son genre.

Épargne-moi les bonnes manières des réceptions, lance-t-il, mais pas trop grossièrement. Il n'est pas d'une humeur qu'on qualifierait d'agréable, mais il est sur le qui-vive. Tendu à propos de quelque chose.

Il n'était pas comme ça quand elle est revenue de voyage. Il s'était montré taciturne, vengeur.

Ça fait longtemps qu'on ne s'est pas vus. Tu viens pour la même chose que d'habitude ?

La même chose que d'habitude ?

Le crac-crac habituel.

Pourquoi éprouves-tu le besoin d'être aussi grossier ?

Ce sont mes fréquentations.

Ce qu'elle aimerait savoir à ce moment-là, c'est pourquoi ils mangent dehors. Pourquoi ils ne sont pas dans sa chambre. Pourquoi il fait fi de toute prudence. D'où il tire l'argent.

C'est à cette dernière question qu'il répond en premier, alors qu'elle ne la lui a pas posée.

Le sandwich au bœuf que tu vois devant toi, dit-il, t'est gracieusement offert par les hommes-lézards de Xénor. À la leur, ces vilaines brutes couvertes d'écailles, et à tous ceux qui les agressent. Il lève son verre de Coca-Cola ; il l'a corsé avec du rhum, de sa flasque. (Pas de cocktails, je le crains, lui a-t-il dit en lui ouvrant la porte. Cet endroit est aussi sec que le fri-fri d'une sorcière.)

Elle lève son verre. Les hommes-lézards de Xénor ? demande-t-elle. Les mêmes ?

Tout à fait les mêmes. J'ai couché cette histoire sur le papier, je l'ai envoyée il y a deux semaines, ils se la sont arrachée. Le chèque est arrivé hier.

Il a dû aller lui-même à la boîte postale, encaisser le chèque aussi, il a fait ça ces derniers temps. Bien obligé, elle a été trop longtemps absente.

Tu en es content ? Tu as l'air content.

Ouais, naturellement... c'est un chef-d'œuvre. Beaucoup d'action, beaucoup de résiné sur le plancher. De belles gonzesses. Il sourit. Qui pourrait résister ?

Ça concerne les femmes-pêches ?

Pas du tout. Pas de femmes-pêches dans celle-ci. C'est tout à fait autre chose.

Il se dit : Que va-t-il se passer quand je le lui dirai ? On plie tout ou ce sont des serments éternels, et qu'est-ce qui est pire ? Elle porte une écharpe en tissu fin, flottant, une sorte d'orange-rose. Pastèque, voilà comment on appelle cette nuance. Chair liquide croquante et sucrée. Il repense à la première fois où il l'a vue. Tout ce qu'il visualisait à l'intérieur de sa robe, c'était de la brume.

Qu'est-ce que tu as ? demande-t-elle. Tu as l'air très... Tu as bu ?

Non. Pas beaucoup. Il repousse les petits pois gris pâle tout autour de son assiette. Ça y est finalement, dit-il. Je suis sur le départ. Passeport et tout.

Oh, murmure-t-elle. Juste comme ça. Elle s'efforce d'éviter que le désarroi ne teinte sa voix.

Juste comme ça, répète-t-il. Les camarades se sont manifestés. Ils ont dû se dire que je leur étais plus utile là-bas qu'ici. En tout cas, après avoir tellement fait traîner les choses, les voilà tout d'un coup impatients de se débarrasser de moi. Un casse-pieds de moins sur leur dos.

Tu seras en sécurité à voyager ? Je croyais...

Plus en sécurité qu'en restant ici. Mais il paraît qu'on ne me cherche plus trop. J'ai l'impression que les autres ont également envie que je file. Moins compliqué comme ça. Par contre, je ne dirai à personne quel train je vais prendre. Je ne tiens pas à me retrouver poussé hors du convoi avec un trou dans la tête et un couteau dans le dos.

Et pour traverser la frontière ? Tu as toujours dit...

La frontière est une vraie passoire à l'heure actuelle ; si tu sors, je veux dire. Les douaniers savent très bien ce qu'il se passe, ils savent qu'il y a une filière d'ici à New York, puis après jusqu'à Paris. Tout ça est organisé et tout le monde s'appelle pareil. Les flics ont reçu des ordres. On leur a dit de regarder de l'autre côté. Ils savent où est leur intérêt. Ils se foutent de toi comme de l'an quarante.

J'aimerais pouvoir t'accompagner.

Voilà pourquoi le dîner dehors. Il voulait le lui annoncer dans un lieu où elle ne ferait pas d'histoires. Il espère qu'elle ne va pas faire une scène en public. Pleurer, gémir, s'arracher les cheveux. Il y compte.

Ouais. Moi aussi, j'aimerais, dit-il. Mais ce n'est pas possible. C'est mauvais par là-bas. Il fredonne dans sa tête :

> Stormy weather
> Don't know why, got no buttons on my fly
> Got a zipper... [1]

Secoue-toi un peu, se dit-il. Il sent une effervescence dans sa tête, comme du ginger ale. Du sang qui pétille. C'est comme s'il était en

---

1. Temps d'hiver / Sais pas pourquoi, j'ai pas de boutons à ma braguette / J'ai une fermeture Éclair...

train de voler – de la regarder du haut des airs. Son ravissant visage bouleversé tremblote à la manière d'un reflet dans un bassin d'eau troublée ; il est déjà en train de se dissoudre et bientôt il sera en larmes. Mais, malgré son chagrin, elle n'a jamais été plus appétissante. Un doux éclat laiteux l'auréole ; la chair de son bras, à l'endroit où il la tient, est ferme et potelée. Il aimerait l'empoigner, la monter jusqu'à sa chambre et la baiser en long en large et en travers. Comme si cela devait la tenir en place.

Je t'attendrai, dit-elle. Quand tu reviendras, je sortirai par la grande porte, un point c'est tout, et on pourra partir ensemble.

Tu t'en irais vraiment ? Tu le quitterais ?

Oui. Pour toi, je le ferais. Si tu le voulais. Je quitterais tout.

Des éclats de néon passent par la fenêtre au-dessus d'eux, rouges, bleus, rouges. Elle l'imagine blessé ; ce serait une des façons de le pousser à rester tranquille. Elle aimerait qu'il soit bouclé, immobilisé, qu'il reste là pour elle seule.

Quitte-le maintenant, suggère-t-il.

Maintenant. Elle ouvre grands les yeux. Là, maintenant ? Pourquoi ?

Parce que je ne supporte pas que tu sois avec lui. Je ne supporte pas cette idée.

Ça ne signifie rien pour moi.

Pour moi, si. Surtout quand je serai parti, quand je ne pourrai pas te voir. Ça me rendra fou – d'y penser.

Mais je n'aurais pas un sou, dit-elle d'un ton interrogateur. Où est-ce que je vivrais ? Dans une chambre en location, toute seule ? Comme toi, songe-t-elle. De quoi vivrais-je ?

Tu pourrais prendre un boulot, dit-il d'un ton où perce l'impuissance. Je pourrais t'envoyer un peu d'argent.

Tu n'as pas d'argent, pour ainsi dire. Et je ne sais rien faire. Je ne sais pas coudre, je ne sais pas taper à la machine. Il y a une autre raison, se dit-elle, mais je ne peux pas la lui confier.

Il doit bien y avoir un moyen. Mais il ne la presse pas. Peut-être que ce ne serait pas une idée si bonne que ça, elle toute seule. Dehors, dans le grand méchant monde, tous les gars d'ici à Pétaouchnock pourraient tenter leur chance auprès d'elle. S'il y avait du pétard, il ne pourrait que se blâmer.

Je pense que je ferais mieux de ne pas bouger, non ? C'est ce qu'il y a de mieux. Jusqu'à ton retour. Tu reviendras, n'est-ce pas ? Tu reviendras sain et sauf ?

Bien sûr, s'écrie-t-il.

Parce que, sinon, je ne sais pas ce que je ferais. Si tu te faisais tuer ou je ne sais quoi, je m'effondrerais. Elle pense : Je parle comme dans un film. Mais comment pourrais-je parler autrement ? Nous ne savons plus comment parler autrement.

Merde, songe-t-il. Elle est en train de s'énerver. Maintenant elle va pleurer. Elle va pleurer et je vais rester assis ici comme un balourd et une fois que les femmes se mettent à pleurer il n'y a plus moyen de les arrêter.

Allez, je vais chercher ton manteau, dit-il sur un ton grave. Ce n'est pas drôle, ça. On n'a pas beaucoup de temps. Remontons dans la chambre.

IX

La lessive

Mars enfin et quelques maigres présages annonciateurs du printemps. Les arbres sont encore nus, les bourgeons, douillettement enveloppés, encore durs, mais par endroits, là où le soleil tape, la neige fond. Les crottes de chien dégèlent, puis se ratatinent, leurs dentelles gelées s'étirent fines et jaunâtres sous l'effet de la vieille pisse. Des plaques de gazon apparaissent au grand jour, bourbeuses et éparpillées. Les limbes doivent avoir cet aspect-là.

Aujourd'hui, j'ai pris quelque chose de différent pour le petit déjeuner. Une nouvelle sorte de céréales que Myra m'a apportés pour me redonner des forces : elle est incapable de résister au baratin sur le dos des emballages. Ces flocons, est-il déclaré en caractères candides couleur de sucettes ou de tenues de jogging en coton duveteux, ne proviennent pas de maïs et de blés trop industriels et altérés, mais de grains peu connus ayant des noms difficiles à prononcer – archaïques, mystiques. Leurs semences ont été redécouvertes dans des tombes précolombiennes et dans des pyramides égyptiennes ; label de qualité, et néanmoins, si l'on y réfléchit, pas si rassurant que cela. Non seulement ces céréales vont nous désencrasser à la façon d'un tampon à récurer, mais elles évoquent à mi-voix la vitalité renouvelée, la jeunesse éternelle, l'immortalité. Un intestin rose et souple orne le dos de la boîte ; sur le devant, il y a un visage en mosaïque de jade, sans yeux, dans lequel les publicitaires n'ont sûrement pas reconnu un masque funéraire aztèque.

En l'honneur de cette nouvelle céréale, je me suis obligée à m'asseoir correctement à la table de cuisine, avec couverts et serviette. Les gens qui vivent seuls prennent peu à peu l'habitude de manger à la verticale : pourquoi s'embarrasser de raffinements quand il n'y a personne pour partager ou censurer ? Mais le laxisme dans un domaine peut entraîner le désordre dans tous.

Hier, j'ai décidé de m'occuper de la lessive, de faire un pied de nez au bon Dieu en travaillant un dimanche. Ce n'est pas qu'il se soucie le moins du monde du jour de la semaine : au ciel comme dans l'inconscient – du moins, c'est ce qu'on nous affirme –, le temps n'existe pas. En réalité, c'était pour faire un pied de nez à Myra. Je ne devrais pas faire mon lit, dit Myra ; je ne devrais pas porter de lourds paniers de linge sale pour descendre l'escalier branlant menant à la cave où se trouve la vieille machine à laver frénétique.

Qui se charge de la lessive ? Myra, par défaut. *Pendant que j'y suis, je ferais aussi bien d'envoyer une machine*, va-t-elle dire. Puis, toutes les deux, nous ferons comme si elle ne l'avait pas fait. Nous conspirons pour entretenir l'illusion – ou ce qui est rapidement en train de devenir une illusion – que je peux me débrouiller toute seule. Mais les efforts qu'elle doit déployer pour entretenir cette comédie commencent à lui peser.

D'ailleurs, elle souffre du dos, maintenant. Elle veut faire appel à une bonne femme, une fouineuse quelconque, une inconnue, qu'on engagerait pour venir s'occuper de tout ça. Son prétexte, c'est mon cœur. Je ne sais pas comment elle a appris ça, pour le docteur, ses remèdes de bonne femme et ses prophéties – de la bouche de son infirmière, je suppose, une rousse artificielle qui a une fière tapette. Cette ville est une vraie passoire.

J'ai dit à Myra que ce que je faisais de mon linge sale me regardait : je vais tenir la bonne femme générique à distance le plus longtemps possible. Ma réaction traduit-elle une certaine honte chez moi ? Pour une bonne part. Je ne veux pas que quelqu'un fourre son nez dans mes insuffisances, mes taches et mes odeurs. Ça va si c'est Myra qui s'en charge, parce que je la connais et qu'elle me connaît. Je suis sa croix : je suis ce qui la rend si bonne aux yeux d'autrui. Tout ce qu'elle a à faire, c'est prononcer mon nom et rouler des yeux et elle a droit à l'indulgence, sinon des anges, du moins des voisins qui sont drôlement plus coriaces à satisfaire.

Ne vous méprenez pas sur le sens de mes paroles. Je ne me moque pas de la bonté, laquelle est beaucoup plus difficile à expliquer que le mal, et tout aussi compliquée. Mais c'est parfois dur à supporter.

Dès que j'eus pris ma décision – et anticipé les lamentations de Myra quand elle découvrirait la pile de serviettes lavées et pliées, et mon sourire de triomphe arrogant –, je me lançai dans mon équipée de blanc. Je farfouillai dans la panière, en évitant de justesse de basculer dedans la tête la première, et repêchai ce que je crus pouvoir transporter en repoussant toute nostalgie à l'endroit des sous-vêtements d'antan. (Qu'ils étaient ravissants ! On ne fait plus de choses comme cela, avec des boutons recouverts de tissu assorti ni cousus main. Ou peut-être que si, mais je n'en vois jamais et, de toute façon, je ne pourrais pas me les permettre et je ne rentrerais pas dedans. Ces affaires-là ont la taille marquée.)

Je collai ma sélection dans le panier en plastique et me mis en demeure, marche après marche, de descendre l'escalier, tel le petit Chaperon rouge parti rendre visite à sa mère-grand via le monde des bas-fonds.

Sauf que c'est moi la mère-grand et que le méchant loup, je l'ai en moi. Dévorant, dévorant.

Le rez-de-chaussée, jusque-là pas de problème. Dans le couloir jusqu'à la cuisine, puis direction la lumière de la cave et le plongeon apeuré dans le froid humide. Presque aussitôt l'appréhension s'installe. Certains endroits de cette maison, que je pouvais autrefois négocier facilement, se font traîtres : les fenêtres à guillotine, en suspens, ressemblent à des pièges, prêts à me tomber sur les mains, le tabouret menace de s'effondrer, les étagères supérieures du placard ont tout d'un traquenard avec la verrerie en équilibre précaire. Au milieu de l'escalier de la cave, je me rends compte que je n'aurais pas dû m'y risquer. L'inclinaison est trop raide, les ombres trop denses, l'odeur trop sinistre, ça évoque le ciment frais déversé là pour dissimuler un époux artistement empoisonné. Sur le sol, en bas, il y a une flaque d'obscurité, profonde, scintillante et humide comme une véritable flaque. Peut-être que c'en était une ; peut-être la rivière montait-elle par en dessous, comme je l'ai vu sur la chaîne météorologique. À tout moment, il peut arriver qu'un des quatre éléments change de place : le feu peut surgir de la terre, la terre se liquéfier et dégringoler à côté de vos oreilles, l'air vous frapper comme une pierre arrachant le toit au-dessus de votre tête. Alors, pourquoi n'y aurait-il pas d'inondation ?

J'entendis un gargouillis provenant peut-être – ou peut-être pas – de moi ; sous l'effet de la panique, je sentis mon cœur se serrer dans ma poitrine. Je savais que l'eau était une illusion, de l'œil, de l'oreille ou de l'esprit ; n'empêche, mieux valait ne pas descendre. Je lâchai le linge sur les marches de la cave, l'abandonnai là. Peut-être que je reviendrais le récupérer plus tard, peut-être que non. Quelqu'un s'en chargerait. Myra, en pinçant les lèvres. Maintenant, j'avais gagné, maintenant j'allais me faire imposer la *bonne femme* à tous les coups. Je tournai les talons, tombai à moitié, attrapai la rampe ; puis je remontai péniblement, une marche après l'autre, vers la lumière terne et sécurisante de la cuisine.

De l'autre côté de la fenêtre, il faisait gris, un gris uniforme et sans vie tant au niveau du ciel que de la neige poreuse, vieillissante. Je branchai la bouilloire électrique ; elle ne tarda pas à entonner sa berceuse à la vapeur. Les carottes sont déjà bien cuites quand on commence à avoir l'impression que ce sont vos ustensiles qui prennent soin de vous et pas le contraire. Cela étant, j'étais soulagée.

Je me préparai une tasse de thé, la bus, puis rinçai ma tasse. En tout cas, je suis encore capable de laver ma vaisselle. Puis je rangeai la tasse sur l'étagère avec les autres, celles aux motifs peints à la main de grand-mère Adelia, les lis avec les lis, les violettes avec les violettes, motif par motif. Au moins mes placards ne sont-ils pas sens dessus dessous. Mais l'image du linge lâchement abandonné sur les marches de la cave me dérangeait. Toutes ces loques, tous ces fragments chiffonnés, comme autant de dépouilles blanches. Témoignages de quelque chose : pages blanches sur lesquelles mon corps a gribouillé, laissant sa preuve cryptique tandis que, lentement mais sûrement, il se retrouve totalement chamboulé.

Je devrais peut-être essayer de remonter ces affaires, de les ranger dans la panière, et personne n'y verrait que du feu. *Personne* désigne Myra.

J'ai été vaincue, semble-t-il, par une crise de propreté.

Mieux vaut tard que jamais, aurait dit Reenie.

Ô Reenie. Comme j'aimerais que tu sois là. Reviens t'occuper de moi !

Pourtant, elle ne le fera pas. Il va falloir que, moi, je m'occupe de moi. De moi et de Laura, comme je l'ai solennellement promis.

Mieux vaut tard que jamais.

Où en suis-je ? *C'était l'hiver.* Non, ça, je l'ai fait.

C'était le printemps. Le printemps 1936. C'était l'année où tout a commencé à se désagréger. A continué à se désagréger, en réalité, plus nettement qu'avant.

Le roi Edward abdiqua cette année-là ; il fit passer l'amour avant l'ambition. Non. Il fit passer l'ambition de la duchesse de Windsor avant la sienne. Voilà ce dont les gens se souviennent. Et la guerre civile démarra, en Espagne. Mais ces événements ne se produisirent que quelques mois plus tard. Pourquoi ce mois de mars marqua-t-il les esprits ? Quelque chose. Richard en train de tourner bruyamment les pages de son journal à la table du petit déjeuner et de dire : *Il l'a donc fait.*

Il n'y avait que nous deux au petit déjeuner, ce jour-là. Laura ne prenait pas le petit déjeuner avec nous, sauf le week-end, et encore, elle évitait ça au maximum en prétendant faire la grasse matinée. En semaine, elle mangeait toute seule dans la cuisine, parce qu'elle devait aller à l'école. Ou pas toute seule : Mme Murgatroyd devait être présente. Puis M. Murgatroyd la conduisait à l'école et retournait la chercher parce que Richard n'aimait pas l'idée qu'elle revienne à pied. En fait, ce qu'il n'aimait pas, c'était l'idée qu'elle puisse vagabonder.

Elle déjeunait à l'école et y prenait des cours de flûte le mardi et le jeudi, parce qu'il était obligatoire de jouer d'un instrument de musique. Elle avait essayé le piano, mais ça n'avait rien donné. De même pour le violoncelle. Laura répugnait à faire ses exercices, nous dit-on, alors que, le soir, nous étions parfois gratifiés du gémissement faux et triste de sa flûte. Les canards paraissaient intentionnels.

« Je vais aller lui parler, disait Richard.

– On ne peut pas trop se plaindre, intervenais-je. Elle fait ce que tu exiges, rien de plus. »

Laura n'était plus ouvertement grossière envers Richard. Mais s'il entrait dans une pièce, elle s'en allait.

Revenons-en au journal du matin. Comme Richard le tenait entre nous, je pus lire les gros titres. *Il,* c'était Hitler qui était entré en Rhénanie. Il avait violé les accords, franchi la ligne, bafoué les interdits. *Eh bien,* déclara Richard, *on voyait arriver ça à un kilomètre à la ronde, mais les autres se sont fait prendre au dépourvu. Il leur fait la nique. C'est un gars malin. Il repère le point faible de la clôture. Il voit une possibilité et il la prend. Il faut lui accorder ça.*

J'en convins, mais n'écoutais pas. Ne pas écouter fut, durant ces mois-là, le seul moyen à ma disposition pour conserver mon équilibre. Il fallait que j'élimine le bruit ambiant : pareille à un funambule qui traverse les chutes du Niagara, je ne pouvais pas me permettre de regarder autour de moi de crainte de glisser. Que faire d'autre quand ce à quoi on pense tout au long de la journée est tellement éloigné de la vie qu'on est censé vivre ? À commencer par ce qui trône juste là sur la table, un soliflore, ce matin-là, garni d'un narcisse blanc comme du papier cueilli dans la coupe de bulbes forcés que Winifred m'avait fait envoyer. *Tellement ravissant à avoir à cette époque de l'année*, avait-elle déclaré. *Tellement odorant. Comme une bouffée d'espoir.*

Winifred me trouvait inoffensive. Formulé différemment, elle me trouvait gourde. Plus tard – dix ans après –, elle devait dire, au téléphone, parce que nous ne nous voyions plus : « Je pensais que tu étais stupide, mais tu es franchement mauvaise. Tu nous as toujours détestés parce que ton père a fait faillite et mis le feu à sa fabrique, et tu nous en as voulu.

— Il n'y a pas mis le feu, répondis-je. C'est Richard qui l'a fait. Ou qui l'a organisé.

— C'est une calomnie. Ton père était raide comme un passe-lacet et, sans l'assurance sur les murs, vous n'auriez pas eu un radis ! Nous, on vous a sorties du pétrin, toi et ta cruche de sœur ! Sans nous, vous auriez arpenté les rues au lieu de rester assises sur votre derrière comme les petites filles ultragâtées que vous étiez. Vous avez toujours tout eu sur un plateau, vous n'avez jamais eu à faire le moindre effort, vous n'avez jamais montré un soupçon de gratitude envers Richard. Vous n'avez pas levé le petit doigt pour l'aider, pas une seule fois, jamais.

— J'ai fait ce que vous vouliez. Je l'ai fermée. J'ai souri. Moi, j'étais la poudre aux yeux. Mais pour Laura ça allait trop loin. Il aurait dû laisser Laura en dehors de ça.

— Tout ça, c'était juste de la méchanceté, de la méchanceté, de la méchanceté ! Vous nous deviez tout, et vous ne pouviez pas le supporter. Il a fallu que vous vous vengiez de lui ! À vous deux, vous avez eu sa peau, aussi sûrement que si vous aviez appliqué une arme contre sa tête et appuyé sur la détente.

— Et qui a tué Laura ?

— Laura s'est tuée toute seule, tu le sais très bien.

— Je pourrais dire la même chose de Richard.

— C'est une calomnie. De toute façon, Laura était une folle patentée. Je ne sais pas comment tu as jamais pu croire un mot de ce qu'elle a raconté sur Richard comme sur le reste. Il n'y a pas une personne saine d'esprit qui l'aurait fait ! »

Ne pouvant rien ajouter, je lui raccrochai au nez. Je n'avais aucun pouvoir contre elle, parce que, à ce moment-là, elle avait un otage. Elle avait Aimée.

En 1936, cependant, elle était encore assez affable et j'étais encore sa protégée. Elle continuait à me traîner d'événement mondain en événement mondain – réunions de divisions juniors, soirées politiques, comités pour tel truc ou tel autre – et à me poser sur une chaise ou dans un coin tandis qu'elle se chargeait des mondanités incontournables. Je me rends compte aujourd'hui que, dans l'ensemble, elle n'était pas aimée, juste tolérée, à cause de sa fortune et de son énergie inlassable : la plupart des femmes de ces cercles ne demandaient pas mieux que de laisser à Winifred la part du lion de tout le travail à accomplir.

Parfois, l'une d'entre elles se glissait à côté de moi et me confiait qu'elle avait connu ma grand-mère – ou, si elle était plus jeune, qu'elle aurait aimé la connaître, en ces temps bénis d'avant la Grande Guerre où l'élégance authentique était encore possible. C'était un mot de passe : cela signifiait que Winifred était une arriviste – nouveau riche, tape-à-l'œil et vulgaire – et qu'il fallait que je défende d'autres valeurs. Je souriais vaguement et déclarais que ma grand-mère était morte longtemps avant ma naissance. En d'autres termes, elles ne pouvaient espérer de ma part la moindre forme d'opposition à Winifred.

Et comment va votre brillant époux ? me demandaient-elles. *Quand pouvons-nous espérer la grande nouvelle ?* La grande nouvelle concernait la carrière politique de Richard, pas encore formellement entamée, mais dont l'annonce passait pour être imminente.

Oh, faisais-je en souriant, *je pense que je serai la première à le savoir.* Je n'en croyais rien ; je pensais que je serais la dernière.

Notre vie – celle de Richard et la mienne – avait pris un cours qu'elle garderait, je le supposais, à tout jamais. Ou plutôt il y avait deux vies, celle du jour et celle de la nuit : elles étaient distinctes et tout aussi immuables. Placidité, ordre et chaque chose à sa place, avec une violence convenable et autorisée en dessous de chaque chose, comme si une grosse chaussure brutale marquait le tempo sur un sol recouvert de moquette. Tous les matins, je prenais une douche pour me débarrasser de la nuit ; pour éliminer la gomina que Richard se mettait dans les cheveux – une sorte de brillantine coûteuse et parfumée. Ça se collait partout sur ma peau.

Était-il contrarié par le fait que ses activités nocturnes me laissent indifférente, qu'elles puissent même m'écœurer ? Pas du tout. Il préférait la conquête à la coopération, dans tous les domaines de la vie.

Parfois – de plus en plus souvent à mesure que le temps passait –, il y avait des meurtrissures, violacées, puis bleues, puis jaunes. C'était remarquable la facilité avec laquelle je marquais, disait Richard en souriant.

Une simple caresse suffisait. Il n'avait jamais connu une femme qui marquait aussi facilement. C'était parce que j'étais si jeune et si fragile.

Il avait une prédilection pour les cuisses, là où ça ne se voyait pas. Tout ce qui pouvait se voir risquait d'entraver ses ambitions.

J'avais parfois l'impression que ces marques sur mon corps correspondaient à une sorte de code, qui fleurissait puis disparaissait, telle de l'encre invisible qu'on approche d'une bougie. Mais s'il y avait un code, qui en avait la clé?

J'étais sable, j'étais neige – surface écrite, réécrite, aplanie.

Le cendrier

Je suis retournée chez le médecin. Myra m'y a emmenée en voiture : du fait d'un verglas provoqué par un dégel suivi d'un nouveau coup de froid, ça glissait trop pour que j'y aille à pied.

Le docteur m'a tapoté les côtes, a écouté indiscrètement mon cœur, a froncé les sourcils, s'est ravisé et puis – il avait déjà réfléchi à la question – m'a demandé comment je me sentais. À mon avis, il a fait quelque chose à ses cheveux ; il était quand même plus dégarni sur le dessus. Il s'est laissé aller à se coller des mèches sur le crâne ? Ou pis, à se faire des implants ? Ah ah, me dis-je. Malgré tes joggings et tes jambes poilues, le spectre de la vieillesse commence à te tarabuster. D'ici peu, tu regretteras toutes tes séances de bronzage. Ta bobine ressemblera à une roubignolle.

Il fait montre néanmoins d'une jovialité décapante. Au moins il ne lance pas : *Comment allons-nous aujourd'hui ?* Il ne me dit jamais nous, comme certains d'entre eux : il comprend l'importance de la première personne du singulier.

« Je n'arrive pas à dormir, lui ai-je dit. Je rêve trop.

– Alors, si vous rêvez, c'est que vous devez dormir, a-t-il répliqué en s'efforçant de faire un trait d'esprit.

– Vous savez ce que je veux dire, lui ai-je répondu sèchement. Ce n'est pas pareil. Les rêves me réveillent.

– Vous buvez du café ?

– Non, ai-je menti.

– Ce doit être la mauvaise conscience. »

Il était occupé à rédiger son ordonnance, de placebo sans aucun doute. Il a gloussé intérieurement : il se trouvait très drôle. Passé un certain stade, les ravages de l'expérience s'inversent ; en avançant en âge, nous gagnons en innocence, au moins dans l'esprit des autres.

Ce que le docteur voit quand il me regarde, c'est une vieille bonne femme incapable et donc irréprochable.

Myra a lu de vieux magazines dans la salle d'attente pendant que j'étais dans le saint des saints. Elle a arraché un article sur la manière de réguler sa tension et un autre sur les effets bénéfiques du chou cru. C'était pour moi, m'a-t-elle confié, ravie de ses précieuses *trouvailles* [1]. Il faut toujours qu'elle me fasse un diagnostic. Ma santé corporelle l'intéresse presque autant que ma santé spirituelle : c'est à l'endroit de mes intestins en particulier qu'elle a des réactions de propriétaire.

Je lui ai expliqué qu'il était difficile de dire que je souffrais de tension, car, dans un vide, il n'y avait pas de tension. Quant au chou cru, ça me ballonnait tellement que je gonflais comme une vache crevée, et je ferais donc l'impasse sur les effets bénéfiques. J'ajoutai que je n'avais pas du tout envie de passer ma vie, ou ce qu'il m'en restait, à puer comme un tonneau de choucroute et à pétarader comme un vieux camion.

En général, les références grossières aux fonctions corporelles arrêtent Myra. Elle effectua le trajet restant jusqu'à la maison en silence avec, sur la figure, un sourire qui se durcissait comme du plâtre de Paris.

Parfois, je me fais honte.

Revenons-en à la tâche que j'ai sous la main. Sous la main est juste : j'ai parfois l'impression que seule ma main écrit, pas le reste de ma personne ; que ma main mène sa vie à elle et qu'elle continuerait, même si elle était coupée du reste de ma personne, comme un fétiche égyptien magique, embaumé, ou comme les pattes de lapin séchées que certains bonshommes accrochent au rétroviseur de leur voiture en guise de porte-bonheur. Malgré mes doigts arthritiques, ma main a fait montre d'une vivacité inhabituelle ces derniers temps, comme si elle jetait sa circonspection aux orties. Elle a assurément écrit un certain nombre de choses qu'elle n'aurait pas eu le droit de coucher sur papier si elle avait été soumise à ma censure.

Tournons les pages, tournons les pages. Où en étais-je ? En avril 1936.

En avril, nous reçûmes un appel téléphonique de la directrice de Sainte-Cecilia où Laura allait à l'école. Cela concernait le comporte-

---

1. En français dans le texte.

ment de Laura, expliqua-t-elle. Ce n'était pas un sujet dont on pouvait s'entretenir au mieux par téléphone.

Richard était pris par ses affaires. Il me proposa que Winifred m'accompagne, mais je répondis que j'étais sûre que c'était une broutille ; que j'allais m'occuper de cela et que je l'informerais s'il y avait la moindre chose importante. Je pris rendez-vous avec la directrice, dont j'ai oublié le nom. Je m'habillai d'une façon qui, je l'espérais, allait l'intimider ou, du moins, lui rappeler la position et l'influence de Richard ; je crois que je portais un manteau en cachemire bordé de carcajou – chaud pour la saison, mais il en imposait – et un chapeau orné d'un faisan mort ou de bouts de faisan. Les ailes, la queue et la tête, laquelle était équipée de petits yeux en verroterie rouge.

La directrice était une femme grisonnante taillée comme un valet de nuit en bois massif – os cassants drapés de textiles humides en apparence. Assise dans son bureau, elle s'était barricadée derrière sa table de travail en chêne, les épaules relevées jusqu'aux oreilles tant elle était terrorisée. Un an auparavant, j'aurais eu aussi peur d'elle qu'elle de moi, ou plutôt de ce que je représentais : un gros paquet d'argent. À présent, j'avais tout de même gagné en assurance. J'avais observé Winifred à l'œuvre, je m'étais exercée. À présent, je savais hausser un sourcil à la fois.

Elle me sourit nerveusement en découvrant des dents jaunes et rondes ressemblant aux grains d'un épi de maïs à moitié rongé. Je me demandais ce que Laura avait bien pu fabriquer : ce devait être sérieux pour que cette femme se soit énervée au point d'affronter Richard l'absent et son invisible pouvoir.

« Je crains que nous ne puissions garder Laura, me dit-elle. Nous avons fait de notre mieux et nous avons bien conscience qu'il y a des circonstances atténuantes, mais en prenant tout en compte il nous faut vraiment penser à nos autres élèves, et je crains que Laura n'ait une influence par trop perturbatrice. »

J'avais dès lors appris combien il était important de laisser les autres s'expliquer.

« Je suis navrée, mais je ne vois pas de quoi vous voulez parler, dis-je sans pratiquement remuer les lèvres. Quelles circonstances atténuantes ? Quelle influence perturbatrice ? »

J'avais encore les mains posées sur les genoux, la tête haute et légèrement inclinée sur le côté, le meilleur angle pour le chapeau au faisan. J'espérais qu'elle se sentirait observée par quatre yeux et non par deux. Même si j'avais l'avantage de la fortune, elle avait celui de l'âge et de la position. Il faisait très chaud dans le bureau. J'avais laissé mon manteau sur le dos de mon siège, mais transpirais néanmoins comme un docker.

« Elle doute de Dieu, m'expliqua-t-elle, en classe d'instruction religieuse qui est, je dois le dire, la seule, semble-t-il, où elle manifeste un tant soit peu d'intérêt. Elle est allée jusqu'à rédiger un essai intitulé : " Dieu ment-il ? " Cela a beaucoup perturbé toute la classe.

– Et à quelle conclusion est-elle arrivée ? demandai-je. À propos de Dieu ? »

J'étais surprise, même si je ne le montrai pas : j'avais cru que Laura s'était calmée sur la question de Dieu, mais apparemment non.

« Elle a répondu par l'affirmative. »

Elle baissa les yeux vers son bureau sur lequel l'essai de Laura était grand ouvert.

« Elle cite – c'est ici précisément – le premier Livre des Rois, chapitre vingt-deux – le passage dans lequel Dieu trompe le roi Achab. " Voici donc que Yahvé a mis un esprit de mensonge dans la bouche de tous ses prophètes qui sont là. " Laura en déduit que si Dieu a fait cela une fois, comment être sûr qu'il ne l'a pas refait et comment pouvons-nous distinguer les fausses prophéties des vraies ?

– Eh bien, c'est en tout cas une conclusion logique. Laura connaît sa Bible.

– On peut le dire, répondit la directrice, exaspérée. Le diable est capable de citer les Saintes Écritures pour servir ses desseins. Elle poursuit en faisant remarquer que si Dieu ment, il ne triche pas – il dépêche toujours un vrai prophète, mais les gens n'écoutent pas. Selon elle, Dieu ressemble à un animateur de radio et nous à des postes défaillants, comparaison que je trouve irrespectueuse, pour dire le moins.

– Laura ne cherche pas à manquer de respect, dis-je. En tout cas, pas à Dieu. »

La directrice ignora ma remarque.

« La première chose, ce n'est pas tant ses arguments spécieux que le fait qu'elle ait jugé bon de poser la question.

– Laura aime à avoir des réponses. Elle aime à avoir des réponses sur des sujets importants. Je suis sûre que vous serez d'accord pour reconnaître que Dieu représente un sujet important. Je ne vois pas pourquoi cela devrait être considéré comme perturbant.

– C'est ce que ressentent les autres élèves. Elles ont l'impression qu'elle... euh, qu'elle fait son intéressante. Qu'elle défie l'autorité établie.

420

– Comme le Christ l'a fait, ou comme certaines personnes l'ont cru à l'époque. »

Elle ne souligna pas le fait évident que tout cela était peut-être très bien pour le Christ, mais que ce n'était pas opportun de la part d'une jeune fille de seize ans.

« Vous ne comprenez pas vraiment », insista-t-elle.

En fait, elle se tordit les mains, opération que j'étudiai avec intérêt, n'en ayant encore jamais été témoin.

« Les autres pensent qu'elle est... elles pensent qu'elle est *drôle*. Enfin certaines. D'autres la prennent pour une bolchevik. Le reste la considère simplement comme bizarre. Dans tous les cas, elle attire l'attention, et pas de la meilleure façon qui soit. »

Je commençais à voir où elle voulait en venir.

« Je n'ai pas l'impression que Laura cherche à être drôle, remarquai-je.

– C'est tellement difficile à dire ! »

L'espace d'un silence, nous nous dévisageâmes de part et d'autre du bureau.

« Elle a un certain nombre de supporters, vous savez », m'expliqua la directrice avec une pointe d'envie.

Elle attendit que j'absorbe cette information, puis poursuivit.

« Il y a aussi la question de ses absences. Je comprends qu'elle ait des problèmes de santé, mais...

– Quels problèmes de santé ? m'écriai-je. Laura n'a pas de soucis de santé.

– Eh bien, c'est ce que j'ai pensé, compte tenu de tous ses rendez-vous médicaux...

– Quels rendez-vous médicaux ?

– Vous ne les avez pas autorisés ? »

Elle sortit un paquet de lettres. Je reconnus le papier, c'était le mien. Je les parcourus : ce n'était pas moi qui les avais écrites, mais elles étaient signées de mon nom.

« Je vois, dis-je en récupérant mon manteau de carcajou et mon sac à main. Je vais devoir parler à Laura. Merci de m'avoir accordé tout ce temps. »

Je remuai le bout des doigts. Il allait sans dire que Laura serait retirée de cet établissement.

« Nous avons essayé de faire de notre mieux », ajouta la pauvre femme.

Elle était pratiquement en larmes. Encore une autre Mlle Violence, celle-là. Une bonniche, pétrie de bonnes intentions, mais incapable. Pas un adversaire à la hauteur de Laura.

Ce soir-là, quand Richard me demanda comment s'était déroulé mon entretien, je lui parlai de l'effet perturbateur que Laura avait sur ses camarades de classe. Au lieu de se fâcher, il parut amusé et proche d'une certaine admiration. Il déclara que Laura avait du cran. Il ajouta qu'un certain esprit de rébellion témoignait d'une bonne dose d'allant. Lui-même, il avait détesté l'école et avait rendu la vie difficile à ses professeurs, me confia-t-il. Je ne pensais pas que c'était là le mobile de Laura, mais gardai mes impressions pour moi.

Je ne lui parlai pas des faux concernant le médecin : ç'aurait été le pavé dans la mare. Embêter les enseignants était une chose, faire l'école buissonnière en était une autre. Ça sentait la délinquance.

« Tu n'aurais pas dû imiter mon écriture, dis-je à Laura en privé.

– Je ne pouvais pas imiter celle de Richard. Elle est trop différente de la nôtre. La tienne était beaucoup plus facile.

– Une écriture, c'est personnel. C'est comme un vol. »

Elle parut contrariée un moment.

« Je suis désolée. C'était juste un emprunt. Je ne pensais pas que ça t'embêterait.

– J'imagine qu'il est inutile de te demander pourquoi tu as fait ça ?

– Je n'ai jamais demandé à fréquenter cette école. Elles ne m'aimaient pas plus que je ne les aimais. Elles ne me prenaient pas au sérieux. Ce ne sont pas des gens sérieux. Si j'avais dû y passer tout mon temps, je serais vraiment tombée malade.

– Que faisais-tu quand tu n'étais pas à l'école ? Où allais-tu ? »

J'étais inquiète à l'idée qu'elle ait pu rencontrer quelqu'un – un homme. Elle arrivait à l'âge de ce genre de chose.

« Oh, ici et là, répondit Laura. J'allais en ville ou m'asseoir dans un jardin et d'autres choses. Ou je me contentais de me promener. Je t'ai vue, deux fois, mais, toi, tu ne m'as pas vue. Je pense que tu allais faire des courses. »

Je sentis le sang me monter au cœur, puis j'eus la sensation d'étouffer : la panique, comme une main qui m'aurait bâillonnée. Je dus blêmir.

« Qu'est-ce qui ne va pas ? s'écria Laura. Tu n'es pas bien ? »

Au mois de mai, nous allâmes en Angleterre à bord du *Berengeria*, puis revînmes à New York pour le voyage inaugural du *Queen Mary*. Le *Queen* était le plus grand et le plus luxueux transatlantique jamais construit, ou du moins était-ce ce qui était marqué dans toutes les brochures. Un événement qui marquait une époque, affirma Richard.

Winifred nous accompagna. Laura aussi. Un voyage pareil lui ferait beaucoup de bien, avait décrété Richard : depuis son brusque départ de l'école, elle avait les traits tirés, paraissait malingre et ne savait pas trop quoi faire. Ce voyage serait pour elle un enseignement, d'un genre vraiment utile pour une jeune fille comme elle. De toute façon, il n'était guère possible de la laisser derrière.

Le public ne se lassait pas du *Queen Mary*. Il était impitoyablement décrit et photographié sous toutes les coutures et décoré dans le même esprit, avec des éclairages au néon, des stratifiés, des colonnes cannelées et de la loupe d'érable – des placages coûteux partout. N'empêche qu'il ballottait comme un cochon et que le pont des deuxièmes classes dominait celui des premières, de sorte qu'on ne pouvait pas faire un pas sans avoir au-dessus de sa tête un bastingage plein de badauds impécunieux pour vous regarder avec curiosité.

Je souffris du mal de mer le premier jour, et après tout alla bien. Il y avait beaucoup de bals. Je savais désormais danser ; relativement bien, mais pas trop. (*Ne fais jamais rien trop bien,* disait Winifred, *ça montre que tu t'appliques.*) Je dansais avec d'autres hommes que Richard – des hommes avec qui il était en affaires, des hommes qu'il me présentait. *Prenez soin d'Iris pour moi*, leur disait-il, en souriant, en leur tapotant le bras.

Parfois, il dansait avec d'autres femmes, les femmes des hommes qu'il connaissait. Parfois il sortait fumer une cigarette ou faire un tour sur le pont, enfin, c'est ce qu'il me disait. Je pensais au contraire qu'il boudait ou qu'il broyait du noir. Je le perdais de vue pendant une heure de rang. Puis il revenait s'asseoir à notre table, me regardait danser relativement bien et je me demandais depuis combien de temps il était là.

Il était mécontent, décrétai-je, parce que ce voyage ne se passait pas comme il l'avait prévu. Il ne pouvait avoir les réservations à dîner qu'il voulait au Verandah Grill, il ne rencontrait pas les gens qu'il aurait voulu rencontrer. C'était un grand manitou sur son territoire de prédilection, mais sur le *Queen Mary* ce n'était en fait qu'un tout petit manitou. Et Winifred aussi était un tout petit manitou : sa vitalité était vaine. Plus d'une fois je vis des femmes qu'elle avait approchées furtivement la snober. Elle revenait alors discrètement auprès de ceux qu'elle appelait « notre bande », en espérant que personne n'avait rien remarqué.

Laura ne dansait pas. Elle ne savait pas, ça ne l'intéressait pas ; de toute façon, elle était trop jeune. Après le dîner, elle s'enfermait dans sa cabine ; elle disait qu'elle lisait. Au troisième jour du voyage, pour le petit déjeuner, elle avait les yeux rouges et enflés.

En milieu de matinée, j'allai la chercher. Je la trouvai sur une chaise longue, une couverture écossaise remontée jusqu'au cou, en

423

train de suivre sans enthousiasme une partie de palet. Je m'assis à côté d'elle. Une jeune femme musclée passa devant nous avec sept chiens, tous en laisse ; elle portait un short malgré la fraîcheur du temps et avait des jambes brunes et bronzées.

« Je pourrais avoir un boulot comme ça, dit Laura.

– Un boulot comme quoi ?

– À promener les chiens. Les chiens des autres. J'aime les chiens.

– Tu n'aimerais pas les propriétaires.

– Je ne promènerais pas les propriétaires. »

Elle portait ses lunettes de soleil, et frissonnait.

« Il y a quelque chose qui ne va pas ? demandai-je.

– Non.

– Tu as l'air gelée. À mon avis, tu es en train d'attraper quelque chose.

– Je vais très bien. Ne t'affole pas.

– Bien entendu que je suis inquiète.

– Tu n'as pas à l'être. J'ai seize ans. Je sais si je suis malade.

– J'ai promis à papa de veiller sur toi, déclarai-je froidement. Et à maman aussi.

– C'était stupide de ta part.

– C'est sûr. Mais j'étais jeune, je ne savais pas ce que je faisais. C'est ça la jeunesse. »

Laura ôta ses lunettes de soleil, mais ne me regarda pas.

« Les promesses des autres, je n'y suis pour rien, dit-elle. Papa m'a refilée à toi. Il n'a jamais su quoi faire de moi – de nous. Il est mort maintenant, ils sont morts tous les deux, donc, il n'y a pas de problème. Je te décharge. Te voici libérée de ta promesse.

– Laura, qu'est-ce qu'il y a ?

– Rien. Mais chaque fois que je veux simplement réfléchir – pour tirer des choses au clair –, tu décrètes que je suis malade et tu commences à m'enquiquiner. Ça me rend dingue.

– Ce n'est pas très juste. J'essaie tant que je peux, je t'accorde toujours le bénéfice du doute, je te donne le maximum...

– Laissons tomber, dit-elle. Regarde, quel jeu idiot ! Je me demande pourquoi on appelle ça palet ? »

Je mis tout cela sur le compte du vieux chagrin – du deuil, d'Avalon et de tout ce qui s'était passé là-bas. Ou bien rêvait-elle encore à Alex Thomas ? J'aurais dû lui poser davantage de questions, j'aurais dû insister, mais je doute que, même alors, elle m'ait dit ce qui la tracassait vraiment.

Ce que je me rappelle le plus nettement de ce voyage, Laura mise à part, ce fut le pillage qui eut lieu, partout sur le bateau, le jour où nous arrivâmes au port. Tout ce qui portait le nom ou le monogramme *Queen Mary* disparut dans des sacs à main ou des valises – papier à lettres, argenterie, serviettes de toilette, porte-savon et tout le bataclan –, tout ce qui n'était pas fixé au sol par une chaîne. Certains allèrent jusqu'à dévisser les poignées de robinet, les miroirs les plus petits et les boutons de porte. Les passagers de première furent pires que les autres ; mais il faut dire que les riches ont toujours été kleptomanes.

Quelle était la logique derrière tout ce pillage ? Les souvenirs. Ces gens avaient besoin de quelque chose pour se souvenir d'eux-mêmes. Drôle de truc que la chasse aux souvenirs : *maintenant* devient *en ce temps-là* alors même que c'est encore maintenant. On n'est pas totalement convaincu de s'être trouvé là et donc on chaparde la preuve ou quelque chose que l'on prend, à tort, pour tel.

Personnellement, je filai avec un cendrier.

L'homme à la tête en flammes

La nuit dernière, j'ai pris une des pilules que le médecin m'a prescrites. Elle m'a aidée à dormir, c'est certain, mais là-dessus j'ai rêvé, rêve qui ne valait pas mieux que ceux que je fais sans médicaments.

J'étais sur le ponton d'Avalon, avec la glace brisée, verdâtre, de la rivière qui tintinnabulait tout autour comme des clochettes, mais je ne portais pas de manteau – juste une robe en coton imprimé couverte de papillons. Ainsi qu'un chapeau fait de fleurs en plastique aux couleurs criardes – rouge tomate, lilas hideux – que de minuscules ampoules éclairaient de l'intérieur.

Où est le mien ? braillait Laura de la voix qu'elle avait à cinq ans. Je baissai les yeux vers elle, mais nous n'étions plus du tout des enfants. Laura était devenue vieille, comme moi ; ses yeux étaient de petits raisins secs. Horrifiée, je me réveillai.

Il était trois heures du matin. J'attendis que mon cœur eût cessé de protester, puis descendis l'escalier à tâtons pour me faire un lait chaud. Je n'aurais pas dû avoir la sottise de me fier à des pilules. On ne peut pas acheter l'inconscience à si bas prix.

Mais poursuivons.

Une fois descendue du *Queen Mary*, nous passâmes trois jours à New York. Richard avait des affaires à conclure ; le reste de la famille pouvait faire le touriste, dit-il.

Laura n'avait pas envie d'aller voir les Rockettes ni de grimper en haut de la statue de la Liberté ou de l'Empire State Building. De même n'avait-elle pas envie de faire des courses. Elle voulait juste se promener et regarder des vitrines dans la rue, déclara-t-elle, mais c'était trop dangereux pour qu'elle le fasse toute seule, riposta Richard, donc je l'accompagnai. Elle n'était pas d'une compagnie exubérante – un soulagement après Winifred qui était résolue à vivre de la manière la plus exubérante qui fût humainement possible.

Après cela, nous passâmes plusieurs semaines à Toronto pendant que Richard se remettait au courant de ses affaires. Après cela, nous allâmes à Avalon. Nous y ferions de la voile, décréta Richard. Son ton laissait entendre que c'était la seule chose qu'on pouvait y faire ; et aussi qu'il était heureux de sacrifier son temps pour satisfaire nos caprices. Ou, formulé plus gentiment, pour nous faire plaisir – pour me faire plaisir, mais aussi pour faire plaisir à Laura.

Il me semblait qu'il en était arrivé à considérer Laura comme une énigme, une énigme qu'il avait le devoir de résoudre. Je le surprenais en train de la regarder à de drôles de moments, de la même façon ou presque qu'il regardait les pages de la Bourse – en cherchant à découvrir la prise, le tour, la poignée, le coin, l'entrée. Soit ça, soit un prix. Il voulait avoir Laura sous sa férule, il voulait l'écraser sous son pied, ne fût-ce que légèrement. Mais Laura n'était pas du genre à se faire écraser. Aussi, après chacune de ses tentatives se retrouvait-il une jambe en l'air, tel un chasseur d'ours posant pour une photographie où la dépouille du plantigrade a disparu.

Comment Laura s'y prenait-elle ? Non plus en s'opposant à lui, c'était fini : désormais, elle évitait les affrontements directs avec lui. Elle se débrouillait pour reculer, se détourner et le désarçonner. Il ne cessait de bondir dans sa direction à elle, mais ses bras ne se refermaient jamais, au grand jamais, que sur l'air.

Ce qu'il voulait, c'était l'approbation de Laura, son admiration même. Ou simplement sa gratitude. Quelque chose de cet ordre. Avec une autre jeune fille, il aurait peut-être essayé les cadeaux – un collier de perles, un pull en cachemire –, des choses que des jeunes de seize ans étaient censés désirer ardemment. Mais il était trop avisé pour imposer quelque chose de la sorte à Laura.

Autant chercher à tirer de l'huile d'un mur, me disais-je. Il ne la comprendra jamais. Et il ne peut pas l'acheter, parce qu'il n'a rien qu'elle désire. Dans n'importe quel concours de volonté, avec n'importe qui, je pariais encore sur Laura. À sa manière, elle était têtue comme une mule.

Je pensais qu'elle sauterait sur l'occasion de passer un bout de temps à Avalon – elle avait tellement répugné à s'en aller –, pourtant, quand on mentionna ce projet, elle parut indifférente. Elle n'avait pas envie d'accorder à Richard un quelconque mérite pour quoi que ce soit, du moins était-ce mon interprétation.

« Au moins, on verra Reenie », fut tout ce qu'elle dit.

« Je regrette de dire que Reenie n'est plus à notre service, annonça Richard. Nous lui avons demandé de partir. »

Quand cela ? Il y avait un petit moment. Un mois, plusieurs mois ? Richard demeura évasif. C'était un problème, dit-il, lié au mari de Reenie qui buvait trop. Les réparations de la maison n'avaient donc pas été effectuées d'une manière que toute personne raisonnable aurait jugée opportune et satisfaisante et Richard ne voyait pas l'utilité de payer grassement la paresse et une attitude qu'on ne pouvait qualifier que d'insubordination.

« Il ne voulait pas qu'elle soit là en même temps que nous, dit Laura. Il savait qu'elle prendrait parti. »

Nous étions en train de nous balader au rez-de-chaussée d'Avalon. La maison semblait avoir rétréci, le mobilier ou ce qu'il en restait – certains des meubles les plus massifs, les plus sombres s'étaient volatilisés, sur ordre de Richard, je suppose – disparaissant sous des draps blancs. J'imaginais Winifred en train de dire qu'on ne pouvait pas imaginer que quelqu'un vive avec un buffet orné de grappes de raisin en bois aussi énormes, aussi peu convaincantes. Les ouvrages reliés cuir étaient toujours dans la bibliothèque, mais j'avais l'intuition qu'ils risquaient de ne plus y rester trop longtemps. Les portraits des Premiers ministres avec grand-père Benjamin avaient été enlevés : quelqu'un – Richard, sans aucun doute – devait avoir fini par remarquer leurs visages pastel.

Il se dégageait autrefois d'Avalon une impression de stabilité qui équivalait à de l'intransigeance – gros et lourd rocher planté au milieu du cours du temps, refusant de se laisser ébranler par qui que ce fût –, mais à présent le lieu était miteux, pitoyable, comme s'il s'apprêtait à s'écrouler sur ses fondements. Il n'avait plus le courage de ses prétentions.

Que c'était démoralisant, déclara Winifred, tout était tellement poussiéreux, et il y avait des souris dans la cuisine, elle avait vu des crottes ainsi que des poissons d'argent. Cependant, les Murgatroyd devaient arriver un peu plus tard dans la journée, en compagnie d'un couple d'autres domestiques, des nouveaux, qui avaient été ajoutés à notre cercle, de sorte que tout serait bientôt aussi nickel qu'un pont de bateau, sauf, bien entendu (elle le fit remarquer avec un éclat de rire), le bateau lui-même, c'est-à-dire l'*Ondine*. Richard était justement descendu l'inspecter dans l'abri. Il aurait dû être décapé et repeint, sous la supervision de Reenie et de Ron Hincks, mais c'était encore quelque chose qui n'avait pas été fait. Winifred n'arrivait pas à voir ce que Richard espérait de ce vieux rafiot – s'il avait vraiment envie de faire de la voile, il ferait aussi bien de saborder ce dinosaure de bateau et de s'acheter une embarcation neuve.

« Je suppose qu'il pense qu'il a une valeur sentimentale, suggé-rai-je. Pour nous, je veux dire. Laura et moi.

– Et il en a? demanda Winifred avec ce sourire amusé qui lui appartenait.

– Non, répondit Laura. Pourquoi en aurait-il? Papa ne nous emmenait jamais avec lui. Uniquement Callie Fitzsimmons. »

Nous étions dans la salle à manger; au moins, la longue table était encore là. Je me demandais quelle décision Richard, ou plutôt Wini-fred, allait prendre au sujet de Tristan et d'Iseut et de leur histoire d'amour démodée et vitreuse.

« Callie Fitzsimmons est venue à l'enterrement », me confia Laura.

Nous étions seules toutes les deux; Winifred était montée faire un somme qu'elle qualifiait de bénéfique pour sa beauté. À cet effet, elle se flanquait des tampons de coton imbibés d'eau d'hamamélis sur les yeux et s'enduisait la figure avec une coûteuse préparation à base de boue verte.

« Oh? Tu ne m'avais pas dit.

– J'avais oublié. Reenie était furieuse contre elle.

– Parce qu'elle est venue à l'enterrement?

– Parce qu'elle n'est pas venue avant. Elle a été drôlement impolie avec elle. Elle lui a dit : " Mieux vaut tard que jamais, mais c'est quand même une heure trop tard. "

– Mais elle détestait Callie! Elle la détestait toujours quand elle venait à la maison! Elle la considérait comme une putain!

– J'imagine qu'elle n'a pas été assez putain au goût de Reenie. Elle a été molle sur la question, incapable de faire le boulot.

– De putain?

– Eh bien, Reenie avait le sentiment qu'elle aurait dû tenir jusqu'au bout. Elle aurait au moins dû être là quand papa a traversé toutes ces difficultés. L'aider à penser à autre chose.

– Reenie a dit tout ça?

– Pas exactement, mais on voyait bien ce qu'elle voulait dire.

– Et Callie, qu'est-ce qu'elle a fait?

– Elle a fait celle qui ne comprenait pas. Après quoi, elle a fait ce que tout le monde fait à un enterrement. Elle a pleuré et débité des mensonges.

– Quels mensonges?

– Elle a dit que même s'ils ne partageaient pas toujours le même point de vue, politiquement parlant, papa était un homme bien, très bien. Reenie a dit *Politiquement parlant, mes fesses*, mais derrière son dos.

– Je crois qu'il a essayé de l'être, remarquai-je. Bien, je veux dire.

– Eh bien, il n'a pas essayé assez, répliqua Laura. Tu ne te souviens pas de ce qu'il disait ? Qu'on lui était *restées sur les bra*s, comme si on était une sorte de tache.

– Il a essayé autant qu'il a pu.

– Tu te rappelles le Noël où il s'est habillé en père Noël ? C'était avant la mort de maman. Je venais juste d'avoir cinq ans.

– Oui. C'est ce que je veux dire. Il a essayé.

– Je détestais ça, insista Laura. J'ai toujours détesté ce genre de surprises. »

On nous avait demandé d'attendre dans le vestiaire. Des rideaux transparents recouvraient l'intérieur des portes à deux battants qui donnaient sur le hall, de sorte qu'on n'arrivait pas à voir le hall carré et sa cheminée à l'ancienne ; c'était là qu'on avait installé le sapin. Nous étions perchées sur le canapé du vestiaire avec le miroir rectangulaire derrière. Des manteaux étaient accrochés après le long portant – les manteaux de papa, les manteaux de maman, et les chapeaux aussi, au-dessus, ceux de maman avec de grandes plumes, ceux de papa avec des petites. Il y avait une odeur de snow-boots, de résine de pin et de cèdre fraîche provenant des guirlandes accrochées aux rampes de l'escalier principal, et de cire montant des planches de bois chaudes, parce que la chaudière marchait : les radiateurs sifflaient et cliquetaient. Sous le rebord de la fenêtre passaient un courant d'air froid et l'odeur impitoyable et tonique de la neige.

Il n'y avait qu'une seule lumière au plafond de la pièce ; elle avait un abat-jour en soie jaune. Dans les portes vitrées, je voyais notre reflet : nos robes en velours bleu roi avec leur col en dentelle, nos visages blancs, nos cheveux pâles avec une raie au milieu, nos mains pâles croisées sur nos genoux. Nos chaussettes blanches, nos Charles IX noires. On nous avait appris à nous asseoir un pied croisé par-dessus l'autre – jamais les genoux – et c'est ainsi que nous étions assises. Le miroir se dressait derrière nous comme une bulle de verre surgissant du sommet de nos crânes. J'entendais notre souffle quand nous inspirions l'air, quand nous l'expirions : c'était le souffle de l'attente. On aurait dit le souffle de quelqu'un d'autre – quelqu'un de gros mais d'invisible qui se serait caché à l'intérieur des manteaux où tous les bruits auraient été assourdis.

Tout à coup, les portes à deux battants s'ouvrirent. Un homme en rouge, un géant rouge nous dominait de toute sa hauteur. Derrière lui se déployaient l'obscurité de la nuit et l'éclat d'un brasier. Son visage était recouvert de fumée blanche. Il avait la tête en flammes. Il s'avança en tanguant : il avait les bras tendus. De sa bouche sortit un mugissement, ou un hurlement.

J'eus peur un instant, mais j'étais suffisamment grande pour comprendre de quoi il était censé s'agir. Le bruit voulait imiter le rire. Ce n'était que notre père, qui jouait les pères Noël, et il ne se consumait pas – ce n'était que l'arbre allumé derrière lui, ce n'était que la couronne de bougies sur sa tête. Il avait son peignoir en brocart rouge, à l'envers, et une barbe en ouate.

Maman disait toujours qu'il n'avait pas idée de sa force : il n'avait pas idée de la taille qu'il avait par rapport à tout le monde. Il n'avait pas dû imaginer à quel point il pouvait paraître effrayant. Pour Laura, il fut tout à fait effrayant.

« Tu as hurlé et hurlé, dis-je alors. Tu ne comprenais pas qu'il faisait seulement semblant.

– C'était pire que cela, répondit Laura. J'ai pensé que c'était le reste du temps qu'il faisait semblant.

– Qu'est-ce que tu veux dire ?

– Que c'était ce qu'il était vraiment, m'expliqua-t-elle patiemment. Que, par en dessous, il se consumait. Tout le temps. »

L'*Ondine*

Ce matin, j'ai dormi plus longtemps, épuisée après une nuit de sombres vagabondages. J'avais les pieds enflés, comme si j'avais parcouru de longues distances sur un sol durci ; ma tête me semblait poreuse et moite. C'est Myra qui, en frappant à la porte, m'a réveillée. « Debout là-dedans », a-t-elle roucoulé par la fente de la boîte aux lettres. Par perversité, je n'ai pas répondu. Peut-être allait-elle penser que j'étais morte – cannée dans mon sommeil ! À tous les coups, elle avait déjà commencé à se faire du mouron pour savoir avec quel imprimé à fleurs elle m'habillerait et à réfléchir à la tambouille pour le repas d'après l'enterrement. Pas question de veillée funèbre, rien d'aussi barbare. Une veillée, c'était destinée à vous éveiller, parce que autant s'assurer que les morts sont vraiment morts avant de leur balancer la terre sur le capot.

J'ai souri à cette idée. Puis je me suis rappelé que Myra avait une clé. J'ai envisagé de tirer le drap sur ma figure pour lui donner au moins une minute de frayeur épouvantable, mais je me suis ravisée. Je me suis redressée, levée et j'ai enfilé mon peignoir.

« Minute ! » ai-je crié vers le bas de la cage d'escalier.

Myra était déjà à l'intérieur et, avec elle, la *bonne femme* : la femme de ménage. C'était une costaude, une Portugaise, apparemment : pas moyen de la repousser. Elle s'est mise immédiatement à l'ouvrage avec l'aspirateur de Myra – elles avaient pensé à tout – pendant que je la suivais à la trace en braillant comme une perdue : *Ne touchez pas à ça ! Laissez ça là ! Je peux m'en occuper ! Maintenant, je ne vais plus rien retrouver !* J'ai réussi à les devancer à la cuisine et j'ai eu le temps de coller mon tas de feuilles gribouillées dans le four. Elles ne vont sûrement pas s'attaquer à ça dès le premier jour de nettoyage. De toute façon, ce n'est pas trop sale, je ne me sers jamais du four.

« Voilà, a déclaré Myra quand la femme eut terminé. Impeccable. Tu ne te sens pas mieux maintenant ? »

Elle m'avait apporté un nouveau machin de la Gingerbread House – une jardinière à crocus, vert émeraude, à peine ébréchée et ayant la forme d'une tête de fillette affichant un sourire de fausse modestie. Les crocus sont censés sortir des trous sur le dessus et faire un *halo de fleurs*, ses mots très précisément. Tout ce que j'ai à faire, c'est arroser, dit Myra, et d'ici peu ce sera mimi comme une bille.

Dieu a une mystérieuse façon d'œuvrer à l'accomplissement de ses merveilles, comme disait Reenie. Se pourrait-il que Myra soit mon ange gardien désigné ? Ou représente-t-elle au contraire un avant-goût du purgatoire ? Et comment faire la différence ?

Au cours de notre deuxième jour à Avalon, Laura et moi allâmes voir Reenie. Il n'avait pas été difficile de trouver où elle habitait : tout le monde en ville le savait. Sinon les gens de Betty's Luncheonette le savaient, parce que c'était là qu'elle travaillait maintenant, trois jours par semaine. Nous ne dîmes pas à Richard et Winifred où nous allions : pourquoi aggraver l'atmosphère désagréable autour de la table du petit déjeuner ? On ne pouvait pas nous l'interdire totalement, mais nous étions sûres et certaines de nous attirer une pénible dose de mépris contenu.

Nous prîmes l'ours en peluche que j'avais acheté pour le bébé de Reenie chez Simpsons à Toronto. Ce n'était pas un nounours qu'on avait vraiment envie de câliner – il était sévère, fermement rembourré et rigide. Il avait l'air d'un petit fonctionnaire ou d'un fonctionnaire d'autrefois. Je ne sais pas à quoi ils ressemblent aujourd'hui. Ils doivent porter des jeans.

Reenie et son mari habitaient dans l'un des cottages en pierre calcaire construits à l'identique sur des rangées et des rangées pour les ouvriers des usines – un étage, un toit pointu, un cabinet au fond de l'étroit jardin –, pas très loin de l'endroit où j'habite à présent. Ils n'avaient pas de téléphone et nous n'avions pas pu prévenir Reenie de notre arrivée. Quand elle ouvrit la porte et qu'elle nous vit, elle eut un large sourire, puis fondit en larmes. Au bout d'un moment, Laura fit de même. Je restai là à serrer le nounours, à me sentir exclue parce que je ne pleurais pas.

« Vous êtes adorables, nous dit Reenie. Entrez voir le bébé. »

Nous empruntâmes le couloir recouvert de lino pour gagner la cuisine. Reenie l'avait peinte en blanc et y avait ajouté des rideaux jaunes, de la même nuance de jaune que les rideaux d'Avalon. Je remarquai un ensemble de boîtes en métal, blanches elles aussi, avec écrit en jaune au pochoir : Farine, Sucre, Café, Thé. Je n'eus pas besoin qu'on m'explique que c'était Reenie qui s'était chargée de ces décorations. De ça, des rideaux et de tout ce sur quoi elle avait pu poser les mains. Elle s'accommodait de la situation.

Le bébé – c'était toi, Myra, voici que tu fais ton entrée dans cette histoire – était couché dans un panier à linge en osier et nous regardait avec des yeux ronds qui ne cillaient pas, encore plus bleus que les yeux des bébés en général. Je dois dire qu'elle avait une bouille de gros poupard, mais comme la plupart des bébés.

Reenie insista pour nous préparer une tasse de thé. Nous étions de jeunes demoiselles à présent, dit-elle ; nous pouvions avoir du vrai thé et pas seulement du lait avec un peu de thé dedans, comme dans le temps. Elle avait pris du poids ; le dessous de ses bras, autrefois si ferme et fort, tremblotait un peu et, quand elle alla vers la cuisinière, elle se dandinait presque. Ses mains étaient boudinées, les jointures de ses doigts charnues.

« Tu manges pour deux et, après, tu oublies de t'arrêter, dit-elle. Voyez mon alliance ? Je pourrais pas la retirer à moins qu'on me la coupe. Faudra m'enterrer avec. »

Elle débita cela avec un soupir de suffisance. Puis la petite se mit à s'agiter et Reenie la prit, l'installa sur son genou et nous lança comme un regard de défi. La table (quelconque, toute petite et recouverte d'une toile cirée avec un imprimé de tulipes jaunes) ressemblait à un gouffre immense – d'un côté nous deux, de l'autre, immensément loin à présent, Reenie et son bébé, sans regrets.

Des regrets pour quoi ? Pour nous avoir abandonnées. Ou bien c'est ce que je ressentais.

Il y avait quelque chose de bizarre dans le comportement de Reenie, pas envers le bébé, mais envers nous par rapport au bébé – comme si nous l'avions démasquée. Je me suis depuis demandé – et il faudra que tu me pardonnes d'écrire cela, Myra, mais franchement tu ne devrais pas lire ces lignes, la curiosité est un vilain défaut –, je me suis depuis demandé si le père de ce bébé était vraiment Ron Hincks ou si ce n'était pas mon père. Reenie était la seule domestique à Avalon, après que je fus partie en voyage de noces et, autour de papa, tout s'effondrait. Ne se serait-elle pas appliquée à lui comme un cataplasme, à la façon dont elle lui apportait un bol de soupe chaude ou une bouillotte ? Réconfort contre le froid et l'obscurité.

Dans ce cas, Myra, tu es ma sœur. Ou ma demi-sœur. Certes, nous ne le saurons jamais ou je ne le saurai jamais. J'imagine que tu pourrais me faire exhumer pour qu'on prélève un échantillon de mes cheveux ou de mes os ou de ce qu'il faut et procéder à une analyse. Cependant, je doute que tu ailles aussi loin. La seule autre possibilité de preuve serait Sabrina – vous pourriez vous réunir, comparer des bouts de l'une et de l'autre. Pour ça, il faudrait que Sabrina revienne et Dieu seul sait si elle reviendra jamais. Elle peut être n'importe où. Elle peut être morte. Elle peut être au fond de l'océan.

Je me demande si Laura savait pour Reenie et papa, s'il y avait vraiment quelque chose à savoir. Je me demande si ça fait partie des nombreuses choses qu'elle savait, mais qu'elle n'a jamais dites. C'est très possible.

Le temps à Avalon ne passait pas vite. Il faisait encore trop chaud, il faisait encore trop humide. Le niveau d'eau des deux rivières était bas : même les rapides de la Louveteau étaient léthargiques et une odeur désagréable montait de la Jogues.

Je restais à la maison la plupart du temps, assise dans le fauteuil au dossier en cuir de la bibliothèque de grand-père, les jambes en appui sur l'accoudoir. Les dépouilles des mouches mortes de l'hiver précédent tapissaient encore les rebords des fenêtres : la bibliothèque n'était pas une priorité absolue pour Mme Murgatroyd. Le portrait de grand-mère Adelia était toujours à la place d'honneur.

J'occupais les après-midi avec ses albums et leurs coupures de presse sur tel ou tel thé, sur les Fabiens de passage, les explorateurs avec leurs spectacles de lanterne magique et leurs comptes rendus sur telles coutumes indigènes bizarres. Je ne comprends pas pourquoi certains trouvaient bizarres qu'ils décorent les crânes de leurs ancêtres, me disais-je. Nous aussi, on fait ça.

Sinon, je feuilletais de vieux magazines chics, repensais à la manière dont j'avais autrefois envié les gens qui apparaissaient dedans ; ou bien je farfouillais dans les livres de poésie aux pages fines comme du papier de soie et dorées sur tranche. Les poèmes qui, dans mon enfance, me transportaient, du temps de Mlle Violence, me semblaient à présent outrés et mielleux. *Las, faix, ma mie, dolent, il m'en souvient* – archaïsmes de l'amour non payé de retour. Ces mots m'irritaient, ils rendaient les amants malheureux – je m'en apercevais à présent –, vaguement ridicules, comme cette pauvre et mélancolique Mlle Violence. Contours émoussés, flous, ramollis, comme un petit pain tombé à l'eau. Rien qu'on aurait eu envie de toucher.

Déjà mon enfance me paraissait lointaine – époque reculée, passée et douce-amère, pareille à des fleurs séchées. Est-ce que je regrettais de l'avoir perdue, est-ce que je voulais la retrouver ? Je n'en avais pas l'impression.

Laura ne restait pas à la maison. Elle se baladait en ville, comme on le faisait avant. Elle portait une robe en coton jaune qui m'avait appartenu l'été précédent, et le chapeau qui allait avec. La voir de dos provoquait chez moi une sensation curieuse, comme si j'étais en train de m'observer moi-même.

Winifred ne faisait pas un mystère du fait qu'elle s'ennuyait à mourir. Elle allait nager tous les jours, à la petite plage privée à côté de l'abri du bateau, même si elle ne se risquait jamais là où elle n'avait pas pied : coiffée d'un gigantesque chapeau de coolie magenta, elle se contentait en général de s'asperger. Elle aurait voulu que Laura et moi l'accompagnions, mais nous avions refusé. Nous ne nagions pas très bien l'une comme l'autre et nous savions par ailleurs ce qu'on jetait autrefois dans la rivière et qu'on continuait peut-être à jeter. Quand elle ne nageait pas et ne prenait pas de bain de soleil, Winifred se promenait dans la maison en prenant des notes et en faisant des dessins et des listes des choses qui n'allaient pas – le papier peint dans le hall d'entrée avait vraiment besoin d'être remplacé, il y avait de la pourriture sèche sous l'escalier – ou bien elle s'offrait un somme dans sa chambre. Avalon avait l'air de la vider de son énergie. C'était rassurant de savoir que quelque chose avait ce pouvoir.

Richard avait beaucoup de conversations téléphoniques, longue distance ; sinon il passait la journée à Toronto. Le reste du temps, il musardait à côté de l'*Ondine* et supervisait les réparations. Il avait pour objectif de le remettre à flot, affirmait-il, avant qu'on ne soit obligés de repartir.

Il se faisait livrer les journaux tous les matins.

« Guerre civile en Espagne, déclara-t-il un jour au déjeuner. Il y a longtemps que ça se préparait.

– C'est fâcheux, intervint Winifred.

– Pas pour nous, rétorqua Richard. Tant qu'on ne s'en mêle pas. Que les cocos et les nazis s'entre-tuent – ils ne vont pas tarder à entrer dans la danse, les uns comme les autres. »

Laura avait sauté le déjeuner. Elle était sur le ponton, toute seule, avec juste une tasse de café. Elle était souvent là-bas, ce qui me rendait nerveuse. Allongée sur le ponton, elle laissait traîner le bras dans l'eau et fixait le fond de la rivière comme si elle avait fait tomber quelque chose dedans et cherchait à le retrouver. L'eau était cependant trop noire. On n'y voyait presque rien. On ne pouvait presque rien voir. Sinon, à l'occasion, un banc de vairons argent agités comme des doigts de pickpocket.

« N'empêche, insista Winifred. Je préférerais qu'ils ne le fassent pas. C'est très désagréable.

– Une bonne guerre ne nous ferait pas de mal, répliqua Richard. Si ça se trouve, ça ferait repartir la machine – ça mettrait un terme à la Dépression. Je connais des gars qui comptent là-dessus. Il y a des types qui vont se faire beaucoup d'argent. »

On ne me disait jamais rien de la situation financière de Richard, mais j'en étais venue à penser depuis un petit moment – suite à diverses allusions et indications – qu'il n'avait pas autant d'argent que je l'avais cru à une époque. Ou bien qu'il n'en avait plus. La restauration d'Avalon avait été arrêtée – *différée* – parce que Richard n'avait pas voulu dépenser davantage. D'après Reenie.

« Pourquoi vont-ils se faire de l'argent ? » demandai-je.

Je connaissais parfaitement la réponse, mais j'avais pris l'habitude de poser des questions naïves pour voir ce que Richard et Winifred allaient me répondre. L'échelle coulissante de valeurs morales qu'ils appliquaient à pratiquement tous les domaines de la vie n'avait pas encore cessé de retenir mon attention.

« Parce que c'est comme ça, déclara sèchement Winifred. À propos, ton amie a été arrêtée.

– Quel ami ? demandai-je trop rapidement.

– Cette Callista. L'ancienne chérie de ton père. Celle qui se prend pour une artiste. »

Son ton me déplut, mais je ne sus comment riposter.

« Elle était gentille avec nous quand on était petites, dis-je.

– Bien entendu, pourquoi ne l'aurait-elle pas été ?

– Moi, je l'aimais bien.

– Sans aucun doute. Elle m'a contactée il y a deux mois – elle a essayé de me faire acheter d'abominables peintures ou des fresques ou je ne sais quoi, un groupe de bonnes femmes moches en salopette. Pas le premier truc qu'on choisirait pour la salle à manger.

– Pourquoi l'aurait-on arrêtée ?

– La brigade anti-rouges, une rafle ou je ne sais quoi, à une réunion de gauchistes. Elle a appelé ici – elle était complètement surexcitée. Elle voulait te parler. Je ne voyais pas pourquoi il aurait fallu t'impliquer, donc Richard est descendu en ville et a payé sa caution pour qu'elle puisse sortir.

– Pourquoi a-t-il agi ainsi ? demandai-je. Il la connaît à peine.

– Oh, par pure gentillesse, m'expliqua Winifred en souriant avec bonté. Note, il dit toujours que ces gens posent davantage de problèmes quand ils sont sous les verrous que quand ils sont dehors, n'est-ce pas, Richard ? Ils braillent tant qu'ils peuvent dans la presse. Justice par-ci, justice par-là. Peut-être rendait-il service au Premier ministre ?

– Il reste du café ? » demanda Richard.

Cela voulait dire que Winifred aurait dû changer de sujet, mais elle s'entêta.

« Ou peut-être a-t-il eu l'impression qu'il devait bien ça aux Chase ? J'imagine qu'on pourrait la considérer comme une sorte d'objet de famille, comme une vieille cruche qu'on se repasse de main en main.

– Je crois que je vais aller retrouver Laura sur le ponton, dis-je. Il fait tellement beau. »

Richard s'était absorbé dans la lecture du journal durant toute ma conversation avec Winifred, mais voilà qu'il releva précipitamment la tête.

« Non, s'écria-t-il, reste ici. Tu l'encourages trop. Laisse-la tranquille et elle surmontera ça.

– Ça quoi ?

– Ce qui la ronge », répliqua Richard.

Il tourna la tête pour regarder de l'autre côté de la fenêtre et je remarquai pour la première fois qu'il était dégarni derrière le crâne, qu'il y avait un rond de peau rose sous ses cheveux bruns. D'ici peu, il aurait une tonsure.

« L'été prochain, nous irons à Muskoka, déclara Winifred. Je ne peux pas dire que cette petite expérience de vacances soit un succès fou. »

Vers la fin de notre séjour, je décidai d'aller faire un tour au grenier. J'attendis que Richard soit occupé au téléphone et que Winifred, un gant humide sur les yeux, s'installe dans une chaise longue sur notre petite bande de sable. Puis j'ouvris la porte donnant sur l'escalier du grenier, la refermai derrière moi et montai aussi discrètement que possible.

Laura y était déjà, assise sur l'un des coffres en cèdre. Elle avait ouvert la fenêtre, ce qui était une bénédiction : sinon l'endroit aurait été étouffant. Il y avait une odeur musquée de vieux vêtements et de crottes de souris.

Elle tourna la tête, sans se presser. Je ne l'avais pas surprise.

« Bonjour, dit-elle. Il y a des chauves-souris par ici.

– Je n'en suis pas étonnée. »

Il y avait un grand sac en papier à côté d'elle.

« Qu'est-ce que tu as là-dedans ? » demandai-je.

Elle entreprit de sortir des choses – diverses affaires, un bric-à-brac. La théière en argent qui avait appartenu à ma grand-mère ainsi que trois tasses et soucoupes en porcelaine de Dresde peintes à la main. Quelques cuillères à monogramme. Le casse-noix en forme d'alligator, un bouton de manchette en nacre, un peigne en écaille qui avait perdu des dents, un briquet en argent, cassé, un service à condiments sans son vinaigrier.

« Qu'est-ce que tu fabriques avec ça ? m'écriai-je. Tu ne peux pas les rapporter à Toronto !

– Je les cache. Ils ne peuvent pas tout saccager.

– Qui ça ?

– Richard et Winifred. De toute façon, ils jetteraient tout ça ; je les ai entendus dire que c'étaient des vieilleries sans valeur. Ils vont tout balancer tôt ou tard. Je sauve donc quelques affaires pour nous. Je les laisserai ici dans une des malles. Comme ça, elles seront en sécurité et, nous, nous saurons où elles sont.

– Et s'ils s'en aperçoivent ?

– Ils ne s'en apercevront pas. Il n'y a rien qui ait vraiment de la valeur. Regarde, dit-elle, j'ai retrouvé nos vieux cahiers de devoirs. Ils étaient encore ici, à l'endroit où on les avait laissés. Tu te souviens quand on les avait montés ici ? Pour lui ? »

Pour Laura, Alex Thomas n'avait jamais eu besoin d'un nom : il était toujours il, lui. J'avais cru un moment qu'elle avait renoncé à lui ou renoncé à rêver à lui, mais, là, il était évident que ce n'était pas le cas.

« C'est difficile de croire qu'on a fait ça, dis-je. Qu'on l'a caché ici, qu'on ne s'est pas fait prendre.

– On faisait attention », me répondit Laura.

Elle réfléchit un moment, puis sourit.

« Tu ne m'as jamais vraiment crue pour M. Erskine, non ? » me demanda-t-elle.

Je suppose que j'aurais dû mentir carrément. Au lieu de cela, je transigeai.

« Je ne l'aimais pas. Il était horrible, déclarai-je.

– Reenie m'a crue, elle. Où tu crois qu'il est ?

– M. Erskine ?

– Tu sais qui. »

Elle s'interrompit, se retourna pour regarder de nouveau par la fenêtre.

« Tu as toujours ta photo ?

— Laura, je crois que tu ne devrais pas continuer à penser à lui, m'écriai-je. Je ne pense pas qu'il va se manifester. Ce n'est pas possible.

— Pourquoi ? Tu crois qu'il est mort ?

— Pourquoi serait-il mort ? Je ne pense pas qu'il soit mort. À mon avis, il est juste parti ailleurs.

— En tout cas, ils ne l'ont pas pris, sinon on en aurait entendu parler. Les journaux en auraient parlé », conclut Laura.

Elle récupéra les vieux cahiers de devoirs et les glissa dans son sac en papier.

Nous nous attardâmes à Avalon plus longtemps que je ne l'aurais imaginé et certainement plus longtemps que je ne l'aurais souhaité : je me sentais coincée là-bas, bouclée, dans l'incapacité de bouger.

La veille de notre départ, quand je descendis pour le petit déjeuner, Richard n'était pas là ; il n'y avait que Winifred en train de manger un œuf.

« Tu as raté la grande mise à l'eau, dit-elle.

— Quelle grande mise à l'eau ? »

Elle fit un geste en direction du panorama qui donnait sur la Louveteau d'un côté et la Jogues de l'autre. J'eus la surprise de voir Laura à bord de l'*Ondine* qui se dirigeait vers l'aval. Elle était assise à l'avant, comme une figure de proue. Elle nous tournait le dos. Richard tenait le gouvernail. Il portait une horrible casquette blanche de marin.

« Ils n'ont pas coulé, c'est déjà ça, remarqua Winifred avec une pointe de causticité.

— Tu ne voulais pas y aller ?

— En fait, non. »

Il y avait une drôle d'intonation dans sa voix, que je pris, à tort, pour de la jalousie : elle aimait tant participer à toutes les étapes des projets de Richard.

Je me sentis soulagée : peut-être Laura allait-elle se montrer un peu moins inflexible à présent, peut-être allait-elle renoncer à sa campagne de froideur ? Peut-être allait-elle commencer à traiter Richard comme un être humain et non comme un ver de terre ? Cela me faciliterait sûrement la vie, me dis-je. Cela détendrait l'atmosphère.

Ce ne fut pourtant pas le cas. Au contraire, la tension s'accrut, bien qu'elle se fût inversée : à présent, c'était Richard qui quittait une pièce quand Laura y entrait. On aurait cru qu'il avait peur d'elle.

« Qu'est-ce que tu as dit à Richard ? lui demandai-je un soir lorsque nous fûmes tous rentrés à Toronto.

— Qu'est-ce que tu veux dire ?

— Le jour où tu es allée faire de la voile avec lui, sur l'*Ondine*.

— Je ne lui ai rien dit. Pourquoi l'aurais-je fait ?

— Je ne sais pas.

— Je ne lui dis jamais rien, reprit Laura, parce que je n'ai rien à dire. »

Le marronnier

Je reviens sur ce que j'ai écrit et je sais que ça ne va pas, non à cause de ce que j'ai couché sur le papier, mais à cause de ce que j'ai omis. Ce qui n'est pas là a une présence, comme l'absence de lumière.

Tu veux la vérité, bien entendu. Tu veux que j'additionne deux et deux. Or deux et deux ne te donnent pas nécessairement la vérité. Deux et deux égalent une voix de l'autre côté de la fenêtre. Deux et deux égalent le vent. L'oiseau vivant ne se résume pas à ses os dûment numérotés.

La nuit dernière, je me suis réveillée brusquement, le cœur battant à tout rompre. De la fenêtre me parvenait un tintement : quelqu'un lançait des cailloux contre le carreau. Je suis descendue du lit, me suis dirigée à tâtons vers la fenêtre, j'ai relevé le châssis et me suis penchée. Je n'avais pas mes lunettes, mais j'y voyais relativement bien. Il y avait la lune, presque pleine, veinée de vieilles fines balafres et, en dessous, la douce lueur orangée que les lampadaires de la rue projetaient vers le ciel. En dessous de moi il y avait le trottoir nappé d'ombres et en partie masqué par le marronnier du jardin de devant.

J'avais bien conscience qu'il n'aurait pas dû y avoir un marronnier à cet endroit-là : cet arbre se trouvait ailleurs, à plus de cent cinquante kilomètres de là, devant la maison où je vivais autrefois avec Richard. Pourtant, il était là, cet arbre, avec ses branches déployées comme un filet dur et épais, et ses fleurs qui pareilles à de blancs papillons de nuit dispensaient une faible lueur.

Le bruit de verre reprit. Il y avait une forme là-bas, penchée : un homme fourrageait dans les poubelles, remuait les bouteilles de vin avec l'espoir fou qu'il reste encore quelque chose dans l'une d'entre elles. Un ivrogne des rues, poussé par le vide et la soif. Il avait des gestes furtifs, pernicieux, non comme s'il était à la recherche de quelque chose, mais comme s'il espionnait – qu'il passait au crible tous mes détritus afin d'y glaner des preuves contre moi.

Sur ce, il se redressa, bougea de côté et se plaça en pleine lumière avant de relever la tête. Je vis ses sourcils noirs, le creux de ses orbites, son sourire, balafre blanche sur l'ovale sombre de son visage. Sur le V en dessous de sa gorge, il y avait une tache claire : sa chemise. Il leva la main, fit un geste sur le côté. Un salut ou un signe indiquant le départ.

À présent, il s'en allait et je ne pouvais pas l'appeler. Il savait que je ne le pouvais pas. À présent, il était parti.

J'éprouvais une sensation d'étouffement dans la région de mon cœur. Non, non, non, non, dit une voix. Des larmes roulèrent sur mon visage.

J'avais dit cela tout fort – trop fort, parce que Richard était réveillé désormais. Il était juste derrière moi. Il allait poser la main sur mon cou.

C'est à ce moment-là que je me suis véritablement réveillée. J'étais allongée, le visage trempé, les yeux ouverts, en train de fixer la surface grise du plafond, d'attendre que mon cœur se calme. Aujourd'hui, je ne pleure plus souvent quand je suis réveillée ; juste quelques sanglots sans larmes de temps à autre. C'est une surprise que de découvrir que, là, oui.

Quand on est jeune, on croit que tout ce qu'on fait est jetable. On va de maintenant en maintenant, en froissant le temps qu'on a en main, en s'en débarrassant. On est son propre bolide. On croit qu'on peut se défaire des choses et des gens aussi – les laisser. On ne sait pas encore qu'ils ont la manie de revenir.

Le temps, dans les rêves, est figé. On ne peut jamais se dépêtrer de l'endroit où on est allé.

Il y avait bel et bien un tintement, un bruit de verre. Je descendis du lit – de mon vrai lit à une place – et me dirigeai vers la fenêtre. De l'autre côté de la rue, deux ratons laveurs farfouillaient dans la poubelle bleue des voisins et retournaient bouteilles et boîtes de conserve. Récupérateurs à l'aise au milieu de ce dépotoir. Ils relevèrent la tête vers moi, vigilants, pas effrayés, leurs petits masques de voleur noirs au clair de lune.

Bonne chance à vous, murmurai-je. Prenez ce que vous pouvez, pendant que vous le pouvez. Qui se soucie de savoir si c'est à vous ? Ne vous laissez pas prendre, c'est tout.

Je retournai me coucher et demeurai allongée dans l'obscurité pesante à guetter le bruit d'un souffle dont je savais qu'il n'était pas là.

X

Le Tueur aveugle : Les hommes-lézards de Xénor

Des semaines durant, elle écume les porte-revues. Elle va jusqu'au drugstore le plus proche, achète des limes à ongles en bois ou un bâtonnet de manucure, un petit truc, puis passe devant les magazines sans les toucher et en faisant très attention à ce que personne ne la surprenne en train de les regarder, mais parcourt les titres des yeux, à l'affût de son nom. D'un de ses noms. Elle les connaît tous à présent, ou la plupart : c'était elle qui encaissait les chèques.

Histoires merveilleuses. Contes extraordinaires. Stupéfiant. Elle les examine tous.

Elle finit par repérer quelque chose. Ce doit être ça : *Les hommes-lézards de Xénor. Premier épisode palpitant des annales des guerres de Zycron.* Sur la couverture, une blonde dans un accoutrement quasi babylonien : longue robe blanche qu'une chaîne à anneaux dorés bride sous des seins invraisemblables, la gorge enserrée dans un bijou en lapis, un croissant de lune en argent lui surgissant du crâne. Les lèvres mouillées, la bouche ouverte, les yeux écarquillés, elle est aux prises avec deux créatures dotées de pattes à trois doigts et d'yeux aux pupilles verticales qui ne portent, en tout et pour tout, que des shorts rouges. Leurs visages sont des disques aplatis, leur peau est couverte d'écailles de teinte bleu canard. Elles brillent de partout, comme si elles étaient huilées ; sous leur peau d'un gris bleuté, leurs muscles se gonflent et luisent. Dans leur bouche sans lèvres, elles ont de nombreuses dents pointues comme des aiguilles.

Elle les aurait reconnues n'importe où.

Comment se procurer un exemplaire ? Pas dans ce magasin où elle est connue. À quoi bon déclencher des rumeurs en se comportant de manière bizarre ? La prochaine fois qu'elle va en courses, elle fait un détour par la gare et repère le magazine dans le kiosque sur place.

Dix *cents* seulement ; elle paie sans retirer ses gants, s'empresse de rouler le magazine et le cache dans son sac à main. Le vendeur la regarde bizarrement, mais tous les hommes font ça.

Elle serre le magazine contre elle durant tout le trajet de retour en taxi, le monte subrepticement dans l'escalier, s'enferme à clé dans la salle de bains. Ses mains, elle le sait, vont trembler en tournant les pages. C'est une histoire du genre de celles que les clodos lisent dans les wagons de marchandise, ou des garçons d'âge scolaire à la lumière d'une torche. Des gardiens d'usine à minuit pour rester éveillés ; des voyageurs de commerce à l'hôtel après une journée infructueuse, la cravate défaite, la chemise ouverte, les pieds sur la table, le whisky dans le verre à brosse à dents. La police par un soir morose. Pas un seul d'entre eux ne trouvera le message qui sera sûrement caché quelque part dans le texte. Ce sera un message à elle seule destiné.

Le papier est si léger qu'il manque se déchirer entre ses mains.

Là, dans la salle de bains fermée à clé, étalée noir sur blanc en travers de ses genoux, apparaît Sakiel-Norn, cité des mille splendeurs – ses dieux, ses coutumes, ses fabuleux tissages, ses enfants asservis et maltraités, les jeunes filles sur le point d'être sacrifiées. Ses sept mers, ses cinq lunes, ses trois soleils ; les montagnes occidentales et leurs sinistres tombes où hurlent des loups et où rôdent de belles femmes pas mortes. La révolution de palais déploie ses tentacules, le roi attend le moment propice, cherche à deviner l'ampleur des forces envoyées contre lui ; la Grande Prêtresse empoche ses pots-de-vin.

Voici maintenant la nuit précédant le sacrifice ; l'élue patiente dans le lit fatal. Mais où est donc le tueur aveugle ? Qu'est-il advenu de lui et de son amour pour la jeune fille innocente ? Il doit garder cette partie-là pour plus tard, décide-t-elle.

Puis, plus tôt qu'elle ne l'escompte, les barbares impitoyables attaquent, aiguillonnés par leur chef monomaniaque. Ils viennent tout juste de franchir les portes de la cité quand une surprise se produit : trois vaisseaux spatiaux atterrissent sur la plaine à l'est. Ils ont la forme d'œufs frits ou de Saturne coupé en deux et arrivent de Xénor. En sortent à la hâte les hommes-lézards avec leurs muscles gris-bleu saillants, leurs maillots de bain métalliques et leur matériel de guerre perfectionné. Ils ont des pistolets à rayon laser, des lassos électriques, des machines volantes monoplaces. Toute sorte de gadgets modernes.

Cette brusque invasion change les choses pour les Zycroniens. Barbares et citadins, personnages en place et rebelles, maîtres et esclaves – tous oublient leurs divergences et font cause commune. Les barrières de classes sont dissoutes – les Snilfards abandonnent leurs vieux titres de noblesse et leurs masques et remontent leurs manches pour défendre les barricades aux côtés des Ygnirods. Tous se saluent du nom de tristok, qui signifie (à peu près) *celui avec qui j'ai échangé mon sang*, c'est-à-dire camarade ou frère. Les femmes sont conduites au Temple où elles sont enfermées pour leur propre sécurité, de même que les enfants. Le roi prend les choses en main. Les forces barbares sont accueillies à bras ouverts dans la cité du fait de leurs prouesses au combat. Le roi échange une poignée de main avec le Serviteur des Réjouissances et tous deux décident de se partager le commandement. *Un poing vaut plus que la somme de ses doigts*, déclare le roi en citant un proverbe archaïque. Les huit lourdes portes de la cité se referment juste à temps.

Les hommes-lézards remportent dans les champs isolés un premier succès qu'ils doivent à l'effet de surprise. Ils capturent quelques femmes prometteuses qu'ils bouclent dans des cages derrière les barreaux desquelles bavent des dizaines de soldats-lézards. Là-dessus, l'armée de Xénor enregistre un revers : les pistolets à rayon laser sur lesquels elle s'appuie ne marchent pas très bien sur la planète de Zycron à cause d'une différence de forces gravitationnelles, les lassos électriques ne sont efficaces que s'ils sont utilisés de très près et les habitants de Sakiel-Norn se trouvent désormais derrière un mur extrêmement épais. Les hommes-lézards ne disposent pas d'un assez grand nombre de machines volantes monoplaces destinées à transporter une force d'assaut suffisamment importante pour s'emparer de la cité. Des projectiles pleuvent des remparts sur tout homme-lézard qui s'approche de trop près : les Zycroniens ont découvert que les pantalons métalliques des Xénoriens étaient inflammables à haute température et leur lancent des boulets de poix brûlante.

Le chef des lézards pique une crise de colère, il hurle, et cinq savants-lézards mordent la poussière : à l'évidence, Xénor n'est pas une démocratie. Ceux qui restent en vie se mettent au travail afin de résoudre les problèmes techniques. Si on leur accorde le temps et un équipement adéquat, affirment-ils, ils peuvent dissoudre les murs de Sakiel-Norn. Ils peuvent également mettre au point un gaz qui plongera les Zycroniens dans l'inconscience. Ils pourront alors donner libre cours à leurs mauvais penchants.

C'est la fin du premier épisode. Mais qu'est-il arrivé à l'histoire d'amour ? Où sont passés le tueur aveugle et la jeune fille à la langue coupée ? La jeune fille a été complètement oubliée dans la confusion

– la dernière fois qu'on l'a vue, elle se cachait sous le lit de brocart rouge – et l'aveugle ne s'est jamais manifesté. Elle feuillette de nouveau les pages : peut-être a-t-elle raté quelque chose ? Mais non, tous deux se sont simplement volatilisés.

Peut-être les choses vont-elles s'arranger dans le prochain épisode palpitant ? Peut-être lui enverra-t-il des nouvelles ?

Elle sait qu'il y a quelque chose de fou dans son attente ; il ne lui enverra pas de message, ou s'il le fait, ce n'est pas comme ça qu'il lui parviendra – mais elle ne peut se défaire de cette idée. C'est l'espoir qui engendre ces fantasmes, c'est le désir qui suscite ces mirages – espoir contre espoir et désir dans le vide. Peut-être qu'elle n'y est plus, peut-être qu'elle déraille, peut-être qu'elle est détraquée ? *Détraquée*, comme une porte qui ne fonctionne plus, comme un portail coincé, comme un mécanisme rouillé. Quand on est détraqué, des choses qui devraient rester en vous vous quittent et d'autres qui devraient rester à l'extérieur vous pénètrent. Les serrures perdent de leur pouvoir. Les gardes s'endorment. Les mots de passe ne marchent pas.

Elle se dit : Peut-être m'a-t-il abandonnée ? C'est un terme désuet, abandonnée, mais il décrit bien l'épreuve qu'elle est en train de vivre. Sur une impulsion, il pourrait peut-être mourir pour elle, mais vivre pour elle serait tout à fait différent. Il n'est pas doué pour la monotonie.

Elle a beau savoir qu'elle a tort, elle attend, attentive, mois après mois. Elle hante les drugstores, la gare, tout porte-revues qui se présente. Mais le deuxième épisode palpitant ne paraît jamais.

Mayfair, mai 1937

ÉCHOS MONDAINS DU TOUT-TORONTO

Tel un cabri, avril a fait une entrée caracolante cette année et, s'inspirant de cette humeur alerte et folâtre, la saison printanière a connu un grand émoi, compte tenu de la joyeuse effervescence ayant accompagné arrivées et départs. M. et Mme Henry Ridelle rentrent du Mexique où ils ont passé l'hiver, M. et Mme Johnson Reeves sont revenus en voiture de leur retraite de Palm Beach en Floride, M. et Mme T. Perry Grange sont de retour de leur croisière dans les îles ensoleillées des Caraïbes tandis que Mme R. Westerfield et sa fille Daphné sont parties visiter la France ainsi que l'Italie, si « Mussolini le leur permet », et que M. et Mme W. McClelland ont pris le chemin de la Grèce légendaire. Les Dumont-Fletcher, qui ont vécu une excitante saison londonienne, font une fois de plus leur apparition sur notre scène locale, juste à temps pour le Festival de théâtre du Dominion où M. Fletcher a été juge.

Entre-temps, on a fêté une arrivée d'un autre ordre dans le décor argent et lilas de l'Arcadian Court où Mme Richard Griffen (auparavant Mlle Iris Montfort Chase) a été aperçue à un déjeuner offert par sa belle-sœur, Mme Winifred « Freddie » Griffen Prior. La jeune Mme Griffen, toujours aussi ravissante – l'une des mariées les plus en vue de la saison dernière –, portait un élégant ensemble en soie bleu ciel avec un chapeau vert Nil et a été chaudement félicitée pour la naissance de sa fille, Aimée Adelia.

Les Pléiades étaient tout émoustillées par le passage de leur vedette, Mlle Frances Homer, la célèbre spécialiste du monologue qui, dans la salle d'Eaton, a de nouveau présenté sa série d'émissions sur les femmes promises à une haute destinée dans lesquelles elle dépeint des femmes de l'histoire et leur influence sur les vies de personnages célèbres aussi importants que Napoléon, Ferdinand d'Espagne, Horatio Nelson et Shakespeare. Mlle Homer a été étincelante d'esprit et de vivacité dans le personnage de Nell Gywn ; elle a été spectaculaire sous les traits de la reine Isabelle d'Espagne ; sa Joséphine a donné lieu à un tableau délicieux ; et sa Lady Emma Hamilton a fait l'objet d'une interprétation poignante. L'ensemble a formé un divertissement pittoresque et charmant.

La soirée s'est achevée sur un buffet généreusement offert par Mme Winifred Griffen Prior en l'honneur des Pléiades et de leurs invités.

Lettre de Bella Vista

Bureau du directeur
Villa Bella Vista,
Arnprior, Ontario
12 mai 1937

M. Richard E. Griffen
Président-directeur général
Griffen-Chase Royal Consolidated Industries Ltd.,
20 King Street West,
Toronto, Ontario

Cher Richard,

Ce fut un plaisir de te rencontrer en février – en dépit de ces circonstances regrettables – et de te serrer de nouveau la main après tant d'années. Nos vies nous ont assurément conduits sur des chemins différents depuis « ce bon vieux temps où nous menions une vie simple et agréable ».

Pour en venir à un sujet moins gai, je suis au regret de t'annoncer que l'état de ta jeune belle-sœur, Mlle Laura Chase, ne s'est pas amélioré ; au contraire, il a plutôt empiré. Les crises de délire dont elle souffre sont fermement installées. À notre avis, elle constitue encore un danger pour elle-même et doit être maintenue sous observation constante, avec sédatifs si nécessaire. En dépit d'un incident avec une paire de ciseaux, il n'y a plus eu de fenêtres brisées ; mais nous ferons l'impossible pour prévenir toute récidive.

Nous continuons de faire le maximum. Plusieurs traitements nouveaux sont disponibles et nous espérons pouvoir les utiliser de manière positive, en particulier la thérapie aux « électrochocs » pour laquelle nous n'allons pas tarder à recevoir le matériel indispensable. Avec ta permission, nous l'associerons au traitement à l'insuline. Nous avons le ferme espoir que cela finira par entraîner une amélioration, même si notre pronostic est que Mlle Chase ne sera jamais solide.

Aussi pénible que cela puisse être, il me faut te demander, à toi et à ton épouse, de vous retenir de rendre visite ou même d'envoyer des lettres à Mlle Chase en ce moment, car tout contact avec l'un ou l'autre d'entre vous aura à coup sûr un effet perturbateur sur le traitement. Tu n'es pas sans savoir que tu es le point central des fixations les plus opiniâtres de Mlle Chase.

Je serai à Toronto mercredi en huit et serai content de pouvoir m'entretenir en privé avec toi – dans tes bureaux, car ta jeune épouse, étant une maman de fraîche date, ne doit pas être indûment bouleversée par des questions aussi dérangeantes. J'en profiterai alors pour te demander ton accord préalable à la mise en route des traitements proposés.

Je prends la liberté de t'adresser, ci-joint, la facture du mois dernier pour la soumettre à ton examen rapide.

Je te prie d'agréer, cher Richard, l'expression de mes sentiments les meilleurs.

D. Gerald P. Witherspoon, Directeur

Le Tueur aveugle : La tour

Elle se sent lourde et sale, comme un sac de linge pas lavé. Et en même temps plate et sans substance. Papier vierge sur lequel – tout juste visible – apparaît la trace incolore d'une signature, pas la sienne. Un détective pourrait la déceler, mais, pour sa part, elle ne veut pas s'embêter. Elle ne veut pas s'embêter à chercher.

Elle n'a pas renoncé à l'espoir, elle l'a juste plié et rangé : ce n'est pas pour tous les jours. Entre-temps, il faut prendre soin du corps. Inutile de ne pas manger. Mieux vaut continuer à faire attention à soi, et se nourrir en fait partie. Les petits plaisirs aussi : des fleurs sur lesquelles se rabattre, les premières tulipes par exemple. Inutile de s'affoler. De descendre la rue en courant, pieds nus, et en criant *Au feu !* Les gens remarqueront à coup sûr qu'il n'y a pas le feu.

La meilleure façon de garder un secret, c'est de faire comme s'il n'y en avait pas. *Que c'est gentil*, dit-elle au téléphone. *Mais désolée, vraiment. Là, je ne peux pas. Je suis prise.*

Il y a des jours – les jours chauds et clairs, en particulier – où elle a l'impression d'être enterrée vivante. Le ciel est un dôme de pierre bleue, le soleil un trou rond à travers lequel la lumière du jour véritable la nargue de son éclat. Les autres personnes enterrées avec elle ne comprennent pas ce qu'il se passe : elle est seule à le comprendre. Si elle devait verbaliser ça, on la bouclerait jusqu'à la fin de ses jours. Sa seule chance, c'est de continuer comme si tout se passait normalement, en gardant un œil sur le ciel bleu et monotone, en guettant la large craquelure qui finira forcément par apparaître. D'où il descendra peut-être sur une échelle de corde. Elle montera jusqu'au toit et sautera pour l'attraper. L'échelle sera remontée alors que tous deux y seront accrochés, accrochés l'un à l'autre pour franchir tourelles, tours et flèches, s'échapper par la craquelure du faux ciel en laissant les autres en bas sur la pelouse, l'œil rond, la bouche béante.

L'omnipotence de ces intrigues enfantines !

Sous le dôme en pierre bleue, il pleut, il fait soleil, le vent souffle, le ciel se dégage. Surprenant de réfléchir à la manière dont s'organisent tous les effets naturalistes de la météorologie.

Il y a un bébé dans les environs. Ses cris lui parviennent par intermittence, comme portés par le vent. Des portes s'ouvrent et se referment, le bruit de sa minuscule et immense rage croît et décroît. Surprenant la manière dont ils peuvent brailler. Sa respiration sifflante est toute proche par moments, son rude et doux, pareil à de la soie qu'on déchire.

Elle est allongée sur son lit, les draps sur ou sous elle, selon l'heure du jour. Elle préfère un oreiller blanc, blanc comme une infirmière et légèrement amidonné. Plusieurs oreillers pour la soutenir, une tasse de thé pour la remonter, comme ça elle ne s'assoupira pas. Elle la tient dans ses mains, si elle heurtait le sol, ça la réveillerait. Elle n'agit pas toujours ainsi, elle est loin d'être paresseuse.

La rêverie s'impose par intervalles.

Elle l'imagine, lui, en train de l'imaginer, elle. C'est là son salut.

En esprit, elle se promène dans la cité, parcourt ses labyrinthes, ses dédales minables : chaque rendez-vous, chaque porte, escalier et lit. Ce qu'il a dit, ce qu'elle a dit, ce qu'ils ont fait, ce qu'ils ont fait alors. Même les fois où ils ont discuté, où ils se sont disputés, séparés, où ils ont souffert, où ils se sont retrouvés. Qu'ils ont aimé se blesser l'un après l'autre, goûter leur sang ! Nous avons provoqué beaucoup de ruines ensemble, se dit-elle. Mais comment vivre autrement, à l'heure actuelle, sinon au milieu de ruines ?

Parfois, elle a envie de lui foutre le feu, d'en finir avec lui ; d'en terminer avec cet interminable et inutile désir. Tout du moins, le quotidien et l'entropie de son corps féminin devraient s'occuper de cela – l'user, elle, jusqu'à la corde, l'épuiser, gommer cette place dans son cerveau. Mais aucun exorcisme n'a suffi, et puis elle n'a pas essayé très fort. Ce n'est pas un exorcisme qu'elle veut. Elle veut ce bonheur terrifié, comme quand on tombe d'un avion par erreur. Elle veut ce regard affamé.

La dernière fois qu'elle l'a vu, quand ils avaient regagné sa chambre, ça avait été comme une noyade : tout était devenu sombre et très bruyant et, en même temps, très argenté, lent et clair.

C'est ça, être subjugué.

Peut-être transporte-t-il toujours une image d'elle avec lui, comme dans un médaillon ; ou pas vraiment une image, plutôt un schéma. Un plan, comme pour un trésor. Ce dont il aura besoin pour revenir.

D'abord, il y a le terrain, des milliers de kilomètres de terrain, avec un cercle extérieur de rochers et de montagnes, enneigés, fissurés, plissés ; puis de la forêt encombrée de fruits tombés, fourrure feutrée de fruits tombés, bois mort pourrissant sous la mousse ; puis une ou deux clairières. Puis des landes et des steppes balayées par le vent et des collines rouges desséchées où la guerre va de l'avant. Derrière les rochers, en embuscade dans les canyons tout secs, les défenseurs sont accroupis. Ils se spécialisent dans les tirs isolés.

Viennent ensuite les villages avec des taudis sordides, des chenapans qui regardent en douce, des femmes trimballant des fagots de bois, des chemins de terre embourbés par les bauges à cochon. Puis les voies de chemin de fer s'enfonçant dans les villes avec leurs gares, leurs dépôts, leurs usines, leurs entrepôts, leurs églises et leurs banques en marbre. Puis les grandes villes, vastes rectangles de lumière et d'obscurité, tour après tour. Les tours et leurs gaines adamantines. Non, quelque chose de plus moderne, de plus crédible. Pas en zinc, ce sont les lessiveuses des pauvres.

Les tours sont gainées d'acier. C'est là qu'on fait les bombes, c'est là aussi que tombent les bombes. Mais il contourne tout cela, passe au travers, indemne, jusqu'à cette cité, celle qui l'abrite, elle, ses maisons et ses flèches qui l'encerclent alors qu'elle est assise dans la tour la plus centrale, la plus intérieure, laquelle ne ressemble même pas à une tour. C'est un camouflage : si vous la confondiez avec une maison, on vous pardonnerait. Elle représente le noyau palpitant de tout, bien bordée dans son lit blanc. Enfermée à l'abri du danger, mais elle est le sujet de tout cela. Le sujet de tout cela, c'est la protéger. C'est ce à quoi ils consacrent leur temps – à la protéger de tout le reste. Elle regarde par la fenêtre et rien ne peut l'atteindre, et elle ne peut rien atteindre.

Elle est le O rond, le zéro fondamental. Un espace qui se définit en n'étant absolument pas là. C'est pour cela qu'on ne peut l'atteindre, poser le doigt sur elle. C'est pour cela qu'on ne peut rien lui coller sur le dos. Elle a un sourire tellement bon, mais il n'y a personne derrière.

Il veut la croire invulnérable. Debout à sa fenêtre éclairée avec, derrière elle, une porte fermée à clé. Il veut être là précisément, sous l'arbre, à lever la tête. Rassemblant tout son courage, il grimpe le mur, une main après l'autre il escalade la plante grimpante, le rebord de la fenêtre, heureux comme un roi; il se ramasse sur lui-même, soulève la fenêtre, entre dans la pièce. La radio marche tout doucement, de la musique de danse prend de l'ampleur et se dissipe. Elle couvre le bruit des pas. Ils n'échangent pas un mot, et ainsi recommence la délicate et minutieuse mise à sac de la chair. Sourde, hésitante et dans la pénombre, comme sous l'eau.

Tu mènes une existence protégée, lui a-t-il dit une fois.

Tu peux dire ça, a-t-elle rétorqué.

Mais comment pourrait-elle jamais en sortir, de sa vie, sinon grâce à lui?

Le *Globe and Mail*, 26 mai 1937

Vendetta rouge à Barcelone

Paris. Exclusivité du *Globe and Mail*

Malgré une sévère censure sur les nouvelles en provenance de Barcelone, notre correspondant à Paris a pu savoir qu'il y avait eu des affrontements entre factions communistes rivales. Les communistes appuyés par Staline, lourdement armés par la Russie, procéderaient à des purges parmi leurs rivaux du POUM, les trotskistes extrémistes qui ont fait cause commune avec les anarchistes. Les premiers temps enivrants de la loi républicaine ont cédé la place à une atmosphère de méfiance et de peur, car les communistes accusent le POUM de rassembler des traîtres de la cinquième colonne. Il y a eu des affrontements en pleine rue au cours desquels la police municipale est intervenue aux côtés des communistes. De nombreux membres du POUM seraient en prison ou en fuite. Plusieurs Canadiens se seraient fait prendre entre les deux feux, mais ces rapports demeurent non vérifiés.

Ailleurs, en Espagne, les républicains continuent à tenir Madrid, mais les forces nationalistes menées par le général Franco enregistrent une avance significative.

Le Tueur aveugle : Union Station

Elle plie le cou, pose le front sur le bord de la table. Imagine son arrivée.

C'est le crépuscule, les lumières de la gare sont allumées, sous leur éclat il présente un visage défait. Quelque part à proximité, la côte est là, outremer : il entend les criaillements des mouettes. Il tangue à bord du train, traverse des nuages de vapeur sifflante, hisse son sac de marin dans le compartiment à bagages ; puis il s'affale sur le siège, sort le sandwich qu'il a acheté, le déballe du papier froissé qu'il déchire. Il est presque trop fatigué pour manger.

À côté de lui, une vieille femme tricote quelque chose de rouge, un pull-over. Il sait ce qu'elle est en train de tricoter, parce qu'elle le lui dit ; elle lui dirait tout si on la laissait faire, sur ses enfants, sur ses petits-enfants ; elle a sûrement des photos, mais il n'a pas envie d'entendre son histoire. Il ne supporte pas de penser à des enfants, il en a trop vu de morts. Ce sont les enfants qu'il n'arrive pas à chasser de son esprit, plus encore que les femmes, plus que les vieillards. Ils ont toujours été tellement inattendus : leurs yeux endormis, leurs mains cireuses, les doigts relâchés, la poupée de chiffon en lambeaux et trempée de sang. Il se détourne, regarde son visage aux yeux caves, dans la fenêtre de la nuit, encadré par ses cheveux qui ont l'air mouillés, sa peau noir verdâtre avec son masque de suie et les formes sombres des arbres qui défilent à toute vitesse.

Il passe péniblement devant les genoux de la vieille femme, s'enfonce dans le couloir, s'installe entre deux wagons, fume, jette son mégot, pisse dans le vide. Il se sent prendre le même chemin – sombrer dans le néant. Il pourrait disparaître ici et ne jamais être retrouvé.

Marécages, horizon à peine visible. Il retourne à son siège. Le train est froid et humide ou surchauffé et étouffant ; soit il transpire, soit il frissonne, les deux peut-être : il brûle et grelotte, comme dans l'amour. Le revêtement piquant du dossier du siège, moisi, n'offre aucun confort et lui gratte la joue. Il finit par s'endormir, la bouche ouverte, la tête penchée sur le côté, contre la vitre sale. À ses oreilles résonne le tintement des aiguilles à tricoter et, derrière, le claquement des roues sur les rails métalliques, pareilles au fonctionnement d'un métronome impitoyable.

À présent, elle l'imagine en train de rêver. Elle l'imagine en train de rêver d'elle, comme elle rêve de lui. À travers un ciel couleur d'ardoise mouillée, ils volent l'un vers l'autre sur de sombres ailes invisibles, se cherchent, se cherchent, font demi-tour, s'emmêlent, on dirait presque une collision et c'est la fin de ce vol. Ils dégringolent vers la terre, parachutistes piégés, anges ratés et réduits en cendres, un flot d'amour s'écoulant à leur remorque comme une soie déchirée. Le feu antiaérien de l'ennemi les cueille.

Un jour passe, une nuit, un jour. À un arrêt, il descend, achète une pomme, un Coca-Cola, un demi-paquet de cigarettes, un journal. Il aurait dû acheter une demi-bouteille de whisky ou même une bouteille entière, pour l'oubli que cela procure. À travers les fenêtres obscurcies par la pluie, il regarde les longs champs plats qui se déroulent comme autant de tapis à poils durs, les bosquets d'arbres ; la somnolence lui brouille les yeux. Dans la soirée, il y a un coucher de soleil interminable, il s'éloigne vers l'ouest à mesure qu'il approche, bascule du rose au violet. La nuit tombe avec son agitation, ses départs et ses arrêts, les hurlements métalliques du train. Derrière ses yeux, le rouge de minuscules feux thésaurisés, d'explosions dans l'air.

Il s'éveille comme le ciel s'éclaircit ; il arrive à distinguer de l'eau d'un côté, étale, sans rivage et argent, le lac intérieur enfin. De l'autre côté des voies, il y a de petites maisons déprimées, du linge dans leur jardin qui pend aux fils. Puis une cheminée en brique recouverte de suie, une usine au regard vide d'expression avec une haute cheminée ; puis une autre usine dont les nombreuses fenêtres reflètent un bleu extrêmement pâle.

Elle l'imagine en train de descendre du train au petit matin, de traverser la gare, de traverser le long hall au plafond voûté et bordé de piliers, de fouler le sol en marbre. Des échos flottent dans les lieux, des voix indistinctes dans les haut-parleurs, messages obscurs. L'air sent la fumée – la fumée des cigarettes, des trains, de la cité elle-même, laquelle ressemble plus à de la poussière. Elle aussi avance au milieu de cette poussière ou de cette fumée ; elle est sur le point d'ouvrir les bras, de le laisser la soulever en l'air. La joie l'attrape à la gorge, impossible à distinguer de la panique. Elle n'arrive pas à le voir. Le soleil de l'aube surgit par les hautes fenêtres cintrées, l'air enfumé s'embrase, le sol luit faiblement. À présent, il lui apparaît très net, tout à l'autre bout, chaque détail distinct – l'œil, la bouche, la main – bien que tremblotant, comme un reflet sur un bassin frémissant.

Son esprit ne parvient pas à le retenir, elle ne parvient pas à fixer le souvenir de ce à quoi il ressemble. C'est comme si une brise soufflait sur la surface de l'eau et le voilà décomposé en couleurs brisées, en ondulations ; puis il se reforme ailleurs, après le pilier suivant, il reprend son corps familier. Autour de lui, c'est un chatoiement.

Le chatoiement, c'est son absence, mais elle la perçoit comme une lumière. C'est la simple lumière quotidienne par laquelle tout ce qui l'entoure, elle, est illuminé. Le moindre matin et la moindre nuit, le moindre gant, la moindre chaussure, la moindre chaise, la moindre assiette.

XI

Le cabinet

Désormais, les choses prennent un tour plus sombre. Mais ça, tu le sais. Tu le sais parce que tu sais déjà ce qui est arrivé à Laura.

Laura, elle, ne le savait pas, bien sûr. Elle n'avait absolument pas l'intention de jouer les héroïnes romantiques vouées à la mort. Elle ne devint ce personnage que plus tard, dans le cadre de son propre aboutissement et donc dans l'esprit de ses admirateurs. Dans le quotidien, elle était souvent agaçante, comme tout le monde. Ou ennuyeuse. Ou joyeuse, elle pouvait l'être aussi : si les conditions s'y prêtaient – mais elle était seule à pouvoir en juger –, elle était capable de glisser dans une sorte d'extase. Ce sont ses éclairs de joie qui sont, pour moi, particulièrement poignants à présent.

Donc, dans le souvenir, elle vaque à ses activités banales, rien de très étonnant pour l'observateur extérieur – jeune fille à la chevelure claire qui, absorbée par ses pensées, grimpe une colline. Elles fourmillent ces jeunes filles pensives et ravissantes, le paysage en regorge, il en naît une par minute. La plupart du temps, il ne leur arrive rien d'extraordinaire, à ces jeunes filles. Un truc ou un autre et puis elles vieillissent. Mais Laura a été distinguée, par vous, par moi. Dans un tableau, elle serait en train de cueillir des fleurs des champs, alors que, dans la vraie vie, il était rare qu'elle fasse quelque chose de cet ordre-là. Derrière elle, le dieu à tête de Terre se ramasse dans l'ombre de la forêt. Il n'y a que nous pour le voir. Il n'y a que nous pour savoir qu'il va bondir.

Je me penche sur ce que j'ai écrit jusqu'à présent et cela me paraît mal adapté. Peut-être y a-t-il trop de frivolité dedans, ou trop de choses susceptibles d'être prises pour des frivolités ? Beaucoup de vêtements, de styles et de couleurs démodés à présent, ailes de papillon tombées. Beaucoup de repas, pas toujours très bons. De petits déjeuners, de pique-niques, de voyages transatlantiques, de bals costumés, de journaux, de parties de canot sur la rivière. De telles choses ne vont pas très bien avec la tragédie. Mais, dans la vie, la tragédie ne se résume pas à un long et unique hurlement. Elle comprend tout ce qui y a conduit. Heure après heure – insignifiantes –, jour après jour, année après année, et puis le moment inattendu : le coup de couteau, l'éclat d'obus, la chute de la voiture qui bascule par-dessus le pont.

C'est le mois d'avril maintenant. Les perce-neige sont défleuris, les crocus sortis. D'ici peu, je pourrai m'installer dans la véranda de derrière, à ma vieille table grise en bois, tout entaillée, au moins quand il fera beau. Pas de verglas sur le trottoir, je me suis donc remise à marcher. Les mois d'inactivité hivernale m'ont affaiblie ; je le sens à mes jambes. Néanmoins, je compte bien reprendre possession de mes territoires d'antan, revisiter mes points d'eau.

Aujourd'hui, avec l'aide de ma canne et plusieurs pauses en route, j'ai réussi à aller jusqu'au cimetière. Il y avait les deux anges Chase, manifestement pas plus abîmés après leur hiver dans la neige ; les noms de la famille étaient là, juste un peu moins lisibles, mais c'est peut-être ma vue. J'ai laissé mes doigts courir sur ces noms, sur ces lettres ; malgré leur dureté, leur tangibilité, ils semblent s'atténuer à mon contact, s'effacer, trembler. Le temps s'est attaqué à eux avec ses dents pointues, invisibles.

Sur la tombe de Laura, quelqu'un a enlevé les feuilles détrempées de l'automne passé. Il y avait un petit bouquet de narcisses blancs, déjà fanés, aux tiges enveloppées dans du papier aluminium. Je l'ai récupéré et balancé dans la poubelle la plus proche. Ces admirateurs de Laura, à qui croient-ils faire plaisir avec ces offrandes ? Pour être plus précis, qui, à leur avis, va ramasser derrière eux ? Eux et leurs détritus de fleurs, salopant les lieux avec les témoignages de leur chagrin factice.

Je vais t'aider, moi, à savoir pourquoi tu pleures, disait Reenie. Si nous avions été ses enfants, elle nous aurait giflées. Pourtant, elle ne l'a jamais fait, de sorte que nous n'avons jamais su ce que recouvrait précisément cette menace voilée.

Sur le chemin du retour, je me suis arrêtée à la boutique de beignets. Je devais avoir l'air aussi fatiguée que je l'étais, car une serveuse s'est approchée immédiatement. En général, elles ne servent pas à table, il faut aller au comptoir et rapporter soi-même ce qu'on a choisi, mais cette jeune fille – une jeune fille au visage ovale, aux

466

cheveux bruns et habillée d'une sorte d'uniforme noir – m'a demandé ce qu'elle pouvait m'apporter. J'ai commandé un café et, pour changer, une petite génoise aux myrtilles. Puis j'ai vu qu'elle bavardait avec une autre jeune fille, celle qui est derrière le comptoir, et je me suis rendu compte que ce n'était pas du tout une serveuse, mais une cliente, comme moi : son uniforme noir n'était même pas un uniforme, juste une veste et un pantalon. De l'argent scintillait quelque part sur elle : des fermetures Éclair peut-être : je n'arrivais pas à distinguer les détails. Je n'ai pas eu le temps de la remercier correctement qu'elle était partie.

Que ça fait du bien de découvrir politesse et considération chez des filles de cet âge. Trop souvent (c'est ce que je me suis dit en pensant à Sabrina), elles ne manifestent qu'une ingratitude irréfléchie. L'ingratitude irréfléchie est l'armure des jeunes ; sans cela, comment traverseraient-ils jamais l'existence ? Les vieux souhaitent que ça se passe bien pour les jeunes, mais ils leur souhaitent aussi que ça se passe mal : ils aimeraient les dévorer, absorber leur vitalité et demeurer immortels eux-mêmes. S'ils ne se protégeaient pas derrière une façade revêche et la désinvolture, tous les enfants seraient écrasés par le passé – le passé des autres, qu'on leur collerait sur les épaules. C'est l'égoïsme qui les sauve.

Jusqu'à un certain point, bien sûr.

La serveuse en tablier bleu m'apporta le café. Ainsi que la petite génoise, ce que je regrettai presque aussitôt. Je ne pus en manger beaucoup. Tout, dans les restaurants, devient aujourd'hui trop gros, trop lourd – le monde matériel se manifeste sous forme d'énormes morceaux de pâte moite.

Après avoir bu autant de café que possible, je me mis en demeure de reconquérir les toilettes. Dans le cabinet du milieu, on avait repeint sur les graffitis de l'automne dernier que j'avais encore en tête, mais par chance ceux de cette saison avaient déjà démarré. Dans le coin supérieur droit, un jeu d'initiales déclarait avec une modestie feinte son amour pour un autre jeu d'initiales, comme ils en ont l'habitude. En dessous, nettement écrit en bleu :

Le bon jugement découle de l'expérience. L'expérience découle du mauvais jugement.

En dessous, en cursives au stylo à bille mauve : *Pour une experte, appelez Anita, la bouche à pipes, je vous emmènerai au septième ciel,* et un numéro de téléphone.

Et, en dessous, en capitales et au marqueur rouge : Le Jugement dernier est proche. Prépare-toi à affronter ton destin, c'est de toi que je parle, Anita.

467

Parfois, je pense – non, parfois, je joue avec l'idée – que ces gribouillis de chiottes sont en réalité l'œuvre de Laura, agissant de très loin ou tout comme par le biais des bras et des mains des filles qui les écrivent. Idée stupide, mais agréable, jusqu'au moment où j'arrive à la prochaine étape logique et où j'en déduis que, dans ce cas, ils me sont tous destinés, parce que qui d'autre Laura connaîtrait-elle encore en ville ? S'ils me sont destinés, que veut donc dire Laura à travers eux ? Pas ce qu'elle dit.

À d'autres moments, j'éprouve une vive envie de m'associer, d'apporter ma contribution ; d'ajouter ma voix tremblotante à ce chœur anonyme de sérénades tronquées, de lettres d'amour gribouillées, de petites annonces, d'hymnes et de malédictions obscènes.

Encore longtemps parler des lampes, de l'encens et de la mosquée ?
Encore longtemps parler des ennuis de l'Enfer, des profits du Paradis ?
Consulte donc les tablettes du Destin, car le Maître de l'Écriture
A inscrit de toute éternité tout ce qui doit exister [1].

Ha, ha, me dis-je. Voilà qui te leur en boucherait un coin.

Un jour, quand je me sentirai mieux, je reviendrai et j'écrirai vraiment ce quatrain. Ça devrait les réconforter, n'est-ce pas ce qu'elles veulent ? Ce que nous voulons, tous : laisser un message derrière nous, ayant une répercussion, même affreuse ; un message ne pouvant être annulé.

Mais de tels messages peuvent être dangereux. Réfléchissez à deux fois avant de faire un vœu, et surtout avant de faire le vœu de vous en remettre aux mains du destin.

(*Réfléchissez à deux fois*, disait Reenie. Laura avait demandé : *Pourquoi juste deux fois ?*)

---

1. *Les Chants d'Omar Khayam*, op. cit.

Le petit chat

Septembre arriva, puis octobre. Laura avait repris l'école, une autre école. Les kilts, là, étaient gris et bleu au lieu d'être bordeaux et noir ; à part ça, cette école ressemblait beaucoup à la première, pour autant que je pouvais en juger.

En novembre, juste après avoir fêté ses dix-sept ans, Laura déclara que Richard dépensait son argent pour rien. Elle continuerait à fréquenter Sainte-Cecilia s'il l'exigeait, elle s'assiérait derrière un bureau, mais elle n'apprenait rien d'utile. Elle fit cette déclaration calmement et sans rancœur et, aussi surprenant que cela puisse paraître, Richard capitula.

« De toute façon, elle n'a pas vraiment besoin d'aller en classe, dit-il. Ce n'est pas comme s'il lui fallait un jour travailler pour gagner sa vie. »

Laura devait quand même avoir des occupations, tout comme moi. Elle fut enrôlée dans l'une des bonnes œuvres de Winifred, une organisation de bénévoles appelées les Abigail, qui rendaient visite à des malades à l'hôpital. Les Abigail formaient un groupe plein d'entrain : c'étaient des jeunes filles de bonne famille qui s'exerçaient à devenir de futures Winifred. Elles portaient un tablier de fille de ferme avec des tulipes appliquées sur leur bavette et faisaient le tour des salles d'hôpital où elles étaient censées bavarder avec les patients, leur faire peut-être la lecture et leur remonter le moral – de quelle manière, ce n'était pas précisé.

Laura se révéla experte dans ce domaine. Elle n'aimait pas les autres Abigail, cela va sans dire, mais elle adopta le tablier. Comme on pouvait s'y attendre, elle gravita vers les salles d'indigents que les autres Abigail avaient tendance à éviter du fait de leur puanteur et de leur atmosphère atroce. Ces salles fourmillaient de loques humaines :

vieillardes démentes, anciens combattants impécunieux traversant une mauvaise passe, hommes victimes d'une syphilis au stade tertiaire ou autre et ayant perdu leur nez. Il n'y avait pas assez d'infirmières dans ces secteurs-là et Laura ne tarda pas à s'atteler à des tâches qui, à proprement parler, n'étaient absolument pas de son ressort. Bassins et vomi ne semblaient pas la démonter, pas plus que les injures, les divagations et les incartades courantes. Ce n'était pas la situation que Winifred avait prévue mais, très vite, ce fut celle dans laquelle on se retrouva coincés.

Les infirmières considéraient Laura comme un ange (certaines le pensaient vraiment, d'autres estimaient simplement qu'elle se collait dans leurs pattes). D'après Winifred, qui essayait de surveiller les choses d'un œil et qui avait ses espions, Laura était spécialement compétente avec les cas désespérés. Elle semblait ne pas se rendre compte qu'ils étaient en train de mourir, déclara Winifred. Elle traitait leur état comme quelque chose de banal, comme un événement ordinaire, normal même, ce qu'ils devaient trouver, supposait Winifred, plus ou moins apaisant, même si une personne ayant toute sa tête eût réagi différemment. Pour Winifred, cette facilité ou cette aptitude chez Laura témoignait une fois encore de sa nature fondamentalement bizarre.

« Elle doit avoir des nerfs d'acier, affirmait Winifred, moi, je ne pourrais sûrement pas faire ça. Je ne pourrais pas le supporter. Pense à cette misère noire ! »

Pendant ce temps, Winifred dressait des plans pour les débuts de Laura.

Celle-ci n'en avait pas encore eu vent : je préparai Winifred à la possibilité d'une réaction défavorable. En ce cas, déclara Winifred, il allait falloir tout organiser, puis présenter la chose comme un *fait accompli* ; ou, mieux encore, on pourrait se dispenser totalement de ces débuts si leur objectif premier était rempli, l'objectif premier étant un mariage stratégique.

Nous étions en train de déjeuner à l'Arcadian Court ; Winifred m'y avait invitée, rien que nous deux, pour monter un stratagème à propos de Laura, comme elle le formula.

« Un stratagème ? m'écriai-je.

– Tu sais ce que je veux dire, répliqua Winifred. Pas désastreux. »

Tout bien réfléchi, ce qu'on pouvait espérer de mieux pour Laura – poursuivit-elle –, c'était qu'un homme gentil et riche serre les dents, la demande en mariage et la conduise à l'autel. Mieux encore,

470

un homme gentil, riche et bête qui ne s'apercevrait même pas qu'il fallait serrer les dents avant qu'il ne soit trop tard.

« Pourquoi serrer les dents ? » fis-je.

Je me demandai si c'était l'objectif que Winifred avait elle-même poursuivi lorsqu'elle avait mis le grappin sur l'insaisissable M. Prior. Avait-elle dissimulé sa vraie nature jusqu'à la lune de miel où elle la lui avait alors dévoilée trop brutalement ? Était-ce pour cela qu'on ne le voyait jamais, hormis en photo ?

« Tu es bien obligée d'admettre, riposta Winifred, que Laura est plus qu'un peu bizarre. »

Elle s'interrompit pour sourire à quelqu'un par-dessus mon épaule et pour remuer les doigts en guise de salut. Ses bracelets en argent s'entrechoquèrent ; elle en portait trop.

« Qu'est-ce que tu veux dire ? » insistai-je avec douceur.

J'avais désormais un coupable passe-temps : je ne cessais de demander à Winifred des éclaircissements sur ce qu'elle voulait dire.

Winifred fit la moue. Elle avait mis un rouge orange et ses lèvres commençaient à plisser. Aujourd'hui, on dirait que c'est dû à un abus de soleil, mais les gens n'avaient pas encore fait ce rapprochement, et Winifred aimait être bronzée ; elle aimait cette patine métallique.

« Elle n'est pas du goût de tous les hommes. Elle raconte des trucs très bizarres. Elle manque... elle manque de prudence. »

Winifred portait ses chaussures vertes en croco, mais je ne les trouvais plus élégantes ; je les trouvais au contraire trop voyantes. Bien des choses que j'avais autrefois jugées mystérieuses et attirantes chez Winifred me paraissaient aujourd'hui rustaudes, simplement parce que j'en savais trop. Son bel éclat était un émail écorné, son lustre était un vernis. J'avais regardé derrière le rideau, j'avais vu les ficelles et les poulies, j'avais vu les fils et les corsets. J'avais acquis des goûts à moi.

« Quoi, par exemple ? continuai-je. Quels drôles de trucs ?

— Hier, elle m'a dit que ce n'était pas le mariage qui comptait, mais seulement l'amour. Elle a ajouté que Jésus était d'accord avec elle.

— Eh bien, c'est son point de vue. Elle ne s'en cache pas. Mais elle ne pense pas à la sexualité, tu sais. Elle ne pense pas à l'éros. »

Quand Winifred ne comprenait pas quelque chose, soit elle en riait, soit elle l'ignorait. Elle ignora cela.

« On pense tous à la sexualité, qu'on en ait conscience ou pas, décréta-t-elle. Un tel point de vue pourrait valoir des tas de problèmes à quelqu'un comme elle.

– Cela lui passera avec le temps, ajoutai-je sans trop y croire.

– Ce ne serait pas trop tôt. Les filles qui ont la tête dans les nuages sont les pires, et de loin – les hommes en profitent. Tout ce qu'il nous faudrait, c'est un petit Roméo flagorneur. Là, elle serait cuite.

– Qu'est-ce que tu suggères alors ? » demandai-je en l'enveloppant d'un regard vide d'expression.

J'avais recours à ce regard vide d'expression pour dissimuler mon irritation ou même ma colère, mais cela ne fit qu'encourager Winifred.

« Comme je te l'ai dit, la marier à un homme gentil qui n'y verrait que du feu. Après, elle pourra se taper des histoires d'amour, si c'est ce qu'elle veut. Tant qu'elle fait ça en douce, personne ne mouftera. »

Je patouillai dans les restes de ma tourte au poulet. Winifred avait adopté un grand nombre d'expressions argotiques ces derniers temps. J'imagine qu'elle les croyait modernes : elle en était à l'âge où être moderne devait commencer à la tracasser.

Elle ne connaissait manifestement pas Laura. J'avais du mal à appréhender l'idée que Laura puisse agir en douce. Se manifester au beau milieu du trottoir en plein jour lui ressemblait davantage. Elle aurait préféré nous défier, nous mettre le nez dedans. S'enfuir avec un amoureux, ou quelque chose de tout aussi mélodramatique. Nous montrer à tous combien nous étions hypocrites.

« Laura aura de l'argent quand elle aura vingt et un ans, dis-je.

– Pas assez.

– Peut-être que ça lui suffira. Peut-être a-t-elle juste envie de vivre sa vie ?

– Sa vie ! Réfléchis un peu à ce qu'elle en ferait ! »

Cela ne servait à rien d'essayer de faire changer Winifred d'avis. Elle avait tout du couperet prêt à s'abattre.

« Tu as des candidats ? demandai-je.

– Rien de ferme, mais j'y travaille, répondit Winifred avec vivacité. Il y a quelques personnes qui ne rechigneraient pas à bénéficier des relations de Richard.

– Ne te donne pas trop de mal, murmurai-je.

– Oh, mais si je ne le fais pas, répondit-elle joyeusement, que se passera-t-il ? »

« Je me suis laissé dire que tu avais pris Winifred à rebrousse-poil, confiai-je à Laura. Que tu l'as sérieusement provoquée. Que tu l'as asticotée avec l'amour libre.

– Je n'ai jamais parlé d'amour libre. J'ai juste dit que le mariage était une institution éculée. J'ai dit que ça n'avait rien à voir avec l'amour, c'est tout. Que l'amour, c'était donner, que le mariage, c'était vendre et acheter. Tu ne peux pas mettre d'amour dans un contrat. Puis j'ai dit qu'il n'y avait pas de mariage au paradis.

– Ici, on n'est pas au paradis, répliquai-je. Au cas où tu n'aurais pas remarqué. En tout cas, tu lui as assurément fait une peur bleue.

– Je disais juste la vérité. »

Elle était en train de repousser ses cuticules avec mon bâtonnet de manucure.

« J'imagine que maintenant elle va essayer de me présenter des gens. Il faut toujours qu'elle se mêle de tout.

– Elle a simplement peur que tu gâches ta vie. Si tu choisis l'amour, je veux dire.

– Est-ce que le mariage t'a empêchée de gâcher ta vie ? Ou c'est trop tôt pour le dire ? »

J'ignorai son ton.

« Qu'est-ce que tu en penses, néanmoins ?

– Tu as un nouveau parfum. C'est un cadeau de Richard ?

– De l'idée de mariage, je veux dire.

– Rien. »

À présent, assise à ma coiffeuse, elle brossait ses longs cheveux blonds. Elle s'intéressait davantage à son apparence, ces derniers temps ; elle avait commencé à s'habiller de manière très élégante, avec ses vêtements et les miens.

« Tu veux dire que tu n'en penses pas trop de bien ? insistai-je.

– Non. Je n'y pense pas du tout.

– Peut-être que tu devrais. Peut-être que tu devrais consacrer au moins une minute à penser à ton avenir. Tu ne peux pas toujours continuer à avancer tranquillement en... »

J'avais eu envie de dire *en ne faisant rien*, mais cela aurait été une erreur.

« L'avenir n'existe pas », déclara Laura.

Elle avait pris l'habitude de me parler comme si j'étais la petite sœur et, elle, l'aînée ; comme s'il lui fallait m'expliquer les choses. Puis elle lâcha une de ses remarques bizarres.

« Si tu étais un funambule en train de traverser les chutes du Niagara, les yeux bandés, sur une corde raide, tu ferais plus attention à quoi ? Au public au loin sur la berge ou à tes pieds ?

– À mes pieds, j'imagine. J'aimerais que tu ne te serves pas de ma brosse à cheveux. Ce n'est pas hygiénique.

– Mais si tu fais trop attention à tes pieds, tu risques de tomber. Et si tu fais trop attention au public, tu risques de tomber aussi.

– Quelle est la bonne réponse alors ?

– Si tu étais morte, cette brosse à cheveux serait-elle encore à toi ? » demanda-t-elle en regardant son profil du coin de l'œil.

Ce geste lui donnait, dans le miroir, une expression sournoise, inhabituelle chez elle.

« Les morts peuvent-ils posséder des affaires ? Et sinon, pourquoi est-ce que c'est à toi maintenant ? Tes initiales dessus ? Ou tes microbes ?

– Laura, arrête de plaisanter !

– Je ne plaisante pas, répondit Laura en reposant la brosse. Je réfléchis. Tu ne remarques jamais la différence. Je ne comprends pas pourquoi tu écoutes tout ce que Winifred raconte. C'est comme écouter un piège à souris. Un piège à souris sans souris dedans », ajouta-t-elle.

Elle avait changé ces derniers temps : elle était devenue brusque, insouciante, imprudente d'une façon nouvelle. Elle ne vous provoquait plus ouvertement. Je la soupçonnais de s'être mise à fumer, derrière mon dos : j'avais senti le tabac sur elle une ou deux fois. Le tabac et quelque chose d'autre : quelque chose de trop vieux, de trop averti. J'aurais dû être plus attentive quant aux changements qui s'opéraient chez elle, mais j'avais beaucoup d'autres préoccupations en tête. J'attendis jusqu'à la fin octobre pour annoncer à Richard que j'étais enceinte. Je dis que j'avais voulu en être sûre. Il manifesta une joie conformiste et m'embrassa sur le front.

« C'est bien », déclara-t-il.

Je ne faisais que ce qu'on attendait de moi.

L'un des avantages fut que, dès lors, il me laissa scrupuleusement seule la nuit. Il ne voulait pas abîmer quoi que ce soit, me confia-t-il. Je lui dis que c'était très gentil de sa part.

« Et, à partir de maintenant, tu seras rationnée en gin. Je n'accepterai aucune désobéissance, décréta-t-il en m'agitant le doigt sous le nez d'une manière que je trouvai sinistre. Nous prendrons le meilleur docteur. Peu importe le coût. »

Placer les choses sur un plan financier nous rassurait l'un comme l'autre. Avec de l'argent en jeu, je savais où je me situais : j'étais porteuse d'un colis très cher, purement et simplement.

Winifred, après un premier petit cri de véritable peur, fit des tas de chichis hypocrites. En réalité, elle était inquiète. Elle devinait (avec raison) qu'être la mère d'un fils et héritier, ou même seulement d'une héritière, me donnerait davantage de pouvoir auprès de Richard que je n'en avais eu jusqu'à présent, et bien plus que je n'y avais droit. Plus pour moi et moins pour elle. Elle allait chercher des moyens de me remettre à ma place : je me préparais à la voir apparaître à tout instant avec des plans détaillés pour décorer la chambre d'enfant.

« Quand pouvons-nous espérer l'heureux événement ? » me demanda-t-elle.

Je me rendis compte que j'allais avoir droit à une surdose de langage bébé de sa part. Désormais, ce serait l'*arrivée prochaine* et le *cadeau de la cigogne* et le *petit inconnu* non-stop. Sur des sujets qui la rendaient nerveuse, Winifred pouvait être très malveillante et difficile.

« En avril, je pense, répondis-je. Ou en mars. Je n'ai pas encore vu de médecin.

— Mais tu dois bien le savoir ! s'écria-t-elle en haussant les sourcils.

— Ce n'est pas comme si ça m'était déjà arrivé, répliquai-je avec humeur. Ce n'est pas comme si je m'y étais attendue. Je ne faisais pas attention. »

Je me rendis dans la chambre de Laura un soir pour lui annoncer la nouvelle. Je frappai à la porte ; comme elle ne répondait pas, j'ouvris tout doucement en pensant qu'elle dormait peut-être. Ce n'était pourtant pas le cas. Elle était à genoux à côté de son lit, dans sa chemise de nuit bleue, la tête penchée et les cheveux étalés comme si une brise figée eût soufflé dessus, les bras déployés comme si on l'eût jetée là. Je crus d'abord qu'elle devait être en train de prier, mais non, ou je n'entendis rien. Quand elle finit par s'apercevoir de ma présence, elle se releva, de façon très détachée, comme si elle avait fait les poussières, et s'assit sur le siège à froufrous de sa coiffeuse.

Comme d'habitude, je me sentis frappée par le rapport entre son environnement, l'environnement que Winifred avait choisi pour elle – les imprimés mignons, les boutons de rose en ruban, les organdis, les volants – et Laura. Une photographie n'aurait révélé qu'harmonie. Cependant, pour moi, l'incongruité était énorme, presque surréaliste. Laura était un silex au milieu d'un duvet de chardon.

Je dis bien un *silex*, pas une *pierre*, un silex a un cœur de feu.

« Laura, je voulais te dire : je vais avoir un bébé. »

Elle se tourna vers moi, le visage lisse et blanc comme une assiette en porcelaine, l'expression scellée à l'intérieur. Mais elle ne parut pas étonnée. Elle ne me félicita pas non plus. À la place, elle s'écria :

« Tu te souviens du petit chat ?

— Quel petit chat ?

— Celui que maman a eu. Celui qui l'a tuée.

— Laura, ce n'était pas un petit chat.

— Je sais », répondit Laura.

Belle vue

Reenie est revenue. Elle n'est pas trop contente de moi. *Eh bien, jeune demoiselle. Qu'est-ce que tu as comme excuse ? Qu'est-ce que tu as fait à Laura ? Tu n'apprendras donc jamais ?*

Il n'y a pas de réponses à de telles questions. Les réponses sont tellement imbriquées avec les questions, tellement nouées, et les fils si nombreux que ce ne sont pas vraiment des réponses.

C'est là-dessus que je vais être jugée. Je le sais. Je sais ce que tu ne vas pas tarder à penser. Cela sera très proche de ce que je pense moi-même : Aurais-je dû me comporter différemment ? Tu le croiras sûrement, mais avais-je le choix ? Je l'aurais aujourd'hui, mais maintenant n'est pas en ce temps-là.

Aurais-je pu lire ce que Laura avait en tête ? Aurais-je dû savoir ce qui se passait ? Aurais-je dû voir ce qui allait arriver ? Étais-je responsable de ma sœur ?

Le conditionnel est une forme futile. Il désigne ce qui ne s'est pas produit. Il s'inscrit dans un univers parallèle. Il s'inscrit dans une autre dimension de l'espace.

Un mercredi de février, je descendis l'escalier après ma sieste. Je faisais beaucoup la sieste à l'époque : j'étais enceinte de sept mois et j'avais du mal à dormir la nuit. Ma tension suscitait quelques inquiétudes ; j'avais les chevilles enflées et on m'avait conseillé de rester allongée les pieds surélevés le plus souvent possible. J'avais l'impression d'être un énorme grain de raisin, près d'exploser sous la pression du sucre et du jus violet ; je me sentais laide et lourde.

Il neigeait ce jour-là, je m'en souviens, de gros flocons doux de neige fondue : j'avais regardé par la fenêtre en me levant et j'avais vu le marronnier, tout blanc, pareil à un gigantesque corail.

Winifred était là, dans le salon couleur de nuage. Cela n'avait rien d'extraordinaire – elle allait et venait en propriétaire des lieux, mais Richard était là aussi. En général, à cette heure-là, il était à son bureau. L'un comme l'autre avaient un verre à la main. L'un comme l'autre avaient l'air morose.

« Qu'est-ce qu'il y a ? demandai-je. Qu'est-ce qui ne va pas ?

– Assieds-toi, dit Richard. Par ici, à côté de moi. »

Il tapota le sofa.

« Ça va lui faire un choc, remarqua Winifred. Je suis désolée qu'il ait fallu que ça se produise à un moment aussi délicat. »

C'est elle qui parla. Richard me tenait la main et regardait le sol. De temps à autre, il hochait la tête, comme s'il trouvait son histoire soit incroyable, soit trop vraie.

Voici l'essentiel de ce qu'elle raconta :

Laura avait fini par craquer. Craquer, déclara-t-elle, comme si Laura eût été un haricot vert.

« Nous aurions dû chercher de l'aide plus tôt pour cette pauvre petite, mais nous pensions qu'elle commençait à se calmer », dit-elle.

Cependant, aujourd'hui à l'hôpital où elle faisait ses visites charitables, elle s'était révélée incontrôlable. Par chance, il y avait un médecin sur place et on en avait appelé un autre – un spécialiste. Le résultat était qu'ils avaient déclaré que Laura représentait un danger pour elle-même et pour les autres et que Richard avait malheureusement été obligé de la confier aux bons soins d'une institution.

« Qu'est-ce que vous me racontez ? Qu'est-ce qu'elle a fait ? »

Winifred avait affiché son air compatissant.

« Elle a menacé de se faire du mal. Elle a également dit des choses qui... enfin, il est évident qu'elle a fait une crise de délire.

– Qu'est-ce qu'elle a dit ?

– Je ne suis pas sûre qu'il soit bon de te le répéter.

– Laura est ma sœur. J'ai le droit de savoir.

– Elle a accusé Richard d'essayer de te tuer.

– En ces termes ?

– Ce qu'elle voulait dire était clair, insista Winifred.

– Non, dis-moi exactement, je t'en prie.

– Elle l'a traité de traître négrier, de menteur, et de monstre dégénéré vénérant le Veau d'or.

– Je sais qu'elle a des opinions assez excessives par moments et qu'elle a effectivement tendance à s'exprimer de façon très directe. Mais on ne peut pas flanquer quelqu'un à l'asile uniquement parce qu'il a dit quelque chose de ce genre.

– Il y a eu plus », ajouta Winifred sombrement.

Richard, sous prétexte de m'apaiser, déclara que ce n'était pas une institution traditionnelle – pas une norme victorienne. C'était une clinique privée, une très bonne, une des meilleures. La clinique Bella Vista. Ils s'occuperaient très bien de Laura, là-bas.

« C'est quoi la vue ? demandai-je.

– Pardon ?

– Bella Vista. Ça veut dire *belle vue*. Alors, c'est quoi la vue ? Qu'est-ce que Laura verra quand elle regardera par la fenêtre ?

– Tu n'es pas en train de blaguer, j'espère, remarqua Winifred.

– Non. C'est très important. C'est une pelouse, un jardin, une fontaine ou quoi ? Ou une ruelle sordide ? »

Ni l'un ni l'autre ne put me répondre. Richard affirma qu'il était sûr que ce serait un environnement naturel. Bella Vista, dit-il, était située en dehors de la ville. Il y avait un parc aménagé.

« Tu y es allé ?

– Je sais que tu es bouleversée, ma chérie, dit-il. Peut-être devrais-tu faire une sieste ?

– Je viens de faire une sieste. S'il te plaît, réponds-moi.

– Non, je n'y suis pas allé. Bien sûr que non.

– Alors, comment le sais-tu ?

– Voyons, franchement, Iris, intervint Winifred. En quoi est-ce important ?

– Je veux la voir. »

J'avais du mal à croire que Laura s'était brusquement effondrée, mais j'étais tellement habituée à ses excentricités qu'elles ne m'étonnaient plus. Il était très possible que je n'aie pas remarqué le décalage – les signes révélateurs de sa fragilité mentale, quels qu'ils aient pu être.

D'après Winifred, les médecins estimaient qu'il était hors de question que nous voyions Laura pour le moment. Ils avaient beaucoup insisté sur ce point. Elle était trop perturbée et violente de surcroît. Et puis, il y avait mon état à considérer.

Je fondis en larmes. Richard me tendit son mouchoir. Il était légèrement amidonné et sentait l'eau de Cologne.

« Il y a autre chose que tu dois savoir, ajouta Winifred. C'est très pénible.

– Nous devrions peut-être laisser ce point pour plus tard, suggéra Richard en baissant la voix.

– C'est très douloureux », poursuivit Winifred avec une réticence feinte.

J'insistai donc pour savoir tout tout de suite.

« La malheureuse prétend être enceinte, me confia Winifred. Comme toi. »

Je cessai de pleurer.

« Eh bien ? C'est vrai ?

– Bien sûr que non. Comment pourrait-elle l'être ?

– Qui est le père ? »

J'avais du mal à imaginer Laura en train d'inventer un truc pareil sans fondement.

« Je veux dire, de qui imagine-t-elle qu'il s'agit ?

– Elle refuse de le dire, répondit Richard.

– Bien entendu, elle était hystérique, précisa Winifred, donc, tout était embrouillé. Elle semble croire que le bébé que tu vas avoir est en fait le sien, d'une façon qu'elle est incapable d'expliquer. Bien entendu, elle délirait. »

Richard hocha la tête.

« Très triste, murmura-t-il du ton solennel et étouffé de l'entrepreneur de pompes funèbres : feutré, comme une épaisse moquette bordeaux.

– Le spécialiste – le spécialiste *psychiatrique* – a dit que Laura devait être maladivement jalouse de toi, poursuivit Winifred. Jalouse de tout ce qui te concerne – elle voudrait vivre ta vie, elle voudrait être toi, et ça a pris cette forme. Il a dit qu'il valait mieux que tu restes en sûreté. »

Elle avala une toute petite gorgée de sa boisson.

« Tu n'as jamais rien soupçonné ? »

Tu vois quelle maligne c'était.

Aimée naquit début avril. À l'époque, on utilisait de l'éther et je n'étais donc pas consciente pendant l'accouchement. J'inspirai, m'évanouis et me réveillai pour me découvrir plus faible et plus mince. Le bébé n'était pas là. Il était dans la pouponnière, avec les autres. C'était une fille.

« Il n'y a rien qui cloche chez ce bébé, n'est-ce pas ? » demandai-je.

C'était quelque chose qui m'inquiétait beaucoup.

« Dix doigts, dix orteils, s'empressa de répondre l'infirmière, et rien en trop. »

Le bébé me fut amené plus tard dans l'après-midi, enveloppé dans une couverture rose. Je lui avais déjà donné un nom, dans ma tête. Aimée, c'était celle qui était aimée, et j'espérais assurément qu'elle serait aimée, par quelqu'un. J'avais des doutes sur ma propre capacité à l'aimer ou à l'aimer autant qu'elle en aurait besoin. Je faisais trop de choses : à mon sens, il ne resterait pas assez de moi.

Aimée ressemblait à n'importe quel nouveau-né – elle avait un visage aplati, comme si elle avait percuté un mur à toute vitesse. Les cheveux sur sa tête étaient longs et noirs. Elle m'observa en louchant à travers ses yeux presque fermés, me lança un regard méfiant. On en voit de dures à la naissance, me dis-je ; quelle mauvaise surprise ce doit être, cette première rencontre brutale avec le monde extérieur. Je plaignais sincèrement cette petite créature ; je me promis de faire de mon mieux pour elle.

Nous étions en train de nous examiner quand Winifred et Richard arrivèrent. L'infirmière commença par les prendre pour mes parents.

« Non, voici le fier papa », déclara Winifred.

Et ils éclatèrent tous de rire. Tous deux apportaient des fleurs et une layette raffinée, élégant crochet et nœuds de satin blanc.

« Adorable ! s'exclama Winifred. Mais, mon Dieu, nous attendions une blonde. Elle est terriblement brune. Regardez-moi ces cheveux !

– Je suis désolée, dis-je à Richard. Je sais que tu voulais un garçon.

– La prochaine fois, chérie », répondit Richard.

Apparemment, cela ne le dérangeait pas du tout.

« Ce sont juste les cheveux de naissance, confia l'infirmière à Winifred. Ils finissent par tomber et les vrais cheveux poussent à la place. Beaucoup de bébés ont aussi des poils sur tout le dos. Vous pouvez remercier votre étoile qu'elle n'ait ni dents ni queue, comme certains.

– Grand-père Benjamin était brun, dis-je, avant que ses cheveux ne deviennent blancs, et grand-mère Adelia aussi, et papa, bien entendu, mais je ne sais pas pour ses deux frères. Les blonds dans ma famille venaient du côté de ma mère. »

Je dis cela sur le ton de la conversation que j'avais d'habitude et fus soulagée de voir que Richard n'y prêtait pas attention.

Étais-je contente que Laura ne soit pas là ? Qu'elle soit enfermée quelque part, loin, où je ne pouvais pas l'atteindre ? Et d'où elle ne pouvait pas m'atteindre ; d'où elle ne pouvait pas se planter à côté de mon lit, telle la fée qu'on n'attendait pas au baptême et dire : *Mais qu'est-ce que tu racontes ?*

Elle aurait compris, bien entendu. Elle aurait immédiatement compris.

La lune brillait d'un vif éclat

La nuit dernière, j'ai vu une jeune femme qui s'immolait par le feu : une mince jeune femme vêtue d'une longue robe transparente et inflammable. Elle faisait ça pour protester contre une injustice quelconque ; pourquoi pensait-elle que se transformer en feu de joie résoudrait quoi que ce soit ? *Oh, ne fais pas ça*, ai-je eu envie de lui dire. *Ne consume pas ta vie. Quelles que soient tes raisons, ça n'en vaut pas la peine.* Mais, pour elle, ça en valait la peine, manifestement.

Qu'est-ce qui les possède donc, ces jeunes filles capables de s'immoler ? Est-ce qu'elles font ça pour montrer que les filles aussi ont du courage, qu'elles sont capables d'autre chose que de pleurer et gémir, qu'elles peuvent elles aussi affronter la mort avec panache ? Et d'où vient ce désir ? Commence-t-il par un défi et, si c'est le cas, un défi adressé à qui ? Au grand ordre des choses, suffocant et écrasant, au grand chariot avec ses roues à rayons, aux tyrans aveugles, aux dieux aveugles ? Ces filles sont-elles suffisamment téméraires ou suffisamment arrogantes pour croire qu'elles peuvent stopper net de telles choses en s'offrant sur quelque autel théorique ou est-ce une forme de témoignage ? Assez admirable, si on admire l'obsession. Assez courageux aussi. Mais totalement inutile.

À cet égard, je m'inquiète pour Sabrina. Que fabrique-t-elle, là-bas, à l'autre bout de la Terre ? S'est-elle fait avoir par les chrétiens ou par les bouddhistes, ou abrite-t-elle une autre variété d'araignée sous son plafond ? *Ce que vous faites aux plus petits d'entre eux, c'est à moi que vous le faites.* Est-ce là les mots inscrits sur son passeport pour l'inutile ? Veut-elle expier les péchés de sa déplorable famille, détraquée et bourrée de pognon ? J'espère vraiment que non.

Aimée elle-même avait un peu de cela, mais chez elle cela prit une forme plus lente, plus tortueuse. Aimée avait huit ans quand Laura se jeta par-dessus le pont, elle en avait dix à la mort de Richard. Ces événements ne peuvent que l'avoir affectée. Là-dessus, elle se retrouva totalement tiraillée entre Winifred et moi. Winifred n'aurait pas remporté cette bataille aujourd'hui, à l'époque, si. Elle me vola Aimée et, j'eus beau essayer tant que je pus, je ne parvins jamais à la récupérer.

Pas étonnant qu'elle eût fait la noce, lorsque à sa majorité elle récupéra l'argent que Richard lui avait laissé, et qu'elle se fût tournée vers diverses formes de réconfort et jetée à la tête d'un homme après l'autre. (Qui, par exemple, était le père de Sabrina ? Difficile de se prononcer, et Aimée n'en dit jamais rien. Faites vos jeux, lançait-elle, et choisissez votre couleur.)

Je m'efforçais de garder le contact avec elle. Je continuais à espérer une réconciliation ; c'était ma fille après tout, je me sentais coupable envers elle et j'avais envie de me faire pardonner – de me faire pardonner le bourbier dans lequel son enfance s'était transformée. Mais, là-dessus, elle s'était retournée contre moi – contre Winifred aussi, ce qui représenta au moins une certaine consolation. Elle ne voulait pas que nous l'approchions ou que nous approchions Sabrina – surtout Sabrina. Elle ne voulait pas que nous la corrompions.

Elle déménageait souvent, ne tenait pas en place. À deux reprises, elle fut jetée à la rue pour ne pas avoir payé son loyer ; elle fut appréhendée pour avoir troublé l'ordre public. Elle fut hospitalisée en plusieurs occasions. Tu dirais sans doute qu'elle était devenue une alcoolique invétérée, bien que je déteste ce terme. Elle avait suffisamment d'argent, de sorte qu'elle n'était pas obligée d'avoir un emploi, ce qui était aussi bien parce qu'elle n'aurait pas pu le garder. Mais ce n'était peut-être pas si bien que cela ? Les choses se seraient peut-être passées autrement si elle n'avait pas eu la possibilité de se laisser dériver ; s'il lui avait fallu penser à son prochain repas au lieu de ruminer le mal qu'elle estimait avoir subi de notre part. Un revenu non gagné encourage l'apitoiement sur soi-même chez ceux qui sont déjà portés sur la chose.

La dernière fois que j'allai la voir, Aimée vivait dans une de ces misérables rangées de maisons mitoyennes près de Parliament Street à Toronto. Une enfant qui, à mon sens, devait être Sabrina était installée à croupetons dans le carré de terre à côté de l'allée – une souillon, une va-nu-pieds à la tignasse ébouriffée tout juste habillée d'un short mais sans T-shirt. Armée d'une cuillère recourbée, elle remplissait de sable une vieille tasse en fer-blanc. C'était une petite créature débrouillarde : elle me demanda vingt-cinq *cents*. Les lui donnai-je ? Très certainement.

« Je suis ta grand-mère », lui dis-je et elle me dévisagea comme si j'étais folle. Elle n'avait sans aucun doute jamais entendu parler de l'existence d'une telle personne.

Les voisins m'en racontèrent de belles ce jour-là. Ils avaient l'air de gens bien ou suffisamment bien pour nourrir Sabrina quand Aimée oubliait de rentrer. Ils s'appelaient Kelly, si je me souviens bien. Ce sont eux qui prévinrent la police quand on retrouva Aimée au pied de l'escalier, la nuque brisée. Tombée accidentellement ou délibérément ou poussée, on ne le saura jamais.

J'aurais dû kidnapper Sabrina ce jour-là et me sauver avec elle. Filer vers le Mexique. Je l'aurais fait si j'avais su ce qui allait se passer – que Winifred allait la récupérer et m'interdire d'avoir accès à elle, comme dans le temps avec Aimée.

Sabrina aurait-elle été mieux avec moi qu'avec Winifred ? À quoi est-ce que ça a dû ressembler de grandir auprès d'une riche vieille femme vindicative et aigrie ? Au lieu d'une pauvre vieille femme vindicative et aigrie, moi, en l'occurrence. N'empêche, je l'aurais aimée. Je doute que Winifred l'ait jamais aimée. Elle s'est juste accrochée à Sabrina pour me nuire ; pour me punir ; pour montrer qu'elle avait gagné.

Mais je ne kidnappai pas de bébé ce jour-là. Je frappai à la porte et, faute d'obtenir une réponse, ouvris, entrai et montai l'escalier étroit, sombre et raide jusqu'à l'appartement d'Aimée au premier. Aimée était dans la cuisine, assise à la petite table ronde, et fixait ses mains serrées sur une tasse de café décorée du signe du sourire. Elle tenait la tasse tout près de ses yeux et la tournait dans un sens, puis dans l'autre. Elle avait le visage blafard, les cheveux en désordre. Je ne peux pas dire qu'elle me parut attirante. Elle fumait une cigarette. Elle était très vraisemblablement sous l'influence d'une drogue, associée à de l'alcool ; je sentais l'odeur dans la pièce, mêlée à la vieille fumée, la puanteur de l'évier et la poubelle pas récurée.

J'essayai de lui parler. Je commençai gentiment, mais elle n'était pas d'humeur à écouter. Elle déclara qu'elle en avait marre, qu'elle en avait marre de nous tous. Et surtout qu'elle en avait marre d'avoir le sentiment qu'on lui cachait des choses. La famille avait étouffé le truc ; personne ne voulait lui dire la vérité ; nous, on ouvrait et on fermait la bouche et des mots en sortaient, mais ce n'étaient pas des mots qui menaient à quoi que ce soit.

Cela étant, elle avait réussi à comprendre ce qui s'était passé. Elle avait été volée, elle avait été spoliée de son héritage, parce que je n'étais pas sa vraie mère et que Richard n'avait pas été son vrai père. Tout était dans le livre de Laura, ajouta-t-elle.

Je lui demandai ce qu'elle voulait dire au juste. Elle répliqua que c'était évident : sa vraie mère était Laura et son vrai père était l'homme du *Tueur aveugle*. Tante Laura avait été amoureuse de lui, et on avait contrecarré ses projets, on s'était débarrassés – allez savoir comment – de cet amant inconnu. On lui avait fait peur, on l'avait acheté, obligé à fuir, peu importe ; elle avait vécu suffisamment longtemps sous le toit de Winifred pour savoir comment procédaient les gens comme nous. Puis, quand on avait découvert que Laura était enceinte de lui, on l'avait éloignée pour étouffer le scandale et, quand mon bébé était mort à la naissance, on avait volé celui de Laura et on l'avait adopté en le faisant passer pour le nôtre.

Elle n'était pas du tout cohérente, mais ce fut l'essentiel de son discours. On voit ce que ce fantasme pouvait avoir de séduisant pour elle : qui ne voudrait pas d'un être mythique pour mère au lieu du modèle authentiquement éreinté par la vie ? Si on en a la possibilité.

Je lui répondis qu'elle était totalement dans l'erreur, qu'elle mélangeait tout, elle ne m'écouta pas. Pas étonnant qu'elle ne se soit jamais sentie heureuse avec Richard et moi, poursuivit-elle. Nous ne nous étions jamais comportés comme ses véritables parents. Et pas étonnant que tante Laura se soit jetée d'un pont – c'était parce qu'on lui avait brisé le cœur. Laura avait probablement laissé un mot pour Aimée dans lequel elle expliquait tout cela, pour qu'elle le lise quand elle serait plus vieille, mais Richard et moi avions dû le détruire.

Pas étonnant que j'aie été une mère aussi abominable, continua-t-elle. Je ne l'avais jamais vraiment aimée. Si cela avait été le cas, je l'aurais fait passer avant tout le reste. J'aurais pris ses sentiments en compte. Je n'aurais pas quitté Richard.

« Je n'ai peut-être pas été une mère parfaite, répliquai-je. Je suis prête à l'admettre, mais j'ai agi au mieux, vu les circonstances – des circonstances sur lesquelles tu ne sais en fait que très peu de chose. »

Que fabriquait-elle avec Sabrina ? ajoutai-je. La laisser courir comme ça, dehors, sans vêtements sur le dos et sale comme un peigne ; c'était de la négligence, cette petite risquait de disparaître à tout moment, il y avait toujours des enfants qui disparaissaient. J'étais la grand-mère de Sabrina, j'étais toute disposée à la prendre chez moi et...

« Tu n'es pas sa grand-mère, riposta Aimée, en pleurs à présent. C'est tante Laura. Ou plutôt, c'était tante Laura. Elle est morte et vous l'avez tuée !

– Ne sois pas stupide ! »

C'était la mauvaise réponse : plus on nie ce genre de choses avec véhémence, plus les autres y croient. Mais on donne souvent la mauvaise réponse quand on a peur et Aimée m'avait fait peur.

Quand je prononçai le mot *stupide*, elle se mit à hurler après moi.

C'était moi qui étais stupide, brailla-t-elle. J'étais dangereusement stupide, j'étais tellement stupide que je ne savais même pas à quel point je l'étais. Elle utilisa un certain nombre de mots que je ne répéterai pas ici, puis se saisit de la tasse de café décorée du signe du sourire et me la jeta à la tête. Puis elle me marcha dessus d'un pas chancelant ; elle hurlait, secouée par de gros sanglots déchirants. Elle tendait les bras de manière menaçante, me sembla-t-il. J'étais bouleversée, choquée. Je battis en retraite, m'accrochant à la balustrade, évitant d'autres projectiles – une chaussure, une soucoupe. Parvenue à la porte d'entrée, je m'enfuis.

J'aurais peut-être dû lui tendre les bras. J'aurais dû la câliner. J'aurais dû pleurer. Puis j'aurais dû m'asseoir avec elle et lui raconter cette histoire comme je te la raconte à présent. Pourtant, je ne l'ai pas fait. J'ai raté cette occasion et je le regrette amèrement.

Ce fut seulement trois semaines après qu'Aimée tomba dans l'escalier. Je la pleurai bien sûr. C'était ma fille. Mais je dois admettre que je pleurai l'être qu'elle avait été beaucoup plus jeune. Je pleurai ce qu'elle aurait pu devenir ; je pleurai les chances qu'elle avait perdues. Plus que n'importe quoi, je pleurai mes propres incapacités.

Après la mort d'Aimée, Winifred mit le grappin sur Sabrina. Possession vaut titre, et elle fut la première sur les lieux. Elle embarqua Sabrina dans le petit hôtel particulier qu'elle avait retapé à Rosedale et, en un rien de temps, se fit reconnaître comme son tuteur légal. J'envisageai la possibilité de me battre, mais cela aurait été reprendre l'affrontement que nous avions eu à propos d'Aimée – un affrontement que j'étais condamnée à perdre.

Quand Winifred assuma la charge de Sabrina, je n'avais pas encore soixante ans ; je pouvais encore conduire. De temps à autre, je me rendais à Toronto et je suivais Sabrina à la façon des détectives privés des vieux romans policiers. Je traînais devant son école primaire – sa nouvelle école primaire, sa nouvelle école primaire huppée –

rien que pour l'apercevoir et me convaincre que, en dépit de tout, elle allait bien.

Je me trouvais par exemple chez Eaton's le matin où, quelques mois après avoir mis la main sur elle, Winifred l'emmena dans ce grand magasin pour lui acheter des chaussures à l'occasion d'une fête. Sans doute achetait-elle des vêtements à Sabrina sans la consulter – cela lui ressemblait bien – mais des chaussures, ça s'essaie, et, allez savoir pourquoi, Winifred n'avait pas confié cette tâche au petit personnel de maison.

C'était la période de Noël – les colonnes du magasin étaient décorées de faux houx tandis que des couronnes ornées de pommes de pin dorées et de rubans de velours rouge étaient accrochées au-dessus des portes comme des auréoles hérissées d'épines – et Winifred, à son grand mécontentement, s'était retrouvée coincée par les chanteurs de cantiques. J'étais dans l'allée suivante. Ma garde-robe n'était plus ce qu'elle avait été – je portais un vieux manteau en tweed et un fichu noué bas sur le front – et elle eut beau me regarder droit dans les yeux, elle ne me reconnut pas. Elle crut sans doute voir une femme de ménage ou une immigrante en quête de bonnes affaires.

Elle était sur son trente et un comme d'habitude, et paraissait cependant très négligée. En fait, elle devait friser les soixante-dix ans et, passé un certain âge, son style de maquillage a tendance à vous donner un air momifié. Elle aurait dû renoncer à son rouge à lèvres orange, il était trop dur pour elle.

Je remarquai les rides d'exaspération, couvertes de poudre, entre ses sourcils, les muscles crispés de sa mâchoire rougie. Elle tirait Sabrina par le bras, s'efforçait de la pousser à travers le chœur de clients massifs en tenue d'hiver ; elle devait détester le côté nature, enthousiaste, de ces chants.

Sabrina, en revanche, avait envie d'écouter la musique. Elle se laissait traîner, se transformait en poids mort comme le font les enfants – résistance mine de rien. Elle avait le bras tendu, comme une gentille fille qui répond à une question à l'école, mais affichait un air renfrogné de petit diable. Cela devait lui faire mal, ce qu'elle faisait. Afficher une certaine position, faire une déclaration. Résister.

Le cantique était *Le bon roi Wenceslas*. Sabrina connaissait les paroles : je voyais bouger sa petite bouche. « La lune brillait d'un vif éclat cette nuit-là, alors qu'il faisait un froid cruel », chantait-elle. « Quand survint un pauvre homme qui ramassait du bois pour l'hiver. »

C'était une chanson sur la faim. Je me rendis compte que Sabrina la comprenait – sans doute s'en souvenait-elle encore, de la faim.

Winifred lui tira le bras d'un coup sec et jeta un coup d'œil nerveux autour d'elle. Elle ne me voyait pas, mais percevait ma présence à la façon dont une vache dans un pré entouré d'une bonne clôture perçoit la présence du loup. Cela étant, les vaches ne sont pas des animaux sauvages : elles ont l'habitude d'être protégées. Winifred était capricieuse, mais pas effrayée. Si, d'aventure, il lui arrivait de songer à moi, elle devait à coup sûr me croire loin d'elle, loin de sa vue, heureusement, enfouie dans cette obscurité extrême où elle m'avait consignée.

J'éprouvai alors une envie irrépressible de prendre Sabrina dans mes bras et de me sauver avec elle. J'imaginai le gémissement chevrotant de Winifred tandis que je me serais frayé un chemin en bousculant les flegmatiques chanteurs de cantiques, beuglant si confortablement à propos du mauvais temps.

Je l'aurais tenue bien serrée, je n'aurais pas trébuché, je ne l'aurais pas laissée tomber. Je ne serais pas allée loin non plus. Ils auraient fondu sur moi en un rien de temps.

Là-dessus, je sortis dans la rue, toute seule, et m'en fus arpenter un long moment – tête baissée, col relevé – les trottoirs du centre-ville. Le vent soufflait du lac et la neige tombait en tourbillonnant. Il faisait jour à cause des nuages bas et de la neige, la lumière était chiche ; les voitures passaient en tournant lentement dans les rues pas déneigées, leurs feux arrière rouges s'éloignant de moi comme les yeux de monstres bossus courant à reculons.

Je serrais un paquet – je ne sais plus ce que j'avais acheté – et je n'avais pas de gants. Je devais les avoir laissé glisser dans le magasin, parmi les pieds des badauds. À peine s'ils me manquaient. Autrefois, je pouvais avancer, les mains nues, au milieu du blizzard sans jamais rien ressentir. C'est l'amour, la haine ou la terreur, voire la rage pure et simple qui vous permet ça.

Dans le temps, je cédais régulièrement à une rêverie à mon sujet – je l'ai toujours, en fait. Une rêverie assez ridicule, même si c'est souvent à travers de telles images que nous forgeons notre destin. (Tu remarqueras que je m'abandonne facilement à un langage ampoulé, tel que forger notre destin, dès l'instant que je me risque dans cette direction. Ce n'est pas grave.)

Dans cette rêverie, Winifred et ses amies, des couronnes de pognon sur la tête, sont rassemblées autour du lit blanc à volants de Sabrina qui dort déjà et discutent de ce qu'elles vont lui donner. Elle a déjà reçu la tasse en argent gravée de chez Birks, le papier peint de la chambre d'enfant avec la frise d'ours domestiques, les premières perles de son futur collier à un rang et tous les autres cadeaux précieux, parfaitement comme il faut, qui se transformeront en charbon au lever du soleil. Elles envisagent à présent l'orthodontiste, les cours de tennis, les cours de piano, les cours de danse et le camp d'été huppé. Que souhaite-t-elle d'autre ?

À cet instant précis, j'apparais dans un éclair de lumière sulfureuse, un nuage de fumée et un battement d'ailes en cuir, noires de suie, brebis galeuse de marraine pas invitée. *J'aimerais moi aussi lui faire un don*, m'écrié-je. *J'en ai le droit.*

Winifred et sa bande éclatent de rire et me montrent du doigt.

Toi ? Il y a longtemps que tu as été bannie ! Tu as regardé un miroir ces derniers temps ? Tu te laisses aller, on croirait que tu as cent deux ans. Retourne à ta vieille grotte minable ! Que peux-tu avoir à offrir ?

Je réponds : *J'offre la vérité. Je suis la dernière à pouvoir le faire. C'est la seule chose dans cette pièce qui existera encore au matin.*

Betty's Luncheonette

Les semaines passèrent, Laura ne revenait pas. J'avais envie de lui écrire, de lui téléphoner, Richard me répétait que ce serait mauvais pour elle. Il ne fallait pas qu'elle soit dérangée, m'expliqua-t-il, par une voix du passé. Il fallait qu'elle se concentre sur sa situation immédiate – sur le traitement en jeu. C'est ce qu'on lui avait dit. Quant à la nature du traitement, il n'était pas médecin, il ne prétendait pas s'y connaître. Il valait sûrement mieux laisser ça aux spécialistes.

Je me torturais en l'imaginant emprisonnée, en train de se débattre, piégée dans un pénible fantasme de son fait ou dans un autre tout aussi pénible qui n'était pas du tout le sien mais celui des gens de son entourage. Et à quel moment celui-là devenait-il l'autre ? Où se situait le seuil entre le monde intérieur et le monde extérieur ? Chacun d'entre nous franchissait ce seuil tous les jours sans y penser, utilisait les mots de passe de la grammaire – je dis, tu dis, il et elle dit, cela en revanche ne dit rien – en payant le privilège d'une bonne santé mentale frappée au coin du bon sens, avec des significations par tous acceptées.

Même enfant, Laura n'avait jamais vraiment été d'accord. Était-ce là le problème ? Qu'elle se cramponne fermement au non alors que c'était le oui qui était exigé ? Et vice versa, et vice versa.

Laura allait bien, me dit-on : elle faisait des progrès. Puis elle n'allait pas si bien que ça, elle avait rechuté. Des progrès en quoi, rechuté pourquoi ? Il ne fallait pas que je me lance là-dedans, cela me perturberait, il était important que je préserve mon énergie, comme toute jeune mère devait le faire.

« On va te remettre sur pied en un rien de temps, m'assura Richard en me tapotant le bras.

– Mais je ne suis pas vraiment malade.

– Tu sais ce que je veux dire. Que tu reviennes à la normale. »

Il me décocha un sourire tendre, un regard presque libidineux. Ses yeux rétrécissaient, à moins que ce ne fût la chair autour d'eux qui prît plus de place, ce qui lui donnait une expression fourbe. Il songeait au moment où il pourrait reprendre la place qui était la sienne : sur moi. Je me disais qu'il allait m'asphyxier. Il prenait du poids ; il mangeait souvent dehors ; il faisait des discours, à des clubs, à des réunions importantes, à des réunions riches. Des réunions de poids où des hommes importants et riches pesaient et soupesaient des tas de choses, parce que – tout le monde le subodorait – des turbulences menaçaient.

Tous ces discours peuvent vous ballonner un homme. J'ai suivi le processus, à maintes reprises. C'est ce type de mots, ce type spécifique de discours. Ils font office de ferment sur le cerveau. On voit ça à la télévision, pendant les émissions politiques – les mots leur sortent de la bouche comme des bulles de gaz.

Je décidai de rester aussi patraque que possible le plus longtemps possible.

Je m'inquiétai énormément pour Laura. Je tournai et retournai l'histoire de Winifred dans tous les sens, l'examinai sous tous les angles. Je n'arrivais pas totalement à y croire, mais je n'arrivais pas non plus à ne pas y croire.

Laura avait toujours eu un énorme pouvoir : le pouvoir de casser des choses sans l'avoir fait exprès. De même n'avait-elle jamais été du genre à respecter le territoire des uns et des autres. Ce qui était à moi était à elle : mon stylo à encre, mon eau de Cologne, ma robe d'été, mon chapeau, ma brosse à cheveux. Ce catalogue s'était-il élargi au point d'inclure mon bébé pas encore né ? Mais si elle souffrait de crises de délire – si elle n'avait fait qu'inventer des choses – pourquoi avait-elle inventé ça précisément ?

Supposons, d'un autre côté, que Winifred ait menti. Supposons que Laura soit toujours aussi saine d'esprit. En ce cas, Laura avait dit la vérité. Et si Laura avait dit la vérité, alors Laura était enceinte. S'il y allait vraiment avoir un bébé, qu'adviendrait-il de lui ? Et pourquoi ne m'en avait-elle pas parlé, au lieu de se confier à un médecin, à un inconnu ? Pourquoi ne m'avait-elle pas appelée à l'aide ? Je réfléchis à cela un moment. Il pouvait y avoir de multiples raisons. Mon état pouvait en être une.

Quant au père, qu'il soit fictif ou réel, il n'y avait qu'un seul homme envisageable. Alex Thomas.

Ce n'était pas possible. Comment est-ce que ça l'aurait été ?

Je ne savais plus désormais comment Laura aurait répondu à ces questions. Elle m'était devenue une inconnue, aussi inconnue que peut l'être votre gant quand votre main est dedans. Elle ne me quittait pas une seconde, mais je ne pouvais pas la regarder. Je ne pouvais que sentir la forme de sa présence : une forme vide, remplie de mes propres fantaisie

Les mois passèrent. Ce fut juin, puis juillet, puis août. Winifred déclara que j'avais l'air blafarde et vidée. Je ferais bien de passer davantage de temps dehors, dit-elle. Si je ne voulais pas me mettre au tennis ou au golf, comme elle me l'avait très souvent suggéré – cela ferait peut-être quelque chose pour ce petit bedon dont je devrais prendre soin avant qu'il ne devienne chronique –, je pouvais au moins m'occuper de ma rocaille. C'était une activité qui seyait à la maternité.

Je n'aimais guère ma rocaille, laquelle n'était à moi que de nom, comme tant d'autres choses. (Comme « mon » bébé, si on y réfléchissait : sans doute un changelin, sans doute quelque chose que les romanichelles m'avaient laissé ; sans doute avait-on fait disparaître mon vrai bébé – un bébé qui criait moins, souriait plus et n'était pas aussi agaçant.) La rocaille résistait tout autant à mes soins, rien de ce que je lui faisais ne lui plaisait. Ses cailloux étaient agréables à voir – il y avait beaucoup de granit rose ainsi que de pierres calcaires –, mais je ne parvenais pas à y faire pousser quoi que ce soit.

Je me divertissais avec des bouquins – *Vivaces pour rocailles*, *Cactées du désert pour climats septentrionaux*, et cetera. Je parcourais ces ouvrages en dressant des listes – des listes de ce que je planterais peut-être, ou sinon des listes de ce que j'avais déjà planté ; ce qui aurait dû pousser, et ne poussait pas. Sang-de-dragon, euphorbe panachée, lierre sauvage. Les noms me plaisaient, mais je ne me souciais pas trop des plantes elles-mêmes.

« Je n'ai pas la main verte, confiai-je à Winifred. Pas comme toi. »

Mes simulacres d'incompétence étaient maintenant devenus une seconde nature chez moi, à peine si j'avais besoin d'y penser. Winifred, pour sa part, ne voyait plus ma maladresse comme quelque chose d'aussi commode.

« Eh bien, il faut que tu fasses des efforts, naturellement », déclarait-elle.

Ce à quoi je répondais en produisant les listes de plantes mortes que j'avais consciencieusement établies.

« Les cailloux sont jolis, disais-je. Pourquoi ne peut-on dire que c'est une sculpture, un point c'est tout ? »

J'envisageais d'aller voir Laura, toute seule. Je pouvais laisser Aimée avec la nouvelle bonne d'enfants, que je considérais comme une Mlle Murgatroyd – dans mon esprit, tous nos domestiques étaient des Murgatroyd, ils étaient tous de mèche. Mais non, la bonne d'enfants alerterait Winifred. Je pouvais les défier tous ; je pouvais me sauver discrètement un matin, emmener Aimée avec moi ; nous pourrions prendre le train. Le train pour où ? Je ne savais pas où se trouvait Laura – où on l'avait cachée. La clinique Bella Vista était quelque part dans le Nord, mais c'était vaste, le Nord. Je fouillai la table de travail de Richard, celle de son bureau à la maison, et ne découvris pas la moindre lettre de cette clinique. Il devait les avoir conservées à l'usine.

Un jour, Richard rentra de bonne heure. Il avait l'air très perturbé. Laura n'était plus à Bella Vista, me dit-il.

Comment était-ce possible ? demandai-je.

Un homme s'était présenté, m'expliqua-t-il. Cet homme prétendait être le défenseur des intérêts de Laura, agir en son nom. C'était le grevé, déclara-t-il – le grevé du fidéicommis de Mlle Chase. Il avait contesté l'autorité qui l'avait fait interner à Bella Vista. Il avait menacé d'intenter une action en justice. Étais-je au courant de ces procédures ?

Non, pas du tout. (Je gardai les mains jointes sur les genoux. J'affichai de la surprise et un intérêt modéré. Je ne manifestai aucune joie.) Et alors que s'est-il passé ? demandai-je.

Le directeur de Bella Vista étant absent, le personnel s'était trouvé dans l'embarras. Ils l'avaient laissée partir sous la garde de cet homme. Ils avaient estimé que la famille préférerait éviter toute publicité excessive. (L'homme en question avait menacé de quelque chose de cet ordre.)

Eh bien, remarquai-je, j'imagine qu'ils ont fait ce qu'il fallait.

Oui, répondit Richard, certainement ; mais Laura était-elle *compos mentis* ? Pour son bien, pour sa sécurité, nous devrions au moins déterminer cela. Même si, en surface, elle paraissait plus calme, le personnel de Bella Vista avait des doutes. Qui pouvait savoir quel danger elle représenterait pour elle-même ou pour les autres si on lui permettait de filer en toute liberté ?

Est-ce que je saurais par hasard où elle se trouvait ?

Non.

Avais-je eu de ses nouvelles ?

Non.

Je n'hésiterais pas, dans cette éventualité, à l'en informer ?

Je n'hésiterais pas. Ce furent mes propres mots. C'était une phrase sans complément et, strictement parlant, ce n'était donc pas un mensonge.

Je laissai passer un laps de temps judicieux, puis pris le chemin de Port Ticonderoga, par le train, pour aller consulter Reenie. J'inventai un coup de téléphone : Reenie n'était pas en bonne santé, expliquai-je à Richard, et elle voulait me revoir avant qu'il ne lui arrive quelque chose. Je me comportais comme si elle était à l'article de la mort. Elle serait contente d'avoir une photo d'Aimée, dis-je ; elle voulait bavarder du bon vieux temps. C'était le moins que je puisse faire. Après tout, elle nous avait pratiquement élevées. M'avait élevée, me repris-je pour éviter d'attirer l'attention de Richard sur Laura.

Je me débrouillai pour rencontrer Reenie chez Betty's Luncheonette. (Elle avait désormais un téléphone, elle se défendait bien.) Ce serait mieux, dit-elle. Elle y travaillait toujours, à mi-temps, et on pouvait s'y retrouver une fois sa journée terminée. Betty's Luncheonette avait de nouveaux propriétaires : les anciens n'auraient pas aimé qu'elle s'asseye là comme un client normal, même si elle payait normalement, mais les nouveaux estimaient avoir besoin de tous les clients normaux possibles.

Betty's avait sévèrement baissé. L'auvent à rayures avait disparu, les box obscurs paraissaient éraflés et minables. L'endroit ne sentait plus la vanille fraîche, mais le graillon. Je me rendis compte que j'étais trop habillée. Je n'aurais pas dû mettre mon col en renard blanc. À quoi bon faire l'intéressante, compte tenu des circonstances ?

Le physique de Reenie ne me plut pas : elle était trop bouffie, trop jaune, elle respirait un peu trop bruyamment. Peut-être n'était-elle vraiment pas en bonne santé : je me demandai s'il fallait que je lui pose la question.

« Ça fait du bien de s'asseoir », déclara-t-elle en s'effondrant dans le box en face de moi.

Myra – quel âge avais-tu, Myra ? Tu devais avoir trois ou quatre ans, je ne sais plus – était avec elle. Elle avait les joues rouges d'excitation, les yeux ronds et légèrement exorbités, comme si quelqu'un eût été en train de l'étrangler doucement.

« Je lui ai tout raconté sur vous, me confia Reenie affectueusement. Sur vous deux. »

Myra ne s'intéressait pas trop à moi, je dois dire, mais les renards autour de mon cou l'intriguaient. En général, les enfants de cet âge aiment les animaux au poil touffu, même morts.

« Tu as vu Laura, dis-je, ou tu lui as parlé ?

– Moins on en dit, mieux on se porte », répondit Reenie en jetant un coup d'œil autour d'elle comme si les murs avaient des oreilles.

Je ne vis pas l'utilité d'une telle précaution.

« Je suppose que c'est toi qui t'es occupée de l'homme de loi ? » Reenie prit un air averti.

« J'ai fait ce qu'il fallait faire. De toute manière, c'était le mari de la petite cousine de ta mère, l'était donc de la famille en un sens. Il a donc saisi l'enjeu, une fois que j'ai eu su ce qui se passait, pour sûr.

– Comment l'as-tu su ? »

Je gardais le *Qu'est-ce que tu as su ?* pour plus tard.

« Elle m'a écrit. Elle dit qu'elle t'a écrit, et qu'elle a jamais eu de réponse. Elle avait pas le droit d'envoyer de lettres, mais la cuisinière l'a aidée. Laura lui a fait parvenir des sous pour ça, après, et un petit extra.

– Je n'ai pas reçu la moindre lettre.

– C'est ce qu'elle a pensé. Elle a pensé qu'ils y avaient veillé. » Je savais qui était ce *ils*.

« J'imagine qu'elle est venue ici, dis-je.

– Où irait-elle sinon ? La pauvre. Après tout ce qu'elle a passé.

– Qu'est-ce qu'elle a passé ? »

J'avais très envie de savoir ; en même temps, je le redoutais. Laura pouvait fabuler, me dis-je. Laura pouvait souffrir de crises de délire. Cela ne pouvait être exclu.

Pourtant, Reenie l'avait exclu : peu importait l'histoire que Laura lui avait racontée, elle la croyait. Je n'étais pas sûre que ce fût la même que celle que j'avais entendue. Je n'étais surtout pas sûre qu'il y ait un bébé dedans, sous quelque forme que ce fût.

« Il y a des enfants, donc, je n'entrerai pas là-dedans », me dit-elle.

Elle adressa un signe de tête à Myra qui était en train d'engloutir une tranche d'un horrible gâteau rose et me dévisageait comme si elle eût rêvé de me lécher.

« Si je te racontais tout, tu ne dormirais plus. La seule consolation, c'est que tu n'as joué aucun rôle là-dedans. C'est ce qu'elle a dit.

– Elle a dit ça ? »

Je fus soulagée de l'entendre. Richard et Winifred avaient donc été désignés comme les monstres et j'avais été absoute – du fait d'une faiblesse morale, sans aucun doute. Cela dit, je voyais bien que Reenie ne m'avait pas totalement pardonné la négligence qui avait permis que tout cela se produise. (Lorsque Laura se fut jetée du pont, elle me pardonna encore moins. À ses yeux, je devais avoir un lien avec ça. Elle se montra froide envers moi après cela. Elle mourut dans la rancœur.)

« Il n'aurait absolument pas fallu la mettre dans un endroit pareil, une jeune fille comme elle, reprit Reenie. Quoi qu'il en soit. Des hommes en train de se promener, le pantalon défait, toutes sortes de trucs louches. Une honte !

– Ils vont mordre ? demanda Myra en tendant la main vers mes renards.

– Touche pas ça, intervint Reenie. Avec tes petits doigts poisseux.

– Non, dis-je. Ils ne sont pas vrais. Regarde, ils ont des yeux en verre. Ils ne mordent que leur queue.

– Elle a dit que si tu avais su tu ne l'aurais jamais laissée là-dedans, reprit Reenie. En supposant que tu aies pu le savoir. Elle a dit que tu avais peut-être d'autres défauts mais que tu étais pas une sans-cœur. »

Elle jeta un regard en biais vers le verre d'eau et se renfrogna. Elle avait des doutes sur ce point.

« Des patates, voilà ce qu'ils mangeaient là-bas, principalement. En purée et bouillies. Lésinaient sur le manger, ôtaient le pain de la bouche de ces malheureux frappadingues et cinglés. Ils se remplissent les poches, m'est avis.

– Où est-elle allée ? Où est-elle maintenant ?

– J'ai un bœuf sur la langue, répondit Reenie. Elle a dit qu'il valait mieux que tu saches pas.

– Est-ce qu'elle avait l'air – est-ce qu'elle... »

Est-ce qu'elle avait l'air folle ? avais-je envie de demander.

« Elle était comme elle a toujours été. Ni plus ni moins. Elle ne se comportait pas comme une cinglée, si c'est ce que tu veux dire. Plus maigre – elle a besoin de se remplumer – et moins de discours sur le bon Dieu. J'espère juste qu'Il va la soutenir maintenant, pour changer.

– Merci, Reenie, pour tout ce que tu as fait.

– Pas la peine de me remercier, répliqua Reenie avec froideur. J'ai seulement fait ce qui était juste. »

Sous-entendu : moi, pas.

« Je peux lui écrire ? »

Je farfouillai pour trouver mon mouchoir. J'avais envie de pleurer. Je me faisais l'effet d'être une criminelle.

« Elle a dit qu'il valait mieux pas. Mais elle voulait que je te dise qu'elle t'avait laissé un message.

– Un message ?

– Elle l'a laissé avant qu'ils ne l'emmènent à ce fameux endroit. Tu sauras le trouver, a-t-elle dit.

– C'est ton mouchoir ? Tu as un rhume ? demanda Myra qui avait noté mes reniflements avec intérêt.

– Tu vas perdre ta langue si tu poses trop de questions, s'écria Reenie.

– Non, c'est pas vrai », riposta Myra avec confiance.

Elle se mit à fredonner faux et à lancer ses grosses jambes contre mes genoux, sous la table. Elle avait une assurance inébranlable, semblait-il, et n'était pas facilement impressionnable – qualités que j'ai souvent trouvées irritantes chez elle, mais dont je lui suis finalement reconnaissante. (Ce sera peut-être une nouvelle pour toi, Myra. Prends ça pour un compliment puisque l'occasion se présente. Ils sont rares.)

« Je me suis dit que tu aimerais peut-être voir une photo d'Aimée », confiai-je à Reenie.

J'avais au moins cette réussite-là que je pouvais montrer pour me racheter à ses yeux.

Reenie se saisit de la photo.

« Ça alors, c'est une sacrée brune, pas vrai ? On ne sait jamais à qui un enfant va ressembler.

– Moi aussi, je veux voir, brailla Myra en attrapant le cliché avec ses menottes pleines de sucre.

– Dépêche-toi alors, et on va y aller. On est en retard pour ton papa.

– Non, répliqua Myra.

– Aussi humble soit-il, il n'y a rien qui vaille un foyer, chantonna Reenie en frottant avec une serviette en papier le petit museau de Myra couvert de sucre glace.

– Je veux rester ici », brailla Myra.

Mais Reenie lui enfila son manteau, la coiffa de son chapeau en laine tricotée jusqu'aux oreilles et la tira de biais hors du box.

« Prends soin de toi », me lança Reenie.

Elle ne m'embrassa pas.

J'avais envie de nouer les bras autour d'elle et de hurler tant et plus.

J'avais envie d'être consolée. J'avais envie que ce soit moi qui parte avec elle.

« Il n'y a rien qui vaille un foyer, avait dit un jour Laura alors qu'elle avait onze ou douze ans. Reenie chante ça. Moi, je trouve ça bête.

– Qu'est-ce que tu veux dire ?

– Regarde. »

Elle consigna le tout sous la forme d'une équation. *Rien = foyer. Donc, foyer = rien. Donc, le foyer n'existe pas.*

Où le cœur aime, là est le foyer, me dis-je alors en me ressaisissant chez Betty's Luncheonette. Je n'avais plus de cœur, il avait été brisé ; ou pas brisé, simplement, il n'était plus là. On me l'avait ôté proprement comme le jaune d'un œuf dur, en laissant tout le reste de ma personne exsangue, figé et vide.

Je n'ai plus de cœur, me dis-je. Donc, je n'ai plus de foyer.

Le message

Hier, j'étais trop fatiguée pour faire autre chose que de rester allongée sur le canapé. Comme c'est assurément un laisser-aller qui devient chronique chez moi, j'ai suivi un talk-show dans la journée, du genre où on lève les masques. C'est la mode aujourd'hui, lever les masques : les gens lèvent leurs propres masques, mais aussi ceux des autres, ils lèvent tous les masques qu'ils ont et même ceux qu'ils n'ont pas. Ils font ça à cause de leur culpabilité et de leur angoisse, et pour le plaisir qu'ils en retirent, mais surtout parce qu'ils ont envie de s'exposer et que d'autres ont envie de les regarder. Je ne m'exempte pas de ça : je me délecte de ces infâmes petits péchés, de ces sordides imbroglios familiaux, de ces traumatismes chéris. J'adore la sensation d'attente qui accompagne le moment où on arrache le couvercle de la boîte de vers comme si c'était un cadeau d'anniversaire exceptionnel, puis le sentiment de déception sur les visages du public : les larmes forcées, la maigre pitié jubilatoire, les applaudissements polis en réponse. *C'est tout ?* doivent-ils penser. *Est-ce qu'elle ne devrait pas être moins banale, plus sordide, plus épique, plus atroce réellement, votre blessure superficielle ? Dites-nous-en davantage ! S'il vous plaît, ne pourrait-on pas remettre un petit coup de souffrance ?*

Je me demande ce qui est préférable : évoluer, notre vie durant, dilatés par nos secrets au point d'exploser sous la pression à laquelle ils nous soumettent ou en être purgés, purgés de tout paragraphe, de toute phrase, de toute parole les renfermant, si bien qu'on finit par se retrouver vidé de tout ce qui autrefois nous était aussi précieux que des pièces d'or, aussi proche que notre peau – tout ce qui avait pour nous la plus grande importance, tout ce qui nous donnait envie de rentrer sous terre, tout ce qui nous appartenait en propre –, et contraint de passer le reste de notre vie à l'image d'un sac vide claquant dans le vent, un sac vide frappé d'une étiquette fluorescente de sorte que tout le monde puisse connaître les secrets que nous abritons ?

En bien ou en mal, je n'ai aucun parti pris.

Les murs ont des oreilles, proclamaient les affiches pendant la guerre. Naturellement, tous les murs ont des oreilles et on va tous dans le mur, tôt ou tard.

Après m'être fait plaisir de la sorte, je suis allée à la cuisine où j'ai grignoté la moitié d'une banane qui était en train de noircir et deux crackers. Je me suis demandé si quelque chose – un truc à manger – n'était pas tombé derrière la poubelle. Ça sentait la viande. Mais un bref examen ne m'a rien révélé. C'était peut-être mon odeur ? Je ne peux me défaire de l'idée que mon corps sent les boîtes pour chat, en dépit de tout le parfum tenace dont je me suis aspergée ce matin – c'était *Tosca* ou *Ma griffe* ou peut-être *Je reviens* ? Il me reste encore quelques bricoles de ce genre. Des trucs pour les sacs-poubelle verts, Myra, quand tu y viendras.

Richard avait coutume de m'offrir du parfum quand il avait l'impression que j'avais besoin d'être apaisée. Du parfum, des écharpes en soie, des petites broches en forme d'animaux domestiques, d'oiseaux en cage ou de poissons rouges. Les goûts de Winifred, pas pour elle mais pour moi.

Dans le train me ramenant de Port Ticonderoga, puis durant les semaines qui suivirent, je réfléchis au message de Laura, celui que, d'après Reenie, elle avait laissé à mon intention. Elle devait savoir à l'époque que ce qu'elle envisageait de raconter au médecin inconnu de l'hôpital aurait peut-être des répercussions. Elle devait savoir qu'il y avait un risque et elle avait donc pris ses précautions. D'une certaine façon, elle avait laissé quelque part un mot, un indice pour moi, comme un mouchoir ou une piste de cailloux blancs dans les bois.

Je l'imaginais en train d'écrire ce message, à la manière dont elle s'y prenait toujours pour écrire. Sans aucun doute, il serait écrit au crayon, un crayon au bout mordillé. Elle mordillait souvent ses crayons ; enfant, sa bouche sentait le cèdre et, si c'était un crayon de couleur, elle avait les lèvres bleues, vertes ou mauves. Elle écrivait lentement ; elle avait une écriture enfantine, avec des voyelles rondes, des *o* fermés et des *g* et des *y* aux longues queues tremblées. Les points sur les *i* et les *j* étaient tout ronds, placés loin sur la droite, comme si le point était un petit ballon noir attaché à sa tige par un fil invisible ; les barres des *t* ne coupaient les lettres qu'à moitié. Je m'assis mentalement à côté d'elle pour voir ce qu'elle allait faire ensuite.

Elle serait arrivée au bout de son message, puis l'aurait glissé dans une enveloppe qu'elle aurait cachetée, puis cachée comme elle cachait ses paquets de bricoles à Avalon. Mais où pouvait-elle avoir mis cette enveloppe ? Pas à Avalon : elle ne s'en était absolument pas approchée, pas juste avant d'être enfermée.

Non, ce devait être dans la maison de Toronto. Quelque part où personne d'autre n'aurait regardé – ni Richard ni Winifred ni aucun des Murgatroyd. Je fouillai divers endroits – le fond des tiroirs, des placards, les poches de mes manteaux d'hiver, ma collection de sacs à main et jusqu'à mes moufles d'hiver –, mais ne trouvai rien.

Puis je me rappelai être tombée sur elle, un jour, dans le bureau de grand-père, alors qu'elle avait dix ou onze ans. La Bible familiale était ouverte devant elle, une grande affaire toute simple en cuir, dont elle découpait des bouts avec les vieux ciseaux de couture de maman.

« Laura, qu'est-ce que tu fabriques ? m'étais-je écriée. C'est la Bible !

– J'enlève les passages que je n'aime pas. »

J'avais défroissé les pages qu'elle avait jetées à la corbeille : des bandes des Chroniques, des pages et des pages du Lévitique, le petit fragment de saint Matthieu où Jésus maudit le figuier stérile. Je me rappelai alors que Laura s'était indignée au sujet de ce figuier, lors de sa classe de catéchisme. Elle avait été furieuse que Jésus fasse montre d'autant de méchanceté envers un arbre. On a tous nos mauvais jours, avait commenté Reenie, en fouettant hardiment des blancs d'œufs dans une coupe jaune.

« Tu ne devrais pas faire ça, avais-je dit.

– Ce n'est que du papier, avait rétorqué Laura en continuant ses découpages. Le papier, c'est pas important. Ce sont les mots dessus qui comptent.

– Tu vas avoir de gros ennuis.

– Non. Personne ne l'ouvre jamais. Ils regardent juste le début pour les naissances, les mariages et les morts. »

Elle avait raison en plus. Personne ne remarqua jamais rien.

C'est ce souvenir qui me poussa à sortir l'album de photos de mon mariage. Ce carnet présentait sûrement peu d'intérêt pour Winifred de même que nous n'avions jamais surpris Richard en train de le feuilleter tendrement. Laura devait le savoir, elle devait savoir qu'elle ne risquait rien. Mais qu'est-ce qui devait me conduire à le consulter moi-même un jour ? Elle devait y avoir réfléchi.

Si j'avais cherché à la retrouver, c'est ce que j'aurais fait. Elle devait le savoir. Il y avait beaucoup de photos d'elle dedans, collées par des coins noirs sur les pages marron ; des photos d'elle habillée en demoiselle d'honneur, la mine renfrognée, les yeux rivés sur ses pieds.

Je dénichai le message, bien qu'il ne fût pas formulé en mots. Avec son matériel de colorisation, les petits tubes de peinture chapardés dans le bureau du journal d'Elwood Murray à l'époque de Port Ticonderoga, Laura avait exploité mon mariage à fond. Elle les avait sans doute gardés de côté tout ce temps. Pour quelqu'un qui affichait un tel mépris du monde matériel, elle n'était vraiment pas portée sur les nettoyages par le vide.

Elle n'avait modifié que deux des photographies. La première était une photo de groupe. Sur celle-ci, les demoiselles et les garçons d'honneur disparaissaient sous une épaisse couche d'indigo – ils avaient été totalement éliminés de la photo. Ne restaient que moi, Richard, Laura et Winifred, dame d'honneur. Winifred avait été coloriée en vert criard, tout comme Richard. Moi, j'avais été débarbouillée au bleu-vert pâle. Laura, quant à elle, était d'un jaune brillant, non seulement sa robe, mais son visage et ses mains également. Que signifiait ce rayonnement ? Car il s'agissait bien d'un rayonnement, comme si Laura brillait de l'intérieur, comme une lampe en verre ou une jeune fille faite de phosphore. Elle ne regardait pas droit devant elle, mais de côté, comme si l'objet de son attention ne se trouvait pas du tout sur le tableau.

La seconde était le cliché officiel des mariés pris à la sortie de l'église. Le visage de Richard avait été peint en gris, un gris tellement sombre que ses traits en étaient complètement oblitérés. Ses mains étaient rouges, de même que les flammes qui surgissaient autour et d'une certaine façon de l'intérieur de sa tête, comme si le crâne lui-même eût été en train de se consumer. Ma robe de mariée, les gants, le voile, les fleurs – ces attributs, Laura ne s'en était pas souciée. Cependant, elle s'était occupée de mon visage – elle l'avait décoloré de telle sorte que les yeux, le nez et la bouche paraissaient recouverts de brouillard, telle une fenêtre par une journée froide et humide. Le fond et même les marches de l'église en dessous de nos pieds avaient été entièrement noircis, laissant nos deux silhouettes flottant comme en l'air, dans la plus profonde et la plus sombre des nuits.

XII

Le *Globe and Mail*, 7 octobre 1938

GRIFFEN SALUE L'ACCORD DE MUNICH

Exclusivité du *Globe and Mail*

Dans un discours vigoureux et sans concession intitulé « À chacun ses affaires » et prononcé mercredi lors de la réunion de l'Empire Club de Toronto, M. Richard E. Griffen, président-directeur général de Griffen-Chase Royal Consolidated Industries Ltd., a fait l'éloge des efforts remarquables du Premier ministre britannique, M. Neville Chamberlain, lesquels se sont soldés par l'accord de Munich, la semaine dernière. Il est significatif, a déclaré M. Griffen, que tous les partis représentés à la Chambre des communes de Grande-Bretagne aient accueilli la nouvelle avec enthousiasme, et il a exprimé l'espoir que tous les partis du Canada l'accueilleraient de même, car cet accord mettrait un terme à la Dépression et ouvrirait la voie à une nouvelle « époque bénie » de paix et de prospérité. Cet accord démontrait par ailleurs la valeur de l'habileté politique alliée à la diplomatie de même qu'une façon de penser positive et un sens des affaires placé sous le signe du réalisme pur et simple. « Si tout le monde donne un peu, a-t-il affirmé, alors tout le monde a des chances de gagner beaucoup. »

En réponse à des questions sur le statut de la Tchécoslovaquie dans le cadre de l'accord, il a affirmé que les citoyens de ce pays bénéficiaient, à son avis, de garanties suffisantes. Il a décrété qu'il était de l'intérêt de l'Occident, et des affaires en particulier, d'avoir une Allemagne puissante et financièrement saine, que cela servirait à « tenir le bolchevisme en respect, à bonne distance de Bay Street ». Ce qu'il fallait souhaiter ensuite, c'était un traité commercial bilatéral, lequel, il en avait la conviction, était en cours d'élaboration. Il serait alors possible d'oublier les rodomontades pour se consacrer à la fourniture de biens de consommation et créer ainsi emplois et prospérité là où l'on en avait le plus besoin – « c'est-à-dire chez nous ». Les sept années de vaches maigres qui venaient de s'écouler, a-t-il déclaré, seraient maintenant suivies de sept années de vaches grasses et on pouvait entrevoir de fort belles perspectives jusque dans les années 1940.

Si l'on en croit les rumeurs, M. Griffen serait actuellement en négociation avec les instances dirigeantes du parti conservateur car il aurait l'ambition de jouer un rôle sur la destinée du mouvement. Son discours a été vivement applaudi.

Mayfair, juin 1939

Style royal pour une garden-party royale

Par Cynthia Pervis

À l'occasion de l'anniversaire de Sa Majesté célébré à la résidence de son excellence Lord Tweedsmuir, gouverneur général d'Ottawa, les cinq mille invités d'honneur ont été littéralement sous le charme de Leurs Majestés qui ont aimablement circulé au gré des allées des jardins.

À seize heures trente, le roi et la reine ont émergé de la résidence par la galerie chinoise. Le roi était en habit; la reine, qui avait choisi du beige accompagné de douces fourrures, de perles et d'un large chapeau au bord légèrement relevé, montrait un visage délicatement rosi tandis qu'un sourire éclairait ses chaleureux yeux bleus. Son comportement délicieux a séduit tout le monde.

Derrière Leurs Majestés venaient le gouverneur général et Lady Tweedsmuir, Son Excellence, hôte affable et cordial, Lady Tweedsmuir pleine d'assurance et très en beauté. Tout de blanc vêtue dans un ensemble rehaussé de renards de l'Arctique canadien, elle affichait une touche de turquoise sur son chapeau. Le colonel et Mme F. Phelan, de Montréal, ont été présentés à Leurs Majestés; Mme Phelan portait une soie imprimée sur laquelle s'épanouissaient de petites fleurs aux couleurs éclatantes et son élégant chapeau s'enorgueillissait d'un large bord transparent en Cellophane. Le général de brigade et Mme W. H. L. Elkins et Mlle Joan Elkins ainsi que M. et Mme Gladstone Murray ont fait l'objet d'un honneur analogue.

M. et Mme Richard Griffen se distinguaient tout particulièrement; Mme Griffen arborait une cape en renard argenté, fourrure qui retombait à la manière de rayons sur une mousseline noire, le tout sur un tailleur mauve pâle. Mme Douglas Watts était en mousseline chartreuse et veste de velours marron tandis que Mme F. Reid évoluait, très soignée et ravissante, en organdi et dentelle de Valenciennes.

Du thé, il ne fut absolument pas question avant que le roi et la reine n'aient officiellement pris congé, que les éclairs des appareils photographiques n'aient brillé et que toutes les voix des gens présents n'eussent entonné le *God Save the King*. À la suite de quoi, les gâteaux d'anniversaire ont constitué le point de mire de tous... d'énormes gâteaux blancs recouverts d'un glaçage blanc comme neige. La pâtisserie servie au roi à l'intérieur de la résidence s'ornait non seulement de roses, de trèfles et de chardons, mais aussi de volées de colombes miniatures en sucre, le bec serré sur une plume blanche, symbole bien choisi de la paix et de l'espoir.

Le Tueur aveugle : Sal e T é

C'est le milieu de l'après-midi, le temps est couvert et humide, tout poisse : pour s'être simplement posés sur la balustrade, ses gants de coton blanc sont déjà tachés. Monde pesant, poids massif ; son cœur se presse contre, comme s'il poussait contre une pierre. L'air étouffant lui résiste. Rien ne bouge.

Là-dessus, le train entre en gare et elle attend au portillon comme il le lui a demandé et, telle une promesse remplie, il le franchit. Il la voit, se dirige vers elle, ils se touchent rapidement, puis échangent une poignée de main comme des parents éloignés. Elle l'embrasse brièvement sur la joue, parce que c'est un lieu public et qu'on ne sait jamais et ils remontent la rampe en pente vers le hall tout en marbre. Elle a l'impression d'avoir une âme neuve avec lui, se sent nerveuse ; à peine si elle a eu l'occasion de le regarder. Il a minci, c'est certain. Quoi d'autre ?

J'ai eu un mal de chien à rentrer. Je n'avais pas beaucoup d'argent. J'ai pris des tramps tout du long.

Je t'aurais envoyé de l'argent, dit-elle.

Je sais. Mais je n'avais pas d'adresse.

Il laisse son sac marin à la consigne, ne prend que la petite valise. Il récupérera le sac plus tard, déclare-t-il, pour le moment il n'a pas envie d'être embarrassé. Des gens vont et viennent autour d'eux, bruits de pas et voix ; ils sont indécis ; ils ne savent pas où aller. Elle aurait dû y réfléchir, elle aurait dû organiser quelque chose, parce qu'il n'a pas de chambre bien sûr, pas encore. Au moins, elle a une petite bouteille de scotch, glissée dans son sac à main. Ça, elle y a pensé.

Il faut qu'ils aillent quelque part, donc, ils vont à l'hôtel, un établissement bon marché dont il se souvient. C'est la première fois qu'ils font cela et c'est un risque, mais dès qu'elle aperçoit l'hôtel en question elle comprend que personne, dans ce lieu, ne s'attendrait à ce qu'ils soient autre chose que pas mariés ; ou sinon, pas ensemble. Elle a mis son imperméable d'été d'il y a deux saisons, noué un foulard autour de sa tête. Le foulard est en soie, mais c'était ce qu'elle pouvait faire de pire. Peut-être qu'on va croire qu'il la paie. Elle l'espère. Comme ça, personne ne la remarquera.

Sur le bout de trottoir dehors, il y a du verre brisé, du vomi, quelque chose qui ressemble à du sang séché. Ne marche pas dedans, lui lance-t-il.

Il y a un bar au rez-de-chaussée, bien qu'il s'appelle Salon de Thé. Pour hommes seulement, femmes accompagnées. Dehors, il y a une enseigne rouge au néon, lettres verticales et flèche rouge pointée sur la porte d'entrée. Quatre des lettres sont grillées, de sorte qu'on lit Sal e T é. De petites ampoules de Noël clignotent le long de l'enseigne comme des fourmis descendant une gouttière.

Malgré l'heure, des hommes traînent à l'entrée en attendant l'ouverture. Il la prend par le coude comme ils passent devant, l'oblige un peu à se dépêcher. Derrière eux, un des hommes fait un bruit de chat qui miaule.

Pour pénétrer dans la section hôtel, il y a une porte séparée. Le carrelage en mosaïque noir et blanc de l'entrée entoure ce qui autrefois était peut-être un lion rouge, mais il est rongé comme par des mites mangeuses de pierre, de sorte qu'il rappelle davantage un polype mutilé. Par terre, le lino ocre jaune n'a pas été briqué depuis un moment ; de grosses taches de crasse s'épanouissent dessus telles des fleurs pressées, grises.

Il signe le registre, paie ; pendant ce temps, elle reste plantée là, en espérant donner l'impression de s'ennuyer, garde un visage figé, les yeux au-dessus du réceptionniste morose à fixer l'horloge quelconque, sûre d'elle-même, sans aucune prétention de grâce, pareille une horloge de gare : pratique. Voici l'heure, affirme-t-elle, une tranche seulement, il n'y en a pas d'autre.

Il a la clé à présent. Deuxième étage. Il y a un petit cercueil en guise d'ascenseur, mais l'idée lui est insupportable, elle sait déjà ce que ça va sentir, les chaussettes sales et les dents cariées, et elle ne supporte pas de se retrouver là-dedans, en face de lui, si proche et au milieu de cette odeur. Ils montent par l'escalier. Un tapis, autrefois bleu foncé et rouge. Un chemin semé de fleurs, désormais usées jusqu'aux racines.

Je suis désolé, dit-il. Ce pourrait être mieux.

Tu en as pour ton argent, réplique-t-elle pour faire de l'esprit; ce n'est pas la chose à dire, il risque de penser qu'elle insiste sur son dénuement. Pourtant, c'est un bon camouflage, ajoute-t-elle pour essayer de se reprendre. Il ne répond pas. Elle parle trop, elle s'entend et ce qu'elle raconte n'est pas du tout captivant. Est-elle différente de ce dont il se souvient, a-t-elle beaucoup changé?

Dans le couloir, il y a du papier peint, il n'a plus la moindre couleur. Les portes en bois sombre sont creusées, trouées, balafrées. Il trouve le numéro, la clé tourne. Une vieille clé à longue tige, comme pour un coffre-fort d'antan. La chambre est pire que tous les meublés dans lesquels ils sont allés jusqu'à présent : ceux-là donnaient au moins une impression superficielle de propreté. Un lit double recouvert d'un jeté de lit glissant, imitation de satin matelassé, rose jaunâtre, couleur de plante de pied. Un fauteuil, avec un siège rembourré troué qui semble rempli de poussière. Un cendrier en verre fumé ébréché. Fumée de cigarette, bière renversée et, en arrière-fond, une odeur plus dérangeante, on dirait des sous-vêtements pas lavés depuis longtemps. Il y a une imposte au-dessus de la porte, dont le verre bombé est peint en blanc.

Elle retire ses gants, les laisse tomber sur le siège avec son manteau et son foulard et sort la petite bouteille de son sac à main. Pas de verre en vue, ils vont devoir boire au goulot.

Est-ce que la fenêtre ouvre? demande-t-elle. Un peu d'air frais nous ferait du bien.

Il y va, soulève le châssis. Une brise épaisse s'engouffre à l'intérieur. Dehors, un tramway passe en grinçant. Il se tourne, toujours à la fenêtre, et se penche en arrière, les mains derrière lui, accrochées au rebord. À contre-jour, elle ne distingue que sa silhouette. Il pourrait être n'importe qui.

Eh bien, dit-il. Nous y revoilà. Il semble exténué. Elle se fait la réflexion qu'il veut peut-être seulement dormir dans cette chambre.

Elle s'approche de lui, glisse les bras autour de sa taille. J'ai trouvé l'histoire, lui confie-t-elle.

Quelle histoire?

Les hommes-lézards de Xénor. Je l'ai cherchée partout, tu m'aurais vue fouiller les kiosques, on a dû me prendre pour une cinglée. J'ai cherché tant que j'ai pu.

Oh, ça, s'exclame-t-il. Tu as lu ce tas de foutaises? J'avais oublié.

Elle ne montrera pas sa consternation. Elle ne montrera pas trop son désir. Elle ne dira pas que c'était un indice qui témoignait de son existence; une preuve, quand bien même absurde.

Bien sûr que je l'ai lu. Je n'ai pas cessé d'attendre l'épisode suivant.

Jamais écrit, déclare-t-il. Trop occupé à me faire tirer dessus, des deux côtés. Nous, on était pris en sandwich. Je fuyais les gentils. Quelle pagaille.

Avec du retard, il referme les bras autour d'elle. Il sent le lait malté. Il pose sa tête sur son épaule, le papier émeri de sa joue contre son cou. Elle le protège, pour l'instant du moins.

Bon sang, j'ai besoin d'un verre, dit-il.

Ne t'endors pas, s'écrie-t-elle. Ne t'endors pas tout de suite. Viens au lit.

Il dort trois heures durant. Le soleil tourne, le jour baisse. Elle sait qu'il faudrait qu'elle s'en aille, mais elle n'en supporte pas l'idée, pas plus que de le réveiller. Quel prétexte va-t-elle avancer en rentrant ? Elle invente une vieille dame qui dégringole un escalier, une vieille dame qui a besoin de secours ; elle invente un taxi, un détour par l'hôpital. Comment aurait-elle pu la laisser se débrouiller toute seule, la malheureuse ? Allongée sur le trottoir, sans personne au monde. Elle dira qu'elle aurait dû appeler, qu'elle le sait, mais qu'il n'y avait pas de téléphone à proximité, que la vieille dame souffrait terriblement. Elle s'arme de courage pour affronter le sermon qu'elle va subir, sur la nécessité de s'occuper de ses affaires ; le hochement de tête, car que peut-on faire d'elle ? Quand va-t-elle apprendre à ne pas se mêler des histoires des uns et des autres ?

Au rez-de-chaussée, l'horloge égrène bruyamment les minutes. Il y a des voix dans le couloir, le bruit des vibrations rapides, pressées, des chaussures. Ce sont des allées et venues incessantes. Elle est allongée à côté de lui, réveillée, et l'écoute dormir en se demandant où il est parti. Et aussi ce qu'elle devrait lui dire – si elle doit vraiment lui raconter tout ce qui s'est passé. S'il lui demande de s'en aller avec lui, alors, il faudra qu'elle le lui dise. Sinon peut-être qu'il vaut mieux ne pas. Ou pas encore.

Quand il se réveille, il réclame un autre verre, et une cigarette.

J'imagine qu'on ne devrait pas faire ça, remarque-t-elle. Fumer au lit. On va prendre feu. On va griller.

Il ne dit rien.

Comment c'était ? demande-t-elle. J'ai lu les journaux, mais ce n'est pas pareil.

Non, répond-il. Pas du tout.

J'étais tellement inquiète à l'idée que tu puisses te faire tuer.

J'ai failli, avoue-t-il. Le drôle, c'est que c'était l'enfer, mais que je m'y suis habitué et maintenant je n'arrive pas à me faire à tout ça. Tu as pris un peu de poids.

Oh, je suis trop grosse ?

Non. C'est joli. Il y a de quoi se tenir.

Il fait complètement nuit maintenant. De dessous la fenêtre, à l'endroit où le salon de thé se vide dans la rue, montent des bribes de chansons fausses, des cris, des rires ; puis des bruits de verre qui se casse. Quelqu'un a brisé une bouteille. Une femme hurle.

Une fête.

Qu'est-ce qu'ils fêtent ?

La guerre.

Mais il n'y a pas de guerre. Tout est fini.

Ils fêtent la prochaine, dit-il. Elle se prépare. Tout le monde nie ça, là-haut, au royaume du père Noël, mais au niveau du plancher des vaches on la sent arriver. Avec l'Espagne canardée un maximum en guise de répétition générale, les affaires sérieuses ne vont pas tarder à démarrer. C'est comme s'il y avait de l'orage dans l'air et tout le monde est excité. C'est pour ça qu'ils cassent toutes ces bouteilles. Ils veulent prendre une longueur d'avance.

Oh, sûrement pas, s'écrie-t-elle. Ce n'est pas possible qu'il y en ait une autre. Ils ont conclu des pactes et tout.

La paix pour notre époque, déclare-t-il d'un ton dédaigneux. Foutues conneries. Ce qu'ils espèrent, c'est que Staline et Adolf vont se mettre en pièces et les débarrasser des Juifs en prime pendant qu'ils resteront assis sur leur derrière à faire du pognon.

Tu es toujours aussi cynique.

Tu es toujours aussi naïve.

Pas tout à fait, rétorque-t-elle. Ne nous disputons pas. Ce n'est pas nous qui allons régler ça. Cela lui ressemble davantage, ça ressemble davantage à la façon dont il se comportait et, du coup, elle se sent un peu mieux.

Non, dit-il. Tu as raison. Ce n'est pas nous qui allons régler ça. Nous, on n'est pas des grands manitous.

Mais tu t'en iras de toute façon, insiste-t-elle. Si ça recommence. Grand manitou ou pas.

Il la regarde. Qu'est-ce que je peux faire d'autre ?

Il ne comprend pas pourquoi elle fond en larmes. Elle essaie de se ressaisir. Je regrette que tu ne sois pas blessé, dit-elle. Comme ça, tu aurais été obligé de rester ici.

Et ça te ferait vraiment du bien, tu parles ! s'écrie-t-il. Approche.

513

Quand elle s'en va, c'est à peine si elle y voit clair. Elle marche seule un moment, pour se calmer, mais il fait noir et il y a trop d'hommes sur le trottoir, elle prend donc un taxi. Assise sur la banquette arrière, elle se remet du rouge à lèvres, se repoudre le visage. Quand ils s'arrêtent, elle farfouille dans son sac, paie le taxi, monte les marches de pierre, franchit le seuil voûté et referme la lourde porte en chêne. Dans sa tête, elle répète : *Désolée d'être en retard, mais tu ne croiras pas ce qu'il m'est arrivé. Je viens de vivre une sacrée petite aventure.*

Le Tueur aveugle : Rideaux jaunes

Comment la guerre nous a-t-elle pris au dépourvu ? Comment a-t-elle rassemblé ses forces ? De quoi était-elle faite ? De quels secrets, de quels mensonges, de quelles trahisons ? De quelles amours, de quelles haines ? De quelles sommes d'argent, de quels métaux ?

L'espoir met en place un écran de fumée. La fumée vous aveugle si bien que personne n'est préparé à ça, mais, soudain, elle est là, comme un incontrôlable feu de joie – comme un meurtre, juste multiplié. C'est parti.

La guerre se déroule en noir et blanc. Enfin, pour ceux qui sont sur les lignes de touche. Pour ceux qui sont vraiment dedans, il y a des tas de couleurs, des couleurs outrées, trop vives, trop rouges, trop orange, trop liquides et incandescentes, pour les autres, la guerre est comme un film d'actualité – avec beaucoup de grain, des traînées, un tonnerre de bruits staccato et un grand nombre de gens à la peau grise qui courent, qui marchent lourdement, qui tombent, le tout ailleurs.

Elle suit les actualités dans les cinémas. Elle lit les journaux. Elle se sait à la merci des événements et elle sait désormais que les événements sont sans merci.

Elle a pris sa décision. Elle est résolue à présent, elle sacrifiera tout et tous. Rien ni personne ne se mettra en travers de sa route.

Voici ce qu'elle fera. Elle a tout planifié. Elle quittera la maison un jour comme tous les autres jours. Elle aura de l'argent, des choses qui lui serviront de monnaie d'échange. C'est là le truc pas clair, mais il y aura sûrement une possibilité. Que font les autres gens ? Ils vont au mont-de-piété, et c'est ce qu'elle fera aussi. Elle se procurera de l'argent en mettant des objets au mont-de-piété : une montre en or,

515

une cuillère en argent, un manteau de fourrure. Des bricoles. Elle les gagera petit à petit et personne ne s'apercevra de rien.

Cela ne sera pas suffisant, pourtant il faudra que ça suffise. Elle louera une chambre, une chambre pas chère et pas trop minable – rien qu'une couche de peinture ne puisse égayer. Elle écrira une lettre pour dire qu'elle ne reviendra pas. Ils lui enverront des émissaires, des ambassadeurs, puis des avocats, ils la menaceront, ils la pénaliseront, elle aura peur tout du long, mais elle tiendra bon. Elle coupera tous les ponts, sauf le pont qui mène à lui, même si ce pont-là s'avère extrêmement ténu. *Je reviendrai*, a-t-il dit. Comment pouvait-il en être sûr ? On ne peut pas garantir une chose pareille.

Elle vivra de pommes et de crackers, de tasses de thé et de verres de lait. De conserves de haricots blancs à la sauce tomate et de corned-beef.

Et aussi d'œufs frits quand il y en aura, et de toasts qu'elle mangera au café du coin où mangent également les vendeurs de journaux et les ivrognes matinaux. Il y aura aussi des anciens combattants, de plus en plus nombreux à mesure que les mois passeront : des hommes sans mains, sans bras, sans jambes, sans oreilles, sans yeux. Elle aura envie de leur parler, mais s'en gardera parce que toute manifestation d'intérêt de sa part serait à coup sûr mal interprétée. Comme d'habitude, son corps constituera une entrave à la liberté de parole. Elle se contentera donc d'écouter mine de rien.

Dans le café, les discussions porteront sur la fin de la guerre, dont tout le monde affirme qu'elle est proche. Ce ne sera qu'une affaire de temps, affirmeront-ils, avant que tout soit liquidé et que les gars reviennent. Les hommes qui diront ça ne se connaîtront pas, malgré tout ils échangeront quand même ce genre de commentaires, parce que la perspective de la victoire leur déliera la langue. Il y aura dans l'air un sentiment différent, mélange d'optimisme et de peur. À tout moment désormais, le bateau arrivera, mais qui pourra dire ce qu'il y aura dessus ?

Sa chambre sera située au-dessus d'une épicerie, avec une kitchenette et une petite salle de bains. Elle achètera une plante d'intérieur – un bégonia, ou sinon une fougère. Elle n'oubliera pas d'arroser cette plante et elle ne mourra pas. L'épicière aura des cheveux bruns et sera un peu boulotte et maternelle et elle parlera de sa minceur et du fait qu'elle devrait manger davantage et de la manière de guérir un rhume. Peut-être qu'elle sera grecque ; grecque, ou quelque chose de cet ordre, avec de gros bras, des cheveux partagés au milieu et un chignon sur la nuque. Son mari et son fils seront à l'étranger ; elle aura des photos d'eux, encadrées dans du bois peint, colorisées à la main, à côté de la caisse enregistreuse.

Toutes deux – cette femme et elle – passeront beaucoup de temps à écouter : des bruits de pas, un appel téléphonique, un coup frappé à la porte. On a du mal à dormir en pareilles circonstances : elles discuteront de remèdes contre l'insomnie. À l'occasion, la femme lui glissera une pomme dans la main ou un bonbon vert acide qu'elle prendra dans le bocal en verre sur le comptoir. Ces cadeaux la réconforteront davantage que leur prix modeste ne pourrait le faire penser.

Comment saura-t-il où la retrouver, dès lors qu'elle aura coupé les ponts ? N'empêche, il saura. Il le découvrira d'une manière ou d'une autre, parce que les voyages se terminent sur les retrouvailles des amants. Il le faut. Ils le doivent.

Elle coudra des rideaux pour les fenêtres, des rideaux jaunes, couleur canari ou jaune d'œuf. Des rideaux gais, comme le soleil. Peu importe qu'elle ne sache pas coudre, la femme du rez-de-chaussée lui prêtera main-forte. Elle amidonnera les rideaux et les accrochera. Elle se mettra à genoux et, armée d'une balayette, nettoiera les crottes de souris et les mouches mortes sous l'évier de la cuisine. Elle repeindra une collection de boîtes métalliques qu'elle aura dénichées dans un bric-à-brac et écrira dessus au pochoir : Thé, Café, Sucre, Farine. Elle fredonnera tout en le faisant. Elle achètera une serviette neuve, toute une série de serviettes neuves. Et des draps aussi, c'est important, ça, et des taies d'oreiller. Elle se brossera beaucoup les cheveux.

Voilà les choses joyeuses qu'elle fera en l'attendant.

Elle achètera une radio, une camelote d'occasion, au mont-de-piété ; elle écoutera les nouvelles pour se tenir au courant des événements. Et elle aura un téléphone : un téléphone sera nécessaire sur le long terme, et pourtant personne ne l'appellera, pas au début. Parfois, elle décrochera, juste pour entendre son ronron. Sinon, il y aura des voix dessus, en train de discuter sur la ligne du parti. En général, ce seront des femmes, échangeant des détails sur des repas, le temps, les bonnes affaires, les enfants et les hommes qui sont ailleurs.

Rien de tout cela ne se produit, bien entendu. Ou ça se produit, mais pas de manière notable. Ça se produit dans une autre dimension de l'espace.

Le Tueur aveugle : Le télégramme

Le télégramme est remis à la façon habituelle par un homme en uniforme sombre dont le visage n'apporte aucune bonne nouvelle. Quand on les engage pour ce boulot, on leur apprend cette expression, distante, mais affligée, à l'image d'une cloche sombre sans battant. La mine du cercueil fermé.

Le télégramme est glissé dans une enveloppe jaune avec une fenêtre en papier cristal et annonce les choses qu'annoncent toujours les télégrammes – mots distants, pareils aux mots d'un inconnu, d'un intrus, planté à l'autre bout d'une longue pièce vide. Il n'y a pas beaucoup de mots, mais chacun d'eux est distinct : *informons*, *perte*, *regret*. Mots prudents, neutres avec, derrière, une question cachée : *Qu'est-ce que tu croyais ?*

Qu'est-ce que c'est que ça ? Qui c'est ? s'écrie-t-elle. Oh. Je me souviens. C'est lui. Ce type. Mais pourquoi est-ce qu'on m'a envoyé ça à moi ? On ne peut pas dire que je sois un parent proche !

Parent ? fait l'un d'entre eux. Il en avait. C'est sûrement une blague.

Elle éclate de rire. Ça ne me concerne absolument pas. Elle froisse le télégramme, assume qu'ils l'ont lu en douce avant de le lui remettre. Ils lisent tout le courrier ; cela va sans dire. Elle s'assied, un peu trop brusquement. Je suis désolée, dit-elle. Je me sens très bizarre tout à coup.

Tiens. Ça va te requinquer. Bois ça, voilà ce qu'il te faut.

Merci. Je ne suis absolument pas concernée, mais c'est quand même un choc. Quelle angoisse. Elle frissonne.

Doucement. Tu es un peu verte. Ne te sens pas visée.

C'était peut-être une erreur. Peut-être qu'on a mélangé les adresses.

Ça se peut. Ou peut-être est-ce lui qui a voulu ça. C'était peut-être sa conception d'une bonne blague. C'était un drôle de loustic, si je me souviens bien.

Plus drôle que nous ne pensions. Quel sale coup ! S'il était vivant, tu pourrais lui intenter un procès pour malveillance.

Peut-être qu'il a fait ça pour que tu te sentes coupable. C'est ce qu'ils font, les types comme lui. Tous des envieux. Des empêcheurs de tourner en rond. Ne te laisse pas tracasser par ça.

Eh bien, ce n'est pas très gentil comme truc, quelle que soit la façon dont tu considères ça.

Gentil ? Pourquoi ce serait gentil ? Il n'a jamais été du genre *gentil*.

J'imagine que je pourrais écrire à l'officier supérieur. Exiger une explication.

Pourquoi serait-il au courant de quoi que ce soit ? Ce ne peut pas avoir été lui, mais un fonctionnaire à l'autre bout. Ils se servent juste de ce qui est écrit dans les dossiers. Il te dira que c'était un micmac, et ce ne sera pas la première fois, d'après ce que je me suis laissé dire.

De toute façon, inutile d'en faire une salade. Cela ne servirait qu'à attirer l'attention et tu pourras t'escrimer tant que tu voudras tu ne sauras jamais pourquoi il a agi comme ça.

Non, autant essayer de tirer un pet d'un âne mort. Les yeux brillants, ils l'observent, attentifs. Que craignent-ils ? Que craignent-ils qu'elle fasse ?

J'aimerais que vous n'utilisiez pas ce mot, dit-elle d'un ton nerveux.

Quel mot ? Oh. Elle veut dire *mort*. Il faut appeler un chat un chat. Idiot de ne pas. Maintenant, ne sois pas...

Je n'aime pas les chats. Les chats noirs, ça traîne dans les cimetières.

Ne sois pas morbide.

Donne-lui un mouchoir. Ce n'est pas le moment de la tarabuster. Il faudrait qu'elle monte à l'étage, qu'elle se repose un peu. Après, elle se portera comme un charme.

Ne laisse pas cette histoire te tracasser.

Ne prends pas ça à cœur.

Oublie ça.

Le Tueur aveugle : La destruction de Sakiel-Norn

Dans la nuit, elle se réveille en sursaut, le cœur battant. Elle se glisse hors de son lit, se dirige sans bruit vers la fenêtre, relève un peu plus le châssis et se penche à l'extérieur. La lune est là, presque pleine, veinée de fines vieilles balafres et, plus bas, la douce lueur orangée que les lampadaires projettent sur le ciel. En dessous, il y a le trottoir nappé d'ombres et en partie masqué par le marronnier du jardin dont les branches se déploient comme un filet épais et dur et dont les fleurs blanches comme des papillons de nuit luisent faiblement.

Un homme est là, qui relève la tête. Elle distingue ses sourcils noirs, le creux de ses orbites, son sourire, balafre blanche sur l'ovale de son visage. Sur le V en dessous de sa gorge, il y a une tache claire : une chemise. Il lève la main, fait un geste : il veut qu'elle vienne le retrouver – qu'elle sorte par la fenêtre, qu'elle descende par l'arbre. Elle a peur pourtant. Elle a peur de tomber.

À présent, il est sur le rebord de la fenêtre dehors, à présent, il est dans la chambre. Les fleurs du marronnier s'embrasent : dans la lueur blanche qu'elles projettent, elle distingue son visage, sa peau grise, en demi-teinte ; en deux dimensions, comme une photographie, mais maculée. Il flotte une odeur de bacon qui brûle. Il ne la regarde pas, pas directement ; c'est comme si elle était son ombre à elle et que ce fût celle-ci qu'il regardait. Qu'il regardât l'endroit où seraient ses yeux si son ombre pouvait voir.

Elle meurt d'envie de le toucher, mais hésite : si elle devait le prendre dans ses bras, il deviendrait sûrement flou, puis se dissoudrait en lambeaux de tissu, en fumée, en molécules, en atomes. Ses mains le traverseraient complètement.

J'avais dit que je reviendrais.

Que t'est-il arrivé ? Qu'est-ce qui ne va pas ?
Tu n'es pas au courant ?

Puis ils sont dehors, sur le toit, semble-t-il, à contempler la cité en
contrebas, mais ce n'est pas une cité qu'elle ait jamais vue. On dirait
qu'une énorme bombe est tombée dessus, elle est en flammes, tout
brûle en même temps – les maisons, les rues, les palais, les fontaines
et les temples – tout explose, pétarade comme un feu d'artifice. On
n'entend pas de bruit. La cité se consume en silence, comme sur une
photo – blanc, jaune, rouge et orange. Pas de cris. Personne dessus ;
les gens sont sûrement déjà morts. À côté d'elle, il chancelle dans la
lumière vacillante.

Il n'en restera rien, dit-il. Un tas de pierres, quelques mots anciens.
C'est fini maintenant, éliminé. Personne ne se souviendra.

Mais c'était tellement beau ! s'exclame-t-elle. À présent elle a
l'impression que c'était un endroit qu'elle connaissait ; elle le connaît
très bien, le connaît comme le dos de sa main. Dans le ciel, trois
lunes se sont levées. Zycron, se dit-elle. Planète bien-aimée, domaine
de mon cœur. Là où, il y a longtemps, autrefois, j'ai été heureuse.
Tout est fini maintenant, tout est détruit. Elle ne supporte pas de
regarder les flammes.

Beau pour certains, déclare-t-il. C'est toujours le problème.

Qu'est-ce qui s'est passé ? Qui a fait ça ?

La vieille dame.

Quoi ?

L'histoire, cette vieille dame exaltée et menteuse [1].

Il a un éclat d'étain. Ses yeux sont des fentes verticales. Il ne cor-
respond pas au souvenir qu'elle a de lui. Le feu a anéanti tout ce qui
faisait de lui un être singulier. Ce n'est pas grave, affirme-t-il. On va
tout reconstruire. Chaque fois, c'est pareil.

Elle a peur de lui à présent. Tu as tellement changé, avoue-t-elle.

La situation était critique. Il fallait combattre le feu par le feu.

Tu as gagné pourtant. Je savais que tu allais gagner !

Personne n'a gagné.

A-t-elle commis une erreur ? Elle a entendu parler de la victoire,
c'est sûr. Il y a eu un défilé, dit-elle. Je l'ai entendu dire. Il y a eu une
fanfare.

Regarde-moi, demande-t-il.

---

1. En français dans le texte.

Elle n'y parvient pas. Elle n'arrive pas à le fixer, il ne reste pas en place. Il est indéterminé, il vacille comme la flamme d'une bougie, mais sans lumière. Elle n'arrive pas à voir ses yeux.

Il est mort, bien sûr. Bien sûr qu'il est mort, n'a-t-elle pas reçu le télégramme? Mais ce n'est qu'une invention, tout ça. Ce n'est qu'une autre dimension de l'espace. Pourquoi alors pareille désolation?

Il s'éloigne désormais et elle ne parvient pas à l'appeler, sa gorge ne produit pas un seul son. À présent, il est parti.

Elle sent une pression étouffante autour du cœur. Non, non, non, non, répète une voix dans sa tête. Des larmes roulent sur son visage.

C'est là qu'elle se réveille pour de bon.

XIII

Gants

Aujourd'hui, il pleut, une petite pluie fine de début avril. Déjà, les scilles bleues commencent à fleurir, les jonquilles pointent la tête, les myosotis qui s'ensemencent d'eux-mêmes apparaissent, prêts à monopoliser la lumière. La voici, cette nouvelle année de bousculade végétale. On dirait qu'elles ne s'en lassent jamais : les plantes n'ont pas de mémoire, c'est pour ça. Elles ne savent pas combien de fois elles ont déjà vécu tout ce chambardement.

Je dois admettre que c'est une surprise d'être encore là, en train de bavarder avec toi. Je préfère voir cela comme un bavardage, bien que ce n'en soit pas un, naturellement : je ne te dis rien, tu n'entends rien. La seule chose entre nous c'est cette ligne noire : fil jeté sur la page vide, dans le vide tout court.

Dans les gorges de la Louveteau, les glaces de l'hiver ont pratiquement disparu, même dans les crevasses ombragées des falaises. L'eau, noire puis blanche, se précipite à travers les gouffres calcaires et par-dessus les rochers, sans peine comme toujours. Bruit violent mais apaisant : presque enjôleur. On comprend pourquoi les gens sont attirés. Par les chutes d'eau, les lieux élevés, les déserts et les lacs profonds – des endroits sans retour.

Cette année, un seul cadavre dans la rivière jusqu'à présent, une jeune toxicomane de Toronto. Encore une jeune fille pressée. Encore une perte de temps, le sien. Elle avait de la famille ici, une tante, un oncle. Ils sont déjà l'objet de petits coups d'œil furtifs, comme s'ils y étaient pour quelque chose ; ils ont déjà pris l'air furieux, acculé, de ceux qui sont innocents et le savent. Je suis sûre qu'ils sont irréprochables, mais ils sont vivants et c'est celui qui reste en vie qui paie les pots cassés. C'est la règle dans ce genre d'affaire. Injuste, mais c'est comme ça.

Hier matin, Walter est passé à la maison pour le réglage de printemps. C'est comme ça qu'il appelle les réparations qu'il effectue régulièrement tous les ans pour moi. Il avait apporté sa boîte à outils, sa scie électrique de poche, son tournevis électrique : il n'aime rien tant que vrombir comme un élément de moteur.

Il a déposé tous ces outils dans la véranda de derrière, puis, d'un pas lourd, il a fait le tour de la maison par le jardin. En revenant, il affichait un air heureux.

« Manque une lame au portail, a-t-il claironné. Je peux la remettre en place aujourd'hui, et la peindre quand il pleuvra plus.

– Oh, ne te tracasse pas, lui dis-je comme chaque année. Tout tombe en quenouille, mais ça tiendra plus longtemps que moi. »

Comme d'habitude, Walter ignore ma remarque.

« Les marches du perron aussi, poursuit-il. Besoin d'un coup de peinture. Il y en a une qui devrait se barrer – faudrait y mettre une nouvelle. Tu laisses traîner ça trop longtemps, l'eau se colle dedans et, du coup, ça t'amène la pourriture. Note, peut-être une teinture, pour le perron, c'est mieux pour le bois. On pourrait faire une bande d'une autre couleur sur le bord des marches, comme ça, les gens y verraient mieux. Du coup, ils pourraient pas faire un faux pas et se blesser. »

Il dit *on* par courtoisie et *les gens* pour parler de moi.

« Je pourrais m'occuper de cette nouvelle marche plus tard dans la journée.

– Tu vas te faire tremper, lui ai-je lancé. À la météo, ils ont dit que ça allait continuer en pire.

– Non, ça va se lever. »

Il n'a même pas regardé le ciel.

Walter est parti chercher le matériel nécessaire – des planches, je suppose – et j'ai profité de cet interlude pour rester allongée sur le canapé du salon, à l'instar d'une vaporeuse héroïne de roman qui a été oubliée entre les pages de son propre livre et laissée jaunir, moisir et se désagréger comme ledit ouvrage.

Image morbide, dirait Myra.

Et qu'est-ce que tu proposerais d'autre ? lui répondrais-je.

Le fait est que mon cœur a recommencé à me jouer des tours. *Jouer des tours*, quelle formule curieuse. C'est ce que disent les gens pour minimiser la gravité de leur état. Cela laisse entendre que la pièce en cause (cœur, estomac, foie ou quoi que ce soit d'autre) est un bambin casse-pieds, grognon, qu'on peut ramener dans le rang d'une gifle ou d'un mot brusque. En même temps, que ces symptômes – ces frissons, ces douleurs, ces palpitations – ne relèvent que de la comédie et que l'organe en question va très vite cesser de faire le pitre et de se donner en spectacle pour reprendre sa placide existence en coulisses.

Le docteur n'est pas content. Il a marmonné un truc sur des examens, des échographies et des voyages à Toronto où se cachent les spécialistes, les rares à ne pas avoir fui vers de plus vertes pâtures. Il a changé mes médicaments, a ajouté un nouveau truc à l'arsenal. Il a même suggéré la possibilité d'une opération. Qu'est-ce que ça entraînerait, ai-je demandé, et qu'est-ce que ça donnerait? Trop d'un machin, il s'avère, et pas assez d'un autre. Il craint qu'il faille ni plus ni moins toute une nouvelle unité – c'est le terme qu'il a employé, comme si nous parlions d'un lave-vaisselle. Et puis il faudra que je fasse la queue, que j'attende l'unité de quelqu'un d'autre, une qui ne servira plus. Pour dire les choses sans ambages, le cœur de quelqu'un d'autre, arraché à un jeune quelconque : on ne veut pas installer un vieux machin ratatiné dans le genre de celui qu'on a l'intention de bazarder. Ce qu'on veut, c'est du neuf, du qui a du jus.

Qui sait où ils dénichent ces trucs-là? Moi, je pencherais pour les enfants des rues en Amérique latine ; du moins, c'est ce que racontent les rumeurs les plus paranos. Cœurs volés, cœurs au marché noir enlevés d'entre des côtes brisées, chauds et sanguinolents, offerts en sacrifice au faux Dieu. C'est quoi le faux Dieu? Nous. Nous et notre argent. C'est ce qu'aurait dit Laura. *Ne touche pas à cet argent*, aurait dit Reenie. *Tu ne sais pas où il a traîné.*

Pourrais-je vivre en paix avec moi-même en sachant que je trimballe le cœur d'un enfant mort?

Sinon quoi?

Je t'en prie, ne prends pas cette angoisse qui part dans tous les sens pour du stoïcisme. J'avale les pilules, je fais mes promenades et les pauses qui vont avec, mais je ne peux rien contre l'épouvante.

Après le repas – un bout de fromage dur, un verre de lait douteux, une carotte molle, Myra s'étant révélée incapable cette semaine d'assumer la responsabilité qu'elle s'est attribuée de réapprovisionner mon réfrigérateur –, Walter est revenu. Il a mesuré, scié, donné des coups de marteau, puis il a cogné à ma porte de derrière pour m'expliquer qu'il était désolé pour le bruit, mais que, maintenant, tout était nickel.

« Je t'ai fait du café », lui ai-je dit.

C'est un rituel pour ces événements d'avril. Est-ce que je l'ai fait brûler cette fois-ci ? Pas grave. Il est habitué à celui de Myra.

« M'en veux pas. »

Il a enlevé ses bottes en caoutchouc soigneusement et les a laissées dans la véranda de derrière – Myra l'a bien dressé, il n'a pas le droit de ramener ce qu'elle appelle ses *saletés* sur ce qu'elle appelle ses tapis –, puis, chaussé de ses chaussettes géantes, il a traversé le sol de ma cuisine sur la pointe des pieds ; lequel, grâce aux récurages et aux cirages énergiques de la femme de ménage de Myra, est désormais glissant et traître comme un glacier. Il avait jusque-là un revêtement adhésif utile, accumulation de poussière et de crasse pareille à une fine couche de colle, mais c'est fini. Franchement, je devrais répandre des cochonneries dessus, sinon je vais glisser et me faire mal.

Regarder Walter évoluer sur la pointe des pieds est un plaisir en soi – un éléphant en train de marcher sur des œufs. Parvenu à la table de cuisine, il a posé dessus ses gants de travail en cuir jaune où ils sont restés comme de gigantesques pattes de rechange.

« Des gants neufs », ai-je remarqué.

Ils étaient tellement neufs qu'ils brillaient presque. Pas une éraflure non plus.

« C'est Myra qui les a dégotés. Un type, à trois rues de chez nous, s'est coupé le bout des doigts avec une scie à découper et elle s'est mise dans tous ses états, inquiète à l'idée que je fasse pareil ou pire. Mais ce type est un neuneu, vient de Toronto et, passe-moi l'expression, on devrait pas lui permettre de s'amuser avec une scie, l'aurait aussi bien pu se couper la tête pendant qu'il y était, ce qui d'ailleurs aurait pas été une perte. Je lui ai dit, à Myra, faut avoir une case de vide pour faire un coup comme ça, et de toute façon j'ai pas de scie à découper. Mais elle m'oblige quand même à trimballer ces fichus machins partout. Chaque fois que je passe la porte, c'est " Hé hé, tes gants ".

– Tu pourrais les perdre, lui ai-je suggéré.

– Elle en achèterait d'autres, a-t-il riposté d'un ton lugubre.

– Laisse-les ici. Dis que tu les as oubliés, que tu les récupéreras plus tard. Et ne les récupère pas, un point c'est tout. »

Je me vis, au cours d'une nuit solitaire, cramponnée à l'une des mains en cuir, vide, de Walter : ce serait un semblant de compagnie. Pathétique. Peut-être que je devrais acheter un chat ou un petit chien ? Quelque chose de chaud qui ne me jugerait pas et qui aurait le poil touffu – un semblable qui m'aiderait à monter la garde, la nuit.

On a besoin de cette chaleur de mammifères : trop de solitude, c'est mauvais pour la vue. Mais si j'avais quelque chose comme ça, il est très probable que je trébucherais dessus et que je me casserais la figure.

Une sorte de tic étira la bouche de Walter, dévoila le bout de ses dents du haut : c'était un sourire.

« Les grands esprits se rencontrent, n'est-ce pas ? dit-il. Si c'est ça, peut-être que tu pourrais coller ces saletés à la poubelle, exprès par accident.

– Walter, tu es un vaurien. »

Walter sourit de plus belle, ajouta cinq cuillères de sucre à son café, descendit le tout, puis appuya les deux mains sur la table et se redressa dans l'air, pareil à un obélisque qu'on aurait relevé avec des cordes. Du coup, j'entrevis soudain ce que serait son dernier geste pour moi : il porterait un coin de mon cercueil.

Il le sait, lui aussi. Il est prêt. Ce n'est pas un homme à tout faire pour rien. Il ne fera pas d'histoires, il ne me lâchera pas, il veillera à ce que je circule bien à niveau, à l'horizontale durant ce dernier bref voyage que je ferai.

« Hop, là voilà partie au paradis », dira-t-il. Et, hop, je serai partie au paradis.

Lugubre. Je le sais ; et plein de sentimentalité aussi. Mais, je t'en prie, pardonne-moi. Les mourants ont droit à une certaine latitude, comme les enfants le jour de leur anniversaire.

Le brasier du foyer

La nuit dernière, j'ai regardé les informations à la télévision. Je ne devrais pas faire ça, c'est mauvais pour la digestion. Il y a une autre guerre quelque part, ce qu'on appelle un conflit mineur, même si, bien entendu, il n'a rien de mineur pour ceux qui se trouvent pris au milieu. Elles ont quelque chose de générique, ces guerres – les hommes en tenue de camouflage, un foulard sur la bouche et le nez, les traînées de fumée, les bâtiments éventrés, les civils brisés, en pleurs. D'interminables files de mères en train de porter d'interminables files d'enfants affaiblis au visage éclaboussé de sang ; d'interminables files de vieillards stupéfiés. On emmène de force les hommes jeunes pour les tuer dans l'intention de prévenir une vengeance, comme les Grecs à Troie jadis. Prétexte de Hitler aussi pour assassiner les bébés juifs, si je me souviens bien.

Les guerres éclatent et s'éteignent, puis voici que survient une autre crise ailleurs. Des maisons ouvertes comme des œufs, leur contenu incendié, pillé ou foulé au pied, vindicativement ; des réfugiés mitraillés par des avions en rase-mottes. Partout, une famille royale abasourdie affronte un peloton d'exécution ; les pierres cousues dans leurs corsets ne les sauveront pas. Les troupes d'Hérode patrouillent mille rues ; dans la maison voisine, Napoléon se sauve avec l'argenterie. À la suite d'une invasion, n'importe quelle invasion, les fossés se remplissent de femmes violées. Pour être juste, d'hommes violés aussi. D'enfants violés, de chiens et de chats violés. Il arrive que la situation devienne incontrôlable.

Mais pas ici, pas dans ce gentil trou ennuyeux ; pas à Port Ticonderoga, même s'il y a un ou deux drogués dans les jardins publics, même s'il y a un cambriolage à l'occasion, même s'il y a un cadavre à l'occasion qui flotte au milieu des tourbillons. Par ici, on s'accroupit pour boire une boisson avant de dormir et grignoter un en-cas avant de dormir, pour scruter le monde comme à travers une fenêtre secrète et puis, une fois qu'on a fait le plein, on se détourne. *Au temps pour le vingtième siècle*, dit-on en montant à l'étage. Mais un rugissement retentit dans le lointain, pareil à un raz de marée fonçant vers la côte. Voici venir le vingt et unième siècle qui balaie tout au-dessus de nous comme un vaisseau spatial bourré d'impitoyables extraterrestres aux yeux de lézard, ou comme un ptérodactyle en métal. Tôt ou tard, il flairera notre présence et, de ses griffes de fer, il démolira le toit de nos fragiles petits terriers et nous nous retrouverons alors aussi nus, frissonnants, affamés, malades et désespérés que n'importe qui.

Pardonne cette digression. À mon âge, on s'abandonne à ces visions apocalyptiques. On dit : *La fin du monde est proche.* On se ment à soi-même – *Je suis contente si je pense que je ne serai pas là pour voir ça* – alors qu'en fait on adorerait, du moment qu'on pourrait suivre le spectacle à travers la petite fenêtre secrète, du moment qu'on ne serait pas impliqué.

Pourquoi se tracasser à propos de la fin du monde ? Tous les jours, c'est la fin du monde pour quelqu'un. Le temps monte de plus en plus haut et, quand il arrive à hauteur de nos yeux, on est noyé.

Que s'est-il passé ensuite ? L'espace d'un moment, je perds le fil, j'ai du mal à me rappeler, puis ça me revient. C'était la guerre, bien sûr. On n'était pas préparés pour, mais, en même temps, on savait qu'on avait déjà vécu ça. C'était le même froid, le même froid qui se déployait comme un brouillard, le froid au milieu duquel j'étais née. Comme à l'époque, tout fut saisi d'une inquiétude frissonnante – les chaises, les tables, les rues et les lampadaires, le ciel, l'air. Du jour au lendemain, des pans entiers de ce qui avait été reconnu comme réalité disparurent purement et simplement. C'est ce qu'il se passe quand il y a une guerre.

Tu es trop jeune pour te souvenir de quelle guerre il pouvait s'agir. Chaque guerre est *la* guerre pour ceux qui l'ont vécue. Celle à laquelle je fais référence a commencé début septembre 1939 et se poursuivit jusqu'en... eh bien, c'est dans les livres d'histoire. Tu peux regarder.

Entretenez le brasier du foyer était l'un des vieux slogans de la guerre. Chaque fois que je l'entendais, j'imaginais une horde de femmes aux cheveux flottants et aux yeux brillants se déplaçant furtivement, par deux ou en colonne par une, au clair de lune pour mettre le feu à leurs propres foyers.

Dans les mois précédant la guerre, mon mariage avec Richard avait déjà commencé à battre de l'aile, même si on peut dire qu'il battait de l'aile depuis le début. J'avais fait une fausse couche, puis une autre. Richard, de son côté, avait eu une maîtresse, puis une autre, du moins je le soupçonnais – inévitable (dirait plus tard Winifred), compte tenu de mon état de santé fragile et des pulsions de Richard. Les hommes avaient des pulsions en ce temps-là ; elles étaient nombreuses, ces pulsions ; elles vivaient dans la clandestinité, dans les sombres coins et recoins de la personnalité d'un homme et, de temps à autre, elles rassemblaient leurs forces et s'offraient une sortie en force, comme une colonne de rats. Elles étaient tellement fourbes et puissantes, comment un homme quel qu'il fût aurait-il pu se prévaloir contre elles ? C'était la doctrine selon Winifred et – pour être honnête – selon des tas d'autres gens aussi.

Ces maîtresses de Richard étaient (je présumais) ses secrétaires – toujours très jeunes, toujours jolies, toujours comme il faut. Il les engageait fraîches émoulues de l'école qui les avait formées. Pendant un moment, elles me traitaient avec condescendance au bout du fil, un rien nerveuses, quand je l'appelais au bureau. Par ailleurs, il les envoyait m'acheter des cadeaux, me commander des fleurs. Il aimait qu'elles ne confondent pas leur priorité : j'étais l'épouse officielle et il n'avait pas l'intention de divorcer de moi. Un homme divorcé ne dirigeait pas son pays, pas à l'époque. Cette situation me donnait un certain pouvoir, mais ce n'était un pouvoir que si je ne l'exerçais pas. En réalité, ce n'était un pouvoir que si je faisais semblant de ne rien savoir. La menace qui planait au-dessus de lui, c'était que je puisse découvrir le pot aux roses ; que je puisse percer à jour ce qui était déjà un secret de Polichinelle et que je libère de ce fait toute sorte de démons.

Est-ce que ça me faisait quelque chose ? Oui, en un sens. Mais il vaut mieux une moitié de pain que pas de pain du tout, me disais-je, et c'était ce que Richard représentait. Il était le pain sur la table, pour Aimée comme pour moi. Reste au-dessus de tout cela, comme disait Reenie, et je m'y efforçai. Je m'efforçais de rester au-dessus de ça, très haut dans le ciel, comme un ballon fugueur, et il m'arrivait de réussir.

Je meublais mon temps, j'avais appris à faire ça. Je m'étais vraiment mise au jardinage à présent, j'obtenais quelques résultats. Tout ne crevait pas. J'envisageais un jardin de vivaces d'ombre.

Richard sauvegardait les apparences. Moi aussi. Nous assistions à des cocktails, à des dîners, nous arrivions et repartions ensemble, la main de Richard sur mon coude. Nous nous efforcions de prendre un verre ou deux avant le dîner, ou trois ; je devenais un peu trop portée sur le gin, associé à tel ou tel truc, mais je ne frisais pas la limite du moment que je sentais encore mes orteils et que je tenais ma langue. Nous continuions à évoluer à la surface des choses – sur la mince couche de glace des bonnes manières, laquelle masquait le petit lac sombre en dessous : dès l'instant qu'elle fond, on coule.

Mieux vaut une moitié de vie que pas de vie du tout.

Je ne parviens pas à restituer Richard en détail. Il reste une silhouette en carton-pâte. Je le sais. Il ne m'est pas vraiment possible de le décrire, je n'arrive pas à faire une mise au point précise : il est flou, comme le recto d'un journal mouillé qu'on a mis au rebut. Déjà à l'époque, il me paraissait plus petit que nature, et pourtant plus grand que nature aussi. C'était parce qu'il avait trop d'argent, trop de présence – on avait tendance à attendre de lui plus qu'il n'y avait, de sorte que ce qui, chez lui, était moyen ressemblait à un défaut. Il était cruel, mais pas à la manière d'un lion ; il ressemblait davantage à une sorte de grand rongeur. Il creusait en sous-sol ; il anéantissait des choses en sectionnant leurs racines.

Il avait les moyens d'avoir des gestes de grand seigneur, des actes de générosité significative, pourtant, il n'en faisait aucun. Il était devenu comme une sorte de statue de lui-même : immense, offerte au regard du public, imposante, creuse.

Il ressemblait aux grands chiens, il voulait pisser contre la muraille, mais il n'avait pas la patte assez haute. En résumé.

Quand la guerre éclata, Richard se retrouva dans une passe difficile. Il avait été trop bien dans ses tractations commerciales avec les Allemands, trop admiratif dans ses discours. Comme nombre de ses pairs, il avait trop fermé les yeux sur la brutalité avec laquelle ils violaient la démocratie ; une démocratie que beaucoup de nos dirigeants avaient critiquée sous prétexte qu'elle ne pouvait pas marcher, et qu'ils étaient maintenant très désireux de défendre.

Richard risquait également de perdre beaucoup d'argent puisqu'il ne pouvait plus commercer avec ceux qui, du jour au lendemain, étaient devenus l'ennemi. Il lui fallut faire des pieds et des mains, des courbettes ; ça ne lui allait pas bien, mais il le fit. Il parvint à préserver sa position et réussit à revenir en faveur – que veux-tu, il n'était pas seul à avoir les mains sales, il valait donc mieux que les autres ne pointent pas leurs doigts souillés sur lui – et très vite ses usines tournèrent en pétaradant, à plein rendement, pour l'effort de guerre et personne ne se montra plus patriotique que lui. Rien ne fut donc retenu contre lui quand la Russie se rangea aux côtés des Alliés et que Joseph Staline devint tout d'un coup l'adorable tonton à tout le monde. Il est vrai que Richard avait dit beaucoup de choses contre les communistes – au temps jadis. Tout cela était désormais sous le tapis, les ennemis de tes ennemis ne sont-ils pas tes amis ?

Pendant ce temps, je me traînais d'un jour à l'autre, non comme d'habitude – l'habitude avait changé –, mais du mieux qu'il m'était possible. *Tenace* est le terme que j'utiliserais aujourd'hui pour décrire ce que j'étais à l'époque. *Stupéfiée* irait aussi. Il n'y avait plus de garden-parties à subir, plus de bas en soie sinon au marché noir. La viande était rationnée ainsi que le beurre et le sucre : si on voulait davantage de ces articles, plus que les autres n'en avaient, il devenait important de nouer certains contacts. Fini les voyages transatlantiques à bord de luxueux paquebots – le *Queen Mary* était devenu un bateau de transport de troupes. La radio avait cessé d'être une conque d'orchestre portable pour s'apparenter à un oracle fébrile ; tous les soirs, je l'allumais pour écouter les nouvelles qui, au début, étaient constamment mauvaises.

La guerre continuait, comme un moteur inlassable. Elle usait les gens, cette tension constante, monotone. C'était comme écouter quelqu'un qui aurait grincé des dents, dans la semi-obscurité qui précède l'aube, quand, nuit après nuit, on reste allongé sans pouvoir fermer l'œil.

Il y eut quand même quelques points positifs. M. Murgatroyd nous quitta pour entrer dans l'armée. C'est à ce moment-là que j'appris à conduire. Je récupérai une des voitures, la Bentley, je crois, et Richard la mit à mon nom – cela nous fit davantage d'essence. (L'essence était rationnée, bien sûr, même si elle l'était dans une moindre mesure pour quelqu'un comme Richard.) Elle me procura également davantage de liberté, bien que ce ne fût pas une liberté dont j'eus encore beaucoup l'usage.

J'attrapai un rhume qui se transforma en bronchite – tout le monde eut un rhume cet hiver-là. Il me fallut des mois pour m'en débarrasser. Je passai beaucoup de temps au lit, triste. Je ne cessais de tousser. Je n'allais plus voir les actualités – les discours, les batailles, les bombardements, la dévastation, les victoires et même les débarquements. Des moments passionnants, nous disait-on, mais j'avais perdu tout intérêt.

La fin de la guerre approchait. Elle était tout près. Puis elle se matérialisa. Je repensai au silence qui avait suivi la fin de la guerre précédente, puis au carillon des cloches. C'était le mois de novembre et les flaques d'eau étaient gelées alors que, là, on était au printemps. Il y eut des défilés. Il y eut des proclamations. On sonna les trompettes.

Ce n'était pourtant pas si facile de mettre fin à la guerre. Une guerre est un immense brasier ; les cendres qu'elle engendre sont entraînées très loin et redescendent très lentement.

Chez Diana's

Aujourd'hui, j'ai marché jusqu'au pont du Jubilé, puis j'ai poussé jusqu'à la boutique de beignets où j'ai mangé presque un tiers d'un beignet à l'orange. Un gros tas de farine et de matière grasse qui s'est répandu à travers mes artères comme de la lie.

Puis je suis allée aux toilettes. Il y avait quelqu'un dans le cabinet du milieu et, donc, j'ai attendu en évitant le miroir. L'âge vous affine la peau ; on voit les veines, les tendons. Et il vous épaissit aussi. On a du mal à réintégrer ce qu'on était avant, avant quand on était écorché.

La porte finit par s'ouvrir et une jeune femme en sortit – une jeune femme brune, en vêtements ternes, les yeux bordés de suie. Elle lâcha un petit cri perçant, puis un rire.

« Désolée, s'écria-t-elle, je ne vous avais pas vue, vous m'avez fait peur. »

Elle avait un accent étranger, mais elle était à sa place : elle était de la nationalité des jeunes. C'est moi qui suis l'étrangère à présent.

Le dernier message était écrit au feutre doré : *Impossible d'aller au paradis sans Jésus*. Déjà, les annotateurs s'étaient activés : *Jésus* avait été barré et remplacé par *mort*, en noir.

Et en dessous en vert : *Le paradis est un grain de sable*. Blake.

Et en dessous en orange : *Le paradis se trouve sur la planète Xénor*. Laura Chase.

Encore une citation fautive.

La guerre se termina officiellement au cours de la première semaine de mai – enfin, la guerre en Europe. La seule qui présentait un intérêt pour Laura.

Une semaine plus tard, elle téléphona. Elle appela le matin, une heure après le petit déjeuner, elle devait se douter que Richard ne serait pas à la maison. Je ne reconnus pas sa voix, j'avais cessé de l'attendre. Je crus d'abord que c'était la femme de chez ma couturière.

« C'est moi, dit-elle.

– Où es-tu ? » demandai-je prudemment.

Il faut que tu te rappelles qu'elle était devenue une inconnue pour moi – d'une stabilité éventuellement discutable.

« Je suis ici. En ville. »

Elle ne voulait pas me dire où elle logeait, mais m'indiqua un carrefour où je pourrais la récupérer plus tard dans l'après-midi. Dans ce cas, on prendrait un thé, décrétai-je. Chez Diana's était l'endroit où j'avais l'intention de l'inviter. C'était un lieu sûr, retiré, avec une clientèle de femmes principalement ; j'y étais connue. Je lui dis que je viendrais avec ma voiture.

« Oh, tu as une voiture maintenant ?

– Plus ou moins. »

Je la décrivis.

« On croirait plutôt un char », déclara-t-elle d'un ton désinvolte.

Laura se trouvait à l'intersection de King et de Spadina, là où elle avait dit. Ce n'était pas le plus recommandable des quartiers, mais ça n'avait pas l'air de la déranger. Je klaxonnai, elle me fit signe, puis vint vers moi et monta dans la voiture. Je me penchai et l'embrassai sur la joue. J'eus aussitôt l'impression d'être une traîtresse.

« Je n'arrive pas à croire que tu sois vraiment là, lui confiai-je.

– C'est pourtant vrai. »

J'étais proche des larmes tout à coup ; quant à elle, elle me paraissait indifférente. Pourtant, sa joue m'avait semblé très fraîche. Très fraîche et très fine.

« J'espère quand même que tu n'as rien dit à Richard, lança-t-elle. Sur ma présence ici. Ni à Winifred. Parce que c'est pareil.

– Je ne ferais pas ça. »

Elle ne pipa mot.

Comme je conduisais, je ne pouvais la regarder carrément. Pour cela, il me fallut attendre d'avoir garé la voiture, que nous soyons arrivées Chez Diana's, et assises l'une en face de l'autre. Je pus enfin la voir en entier, complètement.

C'était et ce n'était pas la Laura dont j'avais gardé le souvenir. Plus vieille, bien entendu – nous l'étions toutes les deux –, mais pas seulement. Elle était habillée de manière impeccable, austère même, d'une robe chemisier bleu terne, avec un haut plissé et des petits boutons sur le devant ; ses cheveux étaient tirés en arrière en un chignon sévère. Elle avait l'air rabougrie, ratatinée, délavée et en même temps translucide – à croire que de petites piques de lumière pointaient de l'intérieur de sa peau, que des épines de lumière émanaient d'elle comme une brume piquante, comme un chardon brandi au soleil. C'est une impression difficile à décrire. (Tu ne devrais néanmoins pas y attacher beaucoup d'importance : ma vue baissait déjà, j'avais déjà besoin de lunettes, même si je ne le savais pas encore. Peut-être était-ce seulement une anomalie optique qui expliquait la lumière floue auréolant Laura ?)

Nous commandâmes. Elle voulait du café plutôt que du thé. Ce serait un mauvais café, la prévins-je – à cause de la guerre, on ne pouvait pas avoir un bon café dans un endroit pareil. Elle me répondit :

« J'ai l'habitude du mauvais café. »

Il y eut un silence. Je ne savais pas trop par où commencer. Je n'étais pas encore vraiment prête à lui demander pourquoi elle était revenue à Toronto. Où était-elle allée durant tout ce temps ? m'enquis-je. Qu'avait-elle fait ?

« Au début, j'étais à Avalon.

– Mais c'était complètement fermé ! »

Ça l'avait été tout au long de la guerre. Il y avait des années que nous n'y étions pas retournés.

« Comment tu es entrée ?

– Oh, tu sais bien ! On pouvait toujours entrer quand on le voulait. »

Je repensai à la trémie à charbon, au cadenas peu fiable de l'une des portes de la cave. Il y avait pourtant belle lurette que cela avait été réparé.

« Tu as cassé un carreau ?

– Ce n'était pas la peine. Reenie avait une clé, mais ne le dis pas.

– La chaudière ne devait pas marcher. Il ne devait pas y avoir de chauffage.

– Il n'y en avait pas. Par contre, il y avait des tas de souris. »

Notre café arriva. Il avait un goût de miettes de toast brûlé et de chicorée torréfiée, ce qui n'était pas surprenant, vu que c'était ce qu'on mettait dedans.

« Veux-tu un gâteau ou autre chose ? Les gâteaux ne sont pas mauvais ici. »

Elle était tellement mince que je me disais qu'une pâtisserie lui ferait du bien.

« Non, merci.

– Et après, qu'est-ce que tu as fait ?

– Après, j'ai eu vingt et un ans, donc j'ai eu un peu d'argent, de papa. Alors, je suis allée à Halifax.

– Halifax ? Pourquoi Halifax ?

– C'était là qu'arrivaient les bateaux. »

Je ne poursuivis pas sur cette voie. Il y avait une raison derrière ça, il y en avait toujours avec Laura ; c'était une raison que je répugnais à entendre.

« Mais qu'est-ce que tu faisais au juste ?

– Pas grand-chose. Je me suis rendue utile. »

Elle n'allait pas m'en dire davantage à ce propos. Je supposai qu'il avait dû s'agir d'une soupe populaire quelconque ou de quelque chose d'approchant. Nettoyage des toilettes d'un hôpital, ce genre de réjouissance.

« Tu n'as pas reçu mes lettres ? De Bella Vista ? Reenie m'a dit que non.

– Non. Je n'ai reçu aucune lettre.

– J'imagine qu'ils les ont prises en douce. Et ils ne t'ont pas laissée m'appeler ou venir me voir ?

– Ils m'avaient dit que ce serait mauvais pour toi. »

Elle partit d'un petit rire.

« C'est pour toi que cela aurait été mauvais. Franchement, tu ne devrais pas rester là-bas, dans cette maison. Tu ne devrais pas rester avec lui. Il est très néfaste.

– Je sais que tu as toujours pensé ça, mais qu'est-ce que je peux envisager d'autre ? Jamais il ne m'accordera le divorce. Et je n'ai pas un sou.

– Ce n'est pas une raison.

– Peut-être pour toi. Tu as les fonds de papa, moi je n'ai rien. Et Aimée ?

– Tu pourrais l'emmener.

– Plus facile à dire qu'à faire. Si ça se trouve, elle ne voudrait pas venir. Elle est très entichée de Richard en ce moment, si tu veux tout savoir.

– Pourquoi ?

– Il lui passe de la pommade. Il lui offre des cadeaux.

– Je t'ai écrit de Halifax, dit Laura en changeant de sujet.

– Je n'ai jamais eu ces lettres non plus.

– Je pense que Richard lit ton courrier.

– Je le pense aussi. »

La conversation était en train de prendre une tournure que je n'avais pas prévue. J'avais cru consoler Laura, compatir avec elle, entendre une triste histoire, et, au lieu de cela, voilà qu'elle me faisait un sermon. Comme nous réintégrons facilement nos vieux rôles.

« Que t'a-t-il dit sur moi ? me demanda-t-elle alors. Sur le fait qu'il m'ait collée dans cet endroit ? »

Voilà, c'était là, sur le tapis, maintenant. C'était le moment décisif : soit Laura avait été folle, soit Richard avait menti. Je ne pouvais pas les croire tous les deux.

« Il m'a raconté une histoire, répondis-je de manière évasive.

– Quel genre d'histoire ? Ne t'inquiète pas, ça ne me rendra pas malade. Je veux juste savoir.

– Il a dit que tu étais... enfin, mentalement dérangée.

– Bien entendu. C'était évident qu'il allait dire cela. Et quoi d'autre ?

– Il a dit que tu te croyais enceinte, mais que tu divaguais.

– J'étais enceinte ! C'était tout le problème – c'est pour ça qu'ils m'ont fait disparaître aussi rapidement. Lui et Winifred – ils avaient une trouille bleue. La honte, le scandale... tu peux imaginer qu'ils ont envisagé les conséquences que ça pourrait avoir sur leurs chimères.

– Oui, je vois ça. »

Je voyais aussi... l'appel très confidentiel au médecin, la panique, les consultations à la hâte entre Winifred et Richard, le plan échafaudé dans l'instant. Puis l'autre version des événements, la fausse, concoctée pour moi seule. J'étais en général assez docile, mais ils devaient se douter qu'il y avait une limite quelque part. Ils avaient dû avoir peur de mes réactions, une fois qu'ils auraient eu franchi cette limite.

« De toute façon, je n'ai pas eu le bébé. C'est un des trucs qu'ils font, à Bella Vista.

– Un des trucs ? »

Je me faisais l'effet d'être complètement idiote.

« En plus de tout le tralala, je veux dire, les pilules, les machines. Ils font des extractions. Ils t'endorment avec de l'éther, comme chez le dentiste. Puis ils retirent les bébés. Puis ils te disent que tu as tout inventé. Puis quand tu les accuses de l'avoir fait eux-mêmes, ils déclarent que tu constitues un danger pour toi et pour les autres. »

Elle était tellement calme, tellement convaincante.

« Laura, m'exclamai-je, tu es sûre ? Pour le bébé, je veux dire ? Tu es sûre qu'il y en avait vraiment un ?

– Bien entendu que je suis sûre. Pourquoi est-ce que j'aurais inventé une chose pareille ? »

Il y avait encore la possibilité de douter, mais cette fois-ci je croyais Laura.

« Comment c'est arrivé ? murmurai-je. Qui était le père ? »

Une telle chose exigeait le murmure.

« Si tu ne le sais pas encore, je ne pense pas pouvoir te le dire », répondit Laura.

Je supposais que ce devait être Alex Thomas. Alex était le seul homme pour lequel Laura avait jamais manifesté le moindre intérêt – à part papa, je veux dire, et Dieu. Cette éventualité me faisait horreur, mais sincèrement il n'y avait pas d'autre option. Ils avaient dû se voir quand elle faisait l'école buissonnière, dans le premier établissement qu'elle avait fréquenté à Toronto, puis plus tard, quand elle n'allait plus du tout à l'école ; à l'époque où, vêtue de son sage petit tablier de sainte-nitouche, elle remontait le moral de pauvres malheureux décrépits à l'hôpital. Le tablier devait sûrement avoir causé des sensations à Alex, c'était le genre de fantaisie qui devait lui plaire. C'était peut-être pour ça qu'elle avait laissé tomber l'école – pour voir Alex. Elle avait quel âge – quinze, seize ans ? Comment avait-il pu faire un truc pareil ?

« Tu étais amoureuse de lui ? demandai-je.

– Amoureuse ? De qui ?

– De... tu sais bien. »

Je n'arrivais pas à le dire.

« Oh non, s'écria Laura, pas du tout. C'était horrible, mais il fallait que je le fasse. Il fallait que je fasse ce sacrifice. Il fallait que je prenne cette souffrance sur mes épaules. C'est ce que j'avais promis à Dieu. Je savais que si je le faisais, ça sauverait Alex.

– Mais qu'est-ce que tu racontes ? »

La toute nouvelle confiance que j'avais en la santé mentale de Laura s'effondra : nous en étions revenues à sa métaphysique insensée.

« Ça sauverait Alex de quoi ?

– D'être arrêté. Ils l'auraient abattu. Callie Fitzsimmons savait où il était et elle avait parlé. Elle avait parlé à Richard.

– Je ne peux pas croire ça.

– Callie était une moucharde, insista Laura. C'est ce que Richard m'a dit – il a dit que Callie le tenait informé. Tu te souviens quand elle est allée en prison et que Richard l'a fait sortir ? C'est pour ça qu'il l'a fait. Il lui était redevable. »

Cette interprétation des événements me parut complètement sidérante. Monstrueuse aussi, même s'il y avait une vague, très vague possibilité que ce fût vrai. Mais si c'était le cas, Callie devait mentir. Comment aurait-elle pu savoir où se trouvait Alex ? Il changeait de cachette tellement souvent.

Il se pouvait néanmoins qu'il fût resté en contact avec Callie. C'était possible. Elle faisait partie des gens auxquels il aurait pu faire confiance.

« J'ai tenu ma part du marché, continua Laura, et ça a réussi. Dieu ne triche pas. Là-dessus, Alex est parti à la guerre. Après son retour d'Espagne, je veux dire. C'est ce qu'a dit Callie – elle m'a prévenue. »

Je ne comprenais rien à tout cela. J'avais un sérieux vertige.

« Laura, demandai-je, pourquoi es-tu revenue ici ?

– Parce que la guerre est finie, répondit-elle patiemment, et qu'Alex va bientôt rentrer. Si je ne suis pas là, il ne saura pas où me trouver. Il ne peut pas savoir pour Bella Vista, il ne peut pas savoir que je suis allée à Halifax. La seule adresse qu'il aura pour moi, c'est la tienne. D'une façon ou d'une autre, il me fera passer un message. »

Elle affichait l'exaspérante et indéfectible assurance de l'authentique croyant.

J'eus envie de la secouer. Je fermai les yeux un moment. Je revis le bassin à Avalon, la nymphe en pierre aux orteils dans l'eau ; je revis le soleil trop chaud étincelant sur les feuilles vertes caoutchouteuses, au lendemain de l'enterrement de maman. J'avais mal au cœur d'avoir mangé trop de gâteaux et de sucreries. Laura était assise sur le rebord à côté de moi, elle fredonnait à mi-voix avec suffisance, fermement convaincue que tout allait vraiment bien et que les anges étaient de son côté, parce qu'elle avait passé en secret un pacte dingue avec Dieu.

La méchanceté me démangeait les doigts. Je savais ce qui était arrivé après. Je l'avais poussée.

J'en viens à présent au moment qui me hante encore. J'aurais dû me mordre la langue, j'aurais dû me taire. Par amour, j'aurais dû mentir, ou dire n'importe quoi d'autre : n'importe quoi, mais pas la vérité. Ne réveille jamais un somnambule, disait Reenie. Le choc pourrait le tuer.

« Laura, je suis désolée de te dire ça, mais quoi que tu aies pu faire, ça n'a pas sauvé Alex. Alex est mort. Il a été tué à la guerre, il y a six mois. En Hollande. »

La lumière autour d'elle baissa. Elle devint très pâle. Ce fut comme si je regardais de la cire en train de refroidir.

« Comment le sais-tu ?

– J'ai reçu le télégramme. On me l'a envoyé. Il m'avait désignée comme proche parente. »

Même là, j'aurais pu changer de cap ; j'aurais pu dire : *Il devait y avoir une erreur, il devait t'être adressé.* Mais ce n'est pas ce que je dis. À la place, je déclarai :

« C'était très imprudent de sa part. Il n'aurait pas dû faire ça, compte tenu de Richard. Mais il n'avait pas du tout de famille et nous étions amants, tu vois... en secret, depuis très longtemps... et sinon qui d'autre aurait-il eu ? »

Laura ne disait rien. Elle se contentait de me regarder. Elle me regardait sans me voir. Dieu sait ce qu'elle voyait. Un bateau en train de sombrer, une cité en flammes, un couteau planté dans un dos. Pourtant, je reconnus ce regard : c'était le regard qu'elle avait eu le jour où elle avait manqué se noyer dans la Louveteau, juste où moment où elle avait commencé à boire la tasse – terrifié, froid, extasié. Brillant comme de l'acier.

Au bout de quelques instants, elle se leva, tendit le bras et attrapa mon sac de l'autre côté de la table d'un geste rapide et presque délicat, comme s'il renfermait un truc fragile. Puis elle se détourna et sortit du restaurant. Je ne réagis pas pour l'arrêter. Elle m'avait prise au dépourvu et, quand je me levai de mon siège, elle était partie.

Il y eut une certaine confusion pour le règlement de la note : je n'avais pas d'argent à part ce que j'avais dans le sac que ma sœur – à ce que j'expliquai – avait pris par erreur. Je promis de rembourser le lendemain. Une fois que j'eus réglé cela, je courus presque jusqu'à l'endroit où j'avais garé la voiture. Elle n'était plus là. Les clés de la voiture se trouvaient également dans mon sac. Je ne savais pas que Laura avait appris à conduire.

Je parcourus plusieurs pâtés de maisons à pied, en échafaudant des histoires. Je ne pouvais pas raconter à Richard et à Winifred ce qu'il s'était réellement passé : ce serait utilisé comme une preuve supplémentaire contre Laura. J'allais dire à la place que j'étais tombée en panne et que la Bentley avait été remorquée jusqu'à un garage, qu'on avait appelé un taxi pour moi et que j'étais montée dedans et qu'il avait fallu que j'arrive à la maison pour me rendre compte que j'avais oublié mon sac par erreur dans la voiture. Pas de quoi s'inquiéter, dirais-je. Tout serait réglé au matin.

Là-dessus, j'appelai effectivement un taxi. Mme Murgatroyd serait à la maison pour m'ouvrir la porte et payer la course pour moi.

Richard ne rentra pas pour le dîner. Il était dans un club, pour un dîner infect, en train de faire un discours. Il se démenait énormément à présent, il approchait du but. Ce but – je le savais désormais – n'était pas seulement la fortune ou le pouvoir. Ce qu'il voulait, c'était le respect – le respect, malgré sa richesse toute nouvelle. Il en avait très envie, il en avait soif ; il souhaitait jouir du respect des autres, non seulement comme d'un marteau, mais comme d'un sceptre. En soi, de tels désirs ne sont pas méprisables.

Ce club-là était réservé aux hommes ; sinon, je m'y serais trouvée, assise à l'arrière-plan, souriante, pour applaudir à la fin. En de telles occasions, je donnais congé à la nurse d'Aimée et je me chargeais moi-même du coucher. Je supervisais le bain d'Aimée, je lui faisais la lecture, puis je la bordais. Cette nuit-là, elle mit exceptionnellement longtemps à s'endormir : elle devait sentir que quelque chose me tracassait. Je m'assis à côté d'elle en lui tenant la main, en lui caressant le front et en regardant par la fenêtre jusqu'à ce qu'elle s'assoupisse.

Où Laura était-elle donc partie, où logeait-elle, qu'avait-elle fabriqué avec ma voiture ? Comment pouvais-je la retrouver, que pouvais-je faire pour arranger les choses ?

Attiré par la lumière, un hanneton se démenait contre la fenêtre. Il cognait le carreau comme s'il avait la vue basse. Il paraissait furieux, contrarié et aussi impuissant.

Escarpement

Aujourd'hui, mon cerveau m'a soumise à un brusque passage à vide ; un voile blanc, comme s'il y avait de la neige. Ce n'était pas le nom de quelqu'un qui m'avait échappé – ça, c'est classique –, mais un mot qui s'était retourné et vidé de son sens, comme une tasse en carton renversée par le vent.

Ce mot était *escarpement*. Pourquoi s'était-il présenté ? *Escarpement, escarpement*, me suis-je répété peut-être même à voix haute, mais aucune image ne m'est apparue. S'agissait-il d'un objet, d'une activité, d'une humeur, d'un défaut corporel ?

Rien. Vertige. Je chancelai au bord du vide, me raccrochai à l'air. À la fin, je recourus au dictionnaire. *Escarpement*, pente raide d'un rempart, ou dénivellation abrupte.

Au commencement était le verbe, avons-nous cru autrefois. Dieu savait-Il à quel point le mot pouvait se résumer à une mince affaire ? Fragile, facilement gommé ?

C'est peut-être ce qui est arrivé à Laura – ce qui l'a littéralement fait basculer dans le ravin. Les mots sur lesquels elle s'était appuyée, sur lesquels elle avait bâti son château de cartes, en les croyant solides, s'étaient retournés et lui avaient révélé leur vide intérieur avant de s'éloigner d'elle en voltigeant comme autant de vieux papiers.

Dieu. Confiance. Sacrifice. Justice.
Foi. Espoir. Amour.
Sans parler de *sœur*. Eh bien, oui. Il y a toujours ça.

Je passai le matin qui suivit mon thé avec Laura chez Diana's à toupiner à côté du téléphone. Les heures passaient : pas de nouvelles. J'avais un rendez-vous pour le déjeuner avec Winifred et deux des membres de son comité, à l'Arcadian Court. Avec Winifred, il valait toujours mieux respecter ce qui était prévu – sinon, elle posait des questions – et donc j'y allai.

Winifred nous parla de sa dernière entreprise, un cabaret destiné à venir en aide aux militaires blessés. Il y aurait des chants et des danses, et certaines filles proposeraient un numéro de french cancan, de sorte qu'il allait nous falloir toutes relever nos manches, mettre la main à la pâte et vendre des billets. Winifred, en jupon à volants et bas noirs, allait-elle lever la jambe elle aussi ? J'espérais sincèrement que non. Elle était maintenant d'une vilaine maigreur.

« Tu as l'air un peu pâle, Iris, me dit Winifred, la tête penchée d'un côté.

– C'est vrai ? » fis-je aimablement.

Elle me répétait ces derniers temps que je n'étais pas à la hauteur. Ce qu'elle voulait dire, c'était que je ne faisais pas tout mon possible pour soutenir Richard, pour le propulser sur le chemin de la gloire.

« Oui, un peu éteinte. Richard t'épuise ? Cet homme a de l'énergie à revendre ! »

Elle était de très bonne humeur. En dépit de ma négligence, ses projets – les projets qu'elle nourrissait pour Richard – devaient marcher.

Mais je n'arrivais à pas à lui accorder beaucoup d'attention ; j'étais trop angoissée au sujet de Laura. Qu'est-ce que j'allais faire si elle tardait à se manifester ? Il m'aurait été difficile de signaler qu'on m'avait volé ma voiture : je ne voulais pas qu'elle soit arrêtée. Richard ne l'aurait pas voulu non plus. Ce n'était dans l'intérêt de personne.

Je rentrai à la maison pour apprendre par Mme Murgatroyd que Laura était passée en mon absence. Elle n'avait même pas sonné – Mme Murgatroyd était juste tombée sur elle dans le hall d'entrée. Ç'avait été un choc de voir Mlle Laura en chair et en os après toutes ces années, comme de voir un fantôme. Non, elle n'avait pas laissé d'adresse. Elle avait dit quelque chose, cependant. *Dites à Iris que je lui parlerai plus tard.* Quelque chose de ce genre. Elle avait posé les clés de la maison dans la corbeille à courrier ; avait dit les avoir prises par erreur. Drôle d'erreur, déclara Mme Murgatroyd dont le nez de carlin flairait une affaire louche. Elle ne croyait plus à mon histoire de garage.

Je me sentis soulagée : peut-être que tout pouvait encore s'arranger. Laura était toujours en ville. Elle me parlerait plus tard.

C'est ce qu'elle fait aussi, bien qu'elle ait tendance à se répéter, comme les morts en ont l'habitude. Ils répètent tous les trucs qu'ils vous ont dits de leur vivant ; il est cependant rare qu'ils disent quelque chose de nouveau.

J'enlevais la tenue que je portais au déjeuner quand le policier arriva pour m'apprendre l'accident. Laura n'avait pas respecté un panneau Danger et avait basculé du pont de l'avenue Saint-Clair dans le ravin en contrebas. C'était un accident terrible, déclara le policier, en remuant tristement la tête. Elle conduisait ma voiture : la plaque d'immatriculation leur avait permis de remonter jusqu'à moi. Au début, ils avaient cru – naturellement – que j'étais la femme carbonisée retrouvée au milieu du tas de ferrailles.

Voilà qui aurait été une surprise.

Une fois le policier parti, j'essayai de m'arrêter de trembler. Il fallait que je garde mon calme, il fallait que je me ressaisisse. *Il ne faut pas battre le tambour avec les dents*, disait Reenie, *il faut suivre la musique*, mais à quelle musique pensait-elle ? Ce n'était pas à de la musique de danse. Une fanfare brutale, un défilé quelconque, avec des foules de gens de chaque côté en train de tendre le doigt et de huer. Un bourreau au bout de la route, avec de l'énergie à revendre.

Bien entendu, Richard allait me soumettre à un contre-interrogatoire. Mon histoire sur la voiture et le garage tiendrait toujours si j'ajoutais que j'avais pris un thé avec Laura ce jour-là, et que je ne le lui avais pas dit parce que je n'avais pas voulu le bouleverser inutilement juste avant un discours crucial. (Tous ses discours étaient cruciaux à présent ; il ne tarderait pas à décrocher la timbale.)

Je dirais que Laura était avec moi quand la voiture était tombée en panne ; qu'elle m'avait accompagnée au garage. Elle avait dû récupérer mon sac quand je l'avais oublié et, ensuite, ça avait été un jeu d'enfant pour elle que de réclamer la voiture le lendemain en réglant avec mon chéquier. J'arrachai un chèque pour plus de vraisemblance ; s'il insistait pour savoir le nom du garage, je dirais que j'avais oublié. S'il insistait davantage, je pleurerais. Comment compter que je me souvienne d'un détail aussi insignifiant, dirais-je, en un moment pareil ?

Je montai me changer. Pour me rendre à la morgue, il me faudrait une paire de gants et un chapeau à voilette. Il y aurait peut-être déjà des journalistes, des photographes ? Je me dis que j'allais prendre ma voiture, puis je me rappelai que ce n'était plus qu'un tas de ferraille. Il allait falloir que j'appelle un taxi.

Et puis que je prévienne Richard, à son bureau : à peine la rumeur se répandrait-elle qu'il serait assailli par les mouches à merde. Il était trop en vue pour qu'il en soit autrement. Il allait vouloir qu'on lui prépare une déclaration témoignant de son affliction.

Je composai le numéro. La dernière petite secrétaire de Richard me répondit. Je lui dis qu'il s'agissait d'une question urgente et que, non, je ne pouvais pas passer par elle. Il fallait que je parle à Richard en personne.

Il y eut un silence, le temps de localiser Richard.

« Qu'est-ce que c'est ? » fit-il.

Il n'appréciait jamais qu'on l'appelle au bureau.

« Il y a eu un accident terrible, lui expliquai-je. C'est Laura. La voiture qu'elle conduisait est tombée d'un pont. »

Il ne dit rien.

« C'était ma voiture. »

Il ne dit rien.

« Je crains qu'elle ne soit morte, ajoutai-je.

— Nom de Dieu. »

Silence.

« Où était-elle tout ce temps ? Quand est-elle revenue ? Qu'est-ce qu'elle faisait dans ta voiture ?

— Je me suis dit qu'il fallait que tu sois averti immédiatement, avant que les journaux ne s'emparent de l'affaire.

— Oui, c'était sage.

— Maintenant, il faut que je descende à la morgue.

— La morgue ? La morgue municipale ? Pourquoi ?

— C'est là qu'on l'a mise.

— Eh bien, sors-la de là. Emmène-la dans un endroit décent. Un endroit plus...

— Intime. Oui, je vais faire ça. Il faudrait que je te dise qu'on insinue – la police, un policier est venu à l'instant – qu'on suggère...

— Quoi ? Qu'est-ce que tu leur as dit ? Qu'est-ce qu'on suggère ? »

Il paraissait très inquiet.

« Simplement qu'elle l'a fait exprès.

— Absurde. Ce doit être un accident. J'espère que c'est ce que tu as dit.

— Bien sûr. Mais il y avait des témoins. Ils ont vu...

— Il y avait une lettre ? Si c'est le cas, brûle-la.

— Il y en avait deux, un avocat et un machinchose dans une banque. Elle avait des gants blancs. Ils l'ont vue braquer.

— Effet de lumière, dit-il. Ou sinon c'est qu'ils étaient soûls. Je vais appeler l'avocat. Je m'occupe de ça. »

Je reposai le téléphone. J'entrai dans mon dressing : il allait me falloir du noir et un mouchoir. Il allait falloir que je prévienne Aimée, me dis-je. Je dirais que c'était le pont. Je dirais que le pont avait cédé.

J'ouvris le tiroir où je rangeais mes bas, les cahiers étaient là – il y en avait cinq, des cahiers de devoirs bon marché qui dataient de l'époque de M. Erskine, attachés ensemble avec de la ficelle de cuisine. Le nom de Laura était marqué sur la couverture du dessus, au crayon – son écriture enfantine. En dessous : Mathématiques. Laura détestait les mathématiques.

De vieux devoirs d'école, me dis-je. Non : de vieux devoirs faits à la maison. Pourquoi me les avait-elle laissés ?

J'aurais pu m'arrêter là. J'aurais pu choisir l'ignorance, mais je fis ce que tu aurais fait – ce que tu as déjà fait, si tu as lu jusqu'ici. À la place, je choisis de savoir.

C'est ce que feraient la plupart d'entre nous. Nous choisirions de savoir, quoi qu'il en soit, nous nous estropierions dans l'affaire, nous nous flanquerions les mains dans le feu, si nécessaire. La curiosité n'est pas notre unique motif : l'amour, le chagrin, le désespoir ou la haine, voilà ce qui nous pousse. Nous épions les morts sans relâche : nous ouvrons leur courrier, nous lisons leur journal intime, nous fouillons leurs poubelles, dans l'espoir de dénicher un renseignement, un mot définitif, une explication de la part de ceux qui nous ont abandonnés – qui nous ont laissés tenir la queue de la poêle, laquelle est souvent moins pleine qu'on ne l'a imaginé.

Et ceux qui sèment pareils indices pour que nous trébuchions dessus ? Pourquoi prennent-ils cette peine ? Par égotisme ? Par pitié ? Par esprit de vengeance ? Par simple désir d'affirmer leur existence, comme quand on gribouille ses initiales sur le mur d'un cabinet ? Cette association de présence et d'anonymat – confession sans pénitence, vérité sans conséquence –, elle a son charme. Ça enlève le sang qu'on a sur les mains, d'une façon ou d'une autre.

Ceux qui laissent traîner de telles preuves ne peuvent guère se plaindre si, par la suite, des inconnus viennent fourrer leur nez dans tous ces trucs qui, autrefois, ne les auraient absolument pas regardés. Et pas seulement des inconnus : des amants, des amis, de la famille. Nous sommes des voyeurs, tous autant que nous sommes. Pourquoi faudrait-il penser que nous n'avons qu'à prendre tout ce qui relève du passé, simplement parce que nous avons mis la main dessus ? Dès l'instant que nous ouvrons les portes que d'autres ont fermées à clé, nous sommes tous des déterreurs de cadavres.

Mais elles sont juste fermées à clé. Les pièces et leur contenu sont restés intacts. Si ceux qui les ont laissés avaient voulu l'oubli, il y avait toujours le feu.

XIV

La mèche d'or

Il faut que je me dépêche à présent. J'entrevois la fin qui luit loin devant moi, comme un motel en bord de route par une nuit noire, par temps de pluie. Un motel d'après-guerre, un motel de la dernière chance où on ne pose aucune question, où tous les noms consignés dans le registre de la réception sont faux et où il faut payer d'avance. Le bureau est tendu de vieilles guirlandes lumineuses de Noël ; derrière, un ensemble de chalets glauques où les oreillers sentent fort le moisi. Devant, une pompe à essence aux joues toutes rondes. Pas d'essence pourtant, la pompe s'est tarie il y a plusieurs décennies. C'est ici qu'on s'arrête.

La fin, refuge chaleureux. Un endroit où se reposer. Mais je n'y suis pas encore, et je suis vieille, fatiguée, à pied et je boite. Perdue dans les bois, pas de cailloux blancs pour marquer le chemin et un terrain accidenté à parcourir.

Loups, je vous invoque ! Femmes mortes aux cheveux azur et aux yeux pareils à des fosses remplies de serpents, je vous appelle ! Aidez-moi à présent que nous approchons de la fin ! Guidez mes doigts arthritiques et tremblants, mon vilain stylo à bille noir ; maintenez à flot quelques jours encore mon cœur qui lâche, le temps que j'aie mis les choses en ordre. Soyez mes compagnons, mes auxiliaires et mes amis ; une fois encore, j'ajoute ; n'avons-nous pas été très proches autrefois ?

Tout a une place, comme disait Reenie ; ou, sur un mode plus grossier, à Mme Hillcoate : *Pas de fleurs sans fumier*. M. Erskine m'a bel et bien appris quelques astuces utiles. Une invocation bien tournée aux Furies peut se révéler précieuse, en cas de besoin. Quand il s'agit principalement d'une question de vengeance.

J'ai vraiment cru au début que je ne voulais que justice. Je me croyais le cœur pur. Lorsque nous nous apprêtons à nuire à autrui, nous aimons penser que de bons motifs nous animent. Mais comme M. Erskine l'avait fait remarquer aussi, Éros avec son arc et ses flèches n'est pas le seul dieu à être aveugle. La Justice l'est aussi. Maladroites divinités aveugles équipées de leurs armes aiguisées : la Justice trimballe un glaive, lequel, associé au bandeau qu'elle a sur les yeux, constitue un moyen assez efficace pour se couper.

Tu vas vouloir savoir, bien entendu, ce qu'il y avait dans les cahiers de Laura. Ils sont dans l'état où elle les a laissés, attachés avec leur ficelle malpropre, laissés à ton intention dans ma malle de voyage avec tout le reste. Je n'ai touché à rien. Tu peux vérifier. Ce n'est pas moi qui ai déchiré certaines pages.

Qu'est-ce que j'attendais donc en ce jour effroyable de mai 1945 ? Des aveux, des reproches ? Ou encore un journal détaillant les rendez-vous amoureux de Laura et d'Alex Thomas ? Sans doute, sans doute. J'étais prête au déchirement. Et je l'ai eu, mais pourtant pas de la manière que j'avais imaginée.

Je coupai la ficelle, étalai les cahiers en éventail. Ils étaient au nombre de cinq : *Mathématiques*, *Géographie*, *Français*, *Histoire* et *Latin*. Les cahiers de la connaissance.

Elle écrit comme un ange, est-il dit de Laura sur l'une des éditions du *Tueur aveugle*. Une édition américaine, si je me souviens bien, avec des volutes dorées sur la couverture : on attache beaucoup d'importance aux anges dans ce coin-ci du monde. En fait, les anges n'écrivent guère. Ils notent les péchés ainsi que les noms des gens qui sont damnés et de ceux qui sont sauvés, ou sinon ils apparaissent sous la forme de mains désincarnées pour gribouiller des avertissements sur les murs. Ou bien ils délivrent des messages qui, dans l'ensemble, ne sont pas de bonnes nouvelles : *Dieu soit avec vous* ne représente pas une bénédiction sans mélange.

Si l'on garde tout cela présent à l'esprit, oui : Laura écrivait comme un ange. En d'autres termes, pas beaucoup. Mais elle disait l'essentiel.

Latin est le cahier que j'ouvris en premier. La plupart des pages dedans étaient vierges ; il y avait des bords déchirés aux endroits où Laura avait dû arracher ses vieux exercices. Elle avait laissé un passage, une traduction qu'elle avait faite, avec mon aide et celle de la bibliothèque d'Avalon – de la conclusion du livre IV de l'*Énéide* de Virgile. Didon s'est poignardée sur le bûcher ou l'autel qu'elle a édifié avec tous les objets ayant un lien avec son amant disparu, Énée, lequel a pris la mer pour accomplir son destin dans la guerre. Didon a beau se vider comme un cochon égorgé, elle a du mal à mourir. Elle s'est énormément contorsionnée. M. Erskine, si je me souviens bien, appréciait beaucoup ce passage.

Je me souviens du jour où elle l'a recopié. Le soleil du soir entrait par la fenêtre de ma chambre. Allongée par terre en chaussettes, Laura battait l'air de ses pieds tout en transcrivant péniblement dans son cahier le fruit gribouillé de nos efforts conjoints. Elle sentait le savon Ivory et les chutes de crayon.

Puis la puissante Junon compatit pour ses longues souffrances et son difficile voyage et envoya Iris de l'Olympe afin qu'elle détache cette âme à l'agonie du corps qui la retenait encore. Il fallait le faire parce que Didon, poussée à bout par une impulsion insensée, se mourait de désespoir et non d'une mort naturelle ni d'une mort causée par des tiers. Toujours est-il que Proserpine n'avait pas encore coupé la mèche d'or sur sa tête, de même qu'elle ne l'avait pas encore envoyée aux Enfers.

Voilà alors que, nappée de buée, les ailes jaunes comme un crocus et suivie de mille couleurs d'arc-en-ciel, Iris vola vers la Terre et, tournoyant au-dessus de Didon, déclara :

« Comme il me l'a été ordonné, je prends cet objet sacré qui appartient au Dieu de la mort; et je te libère de ton corps. »

Alors, toute chaleur se dissipa aussitôt et sa vie s'évanouit dans les airs.

« Pourquoi fallait-il qu'elle coupe cette mèche de cheveux? demanda Laura. Cette Iris? »

Je n'en avais pas idée.

« C'était juste un truc qu'elle devait accomplir. Une sorte d'offrande. »

J'avais eu le plaisir de découvrir que mon nom était le même que celui de l'héroïne d'une histoire, que je ne devais pas seulement mon nom à une fleur, comme je l'avais toujours cru. Dans la famille de ma mère, le thème botanique avait marché très fort, pour les filles.

« Ça a aidé Didon à quitter son corps, reprit Laura. Elle ne voulait plus vivre. Ça a abrégé ses souffrances, c'était donc le truc à faire, non?

– J'imagine. »

D'aussi jolies questions d'éthique ne m'intéressaient guère. Il se passait des trucs bizarres dans les poèmes. Il ne servait à rien d'essayer de comprendre. Je me demandais néanmoins si Didon avait été blonde ; personnellement, je l'avais imaginée plutôt brune, dans le reste de l'histoire.

« C'est qui le dieu de la mort ? Pourquoi il veut des cheveux ?

– Ça suffit avec les cheveux, m'écriai-je. On a terminé le latin. Maintenant finissons le français. Comme d'habitude, M. Erskine nous a donné trop de choses à faire. Bon : *Il ne faut pas toucher aux idoles : la dorure en reste aux mains* [1].

– Et si on mettait : *Don't interfere with false gods, you'll get the gold paint all over your hands?*

– Pourquoi *gold paint*? Il n'est pas question de peinture !

– Oui, mais c'est ce que ça veut dire.

– Tu connais M. Erskine. Il se moque de ce que ça veut dire.

– Je déteste M. Erskine. J'aimerais qu'on retrouve Mlle Violence.

– Moi aussi. J'aimerais qu'on retrouve maman.

– Moi aussi. »

M. Erskine n'avait pas pensé grand bien de la traduction de Laura. Elle était couverte de biffures au crayon rouge.

Comment décrire l'abîme de chagrin dans lequel je tombai alors ? Je ne peux le décrire, je n'essaierai donc pas.

Je feuilletai les autres cahiers. *Histoire* était vide, à part la photo que Laura avait collée dedans – elle et Alex Thomas au pique-nique de la fabrique de boutons, tous deux coloriés en jaune pâle avec ma main bleue coupée s'avançant vers eux à travers la pelouse. *Géographie* ne renfermait rien sinon une brève description de Port Ticonderoga que nous avait assignée M. Erskine. « Cette ville de moyenne importance, située à la jonction de la rivière Louveteau et de la rivière Jogues, est connue pour ses pierres ainsi que pour d'autres choses », était la première phrase de Laura. Tout le français du *Français* avait disparu. À la place, le cahier comportait la liste des mots bizarres qu'Alex Thomas avait laissée derrière lui dans notre grenier et que – je m'en apercevais maintenant – Laura n'avait finalement pas brûlée. *Anchoryne, berel, carchineal, diamite, ebonort...* Une langue étrangère, c'est vrai, mais une langue que j'avais appris à comprendre, mieux que je n'avais jamais compris le français.

Mathématiques arborait une longue colonne de chiffres avec des mots en face de certains d'entre eux. Il me fallut plusieurs minutes pour me rendre compte de quel genre de chiffres il s'agissait.

––––––––––

1. En français dans le texte.

C'étaient des dates. La première date coïncidait avec mon retour d'Europe, la dernière se situait trois mois environ avant le départ de Laura pour Bella Vista. Ces mots, les voici :

Avalon, non. Non. Non. Sunnyside, non. Xanadou, non. Non. *Queen Mary*, non, non. New York, non. Avalon. Non d'abord.
Ondine, X. « obnubilé ».
Toronto de nouveau. X.
X.X.X.X.
O.

C'était toute l'histoire. Tout était limpide. Ça avait été là tout du long, devant mes yeux. Comment avais-je pu être si aveugle ?
Pas Alex Thomas donc. Jamais Alex. Alex appartenait, pour Laura, à une autre dimension de l'espace.

La victoire va et vient

Après avoir épluché les cahiers de Laura, je les remis dans le tiroir où je rangeais mes bas. Tout était limpide, mais rien ne pouvait être prouvé. Ça, c'était clair.

Cela étant, comme disait Reenie, il y a toujours plusieurs façons de s'y prendre. Si tu ne peux pas franchir un obstacle, contourne-le.

Je laissai passer les funérailles, puis laissai passer encore une semaine. Je ne voulais pas agir dans la précipitation. Autant aller son petit bonhomme de chemin sous peine de verser des larmes de sang, disait également Reenie. Axiome discutable : souvent, c'est les deux à la fois.

Richard partit pour un voyage à Ottawa, un voyage important à Ottawa. Des hommes haut placés allaient peut-être lui proposer de lier leurs destinées, me donna-t-il à entendre ; ou si ce n'était pas tout de suite, bientôt. Je lui dis, de même qu'à Winifred, que je profiterais de l'occasion pour aller à Port Ticonderoga avec les cendres de Laura dans leur coffret argent. Il fallait que je les disperse, déclarai-je, et que je m'occupe de l'inscription sur le cube monumental de la famille Chase. Ce n'était que justice.

« Ne te fais pas de reproches, me conseilla Winifred qui espérait vivement le contraire – si jamais c'était à moi que je faisais des reproches, je n'obligerais personne à porter le chapeau. Il y a des choses qui ne méritent pas qu'on les ressasse. »

N'empêche qu'on les ressasse quand même. On n'y peut rien.

Ayant dit au revoir à Richard, je donnai congé à la domestique pour la soirée. Je garderai la maison, affirmai-je. C'était quelque chose que j'avais fait plus fréquemment ces derniers temps – j'aimais être seule avec Aimée quand elle dormait –, de sorte que même Mme Murgatroyd ne se méfia pas. Lorsque la voie fut libre, je me dépêchai. J'avais déjà préparé quelques premiers paquets, discrètement – mon coffret à bijoux, mes photographies, *Vivaces pour rocailles* – et, là, je m'occupai du reste. Mes vêtements, mais pas tous, loin s'en fallait; quelques trucs pour Aimée, mais pas tout non plus. Je collai tout ce que je pus dans ma malle de voyage, celle qui avait autrefois renfermé mon trousseau, et dans la valise assortie. Les bonshommes des chemins de fer vinrent récupérer les bagages, comme convenu. Puis, le lendemain, il me fut facile de gagner Union Station en taxi avec Aimée, elle comme moi chargée d'une petite valise seulement, et tout le monde n'y vit que du feu.

J'avais laissé une lettre pour Richard. Je lui disais que vu ce qu'il avait fait – ce que je savais à présent qu'il avait fait –, je ne voulais plus jamais le revoir. Compte tenu de ses ambitions politiques, je ne demanderais pas le divorce, alors que j'avais bien assez de preuves de son comportement scabreux sous la forme des cahiers de Laura, lesquels – c'était un mensonge – étaient en sûreté dans un coffre. S'il envisageait de mettre les pattes, ses sales pattes, sur Aimée, ajoutai-je, il ferait mieux d'y renoncer, parce que je ferais alors un énorme scandale, que j'en ferais un également s'il refusait de satisfaire à mes exigences financières. Elles n'étaient pas énormes : tout ce que je voulais, c'était assez d'argent pour acheter une petite maison à Port Ticonderoga et assurer l'entretien d'Aimée. Mes propres besoins, je pouvais y pourvoir autrement.

Je signai cette lettre *cordialement* et, tout en léchant le rabat de l'enveloppe, me demandai si j'avais écrit *scabreux* correctement.

Quelques jours avant de quitter Toronto, j'avais cherché à revoir Callista Fitzsimmons. Elle avait abandonné la sculpture et s'occupait à présent de fresques. Je la retrouvai dans une compagnie d'assurances – le siège – où elle avait décroché une commande. La contribution des femmes à l'effort de guerre, tel était le thème – démodé, maintenant que la guerre était terminée (et, même si ni elle ni moi ne le savions encore, ladite fresque n'allait pas tarder à disparaître sous une couche de peinture taupe d'un terne rassurant).

On lui avait octroyé tout un mur. Trois ouvrières, en salopette et sourire courageux, fabriquant des bombes; une jeune femme au volant d'une ambulance; deux ouvrières agricoles armées de binettes et d'un panier de tomates; une femme en uniforme brandissant une machine à écrire; en bas dans le coin, sur le côté, une mère en tablier retirant une miche de pain d'un four sous le regard approbateur de deux enfants.

Elle fut surprise de me voir. Je ne l'avais absolument pas prévenue de ma visite : je n'avais pas voulu qu'elle me fuie. Les cheveux relevés et serrés dans un bandana, Callie, habillée d'un pantalon kaki et chaussée de tennis, surveillait les peintres en arpentant la salle à grands pas, les mains dans les poches et une cigarette collée à la lèvre inférieure.

Elle avait appris la mort de Laura, elle avait lu la nouvelle dans les journaux – une petite fille si charmante, tellement originale comme enfant, quel dommage. Une fois passés ces préliminaires, je lui expliquai ce que Laura m'avait dit et lui demandai si c'était vrai.

Callie se montra indignée. Elle utilisa énormément le terme « conneries ». C'est vrai que Richard l'avait aidée quand elle s'était fait pincer par la brigade anti-rouges pour agitation, mais elle avait cru qu'il avait agi au nom des histoires de famille du bon vieux temps. Elle nia avoir jamais dit quoi que ce soit à Richard à propos d'Alex ou de tout autre gauchiste ou camarade. Quelles conneries ! C'étaient ses amis, ces gars-là ! Quant à Alex, oui, elle lui avait donné un coup de main au début, quand il s'était retrouvé dans un tel pétrin, mais après il avait disparu, il lui devait d'ailleurs de l'argent, ensuite de quoi elle s'était laissé dire qu'il était en Espagne. Comment aurait-elle pu le balancer alors qu'elle ne savait même pas où il était ?

Rien n'y fit. Peut-être Richard avait-il menti à Laura sur cette question, comme il m'avait menti au sujet de tant d'autres choses. Par ailleurs, c'était peut-être Callie qui mentait. Mais, bon, qu'est-ce que j'avais imaginé qu'elle me dirait ?

Aimée ne se plaisait pas à Port Ticonderoga. Elle voulait son père. Elle voulait ce qu'elle connaissait bien, comme tous les enfants. Elle voulait retrouver sa chambre. On est tous comme ça, n'est-ce pas ?

Je lui expliquai qu'il fallait qu'on reste ici un petit moment. Je ne devrais pas dire *expliquai*, parce qu'il n'y avait aucune explication en jeu. Qu'aurais-je pu dire qui eût le moindre sens pour une enfant de huit ans ?

Port Ticonderoga était différent à présent ; la guerre avait laissé son empreinte. Plusieurs des usines avaient été rouvertes pendant le conflit – des femmes en salopette avaient fabriqué des détonateurs – , mais elles fermaient de nouveau. Peut-être seraient-elles converties à une production de temps de paix lorsque l'on aurait défini avec précision ce que les militaires de retour souhaitaient acheter pour les maisons et les familles dont ils allaient sûrement faire l'acquisition. D'ici là, il y avait des tas de gens sans travail et tout le monde attendait de voir venir.

Il y avait des personnes qui manquaient à l'appel. Elwood Murray ne dirigeait plus le journal : son nom ne tarderait pas à apparaître sous la forme d'une nouvelle et brillante inscription portée sur le monument aux morts puisqu'il s'était engagé dans la marine où il s'était fait tuer. Intéressant de voir qui étaient les hommes en ville dont on disait qu'ils avaient été tués ou qu'ils s'étaient fait tuer, comme s'il s'agissait d'un geste de maladresse ou d'un acte délibéré mais de peu de conséquence – presque un achat, comme de s'offrir une coupe de cheveux. *Se faire tailler un costume en bois* était l'expression locale récemment utilisée par les hommes en général pour désigner la chose. On était obligé de se demander à quel tailleur ils pensaient.

Le mari de Reenie, Ron Hicks, ne faisait pas partie de ces consommateurs de trépas désinvoltes. Il avait été solennellement déclaré tué en Sicile avec un groupe d'autres gars de Port Ticonderoga qui avaient intégré le Royal Canadian Regiment. Reenie touchait une pension, mais pas grand-chose d'autre, et louait une pièce de sa minuscule maison ; par ailleurs, elle travaillait toujours chez Betty's Luncheonette, tout en disant que son dos la tuait.

Comme je n'allais pas tarder à le découvrir, ce n'était pas son dos qui la tuait. C'étaient ses reins, et ils vinrent à bout de ce boulot six mois après mon retour. Si tu lis ces lignes, Myra, j'aimerais que tu saches quel coup sévère ce fut. J'avais compté qu'elle serait là – ne l'avait-elle pas toujours été ? – et voilà que, brutalement, elle ne l'était plus.

Puis, de plus en plus, elle le fut, car quelle voix entendais-je donc lorsque je voulais un commentaire spontané ?

Je me rendis à Avalon, bien entendu. Ce fut une visite pénible. La propriété était à l'abandon, les jardins envahis par la végétation ; l'orangerie était dévastée, il y avait des carreaux cassés et des plantes grillées dans leur pot. Mais il y en avait toujours eu quelques-unes, même de notre temps. Les sphinx qui gardaient les lieux arboraient plusieurs inscriptions du genre *John aime Mary* ; l'un d'eux avait été retourné. Le bassin à la nymphe en pierre étouffait sous l'herbe morte et les plantes aquatiques. La nymphe elle-même était encore debout, bien qu'il lui manquât quelques doigts. Son sourire n'avait pourtant pas changé : lointain, mystérieux, indifférent.

Je n'eus pas à briser quoi que ce soit pour rentrer : Reenie était encore en vie, elle avait conservé sa clé secrète. La maison était dans un triste état : poussière et crottes de souris partout, taches sur les parquets désormais ternes aux endroits où quelque chose avait coulé. Tristan et Iseut étaient toujours là, à la place d'honneur dans la salle à manger vide, bien que la harpe d'Iseut eût subi un mauvais coup et qu'une hirondelle ou deux eussent construit un nid au-dessus de la fenêtre du milieu. Pas de vandalisme à l'intérieur, cependant : le spectre du nom Chase errait dans la demeure, ne fût-ce que discrètement, et il devait encore flotter dans l'atmosphère une vague aura de pouvoir et de fortune.

Je parcourus la maison de fond en comble. L'odeur de moisi était pénétrante. J'examinai la bibliothèque où la tête de Méduse trônait encore sur la cheminée. Grand-mère Adelia aussi était encore en place, même si elle avait commencé à s'affaisser : son visage affichait à présent, réprimée mais joyeuse, une expression rusée. Je parie que tu faisais rôtir le balai, tout compte fait, me dis-je en la regardant. Je parie que tu avais une vie secrète. Je parie que tu as vécu ça tout du long.

Je farfouillai dans les livres, j'ouvris les tiroirs du bureau. Dans l'un d'entre eux se trouvait une boîte d'échantillons de boutons du temps de grand-père Benjamin : les disques d'os blanc qui s'étaient transformés en or entre ses doigts et l'étaient restés pendant si longtemps, mais étaient maintenant redevenus de l'os.

Dans le grenier, je découvris le nid que Laura avait dû s'aménager après avoir quitté Bella Vista : les couettes sorties des caisses où elles avaient été entreposées, les couvertures provenant de son lit au rez-de-chaussée – preuve imparable si quelqu'un avait fouillé les lieux dans l'espoir de la retrouver. Il traînait quelques peaux d'orange desséchées, un trognon de pomme. Comme d'habitude, elle n'avait pas pensé à ranger quoi que ce soit. Enfermé dans le placard lambrissé, il y avait le sac de vieilleries qu'elle avait caché là, l'été de l'*Ondine* : la théière en argent, les tasses et soucoupes en porcelaine, les cuillères à monogramme. Le casse-noix en forme d'alligator, le bouton de manchette en nacre, le briquet cassé, le service à condiments sans vinaigrier.

Je reviendrai plus tard, me dis-je, pour récupérer d'autres trucs.

Richard ne se présenta pas en personne, ce qui constituait une preuve (pour moi) de sa culpabilité. À la place, il dépêcha Winifred.

« Tu es folle ? » fut sa tirade d'ouverture.

(Cela dans un des box de Betty's Luncheonette : je n'avais pas voulu d'elle dans ma petite maison de location, je n'avais pas voulu qu'elle approche un tant soit peu Aimée.)

« Non, répondis-je, et Laura ne l'était pas non plus. Ou du moins elle n'était pas aussi piquée que vous le prétendiez tous les deux. Je sais ce que Richard a fait.

– Je ne vois pas de quoi tu parles », riposta Winifred.

Emmitouflée dans une étole en vison réalisée à partir de plusieurs queues brillantes, elle était en train de se dépêtrer de ses gants.

« Je suppose qu'en m'épousant il a cru faire une affaire – deux pour le prix d'une. Il nous a eues pour trois fois rien.

– Ne sois pas ridicule, rétorqua Winifred qui avait pourtant l'air secouée. Richard a les mains absolument propres, quoi qu'ait dit Laura. Il est blanc comme neige. Tu as commis une sérieuse erreur de jugement. Il veut que je te dise qu'il est prêt à passer sur tout ça – ton aberration. Si tu reviens, il est tout à fait désireux d'oublier et de pardonner.

– Moi pas. Il est peut-être blanc comme neige, mais il est fait d'une autre substance. Totalement.

– Ne parle pas fort, me glissa-t-elle. Les gens nous regardent.

– De toute façon, ils regarderont, tu es parée comme une accouchée. Tu sais, ce vert ne te va pas du tout, surtout à ton âge. Ça ne t'a jamais convenu, franchement. On croirait que tu as une crise de foie. »

Cette remarque l'atteignit. Winifred tiqua : elle n'était pas habituée à cet aspect nouveau, un rien vipère, de ma personnalité.

« Qu'est-ce que tu veux exactement ? demanda-t-elle. Non que Richard ait fait quoi que ce soit. Mais il ne veut pas de tapage.

– Je le lui ai dit exactement, répondis-je. Je le lui ai expliqué clairement. Et maintenant j'aimerais le chèque.

– Il veut voir Aimée.

– Il est absolument hors de question que j'autorise une telle chose. Il est très porté sur les jeunes filles. Tu le savais, tu l'as toujours su. Même à dix-huit ans, j'étais déjà dans la fourchette supérieure. Vivre sous le même toit que Laura était une tentation trop forte pour lui, je m'en rends compte aujourd'hui. Il n'a pas pu s'empêcher de poser les mains sur elle. Mais il ne mettra pas les pattes sur Aimée.

– Ne sois pas écœurante », s'écria Winifred.

Elle était furieuse à présent : elle était marbrée sous son maquillage.

« Aimée est sa fille. »

Je faillis répondre : « Non, pas du tout », mais je pressentis que ç'aurait été une erreur tactique. Légalement, elle était sa fille ; je n'avais aucun moyen de prouver le contraire, on n'avait pas inventé tous ces gènes et ainsi de suite, pas encore. Si Richard avait appris la vérité, il aurait été plus désireux encore de m'enlever Aimée. Il l'aurait retenue en otage et j'aurais perdu tous les avantages que j'avais acquis jusqu'alors. C'était un vilain jeu d'échecs.

« Il ne reculerait devant rien, dis-je, même pas devant Aimée. Ensuite de quoi, il l'expédierait dans une ferme pour avorter sous la courtine, comme il l'a fait avec Laura.

– Je vois qu'il ne sert à rien de poursuivre cette conversation plus longtemps », décréta Winifred en récupérant ses gants, son étole et son sac en reptile.

Après la guerre, les choses changèrent. Elles changèrent notre façon de voir. Au bout d'un moment, c'en fut fini du grain des gris feutrés et des similigravures. À la place surgit le plein éclat de midi – tape-à-l'œil, primaire, dénué d'ombre. Des roses brûlants, des bleus violents, des ballons de plage rouge et blanc, le vert fluorescent des plastiques, le soleil très haut étincelant comme un projecteur.

À la périphérie des villes et des cités, les bulldozers se déchaînaient et les arbres tombaient ; le sol était creusé de grands trous comme si des bombes s'y étaient écrasées. Les rues n'étaient que boue et gravillons. Des clairières de terre nue surgissaient, plantées de jeunes plants grêles : les bouleaux pleureurs étaient à la mode. Il y avait beaucoup trop de ciel.

Il y avait de la viande, de grands morceaux, de grands pavés, de grands bouts qui miroitaient dans les devantures des boucheries. Il y avait des oranges et des citrons lumineux comme des levers de soleil, des monticules de sucre et des montagnes de beurre jaune. Tout le monde mangeait, mangeait. Les gens se bourraient de toute la viande en technicolor et de toute la nourriture en technicolor qu'ils pouvaient se procurer, comme s'il n'y avait pas de lendemain.

Mais il y avait des lendemains, il n'y avait que des lendemains. C'était hier qui avait disparu.

J'avais suffisamment d'argent à présent, de Richard et aussi de l'héritage de Laura. J'avais acheté ma petite maison. Aimée m'en voulait encore pour l'avoir arrachée à sa vie d'antan autrement plus facile, mais elle semblait s'être calmée, même si de temps à autre je surprenais un regard froid de sa part : elle avait déjà décrété que je n'étais pas une mère satisfaisante. Richard, en revanche, avait recueilli les bénéfices de l'éloignement et présentait plus d'un attrait à ses yeux maintenant qu'il n'était plus là. Cependant, le flot de cadeaux qu'il lui envoyait s'était réduit à un filet, de sorte qu'elle n'avait pas tellement le choix. Je crains de l'avoir crue plus stoïque qu'elle ne l'était.

Pendant ce temps, Richard se préparait à assumer le pouvoir, lequel était – si l'on en croyait la presse – pratiquement à sa portée. C'est vrai que je représentais un obstacle, mais les rumeurs d'une séparation avaient été étouffées. On me disait « à la campagne », ce qui était à peu près acceptable, du moment que j'étais disposée à y rester.

À mon insu, on avait fait circuler d'autres rumeurs : selon elles, j'étais mentalement instable ; Richard subvenait à mes besoins financiers, malgré ma dinguerie ; Richard était un saint. Une femme folle ne constitue pas un problème, si on utilise la chose comme il faut : les époux des puissants attirent bien plus de sympathie à la cause.

À Port Ticonderoga, je menais une existence assez discrète. Chaque fois que je sortais, je circulais au milieu d'une multitude de murmures respectueux, les voix se réduisant à un chuchotement quand j'étais susceptible d'entendre et reprenant de plus belle après mon passage. Il était convenu que, quoi qu'il se fût passé avec Richard, j'étais la personne lésée. J'avais tiré le mauvais numéro, mais comme la justice n'existait pas et qu'il y avait fort peu de miséricorde, on ne pouvait rien faire pour moi. Ça, c'était avant la parution du livre, bien entendu.

Le temps passa. Je jardinais, je lisais et cetera. J'avais déjà démarré – de façon modeste à partir des quelques bijoux animaliers que m'avait offerts Richard – le commerce d'objets d'occasion qui, la suite le prouva, me ferait vivre durant les décennies qui allaient suivre. Un semblant de normalité s'était mis en place.

Mais les larmes qu'on n'a pas versées peuvent vous rendre odieux. Les souvenirs aussi. Le fait de tenir sa langue aussi. Mes mauvaises nuits commençaient. Je n'arrivais pas à dormir.

Officiellement, Laura avait été mise sous le boisseau. Encore quelques années et ce serait presque comme si elle n'avait jamais existé. Je n'aurais pas dû jurer de me taire, me disais-je. Que voulais-je ? Pas grand-chose. Juste une sorte de mémorial. Qu'est-ce qu'un mémorial, quand on y réfléchit, sinon une commémoration des blessures subies ? Subies et pas acceptées. Sans souvenir, il ne peut y avoir vengeance.

In memoriam. Ne m'oublie pas. Pour vous, de la part de mains défaillantes. Cris des fantômes assoiffés.

Rien n'est plus difficile que de comprendre les morts, je trouve ; mais rien n'est plus dangereux que de les ignorer.

Le tas de décombres

J'envoyai le livre par la poste. Au bout d'un moment, je finis par recevoir une lettre en retour. J'y répondis. Les événements suivirent leur cours.

Les exemplaires d'hommage destinés à l'auteur arrivèrent, en avance sur la publication. Sur le rabat de la jaquette, il y avait une touchante note bibliographique :

Laura Chase a écrit *Le Tueur aveugle* alors qu'elle n'avait pas vingt-cinq ans. C'était son premier roman ; malheureusement, ce sera également son dernier, car elle est décédée dans un tragique accident d'automobile en 1945. Nous sommes fiers de présenter l'œuvre de ce jeune auteur très doué dans cette première et étonnante création.

Au-dessus, il y avait une photo de Laura, une mauvaise reproduction : elle avait l'air couverte de chiures de mouches. Mais c'était tout de même quelque chose.

Quand le livre sortit, il y eut d'abord un silence. C'était un tout petit ouvrage, somme toute, et il n'avait pas vraiment les qualités d'un best-seller ; et même si les critiques de New York et de Londres lui réservèrent un bon accueil, il ne fit guère sensation ici, pas au départ. Puis les moralistes s'en emparèrent, les mangeurs de crucifix et les punaises de sacristie s'en mêlèrent et l'agitation démarra. Dès l'instant que les mouches à merde eurent fait le lien – Laura était la belle-sœur décédée de Richard Griffen –, ce fut la curée. Richard avait désormais son lot d'ennemis politiques. Les insinuations commencèrent à se déverser.

L'histoire selon laquelle Laura s'était suicidée, si bien étouffée à l'époque, refit surface. Les gens jasaient, non seulement à Port Ticonderoga, mais dans les cercles qui importaient. Si elle avait fait cela, pourquoi? Quelqu'un passa un coup de fil anonyme – de qui pouvait-il donc s'agir? – et la clinique Bella Vista entra en scène. Le témoignage d'un ancien employé (grassement payé, d'après ce qu'on apprit par l'un des journaux) entraîna une enquête détaillée sur les pratiques les plus louches employées là-bas, à la suite de quoi l'affaire fut exhumée et l'endroit fermé. J'étudiai les photos de Bella Vista avec intérêt : l'établissement avait été l'hôtel particulier d'un des magnats du bois de construction avant de devenir une clinique et on disait qu'il y avait de beaux vitraux dans la salle à manger, même s'ils n'étaient pas aussi beaux que ceux d'Avalon.

Un vieil échange de courrier entre Richard et le directeur s'avéra particulièrement désastreux.

De temps à autre, Richard m'apparaît, dans mon imagination ou dans un rêve. Il est gris, mais affiche un éclat iridescent, comme de l'huile sur une flaque d'eau. Il me lance un regard suspect. Encore un fantôme désapprobateur.

Peu avant que les journaux n'annoncent son retrait de la vie politique, je reçus un coup de fil de lui, le premier depuis mon départ. Il était furieux et surexcité. Il venait de s'entendre dire que, en raison du scandale, il ne pouvait plus être considéré comme un candidat à la direction du parti et à présent les hommes qui comptaient ne le rappelaient plus au téléphone. On lui battait froid. Il s'était fait avoir. J'avais fait ça exprès, déclara-t-il, pour entraîner sa ruine.

« Fait quoi? demandai-je. Tu n'es pas ruiné. Tu es encore très riche.

– Ce fichu livre! Tu m'as torpillé! Combien leur as-tu donné pour qu'ils le publient? Je ne peux pas croire que Laura ait écrit ces ordures... répugnantes!

– Tu ne veux pas le croire, parce que tu étais complètement obnubilé par elle. Tu ne peux pas supporter la possibilité qu'elle ait pu, pendant que tu vivais ta sordide petite aventure avec elle, s'envoyer en l'air avec un autre homme – un homme qu'elle aimait, pas comme toi. Enfin, je suppose que c'est ce que le livre veut dire, non?

– C'était ce gauchiste, n'est-ce pas? Ce putain de salaud... au pique-nique! »

Richard devait être extrêmement affecté : en général, il jurait rarement.

« Comment le saurais-je ? Je n'espionnais pas Laura. Mais je suis d'accord avec toi, ça a dû commencer au pique-nique. »

Je ne lui confiai pas qu'il y avait eu deux pique-nique avec Alex : un avec Laura et un second, un an plus tard, sans elle, après que j'étais tombé sur Alex ce fameux jour dans Queen Street. Celui avec les œufs durs.

« Elle a fait ça par pure méchanceté, reprit Richard. Elle se vengeait de moi, un point c'est tout.

— Ça ne me surprendrait pas. Elle devait te détester. Comment veux-tu ? Tu l'as quasiment violée.

— Ce n'est pas vrai ! Je n'aurais rien fait si elle n'avait pas été consentante !

— Consentante ? C'est comme ça que tu appelles ça ? Moi, j'appellerais ça du chantage. »

Il me raccrocha au nez. C'était un classique dans la famille. Quand elle avait appelé pour m'injurier, quelque temps auparavant, Winifred avait fait la même chose.

Puis Richard disparut, puis on le retrouva dans l'*Ondine* – enfin, tu sais tout ça. Il avait dû se faufiler en ville, se faufiler dans l'enceinte d'Avalon, se faufiler sur le bateau, lequel se trouvait dans l'abri, à propos, et pas amarré à la jetée comme la presse le rapporta à tort. Ça, c'était pour camoufler les choses : un cadavre dans un bateau sur l'eau, c'est relativement normal, mais, dans un abri, c'est bizarre. Winifred n'aurait pas voulu qu'on pense que Richard avait perdu la boule.

Que s'était-il donc passé au juste ? Je n'en suis pas sûre. Une fois que Richard eut été localisé, Winifred se chargea des événements et les présenta sous leur meilleur jour. *Une attaque*, déclara-t-elle. Cependant, on le retrouva avec le livre sous le coude. Ça, je le sais, parce que Winifred me téléphona en pleine crise d'hystérie et me le dit.

« Comment as-tu pu lui faire ça ? me lança-t-elle. Tu as détruit sa carrière politique, et puis tu as détruit les souvenirs qu'il avait de Laura. Il l'aimait ! Il l'adorait ! Il n'a pas pu supporter sa mort !

— Je suis heureuse d'apprendre qu'il a éprouvé quelques remords, répondis-je froidement. Je ne peux pas dire que j'aie remarqué quoi que ce soit à l'époque. »

Winifred m'en voulut, bien entendu. Ensuite, ce fut la guerre ouverte. Elle me fit ce qu'elle put imaginer de pire. Elle prit Aimée.

Je suppose que Winifred t'a donné sa version des événements. D'après elle, j'aurais été une poivrote, une traînée, une garce, une mauvaise mère. Au fil du temps, je devins sans aucun doute, dans sa bouche, une mégère négligée, une vieille bique toquée, une marchande de vilaines cochonneries. Cela étant, je doute qu'elle t'ait jamais dit que j'avais tué Richard. Si elle t'avait dit cela, il aurait fallu qu'elle t'explique aussi où elle était allée pêcher cette idée.

Cochonneries aurait été une calomnie. Il est vrai que j'achetais à bas prix et que je revendais cher – qui ne le fait pas dans le commerce d'antiquités ? – mais j'avais l'œil et je n'ai jamais forcé la main à quiconque. Il y eut une période d'abus d'alcool – je l'admets –, mais pas du temps où Aimée était avec moi. Quant aux hommes, il y en eut quelques-uns aussi. Ce ne fut jamais une question d'amour, cela ressemblait davantage à des pansements épisodiques. J'étais coupée de tout ce qui m'entourait, incapable d'établir un lien, un contact ; en même temps, je me sentais écorchée vive. J'avais besoin du réconfort d'un autre corps.

J'évitais tout homme appartenant à mes anciens cercles mondains, même si certains se manifestèrent, tels des mouches à fruits, dès qu'ils eurent vent de ma solitude, de mon éventuelle déchéance. Il se peut que ce genre d'hommes m'aient été envoyés par Winifred et sans doute l'étaient-ils. Je m'en tenais à des inconnus, ramassés lors de mes incursions dans des villes et des cités proches où j'allais chercher ce qu'on appelle aujourd'hui des *articles pour collectionneurs*. Je ne donnais jamais mon véritable nom. À la fin Winifred se révéla trop tenace pour moi. Tout ce qu'elle voulait, c'était un homme et un seul ; et elle l'eut. Les photos de la porte de la chambre du motel, en entrant, en sortant ; les fausses signatures dans le registre ; le témoignage du propriétaire qui avait été ravi d'encaisser un peu de liquide. Vous pourriez défendre ça devant le tribunal, me dit mon avocat, pourtant, je vous le déconseille. Nous essaierons d'obtenir un droit de visite, c'est tout ce que vous pouvez espérer. Vous leur avez donné des munitions, et ils s'en sont servis. Même lui ne m'appréciait guère, pas à cause de ma turpitude morale, mais à cause de ma balourdise.

Dans son testament, Richard avait désigné Winifred comme le tuteur légal d'Aimée et aussi comme la seule grevée chargée de gérer la fortune non négligeable d'Aimée. Elle avait donc cela aussi pour elle.

Quant au livre, Laura n'en a pas écrit un mot. Tu as dû deviner ça depuis un moment. Je l'ai écrit moi-même, au cours des longues soirées que j'ai passées toute seule, à attendre le retour d'Alex Thomas et puis après, une fois que j'eus compris qu'il ne reviendrait pas. Je ne voyais pas ça comme quelque chose que j'aurais écrit – mais simplement comme quelque chose que je couchais sur le papier. Ce que je me rappelais et ce que j'avais imaginé, ce qui était aussi la vérité. Je me faisais l'effet de noter des choses. D'être une main désincarnée griffonnant sur un mur.

J'avais voulu un mémorial. C'était comme cela que ça avait commencé. Pour Alex, et aussi pour moi.

De là à faire de Laura l'auteur, il n'y avait qu'un pas. Tu jugeras peut-être que c'est la lâcheté qui m'a inspirée, ou un manque de culot – je n'ai jamais apprécié d'être l'objet de beaucoup d'attentions. Ou une simple prudence : mon nom aurait garanti la perte d'Aimée, que j'ai perdue de toute façon. À la réflexion, ce n'était que justice, parce que je ne peux pas dire que Laura n'en a pas écrit un mot. Techniquement, c'est vrai, mais dans un autre sens – ce que Laura aurait appelé le sens spirituel –, tu pourrais dire qu'elle a été ma collaboratrice. Le véritable auteur n'a jamais été ni l'une ni l'autre : un poing vaut plus que la somme de ses doigts.

Je me rappelle Laura, quand elle avait dix ou onze ans, assise devant la table de travail de grand-père dans la bibliothèque d'Avalon. Elle avait une feuille de papier devant elle et s'occupait de la manière dont chacun était assis au paradis.

« Jésus est assis à la droite de Dieu, dit-elle, alors c'est qui qui est assis à la gauche de Dieu ?

– Peut-être que Dieu n'a pas de main gauche, répondis-je pour me moquer d'elle. Les mains gauches sont censées être vilaines, donc, Il n'en a peut-être pas. Ou bien Il a perdu sa main gauche à la guerre.

– On est faits à l'image de Dieu, répliqua Laura, et on a une main gauche, donc, Dieu doit en avoir une aussi. »

Elle consulta son dessin tout en mordillant le bout de son crayon.

« Je sais ! s'écria-t-elle. La table doit être ronde ! Comme ça, tout le monde est assis à la droite de tout le monde, tout autour.

– Et vice versa », ajoutai-je.

Laura était ma main gauche et j'étais la sienne. Nous avons écrit le livre ensemble. C'est un livre de la main gauche. C'est pour cela qu'il y en a toujours une qu'on ne voit pas, quelle que soit la façon dont on regarde.

Quand j'ai commencé ce récit de la vie de Laura – de ma propre vie –, je n'avais pas idée des raisons pour lesquelles je l'écrivais ni de la personne que je souhaitais voir me lire une fois que ce serait terminé. Mais c'est clair pour moi désormais. Je l'écrivais pour toi, Sabrina chérie, parce que tu es celle – la seule – qui en a l'utilité aujourd'hui.

Étant donné que Laura n'est plus celle que tu croyais qu'elle était, tu n'es plus non plus celle que tu croyais être. Il se peut que ce soit un choc, il se peut aussi que ce soit un soulagement. Par exemple, tu n'as absolument aucun lien de parenté ni avec Winifred ni avec Richard : à cet égard, tu as les mains propres. Ton véritable grand-père était Alex Thomas et pour ce qui est de ton père, eh bien, tout est possible. Riche, pauvre, mendiant, saint, une vingtaine de pays d'origine, une douzaine de cartes périmées, une centaine de villages rasés – à toi de choisir. L'héritage que tu as reçu de lui est un domaine de spéculations infinies. Tu es libre de le réinventer à ta guise.

XV

Le Tueur aveugle
Épilogue : L'autre main

Elle n'a qu'une seule photographie de lui, un tirage en noir et blanc. Elle la garde soigneusement, parce que c'est pratiquement tout ce qu'il lui reste de lui. C'est une photo d'eux ensemble, elle et cet homme, en train de pique-niquer. Il est écrit *pique-nique* au dos – ni son nom à lui ni le sien à elle, juste *pique-nique*. Elle connaît leurs noms, elle n'a pas besoin de les écrire.

Ils sont assis sous un arbre ; ce devait être un pommier. Elle porte une ample jupe en corolle autour de ses genoux. Il faisait chaud. La main au-dessus de la photo, elle sent encore la chaleur qui s'en dégage.

Il porte un chapeau de couleur claire qui lui masque en partie le visage. À moitié tournée vers lui, elle sourit comme elle ne se souvient pas d'avoir jamais souri à quiconque depuis. Elle paraît très jeune sur cette photo. Il sourit lui aussi, mais il lève la main devant l'appareil, comme pour le repousser. Comme pour la repousser, à l'avenir, afin qu'elle ne se retourne pas sur eux. Comme pour la protéger. Entre ses doigts, un mégot de cigarette.

Elle récupère la photo quand elle est seule, la pose à plat sur la table et baisse les yeux pour la regarder attentivement. Elle examine les moindres détails : ses doigts de fumeur, les plis décolorés de leurs vêtements, les pommes vertes qui pendent à l'arbre, l'herbe en train de griller au premier plan. Son visage souriant.

La photo a été coupée ; un tiers du cliché a été enlevé. Dans le coin inférieur gauche, il y a une main, sectionnée au poignet, en appui sur l'herbe. C'est la main de l'autre, celle qui est toujours sur la photo, qu'on la voie ou pas. La main qui va coucher les choses sur le papier.

Comment ai-je pu être aussi ignorante ? se demande-t-elle. Aussi stupide, aussi aveugle, aussi portée à l'insouciance. Mais sans cette ignorance, sans cette insouciance, comment pourrions-nous vivre ? Si on savait ce qu'il va se passer, si on savait tout ce qu'il va se passer ensuite – si on connaissait d'avance les conséquences de ses actes –, on serait condamné. On serait aussi anéanti que Dieu. On serait une pierre. On ne mangerait ni ne boirait ni ne rirait ni ne sortirait jamais de son lit le matin. On n'aimerait jamais personne, on n'aimerait jamais une seconde fois. On n'oserait jamais.

Fini à présent – l'arbre aussi, le ciel, le vent, les nuages. Tout ce qu'il lui reste, c'est la photo. Et l'histoire de la photo.

La photo est une photo de bonheur, pas l'histoire. Le bonheur est un jardin enfermé derrière des murs en verre : il n'y a pas moyen d'y entrer ni d'en sortir. Au paradis, il n'y a pas d'histoire parce qu'il n'y a pas de voyage. C'est la perte, le regret, le malheur et le désir qui font avancer l'histoire au gré de son cheminement tortueux.

Herald and Banner, Port Ticonderoga, 29 mai 1999

Iris Chase Griffen
une dame inoubliable

Par Myra Sturgess

Mme Iris Chase Griffen est décédée soudainement mercredi dernier à l'âge de quatre-vingt-trois ans chez elle, à Port Ticonderoga. « Elle nous a quittés très paisiblement alors qu'elle était assise dans son jardin, derrière chez elle, a déclaré Mme Myra Sturgess, une vieille amie de la famille. Nous y étions préparés car elle souffrait de problèmes cardiaques. C'était une personnalité de premier plan, et elle était merveilleuse pour son âge. Elle nous manquera et son souvenir restera longtemps gravé dans nos mémoires. »

Mme Griffen était la sœur du célèbre écrivain de Port Ticonderoga, Laura Chase. Par ailleurs, elle était la fille du capitaine Norval Chase, dont la ville se souviendra longtemps, et la petite-fille de Benjamin Chase, fondateur de Chase Industries, qui a construit la fabrique de boutons et d'autres usines. Elle était également l'épouse de feu Richard E. Griffen, l'industriel et politicien bien connu, et la belle-sœur de Winifred Griffen Prior, la philanthrope de Toronto décédée l'an dernier qui a fait un legs généreux à notre collège. Elle laisse derrière elle sa petite-fille, Sabrina Griffen, qui vient de rentrer de l'étranger et devrait venir prochainement nous rendre visite pour s'occuper des affaires de sa grand-mère. Je suis sûre que nous lui réserverons un accueil chaleureux et lui apporterons toute l'aide possible.

Par respect pour les dernières volontés de Mme Griffen, le service funèbre se déroulera dans la plus stricte intimité et ses cendres seront inhumées dans le monument de la famille Chase au cimetière Mount Hope. Cependant, une messe de commémoration sera célébrée dans la chapelle des pompes funèbres Jordan mardi prochain à 15 heures, en remerciement des nombreux dons que la famille Chase a faits à la ville au fil des années. Une légère collation sera ensuite servie au domicile de Myra et de Walter Sturgess. Tous sont les bienvenus.

Le seuil

Aujourd'hui, il pleut, c'est une chaude pluie de printemps. L'air en est opalescent. Le bruit des rapides monte et se répand par-dessus la falaise – il se répand, pareil au vent, mais immuable, à l'image des marques que les vagues laissent sur le sable.

Je suis assise à la table en bois sur la véranda de derrière, protégée par l'auvent, je regarde le long jardin en broussailles. Il fait presque nuit. Le phlox maculé est en fleur, enfin, j'ai l'impression que c'est le phlox; je ne le vois pas nettement. C'est quelque chose de bleu qui luit là-bas au bout du jardin, phosphorescence neigeuse au milieu de la pénombre. Dans les parterres de fleurs, les plants se bousculent pour sortir de terre, ils ont une forme de crayon, violet pâle, vert bleuté, rouge. L'odeur de la terre humide et des jeunes pousses m'enveloppe, légère, glissante, avec un goût acide comme de l'écorce d'arbre. Ça sent la jeunesse; ça sent la peine de cœur.

Je me suis emmitouflée dans un châle : la soirée est chaude pour la saison, mais je ne ressens pas ça comme de la chaleur, juste comme une absence de froid. Je vois le monde clairement d'ici – ici étant le paysage entrevu du haut d'une vague, juste avant que la prochaine ne vous entraîne par le fond : comme le ciel est bleu, comme la mer est verte, comme elle est irrémédiable, la perspective.

À côté de mon coude se trouve l'amas de papiers que j'ai accumulés si laborieusement, mois après mois. Quand j'aurai fini – quand j'aurai écrit la dernière page –, je me lèverai de cette chaise pour aller à la cuisine chercher un élastique, un bout de ficelle ou un vieux ruban. J'attacherai les papiers ensemble, puis je soulèverai le couvercle de ma malle et je glisserai ce paquet par-dessus tout le reste.

578

Ça restera là jusqu'à ce que tu reviennes de tes voyages, si jamais tu reviens. Le notaire a la clé, et des instructions.

Je dois avouer que je rêve d'une chose à ton sujet.

Un soir, on frappera à la porte et ce sera toi. Tu seras habillée en noir, tu trimballeras un de ces petits sacs à dos que tout le monde arbore aujourd'hui en guise de sac à main. Il pleuvra, comme ce soir, mais tu n'auras pas de parapluie, tu n'as que mépris pour les parapluies ; les jeunes aiment que les éléments leur fouettent la tête, ils trouvent ça vivifiant. Tu seras là dans la véranda, dans un brouillard de lumière humide ; tes cheveux noirs et brillants seront mouillés, ta tenue noire sera trempée, des gouttes de pluie scintilleront sur ton visage et tes vêtements comme des paillettes.

Tu frapperas. Je t'entendrai, je descendrai le couloir en traînant des pieds, j'ouvrirai la porte. Mon cœur fera des bonds, palpitera ; je te regarderai attentivement, puis je te reconnaîtrai, toi, mon dernier souhait chéri. Je me dirai que je n'ai jamais vu quelqu'un d'aussi beau, mais je le garderai pour moi ; je ne voudrais pas que tu penses que j'ai perdu la boule. Puis je t'accueillerai, je t'ouvrirai les bras, je t'embrasserai sur la joue, chichement, parce que ce serait inconvenant de me laisser aller. Je verserai quelques larmes, seulement quelques-unes, parce que les vieux ont les yeux secs.

Je t'inviterai à entrer. Tu le feras. Je ne recommanderais pas à une jeune fille de passer le seuil d'une maison comme la mienne, avec une personne comme moi à l'intérieur – une vieille femme, une femme plus âgée, seule dans un cottage fossilisé avec des cheveux pareils à des toiles d'araignée en flammes et un jardin plein de mauvaises herbes et de Dieu sait quoi. Une odeur de soufre entoure ces créatures : tu auras peut-être même un peu peur de moi. Mais tu seras aussi un peu téméraire comme toutes les femmes de notre famille et donc tu entreras quand même. *Grand-mère*, diras-tu ; et, à travers ce simple mot, je ne serai plus désavouée.

Je te ferai asseoir à ma table, avec les cuillères en bois, les couronnes d'osier et la bougie qui n'est jamais allumée. Tu frissonneras, je te donnerai une serviette de toilette, je t'envelopperai dans une couverture, je te ferai un chocolat.

Puis je te raconterai une histoire. Je te raconterai cette histoire : l'histoire qui t'a amenée ici, dans ma cuisine, à écouter ce que je te raconte depuis longtemps. Si par miracle cela devait arriver, ce tas de papiers en désordre n'aurait plus aucune utilité.

Qu'est-ce que je voudrais de toi ? Pas d'amour : ce serait trop demander. Pas de pardon, ce n'est pas à nous de l'octroyer. Juste une

oreille attentive peut-être ; juste quelqu'un qui me verra. Ne m'enjo-
live pas, cependant, quoi que tu fasses : je n'ai aucune envie de finir
en crâne décoré.

Je me remets entre tes mains. Ai-je le choix ? Quand tu en seras à
lire cette ultime page, c'est là – si je suis quelque part – le seul
endroit où je serai.

Remerciements

J'aimerais exprimer ma gratitude aux personnes suivantes :

Mon inestimable assistante, Sarah Cooper; mes autres chargés de recherche, A. S. Hall et Sarah Webster; le professeur Tim Stanley; Sharon Maxwell, archiviste, Cunard Line Ltd., la bibliothèque St. James, London; Dorothy Duncan, directrice de l'Ontario Historical Society; Hudson's Bay/Simpsons Archives, Winnipeg; Fiona Lucas, Spadina House, Heritage Toronto; Fred Kerner; Terrance Cox; Katherine Ashenberg; Jonathan F. Vance; Mary Sims; Joan Gale; Don Hutchison; Ron Bernstein; Lorna Toolis et son équipe de la Merrill Collection of Science-fiction, Speculation and Fantasy, à la bibliothèque municipale de Toronto.

Et aussi à Janet Inksetter d'Annex Books, de même qu'à mes premiers lecteurs, Eleanor Cook, Ramsay Cook, Xandra Bingley, Jess A. Gibson et Rosalie Abella.

Et à mes agents, Phoebe Larmore, Vivienne Schuster et Diana Mackay; à mes éditeurs, Ellen Seligman, Heather Sangster, Nan A. Talese et Liz Calder; à Arthur Gelgoot, Michael Bradley, Bob Clark, Gene Goldberg et Rose Tornato; à Graeme Gibson et à ma famille, comme toujours.

Mes remerciements aussi aux personnes suivantes pour m'avoir accordé l'autorisation de reproduire un matériel déjà publié :

Épigraphes :
Ryszard Kapuściński, *Shah of Shahs* : 1982, traduit par William R. Brand et Katarzyna Mroczowska-Brand. Harcourt Brace Jovanovich, 1985. Reproduit avec l'autorisation de l'auteur.

Table

I

Le pont 11
Le *Toronto Star*, 1945 14
Le Tueur aveugle. Prologue : Vivaces pour rocailles 15

II

L'œuf dur 19
Le *Globe and Mail*, 1947 25
Le banc dans le jardin 26
Le *Toronto Star*, 1975 31
Les tapis 32
Le *Globe and Mail*, 1998 37
Le cœur dessiné au rouge à lèvres 38
Bulletin du pensionnat, de l'établissement scolaire
et de l'Association des anciens élèves du collège
du Colonel-Henry-Parkman, 1998 45

III

La présentation 49
Le coffret argent 58
La fabrique de boutons 65
Avalon 73
Le trousseau 83

Le gramophone. 92
Le jour du pain. 100
Rubans noirs 113
La boisson gazeuse. 117

IV

Le café. 125
Le *Herald and Banner*, 1933. 129
Le couvre-lit en chenille 130
Le *Mail and Empire*, 1934 135
Le messager 136
Le *Mail and Empire*, 1934 143
Les chevaux de la nuit. 144
Mayfair, 1935.. 149
La cloche en bronze. 150

V

Le manteau de fourrure 157
Le soldat fourbu 166
Mlle Violence 175
Les Métamorphoses d'Ovide 185
Le pique-nique de la fabrique de boutons 194
Les mères nourricières 206
Colorisation à la main 218
La cave au froid. 230
Le grenier 242
Le salon impérial 251
L'Arcadian Court 259
Le tango 270

VI

Le tailleur pied-de-poule 281
Brocart rouge 286
Le *Toronto Star*, 1935 291
Dans la rue 292
Le gardien. 298

Mayfair, 1936 307
Extra-terrestre sur glace 308

VII

La malle de voyage 319
La Géhenne 326
Cartes postales d'Europe 337
Le chapeau coquille d'œuf 348
Obnubilé 355
Sunnyside 363
Xanadou 371

VIII

Histoires de carnivores 383
Mayfair, 1936 391
Femmes-pêches d'Aa'A 392
Le *Mail and Empire*, 1936 401
Le Grill du haut-de-forme 402

IX

La lessive 409
Le cendrier 417
L'homme à la tête en flammes 426
L'*Ondine* 432
Le marronnier 442

X

Les hommes-lézards de Xénor 447
Mayfair, 1937 451
Lettre de Bella Vista 452
La tour 454
Le *Globe and Mail*, 1937 459
Union Station 460

XI

Le cabinet 465
Le petit chat 469
Belle vue... 477
La lune brillait d'un vif éclat 482
Betty's Luncheonette 490
Le message 499

XII

Le *Globe and Mail*, 1938 505
Mayfair, 1939.................................... 507
Sal e T é... 509
Rideaux jaunes 515
Le télégramme 518
La destruction de Sakiel-Norn...................... 520

XIII

Gants.. 525
Le brasier du foyer................................. 530
Chez Diana's....................................... 536
Escarpement 545

XIV

La mèche d'or...................................... 553
La victoire va et vient 558
Le tas de décombres................................ 566

XV

Le *Tueur aveugle*. Épilogue : L'autre main 575
Le *Herald and Banner*, 1999....................... 577
Le seuil 578

Remerciements 583

Cet ouvrage a été réalisé par

FIRMIN DIDOT
GROUPE CPI
Mesnil-sur-l'Estrée

*pour le compte des Éditions Laffont
en novembre 2001*

Note sur l'auteur

Née à Ottawa en 1939, Margaret Atwood est l'un des écrivains les plus féconds et les plus estimés de notre temps. Elle a écrit trente-cinq livres traduits en plus de cinquante langues, dont *La Vie avant l'homme* (1981), *La Servante écarlate* (1987), *Œil de chat* (1990), *La Voleuse d'hommes* (1994), et *Captive* (1998), publiés en France chez Robert Laffont. Lauréate de dix doctorats *honoris causa*, chevalier de l'ordre français des Arts et des Lettres, elle cumule grands prix littéraires et succès public. Couronné par le Booker Prize 2000 (l'équivalent du Goncourt), best-seller international, *Le Tueur aveugle* est pour cette grande dame de la littérature le roman de la consécration.

Achevé d'imprimer sur les presses de
Quebecor World L'Éclaireur
Beauceville